燕园梦忆

主　编：张　从　卞毓方　奚学瑶
副主编：冯宋彻　郭　力
编　委：林　明　武思敏　严文凯

南方传媒　广东人民出版社
·广　州·

图书在版编目（CIP）数据

燕园梦忆 / 张从，卞毓方，奚学瑶主编 . —广州：广东人民出
版社，2023.7
ISBN 978-7-218-16720-6

Ⅰ.①燕… Ⅱ.①张… ②卞… ③奚… Ⅲ.①散文集 —中国
—当代 Ⅳ.① I267

中国国家版本馆 CIP 数据核字（2023）第 120327 号

YANYUAN MENG YI
燕 园 梦 忆

张 从 卞毓方 奚学瑶 主编

版权所有 翻印必究

出 版 人：肖风华

责任编辑：王庆芳 范先銎
责任技编：吴彦斌 周星奎
版式设计：北京诚德贝文化传媒有限公司

出版发行：广东人民出版社
地 址：广州市越秀区大沙头四马路 10 号（邮政编码：510199）
电 话：（020）85716809（总编室）
传 真：（020）83289585
网 址：http://www.gdpph.com
印 刷：广州市豪威彩色印务有限公司
开 本：787mm×1092mm 1/16
印 张：33.25 字 数：525 千
版 次：2023 年 7 月第 1 版
印 次：2023 年 7 月第 1 次印刷
定 价：68.00 元

如发现印装质量问题，影响阅读，请与出版社（020-85716849）联系调换。
售书热线：（020）85716863

永远的校园（代序）

谢冕 [1]

　　蒲公英小小的种子，被草地上那个小女孩轻轻一吹，神奇地落在这里便不再动了——这也许是夙缘。已经变得十分遥远的那个八月末的午夜，车在黑幽幽的校园林丛中终于停住的时候，我认定那是我一生中最神圣的夜晚：命运安排我选择了燕园一片土。

　　燕园的美丽是大家公认的，湖光塔影和青春的憧憬联系在一起，越发充满了诗意的情趣。每个北大学生都会有和这个校园相联系的梦和记忆，尽管它因人而异，而且也并非总是欢愉幸福，会有辛酸烦苦，也会有无可补偿的遗憾和愧疚。

　　我的校园是永远的。因偶然的机缘而落脚于此，终于造成决定一生的契机。青年时代未免有点虚幻和夸张的抱负，由于那个最初显得美丽，后来愈来愈显得严峻的时代，而变得实际起来。热情趋于冷却，幻想落于地面，一个激

---

[1] 谢冕，1932 年生，福建福州人。北京大学教授，著名文学评论家。

情而有些浮躁的青年人，终于在这里开始了踏实的人生。

匆匆五个寒暑的学生生活，如今确实变得遥远了。但师长那些各具风采而严格的治学精神影响下的学业精进，那些由不同民族和不同国籍同学组成的、存在着差异又充满友爱精神的班级集体，以及在战火平息后渴望和平建设的要求促使下向科学进军的总体时代氛围，给当日的校园镀上了一层光环。友谊的真醇、知识的切磋、严肃的思考、轻松的郊游甚至令人失魂落魄的考试，均因它的不曾虚度而留下充实的记忆。

燕园其实并不大，未名湖不过一勺水，水边一塔，并不可登；水中一岛，绕岛仅可行百步余；另有楼台百十座，仅此而已。但这小小校园却让所有在这里住过的人终生梦绕魂牵。

其实北大人说到校园，潜意识中并不单指眼下的西郊燕园，他们大都无意间扩展了北大特有的校园观念：从未名湖到红楼，从蔡元培先生的铜像到民主广场。或者在北大人心目中，校园既具体又抽象，他们似乎更乐于承认象征性的校园的灵魂。

我同样拥有精神上的一座校园。我的校园回忆包蕴了一段不平常的记忆。时代曾给予我们那一代青年以特殊的机遇，如今思来，可说是痛苦多于欢愉。我们曾有个充满期待也充满困惑的春天。一个预示着解放的早春降临了，万物因严冬的解冻而萌动。北大校园内传染着悄悄的激动，年轻的心预感到富有历史性转折时期的可能到来而不安和兴奋。白天连着夜晚，关于中国前途和命运的辩论，在课堂、在宿舍、在湖滨，也在大小膳食厅、广场上激烈地进行。

这里有与习惯思维和因袭势力的勇敢抗争。那些富有历史预见和进取的思想，在那个迷蒙的时刻发出了动人的微光。作为时代的骄傲，它体现了北大师生最敏感也最有锐气的品质。与此同时，观念的束缚、疑惧的心态、处于矛盾的两难境地的彷徨，更有年轻的心因沉重的负荷而暗中流血。

都过去了，湖畔走不到头的花荫曲径；都过去了，宿舍水房灯下午夜不眠的沉思，还有轻率的许诺、天真的轻信。告别青春，告别单纯，从此心甘情愿地跋涉于泥泞的长途而不怨尤。也许即在此时，忧患与我们同在，我们背上了沉重的人生十字架。曼妙的幻想，节日的狂欢，天真的虔诚，随着无可弥补的缺憾而远逝。我们有自己的青春祭。从这个意义上说，这校园与我们青春的希望与失望相连，它永远不灭。

燕园的魅力在于它的不单纯。就我们每个人说，我们把青春时代的痛苦和欢乐、追求和幻灭，投入并消融于燕园，它是我们永远的记忆。未名湖秀丽的波光与长鸣的钟声，融化进一种朝朝夕夕的弦诵之声与岁岁年年的奋斗呐喊，融化进一种勤奋的充实自身与热情的参与意识，这校园的魅力多半产生于上述这些多元多姿的精神气质。

燕园有一种特殊的气氛：总是少有闲暇的急匆匆的脚步，总是在思考的蹙着的眉宇，总是这样没完没了的严肃和沉郁。当然也不尽然，广告牌上那些花花绿绿的招贴，间或也露出某些诙谐和轻松；时不时地出现一些惊人之举，更体现出北大自由灵魂的机智和聪慧。北大又是洒脱的和充满活力的。

这真是一块圣土。它孕育了中国几代优秀的学者。丰博的学识，闪光的才智，庄严无畏的独立思想，这一切又与先于天下的严峻思考、耿介不阿的人格操守以及勇锐的抗争精神相结合。这更是一种精神合成的魅力。虽然未经确认，科学与民主却是事实上的北大校训。二者作为刚柔结合的象征，构成了北大的精神支柱。把这座校园作为一种文化和精神的现象加以考察，便可发现科学与民主作为北大精神支柱无所不在的影响。

这里是我永远的校园，从未名湖曲折向西，有荷塘垂柳、江南烟景，从镜春园进入朗润园。从成府小街东迤，入燕东园林荫曲径，以燕园为中心向四面放射性扩张，那里有诸多这样的道路。年复一年，日复一日，那里行进着一些衣饰朴素的人。从青年到老年，他们步履稳健、仪态从容，一切都如这座北方古城那样质朴平常。但此刻与你默默交臂而过的，很可能就是科学和学术上的巨人。当然，跟随在他们身后的，是他们更多的学生，作为自由思想的继承者，学生身体中也奔涌着如前辈学者身上那般的血液——作为精神品质不可见却实际拥有的伟力。

这圣地绵延着不会熄灭的火种。它不同于父母繁衍后代，但却较那种繁衍更为神妙，且不朽。它不是一种物质的遗传，而是灵魂的塑造和远播。生活在燕园里的人都会把握这种恒远同时又无形的巨大的存在，那是一种北大特有的精神现象，这种存在超越时间和空间，成为北大永存的灵魂。

北大学生得天独厚，佩上北大校徽，每个人便具有被选择的庄严感。北大人具有一种外界人很难把握的共同气质，他们被一种深沉的使命感所笼罩。今日的精英与明日的栋梁，今日的思考与明日的奉献，被无形的力量维系在一起。青春曼妙的青年男女一旦进入这座校园，便因这种献身精神和使命感而变得沉稳起来。

这是一片自由的乡土。从十九世纪末到如今，百余年间中国社会的痛苦和追求，都在这里得到积聚和呈现。在沉沉暗夜中的古大陆，校园中青春的精魂曾点燃昭示理想的火炬。一代又一代的中国学者，从这里眺望世界，用批判的目光审度漫漫的长夜，以坚毅的、顽强的、几乎是前仆后继的精神，在这片国土上传播文明的种子。百余年来，薪火相传，生生不息。北大人的呐喊举世闻名。这呐喊代表了民众的心声。不可避免的阻遏，也使北大人遗传了沉重的忧患。于是，你可以看到一代又一代人的沉思的面孔总有一种悲壮和忧愤。北大魂在这里生长，这校园是永远的。

怀着神圣的皈依感，一颗偶然吹落的种子终于不再移动。它期待着一种奉献，以补偿青春的遗憾，并至诚期望家园永远绵延。

扫码获取

☑ 燕 园 历 史
☑ 燕 园 印 记
☑ 燕 园 名 流
☑ 燕 园 同 学 录

目 录

梦怀先辈

梦怀。先辈

怀念我的父母亲

陈立娅 [1]

　　我的父亲陈阅增（1915—1996）1937 年毕业于北京大学，1950 年获英国剑桥大学博士学位，曾任教于西南联大、北京大学并长期担任北京大学生物学系教授、系主任，主持教学和科研工作。我的母亲魏式琪（1921—1999）是北京大学国际政治系职员。

　　1996 年父亲离开了我们，离开了他一生学习和工作的地方——北京大学生物学系。母亲也在 1999 年追随父亲而去。二十多年过去了，我对父母的思念并没有随着时间的流逝而淡化，谨以此文来纪念我的父母，表达心中对他们无限的怀念和感激之情。

---

[1] 陈立娅，1954 年 10 月出生于北京，陈阅增、魏式琪之女。美国坦普尔大学计算机科学专业学士、应用数学专业硕士，曾任应用统计软件高级程序员，曾在金融、法律和制药等行业工作。2009 年因眼疾而退休，退休前在美国吉利德科学公司（Gilead Sciences, Inc.）工作。

（一）

父亲祖籍河南，在北京出生。我母亲是湖南人，家里曾是大户人家。母亲和姨妈都说她们的奶奶是一位很神气的老太太，大有《红楼梦》中贾母的气势和做派。

我的伯伯和我的外公是北平医学院的同学。父亲常常跟随我伯伯去我外公家做客，自然就认识了母亲，他们的结合得到了长辈们的祝福。从那时起的几十年里，父亲母亲在一起经历了不少风风雨雨，他们相互支持、相濡以沫，也给了我们一个温暖的家。

1937年父亲从北京大学生物学系毕业后，适逢日本全面侵华战争爆发，母亲遂跟随父亲到长沙，辗转到西南联大。父亲在联大教书，母亲则负责照料我的两个在昆明出生的哥哥。父母那时都很年轻，在联大交了一群好朋友，都是当时不同专业的年轻教员。他们这些年轻的知识分子朝气蓬勃，满怀学术救国的理想。当时的生活虽然艰苦，但他们常常苦中作乐、对未来充满了

西南联大时期的父母和大哥的合影

希望。他们在西南联大结下的友谊持续了一生。后来有的伯伯来访时，常有滋有味地回忆起当年做学问、下棋、打桥牌的趣事，还有如何躲日本人的飞机轰炸，如何去附近的中学兼职挣钱补贴家用，等等。20世纪80年代，有位当年在他们兼职的中学上学的学生到我家来

父亲在剑桥大学

3

探望父亲，她很感慨地说，她们非常幸运，因为中学的老师都是西南联大的教员——后来各领域的佼佼者。

抗日战争结束后，我父母又回到位于北京沙滩街区的老北大。1947年8月至1950年，父亲赴英国学习，母亲带着两个孩子到上海由我外公管辖的卫生院工作，等待父亲归来。听大哥说，当时母亲非常辛苦。1950年父亲不负众望，取得了英国剑桥大学博士学位，之后很快就回到了北京。再以后北大搬到了西郊，我们家曾先后住过中关园、蔚秀园，后来又住过燕东园，始终没有离开北大的校园，我就是在中关园出生的。

（二）

在我眼里，父亲在家中多数是伏案做事，有时父母两人坐在一起品谈《聊斋志异》《红楼梦》《水浒传》等小说。他们还一起种花，院子里的月季总是开得挺漂亮。他们都喜欢喝茶，父亲喝的茶极浓，母亲说父亲倒掉的茶比她新泡的茶还苦。冬天父亲常给母亲灌热水袋，捶捶背、捏捏头。父亲笑着说："这些都是你妈妈家的习惯，我家呢，被褥凉就自己忍一下。"父亲还喜欢喝点二锅头或威士忌，说当年去英国留学得坐一个月的船，不论喝酒还是打桥牌水手都赢不了他。父亲、母亲脾气都很好，几乎没怎么见到他们发火。父亲在家是很有威信的，他的话在家里很有分量。

最高兴的是周末全家聚在一起的时候，热闹得房顶都要炸开了。全家一起吃饭的时候，父亲借着个话题就发挥了起来。一次，全家都聚精会神地听他说故事，被那些精彩的情节所吸引，故事情节起起伏伏，直到最后故事结尾了，大家仍旧沉浸其中。父亲这才说道："这是《三国演义》中的一段，没听出来？"我们都禁不住佩服他能把看过的书记得如此清楚。这样的情形经常发生，除了中国古典小说，狄更斯的《大卫·科波菲尔》《匹克威克外传》等小说的内容都是他常常说起的。父亲还是一个很幽默的人，加上几位哥哥嫂子和侄子们，家里总是笑声不断。

（三）

父亲是个细心、考虑周全、做事有高标准的人，他有时会对我某个英文发音表示怀疑，每到这时我们立刻去查字典，结果还是他的发音比较标准。作为一名教师，父亲十分尽心，我不止一次地听到父亲曾经的学生夸赞他讲课，说他条理清晰，还说他的板书尤其让人印象深刻，图画得好，且一气呵成，一堂课讲完，两个黑板正好均匀地写满。在平日的生活中，父亲做事也是一板一眼，写行李箱上的条时，他先估计好要写几个字，占多大地方，然后才开始下笔。他灌热水瓶一滴不漏，水果一定要泡高锰酸钾十分钟以后才吃。他还经常煮毛巾、碗筷，用酒精擦门把来消毒。有他在，家里的事就不用担心。有一次舅舅来了，我们全家去饭店吃饭，大家刚坐定，不知谁想起没封蜂窝煤炉子（以前的炉子，不封回家就灭了），说着都争着要跑回家一趟，这时二哥看了一眼父亲脸上的表情，说："不用了，爸爸已经封了火了。"只见父亲先前在那里不动声色，现在才有几分得意地笑道："要等你们想起来就太晚了。"

父亲是个规矩正派的人。他经常参加招生工作，很高兴亲自选到优秀的学生。但是我二哥考大学那年，因他报了北大生物学系，父亲就回避，不参与招生了。在还未发榜的那段日子，全家都焦急地等待着结果。一天，一位老师兴冲冲地来到我家门口，大声喊道："陈先生，我给您报喜来了。"我还没反应过来，父亲已从另一个门出去了，他觉得学校的通知单才应该是他得到结果的唯一途径，其他的途径都是不应该的。我从小到大，历次分配学校或工作都是等着听分配，没有走过后门。

"文革"结束后，百废待兴，父亲又恢复了工作。他是个勤奋的人，多数的时间坐在书桌前写东西。有时我要去睡了，他还坐在那，早上我起来后看见他已经坐在那里了。那时候，房子被隔

父亲在家中工作

走了两间，家里很拥挤，电视只好摆在他那张书桌上的最左边，他坐在右边做事，有时也看上几眼电视，而全家除了他以外都坐在他身后不远处看电视。有一次当看到可笑之处我们都笑了，父亲也跟着笑，我知道他只是之前看了电视一眼，肯定没看全，就考他电视演的是什么、为什么笑，他的回答是牛头不对马嘴，我们都被他的回答逗得哈哈大笑起来，他说："还笑呢，我这点事做得多不容易！"他这一辈子，不论在什么环境里，总是如此努力地在做事。

（四）

父亲凡事喜欢谦让，不争。父亲从北大毕业时已被定为留校的助教，但他将职位让给了一位急需此工作的同学，自己去投奔我外公。在我外公管辖的卫生院工作了一段时间后，他才又辗转到了西南联大任教。取得剑桥大学博士学位回来后，父亲觉得不能跟自己的老师平级，因而只接受了低一级职称。

我们家本来住在中关园沟东 268 号（塔院）一百平方米的房子，后来中关园需要建一个幼儿园，请住户们自愿让出一套一百平方米的房子。我母亲提议，父亲支持，他们就让出了 268 号，带着全家搬到了沟西 68 号七十五平方米的房子。北大增补学部委员时，父亲也并不热衷，他说他有几位在学术上很有造诣的老师就都不是学部委员。

精品高校教材《陈阅增普通生物学》

父亲这种不争名利的品质得到了他的同事们的肯定，在生命最后几年里他一直与几位同事一起致力于编写一本普通生物学教材。父亲极为重视基础课的教学，因为他认为学生一入校就打好基础是至关重要的，所以他希望能够编一本高水平的教材。于是他每天在家里辛勤写作、逐字推敲，倾注了大量的时间和心血。然而，这本名为《普通生物学》的书第一版定稿后，父亲便不幸去世了。在父亲去世之后，其他老师继续修订、再版，精益求精。在2005年出了第二版以后，老师们约我们家属见面，并送他们亲笔签了名的新书给我们。他们告诉我们："陈先生总是不争名，这回我们就是要给他一个名，我们已经把这本书改名为《陈阅增普通生物学》了！"他们还说，除了《林巧稚妇科学》外，这本《陈阅增普通生物学》就是第二本这样命名的书。我看着几位年事已高的教授，非常震惊和感动，从心里感谢教授们的无私，也感叹一辈子谦虚为人的父亲竟然得到他的同事们如此的尊重！那时父亲已经去世约九年了，他没能参加第二版修订以及之后的工作。而几位教授十分辛苦，他们白发苍苍、重病缠身，也没有停止编改。经过他们十多年的努力，此书一直出到了第四版。这本书被选为精品教材，至今仍作为很多高校的生物教科书，不幸的是其中两位主编葛明德教授和陈守良教授在第四版修订完成不久后就去世了。现在我每次看到《陈阅增普通生物学》这本书都感慨万千，这本书凝聚着父亲和其他老师辛勤的劳动，也记录了那一代人的高尚品德，我们全家都对他们充满了感激和敬意。

（五）

父亲和母亲都很乐于助人，我在父亲去世后收拾东西时看见一叠汇款单，才知道他们每月都给双方有困难的亲戚们寄钱。父亲偶尔还资助因经济困难想退学的学生，他说学生考上北大不容易，不能毕业太可惜了。听母亲说，一次父亲的表坏了正要买块新的，结果他用买表的钱去帮助了一位临时有困难的人，所以在一段时间里他就没有表，讲课的时候只好请同事在下课前十分钟提醒他下课时间快到了。

父亲总是彬彬有礼、谦虚、和善。20世纪70年代他曾经因为肺穿孔住进了通县（今北京市通州区）结核病防治所，在那里他谦和的态度给病房的工作人员留下了很好的印象。当他的身体好一些的时候，他便给那里的医护人员讲起课来。历来协和医科大学（今北京协和医学院）的学生要先在北大生物学系上几年课，所以父亲了解医护工作者需要哪些知识。由于他擅长讲课且医护人员可以随时问他问题，父亲在那里很受欢迎。

1996年在他病重期间，医生说他需要静养，我们就在门上贴了一张纸，说遵照医嘱，陈先生需要静养，暂不会客。父亲知道后，对我说："快点拿下来。咱们是什么人，不让人进屋？"父亲去世之后，系里的讣告是这样写的："陈先生的遗嘱是不开追悼会、不做遗体告别。但是根据广大职工的强烈要求，我们举行一个送别仪式。"我那天在送别仪式的室内，不太清楚室外的情况，我们预计的是一个小型的仪式，但是后来听父亲的同事说北大那天来了五辆大汽车，生物学系的教工几乎全都来了。一位参加了送别的朋友告诉我，她很少看见在同事的追悼会上有那么多的人发自内心地感到悲痛。

（六）

父亲曾对我说过，父母对自己的儿女的照顾是"Biological"，意思是天性。我初上小学的时候，父亲每天晚上都要带着我念一个小时小人书。我念错了，他会纠正，我们一起念了《红岩》《甲午风云》等。

母亲不会骑车，在很长一段时间里，她每天都要在北大二院和家之间走两个来回，非常辛苦，她中午走回家部分原因是为了照顾我。那时候国庆节只有天安门广场才放烟花，因我很想看，母亲就常在国庆节带着我去天安门。我们必须赶在戒严之前到达，否则就进不去了，所以我们一早就带着食物出门。我们在广场上等待很长时间，回到家已经是夜里了。

母亲还经常给我买衣服，我的一位小学同学说小时候的我打扮得挺好看，

唯一的全家福（摄于 1980 年）。前排左起：二哥之子，母亲，父亲，大哥之子；中排左起：大嫂，我，二嫂；后排左起：大哥之子，大哥，二哥

那可是母亲的功劳！可当我上中学后，开始有自己的主意了，我觉得她买的不合意，就反复地对她说不要给我买了。每次说完母亲就停止买，但过了一段时间，她看见她觉得我穿着好看的衣服，就又开始买了。反复了几次后，终于有一天我写了一个条："妈妈答应以后再也不给立娅买衣服了。签名___。"然后递给母亲，她笑着摇了摇头，无可奈何地签了字。

我小时候不爱吃饭，比较瘦，父亲很着急，总觉得我有病，于是他就带着我看了中医又看西医。在西医那儿，大夫好好检查了我一遍，然后抬起头对父亲说："您为什么觉得她有病？这孩子没病！"我们都一块儿笑了起来。父亲的笑是发自心底如释重负的笑，他一直悬着的心终于可以放下了。现在这些往事还都历历在目，想起来既温暖又伤感，真是"可怜天下父母心"。

虽然在家得到父母全方位的爱护，可到了我去劳动锻炼的时候，他们从来没有阻拦过，那时候我们都是以"能吃苦"为荣的。高中毕业后，我要去延庆深山区插队。临行前，母亲给我准备好了干净的被褥。那天早上父亲送我上车，我和同学们都兴高采烈，就好像要去长途旅行一样。准备上车时，我惊奇地注意到父亲眼中有泪花！此前我从来没见过他流泪，我这才意识到他是觉得我长大了，要第一次离开家了。

父亲、母亲和我合影

这之后我又上大学，然后出国，走得很远，父亲和母亲总是支持着我，没有任何的怨言，只是每次离别都依依不舍。虽然我尽量有机会就回家住住，但还是有太多的遗憾。

一年冬天我回京探亲，得了重感冒，之后转成了肾病。父母都急坏了，因为人们通常认为有肾病的人活不长。那时我三十多岁，父亲已经七十多岁了，但是他还是坚持要亲自带我去北京医院、301医院（中国人民解放军总医院）等医院看病，那个时候交通不方便，去一趟单程就要两个小时，母亲则在家煮各种中药和补品给我吃。后来，我每次回京都要去看看病。父亲年纪越来越大，除了操心我的病，想听听医生怎么说外，他也觉得我在北京时间有限，陪我去看病可以和我多待一会儿。父亲最后一次陪我去看病是在1995年11月，离他去世还不到一年（当时他还没查出有病），他已经八十岁了。我们一起到了西苑中医医院，坐在那里等，旁边的病人问我："陪老父亲看病？"我不好意思地说："老父亲陪我看病。"看那样子他们都觉得太不可思议了。那天我们等了很久，医院大厅里的门大开，很冷，我看父亲脸冻红了，还有点流鼻涕。我吓坏了，就赶紧拉起父亲打了一辆车送他回家，但是没想到过了一会儿他又来了，笑吟吟地说他回家吃了顿午饭、换了件厚大衣。这次的看病经历我始终铭记在心，想到这事心里就很不是滋味，我太让父母操心了。经过二十多年治疗，我的肾病奇迹般慢慢地痊愈了，我常想象着若是父母还在他们得有多么高兴。遗憾的是他们没能看到这一天。我在得到显示正常的化验单后，把它恭恭敬敬地摆到了父母的遗像前。

父亲和母亲

（七）

父亲和母亲都很开明，对待孩子们的各种选择或决定，不论是工作上还是生活上，他们总是通情达理的，从不强行干涉。我有什么事都愿意和他们说，就像朋友一样相处。父亲头脑一直都很清楚，没有落伍或者僵化。在生活中，我曾交往过一个比我小不少的男友。父亲知道了对我说他觉得不合适，但是因为我是成年人了，所以还是尊重我自己的选择。我曾接到一封父亲的来信，信封里夹着一块剪下来的报纸，上面是一个故事，看了以后我惊呆了，顿时感到巨大的温暖和感动，父亲这是何等的胸怀、何等的境界啊！报纸上的故事是这样的：英国首相丘吉尔的母亲嫁给了一个比丘吉尔还年轻的男人，丘吉尔参加了他们的婚礼，举杯祝贺他们的幸福。后来渐渐地那个年轻的男人对丘吉尔的母亲冷淡了，夜不归宿了，他们最终离婚了。丘吉尔又热情地张开了双臂，把母亲接了回来，并且安慰母亲。父亲是在通过这个故事告诉我：年轻的男友多半是会离开的，但是无论发生什么事，爸爸妈妈这里永远都是我的家。一位在美国长大的、父亲朋友的女儿曾经跟我父亲讨论了她与她父亲的一些矛盾，之后她对我说："Your father is one in a million!（你的父亲是百万里挑一的好父亲！）"虽然这话在中国话里显得有些夸张，但我心里是完全同意的。在父亲的送别仪式上，我献的挽联是这样写的："献给亲爱的爸爸，我最好的朋友。"

我曾经以为所有的父母对自己的儿女都像我父母对我一样，后来才意识到我是多么的幸运！在父亲最后那段日子里的一天，我对父母说了这样的话："谢谢你们，别人家可以比咱们有钱，或者比咱们有权，但是从小到大，没有人比我更幸福了！"父亲听了先是有点吃惊，很快他的脸上就露出非常欣慰、非常满足的笑容。

父母已经离开我们很长时间了，在夜深人静的时候，我仍旧常常想起父母，他们亲切的笑容仿佛就在面前。我想念他们，真想能有机会再见见他们，告诉他们我一切安好，请他们不要再担心。我多么希望他们还在，我能好好照顾他们，让他们尽享天伦之乐。

2021 年春天于美国旧金山湾区

回忆父亲郭麟阁教授

郭珠 [1]

题记：此一生不诉离散，只因您时常在我梦中出现。

北大朗润园不仅历史悠久，风景秀丽，还是一个藏龙卧虎之地。这里人才荟萃，20世纪五六十年代，朗润园里住着许多全国知名专家学者。他们献身教育、甘为人梯、淡泊名利、无私奉献。他们是北大新时代知识分子的优秀典范，也是我们朗润园人的骄傲！父亲郭麟阁教授就是他们其中的一位。

父亲仙逝已经31年了，但那令人痛彻心扉的思念仍深埋在我心中。有些心灵的情感与感悟是存在我内心深处的，甚至依旧持续地发酵着，似乎是那么永恒。

父亲是一位杰出的文学家、教育家、翻译家和社会活动家。他一生的光辉

---

[1] 郭珠，女，1946年12月生人。曾任北京海淀中关村一小教师、教学主任，有中教高级职称，曾住北大朗润园、中关园。父郭麟阁，曾任北大西语系教授。母赵慧贞，曾任北大附中教师。

业绩不时会出现在我的脑海里，久久挥之不去。

（一）

父亲于 1904 年 12 月 15 日出生于河南西平县一个书香门第，我的曾祖父是举人，祖父是秀才。父亲幼年时代聪明好学，每天读《百家姓》、《神童诗》、"四书"、"五经"，作八股文，接受私塾教育。辛亥革命后，年少的父亲不顾家庭的反对，毅然放弃继承家产，以优异的成绩考入河南省舞阳桑蚕学校，毕业后又于 1919 年考入开封欧美预备学校法文班，时年 15 岁。该校除了中文和历史外，其他科目全部使用外国教材，教师用外语讲课。因此，父亲学习更加刻苦，夜以继日学习法语，从而打下了良好的法语基础，对外籍教员的教学方法也有了深切的体会。1923 年父亲就读的学校改建为河南大学，原法语班学生被送到上海震旦大学继续学习。一年后，父亲又以优异的成绩考入北平西山大学（中法大学前身）继续深造，与陈毅成为同学。那时，陈毅在李大钊的领导下积极从事革命活动，经常很晚才回来。父亲总是在炉台上烤些馒头或窝头，并准备些辣椒等他回来。在陈毅的熏陶下，父亲逐步有了一些革命意识和进步思想。1925 年暑假后，父亲进入中法大学服尔德学院（文学院）学习。从此，他埋头学习，寒窗苦读，终日背诵法国著名学者朗松的《法国文学史》，研究泰纳、圣佩夫、厨川白村、小泉八云的文艺理论，孜孜不倦、废寝忘食。陈毅曾笑称父亲"两耳不闻窗外事，一心只读法国书"，"是个十足的书呆子"。在陈毅的帮助下，父亲也曾参加进步学生运动。1926 年 3 月 18 日，父亲参加由李大钊等组织的五千多人大游行。当看到有的同学中弹倒地时，父亲心里非常紧张，不知所措，陈毅奋不顾身，一把拉住父亲跑进小胡同，随后又返身去救其他同学，父亲深受感动。

在中法大学服尔德学院的学习，奠定了父亲研究法兰西语言文学的深厚功底。与此同时，他广泛涉猎文、史、哲各学科的相关知识，更没有放弃对文学历史研究的浓厚兴趣。他经常到北大文学院听鲁迅先生讲《中国小说史略》、沈尹默讲《诗经》和胡适讲中国哲学史。学生时代的父亲早已显露出不凡的文学才华，他经刘半农先生介绍，经常给一些报纸杂志撰写介绍法国小说、诗歌、戏剧的文章。

1928年，父亲在中法大学法国文学系毕业，考试成绩名列全校第一，并由校方出资派送前往法国里昂大学留学深造。这一年的秋天，父亲远渡重洋，开始了在法国的留学生涯。

（二）

父亲在法国共待了七年，最初是在里昂大学文学系学习，接受著名的法国比较文学大师卡哀·古昂教授的指导，学习"比较文学"，同时选修"美学""法国历史"等课程。其间，他大量阅读法国著名作家法朗士、司汤达、梅里美、莫泊桑、巴尔扎克、雨果、左拉等人的作品，还特别阅读了著名文艺理论家泰纳、圣佩夫等人写的文艺评论。同时，他还跟随法国著名小说家维卡尔学习写作。经过三年学习，他的法文写作能力有了很大提高。在维卡尔的指导下，父亲开始用法文翻译唐诗、宋词，并在法国报刊上发表。1932年，当他把《红楼梦》前五十回翻译成法文在报刊上连载后，立即在法国甚至整个欧洲文坛引起了轰动，因为这是第一次有人用法文将这部伟大的作品介绍给西方读者。欧洲人惊叹不已，他们称曹雪芹是中国的巴尔扎克。父亲为弘扬祖国的古典文化作出了应有的贡献。

经导师介绍，父亲接触了不少法国的文人社团，其中以"里昂作家协会"最有名。他在那里结识了许多活跃在法国文坛上的作家和诗人，并向他们学习了许多最新的文学理论知识和创作技巧。

1935年6月10日，父亲在导师指导下，用法文撰写了《红楼梦研究》这篇毕业论文，并顺利通过答辩。在这篇论文中，父亲利用国内胡适等人研究考证的成果，大胆借鉴西方美学思想和理论，特别采用了法国圣佩夫、泰纳、朗松等人确立的艺术哲学理论和历史科学的文艺批评方法，对《红楼梦》的艺术特点和艺术成就展开了充分的论述和分析。他在论文中强调了《红楼梦》通过描写一个家庭的衰落过程，反映出封建制度的腐朽和没落，从而使这部作品具有更加深刻的社会政治意义。导师给予这篇毕业论文高度评价，并交付里昂著名的包斯克兄弟出版社出版，在当时轰动了整个法国文学、艺术界。

荣获博士学位后，父亲仍嫌不足，继续深造。他来到巴黎大学，师从史学家塞纽伯斯。其间，父亲坚持风雨无阻地去塞纽伯斯家聆听他讲的希腊文化史。

在巴黎，父亲还结识了许多知名的汉学家，如马斯伯欧、格拉内等。他们的汉学研究水平之高，成果之丰硕，令父亲折服。父亲和他们交往，不仅提高了法语水平，也加深了对汉语知识的了解，这对他以后的从教活动，产生了不可估量的影响。

从1928年至1935年，这七年的时间里，父亲辗转奔波于法国里昂、马赛、巴黎等地，过着公费留学的生活。学校提供的经费少得可怜，甚至难以维持最低的生活标准。他节衣缩食，经常忍饥挨饿，有时他的晚饭就是一片面包和几口汤。父亲依靠坚定的信念，以顽强的毅力刻苦读书，取得了优异的成绩。

（三）

父亲在法国取得博士学位后，不少法国朋友邀请他留在法国工作和成家，但父亲一心报效祖国。他拒绝了金钱的诱惑，毅然于1935年9月回到了祖国。归国后，父亲被北平各大院校争相礼聘。他先后在中法大学、辅仁大学、北平临时大学、北平师范学院任教，经常是在几个大学之间来回穿梭。

归国后，父亲首先在母校中法大学担任本科生"文艺理论"和"法语作文"两门课的主讲。因教学需要，他开始钻研法国历史语法，并与人合编了上下两册的《大学法语课本》，共30万字。在北平沦陷期间，中法大学被迫停办。中法大学留守处只发给一些微薄薪金，难以维持一家人生活，父亲只好在辅仁大学英语系教授法语。父亲宁可忍受生活穷困，也誓死不当汉奸，坚持民族气节。父亲孜孜不倦地钻研学习，盼望光复后报效国家。因此，他一方面提高法国语言文学的研究水平，另一方面又深入研究中国古典文学，学习古汉语知识和阅读许多文史典籍。其间，他著书颇多，曾用文言文写出《魏晋风流及其文潮》，用法文撰写的呕心力作《法国历史语法》也是在这一时期完成，并产生了一定的影响。

抗日战争胜利后，父亲被北平临时大学聘为教授，主讲"卢梭研究"和"法语写作"。1946 年 6 月又受聘于北平师范学院，在该校英语系教法文，并在中文系讲中国文学史，介绍刘勰的《文心雕龙》、曹丕的《典论》、陆机的《文赋》以及李充的《翰林论》等。

1946 年秋，中法大学在北平复校，校长李麟玉又请父亲回母校执教。他在法语系讲"法国小说""法国历史语法""法文写作"。此时，他在三校兼职，工作非常忙碌，但仍著书不断，出版了《法国文艺论集》等译著。

1948 年，父亲在中法大学任法语文学系主任，不久又兼任文史系主任，主讲"文艺批评"，同时兼任北平师范学院、辅仁大学两校教授。此时，他已被公认为当时中国法语界的学术权威。

1948 年春，父亲加入了中国国民党民主促进会（即中国国民党革命委员会的前身）。他开始阅读内部传阅的革命文章，由此坚信新中国就要到来了，并准备迎接解放。此后，有人给他送来了船票和飞机票，让他去台湾，但都被他断然拒绝了。

1952 年夏，中法大学奉命撤销建制，父亲所在的法语系并入北大，他亲自参与创建了北大西语系法语教研室。父亲在北大曾任教授、研究生导师、学术委员会主任等重要职务，亲自指导了一批又一批研究生，直到去世。

经过数十年锲而不舍的努力，父亲终于成为杰出的教育家和翻译家，并跻身国际上最著名的法国文学专家之列，为祖国教育事业作出了应有的贡献。

（四）

父亲从教以来，一直在外语教学战线辛勤耕耘，几十年如一日，勤勤恳恳、任劳任怨，忘我地工作着。他经常在忙碌的工作中送走一个又一个不眠之夜，迎来一个又一个黎明。当我们要休息时，看到的是他伏案疾书的背影；当我们早上醒来时，听到的是他朗朗的读书

父亲在工作

声。日复一日，年复一年，他的一年究竟等于几个年头，有谁能算得清？

中华人民共和国成立后，父亲在新的历史时期，怀着对教育事业的无限忠诚，一直在北大西语系担负着繁重的教学、科研、行政等工作。他在法语教学和人才培养方面取得了巨大的成就，并在全国同类院校中产生了广泛的影响。

父亲经常对我们说："作为一名教授，一定要以自己的渊博知识和教学激情来诱发学生的学习兴趣，这不仅是学生学习的'兴奋剂'，而且还是学生学习的'润滑剂'。"他是这么说的，也是这么做的。他经常在课堂上随口背诵大段大段、成篇成篇的法国文学名著，就连拉辛与高乃依那些令人生畏的长篇韵文，他也能倒背如流。他背诵起来时，那津津有味、如醉如痴的精神状态，激起了学生浓厚的学习兴趣。

父亲的学生曾撰文回忆说，父亲在讲解莫里哀戏剧作品时，总是惟妙惟肖地模仿剧中人的语调给学生讲解。有时讲到中国戏剧方面的问题时，父亲总是连说带比画，说到高兴时还会站起身来到台前，迈上方步唱上一段，父亲最喜欢唱的是《贵妃醉酒》。

在教学中，父亲不仅体现了他学识渊博的特点，而且具有可贵的开拓进取和自主创新的精神。

为了适应教育形势的发展和教学任务的变化，父亲讲课从不用现成的旧教

材，他总是自编新教材。他编写的讲课稿认真、细致，一堂课往往能写出几十页。在讲稿中，凡涉及的法语语言现象他都解释得清清楚楚，并且写出大量的例句来帮助学生理解得更深更透。

在教学中，父亲主张学思并重，博专结合，既要尊重书本理论知识，更要善于分析和独立思考，强调读书既要博览群书，又要精通名著。他一贯主张，做外国文学研究和翻译工作固然离不开良好的外语能力，但还要有坚实的汉语功底。父亲身体力行，在我家书房里，十几个大书架上摆满了中国和世界各国名著，这些著作父亲都曾经阅读过，并且经常借给学生阅读。

父亲是较早采用启发式、讨论式等现代教学方法，并因而受到学生欢迎的教师之一。他提倡课堂上要精讲，讲到点子上，点到为止。他主张将大部分课堂时间留给学生思考讨论，多让学生练习口译、笔译，让学生能对不同的问题各抒己见，决不把观点强加于学生。因为父亲的豁达大度，允许学生保留不同看法，所以许多学生愿意与父亲讨论学术问题。

在教学中，父亲勇于探索，注重实践，经常采用"走出去"等现代教学手段，以加强对学生"听说读写"四项基本功的严格训练。他经常利用节假日，带领学生去故宫博物院、北海公园、中山公园等地进行翻译演练。他经常自己掏钱请学生看法文原版电影，掏钱去外文书店购买法文报纸杂志，让学生阅读。我家的书房几乎成了小图书馆，每天借阅资料的学生络绎不绝。父亲一生没有积蓄，钱都用来接济亲友、资助贫困学生了。他一到周日就会请学生来家里吃饭，并帮他们购买资料，自己及家人却始终保持着艰苦朴素的本色。

由于对教育事业的执着，父亲年近八旬之时仍然承担着繁重的教学工作：不仅每周要给本科生上大课讲解法国文学史，还要给研究生上课，指导论文写作。他经常是上午上课，中午回家路上还要与学生边走边讨论。回到家中，他亲自下厨煮面条，与学生共进午餐，边吃边讲，中午也不得休息。下午他又和学生一起返回学校，只有晚上时间才属于自己。但他每晚又忙于备课和著书，往往通宵达旦。为了学生，他几乎没有时间教育子女，没有时间参加娱乐活动。

光阴荏苒，将近五十年，父亲默默耕耘在教学第一线，提携后学，甘为人梯，培养了一批又一批的学子，造就了一大批高质量的誉满中外的法语专业人才。其中许多人已经成为我国外交、外贸、外国文学研究与外语教学方面的骨干力量，真正做到了"桃李天下，芳菲五洲"。

摄于父亲（前排右二）在大连外国语学院讲学期间

20世纪70年代曾担任周总理翻译的齐宗华、罗旭是父亲的得意门生；现侨居法国的著名翻译家李治华博士，是当年父亲在中法大学时最出色的学生之一；其余如翻译家柳鸣九、罗新璋，联合国的同声翻译丁世中，法国文学家邓克鲁，法语教授罗永桢、刘君强、刘自强，电影文化交流使者李恒基，等等，均是父亲的得意弟子。

父亲虚怀若谷，对同行十分尊重。他与当代不少法语专家，如傅雷、罗大冈、赵少侯、闻家驷都有密切交往。他毫无门户之见，经常在学生面前称颂这些人的专长成就。因此，他才能做到博采众长，兼收并蓄，独具一格。在辛勤教书育人的同时，父亲仍旧笔耕不辍，写出了数十篇学术论文，发表在国内外各大刊物上，最有名的当数他在留法期间的毕业论文《红楼梦研究》和中华人民共和国成立后发表在杂志上的《法语句法和句型初探》。除此之外，他还负责编写教材工作，1959年受当时的高等教育部委托编写了新的《大学法语课本》。这部教材内容丰富，结构严谨，出版后一直为全国外语学院法语专业采用，影响很大，自此有"南何北郭"之说（"南何"指南京大学何如教授）。

由于教学科研与行政工作繁重，父亲只能用节假日和晚上进行翻译工作。他曾在20世纪60年代把《梅里美中篇小说选译》《雅克团》《法国文艺论集》等译成中文。法国名剧《窦巴兹》于20世纪20年代在巴黎首演，引发万人空巷，此后多次被拍成电影，当时法国人几乎开谈必说《窦巴兹》。父亲在法国留学时曾目睹了这一盛况，遂一直有心将此剧翻译成中文。粉碎"四人帮"后，父亲终于实现了这一愿望，并由中央实验话剧院排演该剧。排练时，父亲以古稀之高龄亲自去该院为剧组演员讲解剧本的思想主旨及时代背景。由于他的关心和指导，演出获得巨大成功，观众盈门，好评如潮，该剧此后成为中央实验话剧院的保留剧目。

有段时期，全家八九口人搬到北大东门外一间只有十几平方米的小屋居住。斯是陋室，却不影响父亲编写出《法语成语小词典》和《法汉词典》。在炎热的夏天，父亲在院子大树下，拿椅子当书桌来进行这项工作。为了使每一个词条、释言和例句都能达到准确无误和鲜明生动，他一丝不苟地进行了大量的考证工作，并尽力为参加编写工作的青年教师提供帮助。由于父亲及同事们的同心协力，《法汉词典》和《法汉成语小词典》出版后，以其丰富的内容、严谨的结构和准确的诠释广受好评。

父亲用法文所著的《法国历史语法》和《法语文体学》是两部集众家之长及其自身半生成果的潜心力作，具有很高的学术价值。当年法国驻华大使马纳克对这两部著作推崇备至，曾力劝父亲拿到法国出版，并表示愿意以重金支持，但父亲一口拒绝，原因是"它们属于中国"。此事足见父亲的拳拳爱国之心，遗憾的是这两部书直到他去世十年后才在国内出版。

《法国文学简史及选文》这部近百万字的大型文稿是父亲应教育部之邀编写的高校教材，全部用法文撰写，这在国内尚属首次。它以资料丰富、立意新颖、论述精当而著称。父亲所编写的课本，不但满足了校内教学的需要，而且受到社会广泛欢迎，并取得了被国内法语界誉为"功德无量"的社会效益。这部教材已经成为全国高校法语专业必备的核心教材并走向世界，为北大在国外增强影响力作出了应有的贡献。在父亲和他的同事共同努力下，北大西语系很快成为我国高水平的外语教学与研究基地之一，在国际上也享有越来越高的声誉。

父亲的学生刘昶、李白曾这样评价他："治学严谨的榜样，诲人不倦的良师，笔耕不辍的园丁。"这正是对父亲一生从事教育事业的写照。

（五）

改革开放新时期的到来，让父亲欣喜若狂，党的十一届三中全会让他返老还童，积蓄十年的工作热情一下子迸发出来。他发誓要把失去的宝贵时间尽快夺回来。此时我们家仍挤在那间十几平方米的小屋里，他仍然在院子里放一张椅子当书桌，坐在小马扎上备课，整理资料写文章。直到 20 世纪 80 年代，我们一家才搬至新居。到了晚年终于又有了自己的书房，父亲着实高兴不已。

从 1978 年到 1984 年的六年多时间里，父亲不但承担着繁重的教学任务，而且还参加了《汉法词典》《汉法成语小字典》《法兰西中篇小说选》《凡尔纳科幻小说》的编撰。他还完成了十几篇有学术价值的论文，用法文撰写了《大学法语课本》《法国历史语法》《法语文体学》等著作。他在校内教课著书，到校外给青年教师上课，还要到广州、厦门、上海、武汉、西安等地讲学，参加各种学术活动。这期间，父亲相继被聘为全国法语教学研究会顾问、《法国研究》杂志顾问、教育部教材编审委员会委员和北京市高校职称评审会委员，多次参加或主持中国社会科学院（简称中国社科院）及各兄弟院校的硕士论文答辩。此外，他又当选为中国国民党革命委员会（简称民革）北大支部主任委员、民革北京市常委、民革中央委员会委员和全国政协委员。父亲作为一位学者，一面教书育人，一面积极参加社会政治活动，满腔热情地投身于民革的建设工作中。看到父亲终日地忙碌，我们既为他精力充沛而喜，又为他过度劳累而忧，家人同事劝他不要拼老命，他的回答是："老骥伏枥不服老，志在千里争分秒。工作虽重双肩挑，任务完成乐陶陶。"

人生苦短，岁月无情，就是一部钢铁制成的机器，也有散架的一天，更何况是耄耋之年的父亲。他早已积劳成疾，又因过度劳累，身体终于被压垮了。在 1983 年全国政协会议期间，他突患重病，被送至北京医院救治。他在病床上昏迷了十天十夜，最后终于被医生从死神那里夺了回来。他在医院一住就是九个月。其间，他把病房当成了办公室，把研究生们招来继续上课。他不等康复就急于出院，回校后又拖着病体给学生们上课。此后他依然夜以继日

父亲在北京医院住院期间仍坚持工作

地工作，批改论文，撰写文章。他甚至还想应法国巴黎大学与里昂大学之邀访问法国，进行学术交流。他好像一只不用上弦的钟表，不停地走着。

1984 年 7 月 17 日，父亲好像更忙了，下午刚参加完全国政协会议回到家中，不曾休息，就立即处理了一些来信和稿件。傍晚有同事来访，他又陪客人谈话到很晚。晚上十点多钟，父亲终于睡觉了，谁知这一觉却从此没再醒来。一代杰出的文学家、翻译家和教育家就这样和我们永别了。他走了，匆匆地走了，走完了艰难坎坷的八十年人生，走得是那样安静，那样的坦然。

对父亲的逝世，不仅法语界的朋友为之惋惜，北大师生、海外知己也无不感到万分哀痛。7 月 21 日，首都各界及北大师生代表共四百多人在八宝山革命公墓礼堂为父亲举行了追悼会。党和国家领导人及各界人士：王昆仑、屈武、朱学范、钱昌照、严济慈、朱穆之和中共中央统战部、全国政协、民革中央、高教部、北京市委、北京大学等单位送了花圈，彭珮云、侯镜如、李赣骝、丁石孙、王力、王铁崖、闻家驷等社会知名人士以及父亲几代学生都亲往吊唁。低沉庄重的哀乐在大厅里萦绕，悲伤的气氛压抑着每一个人的心。凭吊者的眼泪止不住地滚落，人们悼念和敬重这位静卧花丛中的老人：一副平静的神态，红润的面庞，是那样的安详……

追悼会由前北大顾问王路宾主持，前北大副校长张学书致悼词。悼词中说："郭先生学识渊博，译著很多，半个世纪以来，他奋战在教育战线，孜孜不倦，努力工作，勤勤恳恳，认真负责。他作风谦虚谨慎，生活艰苦朴素，严于律己，一身正气，注重实践，勇于开拓。他把自己的学识和精力毫不保留地奉献给教育事业，直到生命最后一息。他为国家培养了大批人才，为教育事业作出了可贵的贡献……"

虽然父亲早已驾鹤西去，但我却常常假想他还活着。三十多年了，我恨不得时光能倒流，恨不得还能承欢他老人家膝下。我时常对着星空大声喊："爸爸，爸爸，您在哪儿？"可是声声呼唤却换不到他老人家的一声回应，我只能在梦中才能见到他的身影。为何"子欲养而亲不待"？养育之恩难以报，想来泪滴衣衫透！

在他老人家去世三十一周年的日子里，我们又来到万安公墓，悼念父亲：敬爱的父亲，您的高尚品德是我们学习的楷模；您的光辉业绩，我们永远铭刻心间；您那为教育事业献身的精神，如巍峨的高山、参天的劲松，永远屹立在我们的心中。

我的父亲与北京大学

江亦曼 [1]

　　1952 年 10 月，我的父亲江隆基从西北军政委员会教育部调到北京大学工作，最初任第一副校长，协助马寅初校长工作；不久任党委书记兼副校长，成为中华人民共和国成立后从解放区来北大工作的第一位党员领导干部。1957年 10 月，父亲因"反右斗争领导不力"改任党委副书记兼副校长。直至 1959年 1 月被迫调离北大，他在北大近七个年头。这段时间，恰是我上小学的孩童时代，父亲的人格魅力、工作作风、言传身教，都给我留下无尽的回忆。

---

[1]　江亦曼，1945 年 11 月 26 日生于延安。中共党员，研究生学历。先后在兰州大学化学系、中央党校培训部学习，参加工作后曾在山丹农宣队、天水塑料厂、兰州维尼纶厂、兰州市委宣传部、甘肃省环保所、甘肃省妇联、民政部、国家人口计生委工作。2003 年至 2009 年在中国红十字会工作，任党组书记、常务副会长。曾为中共第十七次全国代表大会代表，第十一届全国人大代表、常委会外事委员会委员。

（一）

20世纪50年代初，正是新中国成立不久，百废待兴，经济社会快速发展之时，当时原北大刚经历了院系调整，与清华、燕京等几所大学的院系组成新的综合性大学，并从市内沙滩街区的红楼迁至西郊原燕京大学校址。父亲于1925年考取北京大学，在北大学习期间接受了马列主义理论，加入中国共产党，走上革命道路。他对母校一直怀有特殊感情，称自己来北大工作是"回娘家"了。1952年，他正值47岁，精力充沛，年富力强，具有25年党龄，从事教育工作15年。

战争年代，全家曾长期在陕甘宁边区生活。1945年11月我出生在延安的窑洞里，在战火纷飞的年代，物资匮乏，靠母亲煮小米糊喂养长大。1949年5月，为做好解放西北的先期准备工作，父母随军进驻西安，只得把我全托在延安保育院。西安和平解放后，我才回到父母身边。当时工作环境和生活条件很艰苦，只有一些简易平房，既当办公室又当宿舍。屋里是砖铺地面，无取暖设施，除办公桌椅和木板床以外，没有其他家具，条件十分简陋。到了夏天，屋里格外闷热潮湿。当时实行"供给制"，无论男女老幼，都穿着统一配发由军衣军裤改制的服装，在食堂分灶用餐（父亲在小灶就餐，母亲在中灶就餐），日常生活用品按人头配发，没有工资，每月只有少许津贴。我至今保留着1950年与父母的合影，照片上的我戴着小军帽，穿着小棉制服，俨然像个"红小鬼"。

1950年我与父母在西安合影

　　记得 1952 年国庆节后，全家搬进北大燕南园 57 号。那年，大姐开阳 13 岁，我不满 7 周岁，妹妹小召仅 6 个月大。57 号是一座双开门的古典式宅院，门口有一对小石狮门墩，院墙上爬满紫藤，三棵老松树挺立院中，后院还有一棵枝叶茂密的核桃树。听母亲讲，燕南园原是燕京大学专为老教授们建造的，是北大的园中之园。57 号是燕京大学创办人司徒雷登曾住过的地方。处在这么优越的环境中生活，父母首先想到的是要教育孩子们艰苦朴素，过好生活关。基本安顿下来后，父母专门召开家庭会议，意味深长地对我们说："环境变了，但革命老区的优良传统不能丢，艰苦奋斗的精神不能变。你们要好好学习、懂礼貌、尊重人、关心人，要艰苦朴素，不要和别人比阔气、比穿戴、比享受，不能以校领导的子女自居，搞特殊化。你们表现得怎样，别人不仅会说父母是怎么教育孩子的，还会影响到他们对党的优良传统怎么看。"

　　父母不仅这样要求我们，而且身体力行。刚到北京时，组织安排母亲在北大党委宣传部工作，父母不同意，母亲先后调到北大工农速成中学（沙滩红楼）和女十一中（育群胡同）工作，学校离家远，她就住在学校，周末才回家。北大曾多次与父亲商量，想把母亲调到北大或离家近一点的单位，都被父亲婉言谢绝。那时家中摆设十分简单，父亲坚决不让学校配置更多的家具，家中饭菜也多以清淡为主。父亲除访问苏联时做过两套服装，平时都穿着已洗得发白的灰色制服。他从不允许用公家的小汽车接送母亲上下班，周末带我们外出时也都乘坐公交车。父亲经常不能按时下班回家，晚饭总要热好几遍。夜晚，我们一觉醒来，总看见父亲在灯下伏案读书、批阅文件。他看书有个习惯，就是要轻声阅读，读到重要处便加注标记或眉批。他读书非常专心，经常是我走到他身边，他都没有觉察。父亲随身总带一盒清凉油，不时在太阳穴和额头上涂抹，那是因为他年轻时得过严重的肺结核，痊愈后容易疲乏，靠清凉油提神醒脑。不久，妹妹燕妮、弟弟幼隆相继出生，为了让孩子们从小过集体生活，父母先后把两个妹妹全托在幼儿园。

　　当时，我大哥在北京石油学院任教，为支援西北建设，报名去新疆克拉玛依油田工作。父亲说："好男儿志在四方，应该到祖国最需要的地方去。新疆地域辽阔，资源丰富，那里急需人才。"大哥从钻井、采油等最艰苦的工作干起，一干就是 23 年。为支持他的工作，父母先后把大哥的两个孩子留在身边，承担起教育、抚养的责任。大姐高考，考取江西抚州地质专科学校，父亲鼓励她学一行、爱一行，不要这山望着那山高。姐姐听了父亲的话，刻苦学习，成为一名地质工作者。一次她下矿井遭遇塌方，腰部严重受伤，不幸落下残疾。

几十年后，我在整理父亲的笔记、文稿时，发现他在当年的日记中记述了初到北大的情景："接受新的工作任务，由中央教育部搬到原燕京大学校址，此处经院系调整后已拨归北京大学。过去就听说燕京大学的校舍建筑得很漂亮，但我从来没有来过。今天一看，果然雕梁画栋，金碧辉煌，草木秀丽，形同公园。学校给我分配的宿舍是一中式外貌、西式装潢的住宅，里面有客厅，有卧室，有书房，有暖气和抽水马桶的设备。我自有生以来，从未住过这样阔气的房子。骤然搬到这样的住宅里，内心颇感不安，我担心孩子们的生活贵族化，同时警惕自己的意识里滋生某些资产阶级的因素。自参加革命以来一贯过着供给制的生活，从来没有为吃饭穿衣的琐事而操心，现在，为了吃饭、喝水，必须另起炉灶，过着小家庭的生活。这就整个制度上来说，虽然是前进了一步，但就个人的革命修养上来说，则可能发生某些退化的现象，不可不深自警惕。"这显示出父亲当年对我们严格要求的良苦用心。

在我的记忆里，父亲不仅是一位严格的父亲，也是一位慈祥的好父亲。那时，母亲只有周末回家，父亲就承担起教育和照料我们的责任。深夜，父亲在看书阅文的空隙，总会到我们的房间，帮我们盖好蹬掉的被子。夏天，我全身长满痱子，晚上睡不着觉，他就让我躺在书房的躺椅上，一边看书，一边为我摇蒲扇，驱蚊降暑。我们衣服破了，扣子掉了，他都会戴上老花镜亲手为我们缝补。那时，我在北大附小上学，班主任傅琰老师根据学生的居住情况，将同学们分为几个学习小组，放学后以小组为单位集中做功课，我家就是一个小组的集中点。有时，父亲看见同学们，会很和蔼地询问他们的家庭情况，嘱咐我要好好向同学们学习，互相关心、互相帮助。他也会抽空检查我的作业，叮嘱我要学好语文、数学，两者不能偏废。鼓励我要德智体全面发展，有健康的体魄。到节假日，他也会带我去滑冰、游泳。秋天院子里核桃树结满了果实，他会帮我们把青核桃打下来，教我们把核桃埋在土里，过几天就很容易剥掉外面的青皮，砸核桃仁吃。每逢周末晚上，北大都在大饭厅或大操场放映电影，我和姐姐总爱搬个小板凳去看。父亲偶尔有空闲时间，也会陪我们去看电影。他穿着朴素，平易近人，见到熟人，相互友好地打声招呼，一点没有架子。

（二）

由于当时我年纪小，对父亲在北大的具体工作情况了解不多，但他按教育规律办事、尊重知识、尊重知识分子，这给我留下极其深刻的印象。

父亲初到北大，北大刚刚完成院系调整，如何把不同校风、不同学派、性情各异的教授们团结凝聚在一起是个很大的难题。如何正确执行党的知识分子政策，搞好党与非党、教师与行政人员的合作，是建设好新北大的关键。他首先提出，从事教育领导和管理工作的人必须懂业务，党政干部要认真学习党的知识分子政策，努力学习业务，学习教育学，熟悉本职工作所需要的专业知识，由"外行"变为"内行"。其次，他主张对知识分子要以诚相待，沟通思想，广交朋友。到校不久，父亲就举办全校教师和干部学习会，组织大家学习《矛盾论》《实践论》。他将全校党政领导及各系主任组成专门学习小组，亲任组长，每周定时学习、讨论。他和大家一样，认真学习，敞开思想，平等讨论，从不以教育者自居。同时，每双周举行一次共产党与各党派负责人座谈会，听取意见，商谈学校大事，为办好北大出谋划策。通过学习和座谈，许多老教授、老同志感到思想进步很大，解除了疑虑，统一了思想，增强了团结。

新中国成立初期各种运动不断，如思想改造运动、批判《红楼梦》研究的唯心主义思想、资产阶级学术思想批判等。父亲始终认为：思想改造必须坚持团结、教育、改造的方针，要在政治上信任、知识上尊重、思想上和风细雨，与知识分子建立相互信任、相互尊重、相互商量、相互学习的工作关系。学术问题不能用政治运动或行政命令的方式解决，要用自由讨论、自由争辩的方式去解决；批判的目的在于推进科学研究，提高教学质量，团结改造现有教师，培养新生力量；要以理服人，不能以政治声势去压人，要在共同研究、共同讨论中逐步求得统一；提倡反批评，允许少数人保留不同意见；学术思想批判与党对知识分子的政策是完全一致的，目的是达到思想上的团结一致，使其更好地为人民服务。在父亲和全体教职员工的努力下，北大开展了全面的教学改革，短短几年，就完成包括教学计划、教学内容、教学方法和教学组织在内的根本改革，建立起新的教学秩序。多年后，北大很多老教授、老同志仍十分怀念当年的情景，认为那时"心情很舒畅，思想进步很大"，那个时期是北大历史上"好的发展时期"，父亲是"建设新北大的拓荒者"。

与此同时，父亲花费大量时间和精力到专家、教授家走访，了解他们在教学、科研以及生活中的实际困难，听取对北大发展的意见和建议，和他们谈思想、交朋友，关系十分融洽。那时，燕南园居住着一批知名专家教授，如马寅初、汤用彤、冯友兰、周培源、严仁赓、侯仁之、蒋荫恩、林庚、向达、沈同、赵占元等，父亲都逐一拜访。为增添和谐气氛，有时父亲让母亲带着我一起去，一来显得比较随和，增加亲近感，二来母亲与教授夫人们聊天，可以了解她们生活中的具体困难和要求，我和孩子们一起玩耍，气氛更加融洽。于是，陪同父母到燕南园、燕东园、蔚秀园、朗润园、中关园等地走访成了我当时的一项任务。时间久了，我和这些伯伯、伯母、叔叔、阿姨以及与我年龄相仿的孩子们熟悉起来。每逢过年，父母都要带着我去各家各户拜年，被访者携家人继续加入拜年的队伍，于是，队伍像滚雪球一样，越来越大。这时候是孩子们最高兴的时刻，大人们有大人的话题，孩子们则放着鞭炮，奔跑着，嬉闹着，那些情景至今难忘。一张由周培源伯伯亲手拍摄的父母与马寅初夫妇、周培源夫妇、侯仁之夫妇等人在十三陵郊游的照片，就从一个侧面反映出父亲与教授们的和谐关系。

父亲与马寅初校长、汤用彤副校长、周培源教务长、严仁赓副教务长精诚合作，相互尊重，团结协作，共商大计。记得1954年冬的一个晚上，汤用彤副校长家紧急打来电话，说汤先生突患中风，情况危急，爸爸立刻组织人员

父亲与马寅初等人在十三陵

抢救，派专人看护，使汤先生很快脱离险境。通过走访，父亲了解到一些老专家在教学科研中缺少助手，很快着手解决，为马寅初、汤用彤、翦伯赞、冯友兰等39位中科院学部委员和著名教授配备了助手。北大东语系党总支书记贺剑城曾回忆起父亲尊重、支持教授和干部的往事：一次他向父亲汇报外国专家工作时，建议在校内修建专家公寓，既可节省专家往返学校的时间，又可使外国专家多接触中国朋友，父亲立即采纳他的建议，不久便建起了专家公寓。父亲拜访著名哲学家冯友兰的家时，看到冯先生住所面积狭小，不利于他学术研究，就主动提出把我们居住的条件较好的57号让给冯先生住。但我家人口多，搬去冯先生那里又不够住。严仁赓伯伯当时住在燕南园50号，主动表示愿意让出自己的住房，与冯先生对调。50号是独门独院，房间宽敞明亮，缺点是房间无木地板、无暖气设备。最终父亲提出一个"三角换房"的方案：冯先生搬到57号，严伯伯搬到冯先生家，我们搬到50号。冯先生搬到57号后，将其命名为"三松堂"，潜心做学问，撰写出版了《三松堂全集》。在走访中父亲还分别与东语系主任季羡林、西语系教授冯至、中文系教授吴组缃等人推心置腹谈对党的认识，鼓励他们积极加入党组织。他亲自主持俄语系主任曹靖华的入党仪式，参加讨论季羡林入党的支部大会，并发表热情洋溢的讲话。至今我还保留着父亲在北大的几张老照片，分别是1954年他紧随毛主席身后投票选举的照片，1957年与马寅初校长陪同前来视察北大工作的周恩来总理的照片以及与马寅初、汤用彤在未名湖畔与苏联专家古玛青珂的合影，这些珍贵照片将永刻我心中。

在与北大专家教授的交往中，最值得回忆的是我们与周培源、严仁赓两家的交往，由工作关系发展到两代人之间的纯真友情。

记得周培源家住在56号，离我家只有几步之遥。周伯伯当时是北大教务长，主管教学工作。我经常随父母到周伯伯家，又与他的小女儿如苹年龄相仿，性格相近，很快成为要好的朋

父亲（左一）、马寅初（右二）、汤用彤（右一）与苏联专家古玛青珂（右三）在未名湖畔合影

友。当时我年纪小，个子矮，常常趴在周宅的窗台上，叫如苹出去玩儿。在我眼里，周伯伯是位温文尔雅、和蔼可亲、博学多识、风趣爽快的长者，周伯母王蒂澂是清华附中的英文老师，一举一动都透着大家闺秀的风范。他家有四个女儿，家中总是充满欢声笑语。后来，在父亲的关心下，周伯伯入了党。1975年冬，我陪母亲到北京，希望为父亲平反。当时，周伯伯是北大负责人，工作极为繁忙，他在《光明日报》撰文"重视和加强自然科学基础理论研究"，却遭到"四人帮"批判，压力很大。当他得知母亲来京后，晚上特意带着如苹从西郊家中赶到虎坊桥教育部招待所。两位老人见面，潸然泪下，周伯伯紧紧握住母亲的手，泣不成声地说："宋超同志，我都知道了，你们受苦了……"他不管工作多么繁忙，处境多么艰难，仍多次在不同的场合为父亲平反的事呼吁、奔走。1989年，他不顾年事已高，亲自为《江隆基传》题签书名撰写序言。他写道："我和隆基同志是在1952年秋院系调整中到北京大学工作时认识

的。当时他只身来到学校，我在他领导下负责学校的教务工作……我们相处的时间虽只有短短的六七年，但是，他的思想，他的品德和他的作风，却给我以极大的影响，并使我受到深刻的教育。他是我的良师益友，我们在一起共事的愉快岁月，使我终生难忘。"就这样，我们两家的友谊一直延续到子女一代。改革开放后，我曾多次陪同母亲或代她看望周老。每次见面，周老都很激动，总要谈起父亲在北大工作的情景以及对父亲的怀念之情。他说："你父亲在北大工作期间，是我在北大担任行政职务中最顺心、最得心应手的时期；在我接触的校领导中，你父亲最了解、最尊重知识分子；我之所以为你父亲的事奔走，不是因为个人私交，而是敬重他的人品，从他身上看到了共产党人的高风亮节。""解放初期，北大很多老教授老专家对共产党的认识和了解，就是从你父亲身上开始的。"周老及夫人病逝时，我都代表母亲前去吊唁。此后我还积极参加周培源基金会的有关活动，继续弘扬周老精神。

1989 年我与周培源伯伯

说起严仁赓及夫人叶逸芬，我的脑海里就会浮现出他们慈祥可亲的面容。严伯伯是著名经济学家，夫人叶逸芬是名门闺秀，他们喜欢我活泼的性格，总邀我去他家玩。父亲被迫离开北大后，听说严伯伯也因"反右倾"运动受到不公正待遇。父亲每去北京出差，必要看望严伯伯，促膝谈心，劝慰他保重身体。后来，严伯伯恢复了党籍，他对父亲的关怀铭记在心。父亲得到平反后，身患重病的严伯伯在病榻上撰文深切怀念父亲："隆基同志严于律己，诚以待人，光明正大，不徇私情。他只身从西北来到北大，连一个秘书也没带，用自

20 世纪 90 年代母亲（中）与严仁赓夫妇合影

己的模范行动为干部树立榜样。""我作为北大的一名教师和干部，得益最多，感情最深的还要属隆基同志。""我曾经在他的领导下工作过七年。他对我不仅在思想上关怀备至，提携教诲，而且在工作上热情指导，大力帮助，使我深受其益。他调离北京后，每次因公来京，总要邀我相会，推心置腹地谈思想，谈工作，谈学习，也关心我的生活和健康。隆基的过早去世，对我国教育事业是一重大损失。同时，也使我失去一位良师和益友。"就这样，我们两家成了挚友，常来常往。

有一段时期，我就住在严伯伯家，和他的女儿成了要好的朋友。母亲调回北京工作后，每逢节假日，必带我们姊妹去严家看望问候。过年了，严伯伯、严伯母会亲手制作贺年卡寄给母亲。严伯伯患病期间，我们多次去医院和他家中探望。后来老辈人年纪大了，行动不便，就由我们姊妹替母亲继续探望或打电话问候。

（三）

1957年下半年，家中的气氛突然变得严肃起来。这段时间，父亲每天早出晚归，回家后神情凝重，一言不发。母亲也一反常态，每天下班后不管多累，都从城里赶回家中，带着我到父亲下班必经的偏僻小路上接他。我每天去北大附小上学、放学经过大饭厅门前，都能看到铺天盖地的大字报，有很多指向父亲，还有大学生围在一起激烈辩论，火药味很足。晚上，父亲偶尔也会带我去看大字报，我不明白发生了什么，但很不开心。记得一次上语文课，作文题目是"我的父亲"。我写了一篇题为《父亲深夜到大饭厅外看大字报》的作文，没想到傅琰老师让我在全班念这篇作文，我哭了，老师也哭了。那天，老师讲了很多话，主要是让同学们正确对待，不要疏远我，不要对我造成伤害。

有一天，父亲高兴地拿出一封信给母亲看，我也凑上去看。原来是毛主席写给父亲的一封亲笔信，用铅笔写在一张便笺上。内容大致是："隆基同志：现派我的秘书林克同志去看你，请你将那里的情况简要告诉他。如果你忙，可以找其他同志和他谈。"信的落款是毛主席的亲笔签名。父亲对母亲说这下好了，总算知道上面的精神了。父母把这封信装裱珍藏起来，可惜后来遗失。然而，形势并没有好转，北大已不再是平静的校园，父亲的脸色越来越沉重，我真替他难过。1957 年 10 月，北大来了新的党委书记，父亲靠边站了，但他仍然在力所能及的范围内尽力保护知识分子。

1958 年下半年，母亲告诉我，父亲被调离北大，去兰州大学工作。全家打点好了行装，母亲已办好调离手续，我也办了转学手续，准备举家西迁。没想到节外生枝，父亲因"反右斗争领导不力"又被留下来，接受长达两个月的批判。直到 1959 年 1 月，全家才随父亲离开北京。

多年以后，我看到父亲在 1963 年写给甘肃省委并转呈中央宣传部、北京市委及北大党委的一份申辩材料，就对他做出的不实结论逐条进行了申辩，对一些是非原则问题阐明自己的观点。在对待政治与业务的关系上，他认为："在高等学校中，政治与业务的关系应是'政治挂帅，教学第一'，这个原则在任何时期都应坚定不移地执行。"在对待知识分子的思想改造上，他认为："对知识分子团结和改造的政策是不可分割的。绝不能说，只有开斗争会、出专栏、扣大帽子，才算态度坚决，斗争有力。"可惜这份"万言书"递交后石沉大海，没有下文。

后来，我也陆续看到一些老北大人撰写的文章，才知道父亲在当时顶着巨大压力，反复强调要实事求是地处理问题，谨慎从事，防止扩大化，力图把运动控制在有限的范围内，把错误减少到最低限度。随着我人生阅历的积淀和政治上日渐成熟，我才深切了解到，在当时的政治气氛和环境下，每一个人都无法置身事外，作为学校负责人的父亲也不例外。但他能始终保持清醒的头脑，坚持实事求是，自觉抵制和尽量减少极左错误的发生，不惜付出个人受批、贬职丢官的代价，也要本着共产党人的党性和人的良知最大限度地保护知识分子，这在当时是需要多大的政治勇气啊！后来很多人对父亲做出这样的评价："当党的教育方针正确时，他能取得比别人更大的成绩；当党的教育方针发生偏离时，他绝不随波逐流，能比别人少犯或不犯错误，比别人及早发现和纠正错误，把错误降至最低程度及最小范围。"记得我上高中和上大学后，父亲不止一次地告诫我："要服从真理，敢于向真理低头。""在任何情况下，都要做一个正直的、堂堂正正的人，要敢于讲真话，不能人云亦云。"现在回想起来，这些道理是多么深刻啊！

父亲从北京大学调到兰州大学后，没有怨言，没有消沉，不计个人得失，仍然一心扑在工作上，继续为教育事业殚精竭虑，呕心沥血。20 世纪 50 年代末 60 年代初的兰州，正值三年困难时期，生活十分艰苦，政治环境紧张。他顶着巨大的压力，排除"左"的干扰，拨乱反正，为赵俪生、左宗杞、郑国锠等一批受到错误批判而被迫离开讲台和科研岗位的专家学者平反，落实政策，让他们重返教学科研一线，积极创造条件吸引优秀人才到兰大工作。在极端困难的条件下，他大力整顿教学秩序，改善教学环境，提高教学质量，推动教学科研，尊师重教，育人为本，培养"勤奋、求实、进取"的优良学风。短短七年时间，使兰州大学发生了巨大变化，教学和科研水平有了很大提升，跻身全国重点大学，创造了兰大历史上第一个黄金时代，为兰大后来的发展奠定了坚实的基础。在地处偏远，信息闭塞，国家财政投入、师资力量投入比发达地区同类高校少三分之一到一半的情况下，兰大的教学科研及发表的基础研究论文数量长期名列全国前茅，这就是后来被社会高度关注、媒体广泛宣传的"兰大现象"。

父亲 1927 年加入中国共产党，早年留学日本、德国，接受过西方教育，曾先后在西安二中、陕北公学、华北联大、抗大、陕甘宁边区教育厅、延安大学、西北军政委员会教育部从事党的教育工作，又在北大、兰大工作多年，积累了丰富的教育经验。在兰大工作期间，他认真研究和总结教育规律，形成了一套系统、完整、独具特色的教育思想和教育理论。其中有代表性的就是《试论高等学校工作的经验》，提出了"八条规律"。他认为，为国家培养合格人才是学校的中心任务，学校教育必须以教学为中心，教学质量是衡量学校教育的基本标准；要正确处理好政治与教学、教学与科研、"红"与"专"、理论与实践的关系；以课堂教学为主，发挥教师的主导作用，因材施教，循序渐进，培养学生的学习积极性和独立思考的能力；发扬学术民主，提倡学术探讨，贯彻"百花齐放、百家争鸣"方针；不断调整教师与学生、老教师与青年教师、师生与职工以及党与非党、先进与落后的关系，反映出他对党的教育事业的"定见"和"定力"。

（四）

1966 年 6 月 25 日，父亲含冤辞世。此后不到两个月的时间，兰大师生就自发组织成立"江隆基专案调查团"，写出几十万字的调查报告，公开为老校长平反。他们赴北大调查时，被访者都对父亲在北大的工作给予肯定，对他的不幸离世深感惋惜。1978 年，父亲的冤案终于得到平反昭雪。令我们全家十分感动的是，许多老北大人以不同方式表达了对父亲的怀念之情，对父亲在北大时期的工作给予了高度评价。周培源、严仁赓、张仲纯、文重等老北大人联名上书北大党委和教育部，请求由中央在北京为父亲举行追悼会，并将骨灰安葬在北京八宝山革命烈士公墓。侯仁之夫妇在给母亲的信中写道："这些年来，我们对隆基校长一直怀念难忘。作为党的忠诚无私的好干部，作为我们工作上的好领导，他勤恳质朴的工作作风，坚强不懈的革命精神，为我们留下了难以磨灭的印象，是我们学习的好榜样！我们的深切悼念之情是一言难尽的。"1978年 4 月，甘肃省委为父亲举行了隆重的追悼大会。马寅初、周培源、季羡林、曹靖华、杨晦、冯定、游国恩、侯仁之、陈岱孙、褚圣麟、严仁赓、王学珍、韦明、文重等 53 位北大知名教授及校、系领导敬献花圈，北大委派校办主任文重同志专程到兰州，参加父亲的追悼大会，代表北大发表了《深切悼念老首长江隆基》的祭文，文中写道："江隆基同志在北大工作期间，勤勤恳恳、任劳任怨，光明磊落、大公无私，艰苦朴素、诚恳待人。他的这种高尚品德和作风，对于当时北大的广大干部和教师，特别是对于我们这些和他朝夕与共，在他领导下一起战斗的同志，给予了深刻的教育。……他被迫害致死的噩耗传到北大，许多干部和教师满腔悲愤，默默哀悼！坚信他的冤案终有一天会得到昭雪,这样一位正直的共产党人的形象是谁也抹杀不掉的!……今天,千言万语道不尽我们心中的感慨万分。借用陈毅同志诗一首,献在最敬重的老首长墓前:'屈指捐躯日,迄今十二年,人民获胜利,告慰更向前。'"北大原党委书记王学珍同志在北大建校一百周年之际撰写《江隆基与北京大学》的文章,全面回顾父亲在北大的工作情况,指出"江隆基为我国教育事业,为北京大学的建设和发展,作出了重要贡献"。父亲的名字将深深印刻在北大的历史中。

北京大学,既有我童年的回忆,也承载着我对父亲深沉的爱和无尽的思念。父亲是一位品德高尚、光明磊落、敢于坚持真理、实事求是的真正共产党人!是一位无限忠诚党的教育事业、尊重教育规律、尊重知识、尊重知识分子、把毕生精力献给教育事业的职业教育家!是一位廉洁奉公、严于律己、对家人充满爱、慈祥可亲的好父亲! 2020 年恰逢父亲诞辰一百一十五周年,就让我以这篇文章纪念和缅怀他吧!

扫码获取

☑ 燕 园 历 史
☑ 燕 园 印 记
☑ 燕 园 名 流
☑ 燕 园 同 学 录

父亲林焘在燕南园的日子

林明[1]

（一）

我家是在 1966 年底从中关园搬到燕南园的，搬家的原因是：我于 1965 年
6 月离京赴宁夏参加边疆建设，在我家辛劳多年的保姆也告老回家，中关园的
75 平方米住房顿时空荡了很多，校方房管部门遂要求我家调换到小一些的住
房。几经看房，最终校方分配的是已故北大副校长汤用彤先生家空出的燕南
园 58 号朝南的一大一小两个房间，虽不相连，但有过道相通。有一个带浴盆
的卫生间，但要和住另一房间的青年教师共用。没有厨房，做饭的蜂窝煤炉和
碗柜只好放在过道里。新居住房面积仅及中关园旧居的一半，摆下家具后室内
活动空间就很小了。但新居位于燕南园的东南隅，无论是到中文系上班还是到
校内三角地商店购物都很方便，父亲正是看中了这一"地利"（后来正是这一

---

[1] 林明，1945 年 9 月生人。退休前在北大图书馆工作。父亲林焘（1921—2006），
　　曾任北京大学中文系教授，20 世纪 60 年代以来先后住燕南园 58 号和 52 号。

"地利"，使我家成为学术和社会交流的极佳场所）。我家和汤家合住一套住房，两家相处不错。汤一介夫妇、汤一玄夫妇都曾登门拜访，汤一玄夫妇当时和汤老太太同住北屋和东屋，他们的一对四五岁的女儿有时还由汤家保姆带着到我家看电视，两家有事也互相照应帮忙。

我家在燕南园58号住了近十年。1976年秋天，居住在燕南园52号西侧楼上的经济学系罗志如教授因身体不好，上下楼不便，请求搬到近邻51号东侧楼下的空房，父亲得知这一消息后，就向校方申请从58号调换到罗家原住的52号西侧楼上，并得到同意。自此我家才有了独立卫生间，还增加了两个小阁楼和一个大阳台，但仍然没有独立厨房，液化罐、气灶和碗柜只好放在阁楼里的狭窄过道中。楼下客厅原来住着一家工人，1987年春天那家工人搬走以后，楼下也归我家使用，而且增加了一个较大的厨房，客厅门前也有一个大阳台，面对着一块很大的草地，住房面积的扩大，不仅给我父母带来更好的生活条件，而且也为父亲从事学术活动提供便利。直至2006年10月父亲病逝，父亲在燕南园度过了整整四十年，这几乎就是他的一半人生。至今，我家已在燕南园居住了半个世纪。

1975年初，中文系教师开始和工农兵学员及部分齿轮厂工人一起编写《古汉语常用字字典》，名曰"三结合"。但实际的主要编写者是北大中文系的王力、岑麒祥、林焘、戴澧、唐作藩、蒋绍愚，以及商务印书馆的张万起、徐敏霞。《古汉语常用字字典》自1979年问世以后，

父母合照，摄于燕南园52号前

深受读者欢迎，多次修订出版，经久不衰，1995年荣获首届中国辞书奖一等奖。其实，当年父亲在燕京大学国文系做研究生和兼职助教时，研究方向就是古音韵学，教的也是基于文言文的大一国文。1952年院校合并调整以后，北

大中文系于 1955 年成立了以王力、高名凯先生为首的汉语言专业，父亲的教学方向才转为现代汉语。他作为《古汉语常用字字典》主要编写人之一，重拾旧业，再次显示出了在燕大时期打下的扎实国学功底。

（二）

改革开放以后，年近花甲的父亲在学术上重新焕发了青春，不断攀登新的高峰。1979 年，父亲领衔重建中文系现代语音实验室，把研究方向转向了实验语音学。早在 1925 年，刘半农先生就在北大创建了国内第一个语音乐律实验室，但由于种种客观原因，这个语音实验室未能发展起来。半个世纪以后，在父亲的领导下，新的语音实验室重新创建，它是国内高校最早建立的现代化语音实验室，在硬件方面装备了一些当时还很少见的现代化语音设备，如计算机、声谱仪、语图仪等仪器。父亲多次邀请中国社科院语言所的语音学家吴宗济先生、科学院声学所的声学家张家騄先生等学者来北大做报告，还邀请国际知名的美籍华裔语言学家王士元先生来北大讲学，极大地开拓了国内语音学领域的眼界。由于父亲对古代和现代汉语的音韵研究都有着很深的造诣，在现代设备的帮助下，很快就完成了一批具有开创性的语音学研究成果。

20 世纪 80 年代初期，父亲还带领中文系汉语言专业的部分师生进行较大规模的北京话调查。他们前往远郊区县，取得了大批口语录音资料，并写出了一些有学术价值的调查报告。二三十年来，北京地区随着城乡建设发展和人口大规模迁徙，原地方口语逐渐弱化，甚至面临消失的危险，这批录音资料和调查报告就成为十分珍贵的北京地区方言的活化石。在此期间，父亲还发表了多篇精辟的学术文章，多为对北京话和普通话的研究，其中对北京话溯源的考证，被认为是具有开创性的研究。

1984 年，校方任命父亲为北京大学对外汉语教学中心（现为北大对外汉语教育学院）的首任主任，他积极指导青年教师编写教材，多次在燕南园自己家中召开会议，讨论教学发展规划和对外交流计划，他两次带领教师代表团参加世界汉语教学大会，推动了北大对外汉语教学走向世界，是改革开放以后国内对外汉语教学的开拓者和推动者。虽然父亲在对外汉语教学中心主任的岗位上工作长达十一年，但是并没有丢下中文系语音实验室的研究工作，在六七十岁高龄时仍宝刀不老，兼顾两头的学术业务，而且都取得了丰硕成果。1980年春，父亲作为北大出国的访问学者之一，远赴美国旧金山加州大学伯克利分校，和王士元先生合作，做了将近一年的实验语音学研究，进一步了解和掌握了现代语音研究理论和技术。在 20 世纪八九十年代，父亲多次以访问学者的身份赴境外进行学术交流或者参加国际会议，除美国外，足迹还遍及德国、奥地利、日本、泰国、新加坡等地。

燕南园 52 号，在中文系汉语言专业和对外汉语教学中心的师生眼中，就是教研室以外的另一个学术沙龙。这不仅是因为燕南园 52 号与五院（时为中文系所在地）和勺园（时为对外汉语教学中心所在地）的距离很近，步行仅五六分钟可到，而且也是因为 52 号楼下客厅充满了温馨和随意气氛，有茶水零食招待，全无办公室的严肃拘谨气氛。来访的师生有什么想法，都可以在这里毫无拘束地谈出来。父亲也以聊天的方式与对方交流。每次我回到家中，在客厅外面就能感受客厅中"高朋满座"的热烈气氛，这些客人中，有与父亲共事多年的老教授，如朱德熙先生等人；有曾为父亲门生的中年教师，如王理嘉、王福堂等老师；也有正在师从父亲的年轻硕士、博士。虽然我不懂也从不参与客厅的活动，但随着时光流逝，我对那些年长或年龄相近的常客也都认识了，而对那些已相差一代的年轻人，却很少记得面容和名字。父亲还多次在客厅接待来自国内外的专家学者，有时就在家中设宴招待。尽管客厅的客人随着岁月不断变化，但至今一直不变的是客厅中一大两小的深棕色沙发、古色古香的大玻璃书柜、挂在正面墙上的先祖遗墨真迹，以及父亲每

父亲照片，摄于燕南园 52 号客厅

日伏案工作的老式三屉大写字桌，静寂中有时还能隐约感受到当年客厅的热烈气氛，只是大玻璃书柜里加了一张父亲生前在客厅会见客人的照片。

（三）

燕南园 52 号，在燕京大学 38 届、39 届的老同学看来，是一个再合适不过的老友聚会"接待站"。父亲是 1939 年入学的燕大国文系学生，母亲是 1938 年入学的燕大西语系学生，因共同的兴趣爱好在燕大京剧社相识相爱。1941 年 12 月燕大被日军查封以后，他们又一起长途跋涉，历经艰难，奔赴成都燕大复学，并组建了小家庭。抗战胜利以后，父亲回到北平燕大继续攻读研究生，并且走上了教学岗位。1952 年院校调整合并，父亲留在了北大，母亲也作为"清华大学东欧交换生中国语文专修班"的教师，随班转到北大，和母亲一同转到北大的还有邓懿和王还等教师，她们都被公认为新中国成立以后开创对外汉语教学的元老。

在很长的一段时间，燕大老同学只在私人场合下小聚。改革开放以后燕大校友会成立，每年 4 月下旬成为燕大校友聚会的盛大节日，老校友们在贝公楼开会，在未名湖畔漫步，在勺园餐厅聚餐。燕大 38 届、39 届的部分校友，都会到燕南园 52 号一坐畅谈。这时，楼下客厅挤满了人，充满了欢声笑语，白发苍苍的老人，像是回到了青年学生时代，最多的一次竟达到了二十多人，客厅坐不下，就到阳台和草地上站立交谈，并由燕大聚会的组织者送来自助餐。在他们当中，有黄宗江、孙道临等电影界知名人士，有著名的华裔歌唱家茅爱立，也有国内医学界权威方圻、吴蔚然等人。然而对父亲而言，燕大校友的聚会并不仅是在每年 4 月，而是一年不断，经常有当年在成都燕大与父亲同甘共患难的几位铁杆老友到燕南园与父母聚首畅谈。有时还会有来自外地或海外，和父母几十年没见面的燕大老同学登门来访。老同学久别重逢自然十分高兴，有时就到附近餐厅吃饭。曾在燕大西语系任教的美国教师谢迪克 20 世纪 80 年代重访中国，和 38 届西语系的部分同学在燕南园 52 号见面，并重访了他在燕南园的旧居。母亲当年教过的东欧留学生，如罗马尼亚驻华大使罗明夫妇、匈牙利著名汉学家尤山度等人都能讲一口流利汉语，也曾到燕南园上门拜访，受到父母的热情款待。

不仅如此，我家还是名副其实的燕大校友大家族，20世纪三四十年代涌现了十几位燕大校友，父母和他们是亲属加校友的关系。每逢他们来北大，必定会到我家来小坐，家在外地的亲属还会在我家小住几日，这时父亲一定会放下手中一切可以放下的工作，陪同他们叙旧，在校园中漫步，游览北京名胜风景。这些亲属兼校友当中有许多是卓有建树的教授学者。

其中特别值得一提的是母亲的姑姑杜联喆、姑父房兆楹，他们早年毕业于燕京大学，20世纪30年代定居美国，在哈佛燕京学社长期编撰《引得》，从事明清人物研究，很受著名历史学者洪业的器重（燕南园54号即洪业旧居），是国际公认的著名华裔中国史学者。在校方有关部门的努力和父亲等人的策划下，房兆楹、杜联喆夫妇在1985年春终于回到阔别半个世纪的中国内地，他们在北大和其他院校多次讲学访问，在父母陪同下会见了多年不见的老友，如翁独健、谢冰心和周一良等人，游览了北京的一些著名景点。不幸的是一天早晨房兆楹先生心脏病复发，急送北医三院抢救。房先生还在医院抢救时，杜联喆先生艰难地做出决定，仍按事先约定的时间，由亲属陪同到中南海和邓颖超见面（她在女子师范学校时和邓颖超是同班同学），当邓颖超得知房先生病情危急时，马上派中南海保健医生方圻火速前往北医三院参与抢救，然而已回天无力，房兆楹先生于当天下午逝世。后来，政府有关部门和校方为房先生在八宝山举行了隆重的遗体告别仪式，美国驻华大使恒安石和时任全国政协副主席、北京大学前任校长周培源及一些社会知名人士都出席了仪式。

父母和燕大同学在燕南园52号聚会的合影，后排左一为父亲，左二为母亲

（四）

燕南园 52 号对于北京高校的京昆爱好者来说，是一处格调高雅的吟唱场所。父亲自青少年起就酷爱京剧和昆曲，交友广泛，经常在京举办曲会。从我记事起，从蔚秀园到中关园，从中关园到燕南园，我家总是票友满座，上至一代名士张伯驹，下至无名晚辈后生，都是父亲的座上客。但自从 1957 年以后，我家的曲会就沉寂了下来。再次举办曲会已是三十年以后了，地点也移到了燕南园 52 号。父亲和时任北大副校长的张学书积极参与和促进了恢复北京高校曲社的活动，父亲还几次写信给张允和女士商谈恢复曲社，并邀请她参加曲社活动（张允和的《昆曲日记》一书中，记载了父亲参加曲社活动的情况；张允和的丈夫周有光，是我国著名语言学家、现代汉语拼音之父。父亲当年参与制订"汉语拼音方案"时就和周有光先生相识）。

曲社恢复活动以后，燕南园 52 号楼下的客厅就成为活动场地的首选，每周举行一次活动，参加者除了父母外，还有北大的朱德熙夫妇、齐良骥夫妇、楼宇烈先生以及清华大学等学校的几位老教师。一些热心的中青年爱好者，如首都师范大学的欧阳启名老师、北大的王洪君和李海燕老师等后起之辈也积极参加曲会。抗战时期父亲在成都燕大求学时，考取了著名语言学家李方桂先生的研究生。恰巧我父母和李方桂、徐樱夫妇对昆曲都有共同的爱好，多次参加成都当地的曲社活动，并与正在成都暂住的一对才女张允和、张充和姐妹相识。20 世纪 80 年代初，在校方安排和父亲等人努力下，李方桂夫妇从美国回到国内讲学，在讲学空隙期间，父亲和朱德熙先生（时为北大副校长、全国人大常委会委员）在临湖轩精心组织了一场欢迎李方桂夫妇的曲会专场，到会的有许多北京昆曲界的著名票友和琴师。李方桂夫妇在空闲时还几次到燕南园我家里来叙旧，并小唱几段，父亲和李方桂先生的关系，超越了一般师生关系。

1981 年，父亲赴美进行学术访问期间，在著名学者余英时先生家中与已年届七十的张充和女士再次见面，不仅一同唱曲，而且还回顾了抗战时期在成都的曲事。次日张充和又来到余家，带来一本当年成都曲会的"签到簿"，上有父母的签名。父亲看到后感慨万千，在张充和的《曲人鸿爪》书画册上欣然提笔写下了《游园》的《绕池游》一曲："梦回莺啭，乱煞年光遍，人立小庭深院。炷尽沉烟，抛残绣线，恁今春关情似去年。"（见张充和口述、孙康宜撰《曲人鸿爪》一书，广西师范大学版社 2010 年版）

1998 年北大百年校庆前夕，有关方面曾邀请父母以北大老教师和昆曲爱好者的身份，在大讲堂戏台演出一段昆曲。母亲因不小心摔伤髋骨，未能实现伉俪联袂演出，成为一件憾事，但父亲仍然上台表演了一段昆曲

父亲访美时在张充和的《曲人鸿爪》书画册上所题的曲词

的笛子伴奏。父亲不仅喜好京剧和昆曲，而且对京昆艺术有着深入研究，他曾经在中央电视台《中华文明之光》系列节目中开办了介绍昆曲知识的讲座，央视还赠送给父亲一套昆曲讲座的录像带。

王力老先生在生前十分关注京剧的字韵问题，希望能使京剧形成一个严谨、系统的艺术理论学问，于是特意请来吴宗济先生、刘曾复先生、欧阳中石先生和父亲等人，共同组成了一个以王力先生为村长的"五家村"，多次在燕南园 60 号王力先生家进行活动，深入探讨京剧的字韵问题。王力先生和父亲都曾著文发表在刊物上。父亲在主持建立语音实验室以后，也不忘以现代技术手段对京剧和昆曲唱腔的语音学研究，多次和语音学专家和京昆专家探讨有关问题。后来，语音实验室终于实现了他的遗愿，开展了以现代语音技术研究京昆唱腔的项目。

随着父亲年纪渐长，在家举办曲会已力不从心，但仍然和母亲在家中自唱自娱，几乎每天日落西山时，燕南园 52 号就会飘出咿咿呀呀的清唱和二胡伴

父母在燕南园 52 号家中自唱京剧

奏声，缭绕在参天大树之间，成为幽静燕园中独有的天籁。由于父亲对促进北大校园昆曲活动作出了积极贡献，当台湾的白先勇先生编导的青春版《牡丹亭》在北大百年大讲堂首次隆重演出时，父母作为特邀嘉宾出席开幕式并观看演出。2010年北大再次举办昆曲文化节时，在校长致辞中特意提到"北大教授俞平伯先生、林焘先生等学者与曲家文人都曾在北大不遗余力地研习传唱昆曲"，对父亲所做的推广昆曲工作给予了中肯的评价，而俞平伯先生就是父亲在燕大国文系读书时的古文老师。

（五）

燕南园原来只是坐落在北大校园腹地的一个教师住宅区，除了北大师生和燕大校友知道那里有一些燕大时期的别墅小楼和独院平房，住的几乎都是老教授以外，并不被外界特别关注。直至最近十几年，燕南园在国内外的知名度陡然升高，不时有记者和各界学者、国内外旅游者、摄影爱好者、美术写生者来这里一探究竟，流连忘返，甚至有时还可以见到有年轻人慕名到燕南园来拍婚纱照的温馨情景。父亲不止一次被媒体记者和历史研究者采访，最早采访父亲的媒体大概是《中国国家地理》杂志社，该杂志 2003 年第 3 期发表了一篇题为《精神的圣地——北大燕南园》的文章。文内刊载了多幅照片，其中有一张在客厅里采访父亲的照片，父亲在采访中谦虚地自称只是燕南园的"小字辈"，他希望燕南园有一天会成为一所纪念学者大师的博物馆，为了能成就这件事，他甘愿搬出燕南园。还有不止一个电视剧组想以我家客厅中的老家具为布景道具拍摄剧情，父亲以母亲身体不好为由婉言谢绝了。仅有一次的破例是，某电视台要给正在北大读书的著名体操运动员桑兰拍纪录片，提出要在我家阳台上采访桑兰，父亲欣然应允，于是电视台在草地上架设摄影机，桑兰坐在阳台上接受了记者采访。有

父亲陪伴母亲在燕南园小径散步后休息

一次，父亲与腿伤初愈的母亲在燕南园的小径中悠闲地散步，无意中被某房地产商的拍摄组拍到，并作为某楼盘广告刊登在一家有影响力的大报上。当然，房地产商事后也登门向父母表示了歉意和慰问。广告上刊登的大幅照片虽然是借用燕南园优雅气氛展现楼盘环境的，但倒也还符合父母相濡以沫的一生。

父亲生前十分尊重在燕南园居住的老先生们，这些老先生都比父亲年长十岁以上，最大的相差二十岁。每逢过年过节，父母都要到 60 号王力先生、61 号林庚先生、62 号侯仁之先生、63 号魏建功先生家拜年，以尽晚辈或学生之情。父亲对我讲过，他在燕大读书时，曾经聆听侯仁之先生开的"田野调查"课，这对父亲日后做汉语方言研究带来很大帮助。20 世纪 80 年代父亲带领一些中文系汉语言专业学生在京郊各地做北京话分布情况的调查，取得丰硕成果，其中田野调查知识起了一定作用。我家搬到 52 号以后，与王力先生家隔窗相望，两家走动较多，王师母年年派她家的保姆带着割草机到我家草坪割草。每年中秋节还给我家送来广西家乡月饼。王力先生去世以后，父亲仍经常去王家看望师母，直到师母逝世。

父亲一生淡泊名利，热爱事业和生活，他生过几场大病，甚至生命垂危，都被从死亡线上拉了回来，但痊愈后仍然积极投入工作中。2001 年底，临近父亲八十大寿的时候，按照中文系的惯例，要为德高望重的老先生庆贺八十寿

47

辰。父亲当年的学生、时任中文系党委书记的李小凡老师向父亲提出系里要为他祝寿一事时，父亲婉言谢绝了。由于父亲态度认真而坚决，最后系里遵从了父亲的意见，父亲和家人一起平静地度过了八十寿辰。

2003年3月《中国国家地理》杂志发表《精神的圣地——北大燕南园》一文时，燕南园只有四位老教授还健在，他们是95岁的法学家芮沐先生，92岁的文学家林庚先生、91岁的历史地理学家侯仁之先生和81岁的父亲——语言学家林焘先生。同为福建籍的林庚先生和父亲都在2006年10月病逝，前后相隔仅二十多天。后来仙逝的芮沐和侯仁之先生都寿过百岁。

十多年来，随着大师相继离去，燕南园也显得日益萧条凋落，但它仍然是人们心中的"精神圣地"，也成为纪念学者大师的博物馆。

扫码获取

☑ 燕园历史
☑ 燕园印记
☑ 燕园名流
☑ 燕园同学录

追忆父亲马坚

马志学 [1]

（一）

　　父亲从地处祖国西南边疆的云南蒙自沙甸起步，历经曲折坎坷，终于在四十岁时成为北京大学教授，走上中国最高学府的讲台，这既是个人奋斗的结果，也是众多客观因素合力使然。1949 年新中国成立前夕召开中国人民政治协商会议，父亲作为特邀代表，躬逢其盛，与众多开国元勋、仁人志士以及各界的社会名流一起，共商大计，并且在天安门城楼上亲眼见证了那个伟大的历史时刻。我想，这应该是父亲一生中最激动人心的一页。

　　幼年时的我也沾了父亲的光——在国庆之夜，数度和全家人一起登上天安门城楼；多次随父亲到怀仁堂观看演出；小小年纪就有机会近距离见到老百姓

---

[1]　马志学，1947 年 1 月生人。北大硕士。北大附中毕业后曾在山西插队，后进入北京大学学习，获硕士学位。曾任北京大学国际关系学院副教授。2020 年 11 月因病去世。

父亲在 1950 年 6 月召开的中国人民政治协商会议第一届全国委员会第二次会议上发言

平时只能在报纸、宣传画上才能看到的国家领导人以及社会各界名流。

父亲在中国阿拉伯语教育领域具有杰出贡献。我注意到，他的一生始终与教育事业相伴而行：从沙甸的鱼峰小学和养正学校，到昆明的明德中学、云南大学直至北京大学，一步一个脚印，脚踏实地，循序渐进，他一辈子献身教育事业。国家、民族的强盛，终究还是离不开全面、持久地发展教育。世界各国的正反经验一再证明"教育兴则民族兴"，这才是颠扑不破的"硬道理"。

（二）

父亲一生花了很大一部分时间和精力投身于翻译事业，他的学术贡献离不开那一本本译著。著书立说固然可敬，而长年累月地埋头于经典名著的翻译工作，也绝非易事！从严复翻译《天演论》，到鲁迅、傅雷、曹靖华等一批人留下大量译著，翻译巨匠们贡献给我们后人大量宝贵的精神财富。面对前辈的这些闪光业绩，有谁敢无视或贬低他们？父亲除了写作、翻译，还喜好读书、买书，他因此得以扩大自己的学术视野，从中获得无穷的乐趣。由此我想到了父亲的书房，想起了北大燕东园

1956 年父亲摄于北大燕东园 25 号住宅书房

25号的三面是玻璃窗的那个房间（燕京时期即由阳台改造而成），当年我们全家人都习惯称之为"玻璃书房"。刚从城里搬来时，父亲还特意请人将厨房隔壁过道里置放的一个高大的玻璃餐具柜重新油漆，然后将其挪至书房，改为书柜使用。

新中国成立前后，父亲从北京琉璃厂、东安市场等处的书肆陆续购置了许多中华文化方面的典籍，其中既有线装书，也有影印版，诸如《前汉书》《后汉书》《二十五史》《二十五史补编》《宋会要辑稿》《资治通鉴》《唐会要》《明会要》《元朝秘史》《诸藩志》《雁门集》《昭明文选》《太平广记》等等。此外还有他多年珍藏和使用过的大量阿拉伯文、英文精装书，也大多排放在这个大书柜里。

父亲的阅读兴趣广泛，这与他的学术研究相关，比如他购置的一些中外天文学方面的书籍，就与他研究伊斯兰历法需要大量参考书有关联。另外一些书则是出于个人阅读偏好，他在20世纪50年代购置了很多中国古典文学方面的著作，其中有《唐诗三百首》《宋词选》《屈原九歌今释》《李杜诗选》《元白诗选》《诗经选》《古诗源》……仅"中国文学史"一类的多卷本就有好几种：郑振铎的《插图本中国文学史》、北大教授游国恩主编的《中国文学史》，还有陆侃如和冯沅君合著的《中国诗史》，等等，不一而足。

2014年深秋，我在整理父亲留下的大量书籍时，发现了几本名人学者亲笔题赠父亲的书，其中有郭沫若的《读随园诗话札记》、罗常培的《普通语音学纲要》、王伯祥编选的《史记选》和高名凯的《普通语言学》。这几本专著题赠本既有较高的学术价值，也有一定的收藏价值。

郭沫若题赠的这本《读随园诗话札记》背后有一段小故事：1961年前后，郭老连续在《光明日报》副刊上发表系列文章，评述清代乾嘉时期大诗人袁枚的《随园诗话》，其中一篇提到产自古代阿拉伯世界的香水"古剌水"，父亲为此对阿拉伯古剌水作了一番小小的考证，写成一篇短文发表在《光明日报》副刊版面上，也算是凑凑雅趣吧。郭老看了这篇文章很感兴趣，打算将其作为附录文章收入即将结集出版的《读随园诗话札记》，为此他专门致信父亲，征求父亲的意见。父亲当即回信，欣然同意。郭老的这封来信我当时也看过，信封、信纸上的字均为毛笔写就，可惜这些在"文革"时被抄走，从此下落不明。郭老是书法名家，他的这一墨宝丢失，当然是很可惜的一件事。

（三）

20世纪50年代，时代的洪流，将父亲推上了一个全新的政治"舞台"——为国家领导人担任重要外事活动的翻译，这是父亲当年苦读阿拉伯语时所万万没有想到的一项工作。那个时期，国家的外语人才奇缺，熟知阿拉伯语的父亲则更是"稀缺资源"。那个时候北大、北京外国语学院的名教授为领导人当翻译并不罕见，常听父亲提起陈定民、周珏良等老师的名字，这些名教授之所以与父亲熟识，都是在那些重要外事场合彼此经常接触的缘故。

据我所知，父亲先后为毛泽东、刘少奇、周恩来、朱德、董必武、彭德怀、陈毅等国家领导人担任过现场翻译，其中给周恩来总理当翻译的次数最多。听父亲讲，每次见到周总理，总理都非常客气，总是说："对不起！马教授，又麻烦你了！"有一次父亲完成翻译任务后，由外交部工作人员安排单独进餐、休息，没有参加后来的宴会。宴会结束之后，父亲亲眼见到周总理为此严厉批评外交部的何英司长："为什么慢待马坚教授？"这件事让父亲大为感动，之后经常向别人提起，对总理的伟人风范赞叹不已！

说到周总理的人格魅力，这早在少儿时期就深深印在我的思想里，至今不变，这与父亲对我从小在这方面的教育分不开。他对总理待人接物的评价，完全是建立在他自己与这位政治伟人的多次个人接触之上。这里我觉得还有一件小事值得告诉读者：时间大约是在1964年前后，那是在人民大会堂召开的一次全国人民代表大会会议上，按照会议规定的议程，要最后表决通过一项决议，其中有号召全国人民"自力更生、发愤图强"的语句，决议草案上用的是"奋"字，父亲认为应该改为"愤"字。那天的大会由朱德委员长亲自主持，他站起身问代表有没有不同意见，父亲这时举手示意有不同意见，朱德没有看见，就宣布一致通过。大会结束后代表到宴会厅用餐，周总理专门走到父亲桌前，对父亲说："对不起！马教授，朱委员长年纪大了，眼神不好，没有看见你在举手。"父亲回到家里，对全家人说起这事，母亲听了嗔怪父亲多事。

1956年11月，首都各界群众在天安门广场举行声援埃及抗击英法侵略的大会，父亲受命现场担任郭沫若讲话的阿拉伯语翻译，父亲的声音在偌大的天安门广场上空回响，后来中央新闻纪录电影制片厂制作的《新闻简报》在北大大饭厅银幕上再现了集会的盛大场面，第二天有小伙伴对我说："昨晚我看到你爸爸在天安门广场讲话啦！"九岁的我听了心里美滋滋的。

1958年夏季，首都北京几十万人又在天安门广场举行过类似的群众集会，此次是声援黎巴嫩等阿拉伯国家反抗美国入侵黎巴嫩的侵略行径，父亲也担任了与1956年那次群众大会类似的角色。

（四）

1974年秋天，许久未曾露面的周总理，在人民大会堂宴会厅举行盛大国庆宴会，庆祝中华人民共和国成立二十五周年。历经难熬的八年之后，父亲第一次收到周总理的国宴请柬。经过"文革"的冲击和多年糖尿病的折磨，那时父亲的身体状况已经大不如前，日渐衰老，走起路来步履蹒跚。9月30日傍晚，我陪着父亲站立在北大燕东园门口，等候学校派来接送父亲去大会堂的小汽车（"文革"之前的年代，来接父亲外出公务的小汽车都是直接开到燕东园桥东的家门口前，而经历"文革"后的燕东园此时已然面目全非，成了一个大杂院，汽车已经很难开进去了）。到了晚上九点多十点钟的时候，我又到燕东园门口翘首以待，迎接归来的父亲。

这次盛大国宴之后的第二天，中央人民广播电台多次全文播发有关国宴的报道，播音员不厌其烦地念着参加宴会所有宾客的名字。我记得当时父亲靠在家里那个他用了多年的藤条躺椅上，一遍又一遍地静静聆听，我当时也坐在旁边。父亲虽然一言不发，但我深知，此时此刻他的内心一定极不平静。

从1977年直至1978年8月16日凌晨父亲突然去世，在生命最后的这段时间里，业已明显衰老的他，还是尽其可能地参加了一些社会活动：1977年初冬，父亲参加了北京市人民代表大会会议；1978年2月出席第五届全国人民代表大会第一次会议，后再赴人民大会堂聆听邓小平在全国教育大会上的重要讲话；同年4、5月，他参加了两个活动：一个是在民族文化宫举行的与民族统战工作有关的活动，他在那个场合见到了阔别多年的乌兰夫同志，并与后者握手问候，那时乌兰夫刚刚就任中共中央统战部部长；另一个活动是在建国门的中国社科院世界宗教研究所举办的宗教问题座谈会，其时上任不久的"中国社科院顾问"周扬也到会发言，并且特意上前与父亲握手致意。父亲在那次会上大胆进言，强调宗教研究的合理性。这是父亲最后一次在公开场合"亮相"和即席发言，事先万万没有想到，这竟是父亲生命中的最后一曲"绝唱"！

1978年初春，第五届全国人大第一次会议在北京召开，这是国家历经十年"文革"之后第一次召开的全国人大盛会。父亲自1954年第一届起，就一直是全国人大代表，直至1978年第五届全国人大开会，他已经连续五届当选全国人大代表，家里至今仍然保留着父亲当选历届全国人大代表的证件。遗憾的是，"文革"之后，他外出开会已然有困难，在代表报到日那天，我陪着父亲与周培源，同车前往各省代表团驻地之一的前门饭店报到。此外，我在大厅购物时还与原甘肃省委第一书记汪锋等擦肩而过，可惜父亲因腿脚不便留在房间里休息，20世纪50年代前期他与汪锋常在一起开民族工作方面的会议，那时候汪锋曾经一度担任国家民委副主任。在报到处我碰到刚刚就任北大党委书记的周林，他嘱咐我好好照顾父亲，还要求在场的工作人员尽量给父亲提供方便。"文革"前周林曾经长期担任贵州省委第一书记，他抗战时期曾经在新四军系统工作，与北大的冯定教授较熟，后者先后在新四军军部和四师搞宣传工作。周林调任北京大学党委书记之后，曾专门到燕南园看望冯定。

父亲最终在家中病故，这也许是天意，当时全家人都在他身旁。第二天清晨，冯定教授代表北大党委，最先到燕南园60号吊唁，而后北大的众多老教授纷纷来家里告别或吊唁，其中有周培源、金克木、朱光潜、季羡林、洪谦、王力等。八宝山追悼会的规格也不低：周扬、周林、毛联珏（时任北京市委书记）、

包尔汉、刘格平、马玉槐和一大批北大教授、同仁到场。父亲的特殊地位和背景，让这个追悼会成了一个十分特殊的重要场合——历经"文革"苦难的北大老知识分子借此机会能找到一个适于互诉衷肠的特殊场合。我目睹这些从小就熟悉的伯伯叔叔们彼此久别重逢时激动万分的情景，不能不为之动容。

2015年春天，我们兄弟二人将父母合葬的墓地修缮一新，了却了我们的一大心愿。站在墓前，我思绪难平，几十年风雨同舟的二老，现在总算来到一个风平浪静的世界，安然地休息了。蓝天白云下，千米之遥的百望山清晰可见，放眼望去，一片绿树青葱。百望山旧称望儿山，一个饱含亲子深情的传奇名字。未来的岁月中，要是父母能站在山巅看到我们，那该有多好！

扫码获取

☑ 燕 园 历 史
☑ 燕 园 印 记
☑ 燕 园 名 流
☑ 燕园同学录

我心中的父亲

——沈克琦

沈正华 [1]

父亲离开后，我常常在梦中与他见面。2021 年 10 月 17 日是父亲百岁冥诞，谨以此文祭奠他的在天之灵。

（一）父爱如山，启智育德恩情深

在不同的年龄段，父亲在我心目中的形象是不同的。小时候眼中的父亲是大忙人，把全部时间和精力都交给了工作，偶尔在餐桌上我们才有对话的机会。走上社会后，父亲是我们事业的指路人，严师益友。对第三代而言，父亲是慈祥的长者，把自己年轻时未尽到的父爱尽可能地传递给孙辈，关心他们的

---

[1] 沈正华，1951 年生人。曾任北大图书馆研究馆员，北大原副校长沈克琦之女。

健康成长和品行教育，同时也享受含饴弄孙的天伦之乐。

父亲特别懂得如何启发和保护孩子的求知欲望，20世纪五六十年代他曾任"自然科学小丛书"编委，可得到最新出版的赠书。这套丛书和《十万个为什么》成为我小学高年级时重要的科学启蒙读物。这些由著名科学家撰写的科普作品，以浅显易懂的方式讲述科学原理，让我对大自然的各种现象及人类的各种科学发明充满了好奇。阅读中遇到问题，我总是向父亲请教，这种交流是感受父爱的重要方式，那是一种油然而生的、与物质享受完全无关的幸福感。

父亲特别注意引导我们的求知欲，并抓住各种机会教我们一些书本外的知识。我们在中关园居住时，一次中秋节的夜晚，难得有空的父亲和我们一起在院子里赏月，他教我们认识星座，告诉我们什么是光年，还曾带我们去天文馆看科普影片《夏日星空》；在家里他曾给我们做虹吸实验，让我们懂得如何才能使水流跨越高处障碍。三年困难时期以后，中科院在友谊宾馆建立了科学会堂，这里设有图书室、棋牌室、乒乓球室等，每逢周末及节日还常为科学家们举办一些文体活动，如交谊舞会、电影放映等。父亲有科学会堂的出入证，曾带我们到这里看科普电影、看书、打乒乓球、参加春节游艺活动等，那是我儿时记忆中难得的愉悦时光，也算是难得的与"特权"沾边的享受。

父亲的记忆力特别好，我们从小就很佩服。他上初中时看过《水浒传》，时隔五十年，对书中一百零八位梁山好汉的名字和绰号还能背出一百个以上；初中数学涉及的乘方、开方、对数等，有关数值他全部记在脑中，根本不用查表。20世纪50年代初，在号召突击学俄语的高潮中，不少人上了俄文速成班，父亲工作忙，没有上速成班的时间，只能在每天晚上抽时间背一百个单词，且过目不忘，几个月下来父亲就可以阅读俄文物理学文献了。学理科出身的父亲，对中国历史年表也是烂熟于心，各朝代的起讫年份比我这个学过中国历史的大学本科生记得还清楚。父亲在西南联大念书时，曾选修吴晗主讲的中国历史课，考试时得了89分。我想记忆力强只是一方面，更重要的是他做事一贯专注，故能做到博闻强记。

小时候让我们最兴奋的事莫过于全家出游，这对我们而言十分难得，因

家人合影，1957年摄于中关园234号门前

1959年全家一起在八达岭

而弥足珍贵。每逢这时我们能体会到浓浓的父爱，感受到一个有知识、有文化的父亲对子女教育所倾注的心血。他时刻教育我们做一个正直的人、有道德的人。在公园里，不仅要求我们不能乱丢果皮，一旦发现地上有别人丢弃的冰棍纸，他还要捡起来丢入垃圾箱，并要求我们也这样做；随地吐痰是不可以的，只能吐在随身携带的手绢里。记得在"除四害"和学雷锋的年代，大家都争着做好事，他支持我们打苍蝇、拾马粪、收集废铜烂铁。外婆埋怨小孩子搞这些会弄脏衣服，耽误学习和休息，他总是说衣服脏了可以洗，劳动习惯一定要从小培养。

国庆十五周年那天，父亲带着我们三个孩子一起在天安门观礼台上观看焰火。广场上人山人海，联欢的群众载歌载舞。经不住我们的再三要求，父亲最终带我们走进了那片欢乐的海洋。在拥挤的人群中父亲一手拉一个孩子，并叮嘱另一个孩子在后面拽住自己的衣服，生怕大家走散。

对于"80后"的独生子女而言，会觉得这位父亲对孩子做得很不够，陪伴孩子的时间太少了。可对于我们这些"50后"而言，街坊邻里像这样的父亲不在少数。在工作中，他们是共和国的脊梁；在家庭中，他们是擎天大树，是满足孩子们求知欲望的最佳人选，润物细无声，身教胜于言传是他们一以贯之的教育理念。童年时我并未想过那么多，直至自己为人母之后，对这些才有了更深切的体会。

"文革"期间，弟弟因在学校受到不公正对待，一度对上学产生抵触情绪，并向父亲诉苦。父亲听后内心十分难过，由于自己的处境给无辜的孩子带来痛苦，他自己心中又何尝不心痛？但父亲还是克制内心痛苦，说："你们年纪还小，现在社会这么乱，不上学在社会上游荡怎么能行？不学习头脑空空的，将来靠什么建设祖国？"父亲的这番话自此深深印在弟弟的脑海中。弟弟下乡到东北建设兵团后，在繁重的劳动之余仍然坚持自学文化知识，最终成为 77 级北大学生，他大学毕业后考上了公费出国研究生，在 UCLA（加利福尼亚大学洛杉矶分校）拿到了博士学位，取得了优异的学术成果。

我有了女儿后，父亲郑重地告诉我，要想让孩子成为一个诚实守信的人，家长首先要做到对孩子兑现自己的承诺，千万不能为了哄孩子随口许愿，之后又不信守诺言，这会毁了家长在孩子心目中的形象，也毁了孩子的未来。对于孩子的提问，父亲总是以严谨的科学态度想方设法给出一个满意的答案，凡是自己不能确认的答案一定要查书核实。这样的事情不仅发生在我们身上，而且荫泽到下一代。我女儿成长的过程中从父亲那里得到了更多的关爱，每年六一儿童节父亲送给她的礼物都是图书。20 世纪 80 年代后期及 90 年代初，在我出国进修考察的那段时间里，女儿曾和父母一起生活过一段时间，晚上睡觉前父亲总会给她讲几个故事，这可是我们姐弟三人小时候从未享受过的待遇。女儿刚上小学一年级时，父亲就教会了她查字典，从此以后她遇到不认识的字，不再纠缠大人，而是自己求教于字典，遇到生僻字，她还会反过来考大人。学会查字典为她的自学奠定了良好的基础。在以后各阶段的学习中，凡是不认识的字，无论是中文还是英文单词，她都会求助于字典，从小学生词典到电子词典又到手机。女儿曾经骄傲地说："外公是个教育家。"我想，孩子眼中这样的定位是因为她体会到了外公"授之以渔"的启发式教育给她带来的终身裨益。我曾经偶然发现 1991 年父亲被原国家教委聘为"国家教委关心下一代工作委员会委员"的公函，这个聘任于父亲当是受之无愧。

还有一件小事让我至今记忆深刻，父亲说他上初一时学校组织猜谜活动，最后只剩下谜面为"good morning"的一条无人猜中。父亲回到家后还在苦苦思索，临睡前终于想出了答案"谭"字（西言早）。次日一早他兴冲冲地找到老师，报告了这个谜底，为此他得到了学校奖励的一本《英汉双解词典》，这本工具书伴随他完成了中学阶段的英语学习。父亲的故事让我从此之后也迷上了猜字谜，感觉这是锻炼大脑很好的"体操"。

我下乡回城后，曾在北师大幼儿园工作两年半。没有受过幼儿师范专业培训的我，深知要做一名合格的幼儿园老师有许多知识和技能需要重新学习。那时我们幼儿园每周要上公开课，还经常接待外宾来参观。我将一些自然常识以深入浅出的方式带进了课堂：通过无色、无味、透明、会流动的液体这些特性教孩子们认识水；利用地球仪让孩子们了解中国和主要邻国所在的位置，并了解白天和黑夜是如何产生的。这些具有探索性的教学内容，得到了父亲的大力支持和鼓励，也与他早年对我们的启发式教育密不可分。在我考上大学离开北师大幼儿园后，我的这些教案与其他老师的教案一起汇集成册，由北京师范大学出版社正式出版。

1983年我大学毕业后，被分配到北大图书馆工作，当时父亲还任北大副校长。他没有说更多的话，只告诫我"要好好干，一切要靠自己的努力"。我深知父亲的殷切希望，入职不久就成为馆里的业务骨干，也曾赴美进修、工作，先后担任过编目部、咨询部和分馆办公室的主任，在各个岗位上都做出了显著的成绩，算是给父亲交上了一份完满的答卷。

（二）勤奋工作，任劳任怨螺丝钉

1946年7月31日西南联大宣告停止办学，北大、清华、南开三校定于同年10月10日在北平、天津同时开学，父亲自此入职北京大学物理系，一生与物理结缘、与北大相伴长达六十八年。这其实是一次迟到三年的履职。1943

年父亲从西南联大物理系毕业时，系主任饶毓泰即让他留系任助教。因思念分别四年的家人，父亲请假离开昆明先到广西桂林探亲，到家后他马上挑起了协助祖父养家的重担，在当地的汉民中学任教三年。

新中国成立前夕，父亲参加了地下党的外围组织。后来组织上要发展他入党，因担心入党后没有时间钻研业务，他一度犹豫不决，但最终还是响应党的号召，决心做一名"又红又专"的知识分子。从 20 世纪 50 年代起父亲在物理系一直担任行政职务，曾任系主任秘书、校工会副主席、教研室副主任、系副主任兼党总支委员及总支副书记。除行政工作外，他还挤时间参与教学，除了吃饭睡觉以外，生活全部被工作填满。北大物理系一度是全校最大的系，学生人数多达一千八百人，在这样一个大系中主抓教学，父亲肩上的重担可想而知。除了系里的工作，父亲在学校也担任一定职务，并承担了教育部和中国物理学会的许多工作，忙得就像一个永不停转的陀螺。父亲晚年对自己无法全心投入专业研究工作仍抱有莫大遗憾，恰恰印证了他几十年前的担忧。其实 20 世纪五六十年代父亲曾经有机会离开北大，去中科院从事科研工作，但时任校领导坚决不放他走，说："物理系不能没有沈克琦！"

无论是在小学还是中学，父亲从未到校参加过我们的家长会。当初我也曾有过抱怨，后来才逐渐理解他。他不是不关心我们的成长，实在是超负荷的工作使他分身乏术。只去参加一个孩子的家长会不公平，都去参加时间肯定不允许，所以干脆都不去。好在那时我们学习都自律，属于让人省心的孩子。每逢我感冒发热，陪我去校医院打针的任务必定由父亲承担。但几乎每次途中他都会碰到同事或熟人，于是就停在路边聊工作，全然不顾我在自行车大梁上左右扭动身体企图缓解坐麻的双腿。弟弟周岁那天外婆去商店买东西，临走前特意叮嘱在家备课的父亲照看一下在童车里自己玩耍的弟弟。谁知他只专注于案头工作，根本没顾上看弟弟一眼，外婆回来才发现弟弟的两条棉裤全褪到脚脖子，两条腿和屁股被冻得通红，当晚就发起高烧。父亲不是粗心大意的人，也不是不爱我们，但在很长的一段时间内他的时间全部交给了工作。

（三）爱国情怀，终身铭记思与行

父亲一直不忘他在上小学期间，贯穿于课堂教学和课外活动中的爱国主义教育。课堂上老师给同学们讲文天祥、岳飞的英雄事迹，告诉大家清政府被迫签订一系列不平等条约的屈辱历史。1931年发生了九一八事变，全国群情激奋，级任导师率领五年级学生上街宣传抗日，父亲也曾站在板凳上讲演，围观的听众还报以热烈的掌声。爱国主义和民族精神正是通过这些活动潜移默化地在父亲心中扎根。

1947年，父亲回到北大工作不久，物理系主任饶毓泰先生得知扶轮社有资助赴美留学的名额便安排父亲申请，并请胡适校长、郑华炽教授写推荐信，请朱光潜教授写英文水平证明信。这些有分量的推荐信加上西南联大优秀毕业生的背景，父亲与获得留美奖学金只有一步之遥。面试也十分顺利，但最后面试官询问父亲对美国的看法。他不假思索道出自己的真实想法：美国人民和中国人民是友好的，但是美国政府帮助蒋介石打内战，对华政策不友好。这个回答最终导致他失去赴美留学的机遇，父亲的坦诚与爱国情怀由此可见一斑。当年他第一志愿报考西南联大航空系是为了科学救国，这次若能赴美留学，学成后也一定会回来报效祖国，这是那一代知识分子的共同追求。他与联大赴美同学的来往信件中谈的全是新中国的变化，这些同学最终悉数归国。

1987年我赴美做访问学者，后来在访问学校申请攻读研究生获得批准。父亲闻讯坚持要我回国，因为我持J-1签证，按照中美协议理应回国工作两年。回国前他建议我用外汇为单位买一些设备，我特意买了一台电动打字机带回图书馆。

香港回归前夕，父亲提议祖孙三代到天安门广场观看历史博物馆前竖起的香港回归倒计时钟。和百年前任人宰割的中国相比，他知道这一切来之不易，对祖国强大、领土完整的梦想追求一直都在他的心中。

（四）鼓励后学，桃李芬芳满天下

父亲一生从事教育事业，在大学工作的时间最长，但上讲台的时间却十分有限，这与他在中华人民共和国成立后一直担负较重的行政工作直接相关。他大学毕业后在广西桂林汉民中学曾有三年时间担负高强度的中学物理课教学任务，这对他的一生影响很大。这一经历不仅让他对大学所学的知识融会贯通，而且使他通过自学补充了原有知识的一些空白点。更重要的是，他对中学物理课所涉及的内容有了全面深刻的了解，对学生学习过程中可能遇到的难点有准确的把握。这三年时间的经验积累，对他几十年后参与中小学教材审定委员会的工作，以及主持中学生物理奥林匹克竞赛的活动都大有裨益。他教过的汉民中学学生后来大都考入国内著名高校，有些人几十年来一直与老师保持着联系，外地的鸿雁传书，本地的则逢年过节登门拜访。学生们走上社会后不忘师恩，有了学术成果愿意向他汇报，出版了专著也不忘邮寄给老师留念惠存，校友们自办的通讯也每期不落地邮寄给他。

父亲在西南联大四年的学习中，每学期考试都在80分以上，跟随吴大猷先生所做毕业论文得了95分，毕业时获得优秀毕业生的称号（全系毕业生共三人获此殊荣），而这份荣誉直到几十年之后，他因编写西南联大校史到清华大学档案馆查资料时才获悉。关于他在西南联大读书时的情况，以下两件事可以佐证他的优秀。一位北大无线电电子学系退休的教授和我住一个楼，一次聊天他告诉我，说"文革"期间他和黄昆先生一同到工厂劳动，每天一起骑车回北大，途中边骑边聊，黄昆提起在西南联大时他常和杨振宁、张守廉（三人同为西南联大物理系的学生，人称"三剑客"）一起讨论物理问题，有时三人争执不下，这时他们就会去找沈克琦寻求答案（但父亲否认有此事，也许时隔多年他已忘记了）。另一位评价父亲的人是北大原校长周培源先生，周老曾说过，沈克琦在西南联大比杨振宁一点不差，只是后来他没有出国继续深造，而是服从组织安排做行政工作了。就在与父亲遗体告别的那天，有位老师告诉我，他曾和父亲一起参加过高考物理试卷的命题工作，至今他还记得，时任教育部副部长的周远清在审核考题时说过的一句话："只要沈先生签字我就签，沈先生不签我也不签。"这位老师告诉我，在考题出完后，父亲是最后把关的人，这时他往往还能指出一些问题，大家听后都心服口服，这位老师用"炉火纯青"一词形容父亲对中学物理知识的全面把握。

父亲是一个办事认真、一丝不苟的人。记得他常常收到一些陌生人的来信，有中学老师或学生，向他求教物理问题；也有社会上自学的年轻人，向他报告自己的研究发明成果（如社会上总有人痴迷的永动机理论）。凡是收到此类信件，他都要挤出时间复信。父亲说："年轻人肯学习、肯钻研是好事，虽然他们所谓的研究成果经不住推敲，甚至连一些基本的物理概念还没有搞明白，但他们的学习热情和钻研精神应给予鼓励和肯定。他们满怀希望写信，是希望有专家对自己的研究成果或学习心得给予指导，回信虽然要花费不少时间，但对年轻人的成长有益，再忙也不能辜负他们的信任。"父亲的回信很讲究技巧，首先肯定年轻人肯钻研的精神，同时又用浅显易懂的语言指出他理解上的错误，并就今后学习中应避免的问题给予指导。有一次，一封还未回复的信被当作垃圾丢掉了，父亲专门去楼下垃圾堆中找回，一如既往地认真回复。

父亲和王荟祥先生的相识也是源自一段这样素昧平生的书信往来。出身于四川广元一个贫寒农家的王先生在高二那年参加了物理奥赛，取得了二等奖，他开始考虑自己未来的道路该如何走，于是给时任竞赛委员会主任的父亲写了一封信。他没有想到父亲不仅回信鼓励他好好学习，还鼓励他报考北大。其所属学校校长在全校大会上宣读了这封信，这对王先生而言是一次深刻的励志教育。在高中最后一年的学习中他刻苦努力，成绩不断上升，最终凭借自己的努力考上了北大。他说在此过程中，是父亲的一封信为他的理想插上了翅膀，最终得以圆梦北大。毕业后，他在事业上发展很顺利，刚淘到第一桶金就开始捐款回报社会。

2011年父亲九十岁诞辰前夕，王荟祥先生提出为物理学院捐款一百万元，用于设立"沈克琦物理教育基金"。躺在病榻上的父亲再三推辞，但王先生坚持说："这笔基金用来奖励学生，也要彰显那些在物理教育事业上辛勤耕耘、作出贡献的老师，以您的名字命名十分贴切，因为您的一生都是在为这项崇高的事业奋斗。"

邓娅（右）代表基金会接受王荩祥校友为"沈克琦物理教育基金"捐款

2011年10月父亲（左）在物理教育基金成立大会上与于敏院士交谈

（五）同窗情谊，历久弥新永难忘

父亲和大学同学的友谊一直延续了几十年，无论是北京还是外地的同学，很多与他保持着联系。最近帮助他整理东西，发现了十几封1947年至1950年间两位西南联大的同学（其中一位是物理系的，一位是经济学系的）从美国写给他的信。其中一位同学在信中提及："我曾和××在信里讨论过你，我认为到北平一年最值得的事是认识了你。××也说你毕业后就走开（指父亲到广西桂林探亲，并留在当地教书的三年），使得大家对你的好处迟迟未能发现，到北平后才知道你是熟人中最好的一个。我们都有小瑕疵，只有你无可争议，当得起聪明正直。"那个时代留美的学生大都怀有一颗赤子之心，大家都特别关心祖国的情况，大家都愿意与父亲通信，视他为知己。父亲的信还被收信人转给邓稼先等留美学生传阅，因为里面讲了北京解放前夕的局势及中华人民共和国成立后的巨大变化。父亲和西南联大老同学的通信持续了几十年，虽然20世纪90年代后电话已很普及，但写信的习惯一直保持下来，用"手足情深"来描述父亲与昔日同窗的感情应是十分贴切的。

每年五四校庆日，当年西南联大同届同学只要返校，总会到父亲家里聚会。起初是物理系的同学，后来其他系的同学也来参加。母亲年纪大且骨折之后，熬鸡汤等待客的简单菜肴也顾不上张罗了，于是大家到食堂领了盒饭后再到我家，聚在一起边吃边聊。同窗情谊因父亲的热情好客而得以延续几十年，无形中他已成为一股巨大的凝聚力。父亲的老同学近些年陆续离世，然而他们之间的同窗情谊先是传递到配偶，继而又传递到他们的子女。年轻一辈无论是从外地出差来京，还是回国探亲，都要抽空来看望父亲，我相信这是因为他们能从父亲那里感受到长辈的关爱，愿意听他讲述父辈之间历经几十年的友谊和尘封的历史故事。父亲最后一次住院，家里的电话三个多月始终处于无人接听状态。即便如此，他的学生或西南联大老同学的

1978年1月美籍著名数理逻辑学家王浩与父亲等西南联大同学在中关村25楼楼顶平台上的合影。第一排左起：张可玉（胡日恒夫人），王浩（洛克菲勒大学教授），母亲，胡日恒（中科院化学所研究员）；第二排左起：胡祖炽（北大数学系教授），陆以信（北大分校教授），吴光磊（北大数学系教授），父亲，孙世铮（中国社科院世界经济研究所研究员）

家人辗转打听，得知父亲已住进北医三院也赶来医院看望，有些甚至是从外地赶来的。

（六）退而不休，老骥伏枥谱新篇

1991年10月，父亲年满七十岁后办理了退休手续，本以为此后他不必再像陀螺一样不停地旋转，有许多时间可以自由支配了，实际情况却并非如此。自从退休后，他不停地接受各种任务，而且自己还主动承揽事情，一天也没有闲下来。例如，父亲主编了一套中学教材，该套教材借鉴了国外中学甚至大学物理教材的部分内容，其编写目的、收录内容、编排方法及使用对象等与国内的统编教材都不相同，形成了自己的特色。它主要面向重点高中物理基础较好

的学生，虽然发行量不高，但有一定的影响。

父亲多年担任全国中学生奥林匹克物理竞赛委员会主任，后来转为名誉主任或顾问。奥赛项目的工作量特别大，抛开策划组织等具体工作不谈，光是每年决赛（两套题）的出题、审题工作就要花费大量时间。每次全国竞赛他都亲临主办地，2006 年 10 月在深圳参加竞赛期间父亲不幸中风，但头脑仍然清醒。此后同事们有意减少他的工作量，只将有疑问或争议的题目请他审查。考虑到父亲出行不便，工作地点也从酒店搬到家里，他在审题过程中还不时地发现题目或答案中的问题。

作为西南联大北京校友会的主要负责人（1983—1987 年任副会长兼总干事，1987—1995 年任副会长，1995—2005 年任常务副会长，2005—2012 年任会长），父亲不仅积极策划、组织和主持校友会的活动，为《校友会简讯》撰稿，而且还与海外校友会建立联系，和其他校友一起建立联大校友扶贫基金和奖学金等，在云南建立多所希望小学，资助麻风病人的子女及贫困大学生完成学业。

据 1989 年 12 月 27 日西南联大北京校友会干事会纪要，父亲作为副会长分管校史组、财务组和秘书组的工作，并负责就《国立西南联合大学校史》（北京大学出版社 2006 年版）的出版与北大出版社联系落实。该书从组织编写到正式出版历经十几年时间，在审稿中为了搞清楚校史所涉及的具体问题，他多次去清华大学档案馆查找资料，并且将重要内容抄录下来。

北大百年校庆时举办了一次校史展，父亲被聘为顾问，他在预展中指出了展板上的多处错误，逐一提出修改意见。北大校史馆成立以后，不时请父亲核实一些老北大的情况。就在他八十多岁高龄时，还陪同校史馆的同志到位于北京沙滩街区的老北大校址，在现场讲解那里的建筑用途及相关历史事件和人物。

2010 年之前，云南教育出版社计划出版"西南联大名师丛书"，为此找到了父亲。父亲不仅抱病编写了其中的一卷《创造物理教育奇迹的大师》，还联系落实了各卷主编，撰写了丛书总序，校对了个别分卷。至 2012 年，丛书共出版八卷，记述了联大文学院、理学院、法商学院和工学院的教授们，通过对他们学术、人品的描述，彰显联大名师的风采。

北大校友张曼菱曾耗费数年时间采访联大校友，以口述史的方式记录联大校史，发掘埋藏久远的那些故事，先后推出了大型历史文献片《西南联大启示录》和编辑出版了《西南联大行思录》一书。父亲不仅多次接受张曼菱女士的采访，而且为其联系大陆和海外的校友，并担任历史顾问。他这个顾问绝不是徒有虚名，背后蕴含着大量的工作：一遍遍地审稿，查找文献，核实历史，联络校友，安排访谈等。张曼菱有一篇文章专门写父亲，他们的交集就是合作整理联大校史的那段经历。在此过程中，父亲严谨务实的作风给她留下了深刻的印象。下面这些话道出了作者的心声，对父亲的评价恰如其分：

沈老以一种"润物细无声"的风格，进入了我的项目，一做数年，风雨如磐，亦持之不懈。依靠任何人，都会带来局限性，而沈先生是一个能够"将局限化为最小"的人选。他久居领导位置，处事具有"老北大"的兼容作风，加之他编写过联大校史，心中有历史分量，也就有人物分量。最突出的例子，就是与杨振宁、李政道的联系。这二位都极其信任他。北大师弟黎明曾经对我说："杨、李这两个人，没有一个机会，没有一件事情，可以把他们搞在一起的。你做到了。"这样的高度评价，其实当送给沈老。是沈老使这对"不相见"的诺贝尔奖"巨子"在这部《西南联大启示录》的片子中相逢，相逢于培育他们的西南联大校园。

沈老为人方正，以大局为重，坚持尊严。这一点，也是杨、李与他交往自如的缘故吧。初接触沈老，感到他有一种江南人的秀密、细腻与机智、警觉，时间一长，遇到"事"了，就显出他骨子里一种北方人的刚毅、坚守。合作之初，我有点发怵。沈老给我的印象是苛刻、擅长"挑错"。辛辛苦苦做出来的稿子、样片，他也不先"肯定"一下，表扬几句。几天后他交给我几大页的"纠错"。所有年代、地名、人名、错别字、误失等等，全都写了出来。然后他再用严肃的口吻对你强调一遍，说到普遍存在的错误时，还非常愤怒。

每向沈老交一稿，我的心情犹如"交考试卷"。真的"头痛"他老人家。

可是在理性上，我明白，我需要的就是他这样的"顾问"，不务虚，上来就"钉是钉，铆是铆"地干。沈老全面地提升了这部作品，连带我这个作者。正是由于他这种兢兢业业、一丝不苟的态度，没有一句废话和赞美的话，这最后的成果才得到了那么多的赞美。从西南联大物理系出来的邓稼先，是怎么把原子弹弄出来的？看看沈先生就有体会。就得这么不讲情面，就得这么苛刻严厉。这就是科学精神。我这个潦草大意的文人，在沈老的梳理下，学习规范，学习考证与准确表达。"意"要到达，"字"要立住。这些文科的基本功夫，却是在沈老那"物理学"的架势下面，重新操练的。

（七）晚年反思，挣脱桎梏还本真

父亲长寿，有机会目睹风云变幻的历史；父亲勤奋，退休后笔耕不辍开启了一段新的人生；父亲正直，视荣誉为浮云，对错误常反思。这是我通过以下事例得出的结论。

其一，勇于自我反省。父亲八十岁时，物理学院要给他开祝寿会，他坚决不同意。回绝的理由是如果开这个会，他首先要做检讨。主持物理系工作这些年，他缺乏新思路，创新培养不够，在物理系选留的毕业生中院士的数量占比比较低。院领导闻听此言，只得把祝寿会改为座谈会，缩小规模，只邀请工作中接触较多的同事参加。父亲去世后，《物理》2015年第4期刊登了赵凯华教授撰写的文章《缅怀我的恩师沈克琦先生》，其中提到："虽然北大有非常强大的老教授阵容，但主导的职责只能落在中青年党员教师肩上。……物理系的教改，特别是几次教学计划的制定与修改，都是沈先生亲自完成的。"

其二，尊重史实，客观地评价历史事件和历史人物。晚年父亲投入大量时间和精力先后主编了《北大物理九十年》及《北大物理百年》。对一些历史遗留的问题，父亲没有回避，而是本着实事求是的态度，还历史之原貌。反右扩大化给北大物理系的学生造成很多伤害，在编写系史时父亲不仅将所能找到的"右派"学生名单全部按入学年份收录，并根据每个人的不同情况列入毕业生名单。2008年4月20日，父亲以曾经的副校长身份去北大档案馆查找"右派"学生学籍资料，随后给物理学院党委提交了《关于在反右运动中物理系学生被划为"右派分子"学生学籍问题的报告》，逐一列出了有关同学的学籍情况和处理结果，要求学院存档以备查阅，同时提交的还有教育部文件《关于对"文革"前部分大学生落实政策补发毕业证书的通知》。

《北大物理百年》第二版有这样几段文字："这些被划右派的师生许多是关心政治、要求入党的积极分子，有些是党团干部。他们在大鸣大放时期响应党的号召，帮助党整风，经过深入的思考，发表了有助于整风的改进工作的诤言，许多意见即使按二十年后官方的观点看也是正确的。""一大批品质优秀并具有独立思考精神的青年师生受到了重大打击，许多人因此坎坷一生。其中有的人在逆境中奋起，仍为我国的建设做出了一定贡献。'反右运动'不仅使一些优秀人才个人埋没了他们的才能，身心受到很大伤害，对于国家也是不小的损失。"这些文字冲破了多年的禁区，引起了不小的震动。该书于2013年10月出版，李政道博士为该书题跋："百年成林皆大师，物理细推须行乐。恭贺克琦凯华老师主编……。"首印4000册很快被校友索要一空，2014年3月又出了第二版。父亲在病榻上完成了第二版的部分修改，这是他殚精竭虑留给世人的最后一份精神遗产。父亲给许多人赠送了这本凝聚着他晚年心血的史书，用颤抖的手署上并不工整的签名，我想他是借此传递一份真诚，希冀更多的人从北大物理百年史中继承某种精神，反思某些事情。

父亲去世后，当年被错划为"右派"的北大物理系学生以各种方式吊唁，有人撰写纪念文章，有人敬献花圈挽联，有些人专门从国外发来邮件，表达对父亲的敬仰，称他为"北大精神的守护者"。

父亲在接受《北大·五一九》访谈纪录片制片人的采访时曾经说，物理系招了很多好的学生，能独立思考，在大字报运动中显山露水，发表了不同的看法，就给逮住了。他还说，我当时担任党委委员，没有顶住，但是心里有疑问，直到"文革"后才认识到五四新文化运动没有完成任务。现在我想，是责任感让父亲不顾高龄勇挑重担，搜集核对大量资料；是正义感让他敢于跨越禁区，还历史之本来面貌。

无论是身处逆境还是一帆风顺，父亲都能保持积极入世的心态，既不气馁彷徨、怨天尤人，也不骄横跋扈、颐指气使。即使是从工作岗位上彻底退下，他的生活也十分充实。年事已高的父亲一直在不停地做事，但毕竟精力和能力有限，于是我就义不容辞地成为他的帮手。从查资料、借书，到电脑录入、文字编辑，有时还要帮忙回复一些邮件。我了解他一以贯之的作风——脚踏实地地做事，为人低调地做人。他对利益看得很淡，对名声却十分珍惜。

父亲有一颗感恩的心，感恩父母给予他宝贵的生命，感恩师长给予他良好的教育，感恩社会赋予他各种责任，为他提供广阔的施展才干的舞台，感恩同学的友谊和同事的支持，感恩家庭给予他浓浓的亲情与关爱。一个懂得感恩的人，必定是一个幸福的人；一个肯奉献、愿付出的人，必定也是一个收获颇丰的人。

总结父亲一生的为人之道，采用这些词是恰当的：正直善良，胸怀坦荡；认真执着，宽容大度；甘于奉献、不求回报；谦虚谨慎，为人低调；生命不息，学习不止。他是一个道德高尚的人，一个勤于思考的人，一个真正的知识分子。

见此图标
微信扫码
开启燕园时光放映机

燕园里的老先生

——唐钺教授

唐凯南 [1]

　　唐钺先生是我的外祖父，我称他为公公。从我记事起，公公就是老教授、老先生，朗润园和镜春园的左邻右舍里，只有老温德先生和陈公公家的老太太要比公公年岁大。校园里遇到熟人，都是称呼公公、姥姥为唐先生、唐太太。记得大概是"文革"结束后不久的一天，公公、姥姥带着我们几个外孙、外孙女去香山，快到西校门的路上，刚刚转过外文楼，遇见季羡林教授从桥上骑车迎面过来，看见公公、姥姥，马上下来，推着自行车站在路旁，笑着问候："唐先生和师母好，今天好天气，带着孩子们去玩？"季先生身着朴素的半褪色蓝色制服加布帽，当时应该也快七十岁了，记不清是不是已经做了北大的副

---

[1]　唐凯南，唐钺的外孙，即唐钺的小女儿、北大教授唐子进之子。幼时随外祖父母生长在燕园。就读于北大经济学系，完成本科和研究生学业后赴美留学、工作、生活。2008年起常驻北京。

校长，可是路上遇见自己当年入学清华时即是教授的公公，仍然是像以前对待老师那样恭敬客气。

唐钺教授生于 1891 年 1 月 7 日，福建闽侯人，所以家里孙辈孩子们都按福建传统叫公公。可对外祖母却是依北方习惯叫姥姥，而且姥姥的身世似乎是个谜，直到今天我也不完全清楚姥姥李秀峰祖籍是哪里。关于公公的家世，也没有听长辈们详细说过，只知道公公的母亲家姓林，父亲是位乡村医生，可是家

佩戴北大校徽的公公，摄于 1957 年秋

里其他事情，知之甚少。我妈妈回去过福州老家，说公公的家乡山清水秀，出产一种蜜橘，很有名。唐姓在福建属小姓氏，相传是唐代时为避中原战乱，从河南迁徙闽越。没听说过什么了不得的家史，更不知道祖上有没有出过什么有名头的人物，应该就是普通乡村家庭。我们从小就知道公公在家乡曾结过婚，娶了由他父母定亲的周氏太太，育有一女，我们这一代都称"科学院大姨"，因为她家在科学院工作和居住。家里一直都有来往，小时候姥姥还带我去看周氏姥姥，她年岁比公公还要大两三岁。还有，妈妈是公公、姥姥孩子中的老幺，我又在孙辈里最小，出生那年公公七十岁了。因为我只有一个舅舅，且他没有孩子，家里就让我随了妈妈姓唐，户口簿上就是唐钺之孙。我五六个月大时起就跟着公公、姥姥住在燕园，直到 20 世纪 80 年代出国，才离开北大。

1952 年全国高校院系调整，清华大学的心理学系被并入北京大学哲学系的心理学专业，公公也就来到了刚刚搬进燕园的北大。前不久看到宋文坚教授（北京大学哲学系 1950 级）的一篇回忆文章，其中讲到了当时合并后首次哲学系师生大会的情景：

大约在 10 月底，院系调整后其他大学的哲学系的老师和学生都集齐了，

1952 年所招的新生也到了，系里在外文楼一楼西端的阶梯教室开了一个哲学系全体师生的见面会。我不记得那会叫什么名了。实际上就是全国哲学系的教师和在校学生聚在一起会面。那会场是从中间的台阶过道分，所有老师坐在左边前几排，所有学生坐在右边和左边的最后几排。我记得还有几位较老的先生，有汤用彤先生、金岳霖先生、唐钺先生、黄子通先生，还有谁不记得，坐在西墙讲台两旁的几张椅子上，面对着我们，像今天开会嘉宾坐主席台。会是由北大哲学系的原系副主任汪子嵩先生主持。记得他挨个介绍了哲学系的教师，还说，今天是哲学系的大盛会，是全国 70 多位哲学系的教授、教师和全国 170 多个学生的大聚会。会上不记得还有没有人讲话。有谁，讲了什么，都印象不深了。

公公、姥姥的家随之从清华的胜因院搬来了北大的朗润园。第一个住址是 155 号，当时院子的门朝东，北面跨河是座走上去吱吱作响的红色老木桥，院门到河边大概也就是十几米的距离。现在那里少了一棵很高大的松树，多了一座"断桥残雪"石牌坊。大门内由东向西前后两进院，两个院子中间有个大花瓶形状的隔院门洞。现在记忆中院子好像并不很大，可是肯定也不会太小，因为前院里有三棵枣树，一棵香椿树，还有两棵挺大的丁香树。前面东边院墙里还有养鸡养兔的地方和存放杂物的堆房等，小时候在那里捉到过蛇和刺猬。后院里有一个不小的藤萝架，加上紫色玫瑰香和绿色奶葡萄各一架，还有地方种花。孩童时我时常和小朋友们在家附近玩耍，有山有水的地方一年四季都有很多好玩的东西。公公的书房和客厅都在前院，在我小时候的印象里，公公多是伏案读书写字，中间会不时地起来在屋里或院子里走一走，时常也会有朋友和同事来家中谈话。

当时朗润园和镜春园的院子里住着不少老教授，相熟的同事、老朋友们经常也有往来。我记得很小的时候会跟着公公、姥姥去邻居家串门，除了邓以蛰教授，经常会见到的老先生还有沈履、叶企孙、闻家驷、宗白华和住在镜春园 79 号院的何先生，还有住在小木桥西边北岸水榭里的一家，现在已经想不起人家的姓名了。去得最多的还是公公的两位清华老朋友的家，老温德先生和陈岱孙先生。我对老温德先生家屋内的壁炉、满墙的书柜、老猫、院子里种的各种花草，以及隐显在藤蔓后面的石雕像，都很有印象。老温德先生比公公还要年长三四岁，年轻时就来到中国，一辈子在清华、联大、北大教书，直到百岁过世，也没有回去美国老家。他对人总是笑眯眯的，和蔼可亲，能背中国的古文古诗，只是说中文带着浓重的外国口音。陈岱孙先生与公公则是闽侯同乡，虽然陈先生要小十岁，但二人是三重校友（鹤岭英华书院、清华、哈佛）和两校同仁（清华、北大）。去陈先生家，总要被陈先生的母亲叫到她屋里去玩。老人家喜爱小孩子，只是可惜陈先生一生未娶。

我从小听见长辈们谈话中提到的名字，陈寅恪和赵元任二位先生常常出现。公公与两位老先生应该是庚子赔款留学考试和哈佛校园时期就结识的好朋友，其后一生都保持了家庭之间的深厚友情。我作为唐家三代中最小的晚辈，有幸在北大家里见过赵老先生。那是 1981 年赵先生最后一次回国探访，来北大校园看望公公、姥姥，我亲眼见识了赵老先生的语言功力。都已九旬的老朋友见面自然高兴，只是公公的听力已经不是很好；可赵老先生没有问题，因为多年来他只要看讲话人的口型变化，就能知道大家在交谈的内容。不得不佩服，天才就是天才。陈寅恪老先生则是近年来读书人都知道的学识和精神风范大师。而我听长辈们讲过的多是陈先生与公公在良丰（位于桂林南

20世纪30年代，公公姥姥（左一、左二）、赵元任夫妇（左五、左三）、梅贻琦先生（左四）南京郊游用餐

边）饮酒对诗和最喜欢吃姥姥做的红烧肉之类的故事。前年在北大二院见到了回国参会的陈美延阿姨，她也说起听妈妈讲过，两位先生见面就聊个没完。

20 世纪 60 年代后期，我家朗润园的院子里搬进来一家在北大仪器厂工作

的上海人。再过一年，因为房子年久失修太老旧了，我们搬到了镜春园 81 号院，地方小了许多。但是，我相信对于经历过七八十年各种风风雨雨的公公、姥姥来讲，这些生活条件上的变化，都不能与心里所承受的压力相比。公公自然不会对我一个不懂事的小孩讲述自己的思想和心中的烦闷，那时所处的环境也使老知识分子们不随便发声。但后来公公对我讲过下面一番话："我是研究人类心理学的，学苏联后只能搞动物心理，再后来什么都搞不了了。现在又可以工作了，可是已经耽误了太多的生命时间。你爸爸妈妈学医就好些，怎样都要给人看病的。"我的父母是医生，在北大还在沙滩街区时就入学北大医学院，后来分别在同仁和北医工作。当然政治运动对他们也有影响，曾被下放到甘肃十年。公公还举了在康奈尔留学时的同学茅以升先生的例子："我的老朋友茅以升学土木工程，做的事情也挺好，铁路总是需要的，建个楼搭个桥，总会留在那里。"老先生一辈子热爱读书教书做学问，这番话应该是对世事无奈的感叹吧。

说到学习，可能是因为那个时代，不记得小时候老先生有多关注我们小孩子们的读书和功课。家里有很多书，但多不是孩子们看的书。去颐和园时公公会讲讲长廊上画的故事，也会将很老的大英百科全书上的一些图画指给我看看，仅此而已。但有一件事情我记得很清楚，大概是上小学三年级时，我开始读《三国演义》，肯定是许多字不认得，可是看得很带劲，有一阵放学回家就开读。不久，公公问我：

"看懂了吗？"

"看懂了。"

"那好，我来考考你。关羽斩华雄一回读过了？"

"读了。"

"曹操在关羽出阵前给他一杯酒，关羽说回来再喝。关羽回来后那杯酒是热的还是凉了？"

哎呀，没注意到。但小聪明脑瓜快速运转，提刀上马，杀上阵去怎么也得打几个回合吧？

"嗯，嗯，凉了。"

我当时应该是小孩子囫囵吞枣看故事，可能根本不记得多少细节。一旁的姥姥笑了："关公温酒斩华雄，这个戏里也有的故事怎么都搞错了？"公公只说了句："再去读来。"仔细认真四字有时候是不用多费口舌的。

公公幼时入家乡私塾读书，十四岁开始在福州鹤岭英华书院学习。十五岁时即加入了同盟会，励志复兴中华，"钺"字和号"擘黄"都是自己起的。公公告诉我，"钺"字当然是大斧头的意思；"擘"字他读"bì"，"擘黄"为"托举炎黄子孙"之意（这里顺便提一下，陈寅恪先生名字中的"恪"字，公公姥姥都读"què"音）。他还读过福州商业学校和上海铁路学校。1911年考入清华；1914年赴美入康奈尔大学学习心理学和哲学；1917年开始在哈佛大学攻读心理学博士，于1920年获哲学博士学位，接着留在哈佛授课一年，1921年回国。我想他的许多至交，如朱经农、杨杏佛、赵元任、胡适、陈寅恪、张奚若、李济、金岳霖等老先生多是留美之前或其间结识交往的同学朋友。

其实孩童时期的我当然不会在意这些名字，不过有时听到而已，更不会明白公公、姥姥的朋友圈中的历史内涵。1980年我考上了北大经济学系，自己跑去告诉陈岱孙先生。陈公公说了句："好啊。"然后告诉我："正好，张家的外孙子也上了世界经济专业，这回你们要同班了。"我一脸迷惑，不解地问："张家外孙？"陈公公笑笑说："回家去问你姥姥吧。"姥姥听了名字，说应该是张奚若家的人了。这样，一些老朋友的三代之间又有了联系，各家各户的信息凑到一起，晚辈们对从前家庭间交往的文化沉淀逐渐有了更多的了解。

公公专注学术知识，一生都是在学校和研究所教书做研究。他主要的工作经历可以分为几个阶段：商务印书馆、清华、中央研究院、清华和北大。回国后第一年在北京大学任教授，在哲学系讲心理学。继而在商务印书

20世纪30年代，公公（后排左二）与中央研究院部分同仁合影

馆编辑部任职五年，担任哲学教育组组长。当时张元济、王云五和胡适等先生倡导商务印书馆系统翻译编辑了大量的现代教育书籍，公公与朱经农先生等都是负责各领域专业内容工作的领导人。1926年至1931年公公出任清华大学心理学系教授和系主任。1929年至1934年任中央研究院心理所研究员和所长。1934年至1946年任中研院心理所研究员。1946年至1952年任清华心理学系教授。1952年起转入北京大学哲学系，后来到了恢复了的心理学系，直至1987年2月辞世，享年九十六岁。

"唐钺先生是中国心理学界的老前辈。他学识渊博，治学严谨，六十五年如一日，著书立说，教书育人，为心理学的教学科研倾注了自己的全部心血。"这是北大心理学系在《唐钺文集》上的编后语。早年公公学生辈的心理学界人物有朱鹤年、张香桐、曹日昌等教授。李卓宝教授（清华大学心理学系1946级）在公公诞辰一百一十周年纪念致辞说：

唐钺老师当年给我们开的课是心理学史和变态心理学。他学问渊博，讲课认真。在讲课中特别强调心理学的实验研究和心理学的生理基础；并一再告诫我们，心理学是一门科学，要用科学的方法、科学的态度去学习它，研究它……

唐钺老师生活简朴，作风正派，为人正直，治学严谨，对学生诲人不倦。他虽然是著名心理学家，又是系里资格最老、年纪最大的老教授，但对我们这些后辈学子却慈祥、可亲、平易近人……我们都十分敬重、爱戴他。

公公终身耕耘学术，知识广博，学问深厚。在心理学和哲学之外，公公深研修辞、音韵、诗词、文学、历史、宗教和教育等领域。他属于民国时期最优秀的一代知识分子，学识融会古今中西。早年也曾是热血青年，一心图强，励志振兴祖国。留洋归国后即投身教育事业，并积极参与了1923年至1924年的"科玄论战"。他是当时科学派的主力学者之一，坚持"科学可以解释人生观的全部"，认为一切心理现象都是受因果规律所支配的，天地间所有现象，都能够成为科学研究的对象。他和丁文江、胡适、任叔永、朱经农、陆志韦、吴稚晖等诸位先生一起，与张君劢、梁启超、林宰平、屠孝实等玄学派先生们展开了一场影响深远的所谓"人生观论战"。有观点认为，近一百年前发生在中国思想文化领域的这场论战，所涉及的不少问题至今仍"有相当的研究价值"。

"科玄论战"之后，公公似乎没有再突出参与其他的热点思潮讨论，应该是专注学术，致力于实践他自己认为中国当时最需要的工作之中，即应用科学方法于人生问题的研究与教学。陈寅恪先生曾说，回顾历史人物，要有些同情的理解，要在那个历史背景里，去了解他的心灵，才能认识他的思想和行为，而且也只有这样的理解，才可以更好地引发自我的反思。作为一个晚辈，我真是要承认自己才疏学浅，没有资格来评价老先生的学问。虽然对老人和他所经历的时代，有着许多不了解的过去，但就我至今所读所闻，可以很坦诚地讲，公公秉承独立学术精神，坚持无党派，不参政，文化修养深厚，为人低调，待人友善谦和，友朋经年。公公一生近百年间，经受了几多风风雨雨，阅历了诸般形形色色，但老人家善良、诚实、认真，不求便宜，不近权势，知行弥坚而持恒，最终以近百年之长寿，度过了富有价值的人生。

当然，家里人都知道公公的健康长寿可能与家族基因有关，更应该说老先生得益于姥姥一生的操持、陪伴和一个子孙满堂、热闹大家庭的环绕。六个子女多入学清华、北大、燕大、圣约翰，都成为诚实守信、淳朴平常的知识人。姥姥生前是清华北大院里出名的能干之人，见多识广，明智灵慧，人缘很好，也是得享九十二岁高龄。公公是一位从来就很注意健康习惯的读书人，日常起居讲究稳定规律，饮食更是平衡有度；保持经常活动，喜爱踏青游园，赏秋登山；加上长期的诗书养性，字画怡情，都是平心静性的修为习惯。再有，我知道按姥姥的说法，公公一生中最喜好的事情，还是与知心朋友们会面谈笑，海阔天空。

2019年冬，老朋友马志学大哥建议我写写回忆外祖父的文章，他认为唐钺老先生是一代学者宗师，很值得现在再讲讲他的往事，就连他自己，一辈子在北大，以前也不太了解公公。他还是在一次与哲学系洪谦教授的交谈中，说起唐老先生，洪先生竖起大拇指赞叹道："那是有学问的老先生。"痛惜志学大哥于去年深秋因病故去，也很遗憾自己以前一直没有动笔。2021年正值公公诞辰一百三十周年之际，加之张从大哥盛情敦促介绍公公，希望能有文章编入出版物。其实，名人大师多有感人故事，修为学者常会沉寂学海。诚如万顷一叶之微渺，逝者如斯之沧桑，公公今日之默默无闻，正是历史长河的流逝，也是文化传承的沉淀。多年前院落里的苔痕草色，早已成为思忆中的和煦书香。

回忆父亲田余庆先生

田立^[1]

父亲田余庆1924年生于陕西南郑，我的祖父曾在冯玉祥军队中担任过少将军衔的高级幕僚。这个情况是我十几年前去陕西汉中了解到的。

父亲后来填报的档案表，出身一栏为破落地主。如此填写源于他1948年进入解放区后不知如何填报出身，对组织讲了自己的家庭状况，组织上说，曾经有土地，现在没有了，填破落地主吧。其实当时家里无地已很多年。1928年，父亲四岁时，祖母无法忍受祖父娶妾，带着一双儿女愤然回了湖南乡下。祖父自此断绝了对大房的所有赡养，"孤儿寡母"靠卖地为生，不久地卖完了，生活窘迫。祖母直到1939年前后过世，都未与祖父再见面。之后，父亲与年长十三岁、当小学老师的姐姐相依为命。为了减轻姐姐的负担，父亲大学投考了免费的教会学校——湘雅医学院。父亲后来告诉我们，新中国成立以后，他

---

[1] 田立，女，1952年生人。1968年12月在陕西延川县插队，1972年进海红轴承厂，后借调机械工业部汽车轴承局，1985年调入北京大学，现退休。父亲田余庆，曾任北大历史学系教授，历史学家。

当年在湘雅的几位同学成了北京协和等医院的名医。

父亲入学一年后，受到鲁迅先生的影响，为了抗日救国，不安于成为一名医生，申请退学，未获准，于是以去贵阳做美军翻译为跳板，离开学校。在贵阳短暂停留后，准备去昆明投考西南联大。当时从贵阳到昆明的所有交通都很紧张，于是父亲给祖父写信，请祖父联系贵阳机场的军方朋友，帮助搞张机票。祖父回信，叮嘱千万不可让熟人知道有他这个儿子。父亲才明白，祖父不愿意让人知道曾有大老婆一房之事。一到昆明，父亲马上写了脱离父子关系的声明寄给祖父，父子之间从此断了关系，不复有任何信息往来。这件事记录在他的档案里。

父亲先在昆明读西南联大，抗战胜利后回北平读北大，一直是靠奖助金生活的穷学生。父亲在学生时代，不满政府腐败，参加地下党组织的学生运动。1948年国民党当局登报通缉十二名学生运动积极分子，父亲是其中之一。北大校方尽其所能保护学生，邓广铭先生当时担任校长秘书，听说军警要进校搜捕学生运动积极分子，马上设法通知父亲躲避。罗荣渠先生与父亲同班，让父亲躲到他的寝室。这些事情几位先生都曾提及。母亲回忆说，她给父亲牙上涂了炭黑，换上长袍马褂，化装成小贩，经地下党营救进入解放区。北平和平解放后，父亲随晋察冀城工部进城，家里的相册中有一张父亲穿着解放军棉军服的照片，就是那时留下的。

北平和平解放后，父亲被分配到北平公安局工作。父亲不愿从政，还是想回学校，经反复申请，终获批脱离机关。他先被批准到中国人民大学历史系读研究生，之后才调回北京大学历史学系。当年被通缉后去解放区的十二名学生，除了父亲之外，基本都在中组部、中宣部、团中央等政府部门工作，有些逐渐成为中高级领导。我想，父亲年轻时虽然与很多热血青年一样参军入党，投奔解放区，但在那个黑暗的年代，他的目标仅仅是救国救民。新中国成立以后，他仍始终关心政局，关心国家的发展，但从无参政从政的愿望。终其一生，他是一个努力用自己的学术研究贡献社会的学者。

北大还在北京沙滩街区时，我出生了。不久院系调整，北大搬到西郊的

燕园。有一段时间，父亲需要进城学习（当时中国人民大学在城里），为此买了辆匈牙利产的锰钢二手自行车，是倒蹬闸的。每天一早骑车进城上课，晚上从城里骑车回家，很是辛苦。父亲这辆车一直骑到"文革"时期，不知什么原因，父亲把车送到海淀老虎洞卖了，刚回到家就觉得后悔，马上返回，铺子

父母于1950年11月20日婚后第一日合影

里的人说车已经卖了。父亲后来一直耿耿于怀，认定是铺子里的人留下了车。这可能是他一生中从事的极少数经济活动之一，注定吃亏。

20世纪50年代初的几年，父亲上学顾不了家。当时学校党员少，母亲还要兼任系里的行政工作，一天三段工作非常忙，喂完奶后就把我绑在儿童小车里。邻居历史学系商鸿逵教授的太太不忍听我长时间啼哭，从窗户进去把我抱到商家。所以从小我就喊她商妈妈，喊商家的孩子为二哥、小三哥，跟商家一直很亲近。

父亲的性格内向，平时话很少。在我的记忆中，我跟父亲的沟通只在吃饭时。其余时间，父亲多不在家，就是在家，也是独自在书房兼卧室里，我们一般是不进去的。特别是当父亲第二天有课，晚饭后母亲总是叮嘱我们小声说话，或者允许我们下楼玩到睡觉。父亲常常熬夜备课到凌晨二三点。只要母亲主动让我们出去玩，我们就知道父亲第二天要上课。

父亲对生活没什么要求，不会做家务，自理能力差，他一辈子是被母亲照顾、管理的。困难时期，凉台上养了只母鸡，偶尔下个蛋给孩子吃。一次，母鸡两天多生不下来蛋，憋住了。父母急得不行，掰开鸡嘴喂药，不起作用，母鸡奄奄一息，只能忍痛杀掉。杀鸡前，他们研究了很久，做足准备，关上厨房门，不许我们进去。父亲抓住鸡脖子，母亲用刀割。鸡开始挣扎，父亲吓得松了手，流着血的鸡满厨房飞，吓得他们跑出厨房。母亲埋怨父亲不该松手，父

亲抱怨母亲杀鸡哪能慢慢割。过了许久没动静了，我的好奇心压倒恐惧，开了一点点门缝看，找不到鸡了，满地满墙都是血。二公寓的灶台很大，后来在灶台的窟窿里发现死了的鸡，定是血尽而亡。之后我们花了很长时间收拾厨房。这成了我家的保留笑料。

家里还有一件趣事。大约是 1964 年，我小学快毕业了，父亲带我去同仁医院配眼镜。回来时路过东来顺，父亲不知怎么心血来潮领我进去。估计没点多少肉，因为我只记得烧饼和麻酱调料。结账时，收银员报出账单，父亲吓一跳，因为许久没下过馆子了，他对物价的记忆还停留在很早以前。翻遍全身，根本凑不够钱。收银员叫来餐馆领导。领导看着尴尬的父亲，又看到从衣兜里掏出来放到桌上的东西中有北大校徽，估计眼前这人不是来蹭吃蹭喝的，客气地说："你留下坐车钱，差的钱尽快送来吧。"第二天父亲去送钱，还特意写了封感谢信，那时真是民风淳朴。

父亲一生不愿也不善于从政，只想专心读书。20 世纪 80 年代初，周一良先生卸任历史学系主任，让父亲接任，他推托，后来系里和学校多次做工作，才勉强接任，说好只做一届。接任系主任后不久，他就出国做学术访问，整整一年待在国外。其实父亲做系主任只是象征性的，系里大量的行政工作由书记和系副主任们承担。系里和学校对他很宽容，知道他的兴趣不在于此，也就不再勉强了。

父亲真正有充裕时间安心做学问是在六十岁之后。他一生只写过两本书和一本论文集。第一本书是《东晋门阀政治》，1989 年出版，那时他已年过六十五岁。最近我跟这本书的责编联系，据她说，《东晋门阀政治》目前已经出到第五版，卖出近三十万册，现在每年能卖两万册左右，在个人学术著作中，算是很好的。这本书获得"第一届国家图书奖"。在前后获得的多个奖项中，父亲最看重"思勉原创奖"，因为该奖的评选主要依据同行推荐及评议。据说，在第一届"思勉原创奖"评选中，《东晋门阀政治》得票第一。

可叹的是，父亲一辈子的成果得于晚年。20 世纪 80 年代始，他终于可以潜心做自己所钟爱的事情。所以他在很长一段时间都保持争分夺秒的工作状态，生活非常规律：每天七点起床，八点开始坐下来工作，直到中午十二点保姆叫他上桌吃饭，午睡后工作到晚饭。八十多岁之前，父亲晚上还要工作一会儿，几十年如一日。母亲抱怨只有在吃饭的时候才能跟他聊天，而且吃饭时若他有问题正在思考，吃饭也是默默的。晚年他的精力不济，每天工作时间缩短，但还是保持上午、下午都要工作一会儿的习惯，直到去世的前一天。父亲是凌晨在家里突然去世。我们在忙乱中，他的学生陈爽先生拍摄了他的书房照片，显示前一天父亲还在工作，书桌上摊开着前一天还在看的书和做的笔记。

人老了，很怕孤独，晚年的父亲非常愿意跟我聊天。每次回家，父亲不管是看书、写东西或者看报，都马上放下手里的活，跟我坐到沙发上聊天，一聊就是两个多钟头。每次我要走，他都表现得意犹未尽。父亲跟我的聊天，每每都离不开时政和他的学生，好像永远只有这两个话题。前者往往充满悲悯、忧患等情绪，后者则充满关爱和自豪。我一直觉得，父亲非常爱学生，这种爱有时甚至超过对子女的爱。父亲真心期待学生能超过他。有时候高兴地跟我谈起哪位学生出了什么书，哪位学生超过了他，全然不顾是在对牛弹琴。有的后辈对他的书提出商榷，他非常欣喜。在他去世的那周我回家，他顾不上聊天，说要准备一下，有位学生对他的书有些新的想法，要约他在家里谈。

父亲晚年最享受的时光就是有人来家里聊天，其中既有他自己的学生，也有在北大期间未上过他的课的学生，还有些是校外同领域的后辈同仁，甚至学生的学生，大家都尊他为师。他们相约岔开时间，以保证每一两周都有人来看望他，陪他聊天。我常想，他们来与父亲聊天应该并不认为是尽义务、是负担，而是非常乐于做的事，才能持续那么久。这种情况贯穿他生命的最后十几年，直到他去世的三天前。每次我回家，他都告诉我这周谁和谁来过了，谁约好要来。这些预约都记在台历上，被他当成最重要的事情。父亲是退休几十年的人，大家还这么惦记他，这份情谊令人感动，这种精神慰藉是我们做子女的没办法做到的。为此，我一直想要表达对他的学生阎步克、罗新等诸位教授的感谢，是大家使我父亲有幸福、愉快的晚年！也因为如此，直到去世前，他的思想一直活跃，这是我们最高兴看到的。

曾经看到胡宝国先生的文章，想引用其中一段话作为结束："以田先生的学术成绩、学术地位，他本可以活得很热闹。但事实上，在热闹的场合是见不到他的身影的。他一直非常低调。在这个浮躁的年代，低调是一种高尚品格。"

近代中国教育事业的先驱周学章

王敬献 [1]　杨光 [2]

周学章（Henry Chou，1893—1945），字焕文，天津人，中国近代著名教育家。周学章于 1923 年取得美国哥伦比亚大学教育学博士学位后立刻回国服务，曾先后任厦门大学教授，河北大学教授、教务长、代理校长，国立北平师

---

[1]　王敬献，1956 年 6 月生人。1979 年 1 月赴美国留学，1982 年毕业于马里兰大学计算机科学系。毕业后在美国信息技术行业工作，从事计算机系统设计。在美国史密森学会工作三十余年，曾担任该学会图书馆和档案馆馆藏信息管理部主任。外公周学章曾担任燕京大学的文学院院长、教育系主任，外婆许淑文曾担任燕京大学体育系教授，奶奶廖奉献曾担任燕京大学女部管理委员会委员和董事会委员。爷爷王正黼曾捐助大笔款项并组织筹建燕京大学理工学院。父母（王恭业、周懿芬）也都毕业于燕京大学。

[2]　杨光，1956 年生人。1982 年毕业于北京大学空间物理学专业，获理学学士学位；1992 年获得美国新罕布什尔大学物理学博士学位。曾任中国科学院空间中心实习研究员，美国宇航局日地空间物理项目和伽马射线天文卫星 GRO 项目科学家，贝尔实验室资深研究员，AT&T 实验室主任研究员，美国美中文化交流中心总裁，现为燕京大学校史研究者。父亲杨通方，曾任北京大学东语系教授、北京大学韩国学研究中心主任。原住燕南园 54 号。

周学章

范大学研究院导师等职务。1926 年他应邀去燕京大学任教育系教授，主讲教育学，1935 年至 1941 年任燕京大学教育系主任。同时，他还在 1930 年至 1933年、1938 年至 1942 年间两度任燕京大学文学院院长。在从事教育学的教学和管理工作中，周学章不但注意发展燕大教育系的教学课程与学术研究，同时还积极推动乡村教育实验与实践。

为了尽快提高和发展教育系的水平，周学章专门去欧洲考察了各国教育状况并收集了很多国外教材。他主张积极推进学校教育、社会教育、卫生教育与生计教育等四大教育以实现"去贫致富"的教育救国目标，并在 1937 年成功创建了诚孚（又名成府，燕大东门外地名）师范学校和冉村乡实验区，为中国乡村教育作出了重要的贡献。

"七七事变"后，日军大举攻占华北。周学章和燕京大学的师生们排除各种干扰，坚持在原燕大校址的教学活动。那时北平的燕京大学是日伪统治下的一个自由孤岛，也是日伪政权所痛恨的一根芒刺。珍珠港事件后，日军宪兵闯入燕大，强行带走了周学章和部分学生教员并把他们关入监狱。周在狱中备受苦难，终不为威屈；出狱后亦坚决拒绝日伪的威逼利诱，不为日伪政权服务，战后获得国民政府明令嘉奖。

周学章不仅是四大教育的积极推动者，亦是桃李满天下的著名教育家。其中新中国幼儿教育拓荒者卢乐山（1917—2017），燕大第四任教育系主任廖泰初（1910—1989）等都曾经受他培养和提拔。周学章是一位成功的教育创建者、推进四大教育的先驱者，为中国教育事业作出了重要贡献。

（一）教育家的一生

1893 年，周学章出生于天津郊区，他是兄弟姐妹五人中年纪最小的。他自幼勤奋好学，自学能力强，早年就读天津省立师范学院和保定高等师范学院，成绩优秀。青年时期因学行卓越，他获得省政府公费留学资格，后于1919 年获美国欧柏林大学（Oberlin College）学士学位，1923 年获美国哥伦比亚大学（Columbia University）博士学位。1923 年 11 月 21 日，周学章和许淑文女士（Ruth Huie，1901—1990）在美国纽约结婚，第二天这对新婚夫妇一起回国。

从美国回来后，周学章先受聘于厦门大学任教授，一年后又任河北大学教授、教务长、代理校长，国立北平师范大学研究院导师等职。1926 年他被聘为燕京大学教育系教授，主讲教育学概论。

周学章先生在 1930 年至 1933 年、1938 年至 1942 年两次出任燕京大学文学院院长。1929 年燕京大学管理体系改革，把传统的艺术与科学学院（College of Arts and Science）分为文学院（College of Arts and Letters）和理学院（College of Natural Science）。首任文学院院长由陆志韦出任，第二年起由周学章接任。当时文学院包括国文系、英语系、欧洲语言系，哲学系、教育系、新闻系和音乐系。周学章先生怀着创新精神，为燕京大学与教育事业注入了新鲜血液。

周学章先生在 1935 年至 1941 年任燕京大学教育系主任，其间教育系经历了重大发展与改革。在传统教育概论、教育史与教育哲学的基础上，教育系发展为三个专业。周学章充分利用他从欧洲考察所收集的丰富教材，不断拓展和增进燕大教育系的教学课程与学术研究的实用功效水平。到 1941 年为止，教育系的总课程数量从原来的十八门课程增加到三十六门课程。周学章保留了普通教育专业，并开设教育心理和教育统计与测验等新课程。

在此期间，周学章充实了幼儿教育课程，调整两年制幼儿教育专修班为四年制幼儿教育专业。幼儿专业新课程包括了儿童心理、儿童绘画、儿童音乐、教学法等丰富内容。在他的积极推动下，燕京大学幼儿园和附属小学逐渐成为燕大教育系的教学基地，经常有教育系学生前去参观。周学章十分注重教学实验。在燕京大学附小、附中，他亲自对教学实验工作进行设计和指导，其五个儿女也都是在这里受教育。

　　周学章非常重视研究如何提高普通学校的教学效率，通过他的著作《繁简字体在学习效率上之再试》《两种小数乘法之教学的实验》《疲劳与学校日程关系》《珠算与笔算在学习效率上之比较》等的标题就可以看出他所关注的焦点。周学章另一学术成就在于教育测验，他带领教育系学生在天津和北京各校开展教育测验，使学生了解测验的方法和意义，分析和讨论教育改革问题。他曾经发表过不少这方面的著作，如《燕大中学智力测验》《中等学校会考方法上之商榷》《测验时间长短与心的疲劳之关系》《作文测验之 TBC 量表》《小学测验试卷印刷字体大小的研究》等。

　　1935 年以晏阳初（1890—1990）为主席的"农村重建中央合作委员会"开始计划在北京开展工作，并提议由燕京大学、北平协和医学院、清华大学、南开大学等校为该计划的主要合作机构。该委员会成员包括何廉、梅贻琦、陆志韦、许仕廉等。

　　周学章在燕大托事部（美国纽约）的支持下，全力以赴投入乡村教育研究与培训工作。他先与燕大的"农村建设训练课程委员会"共同计划与设立一整套新课程，为训练乡村教育人才打下了基础。他大力开拓乡村教育专业，该专业于 1935 年在燕大教育系成立，1936 年开始招生。该专业除本科生课程之外，还设有研究生课程。乡村教育专业必修课内容包括乡村教育、乡村经费、教育社会学、农村经济学、乡村合作社、农村运动比较、地方政府、乡村问题讨论等。除了学校学习理论外，教育系十分重视对学生进行实践指导。学生在四年学习期间有一定实习与实际工作学分要求。到试验区蹲点在很大程度上提高了学生的实践能力，也更有利于学生毕业后的工作。

　　1937 年，周学章带领六名职工与学生在燕京大学附近的贫困乡村开始了他们的工作。他们的宏伟计划是想办一个乡村建设实验区，借以实现其"以学校为中心推进乡村建设"，达到其教育救国的理想。其创办经费来源于洛克菲勒基金会，由周学章负责。他们首先在燕园东门外的成府办了一个初级师范学校，培训乡建人才。之后，又在北平西郊蓝靛厂附近的西冉村开办乡建实验区。该实验区共包括以西冉村为中心的四五个村庄，在平民教育运动中他们着重四大相关教育。

星兆钧（当时是教育系博士生）于 1940 年至 1941 年任该项目的主任，据他回忆说："［学校教育］：新办的小学只有一间教室，采用单级复式教学。收容二、三年级的学生，共二三十人，由一位教师轮流上课。……［社会教育］：为了扫除文盲，在小学教室里办了成人识字班，学员们每天夜间来校上课……此外，还装备了几个巡回图书箱，其中购置些通俗易懂农民喜读的各类图书。……［卫生教育］：为了向农民广泛宣传卫生常识，购置一些卫生挂图，定期在区内巡回展览、讲解，增进农民的卫生知识，改变农民的卫生状况。……［生计教育］：生计教育的重点放在协助村民脱贫致富方面。首先帮助村民选择各类优良种子，使之多收粮食。再就是推广优良鸡种、猪种，发展副业。……"诚孚初级师范学校虽然小，但仍然包括三年制师范一班和小学教育班。著名作家冰心就曾在这所附属诚孚师范学校接受师范培训。在她的回忆中，这些热心的老师、精选的教材和独特风格的授课方式，让她难以忘记。另外，就在小小的校园内还附设了花生酱工厂、小型医务室等。周先生还叫他的几个孩子放学后骑自行车去小工厂帮忙。花生酱在燕京校园内非常受欢迎，为学生和农民双双提供福利。正如文章《周学章——教育界的人杰》所说，诚孚实验区以学校为中心，办教育，搞活动，提高农村文化水平，创办适合当地情况的副业，促进农业经济的发展，也为教育系中有志于农村教育的学生提供一个实验场所，增进他们的感性认识，培养农村建设人才。

（二）美满的家庭

周学章在美国读书期间结识了著名的许芹牧师（1854—1934，在纽约华埠首建基督教教堂的中国牧师），并与其家庭来往密切。许芹牧师经常以主日学（Sunday School）方式在华人工人阶层传播福音，并在华人中间从事宣教工作。当时华埠工人阶层大多为苦力，文化水平较低，不识字，语言不通，在当地社会处境艰难，许牧师决意改善华人的惨况。在许牧师夫妇的努力下，首先创

司徒雷登、许淑文等人的合影，
摄于 20 世纪 40 年代燕大校园

周学章全家于北平大佛寺东街甲
2 号合影，摄于 1943 年前后

立了华人英语训练班、图书馆、华人幼儿园，以提高他们的文化水平。许牧师夫妇为争取华人的权利做了大量的工作，并在纽约成立了第一个华人自立教会。周学章在美学习期间结识了许芹牧师的第五个女儿许淑文，两人从相识进而相知相爱。由于经常受许牧师为提高华人文化水平、加强华人的自信和人身地位以及素质而奋斗的精神所影响，周学章更加坚定了回国研究中国教育及农村教育的决心。

周学章与许淑文在北平共育有五个儿女：周乃文（1925—2018），美国机械工程师；周懿贞（1928—2021），美国社会工作者；周懿芬（1930—2019），北京体育学院教授，科学实验中心创办人及主任，美国马里兰大学医学院研究人员；周懿娴（1934— ），中国国家女子篮球队原教练，第五届全国政协委员，1999年被评为"新中国篮球 50 杰"之一；周乃扬（1935— ），北京什刹海业余体育学校冰球教练员，国家冰球裁判，国际冰球裁判。

周学章对自己的工作与孩子教育一丝不苟，他是一个性格活跃和热情的好丈夫、好父亲。在繁忙的工作中，他总会在晚上与周末抽出时间和家人坐在一起，关心孩子和妻子的生活。据家人回忆，他经常和孩子一起做有意义的游戏。例如"买卖市场"，即由孩子自己选择售卖物件，他与妻子装扮成顾客角色。通过模仿买卖交易，一家人其乐融融而且还能练习算术加减法。每年圣诞节时，他总是身穿圣诞老人的全身套装，身背装礼物的大口袋，扮演圣诞老人的角色，为孩子们的快乐而奔忙。

周学章不仅在学业教育上对自己的学生十分认真，而且经常在家召开全系或部分学生的联谊聚会。每到节日他就邀请学生到朗润园 10 号的住宅做客，八仙桌一摆就是六到八张，院子里支起四个北京烤肉的架子，大家一起吃烤肉共庆佳节。周学章在聚会中鼓励同学互相讨论问题，同学们得以学到不少在课堂上没有学到的知识，扩大了视野。同时，他还会请有才艺的学生用家中的后院长廊当舞台做艺术表演。

周学章的夫人许淑文和著名中国平民教育家晏阳初的夫人许海澜是亲姐妹，周学章与晏阳初共同为中国的乡村教育贡献了一生。

（三）经历抗战岁月

1937 年七七事变后，国立大学纷纷南迁。1937 年 9 月 3 日，日军进驻北平城里的沙滩红楼。沙滩大院一度成为日本宪兵的驻地，红楼地下室被用作宪兵队的拘留所。燕京大学仍坚持原办学原则及宗旨不变，保持中立，并以挂美国国旗的方式把日军拒于校门外，成为日军眼中钉。

1941 年 12 月 7 日珍珠港事件爆发，美国与日本开战，日军随即占领并关闭了燕京大学，并对燕大师生进行残酷镇压。12 月 9 日起，日军开始逮捕燕京大学师生，周学章也未能幸免。当天三名日军宪兵手持带刺刀的长枪闯进位于燕京大学朗润园 10 号的周家，在周学章的妻女面前将其押上了囚车。后经亲友多方打听才得知，他被关押在沙滩红楼。其他一起关在红楼的燕京大学教授还有陆志韦、张东荪、邓之诚、赵紫宸、洪业、刘豁轩、蔡一鄂、林嘉通、陈其田和侯仁之等。监禁环境十分恶劣，冬天没有暖气，每天只有难以下咽的两餐，还常常不给水喝。但几十名燕京师生，面对日寇的威胁利诱和凌辱毒打，宁死不屈，始终保持着民族气节。周学章和邓之诚虽患重病，离不开药物治疗，但仍被不断地用囚车押往铁狮子胡同的日军司令部司法课受审。据周学章女儿回忆，有时她可以去红楼门口送换洗衣服。每次衣服拿回家后都需要用开水煮很久，以去除虱子。

被关押大约半年后周学章才得以出狱，其体重掉了近 50 斤。其后生活虽艰苦，但他坚决不接受日伪的利诱。据家人回忆，周学章被释放后日伪派人几次对他威胁利诱，要他去伪辅仁大学任职，都被他所拒绝。由于经常被日伪跟踪，周学章迫于巨大压力，不得不离开北平到天津寻找临时工作，以减轻家庭经济困难。1945 年 1 月 25 日，周学章不幸于北平大佛寺东街甲 2 号家中病逝，终年 51 岁。抗战胜利后，国民政府于 1946 年 1 月明令褒奖周学章以及另外四位抗战时期忠贞不屈的资深教授陆志韦、王伯沆、高阳和钟荣光。

扫码获取

☑ 燕园历史
☑ 燕园印记
☑ 燕园名流
☑ 燕园同学录

父亲汪篯的数学逸事

汪安[1]

我的父亲汪篯是北京大学历史学系的教授。对于他的专业，我知之甚少，无从谈论。但我觉得他在数学方面的一些情况挺有意思，而且可能知道这些的人不多。

北京大学历史学系教授吴宗国先生在《汪篯传略》中曾写过这样一段话："（汪篯）1931 年到 1934 年在省立扬州中学高中学习。扬州中学在当时是一所颇负盛名的学校，教学质量很高。他回忆这一段学习生活时曾说过，他在扬州中学时数学学得特别

父亲汪篯

好，他的逻辑思维的提高很得益于这一阶段的数学学习。……他曾总结自己的成长，一是得益于扬州中学的数学学习，培养了严格的逻辑思维能力；二是从

[1] 汪安，男，1955 年 2 月生于北京。1975 年参加工作。北京大学化学系 1977 级本科生，1981 级研究生。1984 年研究生毕业后留校工作至 2015 年退休。

陈寅恪先生那里学到了整理材料和分析问题的科学方法……"由此可见，父亲很重视数学学习在自己成长过程中所起的作用。

根据北京大学出版社出版的《北京大学纪事（1898—1997）》，从 20 世纪 50 年代初院系调整直到 1977 年长达二十多年的时间内，北京大学仅在 20 世纪 60 年代初期分两次提升过教授，总共提升人数不到二十人。在这批少数的人中，如果不算外语系的几位先生，则北京大学文科各系（包括文史哲政经法等）在这二十多年中总共只提升了四位教授，即中文系的季镇淮先生和王瑶先生，哲学系的任继愈先生以及我的父亲，其中王瑶先生和任继愈先生都是著作等身的著名学者。父亲的情况则很不同，他在生前仅发表过很少的文章（后来出版的著作，则大多为他去世后由其他人整理的遗稿）。记得若干年前看过有人说过这样一段话，原话记不清了，大意是，尽管父亲生前发表的论文不多，但却能奠定他在隋唐史研究领域的地位，因为这些论文大都有独到的见地。我以为这种说法应该是比较可信的，否则就很难解释在经受了 1959 年"反右倾"运动的批判，且在当年提升教授名额很少、要求很严格的情况下，他还能在只发表了较少论文的条件下与王瑶先生、任继愈先生这些著作等身的名家同时步入北大的教授行列。

在父亲生前发表的学术论文中，最重要的大概就是 1962 年发表在《光明日报》上的四篇《隋唐史杂记》了，这应该也是他得以在 1963 年提升为教授的基础。如果细读这四篇《隋唐史杂记》，可以看到其中有大量的考证，涉及很多历史文献中的数据，并包括不少数字计算和推论，以此论证了隋唐史研究中的四个问题。可以说，这表明他的逻辑思维很清楚，对于数字有较高的把握能力，同时也可以间接反映出他自己所说的得益于扬州中学的数学学习。

父亲是 1934 年考入清华大学历史系的。在《汪篯传略》中有如下记载："1934 年秋，考进北平清华大学历史系学习。为清华大学十级全部 300 多名新生入学成绩总分第二名（第一名为物理系考生），并以学史而数学独得满分为人惊奇。"这段话虽然不长，背后却有一段有意思的故事。本文即以此作为引子讲述我所知道的一些父亲与数学有关的情况。

如上所述，父亲是清华大学十级（1934级）入学考试的总分第二名。实际上，当时的入学考试是不分文理科的，所有考生使用的都是相同的试卷。由于第一名为物理系考生，即后来成为中国科学院院士的李正武（李整武）先生，所以，如果按照目前时兴的提法，说父亲是1934年清华大学的文科状元也不为过。

2010年，我曾就清华十级入学考试的一些相关事宜向清华大学十级社会学系的任扶善先生（首都经贸大学教授）求教。任先生时年已九十有五，却在收信当天即亲笔给予回复（下图为任先生回复的扫描件），令我非常感动。现将任先生的回复内容抄录如下："1.抗战前大学招生试题都不分文理科。因为那时高中不分文理科，会考也不分文理科。清华十级的入学考试当然也不分。2.清华十级入学考试项目如下（3天9门）：（1）国文；（2）本国史地；（3）党义；（4）英文；（5）生物；（6）世界史地；（7）物理；（8）化学；（9）数学。3.录取标准不同系科有所侧重。录取后一年级课程，文法理工各有不同。"

从任先生提供的清华大学十级入学考试项目可以看出，其中有多门考试是偏理科的，对于文科考生来说，相对难度显然更大些。这大概也是那时清华大学每年入学考试的第一名多为理科考生的缘故吧。记得前些年互联网上曾流传过一些关于某某名人在高考时数学只得几分甚至0分也能考入清华大学的佳话，我无法去证实那些传闻是否属实。但倘若为真，则可以佐证当时的数学考试对于文科考生实属不易。

实际上，在考试时得到总分第二名并不足为奇，毕竟考试总会有第一名、第二名……一直到最后一名。比较有意

1. 抗战前大学招生试题都不分文理科。因为那时高中不分文理科，会考也不分文理科。清华十级的入学考试当然也不分。
2. 清华十级入学考试项目如下（3天9门）：
   (1) 国文
   (2) 本国史地
   (3) 党义
   (4) 英文
   (5) 生物
   (6) 世界史地
   (7) 物理
   (8) 化学
   (9) 数学
3. 录取标准不同系科有所侧重。录取后一年级课程，文法理工各有不同。

任扶善先生的来信（节选）

思的是在那次考试中，父亲的数学考试得了满分，而且是唯一的数学满分，这就是所谓的"学史而数学独得满分"。在清华大学的历史上，以前没有过这种情况，今后应该也不会再出现了，因为现在的高考都是文理科分开的，文理科数学考卷的内容不同，当然也就无法以同一标准来衡量了。因此，上面所讲的故事不仅是一件比较有趣的事，而且在清华大学的历史上应该是唯一的一次。但实际上，在这件事的背后还有另一件更有趣的事，甚至可以说有些传奇色彩。

父亲之所以能在清华大学的入学考试时"学史而数学独得满分"，一个重要的原因是当时出现了一个很特殊的情况，就是那一年的数学考题出了差错。至于出差错的原因，现已无从考证了。但为什么考题出了差错还有人能得满分呢？对此，父亲的清华级友孙方铎教授曾在《清华大学十级（1938）毕业50年纪念特刊》中撰文《十级入学考试中一道数学题的解答和回忆》，比较具体地讲述了此事，左图给出了该文的节选。

原来，父亲在考试过程中发现了这道数学题有问题，于是按照自己的理解对该题进行了修正，据说他还在考卷上对于为何修改该试题做了说明。另外，他不仅仅是在试卷上改正了有差错的题，而且对其他所有的数学试题也都给出了正确的解答。正因为此，判卷老师给了他满分。父亲的结拜兄长、清华大学九级的吴征镒先生（中国科学院昆明植物研究所研究员，中国科学院院士，

三、当时的大学招生考试不像现在台湾大专联考这样引人注意，考生们也没有事后查分的权利。过了这考试一关以后，我们已经进入清华园的新生们自然也就无问此事。想不到开学以后，学校竟公布了新生们这门数学的考试分数。原来按照学校规定，这门普通数学的分数必须达到某一最低标准、（确实标准分数已不记得），缕能选修大一的微积分；否则还需先补修一门近于高中数学的补智课程。照理讲，普通数学门既有此令人困扰的一题，应该无人可得满分的了。然而名单上竟然有人得了一百分，这就是总榜第二名的汪钺。我曾问起他这一题是如何做的。他说："题上方程式中的系数可能是印错了，只要这么一改，就很容易地做出了"。原来他是改了题而后做的。看来他这一改正确符合了出题人原来的命题，于是他得了满分

《十级入学考试中一道数学题的解答和回忆》节选

2007年国家最高科技奖得主）曾比较详细地对我讲述过这件事。据吴先生讲，如果父亲在解答其他试题时哪怕只有1分的失误，即使改正了这道试题也是不能得到本题分数的。吴先生对此的解释是，首先是父亲把其他所有题都做对了，在此前提之下，他还清楚地看出了试题中的差错并进行了更正，这才得到了判卷老师对这道试题特别给出的本来已经不可能出现的满分。

以前我总认为，父亲在入学考试中得了总分第二名实属偶然，假如此题没有出错，其他人的分数就应该会有相应的提高，即使他最后仍有可能名列前茅，却不大可能得到总分第二名了。但后来从另一个角度考虑，却产生了另一个想法。很多人都参加过各种考试，也都有过遇见不会做的难题的经历，但在高考那样非常紧张的情况下，能敏锐地发现考题出了差错，加以更正并给出说明和正确答案其实是一件很难也很有趣的事情，这比考试是否得到第一名或者第二名要有意思得多。

这里捎带说两句题外的话。上面所讲的已经是八十多年前的往事了，虽然我们今天已经不可能知道当初的评卷老师是哪位先生，但我确实由衷地钦佩这位先生能给这张试卷满分的胸怀，这种实事求是的精神使我深受教育和感动。

还有一些先生也曾对我讲过这件事。其中北京大学教授李赋宁先生还曾对我讲述过他与我的父亲20世纪40年代一起在昆明五华中学兼课的事，并特别提到父亲曾给五华中学毕业班的学生补习过数学。

有关那次考试的事曾被数人提及并在《清华大学十级（1938）毕业50年纪念特刊》中有专文论述，表明这件事给人留下了较深的印象，同时也说明这件事确实让人觉得挺有趣，否则也不会作为一件逸事被人们一提再提。

作为父亲的同事，北京大学教授周一良先生曾对我说过我父亲的理科基础很好，并感慨如果我父亲学的是理科，或许后来的境遇能好一些。周一良先生去世后，他的公子周启锐先生通过我的一个朋友将周一良先生收藏的《汪篯隋唐史论稿》送还给我。在该书的扉页上有一段周先生亲笔写的文字，内容与他对我说的话是基本一致的。摘录如下：

周一良先生在《汪籛隋唐史论稿》扉页的
记述文字

汪籛同志为寅恪先生高第弟子，聪颖过人。毕业于扬州中学，人皆以为当报考理科，而竟入历史系，终于十年动乱之始即遭迫害而逝。悲夫！（见左图）

何炳棣先生（芝加哥大学教授，美国艺术与科学院院士）与父亲是大学的同班同学。何先生曾在《读史阅世六十年》一书中讲过父亲的母校扬州中学在数理化教学方面水平很高，同时也提到了父亲在入学考试时数学得满分一事。何先生在该书中说："我个人觉得 30 年代的扬州中学的数理化教学水准比南开有高无低。事实上，30 年代江浙若干省立中学的数理化教学都比南开严格。我清华 1934 级入学的状元李整武就是浙江金华省立七中毕业的；榜眼汪籛，'文革'期间含冤而死，北大历史学系柱石之一，就是扬州中学毕业的（入学考试数学 100 分）。"在同一本书中，何炳棣先生还提到："以清华 1934 年入学考试为例，南开和扬中毕业生各占 22 名，同居首位。"

最后再讲几句与父亲的老师陈寅恪先生有关的事，也都是与数学相关的。在陈寅恪先生的三个女儿（陈流求、陈小彭、陈美延）合著的《也同欢乐也同愁——忆父亲陈寅恪母亲唐篔》一书中，有这样一段话，陈寅恪先生对女儿陈流求说："你的功课准备得如何？想考入清华大学理科，数学成绩一定要好。你数学上有不明白处，可去请教汪籛先生，他的数学极好。"接下来她们又提到陈寅恪先生"一贯赏识数学好的学生，在他看来，数学好思维逻辑性强"。类似的话在上海拍摄的"大师"系列纪实片《陈寅恪（下）》中亦出现过。陈寅恪先生的女儿陈美延女士在纪实片中说过这样一句话："汪篯先生的数学特别好。"

从上述的书和纪实片中的内容可知以下两点：一、陈寅恪先生知道汪篯的数学很好；二、陈寅恪先生"赏识数学好的学生"，因为"数学好思维逻辑性强"。

我岳母的好友缪希相（后改名李涵，武汉大学教授）与她的丈夫刘适（后改名石泉，武汉大学教授）都是陈寅恪先生的学生。缪阿姨曾对我讲过刘适先生在完成研究生论文（导师为陈寅恪先生）时父亲正住在陈寅恪先生家中，他们在相互的交往中感觉我父亲的头脑很清楚，思维敏锐；此外，她还曾听刘适先生提及我父亲的数学很好。至于刘适先生是怎么知道的，缪阿姨没有讲，我也没有问。但我猜想很有可能也是从陈寅恪先生那里听到的。

我知道的有关情况基本就是这些。看上去有些支离破碎，但也只能如此了。算是自己对于父亲的怀念吧。

死生契阔，难忘父恩

——怀念我的父亲吴兴华

吴双 [1]

2017 年五卷本《吴兴华全集》的面世，使得不少人首次听到了吴兴华这个名字。但是似乎在大多数人的心目中，吴兴华是一个属于遥远年代的人物。包括我自己的同学们在内，在知道我是吴兴华之女后都颇感惊异，好像不太能理解一个年代如此久远之人的女儿怎么会就在自己身边。其实，我的父亲吴兴华与我们相距得并不像人们印象中那么久远，只是他太早太早地离开了我们。那一年，他尚未年满四十五岁；那一年，我才刚刚五岁。

我对那一年已经没有多少记忆了。翻阅资料，我看到我父亲的燕大同学兼好友，现已辞世多年的郭蕊教授在其文章《从诗人到翻译家的道路——为亡友

---

[1] 吴双，著名翻译家和诗人吴兴华之女，毕业于北京大学心理学系。1985 年赴美深造，在美国东北大学获得心理学博士和计算机科学硕士学位。现旅居美国波士顿，从事人因心理学方面的研究工作，同时也从事文学翻译工作。

吴兴华画像》中提到过这样一句："1966 年仲夏，瘦削如修竹的吴兴华，在铺天盖地而来的大字报的狂飙中，昂首而去，抛下了贴满封条的四壁图书，抛下了两个女儿，一个是小学生，一个还在幼儿园啼哭。"这里提到的那个"还在幼儿园啼哭"的孩子就是我。

20 世纪 50 年代父亲在北大的证件照

模糊的记忆中，我只恍惚记得幼年与父亲在一起时的两件趣事。一件就是我的父亲是个不折不扣的书呆子。除了手里总要捧着本书之外，对日常生活中的琐事基本上是那种比较无能和糊里糊涂的样子，每天出门必定到处乱摸一通去找他的自行车钥匙。因为当时母亲一大早就要出去上班，姐姐又要出去上学，所以从我三四岁起，家里就把替他看管车钥匙的活儿交给了我。我记得那时整天要在那里替他盯着钥匙，他也习惯了整天问我找钥匙。结果有一天他要出门时我也找不到钥匙了，我只好拍了一下头说："哎呀，我怎么也成小糊涂虫了。""糊涂虫"是我妈妈用来叫他的，结果我学会了用来叫我自己。父亲觉得特别好笑，等母亲一回家就赶紧绘声绘色地告诉了母亲，多年后母亲一提起这事还要笑上一番。

还有一事，就是我那时习惯了看父亲手里总要捧着本书，所以想着也要学他的样子。有一天正好家里一时没人看着我，我赶紧跑到书架上抽出一本又厚又重的大书，然后还假装看懂了的样子摇头晃脑地吟了一番，当然发出来的无外乎一些幼童的呀呀之音。结果正在自我陶醉之时被家里的保姆回来撞见了，回过头去赶紧告诉了父亲，父亲在笑到腹痛之后当然又在第一时间告诉了母亲。母亲听后就

全家福（摄于 1963 年）

父亲和我（前排左一）以及姐姐的合影，摄于颐和园

笑着说："真不愧你个书呆子，居然把这么大点孩子给带成了这副样子！"

除了这点少得可怜的记忆之外，我对于我的父亲都不大记得了，与父亲在一起的时光真是太短太短了。认识我父亲的一众亲朋好友都说，我从外貌到性格都继承了父亲的特征。记得我在考入北大回到燕园读书后，常在校园内遇到我根本不认识的老教授或老员工，他们拉着我的手说："哇，你肯定是吴兴华的女儿吧？长得跟你爸爸真像啊！要是你爸爸还在，看见你又回到这里该多高兴啊！"

我们吴家祖籍浙江杭州，祖上基本上是读书人。我的爷爷是个留日归来的医生，但酷爱阅读和收藏文史方面的书。听我的叔父吴言讲，他们幼时家中藏书颇丰。我的父亲，自幼聪慧过人，加上好学不倦，从开始学步时起就与书本结下了不解之缘，常常一整天待在爷爷的书斋里，博览群书，手不释卷。他还有项过目不忘的本领，所以少年时代被誉为神童。他5岁时就去上小学了，然后连续跳级，以至1937年，未满16岁的他就从崇德中学考入了燕京大学。从此之后，父亲就几乎不曾离开过他的燕京大学以及后来的北大。

父亲在燕大期间享有"才子"之誉，少年时期的他喜欢写诗。在刚入学那年，年仅16岁的他，就已经在上海《新诗》月刊上刊载了长诗《森林的沉默》，甚至不失锋芒地发表了《谈诗选》一文，对中国新诗发轫以来的诸位大家以及当时的新诗出版界多有"不客气"的批评。入学后，他又在校内结交了一批志同道合的文学青年，并与他们一起负责编辑《燕京文学》。他自己早年所写的诗，也多数刊登在了这本校刊上。从他当时的同学们那里，我们可以听到他在校园中的一些逸事。郭蕊教授曾提起过这样一段往事："兴华读书时，注意力高度集中，过目不忘，而且速度之快，令人难以置信。他到图书馆借书，一次要借十本，出纳员不准，按照规定，只限借三本。他说'我不带走'，就坐在书库里面看。不到闭馆时间，十本书的主要内容都已纳入他脑中，从容把书交还出纳员，出馆找人打桥牌去了。"父亲打桥牌的做派更是朋友圈中的美谈，十足"谈笑风生，睥睨一切"。他一边出牌，一边讲笑话，手里还拿着一本清代文人的诗集，趁别人苦思对策的间隙，扭过头去看他的书。据他的同学宋淇讲，父亲常爱拿《唐诗别裁集》和《清诗别裁集》来与人打赌，别人随便翻出一首诗，

素 丝 行

看啊如同九天的银河 从三个
姊妹手中流出来成匹的素丝
象牲和五指融入品漠的颜色
多从的波动垂列下承的辔裹

这样堆积着软弱无助如孤兄
尝涤里瞳子的地细心的擎起
另一个手持一管金梁的短尺
横直的度量 ——像神度量着生命

不要把我向左拖,也不要向右
加重担左的负量或者减轻我
丢我片時停止左无张更爱中
静观自己,战惧而无方法捉摸

没有形式 也没有先人的印迹
第一个来到我会佔据我全心
而你们将会怎样别谓我,三个
无名的姊妹,走上迢遞的长路

父亲手迹

他都能说出诗题、作者和上下句，从未出错。在 1943 年给宋淇的信中，22 岁的父亲傲气地写道："而今我可以不夸口地说能把中国上下数千年的诗同时在脑中列出。"

那时的父亲其实也有着与其他少年一样的爱好和习性，我近期在整理父亲和宋淇伯伯的通信时，发现了下面几段文字[1]。

---

[1] 信件原文皆为英文，由本文作者译成中文。

我和芝联参加了划船比赛。我俩已经击败另外两组选手，再赢下两队我们就能拿冠军了。芝联说："我们还是很有一丝丝的希望的。"（1941.11.2）

正如你所希望的和我们所预测的那样，我们拿下了双人划船冠军。芝联都快得意坏了。他说要去报纸上打擂台，向公众发出挑战。（1941.11.16）

好吧，这一轮的自我恭维已经进行得差不多了。现在再让我跟你汇报些学校里的琐事。我们这里关于米、面、煤、烟筒等等生计问题愈演愈烈。人们跑到贝公楼前把蔡某画成个大乌龟。用红漆画的，就公然画在楼前的地面上！真让我觉得解气。海军队又来了，打了几场球，大获全胜。真让人烦死他们了。辅仁的人包括 Roger Liang，Fan Cheng Táo 和 Chao Ya Lin，等等到来后，他们倒是打赢了。但是在球赛中，Roger 为了追一个飞出界外的球，居然摔在两位观众的大腿上。这两位还不是别人，正是咱们著名的魏姐妹。K.A. 气坏了。他后来告诉我当时他差点把 Roger 罚出场去。因为他敢肯定 Roger 是故意为之的。他气哼哼地说："跑去摔到人家两位美女的大腿上！他倒真会找地方！"（1941.11.16）

现今保存下来的六十多封父亲写给宋淇的信，几乎都是在探讨书和学问，但是我还是从中捞出了上面这几段。读到它们的时候，我感到一个稚气未脱的青春少年似乎已是跃然纸上。

除了写诗，在燕京大学读书期间，父亲在他原有的中国古典文学和经史的深厚基础之上，又在西洋文学方面达到了极高的造诣。外语方面，他精修的英、法两门外语，在初入燕园时就以惊人的进度达到了熟练的水平。接着又选修德文和意大利文，在班上成绩全部是最优的。余暇期间他又学会拉丁文和古希腊文，也都达到了能阅读诗集的水平。英美文学方面，近来评论和研究父亲作品及生平的学者们，常引用他的燕大导师谢迪克（Harold Shedick）的话，说父亲"是我在燕京教过的学生中才华最高的一位，足以和我在康奈尔大学教过的学生、文学批评家哈罗德·布鲁姆（耶鲁大学教授、美国文学批评大家）相匹敌"。但是，也正如我的姐姐吴同在她的一篇纪念文章里指出的那样，谢迪克的评语"的确是很高的评价，但并不能概括父亲学识的全貌。谢迪克的赞誉仅仅反映了父亲在英美文学领域的深厚修养，而这只是其博大精深学识之一部分"。也许，还是专攻中国现代文学史的夏志清先生给他的评价更为贴切。夏志清称，20 世纪中国人文知识分子就学养而论，有三位代表人物，第一代是陈寅恪，第二代是钱钟书，第三代就是吴兴华。这段话最早源于吴兴华的知音宋淇写给夏志清的一封信。信中说："陈寅恪、钱钟书、吴兴华代表三代兼通中西的大儒，先后逝世，从此后继无人。"夏志清后来在《追念钱钟书先生》一文中引用了宋淇的这段评语，并且加上了他自己对这段评语的认同。

在数门外语及西洋文学方面的造诣，使得父亲吴兴华在翻译界颇有建树。1939 年至 1941 年在燕大读书期间，他翻译了大量的英国浪漫主义诗人及其他著名诗人的作品，包括拜伦、雪莱、济慈、叶芝等等这些我们耳熟能详的诗人们的经典诗作。早在 1940 年，乔伊斯还未被世界文坛认可之前，父亲就前卫地向《西洋文学》介绍并节译乔伊斯的《芬尼根的守灵夜》（完整的中译本 2012 年才问世），并将其代表作《尤利西斯》介绍到中国。从大学三、四年级开始，父亲更是偏向于深层地研究和探讨一些思想上更具深奥的哲理性，而文字上更为艰深晦涩的一系列文学作品。除了上面提到的爱尔兰作家乔伊斯之外，他钻研过的作家还包括奥地利诗人里尔克、德国诗人歌德、意大利诗人但丁等等。

说起奥地利诗人里尔克，我于两年前着手准备为父亲从德语翻译过来的《黎尔克诗选》出一个单行本。此项"宏愿"在折腾了许久之后，因出版社方面的问题最后也不知所终了。这个先且按下不表。只是在我已经写好的前言里，有一些我在编书时的感受，现在拎出来重读也还是心有戚戚焉：

怀着几近于敬畏之心，我把这本薄薄的《黎尔克诗选》反复攻读了数遍。越读越能感受到先辈们为出版这本书所付出的艰辛和匠心之苦。在那个战火纷飞和资源匮乏的抗战年代，作为编译者的吴兴华，以及这本书的发行和印刷者，他们一定是在异常恶劣的环境中，承受着时代的艰虞，摈除着战乱时期的喧嚣和时代文学风潮上非诗化的倾向，用他们对艺术的执着和辛劳的付出，为我们这些后人留下了他们心血的结晶。现在被我捧在手里的这本小册子，在轻轻薄薄几乎没有分量的同时，又令我感受到了它的几乎不可承受之重。

20世纪40年代，吴兴华自己还是位青年诗人。而他以自己作为年轻人对美好艺术的热情和向往，作为诗人对于里尔克诗歌敏锐精准的感触和共鸣，作为翻译家对于中德两种文字的精通，以及作为资深学者对于诗中所涉及的文化宗教哲学艺术背景的渊博学识，最终为我们留下了这本薄薄而又"厚重"的《黎尔克诗选》。这本小册子，无论是在中国现代诗学研究，还是在西方文学的译介领域，都应该占有重要的文学史地位。

这篇文字中言而未尽的是，我作为父亲的后人，觉得自己肩上有一份沉重的使命，即要让父亲的心血结晶得以传承下去。当然，这就又回到了那个需要按下不表的话题。所以还是再按下去，回到正题。

经历了北大等诸校院系调整后，父亲开始系统地潜心研究但丁和莎士比亚的全部作品。据统计，在人民文学出版社于1964年定稿、后于1978年出版的《莎士比亚戏剧全集》中，父亲共校订了朱生豪所译的莎剧十五部。1957年，父亲又出版了他自己翻译的莎剧《亨利四世》上、下篇。这部《亨利四世》，以及父亲从意大利文翻译过来的但丁的《神曲》（现今只保留了片段），被翻译界誉为"神品"。

我在网上纪念父亲的文章中，找到一位不知名网友说的这样几句话："吴兴华先生也是我国著名的莎剧翻译家。从他的《亨利四世》译本可以看出他对古今中外的学识修养和磅礴的才气，他把剧中的市井俚语、流氓黑话、插科打诨都译得生动传神。从人文版莎氏全集来看，他做的校订工作也最多。令人痛惜的是，这位重要的莎剧翻译家竟在十年'文革'中饮恨而亡！说不尽的莎士比亚，给翻译家留下了说不尽的难题。"

读到这几句的时候，我已然泪目。因为此时的我，手里正忙着翻译一部有关莎士比亚的书。我自己在翻译过程中的举步维艰，让我深深地体会到了这句"说不尽的莎士比亚，给翻译家留下了说不尽的难题"。而今的我，每在往前推进的过程中遇见难题，只能仰天空叹一声，父亲要是还在该有多好！

我那学贯中西而被学界誉为天才和一代大儒的父亲吴兴华，一生却是如此的命途多舛。他少失怙恃，青年时期赶上战乱，好不容易熬到了和平年代，年仅31岁的他于20世纪50年代初，就当上了北大西语系英语教研室主任。两年后，又短暂地担任过系副主任之职。可是没过多久，他就被一波接着一波的政治运动波及，基本上处于封笔状态，最终不幸英年早逝。

父亲去世后，他的文稿全部散失。据我的母亲讲，有些完成和未完成的手稿，还是他自己在临去世前亲手焚毁的。母亲从火里抢出了两页边缘上烧糊了的纸片，那是父亲翻译的但丁的《神曲》。除此之外，在母亲后来带着尚年幼的我（姐姐下乡去了生产建设兵团）所经历的颠沛流离的生活中，我们身边再无父亲的只字片纸。

纵观父亲的一生，能让他潜心安稳做学问的那种美好而平和的时日，恐怕真是为数不多的。但是即便如此，他还是在诸多文学领域里取得了惊人的成就，而且仍然还算得上著作颇丰。可惜的是，他英年早逝，作品散佚，以致研究者张泉在文章中写道："在实际发生的文学演化进程和文学接受系统中，吴兴华的艺术探索的参与程度和影响力度，微乎其微……"也是出于这个原因，吴兴华这个名字在学界常被喻为现代文学史上"被冷落的缪斯"。现今许多专攻中国文学的高才生，也对父亲知之寥寥。

父亲给我们留下的遗憾真是太多太多了。我的母亲谢蔚英在她为《吴兴华全集》写的序言里提到："他说四十岁前是他苦读的准备阶段，四十岁后他有不少雄心壮志，要着手一一完成。在这里，我只想提出两个他已开始动笔的工作。一是他已开始翻译并已完成过半的但丁的《神曲》，他是根据意大利文原版，严格按照但丁诗的音韵、节拍译出的。和他年轻时写的诗相比，又步上更高的境界，更趋完臻、精练。另一个浩大的计划是开始写一部中国历史小说，关于柳宗元的，题为《他死在柳州》，也已开始动笔。这是他经过多年构思、收集材料的成果。内容丰富，包含当时和外国政治、经济、文化的交往。在写的过程中，他似已沉迷其中。他说：'闭上眼睛，一幅唐代景象呈现在我眼前，风俗习惯，衣着打扮，人来人往，宛如自己置身其中。'"母亲接着说："每当想起他的惨死，心中总会泛起无限伤痛。同时也想到，假如他还在人世，该有多少工作可以去做，在中外文学发展上会该有多少贡献可以做出。"

而对于五岁就失去了父亲的我来说，这种遗憾也就更加刻骨铭心。虽然人们常称我外表上活脱脱是一个"小吴兴华"，但我自己却已全然想不起他的音容笑貌。虽然也有人言及我从父亲那里继承了几分才气，但我却于通晓人事后就不曾在父亲身边聆训受教过哪怕一天。虽然我自己后来也考回了北大，但同级的其他北大子弟已没几人认识我，因为我从五岁那年就已不复与我那些中关园的小伙伴们同属一个圈子。虽然我在人生旅途中蹉跎了半辈子后，现在也终于回归了文学领域，但此时的我却仍是学界的无名之辈，以至有时在那里瞎忙一阵后，抬起头来，茫然四顾，不知所从……

也许是因为自己现在也在从事文学翻译工作之故，我愈加理解了父亲留给我们的文化遗产有多么的珍贵。今后的路途不管有多难，我将为传承父亲之精神而进行不懈的努力。愿父亲的在天之灵引导着我。愿我将完成的工作能让他老人家感到自豪。

爸爸的手

——怀念父亲徐献瑜

徐浣 [1]

爸爸走了整整十年 [2]，常思量，总难忘，最最怀念的是爸爸的手。

爸爸的手大。

深远的记忆来自幼儿园。每逢放学时，幼小的我就盼着爸爸来接，远远看见那一米八几的高高身影，开始兴奋不已。爸爸总是先弯下腰，一双大手暖暖地叉进我的腋下，双手紧紧钳住，将我高举扬起。我则像鸟一样飞，小手乱

---

[1]　徐浣，1954 年 1 月出生于北京，1969 年赴黑龙江生产建设兵团上山下乡，兵团务工九年半后于 1979 年考入北京师范大学分校中文系，1983 年毕业后留校任教。1984 年以访问学者身份赴美，从事自由职业教授汉语。1992 年随夫赴香港供职并业余教授汉语，1996 年回北京。1998 年至 2004 年间曾任北京大学对外汉语教学中心兼职教师。父亲徐献瑜，曾任燕京大学、北京大学数学系教授，母亲韩德常，燕京大学毕业，曾任北京师范大学讲师。

[2]　本文写于 2020 年。

舞，小脚后翘，高高地翱翔在所有人的头上，然后紧搂着爸爸的脖子，享受着小朋友们的仰慕，骄傲地觉得自己比爸爸还要高。爸爸随即跨腿骑上他那辆老派自行车，平把，高座，暗黑颜色的车横梁上一瓢形小平木板，就是我的专座。车行平稳时，我将小手压在爸爸双手扶把的大手上，好像自己掌握着骑行的方向；逢遇颠簸或拐弯之际，爸爸则腾出单手护搂着我，大手的牢固和温暖使瘦小的我紧贴在他胸前，备感安全。可惜这种幸福感时日不长，幼儿园有了儿童车后，爸爸不再接送我了，但被大手高举和保护的感觉深留脑际。

爸爸的手软。

这双手细长纤柔白净，手肚润嫩，手心红泛，手指白皙修长，指甲从来都修剪得清清爽爽。除了常写字的右手中指指节上有一大大的硬茧，双手总是温温柔柔。

家里六个孩子总会有吵闹，成长的记忆里却没有谁被粗暴打过。只记得爸爸教训顽童劣习，不过就是右手攥拳，凸弯细长的中指，用稍硬勾曲的指骨关节敲击一下孩子的额头，于是被称为"弹毛栗子"的瞬间一点痛感就让孩子们知晓了对错。

对付孩子们之间争执，爸爸也有妙招，先是调解，安定情绪，尔后让两个孩子面对面，他伸张五指，一手按住一个头，将两个孩子的前额互碰一下，就算彼此道歉，不得再相互争吵。

妈妈去乡下"四清"不能回家那年，我刚十岁，很好奇还上幼儿园的妹妹一回家就喊着"我要玛德琳娜"去找爸爸，然后关起门来和爸爸欢声笑语。偶有一天，我在父母卧室发现一盒点心，闻到了那个时代只有过年才有的香味，想来这就是瞒着其他孩子稀奇神秘的"玛德琳娜"，我禁不住打开偷吃了一块。爸爸发现后，既没声张，也未暴怒，只是沉着脸，手拉我至他专有的沙发旁。望着打开的点心盒，我委屈地申辩："妹妹怎么可以吃？"爸爸厉声说："为了她不哭，不要找妈妈，不影响爸爸看书。"我抽泣了，爸爸慢慢不再沉着脸，缓缓地说："六儿还小，需要哄，你和哥哥姐姐都懂事了，不能和她争。"我点点头，爸爸边用轻柔手指抹拭我的脸颊边说道："你也可以吃，但不能偷偷吃，更不能多吃，要留着给妹妹，懂吗？点心不多，不要再让别人知道喽，这也是咱俩的小秘密，好不好？"说着，爸爸在点心盒里一搅，笑着把沾满了点心渣的食指伸进我的嘴里，还故意搅动一下我的舌头，那舌尖品尝到的甜甜味道掺杂着爸爸手指微咸的味道与温度的奇妙感觉，至今未忘。

爸爸的手灵巧。

他喜欢和孩子这样玩，伸开五指，让孩子的小手力拔他的每一根手指，从大拇哥到小拇弟，每拔一指，关节就"嘎"地一响，孩子惊奇大人笑，往往掰完一遍后，他把两手相互活动一下，攥攥拳，猛伸几下指头，居然还能让孩子再拔再嘎嘎作响。他还会把中指或无名指向手心内一弯，让孩子碰触那软软绵绵、柔若无力的指头肚，哄得我们真以为折筋断骨了呢！更有趣的是，明明是用食指和中指敲打着桌沿，瞬间就变成了中指和无名指，轮换速度快得让孩子们眼花缭乱，始终觉得就是两个指头在不断拍敲桌面。极力想仿效，却没有爸爸手指的灵活与速度，他说："这需要眼睛和大脑的频率一致……"

实话讲，小时候能和爸爸一起玩很难得，他教书授课工作忙碌，一回到家里，径直奔向楼上小书房埋头疾笔，或者蜷在卧室窗前的单人沙发捧书默读，直到妈妈轻声柔气呼唤："献瑜，吃饭了！"他才抽身与孩子们围坐饭桌。在没有多少玩具的时代，孩子们晚饭后坐在爸爸膝盖上，倚靠于爸爸身旁，嬉笑聊天，摆弄一会儿爸爸的手，是骨肉亲情的乐趣，也是爸爸繁忙余暇的消遣。

爸爸的手神奇。

用钢笔和铅笔书写时，他的字有点似蝌蚪游离，字形弯曲笔画拖长，有时不太好辨认。而手拿墨笔挥毫，却是正楷苍劲，酣畅浑厚，这书法童子功家人莫及。

细腻白净的手，"文革"时也会领着孩子们搅拌煤灰和泥，摊地晾晒，手捏煤块。冬季，家中

父亲在看资料

大小煤炉未燃尽的煤核儿，爸爸都收集聚拢，"寸积篝炉炭"（陆游诗），坐在小凳上，拱腰俯身，逐一用手力搓灰烬，取其黑核，备留再燃。那认真仔细劲儿，丝毫不逊伏案做题。

爸爸静柔温婉的手，自小从未劳作过，六十岁在鲤鱼洲干校养鸡时，却什么活都干。他曾在日记中描述，手拌鸡食清扫鸡屎，绝活则是计算鸡群数目。他居然用一种数学方法（我是一点不懂），以手眼脑的协调，每天统计飞来跑去的群鸡，数字无误。

爸爸的手也并不是万能的，例如他几乎没做过饭。妈妈在世时包揽了一切，根本不用他动手。妈妈走后一个十八岁的安徽女孩，一直在家里帮佣，更让爸爸"君子远庖厨"。一生中我只在"文革"期间见过一次，爸爸像打仗一样全副武装，戴着围裙，左手持炒菜锅盖，犹如盾牌般遮挡油烟，右手长臂直伸，隔着老远炒拌鸡蛋。

都说"君子之交淡如水"，家中往来出入大多是学者教授，彼此相见，不过点头问候，我则亲眼见过爸爸双手和另一磨砺粗糙老茧重重的厚掌毫无违和地握在一起。那是 20 世纪 70 年代，一天走在吉永庄外通往北大东南门的煤渣路上，猛听人唤"徐先生"，爸爸还真一愣，定睛一看，一个高大圆脸、苍须灰发、旧衣蓬头、宽身阔腹的粗壮汉笑嘻嘻迎上，直接拉住爸爸有点不知所措的手，边晃边说："Mr. Xu，我是 Boy 赵，您不认得了？"原来他是燕京大学时代在网球场工作的球童，刚从外地回到北京女儿家。如故友相逢，两人一直握着手，中英文掺杂聊着熟悉人的状况，直到这位会说英语的赵大爷高声告辞，爸爸才诙谐地说："我手都酸了。"

这以后，但逢路上相遇，问候总是相握，即使爸爸的称呼从徐老头又变化为徐老师、徐教授、徐先生或是徐老，一份特殊交手之谊，仍旧在徐 Sir 和 Boy 赵间延续。

爸爸的手勤快。

他常常整家理物，东西放置得井然有序：书架整整齐齐，各类书籍依次摆放，看完书必归原处；书桌上从来不乱，工作时摊满桌面的文稿纸墨，工作完毕一定叠摞得妥妥当当，一打打笔记文件收纳归置，放入不同书柜；玉石笔筒集中了那些高矮参差的钢笔、铅笔、圆珠笔，常用的装曲别针的小盒、墨水瓶、糨糊罐、裁纸刀、镇纸……也都各司其职，各守其位且经年不变。照爸爸的话："东西放在一定位置，就不会找不到，闭着眼睛，也能随手摸着。"

他的衣柜，也是如此齐整，堪为家中典范。通常衣服洗好后，爸爸都用手把衣服抹拭再抹拭，叠平放正，冬装夏服皆按季节存放衣橱，平时所用则摆放在方便的抽屉中，内衣裤、袜子、衬衫或帽子、手套等零星小件，自左而右，互不相混；毛衣、长裤、外套，更是折叠得有模有样，少有翻卷褶痕，找时不必乱拿，穿时善修边幅。他的理论是："东西要放好，头脑要清醒，就像数学公式，必须有理有条。"

爸爸的手故事多。

爸爸钻研学问，经年累月地写写画画，著书育人，心手并用，累积声望，被冠以中国计算数学的前辈之称，我曾问过爸爸："这辈子，您可算卓有成就的人？"他伸出右手，让我摸摸中指那厚厚的硬茧，淡淡地笑笑："哪有什么成就？手是用来做事的，尽自己力量去做就是了。"

这双看起来文文弱弱的手，亦有不同寻常之时，特别在他思考问题冥思苦想不得其解时，常常猛拍自己后脑勺，砰砰作响，其力之大其声之炸，小时候看了害怕，长大后看了心疼。爸爸却笑说："重拍几下，头脑清醒，就算自罚吧！"

一向对己严待人善的爸爸，也曾有过一次手罚他人。记得是20世纪80年代初，不知哪来的一人慕名找到我家，请爸爸为其写的文章向海外推荐，爸爸婉言谢绝："不认识，也不了解这事，不能负这责任。"那人嬉笑解释："现在大家都这样，您就通融一下吧。"爸爸如受辱一般脸涨得通红，掌拍桌响。"我不会这样！"爸爸挥手指门，"你走吧！"他不顾其人尴尬，自甩袖离屋。妈妈好言相劝送客，刚出门，就见爸爸手提来者送的点心匣，猛掷于马路边上，用少见的高声呐喊："拿走！"我慌忙去拉暴怒的爸爸，只觉他的手热灼灼、火辣辣的。

1990年夏，爸爸八十岁寿诞，北大数学系举办了各地来宾几百人的聚会

父亲和孙辈

以庆寿，就在前一天晚上，妈妈突然跌倒，急送医院，没留下一句话，猝然西行。突然的打击令全家震惊心碎，爸爸得知噩耗，在孩子们的哀痛哭拥下，呆坐，目僵，双手掩面；心抖，身颤，无声抽泣，泪水顺沿手指缝隙滴下，那强忍涕泗的刺心痛楚，至今不敢回想。是夜，我在妈妈的床上与爸爸相伴，夜无声人无语，思无限寐无眠，突然，爸爸唰地一下抓住我手，猛叫："德常！德常！"这是他在出事后第一次高声呼出妈妈的名字，无尽凄凉。我侧身而起，夺眶而出的热泪，滴落在父女紧握的冰手之上，也许是这温度让爸爸稍静下来，他迟钝慢缓地说："妈妈，走了。"依旧直直仰卧，手脚冰凉。

晚年，爸爸的手依然白净，尽管有些瘦骨嶙峋、青筋外露，但并不颤颤巍巍，也少有冰凉。在六个子女的照顾下，将近二十年，岁月静好，爸爸情绪安定，心与手持续着温存。

父亲晚年生活极为规律，起床吃饭上厕所，读书下棋看电视，按时按点，该做什么基本不乱。每天早餐几乎不变，他手剥煮鸡蛋，捣碎放进白米粥里，略加一点酱油，汤匙舀起，趁热慢慢送进口中。手拿餐刀缓缓地切下一片黄油，均匀涂抹在面包上，心满意足地细嚼慢咽。午餐晚餐肉鱼多些，但他从不贪嘴，更不多食，"做人有度，吃饭有量"。有时儿女们好心力劝爸爸多吃点，他会用长长的食指点四下说："适可而止。"凭借一双细腻的手、规律良好的生活习性，爸爸始终头脑清醒，思维敏捷，百岁不衰。

那年，我在北大对外汉语中心教留学生，中午课间赶回家吃饭，就为能和爸爸聊聊天。某次聊到夏日傍晚院内乘凉时，我常常搬个板凳坐妈妈膝下，依附腿上，享受着她给我轻抚揉头的快感，差点又热泪盈眶。没过几天，照例和爸爸吃饭聊天然后小睡一会儿，我躺在长沙发上，头冲着坐在单人软椅上的爸爸，恍惚觉得头皮被轻抚，迷蒙中重温了久违的舒适。我知道，是爸爸温存的手在传递妈妈的爱，滋润着爱与被爱的心怀。我紧闭湿盈双目，真不愿起身再去上班。落叶无痕，父爱无声。

人生终有一别，2010 年 10 月，百岁老父再次入住医院，高烧不退，饮食不进，言语不达。那天，我带着十五岁的儿子小虎去见外公，奇迹突现，爸爸居然要求坐起来，脸上呈现欢喜之意，伸出软绵绵的手，笑而无语地在孩子脸腮上轻抚回摸；温暖细腻平和的爱，经手轮回感应到下一代，强忍眼泪的小虎，记住了永生的微笑。

那天，爸爸没再说话，却抖手执笔，几番尝试，艰难写下自己的全名，用尽生命最后之力，又在纸上颤巍巍留下二字："再见"。最后一次微笑，最后一次坐起之后，爸爸手拒吸痰器欲拔氧气管，执意告别人间。不忍直视被各种仪器束缚的老父，再忍耐忽来忽止的窒息痛楚，姐妹兄弟都同意放弃治疗，让爸爸平和尊严地离去。最后的夜晚，焦虑紧张而疲惫多日的家人暂去附近旅馆歇息片刻，我独守爸爸身旁，随时通告家人告别时刻的来临。

爸爸安静多了，轻喘微息，犹似睡中，我拉着他的手，像小时候一样紧握把拿，揉搓摩挲，轻轻捋着每根手指，每一个指腹，每一个关节，每摸一处，眼泪都不禁而出，爸爸的手指依然修长柔软细腻，只是淡无血色，不再有红有白；最后一次为爸爸修剪指甲，泪水在清清爽爽但已无力的指上滴淌，曾经厚厚的手茧不复存在；曾经暖暖的手温分秒渐凉；这手，养育六个孩子，从未掌掴于人；这手，凭学问吃饭，从无权力在握；这手平平常常，引领我的生命去体味凡间人性、世态炎凉……

十年过去了，对爸爸的思念，留恋于手，如今，我还仿佛能感知到彼此的触摸。温存的手，安抚今生记忆，手的温存，伴随冷暖时光。

世有亲情，心心相印，手手传承。

严氏兄妹的北大缘

严文凯 [1]

　　我的曾祖父严修（字范孙）创办了南开系列学校，曾出任清朝学部左侍郎，在清末民初，与北京大学首任校长严复和蔡元培校长都有不少交往，数次婉拒北洋政府取代蔡元培任北京大学校长的任命。曾祖父的孙子女和外孙子女近四十人，或就读于清华大学、北平协和医学院、南开大学、燕京大学、西南联大等国内名校，或在欧美日等留学，却无一人就读于北京大学，究其原因我也不甚了了。

　　可是我的父亲兄妹六人中就有三人在北京大学任教，而且都是著名的专家学者，他们就是我的父亲严仁荫、八叔严仁赓和四姑严仁英。

---

[1]　严文凯，严仁荫长子，1945 年 9 月生于四川乐山。小学毕业于北大附小，中学毕业于北京一零一中学，大学毕业于北京大学化学系。1970 年毕业分配在陕西丹凤工作。1978 年至 1981 年在北京市环境科学研究所读研究生，获工学硕士，先后在原北京市环境保护监测中心、原国家环境保护局和中国环境监测总站工作，2005年退休。父亲严仁荫曾任北京大学化学系教授，系副主任。

严家惯例是按大排行排序，即所有同辈（同曾祖的堂兄弟姐妹）均在一起排行，父亲在堂兄弟大排行中排第五，叔父严仁赓在大排行中排第八，姑母严仁英在堂姐妹大排行中排第四。

三兄妹最早进入北大的是四姑严仁英。1945年四姑转入北平大学医学院工作。1946年7月，北京大学在北平复校。北平大学医学院被并入北京大学，成为北京大学医学院。1952年，

1964年严家兄弟姐妹合影（左起：八叔仁赓、三姑仁清、父亲仁荫、大姑仁和、四姑仁英、五姑仁斌）

高等学校院系调整，北京大学医学院脱离北京大学，独立建院更名为北京医学院，但是大家始终习惯把北医第一临床医学院叫北大医院。1985年学校更名为北京医科大学；2000年，北京医科大学与北京大学正式合并，组建新的北京大学，北京医科大学正式更名为北京大学医学部。所以四姑在北京大学有两段时间：1946年至1952年、2000年至2017年，合计二十三年。

八叔严仁赓于1950年由浙江大学调到北京大学，直至2007年去世，整整工作了五十七个年头。

我的父亲于1952年院系调整从清华大学调到北京大学，直至1977年去世，整整工作了二十五年。

尽管他们在自己工作过的岗位受到过不公正的待遇，但是他们始终恪尽职守，兢兢业业，忠实于自己所从事的教学科研工作，兄妹三人尽管没有同时在北京大学服务，但都把自己的后半生奉献给了北大，最终都在燕园离开了我们，成为"一门数杰"佳话新的延续。

20世纪50年代初，我的大姑严仁和一家从南京到了北京，八叔仁赓也从浙大调到北大，因战祸离散多年的严家六兄妹终于在北京团聚。三姑仁清伺候

奶奶和久病卧床的三伯伯仁芝，终生未婚。受到家里所有兄弟姐妹的一致尊重，大家提议由三姑主持分家工作：既然我家和八叔在西郊都有住处，奶奶留下的羊肉胡同老宅就由四个姑姑居住——这与传统观念是相悖的，按照传统观念，家产都是由男子继承，但严家的家风早已打破了这一陈旧的观念。房子是分家的关键，房子没有争议，各家都分到一些纪念品，之后在西四羊肉胡同西口的"同和居"吃了顿饭，分家顺利结束。记得父亲拿了一个小皮箱，里面装有南开学校早期的一些纪念明信片，以及范孙老（曾祖父）旅欧时的照片和保留的明信片。

（一）父亲严仁荫

父亲出生在天津老城西北角文昌宫西"严翰林胡同"的严家老宅。严家是个大家庭，同辈的堂兄弟姐妹就有二十几人，父亲在男孩中排行第五。他从小天资聪颖，因而深得我曾祖父母的喜爱。五六岁起就进入严氏家馆学习。按照曾祖父的要求，父亲在系统学习中西方文化的同时，也注意锻炼身体，同时学习了二胡、笛箫等乐器，并爱上了京剧和昆曲。

父亲十岁那年，我的祖父因病早逝。按照严家的规矩，"智字辈"各房的经济来源各负其责。虽然曾祖父不时给以少量接济，但实际上我的祖母基本是靠祖父生前保寿险所得偿金，每月领取三十元的利息，维持八口生计，十分拮据。正是这种困难状况，造就了他们兄弟姐妹节俭的习惯和坚强的性格，也使得曾祖父的这一房孙子女都学有所长。

1921年，父亲考入南开中学。在南开中学的六年，是父亲成长最快的时期。他如饥似渴地吸收先进的知识，尤其对数理化情有独钟，在高中阶段他就自学了非欧几何。化学也是他喜爱的学科，当时在南开中学兼职的著名化学家杨石先十分赞赏他，也正是如此，他于1927年以优异的成绩考入了清华大学化学系，成了国立清华大学第三级的学生。1931年毕业时他因成绩优异留校任助教。父亲在此学习期间积极投身于抗日救亡的科学活动，1933年曾从事烟幕弹和防毒面具活性炭的研制，不幸因爆炸伤及双目，严重影响了他此后的学习和科学研究。但父亲极为顽强，勤奋不辍。

1934 年 7 月父亲考获河北省公费赴美深造，入美国威斯康星大学麦迪逊分校化学系研究院学习，先后获得理科硕士（1935 年）和哲学博士学位（1937 年），毕业时获得威斯康星大学博士生的最高奖——金钥匙奖。父亲于 1938 年初回到战火中的中国报效祖国。1938 年至 1939 年，经杨石先先生介绍，父亲出任国立贵阳医学院化学系副教授。

1941 年至 1943 年，父亲又经杨石先聘请，任西南联合大学化学系教授和西南联大师范学院理化系教授。1943 年至 1945 年父亲筹办四川乐山木材干馏厂，并担任过厂长，后又在天津永利碱厂迁乐山的"新塘沽"侯德榜先生手下任襄理。抗日战争胜利后，父亲曾一度任天津化学工业公司协理。

1947 年 8 月，父亲经高崇熙邀请回母校清华大学，在化学系任教授，同时在北京大学化学系兼职。

1952 年院系调整后，父亲任北京大学化学系教授，主持、创建分析化学教研室，并担任教研室主任直至 1960 年。父亲长期讲授分析化学基础课和专业课，在科研上则顽强地克服了目视的困难，坚持不懈地指导学生和研究生。1960 年至 1966 年间，父亲曾兼任系副主任，与系内各级领导合作，努力克服 1958 年以后"科研大跃进""教育革命"所造成的偏差和某些混乱，逐步使化学系的教学工作稳定、正常起来。但"文革"使他完全停止了教学和研究。父亲为人忠厚朴实、谦和待人、严于律己、不谋名利；与同仁共事团结融洽，待学生循循善诱、热心提携，治学严谨，一丝不苟，深受大家的尊敬。

我家自 20 世纪 50 年代从朗润园搬到中关园二公寓 233 号，成为二公寓的第一批住户，233 号有两室一厅一储藏室，还有一间厨房。厅兼做父亲的客厅和书房，最大的一间是父母的卧室，我高中住校后回家时一直住在储藏室。姚学吾老师曾有文"新七十二家房客"，记忆二、三公寓的老住户，虽然二、三公寓有七十二个户头，但二公寓的锅炉房还占了两个户头。

1967 年底，北京大学房管科突然通知父亲腾退一间最大的房间，让给新住户。这下可让父母和弟弟文典慌了手脚，因为父亲的藏书和外文期刊文献堆得到处都是，家里根本没有富余空间。父亲向他们反映："这么多的东西往哪儿放？""自己想办法！"文典只得把父亲珍爱的红木书柜以八十元一对卖了，藏书和外文期刊堆了一地，无处落脚。有一个沙发，我们叫它"老奶奶椅子"，是曾祖母所有孙子集资送给老奶奶过生日的，也只得寄存在朋友家里，父母的卧室转移到了客厅。

如此勉强迎来了新邻居。两家合住一个单元，如今想想都是笑话，但那个年代比比皆是。新邻居马季铭和覃守凤，人很客气，马季铭是化学系傅鹰先生的研究生，留校不久，覃老师也是化学系的，他们还有一个刚刚满月的小姑娘马梅。我家这个单元换过几次邻居，他们是和我家相处最好的。和和睦睦，亲如一家。马季铭是傅先生的得意门生，学问好，人也长得帅，知书达理，深得傅先生赏识，那会儿就算"白专"典型了。据说他得病住校医院，傅先生还每天给他送牛奶。马季铭和我很谈得来，他有许多办法借来各国的著名小说，我俩经常互换。

两家一起住，厨房很拥挤，母亲就把大灶拆掉，换成蜂窝煤炉，母亲和覃老师错开时间在厨房操持。几年后马家又添了个小弟弟马黎（马老师是河北昌黎人）。马黎时不时也到父亲跟前，哄父亲开心。

父亲有不少好友，这里只说几位。

周培源先生（1902—1993）：父亲非常敬重周先生的人品，两人先后在西南联大、光复后的清华大学共事，院系调整时又一起调到北京大学，分别担任北京大学九三学社的主委和副主委，两家也是通好，家母与周夫人王蒂澂也是好友，周家无男孩，还认我做干儿子，我称周家的几个姐姐为大姐、二姐、三姐。

洪谦先生（1909—1992）：洪伯伯是父亲的老朋友，抗战时期，父亲和洪伯伯都在李宗恩先生任院长的国立贵阳医学院任教，后来又都去了西南联大，洪伯伯的长子洪元颐还是父母的干儿子，小儿子元硕是我弟弟文典的附小同班同学。据元颐大哥分析，洪家可能是父母结为连理的大媒，他回忆，他的父母在北京最早拜访的就是我家。"文革"中，洪伯伯从燕东园搬到二公寓232号，就在我家斜下方，两家来往就更方便了。

傅鹰先生（1902—1979）：著名化学家，北大化学系仅有的两位一级教授之一，1962年起任北京大学副校长，傅伯伯在"文革"期间曾受政治运动波及。傅伯伯是福建人，与严复是同乡，但生于北京，一口京腔。据说差点划为"右派"，被周总理硬给保下来了。1969年底，傅伯伯与我们年级一起在北京油漆厂搞教育革命，傅伯伯还随身带着一本有关油漆的英文专著。

父亲以前和傅伯伯交往并不频繁，但父亲患病时，傅伯伯几乎每个星期都要来我家，傅伯伯比父亲年长，一进门就冲着母亲一作揖，还称"大嫂"，弄得母亲很不好意思。那会儿每个月的工资都是傅伯伯从系里领回来亲手交给父亲，可见患难见真情。父亲住院后，傅伯伯还专程来家请帮他转达对父亲的问候，安慰母亲："老严身体比我好，一定走在我后面。"

父亲有两个保持往来的学生，孙叔叔和郑叔叔。

我称孙亦梁孙叔叔，他称父亲严先生，父亲称孙叔叔的父亲孙瑞芹爷爷（曾任西语系教授）孙先生，够热闹，但这在北大并非个例。孙叔叔曾住过二公寓2弄，20世纪50年代初割扁桃体，还请家母给他做流食。"文革"中孙叔叔从技物系回到化学系，一回来就看望病榻中的父亲。父亲住北大医院肿瘤科，孙叔叔也几次看望。父亲去世后，孙叔叔当了系主任，还经常来看望家母。

郑用熙叔叔是父亲在清华化学系的学生，工作后又考取了父亲的研究生，毕业后就留在了分析教研室。郑叔叔常来家中，沉默寡言，父亲话也不多，有时半天两个人一句话也没有，母亲说他们是一对木头疙瘩。"文革"后郑叔叔调到清华任测试中心主任，我的研究生方向是环境监测中的质量控制，郑叔叔恰好研究分析化学中的质量控制，给我不少指点，我才知道郑叔叔的话其实一点儿也不少。

1975年秋，本来就性格内向的父亲更加郁郁寡欢、沉默少言，常常半天也不说一句话。父亲身体明显消瘦，精神状态十分低沉，经检查，初步诊断为癌症淋巴转移。在北大医院诊治多日，才找到原发病灶，确诊为结肠癌晚期。

1976 年底，病重的严仁荫（左一）与弟仁赓、妹仁英于家中合影

患病期间，他自己深知病情的严重性，大夫查房时往往会讲一些英文术语（如 Cancer）以避免给患者更大的精神负担，但这对于熟悉英语和医药的父亲来说，毫无作用。不过自始至终，他从不跟家里人谈及自己的病情，自己默默地承受着身体和精神的双重痛苦，以免增加亲属的压力。

1975 年和 1976 年，父亲经过几次手术和化疗，也未能有效地抑制癌细胞的扩散，人已消瘦得面目全非，体重不足 70 斤。1976 年 7 月 29 日，北大医院肿瘤科安排父亲做一次比较彻底的手术。不巧就在手术的前一天，发生了震惊中外的唐山大地震，手术就拖到了 9 月中旬，后又因故一拖再拖，直至 1977 年初才做的手术，整整耽误了半年。

1976 年，中国大地发生了天翻地覆的大变更——三位主要领导人离世、四五运动、"四人帮"倒台，父亲的情绪也随之涨落起伏，特别是周总理的逝世，令他已经十分脆弱的身心雪上加霜。

我当时在外地工作，服侍父亲的重担基本是母亲和弟弟文典承担。1977 年春，我终于请假回京服侍弥留之际的父亲。病榻中的父亲极其消瘦，为了不让我们担忧，就勉强吃上几口半流食，不一会儿就吐了，我们只好扭过头悄悄擦去泪水。有一次，他悄悄对我说："大夫怕我明白，又说 Cancer 了。"其实爸爸什么都清楚，就是不说，恐怕别人难过。为了忍住疼痛，父亲紧紧攥住我的手腕，有时把我的手腕掐出了血印，却从来不叫大夫，就是自己强忍。

1977 年初春春寒料峭，父亲病情迅速恶化，经多方抢救无效，于 3 月 18 日晨离开了我们，终年 69 岁。

父亲的一生，经历了清朝的灭亡、抗日战争、新中国的成立以及几次重大的历史变更，幸亏在人生的终点看到了"四人帮"的覆灭。但是，1977年的春天，乍暖还寒，极左的阴影尚未完全消散，对知识分子的政策也远未落实，"文革"中强加给父亲的种种罪名尚未平反昭雪。在最后的日子里，他是如何回忆和总结自己坎坷的一生，我们不得而知，但可以肯定的是，他是带着深深的遗憾和对未来的担忧告别人世的。

多亏了当时北京大学的领导开始考虑到高级知识分子的作用，在学校和化学系一些父亲的好友和同事的推动下，于1977年3月20日为他举办了隆重的遗体告别仪式。追悼会在八宝山革命公墓大礼堂举行。由于是"文革"后北京大学去世的第一位教授，来自学校内外各院系的著名教授以及父亲的亲友、同事和学生数百人前往告别。时任北大革委会副主任、父亲的好友周培源先生亲自主持，并宣读了悼词。

1977年4月6日，是父亲六十九周年的冥诞，他的骨灰盒安放在八宝山革命公墓的骨灰堂。

（二）八叔严仁赓

我的八叔严仁赓（1910—2007），经济学家，1910年9月生于天津，在我曾祖父的身边长大，受曾祖父思想影响很大。幼年在家中的幼儿园度过。1923年，考入南开中学。1929年，升入南开大学商学院，1933年毕业。1941年赴美，先后在加州大学研究院、哈佛大学研究院经济系、哥伦比亚大学研究院经济系学习，在美四年主修西方经济理论，并考察了美国经济的实际问题。抗战胜利后回国，应浙江大学竺可桢校长之聘，任该校新成立的法学院教授。

1949年4月，国民党军队向杭州等方面全线溃退，杭州局势随之紧张，社会持续混乱。为了防止国民党政府溃逃前进行捣乱和破坏，经过竺可桢校长倡议，于4月24日成立了应变执行委员会，推选八叔为主席，苏步青教授为副主席，领导浙大的"保校护校"和迎解放的工作。

1949 年 7 月 7 日，杭州市军管会任命八叔为浙江大学教务长。

1950 年，八叔由浙江大学调到北京大学，被任命为院系调整后的北京大学的副教务长（分管文科）和校长助理，主持教务工作和全校的研究生工作，1956 年加入中国共产党。八叔专于西方经济学，尤长于资本主义国家财政学，长期从事旧中国地方财政的研究，"文革"后重新走上教学研究岗位。

1951 年 4 月，马寅初先生由浙大调到北大任校长。他是一位老北大人，对北大感情极深。他一心想把北大办好，但他校外兼职很多，不能经常到校主持工作，所以学校的大部分工作实际上是由新中国成立后任西北局教育部部长，后来调入北大担任党委书记兼副校长的江隆基先生担任起来的。江隆基先生是 20 世纪 20 年代的老党员，他青年时期曾就读北大，其后留学日本和德国。回国后，长期在老解放区的教育部门和陕北公学、华北联大等担任领导，是一位久经考验、经验丰富的无产阶级教育家。他只身前来北大，甚至连伴随他来京的警卫员也被他送回陕西工作，他把实事求是和艰苦奋斗的优良传统和优良作风带到北大，肩负起改造、建设北大成为社会主义大学的艰巨任务。

江隆基先生是八叔的入党介绍人，又是八叔在推动北大教学改革各项具体工作中的直接领导。他对八叔既严格要求，又亲切耐心指导，是八叔最崇敬最知心的良师益友。然而，在 1958 年极左路线的影响下，他竟被指为"右倾""保守"，受到长期的毫无道理的批判，并被调离了北大，去了兰州大学。"文革"期间，他更遭到康生一伙的诬陷，被残酷迫害致死。几十年来，八叔始终怀念这位对北大有特殊贡献并对八叔有着深刻教育和深厚感情的老师和诤友。

1958 年，八叔在政治上也遇到了挫折，主要是由于八叔曾指责苏联文科教材存在的严重教条主义倾向和个人崇拜意识。

由于在浙江大学"保校护校"中的功绩，八叔是作为新政权所信赖的知识分子调到北京大学的，八叔刚到燕园时享受校领导的待遇，住在燕南园 50 号，在西下坡一所带有圆形院墙的院落，房屋面积也很大。自从江隆基书记、马寅初先生先后调离北大，八叔的地位也一落千丈，预备党员未能如期转正，不再担任校长助理和教务长的工作，而是回到经济学系。住所也从燕南园搬到燕东园 35 号。"文革"后落实政策，恢复了八叔的中共党员资格，入党时间也从 1956 年计。

严家远祖据说是两汉之际著名的隐士严光（字子陵）。他是汉光武帝刘秀的同学，两人关系亲密。但是在刘秀当皇帝后，严光却隐居不出。刘秀好不容易找到他，请他到宫中，要授予高官，严光坚辞不就，宁为刘秀的诤友，不做依附皇帝的亲贵，仍旧回到富春山隐居，耕读垂钓。

虽然先后悬隔 1900 余年，但是从曾祖父严修一生的事迹，可以明显看到祖先传说对后辈的影响。时人也常以曾祖父和严子陵相比，称"严陵高节，今古相望"。袁世凯复辟时，曾比附汉光武帝与严光的故事，屡次委任曾祖父为高官，包括请他取代蔡元培先生出任北京大学校长。在遭到曾祖父婉拒后，袁世凯还将严修所居之处改名"先生乡"，以自比汉光武帝，却听不进忠言，妄图逆历史潮流而动，称帝洪宪，终于贻笑千古。但严修却不辱先祖风骨，冒死进谏，劝袁世凯不要称帝。祖先传说在严修的人格认同上产生了潜移默化的影响。

我觉得，八叔在待人处事上也颇有"子陵遗风"。不因故人地位变迁，或趋炎附势，或独善其身。陈振汉先生曾是严家的老朋友，被打成"右派"，八叔仍一如既往与陈伯伯来往。

江隆基书记惨遭迫害致死后，他的爱人宋超和女儿江亦曼多次奔走于兰州、北京之间，为江隆基书记申冤，有些人避之犹恐不及，八叔却安排她们住在自己家里，还帮助她们写申诉材料，终于在 1978 年党中央为江隆基彻底平反昭雪。马寅初校长因发表"新人口论"遭到批判调离北大后，八叔仍坚持时常去探望马老。

"文革"期间，即使像八叔这样一个靠边站的长期病号，也未能幸免于难，红卫兵来抄家，他被指为资产阶级反动学术权威，被隔离在北大学生宿舍楼里批判。八婶叶逸芬也被打成"现行反革命"，就因为她曾和别人说过江青的行为很像武则天，被关到学生宿舍隔离做检查。八叔那时也被送到北大校办印刷厂劳动,去接受"工人阶级再教育",还被勒令去清理学生宿舍厕所……那时八叔的身心遭到严重摧残。

八叔的身体总是不好,患有多种慢性病,经常住院,但人却高寿,享年97岁。

受祖父影响,严家几兄妹都酷爱京剧,八叔收藏有不少78转的黑胶老唱片,很多是马连良、谭鑫培、梅兰芳、程砚秋等名角的唱段,但是八叔很明确表示"不喜欢京剧现代戏,没有京剧味儿",那些京剧老唱片都和一些黑胶的西方古典音乐唱片放在一起。在欣赏古典音乐方面,八叔远胜我的父亲,这些唱片大都是78转的,听不了几分钟就要翻面,但八叔对它们很珍惜,记得有几张日版的唱片,写着"動物の謝肉祭組曲",八叔说就是圣桑的"动物狂欢节组曲",我曾借去听过很多次。

八叔久居北京,但对老家天津总是旧情难忘。有时我去天津带回几根地道沙窝卫青萝卜,总会分送姑姑和八叔。八叔见到卫青萝卜,自然喜形于色,提前一天就会在长安街的"鸿宾楼"预定红烧牛尾和芫爆散丹,再约我们两家小聚,我开玩笑说:"这几根卫青真划算!"八叔说:"以后还有卫青,咱们还来鸿宾楼。"鸿宾楼是迁京的天津老店,八叔选鸿宾楼确有一番深意。

2007年3月,八叔不幸去世,享年97岁。八婶叶逸芬也是名门之后,她的祖父叶祖珪是甲午海战"靖远"舰的管带(舰长),是位民族英雄,八婶一直在经济学系图书资料室工作。八叔去世两年后,2009年3月,八婶也去世了,享年97岁。

(三)姑母严仁英

我的姑姑严仁英(1913—2017),中国妇产科、妇女保健学专家,被誉为"中国围产保健之母",2008年还获得北京大学教师的最高荣誉"蔡元培奖"。在一个世纪的人生道路上,四姑用她的一片医者仁心,守护了我国千百万母婴的平安与健康。四姑一生接生无数,弟弟文典就是四姑亲手接生的。在一次燕园子弟聚会上,几位小友都说是经严大夫的手来到人世的,我听了特别高兴。

四姑 1932 年毕业于天津南开中学，考入清华大学生物系，1935 年又顺利考入北平协和医学院，师从林巧稚，1940 年博士毕业，在国立第一助产学校工作。1945 年转入北平大学医学院工作，1946 年北平大学医学院被并入北京大学，1948 年被派遣去哥伦比亚大学进修一年，1949 年末回国从事医护工作。1951 年作为慰问团成员两次访问朝鲜战争前线，1951 年 12 月加入九三学社。"文革"期间因身份特殊受到牵连，"文革"结束后 1979 年担任北京大学第一医院院长，创办《中华围产医学杂志》。

四姑父王光超（1912—2003）是著名的皮肤病、性病学家。四姑父毕业于北京协和医学院，获医学博士学位。1946 年到北京大学医学院附属医院工作，历任皮肤科副教授、皮肤科主任、北京医科大学教授，多年从事皮肤病性病临床治疗、教学和科研工作。解放初期，参加北京市治疗失足妇女及赴边远地区防治梅毒工作，开展以新药青霉素抗梅毒疗法取得了显著成绩。四姑父是国家主席刘少奇夫人王光美的异母兄长，"文革"中，四姑夫妇因这层关系受到牵连。

有一年出差，在车厢里遇到两位北大医院的大夫，聊起四姑，她们说，那几年四姑可没少受苦，被剥夺了行医权，勒令她打扫病房里的厕所，那会儿四姑正患甲亢，人又黑又瘦，她们开玩笑都叫她"甘地"，有不少病人就是在厕所里向这位"圣雄"求医的。四姑的心态也真让人佩服，她打扫的厕所可以说是北大医院有史以来最干净最彻底的。1979 年，四姑以全票当选北京医学院第一附属医院院长，退休后仍担任北大医院的名誉院长，足见四姑威信之高。

四姑从医几十年，她有的学生已是院士，而她却不是。如今不论提职称还是遴选院士，全凭论文和名目繁多的进步奖的多寡。四姑所以没有成为院士，首先在于她的心态，再者，她致力于围产期的保健工作，其中并没有太多的"科研价值"，出不了什么创新的论文成果，就是一件踏踏实实、认真细致的工作，这在很多人看来是不屑于去做的。从统计数字看，近些年，新生儿疾病的发病率显著降低，具体是哪个新生儿由此获益是看不出来的，围产期的保健工作无名无利，四姑秉承"尚公、尚实"的家教传承，得到"中国围产保健之母"的光荣称号，当之无愧。

　　我的一个朋友请教四姑长寿的秘籍，四姑回答："就是八个字：没心没肺，能吃能睡。"我以为，心态好，随遇而安，是四姑和严家许多长者长寿的秘籍。

　　四姑最后的十年基本上是在病榻上度过的，北大医院对"严奶奶"的呵护无微不至。2017年4月16日，四姑在北京逝世，享年一百零四岁。

　　每到逢年过节，严家兄妹通常要一起聚会，最初是在奶奶留下的羊肉胡同老宅，在院子里搭上一块大案板，大家一起剁馅儿擀皮儿包饺子。这在"文革"末期特别是在除夕这一天逐渐成为惯例。有时是由家母主厨，家母做一手好菜，被大家誉为"谭家菜"，她指挥大家干这干那。家母去世后，大家就商定每家准备一两样拿手菜，集中在四姑家（华侨公寓新家）一起包饺子，参加的亲属都是在京的严家人。四姑在餐后还会有一个小节目，就是把一年来她在社会交往中得到的小纪念品分送给参加聚会的晚辈，将纪念品编号，大家再抽签抓阄，大家都很高兴。有时这种聚会也移师到北大燕东园八叔家，八婶叶逸芬的福建糟肉得到大家的一致好评。2007年，八叔离世，不久四姑也在北大医院长期住院。于是他们的表妹卢乐山表姑就提议将严家的除夕聚会移师北师大乐山表姑家里。表姑家的聚会是2010年除夕开始的，还是按照惯例，各家准备一两个菜，表姑家准备饺子馅等，大家一起包饺子，欢度除夕，其乐融融。乐山表姑曾回忆那些年的聚会："直至今日，我仍和严家表兄妹的后代们常常相聚。最近连续几年除夕，这些严家后辈都来我家包饺子，这让我时至今日，依然感受到了来自严家的关心和温暖。"

　　2017年的除夕是由严家老一辈主持的最后一次聚会。大家商定6月份庆贺乐山表姑的百岁华诞。6月初，大家合伙给乐山表姑送了个百岁生日大蛋糕，不久乐山表姑就住院了，在11月离开了我们。那一年是严家老一辈大不幸的一年，四姑严仁英（享年一百零四岁）、十三叔严仁覃（享年九十六岁）和乐山表姑（享年一百岁）先后辞世。我的父辈高寿者不少，最高寿的是四姑，其次是卢乐山表姑，八叔、八婶都享年九十七岁，此外三姑严仁清、四姑父王光超、九叔严仁远、十三叔严仁覃等享年都在耄耋之年。

　　愿我们这一辈也都能像前辈那样健健康康、快快乐乐地安享晚年。

忆父亲张龙翔

张元凯　张景怡 [1]

1996 年 10 月 23 日晚十点半，北京大学校领导和生命科学院几位领导费尽周折，总算联系好了空军总医院，将病危的父亲送去住院。尿很快就导出来了，父亲感觉好一些。不久化验结果也出来了，没有出现尿毒症，元凯松了一口气，赶紧打电话告诉母亲。当夜输液一直没停，父亲不时劝侍候在一旁的元凯抓紧空隙休息。

24 日晨查房，元凯问护士父亲有没有生命危险，她说没有。父亲一直头

---

[1] 张元凯，张龙翔长子，1946 年 1 月生于重庆。小学毕业于北大附小，中学毕业于北京一零一中学，大学毕业于北京大学技术物理系。1970 年参加工作，做过中学教师、中国铁道科学研究院工程师、康奈尔大学访问学者、中信投资控股有限公司高级工程师。2006 年退休。张景怡，张龙翔次子，1947 年 4 月生于北京。小学毕业于北大附小，中学毕业于北京一零一中学，1967 年底参加工作，到三线工厂当工人十年，恢复高考后获清华大学本科学位及硕士学位，美国内布拉斯加大学林肯分校博士学位。曾在美国约翰斯·霍普金斯大学、摩托罗拉公司等从事基础研究与新产品研发工作，2017 年退休。两位作者的父亲张龙翔曾任北京大学副校长、校长。母亲刘友锵从前冶金部有色院退休后在北大图书馆编目组义务劳动多年。

脑清醒，当时丝毫也没有想到死神竟然正在一步一步向他逼来。景怡从美国打来电话，最后一次听到父亲的声音，那虚弱但充满希望的声音："我是爸爸，我在输液。"在给父亲洗脸刷牙过后（病中他照样对卫生一丝不苟，这也许是我们祖母近乎洁癖的遗传吧），喂他吃了半根香蕉，他说："我休息一下。"没有想到这竟成了父亲和我们的诀别！

父亲走得突然，没来得及留下一个字的遗嘱。父亲一生从事科学工作，我们和母亲相信他一定会同意进行病理解剖，查明死因，为科学作出最后的贡献。医院的检查结果表明，父亲死于"前列腺癌Ⅱ级广泛浸润并转移至颈椎、腰椎、肺脏。由于颈椎广泛转移破坏，移动时压迫脊髓，而致突然死亡"。医生早在三年前就曾预言，父亲只能再活三个月。但是他像一个无畏的战士，和晚期前列腺癌广泛骨转移进行了顽强的搏斗，以常人难以想象的毅力，配合中日友好医院中医大夫进行治疗，连续吃了几百服汤药，从只能卧床到基本活动自如，又高质量地生活了三年多。父亲是作为一个胜利者离开我们的。

父亲在外人看来是一位严肃的学者，实际上他有着多方面的兴趣爱好。他喜爱古典音乐，每次出国，总要省下一些零用钱，买回在当年看来价格不菲的原版唱片，视若珍宝。在生病期间，父亲几乎每晚都要听贝多芬、莫扎特等音乐大师的作品，音乐常常伴他进入梦乡。正因为如此，我们选择了贝多芬的英雄交响乐，作为最后送别他的乐章。我们相信，只有这荡气回肠的旋律，才能伴随父亲安息。

父亲爱好体育锻炼，坚持数十年不渝。晚年父亲能够顽强地与疾病抗争，并一直保持敏捷的才思和清醒的头脑，这与他一向注重锻炼身体是分不开的。他出身于江南小镇的富裕人家，初上小学时，是由家里用人背了去的，属肩不能挑、手不能提一族。然而父亲上大学后，承袭了清华大学注重体育锻炼的传统，坚持晨跑、做操，一生乐此不疲。记得有一年，父亲赴美开会，会后在景怡家小住一星期，每天仍不忘到临街的小公园去锻炼身体、跑步和做他自己发明的体操。遇到下雨天不能出门，就在那个仅四平方米的门洞里做体操。由于父亲长期坚持锻炼，身体一直很好。"文革"时下放江西鲤鱼洲劳动，他可以扛起上百斤重的大米包行走，不被压倒。父亲最喜欢的夏季运动是游泳，早年去颐和园昆明湖游，20世纪80年代北大有了五四游泳场，也算利用了一点"特权"吧，他常在早上不对外开放时和体育教研室的老师们一起游。20世纪90年代父亲迷上了太极拳，找来录音录像，认真对照学习，每日操练不辍。他还参加了学校运动会上生物学系教工的太极拳集体表演。

　　1993年父亲的前列腺癌转移到了骨骼，造成第二颈椎破坏性病变。不幸的是直到这时医生才发现他的癌症，而且已经到了晚期，必须卧床休息。即使在这种情况下，父亲仍然顽强地坚持用小哑铃等器械锻炼四肢，以期减少长期卧床造成的肌肉萎缩，为将来下地行走做准备。正是这种强烈的与命运抗争的欲望、坚定的意志和必定战胜癌症的信念，使他在医生宣判只能再活三个月的情况下，又活了三年多。在这三年里，父亲在生理上备尝疾病带来的苦痛，但在精神上却享受了与命运抗争取得胜利所带来的喜悦。身患癌症后他依然乐观坦荡，一如既往继续招收博士生，指导他们的科研和实验，批阅并修改论文。在这三年里父

父亲给研究生讲课

亲完成了对三位博士生的指导，使他们顺利通过答辩，还有四位培养中的研究生1997年以后毕业。从1983年北京大学建立了培养硕士生、博士生的制度以来，至父亲辞世，他一共培养了14位硕士生和18位博士生。1993年他担任了在北京召开的"海外及归国中国生物学者生命科学暨生物技术讨论会"的主席和荣誉主席。那年夏季他因重病卧床，不能出席会议，还专门写了书面发言，委托他人在会上宣读，不少海外学子和外国专家都深受感动。一向重视实验的父亲在重病期间还逐字审定了要再版的《生化实验方法和技术》，这本书不仅是大学生化专业的教材，还被众多生化科技工作者广泛引用，成为一本重要的生化实验方法学工具书，获原国家教委高校优秀教材奖。在1998年《中

133

国科学计量指标：论文与引文统计》中，名列被引用频次最高者中的第二名。

严谨治学、认真做事是父亲一生的信念。父亲带研究生要求极严格。在审定论文时，父亲总是要来学生的实验原始数据记录本，认真核对，绝不允许论文采用任何不实的论据。对论文本身，父亲更是字斟句酌，一丝不苟。质量高的研究生论文，父亲总要推荐到国外高水平的学术刊物上去发表。由于当时学生用英文写作论文水平有限，对这些论文，父亲倾注的心血就更多，有的甚至是重新写过。父亲对他们说，在国际上发表的论文代表了中国的科学技术水平，从科学性到语言文字都容不得半点马虎。刊物编辑部寄回的大样，父亲总是亲自圈圈点点，不放过从拼写到版面任何微小的差错。

父亲任北大校长期间，事必躬亲。他的讲话文稿都是自己动手起草，不用秘书代劳，事实上他也没有专职秘书。他没有架子，人们有事愿意找他反映。记得一天我们正在吃晚饭，女生宿舍二楼水管跑水，流到下层，地面积满水。此时后勤部门工作人员已经下班。一楼的女生找到燕南园我们家里，父亲当即拉上妈妈去查看情况，并立即找到维修部门解决。还有一次也是晚上，男生宿舍楼顶漏雨，该楼学生跑来反映情况。父亲仗着身体好，亲自跑到男生宿舍最高层，爬上屋顶查看，并立即通知有关部门处理。

父亲在北大主政时期，为建立现代大学教学体系做了不少有益的工作，如建立学分制，1978 年恢复了培养研究生制度，1981 年实施了硕士、博士学位制度等。他与校党委韩天石书记联名报请国务院批准，将北京大学扩建工程列入国家基本建设重点项目，为学校长远的发展创造了重要条件。他与院系领导合作，利用世界银行贷款为北大引进紧缺的世界先进教学设备和科研仪器，为学校各系在教学与科研方面尽快赶上世界先进水平创造了必要的物质条件。改革开放后，科学教育事业百废待兴，父亲全身心投入科学教育事业的发展中。

父亲是中国生物化学会（中国生物化学与分子生物学学会的前身）的发起人之一，曾任学会副理事长和理事长。1982 年北京生物化学会成立，他连续担任了三届理事长，并连任三届《生物化学杂志》常务编委。20 世纪 80 年代初期他先后担任了中国科协第四届全国委员会委员、国家自然科学奖评审委员会委员及国务院学位委员会生物学科评议组副组长。随着中国与世界各国的交流日渐增多，他在任期间积极推动国际学术交流，增强了北大与世界各国著名大学之间的校际联系，同时还承担王宽诚教育基金和中英友好奖学金等全国性奖学金有关领导工作。1981 年至 1989 年，他担任中美生物化学招考委员会（CUSBEA）中方主席长达九年。父亲做事坚持原则，秉公办事，公平考选，从不为熟人或朋友开后门，为国家选拔了大量的合格人才。在他担任 CUSBEA 中方主席期间，从来不给任何学生写推荐信，即使这样做会得罪一些熟人，甚至是亲朋好友，他认为在这个位置上给学生写推荐信不利于公正客观地选拔人才。

父亲从不追逐名利，这也可以从他处理论文的署名问题上看出来。按惯例发表论文，学术带头人在前，科研组成员在后。可是无论父亲付出了多少心血，总把自己的名字署在最后。他认为应该尊重别人的劳动，尤其是实验工作。他认为实验工作不但最辛苦，而且往往还是一篇论文成功的基础。

父亲善于接受新鲜事物，善于学习。20 世纪 50 年代初我国高等学校院系调整时，建筑大师梁思成先生担任北大、清华、燕京三校建委会主任，父亲受命担任了副主任，在较短时间内完成了北大现在还在使用的生物楼、文史楼、地学楼、化学楼、哲学楼和一教等教学用楼宇及中关园原宿舍区的建筑施工。对他这样一个生物化学教授来说，建筑设计、施工、材料、监理等都是从未涉足的领域。他满腔热忱地投入了工作，一方面虚心向梁先生和一切内行学习，另一方面从实践中总结积累经验。正因为有过这样一段经历，父亲对有关建筑的知识了解甚多。记得儿时我们家刚搬到西郊，父亲常带我们哥俩到建筑工地参观，并津津乐道地给我们讲解。大到高楼地基和结构，小到砖垛的码放，他都能讲出许多"门道"来，如从砖垛的码放情况，如何算出砖的数量。

1975 年王选院士提出了汉字信息处理系统的总体方案，很快得到了北大党委的支持，并争取列入了国家"748 工程"计划。北大"748 工程"项目（计算机激光汉字编辑排版系统）会战需要校内外多个单位派人参与，1976 年 3 月学校委派父亲担任会战组组长，直接参与重大问题决策，不遗余力地组织多方力量，尽力推动项目。当时他已经六十多岁了，为了对工作能有较深入的理解，父亲找来了计算机知识入门书籍，认真学习。记得那时计算机输入还使用穿孔纸带，父亲对如何用孔与非孔表示二进制的一和零、二进制的一和零又如何表示字符和数值搞得清清楚楚。1979年元凯夫妇从平泉调回北京，开始从事计算机软件工作。父亲很高兴能和家人讨论有关计算机的问题，他感到这对他投入大量心血的这项工作有所裨益。该项目最终取得了圆满成功，在中国印刷界引起了一次革命。

父亲和同事、学生的关系用一句话来形容是再确切不过了：君子之交淡如水。他从不亲此疏彼，培植个人势力，不以权谋私利。作风正派、为人正直是父亲公认的美名，他为此也赢得了北大师生的敬重。记得在"文革"时，父亲和众"黑帮"在夏季烈日下拔草，竟有人给父亲递来条子，请他注意身体，戴个草帽。父亲本来就坚信自己是无辜的，在集体宿舍里以睡得香出名，这个无名氏的字条更给了他极大的精神鼓舞。但遗憾的是他始终未能知道这张条子是谁写的。

对于选拔人才，父亲既坚持原则又勇于承担责任。"文革"以后恢复高考的第一年，王力先生的儿子王缉思在河南参加高考，成绩超过了北京大学的录取标准，但由于北大在河南招生专业变动，他报考的专业都不在河南招生，所以无法录取。王力先生向教育部反映了这个情况，教育部批给北大处理。父亲当时任北大招生办公室主任，眼看一个优秀青年有可能失去接受正规高等教育的机会，便及时果断地处理了王缉思的录取问题，承担了一定的舆论压力。王缉思后来成为我国国际关系方面的著名学者，他曾任中国社科院美国所所长、北大国际关系学院院长，是北大国际战略研究院创始院长。事实证明父亲做对了。

父亲一向待人宽厚。有个学生考取了他的研究生，临开学前，又收到国外一所著名研究机构的录取通知。这个学生非常兴奋，然而一想，如果去了国外，张先生当年的招生计划就落空了。他带着矛盾的心情来找父亲商量。不想父亲的态度非常坦然，对他说："你被双方都录取是好事，可从自己的前途考虑做出决定，不必考虑我这里是否有困难。"后来这位学生去了国外的研究机构，他和父亲一直保持了良好的关系并经常交流。20世纪70年代末80年代初，大学毕业生开始申请出国留学，起初他们都不知道如何联系外国学校，父亲亲手教他们申请、填表，热心地为他们写推荐信。有的学生为了留学事宜，到家里来找父亲商量不下十来次，父亲总是不厌其烦、一次又一次地热心帮助他们。

我们学理工科是受了父亲的影响，父亲从小鼓励我们爱科学。父母对我们在经济上管束很严，从来不给我们零花钱，然而对我们学科学，培养动手能力却非常支持。我们在上小学时就把当时市售的各种飞机模型套件都做了一遍。上初中时做了一台电子管收音机，前后花了二百多元钱，这在当时几乎相当于他一个月的工资。父亲自己也爱动手。记得小时候，在周末看到他把自行车全部拆开，清洗链条、轴承，给轴承加黄油，再组装起来。有了父亲的榜样，我们从小也勤于动手，这使我们在以后的学习和生活中受益匪浅。父亲早年爱好摄影。记得在我们儿时，曾经见到几十幅装裱得很好的黑白摄影作品，都是很美丽的风景照，都是父亲在加拿大和美国留学期间拍摄的，可惜在"文革"中没能逃脱厄运。后来由于父亲工作繁忙，没有机会再拍风景照了，但还是拍摄了不少具有纪念意义的照片，记录了他在世界各地访问的足迹。在父亲的影响下，我们也爱好摄影。父亲也喜欢打桥牌，听说留学期间他曾和钱伟长、沈昭文和段学复等伯伯打过桥牌，难怪身手不凡。我们打桥牌都是父亲教的，可以感觉到他的桥牌技术不低，计算精确。在闲暇时，他也会和家人打打桥牌。

前排左起：母亲、祖母、父亲；后排左起：张景怡、张元凯

　　父亲还是一个热爱生活的人，不时会忙里偷闲给我们烧一两样他的拿手好菜，如用烤箱做的烤鸡和奶汁烤鱼。他做的奶汁烤鱼飘逸出沁人肺腑的奶香，清淡滑腻令人胃口大开。他还喜欢做西式点心，像面包圈和黄油蛋糕等。每当回家一进门闻到西点面包房那种特有的诱人气味、浓郁的黄油甜香味，便知道是父亲做的蛋糕快要出炉了。每次父亲看见我们爱吃他做的菜和点心时，总是露出得意的微笑。这种微笑是有感染力的，家中顿时充满了和谐温馨的气息。

　　父亲离开我们二十多年了，但是每当看到他那张充满信心面带和蔼微笑的遗照，总觉得他还活着。他离我们并不遥远，他在注视着我们，注视着北京大学——他倾注了一生全部心血的地方。

梦念。

师友

蔼蔼绿荫

——回忆季羡林先生

卞毓方 [1]

（一）

沈从文请季羡林吃饭，当着这位昔日的小友，如今的北京大学教授的面，他用坚锐如钢锉的牙齿，把一根捆扎东西的麻绳咬断。这举动无疑带点儿粗，透点儿蛮，显点儿野，文化人一般不会如此原始，自矜身份自视高雅的非文化人也不会如此露丑，大作家沈从文做来却异常从容、利索。镜头落在季羡林眼里，他觉得这正好突出了沈先生的个性，于是就把它记载下来，成了《世说新语》式的儒林传奇。

---

[1] 卞毓方，1944 年生人。先后毕业于北大东语系和中国社会科学院研究生院。长期在经济日报社、人民日报社供职，作家、学者、教授，有多部散文集问世。

沈从文有没有为季先生留下文字？
我不知道。假如我是沈从文，肯定也会
反抓他一个故事。譬如说：某年秋季，
大学开学，燕园一片繁忙。一名新生守
着大包小包的行李，站在道旁发愁。他
首先应该去系里报到，但是他找不到地
方。再说，带着这么多的行李，也不方
便寻找。正在这当口，他看到迎面走来
一位清清瘦瘦的老头儿，光着脑袋瓜，
上身穿一件半旧的中山装，领口露出洗
得泛黄的白衬衣，足蹬一双黑布鞋，显
得比他村里的人还要乡气，眉目却很舒
朗、清亮，老远就笑眯眯地望着自己，

季羡林先生

似乎在问：你有什么事儿要我帮忙的吗？新生暗想：老头儿瞧着怪熟悉怪亲
切，仿佛自家人一样。这年头儿谁有这份好脾气？莫不是——老校工？他壮着
胆儿问了一句："老师傅，您能帮我提点行李吗？我一人拿不动。"老头儿愉快
地答应了。他先帮新生找到报到处，然后又帮他把行李送到宿舍，这才挥手再
见。数天后，在全校迎新大会上，这名新生却傻了眼。他发现那天帮自己提行
李的老头儿，此刻正坐在主席台上，原来他不是什么工友，而是著名的东方学
教授、北大副校长季羡林。

如此一来，这两位文坛高手才能打成一比一。

人生能有几次看沈从文咬麻绳？人生又能有几次请季先生当工友？这都是
夙缘，福分。我曾在沈从文的故乡湖南生活过十年，也曾沿着清腴的沅水模拟
他的纯情之旅。但我不曾去过他的凤凰老家，甚至没有和他通过一次电话，尽
管后来我俩有幸同呼一隅的空气，同顶一方的蓝天。与季先生呢？缘分就深
了。三十多年前，我就曾为他的文字吸引。那是一系列的游记散文，记得有
《塔什干的一个男孩子》《夹竹桃》《重过仰光》。应该还有别的篇什，记不清了。

倘若回过头来重读，多半会失望。就这么几篇玩意儿，也不见得怎么出色，凭什么就勾了我的魂，乃至决定了我的高考、我的后半生的命运。年光逝水，世故惊涛，往事是不能像幻灯片那样重演的，就像没法对着初恋情人的褪色照片，想象当日为什么会傻乎乎地迷上他或她一样。当时却是痴情，当时却是真诚。这温馨唯有压在记忆深层，才能历久而弥新。但是我对季先生的仰慕呢，却丝毫没有为时光抹去，而是像不断更新的彩色照片，愈来愈清晰、逼真。

一个人的命运同另一个人的命运发生联系，天长地久，就会水乳交融，印象重叠。严格说来，季先生精神世界的一极，离我辈很远很远，远在古代印度，远在缥缈的梵天，那是要借助由十多门外语组装成的"思维探测器"，才能偷窥一眼的仙境。而同时，季先生精神世界的另一极，又离我辈很近很近，近到不分彼此，近到物我两忘，如果你有一天和朋友神聊，不小心蹦出一句"我的老师季羡林如何如何说"之类的牛皮，不管你是不是北大学子，也不管你有没有及门或登堂入室，听者都会投过企羡的眼神，报之以欣赏的微笑。

1996 年夏季，我正是吃准季先生的朴讷厚重、有求必应，同时也拿出沈从文那种用钢牙代替剪刀的粗劲、蛮劲和野劲，大胆抓了他老人家一回差：请先生为我的首本散文集《岁月游虹》作序。

我之钟情文学，渊源要追溯到初中阶段。至于煞有介事地写起散文，却是在人生的舞台上转了一个大圈之后。尽管已届天命，老大不小，但在散文园地，还属地地道道的新手。如今这文坛，处处都有大将或当方土地镇守，一个名不见经传的局外人，要想擅闯进去，真是谈何容易。闲言少扯，话说有一天，我正在构思《北大三老》，蓦地火花一闪，想到了一个成语：鲁殿灵光。由鲁殿灵光，转而又想到季老的人品学问。由季老的人品学问，又想到何不干脆借他这尊真佛，为自家粗糙的作品开光？

主意就这么拿定。有同窗好友得知，讶然责怪："你好出格！你那写的是什么东西，竟想劳动季先生为你打广告？何况，季先生是从不给晚辈作序的。"

这我都晓得。你说我能不晓得？只是呢，说来也真罪过，眼前总拂不去那位老校工的身影。

天遂人愿，数月后，先生果然寄来了序。这就是后来收在集中的《散文的光谱》，应该说是"季羡林的光谱"。

这则故事论理已经可以结束，我虽虚荣，还不至于在此拿了先生序中的溢美之词，刺激读者无辜的神经。但有一事又不能不提，否则就不能全面认识这位当代人所共仰的大儒、通儒。事情就像福尔摩斯的侦探案，又像欧·亨利的短篇小说，高潮总是埋伏在后边。让我想象不到并且绝对大吃一惊的，是先生于拙作出版之后，竟然再次读了一遍，并重新写了一篇感想寄给我！予也何幸，值得先生如此悉心栽培？啊，我开始后悔自己的孟浪，不该冒昧浪费先生宝贵的精力；因为你一旦落入老人家的视线，他就会像帮助开头提到的那位新生，不仅陪你报到注册，还要坚持帮你把行李送到宿舍。

（二）

荷花争相展开笑靥，又甜又媚，像仙女列队恭迎嘉宾。烈日知趣地隐进云层，蜻蜓引路，凉风托肘，树上的知了歌了又歇，歇了又歌，为老人的巡视增添无限清兴。

季先生漫步在池塘四周，得意地清点着荷花的朵数。前天还是一百零一，一百二十三，昨天就变成一百五十，一百七十六，今天呢，早晨已突破二百，眼下只怕已有二百二。这当然不包括那些含苞未放的骨朵儿，它们还没有睁开睫瓣，算不得数。这池塘就在先生的家门口，享受堂堂学府的优待，它也有个贵族化的大名：红湖。三十多年前，季先生刚刚搬来的时候，湖里是有过翠盖千重、青钱万叠的，依稀还留有"千点荷声先报雨，一林竹影剩分凉"的幽梦。但是好景不长，很快就遭遇一场"冰河期"，水面便成了空空荡荡。先生的心湖，也随之变得空空荡荡。早些年，东风又绿瀛洲草，先生心头的那泓水，解冻了，扬波了。由己及人，他竭力往世人的心湖吹送春风，而我，就是深受他润泽的一个。由人及物，他就想到了门口依然凄凉的池塘，怜爱地、满怀期冀地播下几颗托人从洪湖捎来的莲子。先生确信，播下去，就有希望。谁不知道，种子的生命力是天下最顽强的呢？有一些从古代帝王陵墓里掘出来的稻谷，一遇适宜的条件依旧能生根吐叶；有一些埋在地层里的万年羽扁豆，一旦重见天日照样能发芽滋长。痴心的老人其实也是一粒古莲，在新的时期又抽出了撩云逗雨的叶，又开出了映日迷霞的花。

种子播下的第一年，水面平静如初。先生知道凡事都有个过程，就像写文章，先得有个腹稿，然后才能展纸伸笔，此事急不得。说是急不得，偏生又每天前来张望，仿佛恨不得要用目光把莲芽从淤泥中吸出。

第二年，水面依然冷寂，朝朝，暮暮，唯有"天光云影共徘徊"。先生的心湖就未免风摇影动，动伏不定了。眼看它春水盈塘，眼看它绿柳垂丝，但盼它嫩叶轻舒，但盼它小荷初露。然而，讨厌的然而，该诅咒该下油锅的然而，春天来了又去了，夏天来了又去了，转眼到了秋天，塘面仍旧是一片荒芜，寥落。荒芜菡萏路，寥落高士心。难道，难道说洪波里孕育的种子不适合池塘，托根非其所？难道说梦里的婷婷、袅袅、纤纤、灼灼，终将成为一场虚话？

到了第三年，先生已不抱希望。如果有谁到了这地步还抱希望，那他不是傻子，便是神仙。先生是凡人，凡人就只有凡人的智慧。然而，幸运的然而，带来转机带来奇迹的然而，有一天，先生忽然发现，就在他投下莲子的水面，长出了几片溜圆的绿叶。莫是天上的倒影？不会，天空只有飞鸟、云彩。莫非眼看花了？拭拭镜片，定睛再看，没错，嫩生生的，羞怯怯的，绝对是莲叶，莲的新叶。数一数，一共五片，不，六片。有一片将露未露，一半还在水底。团团五六叶，装点绿池初。它们，啊，此处应该用她们，仿佛是莲的王国派出的绿姝，先期给老人通一通消息，告诉他凡播种定有收获，生命的顽强、生机的蓬勃使她们从来不曾失约于世人，等着吧，不要多久，那千茎万茎就会昂然挺立，那田田翠翠就会漫湖覆盖。

这一等，就又是一年。虽然漫长，却并不难挨。怀抱希冀，就是足踏时间的风火轮，多少寂寞，多少惆怅，一跃也就甩在了身后。下一年，"蝉噪城沟水，芙蓉忽已繁"。先生无法确知，那莲的纵队是怎样在深水中迅速扩展，但从占领水面的荷叶判断，每天至少要以半尺的距离推进。就这样，是年夏天，先生终于迎来了半池绿荷，满眼红蕖。待最初的几周激动过后——那喜悦，绝不亚于金榜题名、大作杀青——剩下的，就是悠闲如柳丝，飘逸如清风，超尘出世如他专攻的梵文、巴利文、吐火罗文，在莲的世界徜徉迷离，乐而忘归了。空气中有清心健脑丸，也有祛愁解忧丹。常常，先生陶醉于他的业绩，就像前面提到的那样，漫步塘边，高瞻低看，手掐心算，宛如课堂点名，又如沙场点兵——谁说这不像一场美学领域的攻坚战？数久了，数累了，先生就会找个地方坐下来，静静地聆听满湖的红吟绿奏。

北大朗润园的荷花

如是乎，在接踵而来的岁月，先生每到夏秋两季，就多了一项消遣：一个人坐在红湖岸边，直面满湖的碧绿黛绿，深红浅红，遁入哲学家式的玄思妙想。

人活到七老八十，经多大风大雨，见惯沧海桑田，心就趋向沉静；偏偏又是大知识分子、大学问家的主儿，年龄愈是老去，思考愈益深入。沉静，是对身外之物而言，种种你争我斗，张长李短，不再挂碍于心；深入，是指对人生的奥义，终于可以无挂无碍地从容咀嚼，仔细发掘。

生命到了这种境界，释放就尤其显得香气勃郁。六十年前，先生在水木清华

145

就读，那里曾诞生朱自清的名篇《荷塘月色》。六十年后，先生在红湖岸边忆往思来，陷入片刻的假寐，不期也结晶了一篇语出天然、爽朗脱俗的《清塘荷韵》。

写作的那天，正值 1997 年中秋。天上的月华和水中的月魂互映，周敦颐的清涟和胸中的澄泓相汇。啊，彼时彼刻，先生伏案挥毫，任何台风都吹不乱他头上的一茎霜发，刮不散他胸中的一缕芳泽！

且让我们品味其中的一节：久坐岸边，恍若出尘，这时，"风乍起，一片莲瓣堕入水中，它从上面向下落，水中的倒影却是从下边向上落，最后一接触到水面，二者合为一，像小船似的漂在那里……"花落影随，状流光，影与花合，状禅机。北大曾曰红楼，季府权充聊斋。可惜没人录下先生的脑电波，一任那些美丽的幻象随风飘逝。

数日后，我去北大开会，恰好碰到先生。也是福至心灵，我向他约稿。先生马上反应："刚刚写好一篇，也适合给《人民日报》。"

文章编发后，随即博得一片喝彩。尔后，又接连收获当代报纸副刊的两项最高奖。可见，这个社会绝不缺少发现美的慧眼。

（三）

奔跑健儿的雄姿掠过电视屏幕，在书房卷起一股旋风。国际田联黄金大奖赛，男子四百米，人人的眼眶都盛开一朵金色的玫瑰。季先生羡慕地盯着那些黑斑马、白斑马，恨不能也下场一比高低。倘若倒退七十年？他想，啊不，其实是我在想，是我在替先生想。拾起中断的思绪，我又回到梁实秋。也是在这间书房，也是在这样一个燠热的傍晚，谈天中，先生顺便提过当年的一桩公案：梁实秋和鲁迅之间的论战。前者时年二十五岁，后者时年四十七岁，一个是初生牛犊，一个是久经沙场的辣手。"委蜕大难求净土，伤心最是近高楼！"梁实秋因为这场恶战，留下终生不愈的创痛。晚年在台北，偶一提起，还耿耿于怀，未能恝然置之。他应该狠狠杀鲁迅一个回马枪的，因为鲁迅早已撒手西去。君子报仇，五十年不晚。此时不下手，更待何时？但是呢，不！梁实秋说起对手，竟然满怀敬意。"鲁迅的文章实在是写得好！"他曾向人慨叹，"老实讲，在左派阵营中还很难再找出第二个像他这样的人才。"

画面转为女子跳高，喜剧和悲剧轮番交替。大喜大悲，亦喜亦悲。瞬间沧桑，顷刻玄黄。最后的一跃必然是悲，冠军也得在一个新的高度上栽倒。悲中亦有喜，最惨的失败总预示着最接近的希望。您是否设想自己也是场上的一员，不知您将横杆定格在哪一个高度？思维之舵急转，突然想起了胡适。仍是在这间书房，不过季节为隆冬，时间为午前，因为有出版社约请先生为胡适全集作序，自然而然，话题便转向这位 20 世纪 40 年代的北大校长。胡适也挨过鲁迅的批判，先生说，困窘不亚于梁实秋。1936 年 10 月，鲁迅病逝。11 月，苏雪林致信胡适，迫不及待地想煽动一场对鲁迅的"围剿"。苏女士满以为胡适恨鲁迅恨得咬牙切齿，笃定会出面助她一臂之力。错了。完全错了！胡适回信，对苏女士的偏激给予毫不客气的批评。胡适说："凡论一人，总须持平。爱而知其恶，恶而知其美。"并强调："鲁迅自有他的长处。如他的早年文学作品，如他的小说史研究……"

画面又转为男子五千米。群雄相逐，脚跟翻飞。镜头锁定一群看台上的后生：一色的赤膊，花脸，前俯后仰，狂呼乱叫；跟着又锁定一个幼童：一边舞动彩旗，一边也学大人打出胜利的手势。倘若您也在看台上，起码也会年轻十岁。年轻多好。青春多好。须臾，镜头又转回跑道。第一方阵，全部是非洲雄狮。十来人，争先恐后地挤作一堆。直至半程而后，距离才渐次拉开，方显得骁者愈骁，勇者愈勇。瞬间蒙太奇，屏幕打出了梁漱溟。啊，不是电视画面，是我的大脑屏幕。地点是在隔壁的客厅，忘了是早春还是深秋，是午前抑或是午后，先生曾向我动情地描述过这位学林前辈。先生说，20 世纪的学人中，最让他钦佩且引为楷模的，就有梁漱溟。而梁一生最感动人的，首先是他的人品。梁漱溟和毛泽东是多年的至交，相互往来密切。1953 年，因为农民问题，梁漱溟和毛泽东有了分歧。尔后，毛泽东公开点名批判梁漱溟，上纲上得很高，两人的友谊遂告结束。三十三年后，九十三岁的梁老回忆往事，这时，毛泽东已故世十年，梁老并没有像某些人想象的那样，趁机为自己出气，反而诚恳地作出检讨。梁老说，当日，是他态度不好，讲话不分场合，使毛泽东很为难。他更不应该伤了毛泽东的感情。如今，哲人其萎，大雅凋谢，"太息交游秋后叶，枝头曾见绿成阴"，他感到深深的寂寞……

而今先生是否也感到深深的寂寞，因为他一位多年的老友钱公，不久前驾鹤西去。他俩曾经相识相知，相驰相逐。毋庸讳言，在学术的某些领域，二老既有共识，又存歧见。而我，正是看中这后一个因素，才冒着炎炎酷暑，从城里跑来。我特别想知道先生对此公学问的评价，它涉及我的一篇文章的立论。这里有三分好奇，更多的则是尊重。先生阅水成川，阅人为世，德齿俱尊，一言九鼎，哪怕说一句话、一个词，对我常常有实质性的意义。比如我写鲁迅、周作人、胡适、郭沫若，都曾得到先生的点化。那天，当我在电话中说明意图，先生在电话那头愣了一下，答："一言难尽。"但是他没有拒绝我登门面谈，既然可以登门，窃想先生一定会有所指教。然而，我估计错了。从头到尾，关于钱公的一切，都是我一个人在讲。先生只是静静地听，既不插话，也不表态。唯一的声明，先生说，很多人谈到过同样的话题，他一律是无可奉告，答案应由他们自己去找。

僵局，谈话难免陷入尴尬。我于是就随意打开电视，借以冲淡多少有点压抑的气氛。我不死心，总还想从先生的口中套出点什么。据我了解，先生是性情中人，平常很少掩饰自己的七情六欲；尤其当问题涉及学术上的是非正误。但是今天，先生却始终眸光似水，一澄到底，不染半点尘埃。既然如此，先生，您为什么要让我大老远地跑来？在电话中一口拒绝岂不更好？有一刹那，我甚至起了埋怨。自从您那篇序文问世，不少人把我当作您的弟子，甭管咱天分高低学问深浅，这师生的缘分毕竟是实在的。因此，难道看在师生面上，您就不能指拨一二，哪怕是暗示？

最终，先生还是什么口风也没有露。沉默，当然本身就是表态，一种无须多说、不言自明的表态，但它极有分寸，起码不伤人，也不失长者的身份。我终于体悟：违心的话，先生不愿讲；在逝者的背后插上一刀，更为不屑。于是，先生便用一己清凉的沉默，熨帖灼热浮躁的红尘。

（四）

这天，是季先生的米寿之辰。黄昏时分，我来到先生所在的朗润园。没有启动手机联络，更没有径直叩门，而是悄悄绕红湖一圈，然后在湖的东岸，估计在先生及其家人看不到的地方，找一块石头坐了下来。独对了满湖的蛙鼓，和水底喊喊喳喳的繁星，静静地，想。

脑际浮起一桩传闻：缘湖的这条小道，是先生进出的必由之路。某天，先生刚走出家门，迎面碰上一位驾驶白色轿车的年轻人。对方问明先生去处，执意要相送一程。先生说路不是太远，锻炼锻炼也好，坚持继续步行。先生在前面走，听得后面轿车掉头，为了让它尽快通过，便一直贴着路边。走啊，走啊，走了五六十米，不听喇叭响，也不见轿车从旁擦过。心下奇怪，回头一看，原来轿车放慢速度，老远地尾随。先生便停下来，摆手让轿车先走。轿车也停下来，示意不敢僭越。就这样，先生在前面走，轿车在后面跟。直到出了朗润园，来到一处岔路口，年轻人才轻轻按了一下喇叭，向先生致意，然后拐上另一条道飞驰而去。

仍是发生在这园里的故事：某日清晨，一伙男男女女，大孩子，在先生门外徘徊。他们是这一届的新生，久仰季老大名，未等正式上课，甚至未等这一天的霞光染红燕园，就迫不及待地跑来拜谒长者。来了，才想起季老有个习惯，每天四点起床写作，日上三竿方歇，这是先生一天的黄金时段，谁也不忍心上前打扰。那怎么办？既然来了，总不能毫无表示地回去吧。有人便以树枝为笔，在窗外花圃的泥地上留言："来访。九八级日语。"写罢，意犹未尽，又在湖边的湿土上大书："季老好！九八级日语。"

这位驾车的年轻人，和这伙十七八岁的大孩子，他们未必懂得多少季老的学问，恐怕也没有谁认真读过几本季老的书，但这并不妨碍他们的崇敬。泰山北斗的比喻太老，太俗，大师大家的说滥了也不觉得新鲜，其实，在他们眸底心田，季老本身就有点像这清塘荷韵，既古典，又清明，既亭亭净植，又香远益清。有他往这儿一站，湖光山色便鲜灵如一幅水彩。

类似上述的短镜头，我好像在哪儿见过。想啊想，哦，想起来了，是在季老的书里。倒退六七十年，先生也正处于后生的地位。那时，先生在清华求学。先生眼中的陈寅恪、郑振铎、吴宓、朱光潜、俞平伯、冯友兰，就正如今天年轻一辈眼中的先生。

记得，先生曾深情地回忆过陈师寅恪。先生描绘说，寅恪师走在清华园，身穿一袭长袍，腋下夹着一个布包，包里装满鼓鼓囊囊的讲义和资料。那样子，无论如何也不像一位内拥传统、外揽西洋的大学者，倒有点像琉璃厂某家书铺的小老板。但就是这么一个土里土气的人物，只要他打校园一过，就会勾起青年学子的无限仰慕，令他们的周身充满张力。

同一时期，同一地点，先生回忆，郑师振铎的腋下也常常夹着一个大包，风风火火地来往于清华、燕京和北大之间。他夹的不是布包，而是皮包，里面装的不仅有讲义和资料，还有自己的以及大学生的文稿。振铎师戴着高度近视眼镜，走路有点昂首阔步，学子们背地开玩笑，说郑先生看上去就像一只大骆驼……

翻开季先生的文集，回忆师辈人物的篇幅占了很大比例。除了前面提到的诸位，还有中学老师董秋芳、鞠思敏、胡也频，校长宋还吾，教育厅厅长何思源，大学老师叶公超，北大校长胡适，德国老师瓦尔德施米特、西克，以及亦师亦友的梁实秋、汤用彤、曹靖华、老舍、沈从文、郎静山、周培源、许国璋、冯至、吴组缃、胡乔木、乔冠华、许衍梁、臧克家、张中行等等。先生说，他写这类文章，绝不是随心适性，信笔所至，而是异常珍贵，甚至是超乎寻常的神圣。珍贵在什么

季羡林（左一）与臧克家（左二）

地方？神圣在什么地方？一句话，就是吾国吾民尊师重友的光荣传统，我想。这又是一句老话，老得谢了春红，落了秋叶。尽管如此，我还是瞩望它重新抽出新芽。"捣麝成尘香不灭，拗莲作寸丝难绝。"谁都承认鲁迅的伟大，然而，想想看，假如从鲁迅全集中抽去《藤野先生》《关于太炎先生二三事》，以

及《范爱农》《忆刘半农》《悼杨铨》诸篇，先生的人格，还会有如此厚重、高大吗？

当然，在追求真理的过程中，也有出于大义，不得不"谢本师"的，如章太炎之脱离俞樾，周作人之脱离章太炎。这种情况，毕竟是少数。更多的，则应凸现师恩如海。说师道尊严，又有什么不对？尤其当他或她代表了一种文化精粹。在尊师上，季先生堪为模范标本。据他的研究生钱文忠随记，1990年1月31日，年届八十的季先生向冯友兰、朱光潜、陈岱孙三老拜年。每到一家，不论见到的是对方的夫人、女儿、女婿，还是老先生本人，他都身板挺得笔直，坐在沙发的角上，恭恭敬敬地表示祝贺。另据先生自己记述，那年暮春，先生于八十八岁的高龄访台，百忙中，还特地抽空去了北大老校长胡适、傅斯年二公的陵墓，鞠躬献花如仪，一洒异域多年的哀思。

尊人者，势必得到人的尊重。这是常理。就在这个晚上，当我坐在湖边怡然遐想，通向季先生寓所的湖滨小道，走过一拨又一拨的年轻学子。他们中，也许有那位驾驶白色轿车的青年，或者有在先生门口留下祝福的日语班学生；从偶尔飘进耳膜的片言只语，确信不少谈话都与先生有关。即使是坐在对岸树影下的那双恋人，一边饕餮荷花的芳泽，一边沐浴在爱情的天河，他们若是想到这满湖的莲蕊与连理，都是先生亲手所播，只怕在含情脉脉之余，也会向先生窗口的灯光，投去满怀祝福的一瞥。

我眼中的赵宝煦伯伯

陈端[1]

20 世纪 60 年代前的北大中关园，鸟语花香。那片土地上的住户，不少是 1952 年院系调整时从沙滩红楼迁来的北大教职员和从清华大学调来的教师，他们正值壮年，满怀雄心，大展拳脚，怀着建设新中国的美好憧憬，为这片花红柳绿的园地绘出更为浓郁的人文风景。

我家靠近苗圃，西边的小路是孩子们去附小上下学的必经之路。我家的左邻右舍都是东语系的，几家的孩子也是同学，相处得非常和谐愉快。

打开中关园平面图，可以看到中关园有不少小树林。我家东边是其中之一。小树林面积不大，但也郁郁葱葱，林下那片青草地，自然成了孩子们的游乐胜地。隔着小树林，都是其他系的住户了。我家和赵宝煦伯伯家最熟悉了，除了我和赵晨同学，陈其和赵晴同学，也因为赵晨的大姨妈和我家奶奶都是江苏人，来往较多。赵伯伯祖籍浙江，北京出生，在中关园的老一辈中，他的普

---

[1]　陈端，北大原东语系教授陈玉龙之女，曾居住于北大中关园，现居香港。

通话口音是最标准的了，但决不夹杂北京口语，语调温柔儒雅，非常悦耳动听。

赵宝煦晚年照片

在幼年我的眼中，赵伯伯永远那么平易近人，慈祥和蔼。看到我们在外面玩耍，总是亲切地唤我一声："陈端。"他的记性极好，记得每个孩子的名字。他对孩子们平等对待，对老人更是无比尊敬。我的爷爷奶奶对赵伯伯赞不绝口。赵伯伯即使远远见到他们，也马上下车致意问候，在父亲被错划为"右派"的黑暗日子里，也绝无丝毫歧视，尽显人间温情。现在的人常说什么民国遗风，赵伯伯身上，最完美地体现了民国知识分子的风范，他虽才华横溢却绝不张扬，内敛低调，文质彬彬，永远谦卑。

待我长大后，才了解到从20世纪50年代至"文革"前，正是赵伯伯平步青云之时。1960年他重建政治系，后改为国际政治系，先后担任系副主任及主任，仍不改其一贯的平实稳重的风格，确实难能可贵。

赵伯伯文化涵养丰富，除了酷爱绘画外，也醉心收藏珍品。家母在人民出版社工作，有一年准备出版齐白石画册。赵伯伯知道此事后，请家母向齐白石购画。

于是家母买了三幅，除了自留一幅，另两幅帮赵伯伯和另一位北大教授购买。我家的一幅是牡丹，赵伯伯家的是虾。前段时间，赵伯伯女儿赵阳还特意打电话向我询问细节，因她当时年纪更小，不太清楚。可惜赵伯伯家的齐白石画作，在"文革"中被红卫兵抢走。据赵伯伯邻居、历史学系党总支书记徐华民之子徐冰（现为著名画家）回忆，抄家时赵阳躲到他家。赵阳清楚地记得，

赵宝煦的画作

事后她回到家，发现原本装齐白石画的镜框已被扔到地下，框中空空如也，只见赵伯伯跪在镜框前，在这满目狼藉的房间中痛苦不堪……

赵伯伯是一名杂家，更是一名才子。在孜孜不倦地从事政治理论研究之余，钟情文学艺术，写得一手好文章，书法也很精湛。曾亲自推动成立燕园书画协会，为书法艺术的传承、光大发扬身体力行，不遗余力。

赵伯伯的画作也很精湛。如一幅翠竹的工笔画，技法细腻婉约，他亲自题诗："千秋空谷少知音，一卷离骚好寄吟，三月江南春草绿，月明楚客梦难寻。"诗句隽永缠绵，表达了他当时客居柏林时的思乡之情。他不仅擅长工笔画，水墨山水画更是浓墨重彩、气势雄伟，《瑞龙图》描绘在乱云飞渡的山峦上耸立的千年古松，象征人类坚强勇敢的意志，暗喻"老骥伏枥，志在千里"的雄心未泯。

赵伯伯重视亲情、家庭伦理道德，从他与家人相处中可见一斑。七十五平方米的住宅，除了赵伯伯一家五口，还住了赵晨的大姨妈及其两个女儿，两间卧室其中一间就是她们三人住,赵伯伯常要伏案工作,家中拥挤情况可想而知,当时两个外甥女尚不能自立,可能还要在经济上有所支援。大姨妈常和我奶奶聊天,言语间充满对赵伯伯的敬意。要知道妹妹帮助姐姐天公地道,妹夫则未必要承担道义上的责任。至今回忆起来,对赵伯伯遵循老子"上善若水"训诫的品德无比敬佩。

1966 年盛夏,中关园不少家庭被冲击、抄家,赵伯伯家首当其冲。

在这种风声鹤唳的氛围中,人们都躲在家里。听到外面震耳欲聋的口号声,我和奶奶从厨房的后窗向外张望,我拉着奶奶的衣角,奶奶含着眼泪,哽咽道:"好人啊,为何遭如此大罪……"

赵伯伯夫人陈司寇老师是北京一零一中学的政治教师,从此不是北大就是一零一中的红卫兵,不断来到赵伯伯家搞批斗。两夫妻都遭此厄运,即使在知识分子云集的中关园都算少见了。为了提防红卫兵抄家打烂省吃俭用买的缝纫机,大姨妈在一天夜晚偷偷将缝纫机送到我家,让我们暂时保管。

世事多变,沧海桑田。"文革"终于结束了,在拨乱反正、百废待兴的历史关头,赵伯伯不计前嫌,抛弃个人恩怨,团结全系师生,以更大的热情投入教学和研究工作。

后来我移居香港,很长时间没见过赵伯伯了。直至 1991 年春节,我回京探亲,赵伯伯来我家拜年,见到我,关心地询问我的近况,使我很感动。这时他头发全白了,令我有恍如隔世之感。不变的是,他那永远温文优雅的举止、亲切温暖的话语、锐利如炬的目光、睿智清晰的思路……

直至 21 世纪初,赵伯伯一家搬到蓝旗营北大教授楼,父亲搬到西二旗。从那以后,我就再也没见过赵伯伯。

2011 年,中关园发小准备出版故园回忆录《我们的中关园》,赵伯伯欣然提笔,以"共同的回忆,不同的经历"为题作诗序,把两代人的命运联系在一起,表达了对后辈的深情厚意,给予了充分的肯定和鼓励,并提到那令中关园人朝思暮想的小树林上的青草地:

北大中关园那一片平凡的青草地，

积淀着你们青少年时代难以磨灭的印记。

多少年来魂牵梦系，

揪扯你们各自的回忆。

孩提时，你们在树下玩耍嬉戏，

少年时，你们在这里攻读学习。

在那地覆天翻的疯狂岁月里，

你们听《长征组歌》，

学唱样板戏。

突然一声令下，

你们背起背包奔向那陌生的广阔天地。

在天南地北，

你们有着各自不同的艰苦经历，

也相应地创造了不同的业绩。

如今头发斑白已到退休年纪，

但你们永远忘不了的却是，

北大中关园那片平凡的青草地。

就在写完序言的第二年，赵伯伯与世长辞了。今天，重温他不凡的一生，他的一生就是中国知识分子追求光明、追求真理的一生，是无数优秀的中国知识分子的缩影。

一个贫穷人家的孩子凭努力读完高中，后毅然离开日寇铁蹄蹂躏下的北平奔向昆明，在西南联大刻苦攻读最终成为北大教授，这位当代中国政治学主要奠基人，他对北大、对国家付出了毕生心血，作出了卓越的贡献。

余生也晚，无缘亲聆赵伯伯在学术上的教导。仅从邻居孩子的眼中的印象，对这位尊敬的长辈、对过往的岁月做了一番追忆，以此为那风云时代、为中国的知识分子留下一点印记。同时，也是对赵宝煦伯伯永久的纪念。

忆黄子卿先生

樊能廷 [1]

黄子卿先生是广东梅县人，1900 年 1 月 2 日生人，妻夏静仁，邻县人。听先生说起，他时任清华大学化学系教授，回乡结婚。夫妻双方家里都是相当殷实的大户人家，婚庆，两家在各自门前的场院摆三天"流水席"，招待亲朋乡谊。不管你是长袍大褂，还是短褐赤脚，不管你携礼致贺，还是空手而来，作揖道喜，大家坐下就吃，吃完立即翻桌。足足热闹三天！

黄子卿先生

1952 年全国的大学院系调整，先生从清华大学调入北京大学，住在门朝北的燕南园 52 号。这

---

[1] 樊能廷，男，1963 年入北大化学系，1970 年 3 月离校，分配至河北衡水。1978 年考入北京理工大学化工系，先后获硕士、博士学位，并留校。文理皆擅，有《有机合成事典》《莫教青史尽成灰》等著作。

座青砖楼房，现在是北京大学视觉与图像研究中心和吴作人国际美术中心。

先生嗜烟，每天两包。"文革"前，吸七毛多的"牡丹"牌香烟，"文革"期间，先生自觉自愿加强自我改造，改吸三毛五的"大前门"牌香烟，后来是"红舞"牌，数量不减，还是每天两包。先生喜欢和学生接触、谈天，尤其是当面请益者，当然，大都是先生说，我们恭聆。先生谈话不喝水，也不招待我们喝水。

谈话间隙，先生不停地吸烟，他不是吸完一支再吸另一支，而是划火柴点燃一支吸几口，就在烟灰缸里掐灭。俄顷，从烟盒里拿出另一支，又是划火柴点燃吸几口，又在烟灰缸掐灭。工夫大了，烟盒就空了。先生还要吸，怎么办？有办法，先生用熏得黄黄的食指（昔时香烟不带过滤嘴），在烟灰缸里扒拉，挑一支已经掐灭的、比较起来最长的，划火柴点燃，吸几口，在烟灰缸里掐灭。一会儿，再从烟灰缸里扒拉，挑一支已经掐灭的、比较起来最长的，划火柴点燃，吸几口，再在烟灰缸里掐灭，循环往复。先生胖胖的肚子，穿中山装，撒得满胸脯满肚子都是烟灰，让人忍俊不禁。

我读研究生时，去燕南园看望先生，分别八年，先生居然还记得这个不才弟子。先生对于"四人帮"，有一比喻，说他们好比是北宋四大权奸：蔡京、王黼、童贯、梁师成。古为今用，先生史料活用，比喻恰切。先生处世为学，触机谈兴，小扣大鸣，甚至常有推销知识之感。看先生吸烟，听先生谈话，真是一等享受。

某年，先生去前东德讲学。走之前体检，X光透视发现，先生的气管黑乎乎的，跟烟囱似的糊满焦油，医院就有了疑虑。先生自己向医生解释说，吸烟四十余年，气管哪能不黑？还跟医生说，自己吸烟，只是吸到嘴里，让口腔有感觉，马上吐出去，并不吸进肺里，所以身体很结实。医生苦笑，说"你比我吸烟凶啊"，说着，签字通过，丝毫没有留难先生。

讲学完毕，回国前，先生要买些东西带回来。先生明白，烟酒茶，统统是中国第一，就着意看看轻工业制品。先看丝绸制品，女售货员告诉先生："这是贵国上海出品的。"嗯，那就看看呢绒制品，女售货员又告诉先生："这是贵国上海出品的。"好，那就看看皮毛制品，指着皮大衣询问，这一回女售货员告诉先生："皮大衣是我德意志民主共和国出品的，原料毛皮，说不准是不是贵国上海出品的。"……这位女售货员敢情是"贵国上海"迷。岂不知，几个世纪以来，大宗皮毛传统出口国是沙俄、苏联！

先生嗜书，不爱看报，不爱运动。看什么书？那多了去了。先生告诉我们，大概看两类书：中文，古书，代表作是《史记》《资治通鉴》《全唐诗》；英文，科技书刊。先生说，中文白话文太浅，没看头；英文科技书，文字浅显易解，真实的东西多，有益处。先生高兴起来，把我们从楼下客厅，领上楼，参观他的书房。楼梯不好走，太窄：本来大约一米宽的楼梯，一级一级，沿墙每一级，都是平摆一摞一摞的书，弄得楼梯只剩五十厘米左右宽。进了先生的书房，开开灯，一只白炽灯泡，颇嫌幽暗。四面墙，三面是书橱，书橱一人多高，直立的精装英文书插得满满。全部橱顶上，平摆的中文书和英文期刊，堆得不止一尺厚。这些只是看得见的东西，先生海量的读书，大部分成为腹笥。我们看见的藏书，是抗战胜利，先生一家随清华大学复员回北平以后历年购置积存、"文革"中又遭抄掠的劫后余存。以为先生是活的两脚书橱就错了，他首先是化学家、实验科学家！他早年独力测定过冰水汽的三相共存温度点，简称"三相点"，为 0.00981 ± 0.00005℃。此为热力学的重要数据，也是温度计量学基准数据。世人皆知，水的冰点是 0 摄氏度，世界上谁人精准测定了这个三相点？是黄子卿先生！重现性即科学，美国标准局组织人员重复实验，结果与黄子卿的测量结果完全一致。

先生自幼饱读诗书，老来还是嗜书，坐拥百城，读书至乐，爱读书，生性也。

先生中文英文兼通，还写格律诗。当着我们，右手执自来水笔，在左手掌心写一首七绝，然后，左手执笔，在右手掌心写一首七绝。先生考我们，说一首是自己的，一首是中文系王瑶教授的，你们评评，谁的诗好。我们傻头傻脑，捧住先生温软、胖乎乎的手，左看右看，没名堂。先生得意，呵呵大笑，告诉我们："这一首是王瑶教授的，那一首是我的。"跟着，把这两首诗，掰开揉碎，方方面面，娓娓道来。先生笑盈盈地说："文章是自己的好，老婆是人家的好。"先生纵意而谈，我们亲聆謦欬，即使不譬为醍醐灌顶，也不啻"如听仙乐耳暂明"。先生自诩，到中文系，一样可以当教授。先生这般率真可爱，惜乎我们当时没反应过来，应该及时把两首诗抄录下来，尽管不是先生手迹，也应长久留存，如今，怎样悔恨，来不及了。王瑶教授如果得知这番故事，不知竟作何想？王瑶教授的女弟子赵园在《王瑶先生杂忆》说："对着不知深浅放言无忌的自己的学生，先生常常口含着烟斗，一脸的惊讶，偶尔喘着气，评论几句。也有时，喘过之后，只磕却烟灰而不置一词。然而先生自己也像是渐渐忘却了师生分界，会很随便地谈及人事，甚至品藻人物，语含讥讽。"

赤子其心，泰斗其文，黄子卿先生和王瑶先生，实在堪称一对，竟是北大的一段难得的杏坛佳话。03633班另外有同学听过黄先生说"不怕中文系任何教授"。其实，设想先生如果到历史学系，凭先生一辈子浸淫目耕《史记》《资治通鉴》《全唐诗》，讲讲中国通史，当无滞碍。

闲暇，先生也会给我们讲笑话，众多同学共同记忆深刻的一个，是怕老婆的故事。某县官老爷特别怕老婆，出了名，不免被同僚讥笑，县官老爷心中不平。有一天，升堂之后，三班六房站班。县官老爷在院子里立起两杆旗子，一杆红旗，一杆绿旗。县官老爷发令，众人听令，老爷说："你们当中，怕老婆的站在绿旗之下，不怕老婆的站在红旗之下。"发令完毕，众人依令站立，红旗之下只有一个人。县官老爷问他："刚才老爷的令你听清楚没有？"这主儿说："听清楚了。小的们听令，怕老婆的站在绿旗之下，不怕老婆的站在红旗之下。"县官老爷问："那么多人怕老婆，站在绿旗下，唯独你是个不怕老婆的，站在红旗下？"这主儿道："回老爷，小的老婆给小的说，人多的地方不许去，小的记着呢。"

在昆明西南联大时期，米珠薪桂，先生全家生活十分清苦，先生有诗写照当时的境况：

（民国）三十年秋，疟疾缠绵；卖裘书以购药，经年乃瘥。追忆往事，不禁怆然。

无题

饭甑凝尘腹半虚，维摩病榻拥愁居（笔者注：维摩居士是释迦牟尼高足，老病号）；草堂诗好难驱疟，既典征裘又典书（笔者注：西南联大时期，师生多住陋巷茅屋）。

黄夫人夏静仁这个时期的诗：

乡居有感

避处尘嚣外，村幽路径深；乱山遮俗念，静水起禅心；儿稚翻思母，家贫不慕金；连年井臼事，蓬鬓久无簪（笔者注：井臼喻家务炊事）。

新38师少将副师长齐学启（笔者注：师长系名将孙立人）带兵路过昆明赴缅甸对日本作战，越陌度阡，枉用相存，过访任教西南联大的老友黄子卿先生。后来齐学启在缅甸牺牲，追赠中将，先生悲痛不已，写诗悼亡：

悼齐学启将军

一灯明灭角声哀，夜半无人户自开（笔者注：角声喻战事艰苦）；疑是翩跹羽化客，满江明月梦中来（笔者注：羽化喻登仙）。

抗日战争胜利时，先生写道：

（民国）三十四年八月十日，夜雨早寝。清华研究所警笛忽鸣，继闻欢呼声，乃知为日本投降之喜讯也（笔者注：其实，昆明当地人不说"胜利"而是说"放炮仗"）。

无题

秋风万里客边城，缥缈燕云故土情（笔者注：燕云喻沦陷的燕云十六州等北方国土）；八载昏霾顷刻散，雨中残梦笛三声（笔者注：八载昏霾喻抗日战争、国势艰危）。

161

（民国）三十五年（1946 年）七月，西南联大同仁闻一多教授遇刺身亡，此事件震惊中外。与闻一多同船横渡太平洋归国的黄子卿先生悲愤书写挽联：

挽闻一多兄

仁则杀身，义全授命，碧血染绛帷，比重泰山无限恨；诗成死水，经补离骚，青史传红烛，欲吞云梦有余才。

1976 年秋，"四人帮"倒台，先生时年 76 岁，感世赋诗，抒情寄怀：

寄怀

盈巅白雪遇春妍，社会新型万物鲜（笔者注：盈巅喻满头白发）；千里奔腾憎伏枥，红专齐进不知年。

1979 年秋，同事多年的中国科学院学部委员、北大化学系胶体化学家傅鹰教授辞世。作为挚友，先生哀挽悼亡，把久负直声的傅鹰比作元龙——东汉良将陈登，把傅鹰的科学成就比作平子——东汉大科学家张衡：

挽傅鹰教授

元龙豪气无双士，入海探骊，物胶声传大地（笔者注：物胶喻物理化学、胶体化学）。平子文章第一流，登坛挥尘，桃李誉满神州（笔者注：挥尘喻排除旧说、建立新学）。

"文革"前，北大化学系拥有九名学部委员，占教师比率超过中国科学院化学研究所学部委员占科研人员比率，实乃一时之盛！古人云，死生亦大矣，弱了一个，岂不痛哉！

先生曾自己在化学楼贴大字报批评自己。大意是，平生做过一件对不起人的事情：借用某人一支自来水笔，没有及时还给人家，粗心丢失了，随后就出国了。在国外总惦记这件事。回国之前，特地在美国买一支派克金笔，带回

162

国，找到那位当初借笔给他的人，郑重道歉，满怀歉意地用这支派克金笔奉还。先生直道律身如斯，百一百二。

先生在那个年代没写过任何一张别的大字报，也极少遭遇针对性的大字报。批斗、戴高帽、游街、围攻批评、绷扒吊拷，居然一概幸免。池鱼之殃难免，抄家之厄难逃，笔者到现在不愿意相信，抄先生家是北大化学系学生干的。

1969 年 10 月 19 日，总揽中枢的周总理亲自打电话传达党中央、毛主席关于战备疏散的决定，正在"深挖洞、广积粮、不称霸"的八亿中国人民，又被"战备大疏散"以"拉练"为名急速地运动起来。

经过大饭厅大会动员，我们北大化学系 03633 班，奉命各自携带小件行李物品，徒步开拔到原北京房山县周口店公社娄子水大队，大件行李由敞篷卡车装运，押运人周大晨。据 03633 班雷向东回忆，是夜顶风冒雪而行。据 03633 班陈子明回忆，是夜似乎中途住宿在长辛店二七机车车辆厂。行军途中 03633 班张仲桄"活剥"岑参："将军金甲夜不脱，夜半行军戈相拨；风头如刀面如割，口罩呼气成冰坨。"行军中有人脚步不停，鼾声微忽，可见步涉之劳乏。

北大化学系 03633 班"战备大疏散"到北京远郊山区的娄子水村。娄子水大队属于周口店公社，就是发现"山顶洞人"的周口店。娄子水村三四千人口，分为七个生产队，是周口店公社最大的村子。这里是碌硗山区，土薄石头多。诚如清末贡生王邦平五律《过娄子水村》漫吟："为访庄公院，闲寻磴道行。山花多杂色，野草不知名。屋每悬崖结，田都磊石成。寥寥人境外，到此隐心生。"（笔者注："庄公院"是一个古代禅林，又名"超化院"，位于娄子水村西北三里许缓坡山腰上，始建于辽代，原已荒废、湮圮，唯辽代三层"灵骨塔"犹存。中华人民共和国成立后长期作为北京公安局千人绿化大队驻地，今作为娄子水村旅游农业的重要景点修缮）

村里到了冬天没什么活儿可干，那个年头，集体经济，冬季就是整修农田水利和积肥。每天早上，六队在当街集合、派活儿，按照劳力等级和出勤记工分，生产队书记亲自派活儿。英气勃发的六队书记名叫刘森，年方十八，布置收集农家肥，对于农家肥的具体要求是卤泅"臭、黑、发"。火炕土（肥料）

又是另外的要求。各家各户沤的粪，到冬天刨出来，用抬筐或者独轮车送到集中的地方，检查了质量，过了分量，队上给记工分。交给集体的农家肥过分量，不上秤，是用队里特备的大筐量度，入了筐，还要捣实拍平。天寒地冻，抢镐刨粪是个爷们儿干的力气活儿。那时候，我国还不能生产尿素，少量生产土化肥碳酸氢铵，简称"碳铵"，还没开始普及。公社分配下来一点儿进口"硫铵"，这里的土薄，农民又用不惯，扔在仓库里，每一袋结成一个大硬块儿。整修农田的事儿，实在学不起大寨，因为山西昔阳县的大寨，黄土丰厚、有土，而周口店山区徒有石头蛋子、石板碴儿，没有土。石田瘠土，口头整天叫喊"战天斗地"，可怜的铁镢头毕竟死磕不过漫山遍野的页岩、石板、硌石。

在北京远郊乡野周口店娄子水村，黄子卿先生和03633班学生，一条大炕睡五个人，住在一家农户三间北房的西间。白天下地，不需要先生劳动，但是也不闲着，各种农活儿都得看看。偶尔，先生也和大家一样，围坐在一个大筐箩周遭，用两只赤手，给玉米棒子脱粒。那个村，地上满世界鹅卵石、石板碴儿，哪有什么坦途。先生穿着浅帮上海名牌"喜喜橡胶底"黑皮鞋，在砾石上行，他老人家睟面盎背，身量胖大、眼睛高度近视，走路很不安全。我们总有一两人紧跟先生，乃至两旁搀扶，形同挟持。如此，先生虽不顾盼自雄，却可以免除履冰临渊之危，而自由地俯仰、东张西望。每天晚饭喝粥，先生穿蓝色条纹绒布睡衣睡裤就寝，跻身在酣睡的学生中间，夜里起身不及，常常尿湿被褥。三天两头，总是我们帮他晾晒被褥，我们和先生，彼此心照不宣，倒也无所忸怩。

在娄子水村，先生和我们学生吃一样的集体伙食，白苋紫茄，三餐粗粝，棒子面打底。每天早饭，棒子面粥，先生总是要一大块酱豆腐，时价五分钱。先生告诉我们，如果早饭有煮鸡蛋，可能每天会买一个煮鸡蛋。既然没有鸡蛋，吃酱豆腐也很好。根据先生早年从事蛋白质分子量的多年科学研究，确知一块酱豆腐的营养，差可代替一个鸡蛋。

据03633班姚文德记忆，娄子水村一户贫下中农办喜事，向黄先生借一百元钱，先生立即解囊。我们师生要离开娄子水的时候，那户人家凑钱归还先生这一百元钱，先生以自己年将七十，有幸给贫下中农添喜，勉慰对方留下自己这点儿心意。

最要命的是"紧急集合"。这是"美帝苏修亡我之心不死""备战备荒"的战争思维下，工宣队、军宣队都免不了的节目，在娄子水赶上一次。给我们领队的那个白面书生芝麻官，用四川口音一声号令，五分钟内打好背包列队集合。我们听到号令，各自整理完自己的背包，然后帮助先生。先生的鸭绒被非同凡品，十分狼犺，七手八脚也制服不了它，按下葫芦起来瓢，怎么折叠、捆扎也不能四四方方。军令如山倒，时间不等人，只好把它连同古稀之年的先生留在热炕之上，顾自奔赴紧急集合地点。

彼时许多学生虽在理科，也很爱好古典文学，又都对于甚嚣尘上、气焰万丈、上纲上线、动辄睚眦目的阶级斗争高论和行为，无言地避之唯恐不及。谈到做学问、搞化学，先生说，就两条，叫"一手抓文献，一手抓实验"。彼时鲁钝、少不更事，对于先生的教诲听得漫不经心，正合"书到用时方恨少，事非经过不知难"。

1976 年在河北某工厂受命独力做"氰尿酸系列产品"研制，我从北大毕业下乡劳动锻炼，忘光了原有的那一点英文，竟至只熟悉"A、K、Q、J"几个扑克牌英文字母。受命研制新产品，重新起步，硬着头皮，夜以继日，读了七十二篇缩微影印的英文专利文献。专利文献是在现在北京化工大学那个地方的专利资料库查阅，忘了那时叫什么单位名称，服务人员穿白大褂，招呼语是"你好"，透着文明，真感动人！我在衡水，人们见面的招呼语是"吃了吗"。我就着厂子常年用"间甲酚"为原料的便利条件，选用"尿素液相热缩合法"，在国内首家制成"氰尿酸"，继而研制成功消毒杀菌的水处理剂二氯异氰尿酸钠、三氯异氰尿酸（中文商品名：优氯净、强氯精）等国内空白产品。进而亲力亲为，进行了五百升反应釜的中试。直至十年后，该厂打开出口销路，大力拓展规模，新产品在 20 世纪 90 年代成为冀衡集团上市公司的万吨级拳头产品，年产销数以十亿元计。实践中深深体悟先生"一手抓文献，一手抓实验"的慈诲，终生奉为圭臬，敬守良箴，终身受益。

我在大学任教有机化学中占有很大比重的"有机合成"，我之陋见，"有机合成"是实验科学，经验至要，颇类似于手艺活儿。这样，在方法论方面，对于历届学生，主要也就是格外强调动手能力，薪火相传"一手抓文献，一手抓实验"这两手。我告诉他们，这两手不同于电光石火，随燃随灭，而是颠扑不破，历久弥新。在周口店公社娄子水村这个阶段的"师生同学习、同改造"，让我们有很多机会亲炙先生，说起来，不折不扣，是那个时代给予我们这样的机缘。

先生一家人，毅然舍弃在美国优渥的工作条件和生活条件，抗战中毁家纾难，颠沛辗转到我国战略大后方昆明，与我灾难深重的四万万五千万同胞同呼吸共命运，苦撑苦熬，玉汝于成，坚持到日本投降、陆沉光复。

先生毕生勤奋好学，涉深究微，五十多年学习研究的科学生涯中，涉及物理化学的"相热力学""电化学""电解质和非电解质溶液理论"诸领域，指导过钱三强，讲授过物理化学的许多专门化课程，实至名归，是我国物理化学的一代宗师。但是就我们而言，先生是我们在北大化学系接触最密切、相处最多的师长，最谈得来、最投合，也算得声应气求吧。先生品端心正、学识渊博、平易待人、古道热肠，黄先生这样的好先生，现今的世界，怕是打着灯笼都找不到了。我们喜欢先生、亲近先生，从心里爱先生如父执，以介眉寿。在周口店娄子水村，和先生共同生活三个多月，朝夕相处，能够回想起来的事情支离破碎。抛砖引玉，希望比我们熟知先生的人，好好地把先生写一写。当然，北大还有很多很好的老师，同样值得好好地写一写。

小诗一首，步韵先生"盈巅"，怀念惠风和畅的黄子卿先生：

> 耳熏目染胜春妍，直道行方促夏弦；
> 策骞鞭驽耻骥枥，采光剖璞不知年。

《西苑草》的故事

——记校友作家刘绍棠的一件终生憾事

郭力[1]

北大中文系的每一届新生入学，都会从系主任或某一位德高望重的老教授那里得到一个几乎版本一样的告诫：中文系是不培养作家的。这一句告诫对众多抱着作家梦进入中文系大门的学子来说无异于当头棒喝。于是有的人听从师训，告别梦想，开始在学术的殿堂怀铅吮墨，孜孜以求。亦有人初衷不改，曲径通幽，雕龙雕虫两不误，既占学霸之鳌头，又领新晋作家之桂冠。然而在中文系历届才子中，执着于作家梦最决绝者，非54级文学班刘绍棠莫属。

刘绍棠，北京人，少负才名。13岁即开始发表作品。有"文学神童"之

---

[1] 郭力，女，1957年生人。北京大学中文系本科、研究生毕业，毕业后长期在出版社工作。1987年入职北京大学出版社，先后任语言编辑室主任、总编辑助理、学科副总编辑，2003年被评聘为编审。2005年调任世界图书出版公司，历任常务副总编辑、总编辑。2017年至今，任得到App听书栏目、出版部特聘审稿专家。

称。1954年，已名噪文坛的刘绍棠考入北大中文系。然而不培养作家的中文系并不合刘绍棠的口味，他自称"不喜欢的课程太多"，要求退学。在北大学习一年后，终于退学成功，回乡挂职，深入生活，开始职业作家生涯。

短短一年的燕园学子生活，催生出刘绍棠第一部也是他唯一的一部校园小说《西苑草》。《西苑草》本是刘绍棠计划中的长篇，因应付多家杂志的催稿而改为短篇发表。1957年4月刊出后，读者好评如潮。受到读者热情鼓舞的刘绍棠即准备按原计划续写为长篇。不料风云陡变，反右大幕拉开。刘绍棠成为大"右派"，《西苑草》也成了大毒草，受到连篇累牍的批判。

二十二年之后的1979年，云开雾散，文坛拨乱反正，刘绍棠获改正，《西苑草》随之重见天日。多家文学杂志向刘绍棠约稿，请他续写《西苑草》，不少读者亦翘首以待。

刘绍棠亦想回报约稿杂志和读者们的盛情，答应续写，然而，这位才思敏捷的高产作家一次次拿起笔，却一个字也写不出。这种下笔无言的困窘固然是"文革"后复出的很多作家的通病，而在刘绍棠，还有另一番难言之隐困扰着他。他说，这是因为"我做过一件亏情欠理的憾事"。

事情要追溯到刘绍棠在中文系54级就读时。54级甫一入学，又红又专的刘绍棠就当选为文学班的班长。而这个班也是人才济济。一位秀外慧中的才女刘敬圻就非常引人注目。既是才女又是秀女的刘敬圻，山东人，出身于教师家庭，家教良好，品学兼优。她是班上年龄最小的女生，也是班上最早被吸收入党的女生。一次开全系大会，系领导在讲到评选三好学生的条件时，特意让刘敬圻站起来，让大家认识一下这个三好学生的标杆。刘绍棠对刘敬圻十分欣赏，把她当做小妹看待，与她"有过十分清纯的友情"。刘绍棠退学离校后，刘敬圻成为继任班长。刘绍棠惦念着北大同窗，常写信了解同学的情况，这些信由刘敬圻收存并转告给同学，刘敬圻也回信交流对各种问题的看法。多年后，刘绍棠回忆说："《西苑草》中有一位才貌双全的女大学生，一多半是以我这位女同学为原型。"

时至1957年，突如其来的运动使单纯美好的同学情遭遇到严酷的考验。

刘绍棠在运动中受到审查，政治运动整人的惯例是从私人信件中搜集材料。年级支部书记老吕受组织委派，通知刘敬圻代表班级到团中央、中国作协和中国青年报社联合举办的批刘大会上发言，被刘敬圻拒绝。老吕继而又以组织的名义，向刘敬圻索要刘绍棠写给她的信件。刘敬圻说："这违反宪法吧？公民有通信自由。"老吕说："现在是运动，性质不同了。"刘敬圻反而更加坚持："那就更不能交了。我从小养成的习惯，不会落井下石。"

著名作家刘绍棠

老吕在刘敬圻这里碰了钉子，便去找刘绍棠索要刘敬圻给他的信件。刘绍棠出于对老同学的信任，也为了表示自己坦荡无辜，便把刘敬圻的信

刘敬圻老师

全部交出。他没有想到，他交出的几封信使刘敬圻蒙受了不白之冤，成为她日后诸多遭遇的导火线。

老吕拿到刘绍棠交出的信件，再次找到刘敬圻，说："刘绍棠已把你的信交出来了。"意图以此刺激刘敬圻，引起她对刘绍棠的怨愤而交出信件。没想到刘敬圻再次断然拒绝，并将刘绍棠的信件全部焚毁。

刘敬圻恪守"不落井下石"的朴素做人准则，并尊崇宪法，这样的态度却不能见容于当时的环境与相关纪律。她遭到了严厉批判，而所谓罪状，均来自她给刘绍棠所写的信。

曾经对刘敬圻赞赏有加的系领导，认为从信件中看到了刘敬圻"心里的阴暗面"，刘敬圻的形象好似一落千丈。在经历了上纲上线的批判会后，刘敬圻受到"留党察看两年"的处分，并在毕业时被发配黑龙江工作。

毕业前处分的阴影，始终笼罩着刘敬圻。带领历届学生上山下乡下厂矿，她总是身先士卒。她忍辱负重，吃苦耐劳，勤奋工作，认真教学，"文革"前多次被评为"优秀教师"。

"文革"伊始，刘敬圻当年"留党察看"的罪状被好事者从档案中抖搂出来，公之于众。于是，她被扣上了一顶顶大帽子，"漏网右派""大右派刘绍棠的狐朋狗友""修正主义苗子"，不一而足。后来丈夫被打成"反革命"，刘敬圻又背上了"反革命家属"的十字架。在那个是非颠倒、风云莫测的年代，面对种种横加的罪名、命运的不测，刘敬圻一如既往地保持着沉默和冷静，坚守不违背良知的底线。她依旧关爱学生，善待同仁，尊敬前辈，她的品格和操守令她在风雨如磐的境遇中保持了尊严，赢得了众人的爱戴。

1979年，刘敬圻接到了母校寄来的通知，彻底纠正了当年对她的错误处理，当年对她的批判成了满纸荒唐言。她迎来了政治和学术生命的春天。她在此后的教学和科研中倾注了所有热情，呕心沥血，硕果累累。她是天生的好老师，赋予讲台生命与活力，她的课深入浅出，活泼通透，注重启发，不落窠臼，深受学生的欢迎和好评。2003年，国家表彰一百名"首届国家级教学名师"，刘敬圻名列其中。她还曾荣获国家级有突出贡献的中青年专家、全国教育系统劳动模范、省劳动模范等荣誉称号。因为她在教学、科研上的卓越成就和超凡的人格魅力，她成为黑龙江大学的一张名片。她一直工作到2015年79岁时，才荣休离岗。

在知名"右派"的"桂冠"下经历更加惨烈的刘绍棠，对刘敬圻因受他的株连而受到的迫害一无所知。他在1979年改正之后，才了解到这一切，内心深感愧疚。他试图向老同学致歉，重叙当年的友情，但却未能如愿。刘绍棠在1979年到刘敬圻执教的黑龙江大学讲学，但未能见到刘敬圻，他以为刘敬圻视他为"卖友乞怜的小人"，不愿出面接待。后来他再次到黑龙江参观访问，刘敬圻带着儿子去宾馆看望，但刘绍棠感到，"我跟她已从昔日的无话不说变成无话可谈"，"误会虽已消除，但创伤并未愈合"。刘绍棠为自己成为刘敬圻心目中的"卖友小人"而自惭形秽，每念及此，便心惊胆战，如坐针毡。他的不安甚至引来了妻子的嗔怪："你一辈子只有一篇小说不写乡土，那是特意为她写的，怎么还认为对不起她呀？"然而，直至1997年去世，刘绍棠一直没有放下这件"憾事"，他带着愧疚和不安离开了人世。

作为中文系78级的小字辈，当我看到这个故事时，刘绍棠学长已作古二十余年，而刘敬圻大姐也已年过八旬。故事中两位老学长命运的遭际和交缠令我百感交集。刘敬圻大姐在巨大压力下，刚正不阿，拒绝随波逐流、落井下石的人格操守令我深感震撼！而刘绍棠带着于情于理的亏欠遗憾离世的结局亦令我颇感惆怅。逝者已矣！我极想了解刘敬圻大姐对这件事的所思所想——从当年到现在。

带着期盼和些许激动，我拨通了刘敬圻大姐的电话，电话那头的声音出乎意料地清脆悦耳，如同年轻女性。尽管她当时正忙碌着接待学生的来访，还是爽快地答应了我的请求，愿意择时跟我交流。很快，我们成了微信好友。刘大姐称我为小师妹，让我尽管提问，她需要备备课。这亲切又礼貌的调侃很令我受宠若惊。我最感兴趣的问题自然是：当年是何种执念令她在集体道德沦陷的时刻保持独立和清醒，甘冒灭顶之灾的风险，坚持不对落井的刘绍棠扔出手里的石头。而对于刘绍棠交出她的信，导致她后来的遭遇和坎坷，她是否有所怨念和责难，以至于重逢时由原来的无话不谈变成了无话可谈，友情无法弥合。尽管之前我对刘大姐已有所了解，感觉她应是一个毫无矫饰的人，但她回答问题的平实与坦诚仍令我惊讶与敬服："刘绍棠退学前，我与他并没有什么个别交流，一则大家都是新生，没有主动交谈的习惯；二则课程排得很紧，也没有时间相互交谈。他退学以后，大概回校两次，去看了他熟悉的男生，我们都没有见过面。这实在算不上无话不谈，绍棠的回忆夸张了。和刘绍棠的书信交往是在二年级下学期，我被选作班长以后。刘绍棠写给班级同学的信便由我收存，并读给大家听。有时也代表班级复信，书信往还都是1956年前后的事儿。那个时期，向科学进军的号角高亢，大学生思想也锐敏活泼，我们的往返书信大都传递这样的情绪和信息。我对刘绍棠，真的没有任何责难。刘绍棠交出信，与他当时的处境，以及他对党组织的信赖，直接有关。我不同。我可以指挥我自己。而且我自幼年起，就被以下理念浸透了骨髓：己所不欲，勿施于人。穷则独善其身。君子坦荡荡。滴水之恩，涌泉相报。刘绍棠在给班级的信中，对我和班上另外一个学霸有特别关照，给我们一些建议。这些话在1956年说没毛病，在1957年就是'极右'言论了。因此我不能把信交出来，给他增添罪名。我不能伤害落井的人。改革开放以后，刘绍棠来过两次哈尔滨。第一次我恰好出差在外，我丈夫，也是同班同学招待了绍棠，还留他住了一晚；第二次，我们夫妻带着小儿去宾馆看望他，他是作协的贵宾，被邀请单位的名人们簇拥着，没有老同学促膝谈心的氛围啊！因此，不是'无话可谈'，而是没有对话的机缘。"

刘大姐的回答，对我来说，既有想象之中（她坚持不交信、不批刘的缘由），也有意料之外（她与刘的交情和所谓变化）。不知在另一个世界的刘绍棠，如果得知这一切，会有怎样的感受。其实，正如刘绍棠所说，《西苑草》中那个单纯、美丽、善良的女大学生黄家萍就酷似当年的刘敬圻，善而不居，成人之美而不成人之恶。刘绍棠所没有看到的是，经过数十年风霜雨雪，刘敬圻并没有脱去当年的善良、纯净，而是更增添了洒脱、包容的成熟底蕴。她工作了一生的黑龙江大学文学院在她荣休离任时，有这样一段致辞："命运的坎坷从未蚀掉您生命的激情，您总是以最清朗最睿智最童真的眼神，将至善至美的祝福传递给人们。您是符号，是一种崇高完美境界的标识！"

刘绍棠和刘敬圻的北大师友们应该感到骄傲和欣慰，当年青葱稚嫩的西苑草历经严寒风霜，终成北国沃土上的一道亮丽风景！

侨子回乡路漫漫

——我的老友周南京

郝斌 [1]

1953 年秋，我和周南京同时考入北京大学历史学系，同窗嬉戏，为时五载；1958 年毕业后，我们又同在北大历史学系任教。打从这个时候起，学校里打钟上课、打钟下课的时候少了，进进出出，游荡在农村、工厂的日子多了起来，可就我们两个人来说，却在游荡之中，离少而聚多。您看，先后两次下放农村，我们同住一个炕头之上，朝夕相与，相知日深，合起来竟有三年之久。人生能有几回聚？算将起来，我俩竟有六十多年的聚处，就是在老朋友中间，这恐怕也是很难得的。

---

[1] 郝斌，1934 年生人。曾任北大历史学系教授，北大副校长、党委副书记，北大校友会常务副会长。

罹患癌症之后，南京往常惯有的那种乐观心态，丝毫未减。那一阵子，他与早年同学之间的诗词唱和不少，其中，少年人才有的那种情趣和顽皮，在他笔端时有流露，并由此招来多位同学的参与。你唱我和，诗作连连，少年癫狂齐发，众人都得呵呵一笑。我们晚年难得的这一乐，全由南京的兴致引发而来。想不到，2016年春天他的病情陡然生变，我到医院去看他的时候，他已经没有了说笑的气力，但对医、对药、对身后之事，一如早前，还是那样的坦然。没几天工夫，他就撒手西行了。我辈一干老友，都是耄耋之年了，对他的远行，心里虽有伤痛，却也还是羡慕。我们默默为他庆幸，庆幸他走得痛快和有尊严，没有受罪。

说没有受罪，其实只是他谢幕人生的这一刹那而已；要说他这一辈子，还是风雨晴晦，什么都经历过了。细想起来，他走过的路，步步都与我们的国运相通相连。

南京的祖籍原在福建，他本人生在印尼，也长在印尼。少年时期，他的家境相当优裕。在20世纪50年代，将近二十岁的他，胸怀一颗热心，随同归国侨子的洪流，负笈北京。在他的带动之下，两个弟弟，也先后归国求学。他毕业以后，在北大执教，原本也颇惬意。想不到的是，好日子不长，坎坷跌宕接踵而至。回想起来，那段中年岁月，如何度过，对身在南国的父母和友人，恐怕他无法细说——他说不清楚、讲不明白。拿起笔来写封家书，常常成为他特有的一种心灵熬煎！尴尬、不安，甚至缺少人身安全感的日子，年复一年，都使他陷入苦熬之中。眼看到了知天命的岁数，才见斗转星移，生活回到正常轨道。学校的上课钟声重新响起。这时，他把自己的事业重心定位在华侨史研究领域，整装起步，才华尽显。我们看到，这个时候的他，简直有如石榴结子，著作连连。晚年临近，他才心情欢畅，总算过了几年舒心的日子。周南京的人生轨迹，大而言之，也可以说是20世纪中期归国侨子的一个缩影吧！

盖棺可以论定。南京主持编纂的《华侨华人百科全书》，是他可以称道的一项成就，他自己也常常以此自诩自足。一套十二卷本的大部头，多达一千五百万字，称得上是洋洋乎大观！20世纪之前华人华侨社会的资料和信息，方方面面，原是一堆拢不起来的残屑碎片，经过此番爬梳整理，事无分大小巨细，人无分中外古今，都分门别类，排列成章，让人一目了然，给使用者以莫大方便，至今为学术界和侨界所看重。

周南京主编的《华侨华人百科全书》

回头来看，当初他发愿立意之时，一没有任何组织机构作为依托，二没有任何财政支援的渠道，仅是民间三五志同道合之士，一碰头，一商量，就"揭竿起事"了；而敢于挑头、担当主编一职的，恐怕也只有我的这位老朋友周南京。后来的事实表明，他并不是鲁莽，而是成竹在胸。他有人望，也有人脉。经他登高一呼，学者同行纷纷执笔，善款资助也有独家承担。以此之故，他能够静心稳坐，举纲列目，运筹全书。此书起始于 1993 年，完成于 1998 年，等到十二卷全部印制成书，时光已经进入 21 世纪。那个时候，通信手段远不似今日的方便，电脑也刚刚进入家庭；联络海内外的学者要靠信件邮寄，阅稿审稿全凭手写手抄，这都是很大的工作量。好在全家动员，妻女成为他的助手，他狭窄的房间，也变成了一个工作室。要是拿到今天，像这样一个项目，毫不夸张地说，可以称为"某某工程"，开题之际，就能领到一笔可观的经费，免除诸多的尴尬。可在当年，一切都是悄无声息，一部可观的书稿就诞生在他的住所——北大燕南园 50 号。

《华侨华人百科全书》完成，他的精力耗去大半，晚春之蚕吐丝将尽。此后，他依旧笔耕不辍，先后出版了《自乐书屋诗文》《周南京诗集》《柳暗花明诗词集》。说起来，诗词之作都是些遣兴余事，而他才情转移，在诗词里也显

175

露出一种独特韵味，很有自己的风格。当他诗兴萌发之际，三天两头就有一首，我在电脑里随时收到。我是不是可以自诩为他的第一读者，如今已不可知；而三部诗集，倒是应他之命，都由我题签了书名。他的心血著作之中，能有我的一滴水墨掺入其间，如今睹物思人，心头也升起一丝感慨和欣慰！

让我来说点陈年往事吧。

近年，京郊出现了一个火爆的古民居观光点——爨底下。这是门头沟区斋堂镇辖下的一个小小村庄。在一条狭长的山谷中间，出人意料，竟有四合院、三合院出现，还不是一所、两所，而有数十所之多！庭院错落高低，小小大大，俨然一个古民居群落，说起来已有三百多年的历史，清朝中叶即已成型。如今，京城之内的四合院犹如凤毛麟角，已难得一见，谁想到在这样一个远离尘嚣的僻静山谷间，居然出现了城里的罕见之物，而且，与胡同里近年翻修雕饰过的庭院相比，清汤挂面，素颜淡妆，另成一种风情！大概就是这个缘故，每当天气晴好之际，依傍清水河的蜿蜒公路，有如山阴道上，京城男女，或乘大巴或是自驾，三五成群赶到这里，徜徉庭院，吃农家饭，夜宿土炕，成为一个度假的去处——话说得远了。我在这里想告诉您的是，就在距这个惬意去处不足二里的地方，另有一个小小山村——蔡家岭，在那里，我曾和南京同灶而食、同炕而眠，前后足有一年的时光。

那是1959年的夏天，北大历史学系的五名青年教师，按照学校的规定下放锻炼一年，来到了蔡家岭。下放锻炼，起始于1958年；不到两年，校内已有二百多人先后两批次下放到斋堂公社。我们五个人，不前不后，是半路插进来的小股人马。我们下放的去处，是斋堂公社斋堂大队属下的一个小村，一半在山头，称上蔡家岭，一半在山腰，称下蔡家岭，合起来是一个生产队，共24户人家，老少不满百口。公社干部给我们介绍说，这个队里，户户都是贫农或下中农，没有地主、富农，仅有的一户中农就是队长家。正说着，介绍者指指窗外："你们看！说曹操，曹操就到，他来了！"我们一看，只见一个中年汉子赶着两匹骡子，走入公社的大院。他是来接我们的。进村之后我们又得知，除两三户外来人家，全村人家都属一个贾姓，论起来全是亲戚。从他们的名字上，就可以把长幼辈分排列得清清楚楚。一位老人家，总是唤一个小姑娘作"姑"，起初我们不解，后来知道，这个十来岁的姑娘，"萝卜虽小，可长在背（辈）上"。村里的人处处透出淳朴、善良，可进到家里一看，非老病即妇孺，又成另外一番景象。村里仅有的几个年轻人，一个不会说话，一个有智力残疾；还有一个患有哮喘病，只能算半个劳动力，就让他当了生产队的会计。壮年人都到门头沟煤矿当矿工去了。在那里，当矿工，是脱贫的唯一途径。村里仅有的一个健康青年，是个瘦弱的小学老师，他是外村人。从一年级到四年级的孩子全归他教，二十多个孩子挤在一间土屋里，一年级孩子上课的时候，其他三个年级的孩子在座位上自习或做作业。让我们佩服的是，这些孩子竟能互不干扰，各自相安。我们

初到蔡家岭的那天，已是傍晚时分，下蔡家岭的几十口子把我们围起来观看——村里忽然有几个外人到来，这大概是多少年没有过的新鲜事。孩子们把我们的行李从骡垛上卸下来，呼喊着送到我们的住处。食堂开饭了，先给我们每人送上一大碗粥。南京当天很是兴奋，次日他有七言一首拿给我看。当时我最欣赏的是最后一句，如今半个多世纪过去了，仍然可以念口在心："一碗碴粥满山情！"

下乡青年与蔡家岭的孩子们合影。后排右一为周南京，左二为笔者

这时候斋堂镇实行公社化整整一年了。为了改变旧有的小农模式，公社推行专业化的分工生产制度。蔡家岭因耕地不多而山

笔者等下乡青年教师和蔡家岭的农民合影

草丰美，分工之后，专司畜牧。这样一来，斋堂大队属下十八个生产队的牛、羊，都集中到了蔡家岭。说是专业饲养，其实与原来的养法并无差别，说不上什么专业。五百多只羊，由一位老人放牧；近百头牛，由那个不会说话的青年管。我们五个人，被村里视为五个强壮劳力，放牛的差事就转给周南京，替下不会说话的青年，让那青年去干技术性更强的活儿，如冬天进入深山割荆条（山区的运输工具是箩筐背篓，全由荆条编成），春天扶犁、绑驮赶牲口等等。开头，南京只是跟着见习，由那青年带了他两天。牛和羊不同。羊性喜群，五百只羊跟着头羊，一早整队出圈，傍晚整队回圈，只要管好头羊，一切都会顺利；牛则不然，每天早上，牛慢慢腾腾挪出圈门，到了村外，一转眼工夫，就散到几个山坡上去了。等到夕阳降临，那青年捡起石块，投向最远处的牛，不许它前行，只让它回头，如此一投、二投、三投……牛群慢慢聚拢，他在心里也早点清了数目，赶牛回圈，准时收工。南京单独一人放牧之后，牛走散了，他没有投石拢牛的本领，只好满山去追，那怎么追得过来！两个山头，直线距离，不足百米，说话都能听见；可靠两条腿，跑下跑上，要二十分钟，前面追回一头，后面散了一堆。这个时节，他还得找来那青年师傅帮忙，才能收工。

　　早晨赶牛出圈的情景，既是一幅风景画，也是一幅生活气味浓郁的风俗画。家住高处的人家，从窗口就能尽览眼底。有爱说笑的老大娘会坐在炕头上喊："老周！把牛往崖边上赶！""抛个坡！"只要谁家有这一声喊，全村都能听见不说，对面人家还会跟着呼应："抛坡！""抛坡！"——"抛坡"，这是当地的土话，就是有什么东西从坡边掉下去的意思。

　　一天中午，真的有头牛"抛坡"了。当时正赶上孩子们放学，他们欢叫着跑到崖下去看，回到村里报信说，"抛坡"的是头小牛。有人就说"有点可惜！"我听了这话，以为是有觉悟的社员在惋惜公社财产受了损失，惋惜小牛还没长大，跟着称惜的人也不少。隔了好一阵，我才弄明白，他们惜的是，"抛坡"的怎不是一头大牛——他们知道，"抛坡"这个剧本，上对公社、外对邻村，只能上演一次。如今真的上演了，却利用得不够充分——惜乎哉！何不抛头大牛！

南京回到村里只管解说，当时他面向前方，阳光刺眼，牛群在崖边上也看不清路，可能是小牛挤不过大牛，才被"抛坡"下去。他的说辞，从队长到社员，全都无心去听。全村人像过节一样欢腾起来，刷锅洗碗的声响伴随着欢笑，奏出一曲快乐的乐章。公社化以后，大家都在食堂吃饭，家里举火只为烧炕取暖，不再做饭了。盆闲灶冷，缺盐少醋，已经多时，今天要正经八百做一顿有荤腥的饭食，好多事情都得从头来过，还有人把藏着的一点点粮食拿出来，上碾子现磨。那天，在食堂开伙的只剩了我们五个人。那口平时只是熬粥用的大锅，素烹经年，今天偶尔开斋，仅是润润锅底就耗去不少油，我们也算结结实实解了一回馋。

在蔡家岭冬闲时节，我们还干过几种特别的活儿。比如进窑采煤。上蔡家岭有座土窑，平时，封窑禁采。眼看入冬了，经过公社批准，可以进窑几天，挖点煤，分给各户。生产队长分派一个老人带着南京去干这个活儿。老人挖煤，南京运出。窑高七十厘米左右，出入只能爬行。南京身着一条短裤，脖子套上带子，拉着荆条编成的簸箕，把煤拖出来。窑内外温差大，里面不凉，一出窑口，气温陡降。那个时候他没患过感冒，凭的全是年轻。

后来，我们五个人又被临时调到马兰煤矿下窑采煤。马兰窑是个大窑，出入可以直立行走。当时的煤比现今的石油还宝贵。矿下的劳动量很大，因此，凡是进入矿坑的劳动的人，每天可以得到1.5斤的白面优待券，到煤矿的食堂配上钱票，可以买馒头。午饭时节，五个大馒头拿到盆里，我们人人都想只吃四个，留下一个当晚饭，可等四个下肚，哪里留得住，还是吃了；临到晚饭，就只有喝粥。那次在马兰下矿为时半个月，我们天天中午都想留个馒头，可没有一天能够实现，顿顿吃光。

白头宫女说玄宗。我说的这些陈谷子烂芝麻，距离今天好远好远了。年轻的朋友，透过这些琐事，你或许可以借此了解一点当年侨子归乡的历程，也可以从中窥见周南京的那颗"中国心"。

眼看又到春末夏初，南京的周年祭临近了。他走得那么安详、平静。我知道，让他唯一牵挂的，是他的弟弟。小他五岁的周南洋，当年是踏着哥哥的路，于20世纪50年代，一样回国来求学的。南洋从北京农学院毕业以后，在大兴县种子站工作。"文革"到来，他因为对时局不理解，说了一句质疑的话，侨生侨长、多年在外的南洋，说出这话来，本属自然而然。谁想，此言一出，即遭批斗。长在温室里的他，哪里经过这个阵仗！批斗下来，百思而不通，他渐渐神思混乱，后来经过精神病院医治，略略转轻，但是只认哥哥、家人，不认同事。独身的南洋，近五十年，全靠哥哥一家照看。于今近八十岁了，他整年闭门不出。而生性痛快的南京，话间每一说到南洋，神情立即嗒丧无主。好在南洋还有两个善良的侄女，如今，他已得有她们的细心照看。南京！这是我可以告慰于你的话，你完全可以释怀于地下，放心远行吧！

扫码获取

☑ 燕 园 历 史
☑ 燕 园 印 记
☑ 燕 园 名 流
☑ 燕 园 同 学 录

海天寥廓际

——罗荣渠[1]晚年

郝斌[2]

　　罗荣渠先生离开我们二十年了。他的音容逐渐模糊，另有一些东西却慢慢
沉淀下来，随着时光荏苒，芜去菁存，沉淀的东西轮廓愈见分明。今天想来，
也许这些沉淀下来的，更能显示他的本真。借助时空的距离，对稔熟的友人和
亲身经历的事物，加深认知，是我们后来者可以把握的机会，也是一种责任。
大家聚会来追念他，我觉得，最可值得珍视的，是他为北大历史学系走出了一
条不同于既往的治史之路，而言及于此，又不能不去追寻他当年的那股治学勇
气和创新精神。

---

[1]　罗荣渠（1927—1996），历史学家，曾任北大历史学系教授。四川荣县人。著有《美
　　洲史论》及有关现代化的论文、专著多部。在北大任教期间，开辟了中国现代化
　　研究的新路，影响及于全国。诗词余事，亦长书道。

[2]　作者简介见《侨子回乡路漫漫——我的老友周南京》一文。

在这里，让我先来转述一段发生在罗荣渠和田余庆之间的故事。

晚年的田余庆与林被甸[1]比邻而居，他们常相过从闲聊。这则故事，是田先生亲口对林所讲，先后谈过两次；田先生过世了，近年，林先生又向我重复转述过三次。

1988年12月，有一个纪念党的十一届三中全会召开十周年理论讨论会，由中宣部、中央党校、中国社科院联合主办。会上颁给史学界两个大奖，乃从此前十年间（1978—1988）全国史学界的研究成果之中筛选而来。"弱水三千，只取一瓢饮"。罗荣渠的论文《一元多线历史观》，是为其中的半瓢，这在当时的史学界中颇有震动，对北大历史学系来说，也是一件殊荣。荣誉虽高，却无恰相匹配的颁奖仪式，缛礼从简，以今天的眼光来看，它竟简到让人匪夷所思。颁给罗荣渠的是一块奖牌，寄送到北大历史学系办公室，由后者受托代转受奖人而已矣。时任系主任的田余庆，于是手捧奖牌，登上四层楼，亲自送到罗宅。熟悉田余庆的人都知道，在他心目之中，这类事情大抵属于俗务，平日他本不屑一顾，这回何以要爬上四楼、亲自呈送到罗荣渠的面前呢？果然，其中有戏。

他们互道问候之后，田开言便对罗说道："此番获奖，可喜可贺，同时我有一言相奉：事情可以到此为止了，不妨见好就收。以我兄的才力，何不多做一点学问上的研究，日后当大有为。"

田所说的"见好就收"，指的是罗刚刚获奖的理论一类研究，他要罗"多做一点学问"，指的是旧有的研究路数。这番话，听起来像是吊喜贺丧，悖乎情理，其实不然。在田说来，这才是他此番登门要吐的肺腑之言，而且，也只有他们两位之间才可以这样坦诚过话。

为什么这样说呢？道来有点话长。首先，田、罗二人在西南联大和北大同窗四载，结有一层少年情谊。北平解放前夕，田积极参加学运，一次情况紧急，他躲进罗荣渠的房间，才得以逃过军警的搜捕。后来他们同坛执教，各忙

---

[1] 林被甸，生于1936年，历史学家，曾任北大历史学系教授、北大图书馆馆长，专攻拉丁美洲史，著有《中国与拉丁美洲文化交流史》等。

自己的事，交往虽然不密，情谊深埋心中。其次，田对罗近年所走的路，见仁见智，心里早存看法，骨鲠在喉，不吐不够朋友。再说，持同一看法的并非田某一人。罗荣渠由史转向理论的路子，在当时的历史学系中，乃是旁出一枝，离开了传统，人们私下议论起来，多视其为"海派"，说他"趋时""赶时髦"，比这更难听的话也有。舆情汹汹，可从没一个人把这话说给罗听。田觉得，手里捧着这块奖牌，此一时刻，或许是个进言的机会。不薄既往，一吐情愫，是他此行的打算。他盘算，错过眼前这个村，恐怕再没这个店了。再者，田深知罗的功底，只要他肯回头，传统的治学之路，对罗来说乃是驾轻就熟，可以计日程功。这一点，以往的事例足可鉴证。罗 1962 年的《论所谓中国人发现美洲的问题》、1983 年的《扶桑国猜想与美洲发现问题》先后发表，两篇文章颠覆了中国人发现美洲之说。中国人发现了美洲，这个论点，原由一些西方汉学家模糊提出，彼伏此起，不绝如缕，足有二百年了。对此，中国的近代学者和当代闻人，也曾有人点头呼应，说是"殷人东渡"。传到了坊间，更是让人津津乐道。不知不觉，自己误会自己，一种偏狭的民族情感牵扯进去，成了一个敏感话题，谁人发现了美洲，趋于一个声调，不再有异音。不想，北大历史学系里竟有罗某一人，颠覆性的见解两次提了出来，前后相间二十年，固执己见，恰与狭隘的民族感情撞了一个满怀。他的文章论据充分，论证严密，文字之中，促人理性对待的意味深而且长。可惜的是，读者只是一个小众，没有引起学界足够的注意。所幸者识货有人。时任中科院考古所所长、主持《考古》杂志的夏鼐先生[1]读到《扶桑国猜想与美洲发现问题》，先后曾有七信致罗，称道罗的文章"所言极是"，"立论严谨正确"。夏鼐当时正在编排次年出版的《考古》国庆专号，表示愿意重刊此文，"借重大作，以光篇幅"；同时指出罗文白璧微瑕，盼罗有所润补，以求尽美。罗的修订稿于是再次刊登于《考古》1984 年国庆专号。罗关于美洲之发现的观点，由此渐为学界关注和认同，再

---

[1]　夏鼐（1910—1985），字作铭。中国考古学的奠基者之一，曾任中科院学部委员。在史前考古、科技史、中西交通史方面皆有贡献。著有《中国文明的起源》《考古学和科技史》等。

遇到这个话题，人们至少会提醒自己理性当先。我们知道，夏鼐的严谨是出了名的，他对罗文欣赏如此，罗的功底，由此可见。此外，还有一例亦可佐证。罗于历史学系毕业以后，曾在一个不大的刊物充当编辑多年，1956 年，"向科学进军"的号角吹起，他才回到北大，执掌教鞭是他的愿望。离开业务很久了，选择什么作为自己的业务方向呢？这个时候，他一度有意跟随向达[1]先生去专攻中西交通史。这是他自己掂量过后的一种考虑，他有语言和考据方面的底子，自认中西两面可以兼顾。在历史学系，罗的同辈人中，能够贯通中西或者有心去贯通中西的人，其时已经寥寥。——读者朋友，田罗相会的缘由，大抵如此。一句话，田、罗走过的是一样的路，二人才气相若，抱负相同，在田看来，你何必弃史就论，去钻那个窄胡同呢！田向罗所进一言，当时不过数语，笔者今天在这里却要啰唆半篇。对田的话我大胆解读如上，就正于知情故旧。

田的话可谓是单刀直入，罗的回应又如何呢？罗的回答，简单到不能再简。他只说了一句："曾经沧海难为水！"

田、罗二人一番对话的情状，大略如上，时在公元 1988 年 12 月某日，地点是北京市海淀区北京大学中关园 46 楼 407 室罗宅。我觉得，这段对话或许值得记入北大历史学系的系史、系志之中。何以如此说呢？君不见，自打此后，另一条异于既往、由史入论、注重理论创新的治学之道，在系里渐成气候，进而稳定下来。北大历史学系的研究路数，呈现出史和由史入论两条并行、并进的路子；罗正是后一条路数的开创人。

在我们历史学系，传统的治学之路行之有年，深而且厚，但是没有保守的习气。20 世纪 50 年代，先有周一良[2]先生开创亚洲史的一片天地，继有杨人

---

[1] 向达（1900—1966），字觉明，历史学家，曾任北大历史学系教授、中科院学部委员，通晓多种文字，以研究中西交通史、敦煌学闻名，著有《唐代长安与西域文明》，译有《斯坦因西域考古记》等。

[2] 周一良（1913—2001），字太初，历史学家，曾任北大历史学系教授。通晓多种文字，研究领域重在魏晋南北朝史、敦煌学、日本史。有《周一良全集》（十卷）印行。

楩[1]先生开创非洲史的一片天地，接着又有罗荣渠开创了拉美史的一片天地。他们的创新，凭的都是传统的功底。传统与创新，其实环环相扣。没有功底，何谈创新？不过，这三位先生的开创，说起来还都在史学范畴之内。而今由史入论，去做理论上的创新，要的不仅是功底，恐怕更需要的还是学术上的胆识和勇气！行年六十，罗荣渠还有这股闯劲，今天想来，让人不胜感佩！

科班出身，又在史学讲坛耕耘多年的罗荣渠，转身去搞"现代化研究"，实在是一个跨行跨界的异常之举。史学本来是一种阐释、研究既往的学问，现在他竟加以延伸、间要观测未来；我们多年奉为圭臬、极尽精微的"五个W"[2]，他不鄙夷，但决不肯局促于此，而要洪荒宇宙、古今上下都去翱翔一番，这个跳跃实在不小。拿在京剧舞台上，这不啻是让老旦去反串小生！也许是让梅兰芳去唱摇滚差可相比。如果是写上一两篇小文章，凑个热闹，也还罢了，罗要的竟是挂头牌、卖门票的正场演出。这个时候，在历史学系里，如前所说，有人撇嘴，自然难免。

细究起来，中外的研究路数不同。在中国，历史学这个行当与"现代化"本不搭界，可以搭上界的，应当是邻近的社会学和经济学[3]，那么，这两家当时的反响又是如何呢？读者有所不知，此时此刻，他们两家寂静得连一点声息都没有。

这也难怪。在1952年全国高等院校的一次学科大调整中，社会学被视为鸡零狗碎、拼盘杂凑之学，不能自立门户，而从学科目录之中一笔勾销，连根拔除了。大学之内，从此没有社会学一说，社会学系原有的学生，星散到各相近学科的屋檐之下，凑合到毕业了事，教师则借宿各处，零落凄迟，过了将近三十年栖身边缘的日子。社会学的园地，已经寸草不生。到了20世纪80年代

[1] 杨人楩（1903—1973），历史学家，曾任北大历史学系教授，长于法国史研究，著有《十八世纪法国资产阶级革命》《圣鞠斯特》等。
[2] 五个"W"，指的是：Who（何人），When（何时），Where（何地），What（何事），Why（何故），或再加一个How（如何）。所谓掌握五个"W"，就掌握了历史。
[3] 与"现代化"研究相关的还有政治学。但20世纪80年代，政治学还没有成为一个独立学科。

之初罗荣渠猛然提出现代化课题之际，北大的社会学系方才着手复建。费孝通的弟子袁方[1]先生，是拟聘的系主任，一时还没有到校；系副主任、潘光旦的女儿潘乃穆[2]受命筹划一切。学生宿舍26楼的一层挤出两个房间，给他们做了办公室。彼时，"文革"遗留的"武斗"工事依旧装点校园，遗痕累累，潘乃穆从房中扫出了与窗齐平的灰土，才得进入。她五十多岁的人了，蹬上三轮板车，借来几张旧桌、几把旧椅。桌椅放稳，询问报名的学生已经登门。这是社会学。那么经济学呢？经济学乃是一门经世致用之学，其时的温度已经升高，老少各位走出了"市场，还是计划"的争论，各种分支学科，已是枝叶扶疏，含苞吐萼。相形之下，"现代化"，一个大而无当的空泛题目，怕是烧不出温度，谁有心思对它瞥上一眼呢？

"皇帝不急太监急。"这个时候多亏有个罗荣渠，斜刺里杀将出来，是他填补了这片空白。填补空白，这是后来持续有年的事，几年之间，他有"现代化三论"先后发表。

这里我要回过头来，补说一下罗得奖文章的自身，那才是受奖的分量之所在。就像前面说的颠覆了中国人发现美洲之说的文章一样，他的这篇《一元多线历史观》，原是一篇史学论文，见诸刊物后，其影响却跨出界外。社科学界中的人士看了，什么效果呢，真可以说是醍醐灌顶，如沐春风，大家的精神为之一振。原来，此前的十年折腾，伤害太深了，各行各业，都需要拨乱反正，理论研究也在其中。中国的社会科学，到20世纪70年代中期，几成死水一潭。照猫画虎、抄来搬去，就是一篇文章，什么学者的研究、个人的见解，一律免谈。然而时代却在呼唤"四个现代化"，抢回失去的十年，桎梏自闭、坐井观天的研究状态亟需打破。在这种大背景下，罗的文章拿出来，不仅题目切时，言之成理，所言所见，都是作者心之所得，说的都是自己的话，愤启悱

---

[1] 袁方（1918—2000），毕业于西南联大社会学系，后任教于多所高校。1982年，受北大之聘，恢复重建社会学系。曾任中国社会学会名誉会长。

[2] 潘乃穆（1931—2016），我国社会学、人类学奠基人潘光旦先生的女儿。《潘光旦全集》（14卷）由潘乃穆、潘乃和整理出版。潘乃穆对北大社会学系的复建、对社会学学科的恢复，贡献良多。

发，自然具有振聋发聩的效果。评委会相当谨慎，史学只颁两个奖，罗文中选其一，正是他们的慧眼所在。其实，在罗荣渠本人，中奖之事，事先没有想到，事后也没多在意。他心里只有一件事，文章要写千日好。他对田余庆先生说的"曾经沧海难为水"，无须饶舌，与受奖本身了无半点关联。

走出"十年"之后，罗荣渠简直像换了一个人。他以井喷式的热情开新课、带研究生，思如潮涌，论文连篇。他的学术视野开阔，又注重实际，几近耳顺之年，研究重心逐渐集约收拢，终而提出以生产力为社会发展中轴的一元多线历史发展观，并以此作为轴线，展开了他对世界现代化进程的观察和论述。一颗石子入水，难免溅起波澜。近三十年了，涟漪时时泛起。他的看法，认同、讨论者众多，视其为"异说"、以旧思维组织人马准备批判者，间亦有之。近日，他的著作《现代化新论》有第八次印刷的合约签成。试问，一部今人、今时撰就的学术理论著作，在当今的图书市场之上，能够再印、三印的，笔者孤陋，未曾与闻者已有年焉，遑论八刷！一路行来的罗荣渠，蒙受风尘半世，精神却像个青壮少年。他留下的一支巨笔，卅年墨色不褪。梁启超有诗云："世界无穷愿无尽，寥廓海天立多时。"呈现在晚年罗荣渠面前的，乃是一个无穷演化的世界，站在这个世界面前的他，又总是愿景无限。只可惜，给予他静立观察的时光，竟是如此之少！造物茖啬不公，夫复何言！

曾经沧海难为水

——写在汪篯老师辞世五十周年之时

胡戟[1]

2016 年，是我的老师汪篯先生去世五十周年。

1966 年 6 月上旬的狂风恶浪初起，汪先生自杀辞世。那年，汪先生刚到 50 岁。

老师悲惨去世，是北大留给我心中最大的苦痛之一，此事不堪回首。

当时我们并不知情，后来听说的情况应该是对的。我知道的情况如下：

1966 年，我们从北大历史学系十三陵基地回校参加运动，那是 6 月初。

---

[1] 胡戟，男，1959 年考入北大历史学系，1964 年成为汪篯先生的隋唐史研究生。曾任陕西师范大学历史文化学院教授、中国唐史学会副会长，现为中国敦煌吐鲁番学会顾问、丝绸之路专业委员会主任。著有《武则天本传》《隋炀帝新传》《珍稀墓志百品》等，主编《隋唐历史文化丛书》《二十世纪唐研究》《汪篯百年诞辰纪念文集》等。

有学生在汪先生家的大门上贴了大字报，汪先生怒不可遏，撕掉了大字报。工作组命汪先生抄一份自己贴上。汪先生宁死不从，寻了短见。

人的一生中，能够遇到一个好的老师，是非常幸福的，也是非常重要的。我从1945年四岁进上海中西幼儿园，到1967年在北京大学研究生"毕业"，都是在名校上学，受到许多好的老师的教诲，诸如夏在汶、魏普才、邓广铭、田余庆等等。而对我影响最大的两位是北京一零一中学高三班主任、教授语文课的连树声老师和北大历史学系本科毕业论文指导教师、研究生导师汪篯老师。

汪篯老师只活了五十岁——比现在已经七十五岁的我少活了二十五年——过早地去世，没能像连树声老师那样至今教导我，但是从1962年起，我在北大历史学系上四年级的时候分在隋唐史专门化就师从他学习隋唐史，而后接着当他的研究生，跟他学习前后有三四年时间，这一段的学习在专业上真是让我终身受益。

汪篯先生是陈寅恪先生的研究生。有一次我去武汉大学看陈寅恪先生的另一位学生石泉先生，他和夫人李涵一起跟我聊天，说到汪篯先生，他告诉我，陈寅恪先生说过，他两个最好的学生，都是共产党员，话语中不无感慨。陆键东写的《陈寅恪的最后20年》一书中，说到1953年汪篯先生带着郭沫若、李四光的信去广州请陈先生到北京，担任历史研究所二所（也就是中国中古史所）所长一事，陈先生很生气，把他赶出了家门。陆键东的书里说，到广州以后，"还像五年前一样，汪篯一抵中山大学便直接住进恩师家中，但很显然，谈话谈'崩'了之后汪篯便搬到学校招待所去住了"。2013年九江举行陈寅恪先生纪念会时，陈先生的三位女公子都参加了。见面时，我说我认识你们，你们不认识我。美延说，在广州中山大学那次会听你的发言后，我们就记住你了。她说的可能是1999年中山大学主办的纪念陈寅恪教授国际学术讨论会，我在会上有一个关于陈寅恪先生与中国史学的发言，后面附有一段讲所谓被"逐出师门"后的汪篯先生，想澄清后来陈汪两位的师生关系，特别是诠释汪篯之死。说到陆键东的那本书说汪先生被逐的事情，在九江会议与会者去庐山陈先生墓拜祭时，美延对我说："我们在北京的家，汪先生去的时候可以住，有地方。广州的房子，根本没有他可以住的地方。他那次来广州，一来就住在招待所，所以没有赶出去搬到学校招待所去住的事情。陆键东那样写是他想象的，不是事实。"美延还说，她爸爸"从来没有说过一句汪先生不好的话"。

汪先生也跟我说起过这件事，说是他自告奋勇去的，但是碰壁了，没有能把陈先生请来。他苦笑着说这件没有办成的事，但是完全没有被"逐出师门"的懊丧。后来他们师生间还保持着联系，虽然没能再见过面，但是有人去广州，汪先生会让人给老师捎一些北京果脯去。陈先生喜欢吃北京果脯，收到了，总是很高兴。

汪先生一直向我们传达着他对陈寅恪先生的尊崇之心，传先生的为师之道，要我们认真读先生的书。记得他曾给我讲陈先生在写《元白诗笺证稿》时，他有时会提出一些意见，陈先生总是很耐心地听，有的时候肯定汪先生说得对，就交代给他："按你的意见改。"汪先生熟悉唐诗，能背的唐诗数以千计，汪先生曾给我背过《蜀道难》，大嗓门一口气背下来，中间没有一点停顿。他有这学养，协助陈先生完成于1950年出版的《元白诗笺证稿》得心应手，对此陈先生在书折页上的作者附记里提到："此稿得以写成实赖汪篯王永兴程曦三君之助。"可是后来有的书提到1947年在清华修改该书稿时，只提"时助先生工作者为研究生陈庆华、王永兴等"，甚至没忘提一句"原燕大毕业生程曦时亦在北平"，唯独汪篯先生的名字不见了。不知怎么可以这样改动陈先生的附记。

汪先生还告诉我，有一次他问陈先生一个问题，陈先生说："这是你在研究的问题，应该是我来问你，怎么可以你问我？"这一谈话让我感佩那就是大师风范，那才是大师风范，虚怀若谷，平等待人，尊重学生。

在给本科生上课时，汪先生多次讲，学习历史要有三条：一是党校的马列主义，二是中学的数学，三是陈寅恪的方法。1951年到1953年汪先生在中央党校学两年马列主义，所以有党内红色专家称号。他在扬州中学念的书，数学很好，陈先生学医的女儿陈流求，考大学时数学就是请汪先生辅导的。"文革"结束，我归队后做的第一个题目是唐代农业的亩产和生产效率，先研究了唐代的度量衡和亩里制度，打了三个月的计算器，里面有开三次方的问题。阎守诚问我那些算式是哪来的？我说是自己列的，验证了汪先生说数学对研究历史也是有用的说法。至于"陈寅恪的方法"，我体会最深的应该是先生从德国学的辩证法，讲"连环性"，从事物的联系中认识事物的本质。一位韩国的研究生听我讲隋唐对高句丽的十次大规模征伐，因为吐蕃兴起争夺西域而中断，说以前真没想到是这样，陈先生能把这么远的两件事情联系起来看，眼光很了不起。

1964 年我上研究生，入学后汪先生第一次安排学习，便是布置读陈寅恪先生的两部代表作《隋唐制度渊源略论稿》和《唐代政治史述论稿》，要求写读书报告。这一学习，使我终身受益。我后来陆续有一些读书报告式的文章发表，大概有《一代宗师陈寅恪先生对隋唐历史研究的贡献》《陈寅恪先生与中国史学》《陈寅恪先生与中国中古史研究》《试述陈寅恪先生对士族等问题的开拓性研究》《师生之间——陈寅恪先生如此说》等，算是迟交给汪先生的作业吧。

1986 年我发表第一部著作《武则天本传》，书的基础是汪先生指导的毕业论文，立言的基本观点是陈寅恪先生说的那句话，《立武后诏》之发布，"在吾国中古史上为一转捩点"，她有"开启后数百年以至千年后之世局"的历史功绩。或者说《武则天本传》全书也就是诠释了陈寅恪先生的这一句话。这样立论高了，才有生命力。三十年来，这部小书已经先后由三秦出版社、陕西师范大学出版社、北京大学出版社、台湾五南图书出版公司出了八版。中华书局也找过我，想出这本书。受教益于两代老师，做的功课就不一样了。除了家学，我们还很应该重视师承，这都是宝贵的学术资源。

汪先生还告诉我，1958 年"拔白旗"大批判的时候，陈先生把批他的文章摞在一起供起来。这件事，给我的印象很深，我们都知道，那时候他们是有口难辩。所以，2013 年去九江参加陈寅恪学术讨论会，我提交了论文《陈寅恪先生的种族文化论》，内容是对 1958 年北大历史学系三年级学生发表在《历史研究》上批判陈寅恪先生种族文化论的反批评。文中特别指出：陈寅恪先生认为"总而言之，全部北朝史中，凡关系胡汉之问题，实一胡化汉化之问题，而非胡种汉种之问题。当时之所谓胡人汉人，大抵以胡化汉化而不以胡种汉种为分别，即文化之关系较血统尤为重要。凡汉化之人即目为汉人，胡化之人即目为胡人，其血统如何，在所不论"，"此点为治吾国中古史最要关键"。这一"北朝汉人、胡人之分别，不论其血统，只视其所受之教化为汉抑为胡而定"的观点，可以说是诠释中国历史问题最精辟最精确的论点之一。拙文还说："陈寅恪先生关于汉化胡化，区别胡人汉人'文化之关系较血统尤为重要'的立论，完全符合中华民族成长的历史。在狭隘排他的民族主义思潮抑或建设和谐中国和谐世界成为一大麻烦的今天，这一中国历史经验，这一陈氏理论，化解民族心理壁垒，走向民族和睦共处的现实意义，决不能小觑。"这算我替老师的老师对当时遭受的无端批判指责做一点回应吧。

汪先生当年对我抱有相当的期望，我了解这一点是在 1964 年报考研究生时，他动员我报考汤用彤先生。他说汤先生的学问很重要，现在身体不好，要赶快找人去接。汤先生对哲学系培养的学生不大满意，要历史学系推荐一个踏踏实实念书的学生，汪先生要我去，说这是和邓广铭先生商量了的。如果需要，他也要去。还说了一句如果不是汤用彤先生，他是不放我的。那时我听了很吃惊，因为我还没有说要考研究生，汪先生就替我安排了。不过还没等到考试，汤用彤先生就在 5 月 2 日去世了。这样我还是考了汪先生的研究生。记得那次考试，报名的是 41 人，答卷交齐的是 29 人，教俄语的老师说我的考分非常高。记得考魏晋南北朝史和隋唐史，都是三十个名词解释，一道大题，成绩一门 91 分，一门 93 分。考前我和李春润一块儿去看老师时我就问了一个问题：北齐比北周强大，怎么后来北周灭了北齐，统一了北方？汪先生没有回答我的问题，说了些当时他在考证的太原附近的军府的情况。回去后我自己整理了一下，从五个方面对比北周和北齐，这是我唯一准备的一道题，没想后来考的大题就是这道。临考前我去问的时候，题已经出了，所以汪先生没法回答。后来说起这事，他说会念书的学生会猜题。

　　在 1959 年到 1964 年上大学本科的时候，"大跃进"之后教学秩序相对稳定，按部就班上课，不像 58 级的张文彬他们，他们入学后就大炼钢铁去了，通史基础课是和我们一起上的。毕业时，总支书记许师谦和我谈话，我说书还没念够，他听了很高兴。他告诉我，十年来只有我们这一届完整地完成了教学计划，其他的参加土改、反右等运动和大炼钢铁，常常停课。为保我们这一届，"四清"都让下一届去参加了，没让我们去。后来又是"文革"，所以 20 世纪 50 年代到 70 年代，30 年里我们是唯一幸运的一届。

　　当时我们是五年制，四年级时还在汪先生和陈仲夫先生指导下做了学年论文，给我的题目是注《旧唐书·姚崇传》。我把传里的每一个字都弄明白了，可是并不明白姚崇在历史上的作用。听汪先生讲课，说到为解决武则天晚年以后八年七次政变的乱局，唐玄宗把姚崇请回来，拨乱反正，稳定了政局，很快开创了开元之治，才明白了姚崇的作用，学到了从历史大势中去理解历史人物的研究方法。

　　记得在做注释时，《旧唐书·姚崇传》里一句出自佛经的话，我断句断错了，怎么也搞不懂是什么意思，便请给我们上哲学课的汤一介先生帮我请教汤用彤先生，汤先生把我断句弄错了的"刀寻段，段坏火，坑变成池"，改为"刀寻段段坏，火坑变成池"，并解释是佛家追求的一种没有杀戮苦难的境界，我豁然明白了。有意思的是"文革"结束，我归队后到了西北大学，几个月后评职称时，研究室副主任刘伯坚从会场出来找我要文章，说没有已经发表的，有稿子也行。我就把做学年论文时写的《"十事要说"考》给他。不一会儿他回来说通过了。归队以后没有上一次课，没有发一篇文章，凭大学时的一篇学年论文稿，就拿了讲师职称，真是托福汪先生了。

　　后来再评职称时，没有经过副教授，我直接报教授。主要靠那本《武则天本传》，顺利通过彭树智先生主持的答辩，直接评了教授，更是托福汪先生了。

　　那时汪先生曾对我说，毕业论文说理通顺，就是合格的论文；有创见，就是好的论文。他给我评优的论文写的评语里，有"很多创见""尤为精辟"这样的字眼。1964 年汪先生手写的这个评语，我珍藏至今。北大图书馆里历届学生毕业论文的合订本里，也可以看到这评语。在我读研究生时，一入学他就告诉我，研究生毕业论文，用这篇就可以了，文字要好好改一改。不幸的是，没等我读完三年的研究生，汪先生就离我们而去了。

老师永远离开了，我一直有一种失怙的感觉。但是五十多年来，每每回想这些事，对我做研究写文章，总是巨大的激励，总是让我信心满满。先生不在了，我自觉有一种薪火相传的责任，并以此勉励我的学生，要传陈寅恪先生的学问，传汪篯先生的学问。当然我也有自知之明，"文革"中离开北大后，我去煤矿一待十一年，那十一年里，没有进过一次图书馆，没有借到过一本专业书，没有看过一篇学术文章。归队时已三十八岁，失去了二十七岁到三十八岁的黄金岁月，我知道自己在靠积累的历史学科中，学术上注定是没有希望了，于是把更多精力放在做学术的组织也就是服务工作上。

在成都开学会年会的时候，在宁可、沙知、胡守为等先生让我"勉为其难"的劝说下，我接手做以唐长孺先生为会长的学会的事。我也是想到汪先生不在了，以唐先生为自己的老师，用报师恩的态度，努力做好唐史学会的工作。1983年，从登记会员、改名中国唐史学会刻图章做起，组织学术会议，出论文集，出会刊，组织唐太宗研究会、武则天研究会，组织对丝路、运河、秦晋豫、蜀道的访古考察，组织敦煌舞蹈到西安和北京演出，出版隋唐历史文化丛书，办徐州和昆明讲师讲习班、教授研究班，到2001年完成《二十世纪唐研究》，前后服务十八年。现在又做丝绸之路专业委员会的工作，带队五次出国考察，编写绿洲丝绸之路丛书和丝绸之路记忆故事丛书，希望用团队的力量来推进隋唐历史和丝绸之路的研究，不负老师的教诲和期望。

陈寅恪和汪篯两位老师最想做的事情，都包括写中国史。俞大维曾说陈寅恪平生的志愿是写成一部《中国通史》及《中国历史的教训》，在史中求史识。"因他晚年环境的遭遇与双目失明，他的大作未能完成，此不但是他个人的悲剧，也是我们这个时代的悲剧。"汪先生也曾经和我说，有四件事可以做。一是写中国通史，但是这要四代人才能完成；二是写隋唐史；三是注新旧唐书；四是分门别类归纳整理隋唐历史资料，加以诠释。他想最先做的是最后一件事，为隋唐史研究做好基础工作。

遗憾的是陈寅恪先生没能完成《中国通史》和《中国历史的教训》两部巨著的编写。汪先生设想的四件事，更是一件也没有开始做。其实他们设想的是很有意义、很急迫的大事。英国企鹅出版社的一位女士，编辑室主任，在上海世纪出版集团李伟国先生带领下曾来西安找我，开门见山约我写一本中国史。说除了宣传品，现在没有一本可读的中国史。企鹅出版社有意为每个国家出一本历史书，两册的印度史刚出了，接着想做中国史，但是规定要在大陆的人写。告诉我他们"征求国内外学者意见"，推荐由我来写。这让我很意外，最后还是婉拒了，说汪先生讲，一部好的中国史要四代人才能完成，现在不可能写好的，没有基础。她再三问我肯定吗。我肯定，她失望地走了。十年后再想这件事，我还是该做点什么。不能面面俱到全面写，也要从一个角度，写出中国之所以成为中国的历史，清算专制主义统治几千年的罪恶。书将以"为万世开太平"为名，希望能假以时日，让我了却从梁启超到陈寅恪、汪篯诸位先贤未了之心愿。

1980年唐史研究会即后来的中国唐史学会成立时，见到唐长孺先生，有人向他介绍我是汪篯先生的研究生，他的眼神马上变得特别亲切。后来他作为会长把会务交给我办，并且一直非常信任和支持我工作。从初见唐先生时他那一亮的眼神时起，对自己作为汪先生的学生，便有了一种诚惶诚恐的感觉——义宁陈门是不好进的，因为人们对陈学是有期待的。

本文用元稹"曾经沧海难为水"这句诗作为纪念汪先生辞世五十周年的题目，这里再演绎一下孟夫子说的"观于海者难为水，游于圣人之门者难为言"的寓意，要纪念，更要告慰。既然做了汪篯先生的学生，做了陈寅恪先生的再传弟子，在他们的学术海洋里沐浴过，自然不能再是一滴随波逐流的水。要说该说的话，做该做的事——哪怕做到不自量力的分上。

诗翁谢冕老师

李蠡^[1]

如今已经年近九秩的谢冕老师，是当代文坛闻名遐迩的泰斗，诗坛称他"诗翁"，也是我北大恩师。文坛尤其是诗歌学界对于他的学术成就的论述和报道很多，犹如花团锦簇。在我这篇短文中，只想记录我与谢老师几次难以忘怀的往事。

（一）邂逅京刊，同框"出镜"

刚写下这一句引首语，心里便感到忐忑不安，因为这无疑有点攀龙附凤而借誉沾光之嫌，但我却是把它当作一个铭记于心的巧遇来记录和感恩的。时

---

[1] 李蠡，字挺拔，笔名李挺、李拔、包亦公，编名李束。北大中文系 1977 级学生。已出版专著《未名湖之恋》《立体文学论》《曙色朦胧的早晨》《法制新闻报道概说》《两难选择与自由应对》《当代法案大观》《中央门银行抢劫案》等多部，编著《中国文学之最》、《中国新闻学之最》、《中外法学之最》、"中国普法之歌丛书"、"人与法丛书"、《中国名人名案实录》等多部。

间推回到 1978 年，这是高考恢复后招录第一届新生之年，也就是我们 1977 级刚刚入学的头一年。入学之初，那种"第一次从南海之滨来到祖国的首都，第一次从农家小院走进北大校园"的感觉，使我激动不已，于是挥笔写下了一首题为《北大，我们向你报到》的抒情长诗。这首诗随后发表在当年的《北京文艺》10 月号，后来被称为"七七级入学后发表的第一首诗"。这首诗虽然只是率先表现了 1977 级入学时的思想情怀，在写作艺术上乏善可陈，但对于我来说却有着一个非常幸运的巧合，也就是在刊登我这首诗的同一期《北京文艺》上，同时刊登了谢冕老师的一篇小说评论《迟到的第一名——评〈从森林里来的孩子〉》——师生两人的名字和作品，同时刊登在同一页目录上。诚如我在之后的回忆中曾经写过的那样，这是一种巧合，也是一种缘分。缘此以后，谢冕老师和系里其他老师对我这个"直来直去"的名字留下了很深印象，给予颇多关照与期许。在此还想补记一笔的是，谢老师撰文评论的作品《从森林里来的孩子》，是张洁早期的短篇小说，也可以说是张洁的"处女作"。故事说的是，生活在没有文化的大森林里的伐木工人的儿子孙长宁，在与被流放到森林

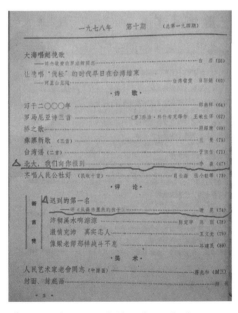

师生同刊"出镜"的《北京文艺》1978 年 10 月号封面与目录页

里劳动改造的音乐家梁启明相遇相识之后，因为受到梁启明音乐情操的熏陶，逐渐成长为音乐院校招生考试的"第一名"。谢老师对这篇小说给予了很高的评价，称作品揭示了一条面对政治蒙昧的诗意启蒙之路，也就是凭借对自然、艺术的审美体验而使蒙昧的心灵乃至整个生存方式获得解放。张洁由此发轫之后，陆续创作了《沉重的翅膀》《无字》等多部饮誉文坛的长篇力作。由此可见，谢老师不但对诗歌创作有着独特的见解，对小说创作也有着敏锐鉴赏力。我想，如果谢老师后来继续关注小说创作，而不是把满腔热情倾注于诗歌的话，肯定也是一个叱咤风云的小说评论家。

（二）湖岸诗评，醍醐灌顶

当年，谢老师给我们1977级主讲的是当代诗歌。我在《回眸北大师门——兼为文学七七级授课先生画像》一文中，曾对谢老师有过一个速写："谢冕先生圆额高隆，满腔激情，漫说'湖岸诗评'，首创《诗探索》，首肯'诗朦胧'。"是的，谢老师讲授的是诗歌创作与诗歌理论，谢老师本人也可谓独具诗眼与诗情。在课堂上，谢老师总是热情洋溢、意气飞扬，高亢的声调中经常出现如诗般的设问、反诘和感叹等饱含激情的词语，说到兴高采烈之处，便有爽朗的笑声响起。作为一名教授、一名学者，谢老师借助未名湖岸的三尺讲坛，以及不时奔走于四方的诗歌论坛，满腔热情地关注着中国当代诗坛，对传统诗歌的缺憾，对现代诗潮的崛起，对未来诗歌发展的走向，都有着独特的观察与思考，有着前瞻性的呼唤与展望。记忆犹新的是，在20世纪80年代初，也就是我们1977级在读期间，诗坛围绕"朦胧诗"以及"歌颂"还是"暴露"等问题，发生了激烈的争论。谢老师率先发表了《在新的崛起面前》一文，为"朦胧诗"辩护，为新诗的发展扫清了理论路障。无论在课堂上，还是在其他论坛上，谢老师总是满腔激情，慷慨陈词，说："比心灵更自由的是诗歌，诗歌一旦失去了自由，那就是灾难。可是有的时候，这种愚蠢的动机却在不断地营造这种所谓统一的诗歌，最后带来的结果，便是让所有的诗都变成了统一的形式。然而，诗歌的内容是形形色色的，具有不同风格，如果用一种强制的或非强制的手段来进行某种统一，就是灾难。不管我们的日常生活中用什么样的名目，如果目的都是统一诗歌，都想取消诗人的个性，这就是灾难。"正是因为谢老师等一批学者和诗人的呐喊，诗歌界才有了豁然开朗的转变。谢老师先后出版的《湖岸诗评》《燕园学问》《谢冕论诗歌》等论著的许多观点和主张，大多是在给我们授课的讲坛上率先提出来的，让我们如沐春风，受益匪浅。然而，说到这里，却不由想戏说两句。自古有道："名师出高徒。"又有道："近水楼台先得月，向阳花木易逢春。"然而，一个有趣的现象是，谢老师倾情欣赏和奖掖的新潮诗人，却无一个出自北大中文系。这或许与北大中文系历来不提倡培养作家和诗人的教学传统有关，也或许与北大学子大多特立独行而各有所好有关。当然，后来有海子。但是，当年海子尚且年少，诗作也默默无闻，而且他是法律系的，并非师出中文系门。由此或可见证，诗人大多是天性使然，而非后天可以造就。由此也可见证，谢老师诗论鉴赏的公正无私，他是面对整个诗坛的公论，而非门户私淑之见。

（三）聘任助编，扶掖练功

大约是 1979 年的时候，也就是我们 1977 级在读大二的时候，中国当代文学研究会决定创办一个大型诗歌理论丛刊《诗探索》，由谢老师担任主编，编辑部设在北大中文系，由洪子诚老师负责主持。为了协助老师做好来稿的收集和初选工作，两位老师在 1977、1978 级物色了几个同学做助理编辑，我有幸成为其中一员。在这期间，我在做好助编工作的基础上，也尝试着为丛刊写诗评。我对谢老师为"朦胧诗"辩护的观点和主张是熟知的，也是坚定拥护的。但是，因为受传统诗歌的影响，我对那些以传统表现手法创作的诗歌，尤其是表现农村题材的作品，形成了一定的阅读喜好。

当时，甘肃诗人李老乡在《诗刊》上发表的一首长篇叙事诗《心石》，就使我深深感动。诗歌表现的是，一个县委书记下乡住队时的老房东，在天灾人祸饥寒交迫的岁月里，把家里仅有的一点点粮食让给了住队的书记和家里的小孙女，自己却因为吞食了大量的"观音土"而得病去世。许多年过去之后，老房东的尸体腐化了，乡亲们却在他的墓穴中挖出了一块"石头"——这块石头不是别的东西，正是老房东吞进胃里而无法消化的"观音土"结成的"石砖"。诗作的表现手法传统朴实，但诗作所表现的悲情，却令人震撼，令人战栗！我读后心情久久不能平静，连夜赶写了一篇诗评《令良心颤抖的"心石"——叙事诗〈心石〉读后》。

然而，稿子写成之后，我心里却又忽然有些惴惴不安，因为这首诗显然不属于谢老师所呼吁的"朦胧诗"，我为这样一首从题材到表现手法都堪称传统的诗作点赞评论，会不会被谢老师认为是和他唱反调呢？要不要把这篇诗评送给两位老师呢？即使送给两位老师，能否通过呢？然而，尽管顾虑重重，但心里又按捺不住发表的冲动，最后还是硬着头皮把稿子交给了洪老师。没想到，两位老师没说半个不字，而且只字未改，当期就给编发见刊了。我不知道稿子最后是怎样定夺的，但是作为主编，谢老师肯定是要过目的，没有他的圈阅，肯定是不能见刊的。对于不同观点，或者不同流派，采取宽容的态度，这就是谢老师，也是北大和北大老师"兼容并包"的胸怀和风范。

（四）合编"三最"，再扶一程

我本科修的是文学专业，毕业后分配到首都一家新闻单位工作，后来又调到中央一家法制新闻媒体工作，直至退休。也就是说，我的学习工作生涯主要经历了文学、新闻学、法学三个领域，我戏称之为"三界"。也因此，我多年来一直想把在"三界"中耳闻目睹和经常应用的文献精华，汇编成三部辞书，我戏称之为"三最"。1991 年，我与北大法学院、人大法学院和中国政法大学等法学界同仁，主编了荟萃中国法学文献精华的《中国法学之最》，于 1995 年编撰了《世界法学之最（外国部分）》。2002 年，我将二书修订合编为《中外法学之最》，交由法律出版社于 2002 年出版。我戏称之为"第一最"。2005 年，我又与中国人民大学新闻传播学院方汉奇先生等新闻学界同仁，联手主编了荟萃中国新闻学文献精华的《中国新闻学之最》，交由新华出版社于2005年出版。我戏称之为"第二最"。然而，我最早涉猎而且最为钟情的"第三最"，也就是《中国文学之最》，却迟迟未能如愿以偿。2005年北大校庆前后，我把编撰《中国文学之最》的想法，先后向母校母系几位德高望重的老师做了汇报，希望能得到他们的支持和指导。记得，我与谢老师相约在未名湖畔蔡元培校长雕像边上的座椅见面。当我把前二"最"的出版情况和《中国文学之最》的编撰规划向谢老师做了汇报后，谢老师朗声说道："好啊，这个编撰规划很好，我支持！"得到了谢老师的首肯，我顿时感到浑身充满了力量。我感激地说："有谢老师您的鼎力支持，我这'三最'梦可圆也！"谢老师意犹未尽，打趣道："我们不但可以编中国文学之最，还可以编中国哲学之最、中国史学之最，再编其他好多个'最'呢！"随后，谢老师和其他几位老师一起，出席了在北大中文系二楼会议室举行的编委会会议，对编撰规划包括词条选目和词条例样，进行了认真的审读，并提出了修订意见。词条编撰完成后，谢老师以他特有的热情洋溢而又文采飞扬的笔触，为该书写下了题为《中国历史天空的彩虹》的序言。在谢老师和母校母系诸位老师和学长的襄助下，"第三最"历经四年磨砺，终于2009年得以正式出版。

在这里还要补记一笔的是，在"第三最"出版七年之后，也就是2016年北大校庆前夕，在群主昵称"野岛"的"未名湖畔80年代"校友群里，有群友贴出了《中国文学之最》的封面图片，并对该书内容作了简介。有网友跟帖询问哪里可以买到，还有网友提出是否可以请主编签名。我查了一下先前委托万圣书店代销的情况，说还有剩余样书三百多册，可以随时取回。接着，我又致电请示谢老师，问他是否可以在校庆那天来学校给校友签名。谢老师爽快地说："五四当天可以的，来吧。"于是，我把这些信息告诉了野岛。野岛随即在群里发布公告，让意欲购书的群友在群里接龙登记。很快，接龙登记购书的群友就有一百多人。校庆前一天，我联系1977级老同学夏晓虹帮忙，在中文系办公楼找了一间小办公室，接着把二百多册样书从万圣书店运了过去。考虑到谢老师

签名售书后，谢冕老师（前左三）与我（前左二）、谢思敏（前左一）等北大校友合影

年纪比较大，居住的小区离北大比较远，我问他要不要去车接。他说："不用你接，我自有安排。"五四当天，我来到中文系办公楼，刚和法律系1977级谢思敏、新闻专业1977级王辉等先行到达的校友，把塑封的样书打开，谢老师就准时过来了。订书的群友围拢着谢老师，一边请谢老师签名，一边和谢老师合影留念。谢老师当时已经八十多岁了，但身体硬朗，步履稳健，眼不花，手不抖，欣然走笔，快速签名。我跟在他的后面，有时还赶不上他签得快。只一个多小时，我们就把一百多册书签完了。谢老师说，他另有聚会，中午就不一起吃饭了。说完，就有小车开过来，把谢老师接走了。谢老师在《中国文学之最》序言中写道："此书创意来自李矗先生。先此，他已就其他学科（法学和新闻学）做过这样的书。他有经验，也有魄力。在成书的过程中，他出力最多，也最辛苦。"我知道，这是谢老师对我体恤鼓励的溢美之词。我想说的是，如果没有谢老师等母校母系各位师长的支持和襄助，这本书是难以完成的。谢老师从担任主编，指导编撰，到撰写序言，再为群友签名，可谓功耀词章，誉传网群。

（五）毕业题赠，鞭策愚钝

　　我们 1977 级是 1982 年春毕业的。在等待毕业分配时节，我去向谢老师辞行，谢老师说了很多鼓励的话，最后在我带来的小本子上写下这样一句话。

　　如今，毕业离校虽然已经三十多年了，但谢老师临别赠言和题书的情景，至今仍历历在目。谢老师属望我"以积极进取的精神，向前路走去"。我知道，这"前路"，当然而且首先包括文学创作，谢老师是寄望我能够写出更多更好的文学作品的。

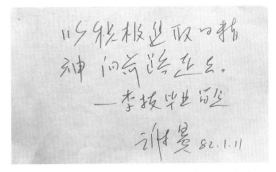

谢冕老师为我毕业题赠手迹。李拔是我在校期间常用笔名

但是，毕业之后，我供职的单位是新闻媒体，每天忙碌的是新闻采编，与文学相隔甚远，尽管对文学仍然一往情深，却总是以甘当业余作者而自懒自弃，光阴虚度，学非所用，迄无所成。如今回想起来，真是有愧于吾师，有愧于母校母系！最近在读了邵燕君博士与谢老师的访谈后，尤其是读到谢老师对于北大和北大学生的属望寄语，心里才又豁然开朗。谢老师说："北大就是不一样，北大就是一个人一个样，当然骨子里是民主、自由、独立思考这些东西，但是一个人一个样，这才是北大。要是说这个老师培养的学生一个模样，大大小小都是'谢老师'，你看多乏味呀，一点意思都没有。"是的，北大学子万千，各有际遇，各有造化，各有千秋，岂能一成不变，千篇一律？我曾来过，我曾学习过，我曾见识过，我曾梦想过，我也曾奋斗过，岁月把我铸造成了如今的样子，这就是我了。谢谢谢老师一如既往的提点、宽容和抚慰！我在邵燕君博士访谈文章的留言栏，写下了四句感言，既为鸣谢，也为自勉："谢师妙语吐心言，北大就是不一般。民主自由而独立，三根柱子可擎天。"

怀念恩师王力先生

李国鹏 [1]

王力先生没有给我们 1965 级的北京大学中文系一年级新生授过课。开学以后，我和许多同学都有一种深深的失落感。我常常望着封面是王力先生墨迹的《古代汉语》在想，什么时候能听到王力先生的教诲呢？

1966 年 6 月 2 日开始，王力先生和其他老教授们自动接受劳动改造，到学生宿舍楼 32 斋打扫楼道和厕所。我和同学们看了心里很不是滋味，都悄悄地躲开。有一天，有几个同学恶作剧，翻《辞源》、查《辞海》，专门寻找冷僻古怪的词语和典故，一条一条抄下来让这些打扫卫生的老教授解答，意图是搞突然袭击难倒他们，让平时高高在上的老教授当众出丑。几位老教授有的扫地，有的拖地，毫无戒备，但是每个人都是逢问必答，所有条目无一错误。特别是问到低头扫地的王力先生，只要话音一落，先生不假思索立刻回答，快捷、清晰、准确。只是对辞书原有的注释有错误的词条或和名家说法不一的词

---

[1] 李国鹏，1965 年考入北京大学中文系，1970 年毕业。抚顺市教师进修学院院长，高级教师。

条，才停下脚步提着扫把抬起头，细细地讲解来龙去脉，最后说出自己的意见。对比辞书的原注释，大家感觉还是王力先生的讲解更胜一筹。而且先生还提醒说这类的情况在辞源、辞海里还有哪些哪些。三楼四楼的同学，包括几个恶作剧的家伙无不佩服得五体投地，躲进宿舍一再狠狠地竖大拇指连声叫好。我们几个一年级的同学在这种奇特的场合见识了王力先生和中文系老教授们令人钦佩的过硬的基本功，心里不禁肃然起敬。

1968 年军宣队进校后将王力先生分派到我们 6507-3 班，我们几乎每天都要听先生检讨自己的资产阶级学术思想。从秋天到冬天、从春天到夏天，我们坐在 32 斋 416 房间听了先生无数次的检讨。他每次的检讨发言都是照稿子一字一句地读，所有的批判会发言都有书面文稿。这可能是先生吸取过往经验教训的一种自我保护。1969 年 7 月中旬的一天，先生上午检讨结束时已到午休，军宣队宣布散会以后，又突然指令先生下午还要做一个新问题的检讨。看到 70 岁的王力先生，头上是稀疏的白发，戴着一副沉重的大眼镜，紧锁双眉，迈着蹒跚的步履，慢慢地走出了房间，我和同学们暗暗地替他捏一把汗。天气闷热得喘不过气来，人人头脑发胀，昏昏沉沉，大家午饭后都要睡午觉休息。如果先生还要写出文稿发言，中午就没有时间吃饭和休息了。一个中午的时间能写出检讨吗？不料下午两点一到，先生竟准时站在 416 房间门口，手里握着一摞发言稿，上面依然是一字一句清清楚楚。这是一位 70 岁的老人家在如此闷热的中午赶写出来的检讨书！太难为人了！我们长长地出了一口气，由衷地佩服先生的毅力和撰写的速度。

我们不愿意听先生没完没了的检查、检讨，而是爱听他求学和做学问的经历。只要学校和系里没有具体的活动安排，我们就嚷嚷："王力，交代你成名成家的'罪恶历史'！"这样提出的题目，军宣队不反对。于是先生就从广西博白的家乡和小学毕业失学讲起，一直讲到 1954 年奉国家调令带领中山大学半个语言学系，合并到北京大学中文系前后五十余年的风风雨雨，讲述了我国一代语言学宗师的传奇历史。其中许多感动人心、振奋人心的故事，我们至今不能忘怀。

先生在乡村当小学教师时，偶然得到了学生家长赠送的 14 箱珍贵的国学典籍。这 14 箱书籍就是一个小型的中国古代文化图书馆，几乎涵盖了中国古代所有重要的文献资料。先生如获至宝，日夜攻读。几十年后先生在课堂上引用国学典故如数家珍，引用历代诗文脱口而出，多源于此。

先生就职的开国小学校长慧眼识英才，鼓励先生上大学读书深造，并且资助他去上海求学的路费。先生着意给我们讲述了当时的具体情节：1924 年农历腊月三十的晚上，除夕之夜，先生没有回原籍老家过年，而是独自一人坐在借住的居所内看书。突然开国小学的校长提着一只布口袋走了进来，口袋里装的是沉甸甸的银元。校长告诉先生，因为先生到学校的时间最晚，年龄最小，只能聘为初小教师，发初小教师的工资。但是先生教学脱颖拔萃，总是讲授高小的课程。这些钱是补发一年的高小工资。先生讲到这里，不由自主地向上举起双手："哇！有钱了！我要去上学！"从此先生告别广西，踏上了求学的征途。这一年开始的远游求学是先生重要的人生转折。从此，先生到上海，到北京，到法国，走过了不平凡的求学历程。

先生考进清华国学研究院以后，在四大名师梁启超、王国维、陈寅恪与赵元任的培养下，学力大增。赵元任是开拓我国现代语言学的大师，他指导先生用现代语言学的理论审视和研究传统的国学，指导先生到法国留学掌握最先进的语言学理论。

先生 1927 年赴法国留学的经历尤为感人。先生登上轮船就身无分文，于是他镇静地找到轮船的大副，说明自己的处境，请求分配一份船上的勤杂工作，用工钱换饭钱。先生以打工仔的身份开始了国外求学的远航。

巴黎大学的教室按学习成绩分配座位。先生刚进巴黎大学分配的座位是最后一排最右边的位子，这是全班学习成绩最后一名的位子。先生的年龄又是全班最大的，几乎比别的学生大 10 岁，坐在那里非常没有面子。但是开学后每经过一次测验和考试，先生的座位就升级一次，到一年级期末时他的座位已升到第一排最左面的位子，这是全班学习成绩第一名的位子。所有的教师和学生莫不刮目相看。不仅如此，先生以后的学习又不断跳级，用三年时间读完本科的全部课程，于1930年本科毕业，1931年获巴黎大学博士学位。

王力先生年轻时在法国的卓越表现，让那些白皮肤、高鼻子的西方人既惊讶，又佩服，让中国人和黄皮肤的东方人感到欢欣鼓舞、扬眉吐气。王力先生不惧艰难、一心向学，永远是我们每个中华学子的楷模。

王力先生回国后不久便如鲲鹏展翅一飞冲天。几十年来在语言学诸多领域高屋建瓴、推陈出新，势如江河奔流。在语法学、语音学、词汇学、文字学、诗律学、词典学、汉语史以及古汉语教材等各个方面，为中华文化做出了前无古人的奠基性的卓越贡献。真正做到了他的老师梁启超对他的评价："开拓千古，推倒一时。"

广西家乡近乎完备的国学典籍为先生准备好了建设学术大厦的基本材料，清华国学研究院的名师教育与指导确定了先生语言学研究的基础和方向，巴黎大学的西方现代语言学理论将先生的学术思想和语言学理论素质提升到当代最高水平。历史巧妙地将这三段宝贵的机遇惠及先生一身，融入先生聪颖的才智和超凡的勤奋，必然结出极丰硕的果实。

先生有非凡的文学天赋，如果投身文学必定是闪耀光辉的文学天才和文学巨匠。先生告诉我们，他很清楚当时的一句话："文学卖钱，语言不卖钱。"但是先生痴迷于语言学，为此投入了毕生的精力，献身于语言学。

王力先生还告诉我们，在巴黎学习期间他必须持续不断地翻译法国著名的文学作品，持续不断地创作自己的文学作品，寄给上海的商务印书馆，换取稿费维持在法国的学习和生活。他的很多没有来得及出版的文稿和译著，于1932年1月在上海的商务印书馆被日本侵略军炸毁了。先生给我们讲述这一段惨痛的经历时，再一次习惯性地向上举起双手："喔！全没了！"那里有先生创作的小说、散文、诗歌和译著，是先生无数个不眠之夜的心血，是先生智慧和才华的结晶，是先生文学天赋的展示，无疑都是中华文学宝库的珍品，但却永远地失去了。

1969年10月，中文系战备疏散到了原平谷县鱼子山村，王力先生和我们五名同学住在一户李姓农家西屋的石板炕上。我们让先生睡炕头，能热乎一点、方便一点。他带了很多行李，普通的厚被褥以外还有一条鸭绒被。他身着当时北京流行的冬装，蓝棉衣、蓝棉裤、蓝棉帽、蓝棉大衣、蓝棉手闷子、黑色高腰系带棉布鞋。王力先生一米七多的胖胖的身躯全部着装后，臃肿得系不上大衣的扣子。每天早晨只要一起炕，先生立刻摸出那副近视眼镜戴上，开始一天笑眯眯的张望。七十岁的老人家同二十几岁的学生一起吃住活动，一改在校时天天受批判的窘境，心情反而很舒畅。

军宣队规定每天早晨五点半全系师生背上三横压两竖的背包列队集合，然后是训话和跑步。王力先生不会打背包，穿衣、走路也缓慢。开始几天我们几个帮着弄，等我们弄好了跑到村里的集合地点时，黎明前的黑暗中全系师生早已排成横向4列，就等着我们6个人入列。后来我们用王力先生的鸭绒被捆个固定的"三横压两竖"的模拟背包准备着。每天早晨抓紧帮王力先生快速穿好衣服，然后把模拟背包给他背上，让他先出发。这个模拟背包松松垮垮不标准，在队伍里显得很特别，军宣队看了也没说啥，就算糊弄过去了。

鱼子山村农家的主食是白薯。有一个白薯的品种长得又大又圆，外皮是黄色的，当地人管它叫"牛白薯"。牛白薯蒸熟了掰开是黄瓤的，咬一口跟吃糖炒栗子似的干面香甜。但是鱼子山的老百姓祖祖辈辈以白薯为主食，实在难以下咽。白面馒头在这里是稀罕物，同学特意留下馒头带回来换老乡的牛白薯。一天王力先生悄悄地跟我们说："我可不可以换一个吃？"当天晚饭后我们给他换来一个热热的牛白薯。在我们住宿的西屋里，王力先生接过牛白薯，面向北墙，背对着坐在炕沿上的五名同学，双手捧着香香地吃起来。偌大的一个白薯不一会儿就吃完了。然后慢慢地转过身子，面对一溜坐在炕沿上的五名同学，掏出手帕一边擦手一边郑重地说："这是我吃过的最好吃的白薯。如果方便，明天再给我换一个吧？"我们几个高兴得哈哈大笑。

11月以后，鱼子山的夜间特别冷，大风吹得窗户和瓦楞发出口哨一样的啸叫。半夜里如厕要摸黑到房后西北角猪圈旁边青石条砌成的旱厕，又黑又冷，还有点危险。王力先生一夜最少如厕两次，多则四次。冻着、碰着、摔着怎么办？大家一致同意用一个深灰色瓦盆，当作先生夜间专用的室内小解便盆，放在离先生最近的墙角。

1965 年刚入学分班时我分到 6507-3 文学班，但是我最喜欢的课程是古代汉语和语音学。等战备疏散时有了和先生朝夕相处的机会，我如鱼得水。一有机会就偷偷地跟着先生问这问那。大多问的是古代汉语和汉语拼音方案方面的问题。先生在平时开会或独自坐着的时候，不多言不多语很沉闷。但是你背后问他有关学问的事儿，他立刻精神矍铄、慈眉善目、和蔼可亲，跟换了一个人一样，用他那略带广西口音的普通话，慢声细语、仔仔细细给你讲解。无论你问什么，即使是非常幼稚的问题，他都非常耐心地给你讲解。有一次我说："你那音韵学里的古音我就看不懂，也发不出那个音来呀！"他听了非常开心地笑了。然后他说："现在我教你发音，每次发十个音节，你跟我学，看你能不能发出来。"接着先生分别用博白话、广州话、苏州话读阿拉伯数字"1、2、3、4、5、6、7、8、9、10"。每读完一遍让我跟着学一遍。先生说，这十个数字的三种方音，几乎包含了古今汉语复杂的声、韵、调。反复读了几遍以后，先生非常高兴，表扬我读得好，表扬我会读入声字。我心里明白，这是先生在鼓励我，我是北方人，模仿南方话的声、韵、调是很困难的。

我知道先生是制定汉语拼音方案的主要专家和定稿人，就问汉语拼音方案的来历。他说当时收到的国内外方案多达一千六百多个，仅起草小组内专家们的意见就很难统一。争论来争论去，最后只能拼凑一个大家都能举手通过的方案上报。过去我一直对汉语拼音方案有批评意见，现在知道了，它竟然是个和稀泥的急就章！一天晚饭后乘着星光，我陪着先生返回住宿的农家。在路上我把憋了一肚子的牢骚话全放了出来。我说："汉语拼音方案里面该有的没有，不该有的胡编乱造。代表拼音标准的音节表没有，而字母表里没有的 ü 却出现在韵母表里。最可气的是 w 和 y，把方案搅得乌烟瘴气！一个（u）音位，有三种写法，u、w、wu；一个（i）音位，也有三种写法，i、y、yi。这不是人为制造麻烦和困难吗？方案里的 w 和 y 是地地道道的画蛇添足。二十六个拉丁字母没有全使用，非要另外添加一个德文式的 ü，这不是害人吗！还有，一个四笔的'双'字，汉语拼音方案写成 shuang，要写六个字母，如果再加声

209

调符号和隔音符号，要写八笔，这是为什么？这明明是把'汉语拼音方案'搞成'汉语音标方案'。您当时为什么不能据理力争？这些诟病将给后代造成多少麻烦！"他听了我的一番没头没脑的议论，只是叹气不讲话。农舍昏暗的灯光照不到院墙外边坎坷的土路，先生在青石垒成的院墙边默默地站了一会儿，打开随身携带的手电照着，慢慢地往回走。

晚上熄灯后，我们五名同学和王力先生躺在石板炕上又开始了争论，每天都是争论累了才睡觉。开始时王力先生躺在炕上专注地望着窗外刚刚升起的月亮，并不搭话，后来慢慢地坐起来，披着厚棉被、靠着墙，饶有兴致地用左手指着窗外的月亮对我们说："我出个谜语打一个字，请你们猜，一共两句，第一句是'斜月半依云脚下'，第二句是'残花并落马蹄前'，请你们猜猜看。"因我们都没有猜出来，王力先生于是公布谜底为"熊"字。

1970年3月我毕业离开北京大学以后，和王力先生通过几次信。我写信是感谢他对我的关心，汇报我的工作和学习。实际我是想让他知道他的学生和很多人时刻在关心他、期待他，因为他还戴着"反动学术权威""牛鬼蛇神"的帽子呢。他给我的回信是鼓励我、指导我的学习和工作，介绍北大中文系的信息，介绍回炉生、研究生招生的消息，意在要我积极进取。

王力先生于1970年6月29日给我的信中写道："国鹏同志：别后非常想念你。昨天从二七车辆厂返校看见了你六月二十日的来信，非常高兴！你很详细地把你的近况告诉我，这是使我感动的。希望你在农村的教育工作中立新功，为社会主义建设贡献力量。""你所借的钱，什么时候还我都可以，不要常常放在心上。有空时希望来信。祝你健康进步！"信中提及的钱，是1970年3月下旬在北大学生第二食堂全系毕业动员大会上，王力先生悄悄地靠到我身后小声说："离开北京要买点东西的。"然后塞给我的一卷钱。

王力先生在1973年6月3日的信中写道："我现在的主要工作是编写《古代汉语》教材。叫作'修订'旧的《古代汉语》，其实改变很大，等于重写。中年教师一面参加编写，一面授课。我因不授课，所以承担的编写任务就重些。我非常乐意承担这个任务，因为趁现在还有点精力，要做一些有益人民的事情，为社会主义出把力。"

先生在 1973 年 7 月 24 日的信中说："六月十六日来信和你所编的讲义，先后收到。因近来赶教材任务颇忙，到今日才能答复请你原谅。你的讲义，我大略看了一看，觉得很好，内容丰富使学员能得到文学基础知识。即使有些地方是参考别的书写成的，也不为病。讲义不是科学论文，不需要什么独创的见解，只要观点正确，材料可靠就行。就说参考吧，能知道参考什么书，就是一门学问。我看了你的讲义以后，认为你这几年来确实努力钻研。正如你所说的，你把备课看成是再学习的一个极好机会。"先生在回信中，特意在"备"字下面加了一个着重号，大概我在写给先生的信中把"备课"写成了"背课"，先生不放过我的一个小错误，又给我留一次面子。

先生在 1979 年 8 月 5 日给我的信中说："你关于汉语拼音文字的文章，不必寄来给我看了。最近一年来，我收到几十种方案，各有优点，自成体系，都很好。问题是目前汉字拼音化提不到议程上来。而我本人又无权决定采用哪种方案。"

"四人帮"倒台以后，先生该做的事情太多了。我接到先生 1979 年 8 月 5 日的回信后，就决定不再打扰他，不给他写信了。后来，我把先生写给我的信扫描到我的个人电脑里了，打开电脑随时能看到先生的亲笔信。读着先生的信，就好像还在他的身旁，聆听他的教海。

王力先生毕生热爱中华文化、热爱语言学研究、热爱教学工作、关爱学生。他慈祥的面容、亲切的教海，严以律己、宽以待人的导师风范，深深地烙印在我的心里。

我有两套王力先生主编的《古代汉语》。一套是 1965 年 9 月入学时北京大学中文系发给我的一年级新生教材，是 1962 年版本，一套是后来我在书店买的崭新的修订版本。尽管 1962 年版的教材有很多瑕疵，纸张老旧，但是我经常看的还是这套在北京大学课堂用过的 1962 年版，因为书页上有我在课堂上记下的北京大学中文系老师的讲解，有我请教王力先生时留下的印记，有我无限美好的回忆。

虽然王力先生已经作古，但是王力先生的书和信一直在我身边珍藏。

王力先生的治学历程、治学精神、治学方法、治学成就，是北京大学学子永远的宝贵财富。

永远怀念我的恩师，王力先生！

扫码获取

☑ 燕 园 历 史
☑ 燕 园 印 记
☑ 燕 园 名 流
☑ 燕 园 同 学 录

我的同学马欣来 [1]

李萌 [2]

马欣来和我一样，出生在北京。我们生辰相近，在同一座城市长大，但像两条平行线不曾相交，直到十六岁那年的秋天，我们考入同一所高中——北京景山学校高中部。两条平行线各自稍稍弯曲，我们生命的轨迹有了一点交集。

高一第一次作文竞赛之后，全年级就都知道了她的名字。我们年级有四个班，她在二班，我在三班。那时的高中只有两年，冲刺高考的时间有限。大多数同学准备将来学理工，因此一升入高二，学校就决定将我们年级五个铁定要学文科的学生集中到一起，其他同学上物理、化学课的时段，我们到另外一个

---

[1] 马欣来,北京大学中文系80级学生,是中国当代剧作家、戏曲理论家马少波(1918—2009)先生的幺女，2017年10月26日去世。

[2] 李萌，女，1984年毕业于北京大学俄罗斯语言文学系，1987年毕业于中国社会科学院研究生院外国文学系，1987年至1988年在中国社会科学院外国文学研究所工作，2004年毕业于芝加哥大学斯拉夫语言文学系，获博士学位。著有《缺失的一环：在华俄国侨民文学》（2007年），由北京大学出版社出版。现在芝加哥大学东亚语言文学系教授中文。

教室去上历史、地理。为了便于安排时间，欣来从二班调到了三班。不久，又有一小部分同学决定改学文科。这样，全年级十三个学生加上九个复读生，拉起了一个文科班。

班上学生少，男生只有三个，所以女生一下课就叽叽喳喳，笑声不断，欣来常常参与其间。只要有她参与，事情就会带上她的色彩。不知从什么时候起，欣来得了个雅号"大乔"。原来四班的解学芳，听说文科班轻松，可以看小说，就转过来了。她走起路来飘逸有致，临近高考，上课仍然潇洒地偷看小说，班上几个女生羡慕之余，把她和欣来并称"二乔"。她们几个有一阵子还在课间讨论起"漂亮得不美"和"美得不漂亮"。这类话题让我猜想，其中定有欣来的贡献。

高考前虽然压力山大，但我们仍去北海划过船，去陶然亭赏过秋。离开教室到了户外，欣来便显出"恶作剧"的本领。有两张 120 黑白胶片老照片，拍得不很清楚，也没放大，但欣来淘气的表情，一览无余。那天在陶然亭公园里，不记得是谁发起，大家纷纷摘下围巾、帽子，尽情打扮起一个老实巴交、白白净净的女同学，生生把她弄成了"狼外婆"模样。照片上，欣来正哈着腰，拿着一顶男生的帽子，盘算着派什么用场，旁边有同学在喝彩。时隔多年，就是不看照片，当时的情景也历历在目。

1979 年底，我们年级各班分头发起编纂作文集，每人提交自我欣赏的作文一篇，钢板蜡纸刻写，准备油印成册，毕业前发给大家作纪念。文科班人少，没搞自己的集子，大家各自回归原来的班级去交文章。有一天放学，我坐在文科班教室里刻写三班同学的作文，欣来站在旁边看，突然"扑哧"一笑——那个反手捂嘴扑哧一笑的动作，是她的招牌。她问："×××是胖子吗？"她在三

1979 年深秋，北京陶然亭公园，右一为马欣来

班待过好几个星期，不可能不知道那是个又瘦又高的男生。我被问糊涂了，反

问她："怎么会呢？"她指着我刚刻写好的一句诗，说："他这不是说'人与月同圆'？"欣来文思敏捷，眼睛也尖，她这一问，引发我俩一阵嬉笑。

高考前填报志愿，大本、大专、中专可以各报五个学校，一个学校限报两个专业，共用一张表格。当时景山学校的学生都以上大学为目标，没人填报大专、中专，只有欣来一个人，把那张表格全填了。班上谁都没把这事当真，大家知道，她自己也不是当真的。随同报名表，还要提交一张本人一寸免冠照片。班主任看到欣来交上来的超规格照片，立刻不淡定了。照片大概是在照相馆拍的，上面是个看不出性别、穿着连脚裤、歪坐在高椅子上的婴儿。对班主任的质询，欣来半捂着嘴挤出三个字："百天儿的。"

有一件事，大概直接关乎欣来以当年最高分考进北大中文系。因为我们高中文科班成立得匆忙，所以师资准备不足，不但语文老师换得像走马灯，连数学老师也不固定。有一度给我们上数学课的，是个对数学基本概念不甚了了的老师。有一堂课讲"心脏线"，不记得听他讲明白了什么，只记得他把自己画的心脏线擦来改去，公式也推导得一塌糊涂。他这种教法，害得大家对数学课都失了兴趣，班上最后只剩下欣来一人还交数学作业。好在这种情况没延续多久，学校就给我们换来对数学教学充满激情的徐旺根老师。那时天气渐热，课间我们会在教室里洒水降温，没洒完的水就留在盆里，放在讲台旁边。徐老师在黑板上推导公式到忘情处，有一次一脚踩翻水盆，然后反应神速高高跳起，居然没有弄湿脚上的黑布鞋。就在我们受徐老师感染对数学课复又提起兴趣时，他被突然调走，说是去出高考题。待到高考阅卷完毕，徐老师重新出现在学校里。他信誓旦旦地对我们说："今年的文科数学考题，我都给你们讲过！"此话有几分虚实不好说，但那年的文科数学题确实不难，我们班进了北大中文系和图书馆学系的三个同学，数学分别考了 98 分、99 分和 100 分。图书馆学系（文科）的第一名，就是我们班"小乔"。

由于文科班的兼课老师比较多，到了拍毕业照的时候，没能把老师都请来。我们的毕业照拍了两次。我家离位于王府井大街上的北京照相馆很近，第一次的照片是我去取的。工作人员说："照片没拍好，没给你们加印。你们来重拍一次吧。"我把样片从口袋里取出一看，只感觉想哭：照片颜色灰暗，每个人的表情都严肃无比，取景框还是歪的，真不知那天的照相师是不是个学徒工！无奈，大家相约回来重新拍照，这次能来的老师更少了。那天还下小雨。排好队拍照前，站在我旁边的欣来突然转过头来，一脸严肃地说："今天可不要视死如归了啊！"我说："好，今天视'雨'如归。"一番戏谑之间，大家在照片上留下了18岁的微笑。

1980年秋天，我和欣来都进了北大，但不同系。我住35楼，她住31楼，两楼相距三四十米，有时不睡午觉，我就去她宿舍玩。那是电影《小花》（1979）上映之后不久，她们宿舍的四个人都是女主角陈冲的粉丝，墙上挂满了从画报上剪下来的陈冲彩照。大学头两年有

1980年7月，景山学校1980届文科班毕业生与部分老师合影。后排左二为马欣来

体育课，同一时间上体育的各系女生课前集合，我们总会在第二体育馆旁边的操场上碰见，我的同班同学因此知道了我有这样一位高中同学。有时我也在校园里遇到欣来。她走路踩着小碎步，频率很高，总是独来独往，行色匆匆。

说到欣来走路，想起她爸爸。高中时代，有一次在学校附近北池子大街上的一个大礼堂看演出，具体细节不记得了。中间听说要等欣来的爸爸来，领导讲过话之后，节目才能往下演。不久，看到一个身材很高、腰板笔直、跨着大步的人进来，径直走上讲台。我坐在最后一排，对欣来的爸爸，只有那样一个"背影"的印象，台上的他距离很远，形象比较模糊。我感觉，欣来走路快，是像她爸爸。

我跟欣来的妈妈，只有一面之缘。大二那年冬天的一个周末，我去位于燕南园西侧的校医院，看望做了阑尾炎手术的室友，在二层走廊上遇到我高中同

班、大学仍与欣来同专业的张大农。我问他怎么在这儿。大农说欣来住院了。他引我来到欣来的病房。欣来告诉我，她上体育课的时候在未名湖上滑冰摔了一跤，把肺泡摔破了。我当时很认真地把这话当成医生的诊断，现在下笔至此，忽然感觉，这莫不是她对自己的调侃？那天欣来的妈妈也在。探视之后，我们一起离开病房，我陪她从校医院走到 31 楼欣来宿舍楼下，一路溜达着聊天，感觉她很随和。过后我对欣来说："你像你妈。"她又是"扑哧"一笑，反手捂住嘴，说："我要是像妈妈就漂亮了！"

大学时代，欣来宿舍里的几个室友互称"兄弟"，我猜想这是她的主意，那时她跟我也一直自称"欣来小弟"。过生日的时候，我们互相发个贺卡，因为她的生日在岁末，我每每干脆合二为一："欣来小弟生日快乐！新年快乐！"我是单名，她对我，从没添加过任何称谓。

1982 年初夏，大二春季学期一个星期六的下午，红学家冯其庸来校讲《红楼梦》的版本问题。讲座快开始了我才赶到，走进一教东侧一层的阶梯教室放眼一看，几乎都坐满了。所幸看到了欣来，她前排的那个座位正好还空着，我就坐到了她前面。冯先生不知哪里人，口音很重，我一直晕晕乎乎听他在讲什么"几毛本"，加上小时候对小人书《鸡毛信》印象深刻，就拼凑出个"鸡毛本"，但又觉得《红楼梦》无论如何不该有这样一个不堪的版本名。于是我在笔记本上写下"鸡毛本"，后面打个问号，递给后排的欣来。她脸上迸出招牌式笑容，提笔在旁边写下"乙卯本"。尽管此后对红学的了解毫无长进，但那天我记住了一件事：不是"几毛本"，是"乙卯本"。

1982 年秋天的一个周末，高中文科班几个老同学拉我一起去京郊八达岭爬长城。他们都从西直门上火车，我一个人从学校步行到清华园火车站，在火车上会他们。到了车上才得知，那天跟我们同去的，还有欣来老家山东来的一位亲戚，看模样比我们年长几岁。她高高大大，跟当年女排的一位球员同名（至少发音一样），又心直口快，给我们不算长的旅途添加了不少热闹。聊天中间，她突然要给欣来看手相，掰着欣来的右手看了又看，然后认真地说："你心不诚。"我们听了，都说不出话来，但这四个字，仿佛触到了我心中的一个结，可那种感觉一时又说不清。

大三的公共课是政治经济学。第一个学期的期末考试，题目很偏，大家普遍得分不高。我们宿舍有个同学没及格，寒假里压力很大，开学回来补考之前，一直唉声叹气。那天下午她去补考，离开宿舍时悄无声

1982 年秋，八达岭长城合影。后排为马欣来，前排右二为笔者

息，回来的时候，却喜笑颜开，还没等我们问，她就忙不迭地讲起来："你们猜我在那儿看见谁了？马欣来！我进去的时候本来是低着头的，突然抬头看见了她，我立刻就把头扬起来了！"据她说，补考的学生坐满了整整一个阶梯教室，怎么也有一百多人。我们那届学生总共两千人，一次政治课考试的不及格率超过 5%，不能不说考题有问题。

大学毕业前不久，有一天欣来在学三食堂附近碰到我，说应该召集来自景山学校的同级校友一起去游颐和园，然后亲自拟稿，让我依样画葫芦，去给每人发明信片。记得开头两句是："日月如梭，相见时稀。"——写到这里，我拿不准前四个字是不是她的原版了，但后四个字是肯定的。明信片发出的第二天，我在 35 楼楼梯上遇见住我楼上的化学系同学蔡武华。她手上正拿着明信片，见了我就嚷："我差不多天天在这儿碰见你，怎么'相见时稀'！"欣来拟好的邀请函结尾是："届时请左手持此明信片前来"——听起来像不像接头暗号？到了约定的那个星期六下午，被我通知到的 5 个女生先后来了，但男生迟迟都没露面。数学系的陈林林快言快语，忍不住说："怎么男生一个都不来？"欣来笑吟吟地问："男生不来，你们遗憾吗？"

过了约定的时间，我们 5 个人买票租船，开始在昆明湖上荡舟。船上的对话，我只记住了两段。陈林林眉飞色舞地讲，一次他们系开联欢会，有个节目

梦
念
师
友

是抽纸条回答问题，一个男生抽到的问题是："你最爱的她是谁？"男生回答：
"我母亲。"此一答案博得数学系众多男生的喝彩。欣来听完，又是笑吟吟地
说："这不是俄狄浦斯情结吗？"数学系同学整年跟数字符号打交道，怕是没
听说过俄狄浦斯何许人也。后来，欣来发起，让我们五个人排生日，因为都属
虎，分成虎头、虎肩、虎腰、虎臀、虎尾，欣来是虎尾。

那天没有男生在场，我们玩得挺放松，也挺开心。不过现在我倒想替欣来
再问一句那天没来的男生：你们遗憾吗？

那些年，我跟欣来的生命轨迹，一直交集在这个层面。只有一次例外，也
许仅仅因为在那个时间那个地点，我们相遇。那天中午在 31 楼北门口，她对
我说，不明白为什么有人要嫉妒年轻，嫉妒美。看上去，那一刻的她很苦恼。
但以我当时的阅历，又能怎样安慰她呢？她的提问，只是让我感到她也需要理
解，需要沟通，需要抚慰，但她心灵的窗户只是微微打开了那一下，瞬间就又
关闭了，让我无从生发更多猜想。我时时感觉到我们之间有一种无以名状的距
离，不曾尝试去跨越它。

回想起来，我和欣来在一起最愉快的时光，竟是高中时代文科班成立之前
她在我们三班的那一段。那时我们五个人的语文课也开始单独上了。后来担任
文科班班主任的苑智茹老师热心肠，请"文革"前高中毕业的校友、古文功底
很深的苏林老师来给我们代课。苏老师教我们念的第一篇古文，就是《前赤壁
赋》，后来又陆续学了《阿房宫赋》《进学解》《滕王阁序》《长恨歌》。每篇讲
解之后，都要背诵。那时我和欣来课间一起背书，一人一句接龙，从下课背到
上课，只要没间断，就特开心。想起那时，自然就想起苏东坡的美文。欣来，
你还跟我一起背吗？

"况吾与子渔樵于江渚之上，侣鱼虾而友麋鹿，驾一叶之扁舟，举匏樽以
相属，寄蜉蝣于天地，渺沧海之一粟，哀吾生之须臾，羡长江之无穷，挟飞仙
以遨游，抱明月而长终，知不可乎骤得，托遗响于悲风。"

大学毕业以后，我和欣来交往极少，我们生命的轨迹，复又归于平行。后
来我离开了北京，多少年间，只见过她一面，但不时听到她的消息。2017 年

仲秋的一天，高中同学发来电子邮件，告诉我欣来离去。我心头的痛无以名状，同时我也想厘清，欣来在我心中，占据怎样的一个位置？

欣来才高自不待言，高二时就在《光明日报》上发表过学术文章，质疑红学家戴不凡的《秦可卿晚死考》。她会填词赋诗，而我们这代人里会写古体诗的，寥若晨星。苏林老师教过我们几篇赋文之后，曾布置作业，让每人写一篇《故宫赋》。班上只有欣来写出了一篇多少有点样子的东西，一位后来上了北京广播学院的同学交了一篇硬挤出来的文字。她的勤奋和无论多难都要一试的精神，我真心佩服。我对近在咫尺的故宫只有皮毛的概念，赋文完全无从下笔，交了白卷。由于才情，欣来在高中同学、大学同学中都不乏仰慕者，但大多数人跟她几乎没有或完全没有交往，而我从高二到大学跟她有些近距离接触，不即不离，从来没有也不会把她神化。我不是总能理解她的所为，但跟她打交道，没有什么顾忌；她在我面前，也不刻意设防。大一那年，上了广播学院的那位同学写了个剧本，寄到北大来让我和欣来提意见。欣来先收到，有什么想法我不清楚。她把剧本传给我的时候，末尾只有她写的一个一寸见方的"好"字，外加一个大大的惊叹号。

也许在很多人眼里，欣来高深莫测，超尘拔俗，但我觉得，她对世事比大多数同龄人都参得透，工作以后还多年担任领导职务，成绩斐然。记得大学毕业前夕，中文系文学专业两个班每人发了一本纪念册，大家互赠留言。那天我在欣来的宿舍里，靠墙坐在床上，逐页翻看她那本几乎写满了的纪念册，只记住了最简短的一条赠言："人如其文。"这无疑是见仁见智的评价。在我心中，欣来的人比之她的文，要近许多。

我国杰出的辞书学者曹先擢

李行健[1]

2018 年 11 月 7 日凌晨先擢匆匆走了，早上家属打电话来，我感到很突然。原说过要去医院看望他，被他婉拒，约好待病好一点再见面，结果成了永远的遗憾。按先擢遗嘱，不举行任何仪式，待其儿子 8 日从国外赶回来后，9 日即送八宝山火化。8 日上午，我在家属陪同下和陈章太等几位老朋友，到医院太平间与他作了最后的告别。看到他静静地躺在冰冷的箱子里，心里十分难受，眼泪不禁流了下来。

回到家里，把他病逝前几天用微信留给我的遗言反复听了三遍。他在病危之际仍不忘我们的词典工作，嘱咐我今后工作中的有关注意事情。想到从此天各一方，永远不可能听到他的声音、听取他的意见了，不觉悲从中来，半个多世纪的往事涌上心头。

---

[1] 李行健，四川遂宁人。1958 年毕业于北京大学中文系，曾任中国社会科学院研究生院教授、日本国立一桥大学教授、语文出版社社长兼总编辑、国家语委会委员。长期从事语言文字规范化工作，主编二十多种语文工具书。

（一）

1954年秋，我和先擢在北大中文系一个年级学习。待划分语言专业和文学专业后，我又与他同在语言专业一个小班，小班共二十人。班里成立党支部时，先擢任支部书记。当时我只是一名团员，一门心思学专业，不大过问政治，在一些人眼中算后进分子。那时学校学习条件和氛围都十分好，特别是中央在1955年提出"向科学进军"后，全校学习热情更加高涨。当时给我们上课的都是大师级或一流的学者，如王力、魏建功、吕叔湘、周祖谟、袁家骅、高名凯、游国恩和林庚等先生。我记得给游国恩先生担任辅导课教师的萧雷南先生，也是很有学问的专家，因是副教授，只能作辅导课教师。可见当时师资队伍真是盛况空前，可以说是院系调整后北大中文系的最好时期。

先擢是调干生，比我们成熟。他作风朴实，处事低调，没有教训人的习气，同学有什么事也愿同他谈。所以同大家关系很和谐。1957年反右时，北大是重灾区，有的班级划"右派"的比例很高，我们班也划了两名，一是田某生，一是程某瑞。这些朝夕相处的同学一朝成了被斗对象，我思想上一时有点想不通，以对他们的了解，是否要划"右派"，我感到先擢作为支部书记是有所考虑的。最后因有名额规定不得已划成"右派"，也只是草草地进行过批判。这两位虽成了"右派"，但他们始终（二人均已去世）认为先擢是好人，他们相信先擢不会整他们，只是在那种大环境下无法保护他们。说到这点我也深有体会，记得毕业分配时，有内蒙古、新疆等地。班里同学大多填报了这两个地方，后来也有几位同学分到那里。我也首先填报了这两个地方，除真心想去这些地方锻炼干一些实事外，也想到自己曾被鉴定为"走白专道路"，不过问政治，加之我的女朋友在北京另一所大学被划为"右派"，我去艰苦地方是肯定无疑了，加上先擢也曾找我谈过话，希望我同她划清界限，不要往来，只是并未批评、指责我，只说你自己再考虑考虑。

但出人意外，分配工作时先擢找我谈话，说把我分到中国人民大学中文系，这着实让我吃了一惊。先擢说："那里需要人，开学时你就准备去报到吧！"没过几天，他又找我谈话，告诉我人大把档案退回来了，并说问题可能在"走白专道路"和我的女朋友身上。对此我倒还能理解，不觉意外，反倒觉得人大真接收了我，那里的政治气氛我也不一定适应。随后先擢征求了我的意见，把我分到中国科学院河北省分院语言文学研究所。我一直纳闷，一个"走白专道路"，又有那样社会关系的人当初怎么会分到人大？后来得知原来系总支讨论分配时，总支副书记吕乃岩和先擢认为我学习努力，业务还不错，力荐我去人大的。这充分体现出他们对同学的关心和爱护，难怪两位同学从不认为先擢有整人之心，称赞他是大好人！

1958年河北省同天津市合并，我们单位搬到天津，因工作关系也常有去北京的机会。当时我在搞河北方言词汇调查，常到北京找语言所的李荣先生，有时也去看望语言所的吕叔湘和丁声树先生。吕先生给我们讲过《马氏文通》，丁声树先生带我调查过昌黎方言。凡到北京，大多要去北大先擢家，好像有说不完的话、聊不尽的事，多是关于工作和思想、生活的，因为在我心目中他仍然是我们的书记。时间晚了，有时就在他家住。当年他只有两间小屋，我同先擢和两个男孩挤在一起，好像又回到了学生时代。我到北大每次都要去看望一两位老师，先擢只要有时间都很乐意陪我去。有次看望周祖谟先生，我问候和汇报过学习和工作后，先擢顺便说上月要来看周先生，因头晕没有来成。当告别时，周先生送我们到院子里，郑重地说了一句，前几天他的头也晕（特别重读成 yùn）。在回来的路上，先擢问我周先生最后这句话听出点什么没有，见我没在意，先擢便说，周先生是在纠正我，说"晕"时误读成 yūn 了。什么叫启发式教育，什么叫身教言教，这不体现得很充分吗？用这种办法纠正我们的错误，这是周先生一贯文质彬彬的做派使然，也可能顾及我们都是"老学生"了，不便耳提面命。这件事也反映了先擢"好学深思"的品格，注意到老师说话的细节，给我印象很深，久久未忘。

还有一次，他陪我到燕南园看望魏建功老师。当时魏先生因病躺在长椅子上，表情很痛苦，他排尿特别困难。当时魏先生拉着我的手说，我从天津来还专程来看他，他很感动，以至流出了泪水。魏先生给我们上过三门课，对我们都很熟悉。他握着我的手说："行健，我始终有个问题想不通，'文化大革命'前批我是反动学术权威、'封资修'代表；打倒'四人帮'后，又批我是为'四人帮'效劳的人（指他被江青拉去作'评法批儒'学术顾问）。"我劝慰先生说："这两种说法都是不对的，相信党会为你纠正的。"魏先生问我："你是这样认识的？"我说不只是我，大家都是这样认识的，我见魏先生脸上露出了一丝欣慰的神色。在路上我问先擢："你总支书记的身份不便这么说，我这么说你认为合适吗？"他回答我说："我和你的想法一样。"我就深感大家思想解放了，可以敞开心扉说话了。

"文革"十年，先擢受了不少苦，除受批判、进"学习班"外，其他一般人受的罪他都受过。1967年我妹夫在北京病危，我去医院探视后，就匆匆赶到北大，见到先擢时，他和爱人老谈都分别上着"学习班"，晚上也不让回家。他把家里钥匙交给我，说你自己生火做饭，晚上就住下吧！我以为第二天可以同他谈谈话，所以就住了下来，没有想到半夜工宣队来查户口，好在我证件全带着，盘问不出什么问题，他们只好走了。我想如果我有什么问题，那就会让先擢罪加一等吧！后来才知道，带队来的是我们年级熟知的一位左派同学，他不好意思进来。这也是我在先擢家的一次特殊遭遇吧，先擢即使处境那样还要留我住下。

（二）

"文革"十年，先擢也为国家干了两件大事，这成了他后来作为著名辞书学家的开端。

第一件事是参与《新华字典》的修订工作。1970年周总理亲自抓《新华字典》的修订，以解群众学习的迫切需要。国务院科教组要北大中文系派人主持。学校慎重研究后，派先擢去完成这项任务，加上科学院和工、军宣队派来的人共五十多位，由先擢负责抓业务，因他是科班出身。当时的形势，他只能任副组长。先擢给我说当时决定以1965年版《新华字典》为底本，进行小的修订。但当时大家提出近两千处修改意见，主要是在例句上，如"利人利己"，必须改为"专门利人，毫不利己"。周总理看了这样的意见说："神经过敏！"

后来大概修改了六十多处，1971年出版后受到群众欢迎。但不久开展的大批判中，又狠批该版《新华字典》，首当其冲的自然是时任业务负责人的先擢了。火力很猛，上纲上线很高。当时的口号是要把无产阶级专政落实到每个字、每个词条上。据说有人认为"刑场"应注释两个义项：①镇压反革命的场所；②革命烈士就义的地方。先擢两次给我动情地说过，当时幸亏修订字典领导小组组长韩作黎同志解围，主动承担了全部责任。韩作黎说凡是改动的他都看过（实际他并未全看过），凡是没有改动的他都是同意的。"文革"中见到的大都是诿过于人、揽功于己，很难有揽过于己的人，所以先擢给我两次说到这件事，他从中受到莫大的感动和教育。

1983年我调北京国家语委工作，几年后有缘同韩老见面。我国著名儿童教育家孙敬修先生是我尊敬的老师，他的助手肖君和儿子孙全来知我刚从工作岗位退下来，请我主编《孙敬修全集》，我义不容辞。意想不到的是该书出版后却引起一场官司，央视对此曾做过专题报道。起因是中央人民广播电台一些自称孙先生学生的人，认为孙先生编写和讲过的故事，只要在电台播过，著作权便都属中央人民广播电台。这个官司打了四年，因韩作黎同志是该书顾问、孙敬修先生好友，对这件事很关心。他认为这是孙先生编写或改编演讲的故事，要维护孙敬修的著作权，若有人仗势要侵夺，他就是到中南海找最高领导也要保护敬修先生的著作权。我从此事真正感受到韩老是一位很富正义感、十分正派、敢于担当的老共产党员。从此我与韩老有了交往，后来还常去看望他。我曾问韩老："当年《新华字典》修订，你虽是组长，但具体业务上的事全由副组长曹先擢负责，在气势汹汹的大批判面前，你为什么要把责任全揽在自己身上？"他很平淡地说："这件事揽在我身上，造反派不能把我怎么样（他在延安时是保育院的老师），何况我在'文革'初期就已经被批得底朝天了，如搁在曹先擢身上，他是知识分子，那不把他吃了！先擢工作认真，人也很正派，就是有点书生气，我作为组长自然应该承担全部责任。"我才深深感到，先擢是一个永远不忘记曾主持正义和公道、帮助过自己的人，总把人家的好挂在心上。从那次修改《新华字典》开始直到先擢去世前，他参加了历次的修订工作，直到第十版《新华字典》。

另一件事，就是他主持编写《新华词典》的工作。这本书在当时出版后有很大影响，对群众学习发挥了积极作用，它是一本语文兼百科的词典，当时新的《辞海》《汉语大词典》等书尚未出版。《新华词典》编写花去了先擢很多时间，从1971年开始到1979年结束。这次编写为他今后在辞书事业上作出巨大贡献打下了很好的基础。先擢是一个善于学习的人。当时陆宗达先生参加编写工作，陆先生是训诂学大师级人物，先擢就向他学《说文解字》（简称《说文》），陆先生建议他先把《说文》原本读一遍。先擢凭着自己毅力和工作需要，把《说文》30多卷认认真真读完一遍，感到收获很大，为他回北大开课和编新的辞书打下了坚实基础。

20世纪末先擢与苏培成合作编著了一部《汉字形义解析字典》，2015年又推出《汉字源流精解字典》，这两部字典反映了先擢几十年来在文字学和词典学上潜心研究的成就和水平。《汉字源流精解字典》是前一本字典的修订本，详细解析汉字字形、字音、字义发展演变源流，体例多有创新。先擢一直认为，从源流着手，对汉字进行历时和共时状态多维度的解析很有实用意义，做好了，可以为满足词典释义的准确性、科学性要求提供坚实的学理支持。先擢和苏培成主编的这部词典，在这方面确实作出了理论贡献。该词典出版后荣获了第四届中国出版政府奖提名奖、第六届中华优秀出版物奖图书提名奖。

（三）

先擢最令我感激、让我难忘的是他对《现代汉语规范字典》《现代汉语规范词典》编写工作的参与和大力支持。事过多年，每每回忆往事，我的心情仍难平静。

1992 年 5 月，吕叔湘先生打电话要我和先擢一起去他那儿。当年国家语委给中央写报告加强语言文字规范工作，我和先擢到吕先生家以后，吕先生向我们布置了编写一部规范词典的任务。吕先生说："编《现代汉语规范词典》，过去条件不成熟没有上马，现在条件基本成熟了，可以做了。"对如何进行这项工作吕先生也做了具体安排，要求暑假期间开一个论证会，论证一下怎么把这部规范词典编好，并提出最好先组织起编写队伍，先生不无遗憾地说："我年老了，不能审改稿了，我当顾问好不好？"规范词典的编写就这样确定下来，后来被列入国家语委"八五"规划重点项目，同时也列入新闻出版署"八五"规划书目中。

1992 年夏天，论证会如期在怀柔召开。作为国家语委副主任，先擢在会上报告了国家语委的设想和相关安排，吕先生临时因病未能与会，由我传达了先生的意见。这次会议还讨论了词典标注词性以及如何反映词义发展的历史脉络等问题。经过讨论，与会众人达成了共识，词典在这几方面所做的开创性探索最终也得到了吕先生的支持（见吕先生给《现代汉语规范词典》写的序言）。原本应由先擢出任《现代汉语规范词典》主编，因他受日本文部省聘请，要去日本著名的一桥大学讲学三年，他和吕老坚持主编由我来担任。

1993 年至 1996 年，先擢身在国外，但一直关心着词典的编写工作。《现代汉语规范词典》编讫后，先擢为词典写了序言，并在人民大会堂词典首发式上讲了话。先擢对词典作了恰如其分的评价，认为："这是一部有鲜明特色的词典，一部有特殊经历的词典，一部反映时代精神的词典。这部词典的特色是什么？答：两个字——规范。""这本词典在 20 世纪 90 年代立项时就提出以贯彻规范为宗旨，把'规范'二字揭橥于书名，这种前瞻性，实难能可贵。更重要的是认真贯彻规范标准。"

21 世纪初，词典问世不久即遭到一些人有失公正的批评。在一次座谈会上，先擢发言说："我不说瞎话，不说假话。对《现代汉语规范词典》评价的话，不能光听我们的，要让实践来发言，群众说它好的，我们说不好恐怕不行；群众说这个有问题的，我们硬说没问题也不行。这个问题我们要达观一点，站得高一点，就不难解决了，不是争个你长我短的问题。"针对我国辞书事业发展的形势和辞书编纂出版的新局面，先擢在肯定《现代汉语规范词典》等的价值和学术地位的同时，特别指出"时代在前进，语言在发展，总得编新的词典反映这种变化；还有一个具体情况是，国家语委等部门先后发布多种语言文字方面的标准，也有一些废止的标准，这需要通过一部词典把这些标准的内容反映出来，便利人们掌握和运用"。规范词典的编写"得到吕叔湘先生的支持，得到国家语委的支持……这是'与时俱进'精神具体而生动的体现"。先擢的评析，很好地阐明了关于编纂出版《现代汉语规范词典》的现实意义，回答了那些不实的批评，同时也是对词典编写组几十名参与人员多年艰辛付出的充分肯定。

先擢回国后，即退出行政工作，全力以赴参加规范词典工作，他作为领导小组主要成员和常务顾问，每周编写会议他都准时出席。他负责词典注音和释义的把关工作，为规范词典出版作出了很大贡献。除注音是他的专长外，在释义方面他也解决了不少疑难问题。如"床"字，一般词典对"车床、琴床"以及"苗床、河床、矿床"等释为像"床"的东西。人们提出疑问，比如"河床、矿床"怎么同"床"的形状联系。先擢反复分析研究后，认为"床"的本义是起支撑作用的意思，不能用现在用具"床"的形状去解释，这样就把"车床、河床"一类词的意义说清楚了。所以《现代汉语规范词典》立了两个义项：①像床一样起承托作用的东西，如"车床、琴床"。②起承托作用的地貌或地面，如"河床、矿床、苗床"。这就是"床"的意义第一次得到较好的解释，也得到了大家的认同。

先擢对《现代汉语规范词典》编写组的成长和发展也倾注了大量心血。他发现适合编词典的人才就立即推荐，让我们去联系。特别是吕老去世后，大家想请一位学识超群、能孚众望的长者来继任首席顾问。有一次先擢、熊正辉和我三人前往李荣先生新家去看望他。先生说起他现在没有承担什么具体事务了，想好好读读书。我和先擢马上想到请李先生担任首席顾问最合适了。当时我们就顺势提出了这个希望，李先生未马上同意。后来先擢又带着我们去了两次，李先生见我们真诚请他，同时恳切希望他能具体指导词典编写工作，所以终于同意了。先擢为了让《现代汉语规范词典》能有好的质量，三请李荣先生就表现了他为规范词典呕心沥血的情怀。

先擢同志对《现代汉语词典》的贡献是大家熟知的，早已有不少文章介绍和论述。这本词典是我们老师吕叔湘、丁声树和李荣先生先后主持编写的，也是国务院下达的任务，它出版后对我国语文工作起了极为重要的作用。从1999年《现代汉语词典》第5版修订工作开始，先擢同志被聘为审订委员会主任。据主持修订的晁继周和韩敬体同志介绍，在长达六年的时间里，先擢把精力投入《现代汉语词典》的修订中去。词典出版后得到广大读者好评，获得首届中国出版政府奖，"这个成绩的取得，与曹先擢先生为主任的审订委员会的指导和把关分不开"。

细数对辞书事业的贡献，不应忘记先擢筹备和担任第一届辞书学会会长的功绩。1992年中国辞书学会在北京成立，这是在我国辞书界具有历史意义的一件大事。全国各地与辞书事业相关的单位和个人有七十多名代表参加了会议。先擢被选为第一届学会的会长。在当时的形势下，先擢被委以首任会长的重担，体现了学界对他的信任和殷切期望。学会顾问罗竹风同志在讲话中说："学会的生命在于活动。"成立学会要推动辞书学的研究、辞书的编纂和出版。我们要在这一方面办些实事。实践证明，辞书学会在先擢领导下办了不少实事，取得了有目共睹的成绩。辞书干部培训制度、辞书评奖制度以及辞书事业终身成就奖等都是先擢任会长期间组织大家建立起来的。作为首任会长，先擢开了一个好头。

（四）

先擢的一生，为人民作出了多方面的贡献。他作为教师，在教书育人方面可谓桃李满天下；作为学者，他更是在文字学、辞书学等方面取得了突出的成就。他除了主编的辞书外，还有多本学术著作和大量学术论文。他长期作为党的基层领导，默默奉献多年，为贯彻党的方针政策保证行政工作运行，也有很好的政绩和政声。他本质上更是一位造诣精深的学者、辞书学方面杰出的专家。他在北大中文系担任党总支书记多年，退休前六年，又到国家语委先后担任秘书长和副主任，后还兼语言文字应用研究所所长等行政工作并都有出色的业绩。我们对他的认识和感受最深的还是：他是一位勤勤恳恳的学者，是一位好学深思的学问大家。本文并非对曹先擢同志全面的回忆，谨就我印象深刻的学术方面的一些人和事进行了追忆，聊表对知心老友的哀思！

一颗过早陨落的曲艺新星

——忆吴捷

宋守信等[1]

吴捷——一个众多"老五届"北大人熟悉的名字，一位用相声给大家带来无限快乐的身边学友，一位志在传承，咬定青山不放松的励志青年，一颗曾经冉冉升起却坠落中天的曲艺新星，离开我们已经42年了。42年来，他的音容笑貌，他的点点滴滴，一直留在我们心间。

（一）初识吴捷

初识吴捷，是1965年9月校文工团话剧队的招考现场。我走进面试的教

---

[1] 宋守信，1965年入学北大物理系，退休前任北京交通大学教授、副校长。本文由北京大学东语系柏永生，西语系吕仲林、王振国、顾乃斋，化学系李燕立、严文凯，中文系郭瑞、张秀利，物理系白秉哲、宋守信集体讨论撰写。宋守信执笔。

室，座位上有不少人，后来知道是老队员，也是评委。我自报家门是说相声，一位身高和我差不多的男生马上站起来，笑容可掬地问我："你说过什么段子？"我报了一个说戏曲的传统段子，一个说养猪的新段子，以及自己编的反映学生生活的段子。听到这儿，只见这位男生眼眉一抬："你还会创作？"我说："就是瞎编。""好，咱们就说一段你瞎编的。"于是我与他合说了一段植树的段子，也就十来分钟，他说："好，就到这吧。"后来我才知道这位男生叫吴捷。接着听见一位眉目清秀的同学说："行

吴捷大学时期的照片

啦，就是他了，挺般配。"后来我才知道这位同学是话剧队东语系的柏永生。

进入文工团后，才知道吴捷原来是科班出身，是大名鼎鼎的刘宝瑞的亲传弟子！强将手下无弱兵，名师门内当然出高徒啦！

我既庆幸吴捷能选中我，又担心这么大的大牌，我从没拜过师，走的是"野路子"，捧哏能托得住吗？我的担心流露给了吴捷，他很认真跟我说："没关系，学相声有规律，咱们慢慢讲。"从此就开始带我这个没有拜师的搭档加徒弟。吴捷先拿给我一本油印的小册子，是郭全保编写刻印的《怎样说相声》，让我先学习学习。吴捷说，听相声听的是包袱，三翻四抖抖的就是包袱，为什么叫作抖？就是要突然，要出乎意料。又不能脱离实际，不能胡编乱造，所有的包袱一定要寓于情理之中，但又不能平铺直叙，让人一览无余，要循序渐进，丝丝入扣。

吴捷在创作和表演相声中，对这些相声语言规律运用得游刃有余。柏永生回忆，在一个揭露帝国主义侵略逻辑的相声里，吴捷模仿侵略者说："我们来到这里，为的就是友谊。把你们有的，都往我们那儿移！""噢，这么个友谊啊！"这个包袱好就好在——谁也想不到友谊在侵略者口中可以这么解释——这本来就是侵略者的本性。

吴捷随时随地都能给我上课，除了一本正经的说教，讲什么是起承转合，怎样铺平垫稳，等等，更多是现抓的。话剧队西语系的王振国说，吴捷擅长现抓。有一次演出一个传统相声，被台下一个小孩刨了底，搁别的演员很可能就慌了，可吴捷反应飞快，马上巧妙地补上了，赢得了一片掌声。

有一次我们晚上演出归来，骑着自行车走在黑灯瞎火的街道上，只有一个商店小窗口亮着灯，他说那是中药铺。我说药铺不错，二十四小时什么时候买药都行。他说那也得看什么药，说着就开始编剧："深更半夜，砰砰砰，一阵急急火火敲门，值班的伙计梦中惊醒，噌噌噌跑来开窗问：'您买什么药？''山楂丸！''去！'伙计被恶作剧气得脸都绿了。"我听了笑个不停。吴捷这个信手拈来的段子时间、地点、人物、语言样样具备，三翻四覆逻辑完整，真不错。说明只有有了功底，好包袱才能说来就来。

还有一次，负责我们宣传队的工宣队师傅召集大家讨论晚会上什么节目，说："大家都出出主意，什么主意都行。"小柏来了一句："馊主意行不行？"大家哄堂大笑。吴捷对我说，这个包袱这么响，先是因为前边有"什么主意都行"做铺垫，接着回应"馊主意行不行？"一下子为讨论问题活跃了气氛。

学习有点进展以后，吴捷带我到高凤山家里听老先生和他的学生王学义指导。吴捷在一次外出观摩中看到有个部队宣传队演出群口快板的车轮花板儿很新颖，就拉着我去学习，以后我们又进行了改进，演出效果非常棒。电视台、电台几次来学校选节目都入选。吴捷与马季、唐杰忠是同一辈分，关系极好，我们有了新作品经常请他们做第一批观众，他们丝毫没有架子，坐在我们排练的教室里认真看，认真听，对本子和表演都给出中肯的修改意见，边练边学。

吴捷说，相声是实践的艺术，很重要的要靠自己在实践中"悟"。加入文工团后第一学期的期末，学校要组织新年晚会，吴捷说咱们上个节目。我目瞪口呆："行吗？"他说："把那个'吗'去掉，行！"说哪段？一个抗美援越的段子，讲战士要学点英语以便抓俘虏。我中学学的是俄语，英语才学没几天。他说："字母学完了吗？学完了，那就行，不会的我教你，反正你扮演的小战士也是初学，特意要发音不准哪。"每天课后他除了给我办英语补习班，更多的是传授技能。吴捷对演出要求严格是出了名的。语音、语气、表情、动作，一招一式地训练。一个段子经常要练七八遍，直到包袱抖得响为止。

训练一个多月后我们就上台了。演出地点在大饭厅。上台前我很紧张，怕忘词。他说，紧张什么？一开场台下灯都灭了，你又是近视眼，摘了镜子更看不清了。就当是排练。忘了词你也别停，想起哪句说哪句，我给你接着。我心说，这是谁给谁捧哏呢？晚会上我们的相声十分成功，笑声不断，掌声热烈。其中有一段是小战士叫俘虏跟着走，喊"follow me！"由于发音不准喊成了"菠萝蜜"，全场哄堂大笑！感觉好成功！

当时中央和地方文艺团体响应"到工农兵中去"的号召，纷纷到厂矿部队去演出。吴捷拉着我，带着《说商标》《小八路》《回光返照》等相声和对口快板节目，跟着中央广播说唱团、北京曲艺团那些著名演员周末出去"走穴"。我们曾到一机床、618厂、首钢等企业的俱乐部礼堂，以及长安戏院、吉祥戏院、政协礼堂、民族宫礼堂等地演出。参加这些演出大大开阔了我的眼界。因为同台的都是大腕！包括侯宝林、郭全保、马季、唐杰忠、赵振铎、赵世忠、高凤山、王学义、赵连甲、关学曾、马增慧等。吴捷让我抓住机会学习，说学艺重在"偷艺"，边幕就是很好的课堂，要不失时机从名家的现场表演中领悟。他给我介绍这些老艺术家的特点，说赵世忠的捧哏好，侯宝林都夸他托得稳；高凤山快板有激情，经常异峰突起；关学曾北京琴书自成一派，说的像唱，别人学他，唱的像说。有时还具体说他们如何抖包袱，例如侯宝林演美国兵把"爆炸"说成"泡儿抓"如何获得满堂彩，马季眯眼一笑藏着多少奥秘。我认真体会，细致观察，受益匪浅。

这些艺术家就是艺术家。他们无论场地大小，观众多少，每场演出都非常认真。虽然多是笑星，但是上场前没有人嬉笑玩闹，都在认真地备场。我见过唐杰忠在念念有词，侯宝林在闭目养神。别看他们在后台缄口无言，到台上却个个生龙活虎，常常是连续返场，关学曾一个段子唱下来经常是满头大汗，可见多卖力气。

这些"走穴"虽然没有什么报酬，顶多管一顿饭，但是大家乐此不疲。遗憾的是，这样的"走穴"并没有持续多久，随着运动的逐渐深入，有的节目不能演了，有的演员来不了了，气氛凝重起来了。

这期间，吴捷做了一件让人意想不到的事。一天午餐时间，民乐队化学系的严文凯见吴捷端着一大盆菜和一堆馒头，就帮忙送到了一教一间上辅导课的小教室。开门一看，侯宝林和马季都在里面！吴捷说，广播说唱团那边不太安静，请他们两位到北大住一段。两天后，严文凯再问起两位艺术家的情况，吴捷说："他们已经走了，怕给我添麻烦。"说着拿出来几本侯宝林临别时送的旧版小册子，是贾柏林（今译卓别林）写的《摩登时代》《城市之光》《大独裁者》等，让他从中体会喜剧的奥妙。这个时候，老艺术家还不忘给年轻人传经送宝！

几年后，我们毕业离开了北大，吴捷仍然痴心不改，经常到侯宝林、马季家拜访、请教、研讨，1972年还与侯宝林合写了新作《麻醉新篇》。这是吴捷最后的作品，侯宝林把它收在自己的专辑《再生集》中。可惜，1978年专辑出版发行时，吴捷已不在人世了。著名学者中科院语言研究所的吴晓铃教授在撰写的前言中特别说明："《麻醉新篇》是宝林同志在一九七二年和吴捷同志合写的。吴捷同志不幸在写出这个段子之后逝世，感谢他的母亲欧阳采薇先生同意发表它以抒发我们怀念的哀思。"

（二）志在传承

上学期间，我多次到新华社宿舍吴捷家，见过他的父母——两位言谈举止很有风度、修养颇深的学者。父亲吴之椿和蔼可亲，跟我聊他每天从木樨地步行往返天安门广场的体会。老先生在文史馆工作（那里会聚了一大批民国时期的知名人物），曾担任过民国政府外交部秘书，老清华教务长，是1947年上书蒋介石《保障人权宣言》的十三教授之一。母亲欧阳采薇一看就是一位典型的大家闺秀，眉宇间流露出的气质非同一般，是清华大学首批西语系优秀毕业生，在新华社工作，著名翻译家。我曾问过吴捷，出身这样的书香门第为什么要拜师学下里巴人的相声？拜师是职业意向，与玩票可不是一回事。吴捷说，其实开始也没有什么意向，就是喜欢。父母对他的兴趣没有约束，只是说不管将来干什么也要先上大学，完成学业。开放式的家庭管理使他和相声结下了不解之缘，一发而不可收。

1964 年，吴捷如愿从北京四中考上了北大中文系。北大中文系，这个神奇的中国最高汉语言文学殿堂，与相声竟有着不解之缘。中文系曾多次聘请只有小学文化程度的相声大师侯宝林到校讲语言的艺术，多年后更是聘请了侯宝林为客座教授；1964 年招收了初露锋芒的吴捷，为吴捷就读期间就佳作不断开拓了更广阔的空间。

吴捷说，选择上北大中文系，就是为了写出好相声，提高相声的层次。相声的确起源于下里巴人，但是多年来已经发生了巨大的变化。郝寿臣那个年代是撂地摊，侯宝林就登上了大雅之堂，马季又给相声带来了强劲的新风，相声一步步进入了主流，逐步达到了雅俗共赏。但是相声这么好的艺术缺少理论，层次不高，原因是段子不行，当时科班出身的演员只有他在上大学中文系，老一辈对他期许有加。我多次听到侯宝林、郭全保等对他说，将来相声发展就靠你。这些鼓励使他平添了不小的责任感。如果吴捷不是英年早逝，后来很可能成为相声界新生代传人。当时他虽然还在上学，但是影响力已经很大了，多年以后我见到相声名家赵炎，提起吴捷，赵炎马上说："知道啊，他要是在一定非常厉害，也许相声历史就要改写了。"前不久听北京广播电台报道北京大学成立曲艺协会的消息时，还提到了早在 20 世纪 60 年代中文系的吴捷在相声的创作和演出方面很有造诣。有一档介绍刘宝瑞大师弟子的节目也提到了吴捷。他的能力与魅力可见一斑！

吴捷对于传统曲艺一往情深，把继往开来当成自己责无旁贷的义务。民乐队西语系的顾乃裔是三弦好手，也喜欢曲艺，曾经向吴捷请教过单弦问题，吴捷不但积极帮助找单弦曲谱，还带着顾乃裔去西单剧场看曲艺团的专场演出。民间的"拉洋片"曾是我们儿时美好的记忆，但是到 20 世纪 60 年代已经销声匿迹。吴捷觉得这门艺术不该断档，与同样热心的柏永生商量要挖掘出来。他说到做到，硬是根据印象画出了锣鼓家伙架子图，又与校办工厂木匠师傅一起做出来，经过一番苦练，能够娴熟地自拉自唱自演，在一次声援多米尼加游行时，到天安门广场演出，大受欢迎！京韵大鼓是曲艺之王，骆玉笙先生的《四世同堂》主题歌今天可以说是无人不晓，但是在1974年，她的那些老唱段还算是"四旧"。那年吴捷参加河北文艺汇演时，居然带了一盘小彩舞（骆玉笙的艺名）的录音带给大家翻录！我说："你够胆大的，不怕惹事。"吴捷说没问题，小彩舞的唱腔，常人难以望其项背，马连良等京剧的名角儿都尊崇她。好东西就要让大家都知道。

（三）初学写作

吴捷经常说，好的相声演员必须会自己创作，总表演别人的作品不能尽抒胸臆。吴捷自己就经常写，前后发表过多篇作品，包括上中学时就自编自演并灌录唱片的《喝凉水》，独自创作的《新商标》（郭全保、郝爱民表演录音），与刘宝瑞合写的《非洲独立进行曲》（侯宝林、刘宝瑞表演录音），以及与侯宝林合写的《麻醉新篇》（收入侯宝林专辑《再生集》），还陆续发表过相声《不老松》《火》《敲门砖》以及京韵大鼓《鹃花怒放》等。作为有作为的青年作家，吴捷还参加过1965年11月中国作协、共青团中央在人民大会堂举办的青年文学创作会议。

吴捷说好的作品首先在于好的选题，好的选题来自三点：众矢之的——大家都关注；存有疑问——想知道答案；回味无穷——不能是白开水。按照这个思路，我开始尝试着进行创作。

20世纪60年代中期，整天在准备打仗。一天中午，我们听到学校广播站播了一条新闻，说北大炊事班挖的散烟灶在市里战备比赛中连续三次受到表彰。吴捷说这是个好题材，和我到炊事班现场采访，观察散烟灶的构造，然后由我先起草对口快板脚本。吴捷强调说，快板有一种特殊的韵律美，要在押韵中表现趣味，讲究韵律，又不能忽略生活化，节奏要在不经意间表现，不能让观众觉得拼凑。

是生活没有那么多如果，失去的是机会，留下的是遗憾。

毕业后，我被分配到原石家庄地区获鹿县山村小李庄，一年后到县中当了物理教师。离开吴捷，我既没有再演相声，也没有从事文艺写作，但是，跟着吴捷经历的多方位锻炼，却使我在教师岗位上获得了诸多裨益。吴捷被分配到原承德地区平泉县的农村。虽然他从小生长在大城市优越的高级知识分子家庭，毫无农村生活经验，但是，在巨大的生活落差下他并没有沉沦，而是经常深入农村体验民情，搜集素材。到县文化馆工作后，他主抓文艺创作，写出许多好的作品，还培养出一大批曲艺爱好者。偏僻山乡为他提供了广阔的舞台，他创作和表演的相声《不老松》，就是多次到山区与植树护林人一起同吃同住获得了鲜活的素材写出来的。是金子到哪里都会发光，他在相声的道路上耕耘不辍，屡创佳绩，得了不少奖。他每次到石家庄必会与我联系，我们一起看会演，一起谈作品，一起聊前程，一起评论和展望我们共同钟爱的相声的发展趋势。

马季为他调入中央广播说唱团不懈努力，争得入团和进京指标，和唐杰忠一起跑到平泉联系调吴捷的事，还在平泉连续义演三天，导致县剧场前所未有地爆棚。在经历了希望、失望又希望，一波三折的反复后，吴捷终于看到了梦寐以求的曙

吴捷（左）和搭档杨绍平在承德演出相声

光，我由衷地为他高兴，祝贺他自幼编织的相声梦想终于能圆，从此可以在曲艺界最高的舞台上一展身手了！

但是，谁也想不到，天妒英才，正当大家期待着相声界平添一颗别样光华的文曲笑星的时候，晴空霹雳，噩耗惊鸿！1975年6月11日的一场车祸，夺去了吴捷才华横溢的年轻生命。

吴捷走了，但是承德人没有忘记他。2016年清明，在那个追思逝者的日子里，承德乐座相声社还在网上撰文追思："在我们承德，曾经有一位相声大师，吴捷，北大中国语言文学专业的高才生，1973年分配到平泉文化馆工作，创作了一批文艺作品，培养了一大批曲艺爱好者，在1975年参加承德地区少年儿童文艺会演期间，在市二仙居附近因交通事故身亡，年仅31岁。"

吴捷走了，同学们一直没有忘记他。每次同学聚会我们必会谈起吴捷，抚今追昔，总是唏嘘不已。他无论身处什么境遇都不改初衷。勤勤恳恳的精神，为了创作出好的曲艺作品孜孜以求的认真态度，对待同学朋友由衷而来的古道热肠，一次又一次打动着我们。他中文系的系友傅成励称吴捷又能创作，又能表演，是难得的人才。同班同学郭瑞称他"人很单纯，一门心思在曲艺创新，走得太可惜了！"另一位同班同学，现在大洋彼岸的张秀利写下了字字泣血的怀念诗句：

> 肩稚气雄担重任，水遥云暗叹孤蓬。
> 隔洋漫洒同窗泪，万里云天唱大风。

吴捷走了，我同样没有忘记他。在我的脑海里镌刻着的，是吴捷1975年初春那天下午最后的印象。那一天，他电话里告诉我有两件喜讯，一件是调广播文工团的事基本成了。另一件，他卖了个关子，称见面再说。一会儿工夫，吴捷和一位漂亮的姑娘骑自行车来了，吴捷介绍姑娘是女朋友，中学教师，准备调回来后马上办喜事！我开玩笑说，那就祝你们早生贵子，快让相声事业后继有人啊！吴捷由衷地开怀大笑，姑娘羞涩地莞尔一笑，看得出他们的称心如意，看得出他们对未来的无限期许。这笑声，这笑容，给我留下了永不磨灭的印象。这，也是我对吴捷最后的印象，永远笑对人生的印象。

累和有关部门施舍，只能勉强维持一点摊子，而且由于搬迁，原来汉中分校的实验技术平台已大都丢光了。尽管我这一行在国外发展势头很好，但当时在国内却难以得到支持，因为离"经济建设"这个中心太远了。我想在这种自己不能干科研的情况下，如能为大家的科研发展做点事倒也值得，这样，我就死心塌地地跟着丁校长干起北大的行政管理工作来了。

（二）

1985年春节刚过，教务长汪永铨就跟我比较详细地交代了自然科学处的工作任务。大意是说，学校已经研究过北大的发展，在强调基础学科的同时要发展跟国家经济建设密切相关的应用学科，特别是边缘交叉学科。学校想在近期内成立几个交叉学科研究中心，其中管理科学中心是文理交叉的，由丁校长亲自挂帅，另外还要成立信息科学中心、生命科学中心和材料科学中心；已经成立的环境科学中心，还要集中加强，成为实体。这很符合我的设想，所以我就将筹建这几个中心作为我心目中的主要任务。另外，丁校长要我将理科科研搞上去，我找了各学科十来位对部委机关和企业行情比较熟悉的教师做"信息员"，以了解国家经济建设各方面的发展与需求情况，以便争取和调整学校科研项目。因为北大传统由教务长统管全校教学、科研和学科建设等事务，我虽不大管教学，但理科教学计划和课程设置等教学研究大事仍是自然科学处主管。所以那年学校修订教学计划的事，我们处里和教务长办公会议都是要讨论的，且丁校长对这件事抓得很紧，他对1952年院系调整以后学习苏联，专业教学过窄、计划管得过死的弊病很不满意。那次修订教学计划的方针"加强基础，适当扩展知识面，注重培养实际工作能力和创造精神，增强适应性"就是依据他的设想提出来的。

1986年初，丁校长给我来了个"突然袭击"。他将我找去，说是马上要开一个会，宣布我担任教务长；并解释说，汪永铨要集中全力研究高等教育（他当时已被任命为新建的高等教育研究所所长），他在这个新学科研究上已取得了较好成就，应当成全他。我一愣，说在自然科学处我还有很多事想干，才刚开始。丁校长说，开头你还是可以多抓科研，教学慢慢来，还是那句话："北大的系主任都懂得抓教学。"我在脑子里迅速过了一下"电影"：从多次关于教学计划的会议看，丁校长对抓教学胸有成竹，而北大重大科研项目不多，经费匮乏，离世界科学前沿相差尚远，难以支撑一所向国际看齐的大学，为此他心存遗憾，多次跟我讲过，对于他所从事且十分热爱的数学而言，由于经历了长期政治运动等因素的影响，中国在学科前沿上整体还没有摸到边，差距很大。要急起直追，就得有选择地跟踪国外，派青年人出去，请高人进来，还要闷着头自己培养。对于我认为情况相对较好的数学学科况且如此，像我们这些需要用高精尖仪器设备来支撑的前沿技术物理学科，与国外相差就更远了。丁校长还要我先从经济建设急需的应用学科抓起，要破除北大重理论轻实际的思想，使北大对国家发展作出较大贡献。此后不久，我又被选为党委常委，我们接触就更多了。

（三）

因为当了教务长，丁校长跟我谈教学问题也就多些。我知道他自己的教学很成功、很受学生欢迎。所以一谈起教学，他不是做"指示"，而是从他个人学习、成长、教学的经历说起。给我印象特别深的有两点：一是学生是教学的主体，要发挥他们的积极性，不要开那么多课，将基础打扎实是主要的；二是不要以为只有教师教的东西，学生才能学到。他说，他自己无论在上海大同大学，还是在清华大学，因为中华人民共和国成立前后政治活动很多，差不多没有什么课程是从头到尾全都学了的，往往学期还没有结束，还没有复习考试就停课了。现在他教的课，没有一门是老师教给他的，都是他边教边自己学来的，所以不能认为老师没有教的学生就不会。这话与我自己的体验完全相同，使我终身受用。他还提到教材的重要作用。他说"一部范氏大代数标志着新中国成立前中国高中生的数学水平"，我说"五十年代苏联福里斯、季莫列娃的物理学教程也代表了中国物理系学生基础物理的知识水平"。他要求北大要出一批有影响的教材。当时教师和学生用的主要还是油印讲义，要逐步订出计划，鼓励各系有经验的教师写出高质量的教材。为此，学校成立了以丁校长为主任的教材建设委员会（他有几本代数学教材就很有名），为了解决教材出版的经费问题，委员会的常设机构就设在出版社，他们按一年出版五十部教材的计划给以补贴。这在困难情况下很大程度缓解了教材出版问题。

20世纪80年代，市场经济的潮水激荡着中华大地，"脑体倒挂""搞原子弹的不如卖茶叶蛋的"声音泛起，一些学生开始开起"咖啡馆"来，1986年这股风潮虽已稍微平静，但学生中要求学校将他们培养成为"经理型"人才的呼声仍络绎不绝。同时各种哲学和政治思潮活跃，海德格尔、萨特、维特根斯坦、弗洛伊德、尼采等名字不绝于耳。对于我这个哲学门外汉来说，学生们的文章读起来经常是佶屈聱牙，晦涩难懂，不知所云。而一些学生则热衷政治，什么"新自由主义"等等，我也闹不清楚，甚至还有"行为艺术"作品，有人用绳子捆绑全身，在大饭厅外广场上展示。总之，一方面是人性浮躁，安不下心来读书，另一方面是思想活跃，标新立异，好高骛远。丁校长认为，在这种社会环境下学生思想动荡是自然的，不能压制，只能引导。于是，我们都主张要提倡一个好的学风，并在1986年暑假的扩大常委会上通过了大力宣扬"勤奋、严谨、求实、创新"八字学风的决定。[1] 其实，在前两年"读书无用论"思潮最严重的时候，时任教务长的王学珍和党委办公室副主任的赵存生等人就已经讨论出来用这八个字来概括北大应提倡的学风了，只是当时没有广泛宣传。倒是时任教委副主任的彭珮云在一次全国性的教育会议上将它宣扬了，所以一定程度上它成为全国高校应有的学风，甚至成为有的学校的"校训"。从

---

[1] 1985年末我在撰写上述广州会议的文件（载《谈学论教集》，北京大学出版社1997年版，第85页）时，已找到这八字来源的文件，但当时并未宣传，因而在北大无人知晓。我在写该文件时，认为这八个字的含义太窄，改为"勤严实创"（现在有的高校还以此四字为"校训"），觉得这样"严"字还可包含"严肃""严格""严密""严谨"等多种意义。"创"则除"创新"外，还可表示"创造""创意""创业"等含义。后与王学珍等人商量，觉得还是八个字读来比较顺口，就仍用此八个字了。

此，大饭厅外就有了书法家、法律系李志敏教授所书的这八个苍劲的草书大字，《北京大学校刊》报头旁白上也刊登了这八个字，成为北大人人都要努力遵行的学风，不少人甚至以为这就是北大的"校训"。

那时候，学风不正还表现在生活作风上，几乎每年都有个别学生在男女关系上出格。当时，学生在教学上违规或成绩不及格是由教学行政处处理，在教务长办公会上按章汇报备案，而在生活或法律上犯规的处分则由学生工作部上报到校长办公会上决定。多数情况下丁校长都主张给学生留点出路，体现出长者对年轻学子犯错误的宽容。

丁校长对学生总是爱护的。为了学生的事，有一次他跟我说，你在教员里找了一帮朋友（指自然科学处的"信息员"），你还应该找几个学生做朋友，看看他们是怎么想的。因为我当时还在给研究生上课，觉得多少还了解点情况，没有太在意。后来通过研究生会主席张来武找来了两位文科博士生，请他们有空就到教务长办公室来坐坐。其中一位是哲学系的张炳九。他也给我解释了学生中此起彼伏的各种思潮，并反映了不少对教学的意见。

（四）

1986年暑期的那次党委扩大会虽然开得时间较长，但讨论问题都是按职能部门分工依次进行的，丁校长似乎觉得北大整体的办学方向还有点问题。于是，他对我说"找时间聊一聊"。一天下午，我就跟他随便聊了起来，他也将他的一些想法和盘托出。我们谈论了两三个小时。我讲了五六个方面的印象，他也谈了四五点意见。我记得比较深的是：我对北大职能部门老气横秋、得过且过、不求进取，只是按章办事很有看法；学生也太过自由散漫，要求不严。我觉得应该"从严治校"，要提出一个目标，将学校办成"一流大学"。我当时对《毛泽东选集》印象还比较深，我说，毛泽东在苏区还表扬过兴国县创造了"一流工作"呢，我们办北大就是要以"一流"为目标，有个奔头。总要"取法乎上"，宁可"仅得其中"。我还说不少系学术空气比较沉闷，青年人不敢大胆发表看法,弄得大家谨小慎微。"严谨治学"很重要,但也要包容错误,允许人家说错话,而且要从中发现人家的新意,这样创新才会源源而来,学术就会兴旺起来。丁校长非常同意。另外我还谈到北大一些人总有"老大"思想,不愿向兄弟院校学习。从头年广州会上,我看到南京大学等院校对教学改革还很有点系统思路,想到南方看看。我这个教务长缺乏经验,需要学习,丁校长也表示赞同。我们还谈了学科建设等问题,丁校长则主要谈了北大资源有限,不能无限发展,要控制规模,综合平衡;对教师、干部要实行竞争原则,还要简政放权,分层负责,等等。我们谈得非常投机。有了丁校长的同意,那年12月我带着教务各处的负责人到南京、上海三所大学做了一个多星期的教学改革和科研发展的详细考察学习,收获颇丰,初步甩掉了北大"老大"的帽子。

在我们谈话的几天之后,丁校长业已形成了办好北大的系统看法,在一次扩大常委会上讲了六七点意见。他正式提出了"从严治校",将北大办成"世界一流大学"的主张。当年(1986年)9月12日,《光明日报》以头版头条宣布"北大要成为世界第一流的高等学府",并以"北京大学校长丁石孙谈办学目标和指导思想"为副标题报道了丁校长的六条方略:一、明确把北大办成世界一流大学的目标,并以此为要求来衡量自己的工作;二、从严治校,改变学校纪律松弛和涣散的局面;三、贯彻竞争原则,鼓励保护先进,抑制摈弃落后;四、活跃学术空气,坚持双百方针;五、树立综合平衡和全局观念,近期着眼于质量,不片面追求数量;六、简政放权,分层管理,放权放责,发扬民主,进一步完善和健全各项规章制度。

(五)

1986年底的一个晚上丁校长给我来电话,说朱德熙先生已经辞去副校长职务,他兼任的研究生院院长也不当了,要我来兼任研究生院院长。我出于各方面考虑予以婉拒,并建议可以请陈佳洱副校长兼任,后来,就确定了由陈来兼任。1987年9—10月在世界银行支持下由国家教委的学位与研究生司司长吴本厦带队对美国和加拿大的研究生教育和重点学科建设做了一个月的访问考察，还是由我去的。此前在8月份我到澳大利亚参加了一次"国际大学行政管理人员会议（IMUA）"。这两次活动使我对办大学有了更深的认识。回来后我向校长和常委做了详细汇报，我认为大学行政管理人员要区分"政务官"和"事务官"的意见也得到了丁校长和其他常委的赞同。1988年9月我要到意大利开一个专业国际会议，我还是程序委员会的成员，丁校长得知后说："你们会后正好是博洛尼亚大学九百周年庆典，他们邀请北大去，你就替我去一趟。"这样我参与了为期一周的世界第一所大学成立九百周年的庆祝活动。该活动有诺贝尔奖获得者的科学报告、大学校长论坛，还签订了一个《欧洲大学宪章》，我代表北大签了字。参加这个会使我对欧洲近代大学的形成有了进一步的认识。

在计划经济时代，我们的专业设置与招收学生人数都是由国家确定的，学生毕业后的工作分配也由国家统配统包，尽管实际上从20世纪60年代起我们已经感觉到了这种计划的不合理，部分毕业生已难以找到"专业对口"的工作，但当时这些后果都由国家包了下来。后来，国家不包毕业生分配了，就业实行"双向选择"，就要看你是否有真本事，是否能满足"人才市场"需要，"适销对路"。那时，本科生毕业考研究生的还较少，直接就业的是多数，这样就看你大学办得好不好了。因此，我比较着急，跟丁校长商量对策，我们决定先从对过去毕业生的工作情况做调查入手，然后再考虑教学改革的具体方案。这与原国家教委高教司的思路也大致相同。于是，我们分文理科开展了三次大规模的毕业生调查，调查结果表明：毕业二三十年后能按照在读时狭窄专业完全对口工作的是少数，多数都"改行"了。不过总体反映是：北大学生"上手慢"，"后劲足"，在各个岗位上能发挥比较重要的作用。丁校长认为，随着科技迅速发展、社会快速变动，真正能一辈子用上所学狭隘专业的学生是极少数，决不能再搞那种狭窄的专业培养了。他要我在常委会上提出一种深化教学改革的方案。经过一段时间思考，我觉得方案主要就是两条：要保持北大学生基础宽厚、后劲足的优点，消弭"上手慢"给人第一印象不太好的"输在起点"的弱势。具体做法就是"强化基础，淡化专业"，允许学生根据自己情况转系、转专业；高年级按照预设的考研或工作去向，对口培训，多开选修课，增加选择自由，以便他们学到"接口技术"，使之在人才市场上展现优势。这就是"因材施教、分流培养"。考虑到有些学生急于"下海"创业，想当个"经理"什么的，我们允许他们"停学"一段年限，保留学籍，将来发现自己学力不足，工作遇到不顺意，可以继续来校上学，实行弹性学制。这个意见得到当时来校"蹲点"的高教司副司长王冀生的赞赏。1987年底我在常委会上汇报了上述基本想法，得到丁校长的热情支持。他认为一个人工作中的知识和本事主要是在岗位上自己学来的，学校应该为他打好基础，使之具备自学和适应新情况、新工作的能力。1988年3月，学校召开了一个为期四天的"深化教学改革和开展有偿服务工作会议"。我做了"关于深化教学改革的设想"的报告[1]，丁校长在开始时讲了话，说明形势发展对教学改革的迫切性。在报告中我曾口头上将上面的几句话表述为"加强基础，淡化专业，因材施教，分流培养"，下半年修订教学计划时，就直接使用了这十六个字。这样，就出台了北大教学改革的"十六字方针"，并广为宣扬。

（六）

丁校长更关心的还是新兴应用学科和边缘交叉学科中心以及重点实验室的建设。在成立有十个单位人员参与的信息科学中心的时候，因为核心是数学系的程民德先生，很多重要问题我总会征求丁校长的意见。在这个中心基础上成立了北大第一个国家重点实验室——视觉与听觉信息实验室。此后，化学系成立了以唐有祺先生为首、与中科院化学所共建的分子动态与稳态结构国家重点实验室。因为是两个单位联合，牵涉很多复杂的关系问题，我和丁校长夫人桂琳琳（她实际掌管该实验室的筹建）多次跑过原国家计委，商讨各种具体问

---

[1] 该报告在3月14日写就后经常委会讨论通过，会议讨论后的修改文本及毕业生调查情况均刊载王义道、孙桂玉与王文清主编的《文理基础学科的人才培养》（北京大学出版社2005年版）一书中。

题。人工微结构与介观物理实验室还是丁校长亲自过问，找物理系领导商讨后成立的。1988年原国家教委提出利用世界银行贷款增建国家实验室时，经过教务部门讨论，我们提出在已建的五个国家实验室基础上再建十个的建议（其中四个是原国家教委所属的专业开放实验室）。我向他汇报时他问得很具体，对于为继承周培源老校长的湍流研究而设置的湍流研究实验室，他还多次亲自过问，并热情接待了校外评审专家。环境科学研究中心原来是个"虚体"，经过他和原国家环保局局长曲格平多次商讨，后来获得了北大和原国家环保局共建的资质，工作大为改观。

提出建设世界一流大学之后，丁校长总在思考我校的科研工作如何能为国家发展解决重大问题作贡献。1989年初，我们商量，改革开放后国家的经济发展重点在沿海，东西部差距显著扩大，应该及时提出开发西部的战略。这个意见得到北大各学科许多学者的赞同。于是，他提出利用"两会"时期各省市领导人来北京开会期间，请他们到北大来，向他们提出北大学者愿与他们合作共同开发西部的设想，当时决定先从西北做起。他积极主动与民盟中央联系，并取得了中央统战部和国家民委的支持，4月1日在北大召开了一次有甘肃、青海、新疆和宁夏等地上述机关领导参加的"北京大学西北发展研究汇报会"。校党委书记王学珍和丁校长都到会了，北大多名学者建言。我们认为能源问题对中国发展很关键，经与原石油工业部科技司多次商讨之后，那年5月，我们成立了在原石油工业部支持下的石油天然气研究中心。当时丁校长排除各种干扰，亲自参加了成立大会。1985年根据中共中央《关于科技体制改革的决定》设立自然科学基金会来支持基础研究时，我校派出了十几名教师兼职或专职担任基金委的副主任、学部主任以及普通工作人员，这与丁校长对学校队伍建设的想法完全一致，也大大有利于我校的科研工作能瞄准国家的需求。当时，唐敖庆先生从吉林调来北京任基金委主任，丁校长积极协助他解决来京干部家属的工作与生活的安排，使基金委能迅速正常地开展工作。

要将北大做强，关键在于师资队伍。根据当时学校实际情况，丁校长和校党委一起提出了"尊重老年，依靠中年，寄希望于青年"的方针，那时在国外获得学位回国工作的人还十分稀少。1987年，在生物学系党委书记潘乃燧、系主任顾孝诚和前副教务长陈守良的力荐下，丁校长决定聘请陈章良来北大工作，破格授予他副教授职称。当时北大的条件非常简陋，但学校还是尽可能地为他创造条件，支持他建立了蛋白质工程及植物基因工程国家重点实验室，并成立了生命科学中心。第二年，在汪永铨先生力荐下，又聘请了在美国斯坦福大学获得博士学位的闵维方来北大任教。他们当时年轻有为，本来可以在国外享受优厚待遇，得到充分发展。但他们心怀祖国，为北大学科建设与发展作出了重要贡献。

（七）

作为教育家，丁校长坚定地相信学生，肯定他们是积极有为、进取向上的，期望他们能后来居上。1989年8月23日，北大召开干部大会，原国家教委副主任何东昌宣布：丁石孙任期已满，不再担任北大校长，由吴树青任北大校长。丁石孙从行政工作退下来后，作为一名普通教员继续教书。

丁石孙是数学家，他的数学学得很好，造诣很高。他编写的教材获得过国家特等奖。他不仅搞教学，做理论，还做密码问题等应用工作。他出国访学回来后经常说：中国数学除了个别人做出了一些成绩外，总体上在前沿方向还很落后，要培养年轻人急起直追。他本来是可以在"代数数论"等方向做出杰出的科研成就的，但他暂时放弃了研究，做起教学和学校行政工作，目的是培养人，使他们超过自己，繁荣未来的中国科学。他认为这是时代给他们这一辈人的使命，也要他们做点牺牲。

我是学物理的，我也非常崇拜数学，我觉得数学是现代科学技术的先导，是人们能进行科学理性思维的有效工具。现代科学文明并不是人类进步的必然结果，其生成的概率微乎其微，靠了数学，人类才能得到现有的高度文明。我还认为一所能推动国家文明的大学，没有数学和哲学这两个学科取得前所未有的创新，就难以堪称"世界一流"。丁先生是属于为了民族的明天而让别人踏在自己的肩膀上前进的人，他远比一般的数学家更为伟大！

追思恩师吴组缃先生

吴泰昌 [1]

安徽文艺出版社的《吴组缃全集》于 2020 年出版了，这是我为组缃师主编的一套书。

著名学者、文学家吴组缃先生是我的北大恩师。组缃师自幼爱读书，少年时就勤于写作，大胆投稿。上大学后，他泉涌般地发表小说、散文，很快引起文坛重视。茅盾著文称赞他作品的精致，誉他"是一位前途无量的大作家""这位作者真是一支生力军"。他的短篇小说《一千八百担》、长篇小说

---

[1] 吴泰昌，1938 年生于安徽省当涂县。1955 年由当涂中学考入北京大学中文系，1960 年本科毕业后读研，1964 年文学理论研究生毕业，师从杨晦和朱光潜教授。长期从事文艺报刊编辑工作，曾任《文艺报》第一副总编、顾问、编审。1979 年 9 月参加中国作家协会。1992 年荣获国务院特殊津贴专家称号。近些年已出版散文、评论集四十余部。近些年北京三联书店陆续出版"吴泰昌亲历大家"五种：《我亲历的巴金往事》《我认识的朱光潜》《我知道的冰心》《我了解的叶圣陶》《我认识的钱钟书》。2017 年出版的《亲历文坛五十年》被评为该年出的"好书"之一。编有《中国新文学大系：1976~2000（散文卷）》等多种图书。"吴泰昌文学馆"2019 年正式在当涂县开馆。

吴组缃先生

《鸭嘴涝》（后经老舍建议改名《山洪》）等作品早已载入中国现代文学史。

1955年，我来北京大学中文系上学，在授业的老师中我最爱听他的课，与他交往也感到最亲近。也许是一种家乡情结，我很早就成了他家的"小客人"。他使我养成爱喝安徽绿茶的习惯，师母沈菽园让我品尝了诸如臭鳜鱼、红烧肉一类的真正徽菜。

1958年，我已是大学三年级的学生了。学校规定要写学年论文，我拿不准写什么，去请教他。他平日常谈起艾芜的小说，对其描写的严谨和情调的浪漫很是称赞。也许受他的影响，我从图书馆里陆续借了艾芜数量不算少的小说集，并从他那里借过一部艾芜在鞍钢深入生活时写的长篇小说《百炼成钢》的排版校稿。组缃师建议我写艾芜这部长篇新作的评论，他辅导我。我用三个多月的课余时间，写了一篇一万五千多字的评论，习作的稚嫩是可以想见的，组缃师的精心修改使这篇习作立论大体站得住，文辞表述也拿得出手。他批写的几句鼓励的话我忘了，但他说我是在用心读、用心写，我挺高兴。

1964年我研究生毕业时，组缃师也是主考我的毕业论文和口试的老师之一。我在《文艺报》工作后，他对我的约稿极力支持，有求必应，对我个人也不时提醒、指点，说："做任何事情都要认真、严谨。"

经过十年内乱磨难之后，20世纪80年代前后，组缃师精神振奋，写作兴致骤浓。他在给我的一封信中说："我想做的事：把几门讲过的课的讲稿整理出来——宋元明清文学史、中国古代小说论要、《红楼梦》及其他几部长篇小说评论、鲁迅小说研究等，这是一方面。另一方面，想多写些回忆的文章，其中包括散文及小说形式。"他尽力地在做，有些已经完成。

组缃师对文学创作有自己执着的主张。在艺术的追求上，他偏爱质朴、自然的风格。1987年，他为我的散文集《梦的记忆》作序，他在文中说："我喜欢这样的散文，我心目中泰昌的散文，正是这一路的散文。它们的特色是随随便便地、毫不作态地称心而道，注重日常生活和人情事理的描述，读来非常真切、明白，又非常自然而有意味。"但组缃师也多次说，在艺术欣赏上，每个人对某种风格的喜爱和偏爱，不可能也没有必要要求一致。

从20世纪80年代后期起，疾病不断缠绕组缃师，他曾几次进出医院。1994年元旦过后不久的一天，我正在京西宾馆参加一个会议，孩子打电话告诉我，吴组缃爷爷家里来电话，说吴爷爷快不行了，很想见我一面。1月8日上午，我匆匆赶到北京医学院第三附属医院。组缃师安详地躺在病床上。他的大女儿鸠生姐的先生叫醒他，大声说："泰昌来了。"他微微地睁开眼，缓缓地抓着我的手。一个多小时，想说什么又没说什么。他卧床时间不短，长了不少褥疮。我和他女婿给他翻身擦洗后，他又昏睡了。1月11日，组缃师与世长辞。

组缃师有些心愿未能实现，留下了事业上多项遗憾，我确切知道的至少有两个项目是他最挂在心头上的。其一是撰写回忆冯玉祥先生的文章。吴组缃老师1935年后曾任皖籍著名将军冯玉祥的国文教师，抗日战争时期又兼任秘书，与冯朝夕相处，无话不谈，对冯的思想性格、为人处世态度了解得剔透而全面。这篇长文没能写出，是非常非常遗憾的。其二是完成《〈红楼梦〉批注》。来北大中文系任教授后，他的主要精力放在对宋元明清文学史的教学和研究上。特别在对中国古典小说的教学和研究上，成就卓著。他在《红楼梦》的研究教授上成就尤为突出。他的《论贾宝玉典型形象》，被公认为是一篇高水平的学术论文。他的《〈红楼梦〉批注》未能完成，是无法弥补的一大憾事。

2016年，我回到安徽，与安徽文艺出版社洽谈我自己三本书的出版事宜。朱寒冬社长向我提及，吴组缃先生是皖籍现代知名作家和学者，希望出版吴组缃先生的全集，望我代为取得组缃师家人的授权，我欣然应允。回到北京后，我辗转联系上了久未见面的组缃师小儿子吴葆刚。

电话里谈及出版全集的事情，葆刚一口答应。他的姐姐已经去世，哥哥在外地，他说自己可以全权代表。儿子开车送我到葆刚家，他为我手写了一份授权书。葆刚说："泰昌，有你关照，我们就放心了。"自此，全集的出版工作正式启动，由我和朱寒冬担任全集主编。

组缃师的性情随意，作品并未进行过系统整理，葆刚等组缃师的子女均不从事与文学相关的工作，全集的出版主要依靠我和出版社的搜集和整理。其间，我除了梳理、确定了全集篇目，为出版社提供一些已发表未出版的作品线索外，还翻检了自己与组缃师的往来书信，又与臧克家女儿郑苏伊联系，请她把父亲与组缃师的书信找出，一一扫描，收入文集。葆刚也将家中珍藏的照片找出来，由出版社登门翻拍。这些珍贵的资料都是第一次面世，使全集成为目前对组缃师作品呈现最为完整的出版物。

寒暑数载，其中甘苦难以一语道尽，然这套《吴组缃全集》的出版，确实凝聚了我对组缃师无尽的怀念与追思。

人间仙曲

——"五四"一代学人的个人情怀

奚学瑶 [1]

梁思成先生的第二任夫人林洙女士，曾经撰写文章披露梁思成、林徽因夫妇与金岳霖之间高尚而动人的情感故事。他们之间的关系在我国知识界已广为人知。作为后辈，我们由这么一个已经打开的小小窗口，得以窥见"五四"一代中国优秀学人的思想情怀。他们不仅吸纳了西方先进的科技知识，同时亦融汇了中西方高雅的道德情操，从而令后人"景行行止，高山仰止，虽不能至，然心向往之"。

无独有偶，类似的事例，在他们这一代学人中绝不止一个，经济学家陈岱孙先生等人的个人生活亦同样教人叹为观止。

---

[1] 奚学瑶，浙江天台人，长于上海，1964 年入读北京大学中文系，1970 年毕业后在河北抚宁插队并工作，后长期在秦皇岛从事史志编撰与文学创作，中国作家协会会员，一级作家，现已退休，著有散文集多部。

　　时光回流到 20 世纪 30 年代初期，清华大学聘任了一批风华正茂、学有所成的归国留学生到校任教。他们都深受中国传统文化的熏陶，并且从欧美采撷了现代科学、民主之火，从而成为兼具中西文化精华的一代新人。陈岱孙，系福建世家子弟，获哈佛博士学位，时任清华经济系教授。他长身鹤立，风度翩翩，与金岳霖等三名留洋归来的青年教授，被称为清华园中"三剑客"。他们的学识与风度，为清华人所称道。"三剑客"中的另一员是位理论物理学家。他在同学夫人的介绍下，认识了女师大众多佳丽中被称作"头美"的一个女学生。这位青年物理学家不但英俊潇洒，且幽默风趣，经常去女师大看望这位女大学生。有时，他还带着自己的同事和朋友——"三剑客"之一的陈岱孙，以及年轻的数学家许宝騄前往。女学生美丽机敏，善解人意，使得他们的朋友聚会，常常充满了欢趣。青春年华，谁个不善钟情？这样富有青春魅力的女士，又怎能不让陈岱孙、许宝騄产生爱慕之情？"发乎情，止乎礼"，作为一位有道德有教养的知识分子，他们懂得该如何相处，如何珍惜朋友间这份情谊。

　　真诚而纯洁的朋友交往，使这位物理学家与陈岱孙、许宝騄之间的友情愈加深厚，尤其与陈岱孙之间的关系至为亲密。他们一起在清华教工"饭团"用餐，一起练习射击，一起去郊外或山西打猎。物理学家与女师大那位学生成婚之后，陈岱孙是他们家的常客，常与金岳霖、张奚若、梁思成、林徽因、吴有训等人到他们家谈天叙旧，或鉴赏字画，或设牌局。抗日战争爆发后，他们在昆明患难与共，风雨同舟，在国家危难、人生颠沛之际相濡以沫。陈岱孙不但深爱自己的朋友，也深爱他们的女儿们，女儿们称他为"陈爸"。他喜爱他们的女儿，尤其宠爱端庄而聪慧并极具个性的大女儿，对她偏袒有加。他看透了旧社会政府官场的腐败和黑暗，对"胁肩谄笑，病于夏畦"的官场恶习甚为反感，发誓终生不仕，一生认认真真、老老实实地致力于学问。但是，他遵从传统之道"己所不欲，勿施于人"，充分理解物理学家朋友"为促进祖国现代化"，"为此牺牲一部分教研时间"，而从事国际科研交流和国内的社会活动。

　　陈岱孙终生未娶。当有人向他问及个人问题时，他说："情感是可遇而不可求的。"

许宝骔也终生未婚。他后来以数理统计上的创新性成就而享誉数学世界。

20世纪90年代中后期，一代风流，百年人生，已近曲尽人散，数学家、物理学家已先后谢世。当年那个风华明丽的女师大学生也患了痴呆，记忆大多已从她的头脑中消失。有几天，她突然

陈岱孙（左三）在西南联大，左一周培源，左二梁思成，左四林徽因，右二金岳霖，右一张奚若，两个孩子为梁思成和林徽因的子女

多次向小女儿念叨："陈岱孙怎么不来看我？"小女儿安慰她说："他比你岁数大，你应该去看他才是。"数天之后，陈岱孙便告别了人世。物理学家夫人躺在病床上，不知人世沧桑，奇怪的是，她从此再也没有提起陈岱孙。天上仙曲，人间友谊，顿成绝响。

早年，笔者曾亲耳听见这位物理学家夫人，对陈岱孙赞美不已，称他是"绝顶聪明"。

1991年暮春，笔者曾在母校进修，陪同同室伙伴——研究林徽因的学长陈学勇，一起前往拜访陈岱孙老人，向他请教有关林徽因的一些问题。陈老家居燕南园，与物理学家旧居比邻。这里，是我们十分熟悉的地方，当年的喧闹已了无痕迹，剩下的只是树影摇曳灯光空明的静寂。室内空旷洁净，陈老蔼然端坐，如仙似佛，平静而慈祥地回答了学勇兄一个又一个问题。时间长了，我担心陈老不胜重负，不住暗示学勇兄尽快结束提问，而陈老依然不烦不躁，有问必答。他的妹妹——当年我们求学时的图书管理员，已故语言学家高名凯先生的遗孀，亦含笑坐在他的身旁，无言地陪伴着兄长，直至谈话终了。

北大百年校庆之后，我亦曾与物理学家的小女儿及其女友，同去燕南园采访学者作家宗璞先生。从她家出来，映入眼帘的便是当年物理学家的旧居，以及与之比邻的陈家。往事如水，物是人非，陈老已然作古，只是，在陈家的庭

院里，却矗立着一尊雕像。尽管雕像未能充分显示陈老的气质，但表示了人们对他一份深深的怀念，并告知后来的北大莘莘学子，这里曾经住过一个高贵的长者。我恭敬地肃立在他的雕像旁，在他身旁留了影。尽管傻瓜相机的能源未能驱走暮黑的微茫，但似乎正是如此这般，才恰当地表现了我对他深沉博大人生的一种茫远的认知。

岁月如歌。伟大的"五四"时代，造就了伟大的一代民族精英。他们以其高尚的人文情怀与顶尖的科学知识，引领着时代的风骚。"此曲只应天上有，人间能得几回闻？"泱泱大师，给后人留下了丰厚的遗产，即便是个人情怀，也让我们引领仰望。返视当今世俗浮华，怎能不使我们从他们身上感悟到些什么？凝神蓝天白云，当知何为人之高贵，何为无愧人生。

见此图标 微信扫码 **开启燕园时光放映机**

北大与燕大中的几对教授伉俪

姚学吾[1]

（一）陈梦家、赵萝蕤伉俪

陈梦家，1911年生于浙江上虞，其父为南京神学院院长。陈梦家在中央大学学习法律，并获得律师执照，与此同时，他深深迷恋上写诗，很早就师从徐志摩、闻一多。他的第一本诗集《梦家诗集》在他二十岁时就发表了，陈梦家之名立即掀起不小的波澜，成为新月派的重要诗人。他曾到燕京大学神学院学习，不久转入国文系，是校园里顶着"浪漫诗人"桂冠的青年才俊。也就是在这景色宜人的未名湖畔，他结识了美丽、清纯又饱读诗书的佳丽——赵萝蕤。

赵萝蕤的父亲赵紫宸是世界知名的基督教神学家，历任燕京大学神学院院长和世界基督教理事会亚洲主席。1926年，他来京接任燕京大学宗教学院院长

---

[1] 姚学吾，北大俄语系1954届（清华外文系1950级）学生，1952年院系调整时进入北大，1954年毕业留校任教，曾住中关园二公寓，现居美国纽约。

陈梦家、赵萝蕤夫妇

一职，这时赵萝蕤年方十四。十六岁时，她进入燕大国文系学习。师从周作人、冰心、郭绍虞等名家。第二年，她转入英语系学习，在校园里成为同学们瞩目的、外号"林黛玉"的燕大才女。相似的家庭背景，又有才子佳人的光环，陈、赵两人很快地走到一起。不久陈梦家受聘于清华大学中文系，赵萝蕤也刚好考上清华大学外国文学研究院。据说清华外文研究院入学要考两门外语，赵当时只考了英语。吴宓教授认为她的英语得了一百分，就破格先行录取，入学后再补一门法语。赵萝蕤因学习成绩优秀还获得每年三百六十元的奖学金，当时杨绛比她低一班，也获得了奖学金。1935年赵萝蕤以优异成绩在清华研究院毕业，回到燕大西语系任教。钱穆先生在他的《师友杂忆》中回忆说："有同事陈梦家，先以新文学名，余在北京燕大兼课，梦家亦来选课，遂好上古先秦史，又治龟甲文。其夫人乃燕大有名校花，追逐有人，而独欣赏梦家长衫落拓有中国文学家气味，遂赋归与。"陈梦家在古文字和考古方面颇有建树，而赵萝蕤却在翻译领域建立丰碑。当赵在清华研究院读三年级时，受大诗人戴望舒之邀翻译艾略特（Thomas S. Eliot，1888—1965）的长诗《荒原》（The Waste Land），《荒原》是现代西方诗歌的一个里程碑。该诗是以晦涩难懂、旁征博引著称的现代派长诗，引用了三十三位不同作家的作品以及多种歌曲，涉及三十六种外语。全诗五章四百多行，诗作问世后即在世界文坛产生重大影响。卞之琳、叶公超、钱穆等夸他们"一个是名士做派的不羁才子，一个是才貌双全的名门闺秀"。有情人终成眷属，他俩在1936年1月结为连理，在司徒雷登的临湖轩举行结婚仪式。

不幸，七七事变爆发，北平的校园里已无法平静地进行教学与科研。赵萝蕤只得跟随陈梦家转移到昆明，因陈梦家在西南联大任教，当时的西南联大是不允许夫妻二人同时任教的（据说是沿袭清华的校规），赵萝蕤虽然做了一些牺牲，但是有志者是不会虚度生命的。她在继续翻译工作的同时，还把图书馆里的英文馆藏几乎读遍。诚如钱穆先生所说："联大图书馆所藏英文文学各书，几于无不披览。师生群推之"。恰巧，1944 年美国芝加哥大学东方学院和西南联大有一个交换教授的计划，校方就选派陈梦家前去任教。赵萝蕤也一同前往，并进入了美国一流的芝加哥大学英语系学习。

艾略特得知赵萝蕤在美国读书，特邀请他们夫妇在哈佛俱乐部晚餐。原作者和中文译者能有缘相会，一时传为佳话。1947 年陈和赵先后回国，陈梦家在已复员的清华园里任教，担任文物陈列室主任，为校方积极收罗、采集青铜文物，颇具成效；而赵萝蕤归国后被聘为燕京大学西语系教授并兼任系主任。回到故国故园，为祖国高等教育贡献力量，二人十分愉快，对新中国也是充满希望和憧憬的。

1951 年，"知识分子思想改造运动"从天而降。一夜间，清华、燕京（城里的北大也一样）停课闹革命，要求知识分子特别是高级知识分子改造自己的资产阶级思想，并清算"美帝文化侵略"。教授们分成几类，特别有名的要在全校大会上作检讨，有的要在全系大会上，或在年级的会上作检讨。

就我所记，清华在全校大会作检讨的有叶企孙（校委会主任），周培源（教务长），钱伟长（副教务长），陈岱孙（法学院长），冯友兰（文学院长），不知为什么还有陈梦家。他们都是经过三四次检讨才通过。有的人痛哭流涕，但是好像陈梦家比较轻松，他在检讨时，有人问他："你和美国的史密斯什么关系？"他说这个问题就好像问"在中国你认识姓王的吗？"一样无知。我们在会场上想笑又不敢笑。

此番运动之后，1952 年就进行了院系调整，即取消燕京大学，清华的文理法学院基本划归北大，北大燕京的工科划归清华。陈梦家被分配到科学院考古所。不幸的是，1966 年，55 岁的诗人，过早地含冤而去。

　　赵萝蕤教授从此低调而寡言。她曾在燕京大学副修音乐，弹得一手好琴。《贝多芬热情奏鸣曲》和《肖邦幻想即兴曲》是她拿手杰作。偶尔傍晚在她的窗前还能听到她的优雅琴音。据说她在芝加哥大学时，杨振宁和李政道也在，他们经常邀她一起聊天，听她弹琴。赵萝蕤教授写得一手好文章，她也写诗。与艾略特晚餐的那天，艾略特为表达对她翻译了自己的作品《荒原》的感谢，而特地为她朗诵了《四个四重奏》的片段，并送给赵萝蕤教授两本签了名的作品，还赠送两张照片。与此同时，艾略特希望能读到译成英文的赵的诗篇。她在 1957 年翻译了朗费罗的长诗《哈伊瓦撒之歌》，20 世纪 80 年代初，又受上海译文出版社之邀，在教学、科研之余，用十二年的功夫把惠特曼《草叶集》全部译出。不久，美国《纽约时报》就在头版刊登消息"Walt Whitman with a Chinese Lilt"。

　　1990 年 9 月，赵萝蕤教授应邀参加芝加哥大学百年校庆。赵教授是以该校百年来成绩突出的十位校友之一的名义被邀的，她被授予"专业成就奖"。她以研究和翻译惠特曼为题，做了大会发言。这位秀外慧中、才华横溢的赵萝蕤教授，于 1998 年 1 月 1 日离开人世，享年 86 岁。斯人独憔悴！令人常叹息。谨以赵教授 1936 年发表在《新诗》上的"中秋月有华"一诗，作为永久的怀念：

> 何以今天我看见月亮，
>
> 多半是假的，
>
> 何以这样圆，圆得
>
> 无一处棱角。
>
> 何以这圆满，
>
> 却并不流出来，
>
> 在蕴含的端详中，
>
> 宛如慈悲女佛。
>
> 岂不是月外月，
>
> 月外还有一道光，

万般的灿烂，

还是圆满的自亮。

静静地我望着，

实在分不出真假，

我越往真里想，

越觉得是假。

（二）周一良、邓懿伉俪

这对"泰山情侣"是我心仪的早期中国知识分子中的典范。早在 1947 年的一个充满阳光的寒冬的上午，在晚清重臣那桐题写的"清华园"三字的南校门前的清华校车站边，看到一对年轻夫妇，从校车里翩翩地走下来。他们的装束典雅。男的戴着皮帽，一袭剪裁得体的半长的风衣，足蹬及膝长靴，神采奕奕。而旁边的女士，也是毛领长大衣，丝袜高跟鞋。两人亲密地挽着手匆匆走过，使目睹的人都赞叹不已，

周一良和邓懿在燕京大学时的照片

他们便是周一良、邓懿伉俪。周一良教授是学贯中西的史学泰斗，他出身名门，父亲周叔弢是天津的著名藏书家、实业家、民族资本家。曾应邀参加第一届全国政治协商会议，还当选过全国政协副主席和天津市副市长。

周一良于 1913 年 1 月 19 日生于天津。他先就读北京辅仁大学历史系，

1932 年转学到燕京大学历史系二年级，毕业后在燕大研究院攻读一年。1939 年获哈佛燕京学社全额奖学金入读哈佛大学研究院，1944 年获博士学位。在哈佛读博士期间他还入远东语文系，主修日本语言文学及梵文，也曾在哈佛大学陆军特别训练班教授日语口语。1946 年归国后，他曾任燕大国文系副教授，1947 年转任清华大学外文系教授。从 1949 年起，他任教于清华大学历史系，并兼任系主任。1952 年他随院系调整来到北京大学历史学系并兼任中国古代史和亚洲史两教研室主任，还担任联合国教科文组织"人类科学文化史"编委，历任中国史学会理事和中国日本史学会名誉会长。在短短的三四年间，一个人能游走于名牌大学的中文、外文和历史三系之间执鞭任教，足见斯人的功底非同凡响。周教授通晓多种外语，汉学底蕴深厚，学贯中西。他在魏晋南北朝的研究上功绩甚伟，而对敦煌的研究也颇有建树。

遥想当年，这位才子怎样和邓懿邂逅的呢？原来，1932 年春，燕大的学生组织旅行团到泰山、曲阜旅行。同学们在泰山的玉皇顶上过夜时，周一良的钱包和大衣被窃。第二天清早，他只好狼狈地裹着棉被向同学借钱，国文系一年级的邓懿小姐慷慨解囊相助。自此，两人成了恋人，并于 1937 年春订婚，1938 年在天津结婚。燕大同学们认为他们定情在泰山，便称他们为"泰山情侣"，这个浪漫的称呼如今被镌刻在他俩的墓碑上。邓懿的父亲邓镕（1872—1932），字守瑕，四川成都人，是位名律师。邓懿 1914 年生于北京，1932 年毕业于天津南开中学，后来保送燕京大学国文系。邓懿原籍虽为四川，却说得一口京片子，她的大学毕业论文《纳兰词研究》得到导师的好评。当时燕京大学一切都仿效美国，严格地说，燕京就是从美国哈佛大学"克隆"来的。燕京大学也有"斐陶斐荣誉学会组织"，名称取自三个希腊字母，意思是德、智、体。毕业生中成绩优异者可被推荐为会员，并获"金钥匙"，邓懿和周一良二人都曾获此殊荣。

邓懿从燕大毕业后，考入清华大学中国文学研究所为研究生。后来的清华大学副校长张维教授的夫人、著名航空航天学家、清华航空系唯一的女教授陆士嘉（德国冯卡门教授的得意门生），第一次见到邓懿时就赞叹地说："什么是大家风范？邓懿就是大家风范。"可见邓懿的风度绝对超群，此话出自陆士嘉的口，实在难得，因为，陆士嘉的风度在当年的清华女教授中已是凤毛麟角的了。1939 年，周一良获得哈佛燕京学社的基金资助，从上海乘邮轮到美国留学，邓懿和初生的儿子留在天津。两年后，邓懿也有了赴美的机会，在哈佛大学女校学习了一段时期，便在哈佛远东语文系任教。1943 年，赵元任教授受美国政府的委托，在哈佛创办了一个特别训练班，专门训练美国陆军士兵掌握中文。赵教授挑选了几位北京话标准的留学生做他的助手，邓懿则有幸被选中。她在赵教授的熏陶和培养下，成为用英语教外国人学习汉语的第一批种子和人才之一，也成为中国最早的为外国留学生教授汉语的中坚力量和专门人才。

1946 年，周一良在哈佛的合同期满，他对自己说："去国已八个年头的我，怀着'漫卷诗书喜欲狂'的心情，携妻挈子奔返祖国了！"他受燕京大学之聘，任国文系副教授。邓懿先留在天津。后来周一良转赴清华大学任教授，并有了住房，于是接邓懿和孩子来京。

1949 年，中华人民共和国成立，周一良转入清华历史系专门讲授魏晋南北朝史，并任历史系主任。当时，波兰、捷克、匈牙利、罗马尼亚、民主德国、保加利亚等东欧国家要求派留学生来中国学习汉语。教育部考虑当时的北大在城内沙滩街区，院系分散不说，设备也相对简陋，于是把对外汉语学习班设在清华大学。据说当时北大的一些同学对此还有些微词，觉得北大中文系堪称世界第一，为什么把这个班设在清华？其实要按实力比，清华中文系也很牛啊。前有王国维、赵元任、朱自清、闻一多，还有王力、李广田、吕叔湘、浦江清、朱德熙、吴组缃、周祖谟等名师。但是，这次的教学任务和这些大师都无缘。因为教学对象是初学者，而且是外国人。学校任命教务长周培源教授为班主任，周培源教授知道学校里有为外国人教授汉语的专家——邓懿，她是在哈佛经赵元任教授亲手培养出来的教师。于是，这个班基本没用中文系的教授，而是由邓教授在清华外文系中挑选了一批教师和学生搭成这个特殊的班子。一切教学大纲、教材都是由邓教授按照当年在哈佛的汉语训练班的蓝本编写出来的。教学方法也是不同于传统的重语法轻口头的训练模式，效果很好。当时选了很多普通话标准的学生当辅导员，我也被选中了，因此有幸在邓教授的指导下，学到她的对外汉语教学"真经"。可惜时间不长，我在学生会中担任较繁重的工作，而不得不放弃这个难得的学习机会。但是，这短短的一段经历却为我后来的教书生涯带来可贵的启发。她的对外汉语教学理念和手段，让我受用终身，这是后话不提。

1952年，高等教育发生一项重大变革：在全国高等院校进行院系调整。别的不说，只是北大、清华、燕京之间就搞了个天翻地覆，据说是向苏联老大哥学习。北大是综合性大学，只剩下文、理、法三个学院，而清华大学仅仅保留单一的工科，燕京大学因为是美国人兴办的教会大学，作为"'美帝'侵华的工具"，自然要关掉。

这年，清华的文、理、法系科的大部分师生合并到北大，搬进新校园——原燕京大学的燕园。周一良和邓懿也随之成为北大的教师。周教授任历史学系中国史教研室主任，清华的东欧学生汉语专修班并入北京大学外国留学生中国语文专修班，邓教授任教研室副主任。后来，那批毕业生回国后多数担任了外交官：大使、参赞，也有当了外交部长的。相当多的人成为汉语教授或研究人员。这个专修班里培养起来的青年教师后来多被分配到新成立的北京语言学院（就是现在的北京语言大学），而北京语言学院成为中华人民共和国成立后第一批对外汉语教学的基地。

邓教授主持编写的汉语教科书是中国第一部完整的对外汉语教材，对听、说、写、读都有严格的训练。该书词汇丰富、实用，语法实用性、系统性并存，它的成就在中国对外汉语教学史上堪居首位。她创建的语法体系，不仅影响了中国，还影响了其他国家的汉语教学，她的功劳应永载史册！

周一良教授的研究领域涉及语言学、佛学、朴学、敦煌学、中国历史、亚洲史等，确实不愧为一代史学宗师。他的大量著作收入五卷本《周一良集》及《周一良学术论著自选集》，例如《魏晋南北朝史札记》，对《三国志》《晋书》《宋书》《周书》《隋书》等十部正史中的人物、事件、典籍、制度、用语等疑难问题都做了缜密的考据与准确的阐述，成为中外史学家研究中国古代史的必读著作。

邓懿教授于 2000 年病逝，而周一良教授于 2001 年 10 月 23 日在看完一集凤凰卫视播出的《张学良传》就寝后，安详地走了。他们安葬在离北大不远的一座公墓"西静园"，那里种满了桃树。大理石的墓碑上镌刻着"泰山情侣"及周一良和邓懿两位教授的名讳，底座上有周一良教授自撰的对联：

自古文史本不殊途，同学同事同衾同穴，相依为命，数十载悲欢难忘。
对外汉语虽非显学，教师教生教书教人，鞠躬尽瘁，多少国桃李芬芳。

在桃花盛开时，常有后人和学子前去献上一束鲜花致敬，或在落英缤纷时有友人在墓地前徘徊、凝思。

（三）侯仁之、张玮瑛伉俪

侯仁之、张玮瑛伉俪是我的良师益友。我最早与侯先生结识是在 1952 年，那年正好是高校的院系调整。清华把文、理、法三个学院的全体师生合并到北大；燕京大学遭遇名义上撤销，文理法学院的师生，也合并到北大，一所新的北大就在燕京大学的校园里诞生了。

表面上看，这是中国教育史上的大事，传播界的报道，一片叫好之声。可实际上，位于沙滩的老北大的文法学科同学觉得搬到西郊那

侯仁之、张玮瑛夫妇

个闭塞之地，尽管设备和住宿条件都提高了，却失去了在饭后或假日里去东安市场的旧书摊或隆福寺的旧书店里"寻宝"的乐趣了，而清华的同学一百个不愿意从美丽、宽大、大家闺秀般的清华园搬进过分雕琢的、小家碧玉似的燕园里去。燕大的同学会因为一夜醒来就成为北大的学生而兴奋吗？其实他们会因为陡然间失去自己的母校而黯然神伤。

在燕园的新师生尚未到来之前，原来三校文理法系科里担任学生会各部正、副部长的同学就预先到燕园开上会了。理由是来不及重新选举，而开学后又有大量的、针对学生的生活、娱乐、体育锻炼等要安排。我们在原北大学生会主席的召集下，开了几次工作分工会，我被任命为临时生活福利部部长。

就在第二次工作会上，学生会长把学校的总务长蒋荫恩教授和分管学生工作的副教务长、地质地理系主任侯仁之教授介绍给大家认识，说今后会有许多工作要向他们汇报、请示，并取得他们的协助和支持。这次工作会是在未名湖畔、花神庙前的草坪上开的，两位校领导也和我们一起在草地上席地而坐。这两位教授都是原来燕京大学的著名学者，那次来也都身着西装。蒋先生头发梳理得整整齐齐，一副金丝眼镜，还留着一道细细的小胡子，十分绅士。侯先生相对朴实得多，西服十分干净，但略显旧了些。侯先生很爱说话，会议休息时，他就跟我们说："你们北大、清华合并过来的同学大概都不太知道你们脚下的这片园林的历史由来吧？我不久会在开学大会上给全体同学介绍燕园的历史沿革。"他说话的声音犹如洪钟大吕，而且十分亲切。这就算是初识侯先生了。后来开学不久，我就因工作的关系不时地到他的办公室去见他，偶尔，也去他在燕南园的家拜访，以至几十年来连绵不断地交往，他也就成为我的良师益友。

侯先生 1911 年生于河北省枣强县。1926 年入山东德州博文中学，初中毕业后转入济南齐鲁大学附属中学。1931 年又转入河北通县潞河中学——这是美国公理会教会开办的，和我的母校北平育英中学，以及贝满女中和燕京大学都隶属同一所教会。1932 年侯先生参加燕京大学特别考试，获四年免费奖学金入学，读历史系。

在我的记忆里，燕京大学会在每年的 5 月，到育英、贝满、潞河等校举办特殊考试。就是派负责考试的教授和职员专门到这些学校为他们的毕业生举办一场单独的考试。记得 1947 年来育英主持特殊考试的是燕京大学物理系主任（三校合并后，也是北大物理系主任）褚圣麟教授。我还记得有一道考题，是"世界上最伟大的文学作品是什么？"当然他们的标准答案也只能是《圣经》了。

1936 年，侯先生本科毕业，毕业论文为《靳辅治河始末》，获学士学位。他留校继续攻读研究生学位并担任系主任助理，协助古迹古物调查实习课教学，在这期间又发表了两篇论文:《明代宣大山西三镇马市考》与《王鸿绪明史列传残稿》。1940 年他完成硕士论文《续〈天下郡国利病书〉山东之部》，获硕士学位。其后侯先生留校任助教并兼任学生生活辅导委员会副主席，这是在校长司徒雷登领导下的机构，任务之一是协助自愿赴解放区或大后方参加抗日的同学们办理离校手续并为有需要的同学发放路费补助，这在当时日本侵略者统治下的北平有相当的危险性。1937 年卢沟桥事变爆发，在北平的北大、清华已和天津的南开大学共组联合大学奔赴大后方——昆明建立临时大学。

1941 年 12 月 8 日，日本侵略者偷袭珍珠港，美国当即向日本宣战，太平洋战争爆发，燕京大学立即被日本侵略者封闭。自司徒雷登以下，所有美籍教授都被逮捕。

侯先生是在燕大历史系读研究生时和当年比他高一班的女同学张玮瑛结识的，由于爱好相同，相处一段时间，生爱而结婚了。1939 年 8 月，侯先生和张教授在临湖轩结婚。婚礼由司徒雷登校长证婚，出席的只有他们的恩师洪业夫妇和李荣芳夫妇。国难当头，只能一切从简了。

张教授 1915 年 2 月生于天津。她的父亲张子翔是一位笃信基督教的著名西医，曾任北洋海军医学院院长，母亲梁撷香曾任天津基督教女青年会会长。张教授排行老三，他们家的姊妹几乎都就读北平的燕京大学。张家第一个进入燕京大学的是张子翔的长女张玮琦，1932 年考入燕大音乐系专修钢琴，是燕大第一任音乐系主任苏路德女士的高才生。次女即张教授在家中排行老三，小名"三宝"。张教授自幼喜欢读书，家人都管她叫"书呆子"。1928年，十三岁的张教授进入南开女中读高中。1931年，十六岁的她从南开高中毕业，顺利地考上燕京大学。当时私立燕京大学的学杂费是很贵的，总计一年约三百五十元。次年，侯先生在河北通县的潞河中学毕业，成为潞河的保送生，顺利地进了燕京大学历史系。若不是获得了燕大的奖学金，免除了他四年的学费，侯先生的家里无论如何也负担不起这么高昂的学费。

张教授最初读的是燕京大学医学预科。因为她的数学、化学的成绩都不错，如果坚持下去，说不定会继承父业呢。没想到刚读完一年，她就转读文学了。毕业后，又考取了燕大历史系的硕士研究生，成为著名历史学家洪业教授的女弟子。张教授、侯先生进入燕京大学那年正值九一八事变和华北政局混乱之际。这一时期，张教授成了燕园里的活跃分子。1932年12月，张教授等人组织了燕京大学慰问团，携带燕大学生募捐的万顶钢盔、日用品和棉衣，到山海关慰问守卫长城的战士。1934年11月6日，张教授当选为燕大学生抗日会候选人。

1935年，张教授完成了有关南北朝诗人庾信的论文，从燕大国文系毕业，时年二十岁，随后，张教授考取燕京大学哈佛燕京学社奖学金，每年五百元。她连续三年获此奖学金，十分难得。也在这段时期张教授和侯先生相爱了。张教授在《侯仁之文集》代序中回忆："我于1931年先入燕京大学历史系，仁之晚我一年入学。共同的课业和兴趣使我们逐渐接近起来，课余有时在适楼南门外会面，而最常去的地方自然是图书馆。从图书馆出来，仁之总是先送我回女生二院，再返回未名湖北岸的男生宿舍。"

北平沦陷后，北大、清华、北师大等国立学校相继南迁，燕大依仗司徒雷登校长命令在校门上张贴布告："燕京大学属于美国财产，日本人不得入内。"由于当时日美尚未交战，以"因真理、得自由、以服务"为校训的燕京大学成为日伪时期的一座文化孤岛。这一时期，侯先生因积极参加抗日活动而成为日本宪兵队眼中的危险分子。当日本侵略者偷袭美国夏威夷海军基地后，美国向日本宣战。1941年12月8日，北平的日本军人立即封闭了燕京大学、协和医学院、育英、贝满、汇文、慕贞等美国教会主办的大中学校和文化机关。继之，美国人以及抗日的中国人都被逮捕起来并押送到日本宪兵队管制起来。燕京大学的全部美国教授和他们的家属都被押解到山东潍县集中营，一押就是四年，直到1945年日本投降才获释。侯先生则因为是抗日分子，被抓到北平日本宪兵队。1942年2月，侯先生以"以心传心，抗日反日"的罪名，由北平沙滩日本宪兵队转押到东直门炮局三条的日本陆军监狱候审。侯先生被判处有期徒刑一年，缓刑三年。虽得以取保开释，但三年内没有迁居旅行自由，且要随传随到，于是侯先生就暂时寄居在天津岳父家里。这期间，为摆脱敌伪的干扰，侯先生到英租界私立工商学院教课，课外从事天津历史与地理的个人研究，并完成《北平金水河考》初稿。

1945年8月15日，日本战败投降。10月燕京大学重新开学。侯先生于1946年8月赴英国利物浦大学地理系读研究生，师从著名历史地理学家达比（H. C. Darby）教授，在学科理论上深受教益。1949年夏初，侯先生完成论文《北平历史地理》，并取得哲学博士学位。拿到博士学位后侯先生迫不及待地从海上经香港回国。9月底回到北平。10月1日，中华人民共和国成立，侯先生参加开国大典后回到燕京大学，担任历史系副教授。

张教授从1943年3月至1946年3月在天津工商学院史地系先后任讲师、副教授，1947年任燕京大学国文系讲师兼哈佛燕京学社研究员。1948年起，张教授为美国斯坦福大学胡佛图书馆编纂《中国学术期刊目录》，收录近代中国出版的一万余种期刊，内容无比详尽，是研究人员有力的工具书。与此同时，她因痛恨国民党的腐败导致国民经济崩溃、百姓颠沛流离，便毅然在天津各大学教职员呼吁和平宣言上签名，并冒着生命危险保护被国民党通缉的中共地下党员和进步青年，帮助他们奔赴解放区。

侯先生1950年兼任了清华大学营建系教授，又被聘为北京市都市计划委员会委员。教育部公布的大学历史系课程目录中有"中国沿革地理"课程，经他建议，改为"中国历史地理"。1952年，院系调整，燕京大学和北京大学合并，侯先生除被任命为副教务长兼地质地理系主任外，还当选为中国地理学会副理事长和历史地理专业委员会主任委员。此时，侯先生正当年富力强，教学工作、科研工作、行政工作、社会工作四担挑，不仅不觉繁重，反而都能胜任。他的学生都反映他讲课生动活泼，在校园里和广大同学们相处也都和蔼可亲，他每年开学时给新生讲的北京的历史和燕京校园的沿革，都让同学对北京有了深刻的了解，对自己校园的来龙去脉也了然于心，就更加热爱自己生活和学习的这片土地了。他的论文一篇接一篇地发表：《北京都市发展过程中的水源问题》《中国古代地理名著选读》《关于古代北京的几个问题》《从人类活动遗址探索宁夏河东沙区的变迁》《乌兰布和沙漠北部的汉代垦区》等。他还指导和协助许多地方编写了"地方志"，也为《中国科技史》的"城市建设"篇章撰写了《元大都城与明清北京城》。除此，他还代表中国科学界出席世界各国召开的专门会议。1980年，他与雷洁琼教授在美国新奥尔良召开的美国社会科学学会成立六十周年大会上，曾有力地向美国学界证明"中国的老知识分子并没有被灭绝"。是年，侯先生当选为中国科学院学部委员（院士），他的《从北京到华盛顿——城市设计主题思想试探》曾受到中美两国城市规划者们的高度评价。侯先生对北京的沿革可以说是如数家珍。这么说吧，以天安门为中心直径二三百里的方圆内，你可以在任何一点请教他"我们脚下的这块地方的历史"，他能毫不犹豫地把这块地方的来龙去脉给你娓娓道来。

1985年，侯先生邀请郑孝燮、罗哲文共同以全国政协委员名义提出尽早加入《世界文化和自然遗产保护公约》的书面提案，并获得通过。在此之前，许多人不知道历史古迹文物可以申请为"世界文化遗产"的。

1951年后，张教授调入中国社会科学院近代史研究所任研究员，重点研究帝国主义侵略史。在她退休后，还呕心沥血地编写了《燕京大学史稿》，这是研究中国现代高等教育和外国人在中国办学的重要文献。我曾到燕南园侯先生家造访过多次，每次都能见到张教授，她总轻轻地走到我们面前，或送来一杯清茶，或端出几件点心。然后坐下来和我们攀谈起来，她留给我的印象就是一幅绝代淑女的画面。用"才子佳人"来形容侯先生和他的妻子是绝对合适和贴切的。

他们二老都是长寿之人。侯先生得益于他终生坚持的长跑。在我的记忆里，侯先生在历届北大运动会上都获得教职工组五千米长跑冠军，而张教授有赖她的步行和清心寡欲。他们的晚年更得益于有孝顺的好女儿和儿子、儿媳，侍奉左右。侯先生晚年，尽管身体多病，但在保护北京的莲花池、中轴线等历史遗迹上都起了决定性的作用。

我的这两位尊师和忘年之交，在学术界和爱国抗日的过程中有过不俗表现的大知识分子于 2013 年和 2015 年相继仙逝了。侯先生活了一百零二岁（1911—2013），张教授活了一百岁（1915—2015），他们的长寿给中国的知识和文化领域增添了许多宝贵财富！

（四）李宗津、周珊凤伉俪

我和画家李宗津教授认识于 1950 年。那年我考上清华，但由于差两分没被第一志愿建筑系录取，于是上了第二志愿外文系。学建筑可是我梦寐以求的。于是，我约上梁从诫（梁思成的儿子，他也是第一志愿没录取，上了第二志愿历史系）一起选修了建筑系的两门课程。其中一堂课就是"素描"课，任这门课的教师是李教授。

这堂课的一个特点是每一堂课都请一位模特，供大家去画。而李教授自己也画，下课后，李教授就把他的画作送给这位模特。记不清是哪次课了，我被推举当了模特，当然，下课后李教授就把他的"作品"给了我，梁从诫告诉我，好好收藏，他说李教授给他妈妈（林徽因）的画像，他妈妈很喜欢，一直挂在他家的客厅里。我真是受宠若惊，再三致谢。那幅画像我保留了二三十年，但来美前却找不到了，真是悔恨不已！从那时起，我听到了许多对李教授的人物画的赞誉。

李教授 1916 年出生在苏州。他的父亲曾做过清政府的知事和知州，民国时期还做了一任山西省财政厅厅长，但到李教授懂事时起就家道中落了。父亲离世后，李教授就和家人投奔同父异母的长兄李宗恩（他曾是北京协和医学院

李宗津和周珊凤在贵州花溪

第一任中国院长）。李教授就读于北平私立育英中学，毕业后不顾家人的反对，投考了北平艺术专科学校，学习他心爱的绘画。后来，李教授经他大哥介绍到贵阳私立清华中学教书，而这所学校又恰是周贻春和一些清华大学毕业的学生创办的，周贻春后来出任清华学堂（清华大学初创时的名称）的校长。周珊凤教授，即周贻春的女儿，1916 年生于上海。1935 年读高二时，周教授因学习成绩优秀被美籍校长爱丽丝·摩尔推荐获得美国闻名的布林莫尔女子学院（Bryn Mawr College）专为中国女学生提供的奖学金名额，1935 年 10 月就以 May Chou 的名字赴美学习，成为该校第一位东方女子学员。四年寒窗，终以全优的傲人成绩毕业，并为日后的亚洲女性进入这所学校开创了先例。归国后，周教授先后在东吴大学等校任教，在 1942 年辗转到了大后方贵阳私立清华中学教书。她与李教授巧遇，从相识到相知，一年之后，这对佳人就在花溪边的"小憩"结为连理。周贻春对女儿曾说："你找一个搞艺术的，虚无缥缈的，小心以后吃不上饭。"但他出于对女儿的疼爱，还是为她举办了婚礼。李教授为了婚礼还专门做了一件灰色的再生布中山装，但是这位留洋归来的大小姐对这种婚宴仪式很不喜欢。1952 年院系调整后，李教授被调到中央美术学院任教。我后来在西语系认识了周教授，她真够得是上才貌双全、才德兼备的女教师。周贻春对子女家教很严，从年轻时，就要求他们都能凭借自己的力量出国留学，并要求每个子女都注重学习，要爱国，敬业。1914 年，时任清华学堂校长的周贻春在美国演讲时就号召："清俊毕业，可归即亟归，勿久留此。需知，中国需才急也。"他又说："择业不当贪货利，骛虚名，当以天性之所近，国家所急需，造福于人类为准绳。"他以自己的言传身教来影响后代。所以，周教授虽然从小家境优越，却能一生保持简朴。例如，周教授曾从父亲处得到一些股票，但是她觉得这些都不是自己的，为了纪念父亲，1991 年，她把这些钱悉数捐给清华大学，设立了"周贻春青年教师奖"。

周教授是大家闺秀，受过良好的家教。她聪颖、心细、端庄、整洁、低调，与人相处和蔼可亲。她教书严谨、认真，对待学生如子女，所以学生都喜欢她、爱她。她对英语语音教学有独到的研究。正如一位就读于北京外国语大学的周教授同事的女儿所描述的那样："她主讲的那堂课给北外师生留下了不可磨灭的印象，连在座的外籍教师都对她佩服得五体投地。"周教授不仅学问好，还是一位有着 20 世纪 30 年代风韵的知识女性，她天生容貌秀丽、身材姣好，所以气质更加超凡脱俗。

据周教授的女儿回忆，20 世纪 60 年代的某一天，他们全家去五道口的一家西餐厅吃饭。不一会儿，有一对夫妇也进了这家餐厅。男士过来和她父亲打招呼，他说："我们看见前面有一位女士步态优雅，着装得体，我和我爱人为她吸引就跟着进来了，没想到，那是您的夫人。"她还记得她妈妈八十多岁的时候，穿着多年不穿的旗袍照了几张相，当她去照相馆取相片时，照相馆的人问她："这是你什么人？这个老太太可不得了，气质那么好，一看就不是一般人。"她说："我母亲穿旗袍时是特别漂亮、优雅的。"

周珊凤和李宗津在中关园旧居（1965 年）

说起周教授的仪态，我也有印象。20 世纪 60 年代初，周教授出行都是骑她那辆经年的老旧女车。她身着旗袍，还不时地用一只手按着被风吹起的旗袍下摆，见到熟人时微笑着点首而过。

周教授在院系调整后的北大英语系是著名的基础课三女将之一。据说学生上完由她们三位在一、二年级讲授语音、语法和词汇的课后，就为日后的英语专业学习打下坚实的基础。她与张祥保教授联袂主编的《大学英语》（共四册），于1981年开始试用，一直沿用至21世纪初。

周教授是一位外柔内刚的女性，为人处世很有原则。据她女儿说："父亲对我说过，你妈妈是一个大事特别清楚、冷静的人。'文革'中，有一次工宣队让大家互相揭发，满座鸦雀无声，突然你妈妈一个人站起来只身退场。她本来是一个谦和、语言不多的人，她的这种行动让当时在场的人都很吃惊。"

李教授在1977年5月带着未能与远在新疆的女儿一家晤面的遗憾，郁郁离去。

周教授在她先生火化后，很快就把他的骨灰带回家里，并和它相守了二十九年。她也曾向女儿说，死后不搞遗体告别，不开追悼会。她在1999年骨折治疗后刚可以拄着拐杖行走时，就让女儿陪着去海淀公证处作遗体捐献的公证。有办事人员不太理解，态度生硬地询问她为什么要捐献时，周教授只说了一句："为人民服务！"她认为人死了要火化，不要搞遗体告别仪式，劳民伤财。她于2006年2月19日在北医三院永远地离开人世，根据她的意愿做了遗体捐献。

周珊凤教授逝世后，她教过的1977届学生为她出了纪念册，上面写道："周珊凤先生一向认真、敬业、和蔼、亲切，深受学生的爱戴。她传授给学生的不只是她纯正的英文，更有她本分做人处事、

周珊凤晚年在家中（2005年）

严谨治学和从简生活的高尚人品与为人原则。她将自己的遗体捐献给了祖国的医学事业，用她生前身后的一言一行为我们树立了学习的榜样。她的逝世在她教过的学生中引起了巨大的反响，同学们纷纷写下了唁函，悼念周先生，但文字永远无法完全表达我们对周先生的崇敬之情。敬爱的周珊凤先生，您的魅力永存，我们永远怀念您！"

杨周翰教授

王还教授

（五）杨周翰、王还伉俪

杨周翰教授是我的老师，说来也巧，我们几乎是同年进入清华。1950年，我考进清华大学外国语言文学系。开学不久，就听说外文系英语专业又有两位青年才俊受聘来校任教。一位是从美国耶鲁大学学成归国的饱学之士李赋宁先生，另一位就是从英国牛津大学载誉归来的杨周翰先生。这可在系里引起不小的轰动。第一次见面是在系里的欢迎会上。系主任吴达元教授代表全系师生对二位的到来表示了热烈的欢迎。会上，他们在西南联大的许多同窗和同侪纷纷发表了诚挚而热情的祝愿。英语专业的同学都在脸上掩饰不住兴奋和庆幸的喜悦。李赋宁先生脸上总是一副厚道而和蔼的笑容，真正的谦谦君子。而杨周翰先生在言谈举止、待人接物方面，又留给人们十足的英国绅士的风范。我和王还教授的初次邂逅则是在1951年，那时清华建立了新中国第一个专为东欧留学生开办的汉语培训班。在开学典礼上，我得知自己被选为留学生汉语辅导员。王还教授当时是中国最初的三位对外汉语教学的女开创者之一，另两位是邓懿教授和杜荣教授。杨周翰教授是苏州人，1939年毕业于北京大学英语专业，抗战时期随校迁移到昆明西南联大并在英语专业任教。抗战胜利后获公费派往英国牛津大学英语系深造。而他的妻子王还教授是福州人，1938年毕业于清华大学外文系，毕业后留校。同样因为华北为日寇侵占，于是随校遣往云南昆明的西南联大。

这对才子佳人，在西南联大都是担任"大一英语"的教员。就是这个特定的时空，使他们相识、相爱并很快结为连理。当杨先生在牛津大学孜孜苦读时，也在剑桥大学图书馆协助整理汉学古籍。当时剑桥只有古汉语课程，想聘请一位教师来校教授现代汉语。本想请杨先生来讲授此课，他因学习任务繁重，无法应允，便推荐他的妻子王还教授去任教。这样，这对新婚夫妇，又可在雾都伦敦这异国他乡筑下爱巢。不久，他们的女儿杨寅降生了。这对年轻伉俪又享受到三口之家的温馨。

20世纪50年代初，他们一家三口来到了清华园，杨先生很快以他的丰富的英国文学积淀和深厚的素养赢得了学生们深深的敬佩和交口称赞。有一次在清华校车上，坐在后面的几位外文系的女学生在对她们的授课老师品头论足时，我听到一位细声的上海口音的女学生说："杨先生的英国发音真标准，地道的伦敦南部发音，牛津英语。"接着那位京片子的女生说："可他就是讲话时有点儿口吃。"那位上海口音的同学争辩着说："我觉得加上那点口吃就更好听！"真是爱屋及乌啊。

那个年代清华的教授个个都是才华横溢之士。你看开学前选课表上，就以外文系为例，琳琅满目地列出本学期所开的课程和授课教师名字：文艺复兴时代文学／钱钟书；英国文学史／李赋宁；西洋戏剧／赵诏熊；莎士比亚的前驱与同辈／杨周翰；德国文学史／冯至；欧洲文学名著选读（包括圣经文学，古代希腊罗马文学，但丁、莫里哀、卢梭、歌德等）／温德、杨业治、冯至、李赋宁；维多利亚诗歌／温德；十七世纪英国文学／杨周翰；拉丁文、希腊文／

杨业治；大一英语 / 杨绛（那时大家只知道她叫杨季康，是我的大一英文老师，课本好像是《简·爱》）。以上所列其实只是很少的一部分，但也可从中窥其全豹了。学生除必修课程外，都可以选修任何课程，包括外系的课程。当时，清华还保留那个优良传统，就是各系的资深教授都必须为一、二年级讲授基础课，杨周翰和李赋宁这两位新从欧美负笈归来的青年才俊也在教学岗位上担起大任。

1951 年开始，清华受教育部委托开办中国最早的对外汉语学习班。班主任由教务长周培源教授兼任，主持日常工作的是副主任郭良夫，而任课的主力是三位女将——王还、邓懿和杜荣。她们都是有着丰富的对外汉语教学经验的、不可多得的一时之选。王还教授在英国剑桥大学开创了第一个现代汉语的教学课程，听说读写，一人担当，编写了多种适合英国学生学习汉语的教科书和辅助教材。这次回国她担任培养东欧学生学习中国语言文学和中华文化的重任，应当是驾轻就熟，定能胜任的。毫不夸大地说，一年之后这批学生中的佼佼者已能讲地道的普通话了。如不见其本人，只听其声，真以为是一位北京胡同里的中学生在说话呢。

1952 年，我们经历了中华人民共和国成立后的第一次教育改革——院系调整。言明是改造中国旧大学长期沿袭的欧美教育制度，全面学习苏联的教育制度。其实，就是取消全部的依赖欧美教会经济支持的大学，如燕京大学、金陵大学、齐鲁大学和圣约翰大学等十余所大学。另把文理法系科合在一起是为综合性大学，如北大；把部分工科系科合并为综合性的理工科大学，如清华。此外，还把航空系独立成为航空学院，地质系独立成为地质学院，等等，在北京共有八所，即所谓的北京八大学院。我们这些原在清华的文理法师生合并到北京大学。我们带着依恋和种种未知在那个暑假来到了北大新校园——原燕京大学校园。而清华的"东欧学生汉语班"也随之来到北大。

1954 年后，这个汉语班一分为二，部分教师留在北大，成立了"北大外国留学生中国语文专修班"，大部分教员被分配到新成立的北京语言学院。王还教授作为骨干力量被分到北京语言学院，并委以外文系主任和语言教学研究所所长等要职。也是 1954 年，我毕业并留校任教。学校给我分了家属宿舍，是新建成的中关园二公寓。我更有幸，成了杨周翰、李赋宁、卞之琳、朱德熙等文学、语言大家的邻居。

记得是 1955 年的晚春时节，北大工会举办春游，地点是香山，参与者约百人之数。那天正好和杨先生同车，下车后就陪着他边走边聊。目睹了"鬼见愁"的险峻之后，领队宣布休息并进午餐。杨先生看来也走得够累了，我们就在一棵树荫下的大石块上坐下，各自取出自带的食品、饮料。杨先生饭量很小，只见他拿出一份面包夹肉（那时还不知道这就是"三明治"），我看他把这份面包包在一张极薄的、透明的塑料薄膜里，甚感惊奇，那时真是老土，国内还没有这种产品。难得有这个机会，我就谦逊地向杨先生请教一些问题。杨先生后来注重研究比较文学方面的问题，他曾担任中国比较文学学会第一任会长、国际比较文学协会副主席，是中国研究比较文学的开创者和奠基人。他在研究欧美文学，尤其是研究英国文学和比较文学领域的建树和功绩长期地被后人纪念和缅怀着，每隔几年都有以纪念杨周翰的名义召开的学术研讨会。杨先生的著作、译作等身，而尤为被广大外语院校师生高度评价的是他领衔主编的《欧洲文学史》。

1980 年，我作为访问学者来到纽约州立大学。来美后不久，正好有一个中国外语教授考察团来到纽约。我听到这个代表团里有杨先生，并且周末的晚上在哈佛大学教授王浩家举行家宴欢迎杨周翰先生和南京大学的陈嘉教授，我也在被邀之列。听说杨先生来，我喜出望外。我正不知该给杨先生准备一点什么礼物时，我的同一宿舍的一位上海来的访问学者告诉我，你最好给他一些钱，因为他们出国访问的人员，都只有有限的一点补贴。我觉得很为难。作为一位访问学者，我也没有什么钱。如给老师一点钱，不太恭敬。于是我想了一个办法，就是用一张硬板纸，把美金 100 元、50 元、20 元、10 元、5 元、2 元、1 元纸币各选一张，还有 25 分、10 分、5 分和 1 分的硬币都贴在上面，以介绍美国通行货币的方式，送给杨先生留作纪念。

这位在英国文学研究和比较文学领域都有卓越贡献的专家，不幸地于 1989 年 11 月去世，享年七十四岁。曾有人在南方的一份著名报纸上这样评价过杨周翰先生:"在比较文学领域,杨先生是中国极少的几位能与钱钟书先生并论的人。"这种比较没有必要,但我们都该为钱、杨两位教授的卓越成就而感到骄傲。

在杨先生过世二十三年后,王还教授于 2012 年 5 月与世长辞了,享年九十六岁。我最近才从他们子女那里得知,原来王还教授是福建林、沈、王、陈四大家族中的成员。她的外祖父是福建状元王仁堪,她的堂兄是文物专家王世襄,十足的大家闺秀啊。怎样用一两句话来概括这对才子佳人呢?可以说杨先生是最后的绅士,王教授是最后的闺秀、淑女。这恐怕是他们的同事、学生们的共识。

八挽录

——忆王力、吴组缃、王瑶、冯钟芸、启功、任继愈、林庚、孟二冬

袁行霈 [1]

"偶忆昔日所拟挽联，兼及师友行止，一颦一笑，历历在目。随手录出，挽联共八副，遂题曰《八挽录》。"《八挽录》作于 2016 年。

（一）挽王力先生

大笔淋漓茹古涵今生前一代雕龙手

绛帐肃穆滋兰树蕙身后三千倚马才

---

[1] 袁行霈，1936 年 4 月 18 日生于山东济南，1953 年考入北京大学中文系，1957 年毕业留校任教。北京大学中文系教授、著名国学大家、北京大学国学研究院院长，中央文史研究馆馆长。

1986 年 5 月 3 日王力先生仙逝，系主任严家炎命我代表北大中文系拟一副挽联，以供在八宝山追悼会上悬挂。我拟好后系里请商务印书馆总编辑、王力先生的研究生李思敬学长书

王力先生

写出来。几天后在八宝山举行追悼会，这副挽联就悬挂于王先生遗像的两侧。

王先生是 1954 年从中山大学语言学系调到北大的，一到北大就开设了汉语史课程，从上古讲到中古，再讲到近古，包括语音、词汇、语法三个方面，这是从未有人开过的新课。第二年我读三年级，正赶上听他讲第二遍。整整一学年，每周四个学时，唐作藩先生任辅导教师。上课的地点在一教的阶梯教室，坐得满满当当的。王先生总是不慌不忙地走上讲台，拿出讲稿，用带有一点粤语腔调的普通话慢条斯理地开讲。讲完一段，便说以上是第几段，这是为了学生好记笔记。下课铃响正好下课，从不拖延。

因为王先生是汉语教研室主任，而我妻子是汉语教研室的助教兼秘书，所以后来我们常常去王先生家，得以近距离地接触他。这才发现他的笑容十分亲切，而且带着几分甜蜜和幽默，跟课堂上的肃穆不一样。他曾写过一篇小文章，登在 1982 年 4 月出版的《语文学习》上，题目是《谈谈写信》，教青年如何写信封。他说信封上收信人的姓名，是告诉邮递员将信件送给谁，因此不应称"伯伯""姐姐"这类私人间的称呼。有人写"父亲大人安启"就更可笑了。可以泛称"先生""教授""同志"。不料这善意的提醒引起一名读者强烈反对，这人写信给王先生居然称他"老不死的"。王先生谈起此事不仅面无愠色，而且笑得十分天真，我想他的雅量如果写进《世说新语》，跟谢安等人相提并论

也毫不逊色。

中文系的汉语老师都佩服王先生建立学术体系的本领，无论《汉语史稿》还是《古代汉语》，或是《古汉语字典》，一个又一个体系被王先生建了起来，于是一个又一个新的学科便有了规模。我还佩服他另一点，就是所写的文稿和讲义常用毛笔小楷，很少涂改，可见他是胸有成竹才动笔。客人来了王先生就到客厅接待，客人一走立刻坐回到书桌前继续写，思维竟没有中断。听师母说，王先生有个好习惯，星期天总是休息的。《王力全集》共二十五卷三十七册，约一千四百万字，如果不是这样勤奋，而且有这样好的写作习惯，怎么可能写得出来！

1982 年 4 月，我应东京大学的邀请前往任教。临行，王先生作了一首诗写成条幅送我。诗是这样写的：

> 东渡怜君两鬓斑，送行何必唱阳关。
>
> 细评月旦文坛上，坐拥皋比广厦间。
>
> 兴至驱车饮银座，闲来蹑屐访岚山。
>
> 明年今日重相见，名播扶桑载誉还。

这首诗收入《龙虫并雕斋诗集》，于 1984 年出版。"龙虫并雕"是王先生的斋号，"雕龙"取义做高深的学问，如上述几本书；"雕虫"意谓兼做学术普及工作，如《诗词格律》。这斋号很俏皮，很睿智。1992 年北大成立中国传统文化中心，即国学研究院的前身，我即借用"龙虫并雕"表示我们研究院的宗旨。

回过头来再说我拟的那副挽联，上联"茹古涵今"是说他的学问涵盖面之广，他既著有《汉语史稿》讲述古汉语的发展史，又著有《中国现代语法》，论述现代汉语的语法特点，在这两方面都取得卓越的成就。下联"绛帐肃穆"是用东汉马融的典故，《后汉书·马融传》记："融才高博洽，为世通儒，教养诸生，常有千数……常坐高堂，施绛纱帐，前授生徒，后列女乐。弟子以次相传，鲜有入其室者。"我说"绛帐肃穆"，特别点出"肃穆"二字，意谓王先生既有马融的才学，又不像马融之侈饰。"滋兰树蕙"用屈原《离骚》的典故："余既滋兰之九畹兮，又树蕙之百亩。"比喻他栽培了许多人才，所以接着说"身后三千倚马才"。我用这两句话赞美他学术研究和培养人才的功绩。

写到这里不禁回忆起师母夏蔚霞女士，"每一个成功的男士，背后都有一个伟大的女性"，这句话完全可以用到王先生和师母身上。师母默默地为王先生操持家务，培养子女，关照学生。凡是接触过师母的人，无不钦佩她的风度、她的周到。王先生逝世后，她觉得自己一家住燕南园 60 号那座二层别墅太大了，便向系里提出，准备让出楼上的房间，并且希望我们家搬去住。我们不肯打搅她，一再婉拒，那座楼只有王先生才有资格居住，我们住畅春园已经很知足。这事拖了一年多也就作罢了。但我们常常去看望她，还是那间陈设简单的客厅，中间的北墙上挂了梁启超先生为王先生写的一副对联，是集宋词的，想必是当年王先生在清华国学院时得到的，梁先生当时正当壮年，笔力遒劲，我百看不厌。师母还像以往那样亲切地接待我们，有时还剪下院子里的丁香花相赠。

王先生仙逝 30 年了，我遇到唐作藩先生时，常常提起他和师母来。我并不是他登堂入室的弟子，要论登堂入室首推唐作藩先生，他是 1954 年跟随王先生从中山大学调到北大来的，后来成了中文系的名教授，中国音韵学会会长。他忠厚笃实，每年清明必去万安公墓为王先生扫墓。还有与我同届的南开大学向光忠教授，前几年去世时嘱咐家人一定要葬在万安公墓，以靠近王先生。王先生得到学生爱戴的情形，于此可见一斑。

（二）挽吴组缃先生

香山黄叶伊人应喜逢知己
小院紫藤弟子痛惜丧良师

吴组缃先生在20世纪30年代以小说享誉文坛,《一千八百担》是他在清华大学读书时写的,内容是他家乡皖南农村宗法制度的崩溃,成为他的代表作。他的家庭原来还算富裕,后来衰落了。听他说过,在清华大学读书期间,有时家里供不上生

吴组缃先生

活费,换季时却可以在去年穿的衣服口袋里发现一些钞票。他从清华毕业后曾被冯玉祥聘为老师,教国文。抗战期间他在重庆,跟老舍等人结为好友,常常在防空洞里联句作诗,将一些作家的名字嵌在中间,作为消遣。后来回到清华中文系任教,1952年因院系调整转到北大。

吴先生最受欢迎的课程有两门,一门是现代文学作品选读,另一门是红楼梦研究。我读本科时只听过后一门,他的讲稿写在单页的练习簿纸上,密密麻麻的,就连提醒学生的琐事也写在上面。他以小说家的眼光,对《红楼梦》的人物性格和故事细节分析得入木三分,尤其是对贾家(官)和薛家(商)相互勾结,以及薛宝钗在官商勾结中的处境和她的性格、心思,具有独到的见解。关于贾宝玉的典型性,以及林黛玉的困境和内心的委屈,吴先生也有深入的剖析。他的课成为北大中文系的典范。

“文革”前我曾兼任教研室秘书,那时老师们家里没有电话,遇到教研室开会我便骑着自行车挨家通知。每位老师都要留我进门聊一会儿,我从闲聊中得到的熏陶不亚于听课。吴先生家是常去的,如果隔了一段时间没去,他开门后说的第一句话往往是“稀客,稀客”,临走时他常说的是“骑车了吗?”这就是他独特的让人感到很亲切的欢迎语和送别语。有一次我在他家忽然流起鼻血,师母沈菽园取出安徽的古墨研磨几下,用棉花蘸了塞进我的鼻孔,很快就

止血了。师母本来在卫生部工作，退休后在北大镜春园宿舍居民委员会帮忙，没想到"文革"时被人揪出来批斗，还往她头上扣一个字纸篓，这样的奇耻大辱不知她是怎样忍受过来的。此后我便再也没有见过她。

那时候现代文学教研室还没有独立出来，更没有当代文学教研室，而是统称中国文学史教研室。教研室在文史楼二楼西头的一间大屋子里，周围靠墙满是书柜，摆了整套的《四部丛刊》，中间是一张会议桌，长方形的。开会时教授、讲师和资格较老的助教坐在桌旁，1957年我刚刚留校任助教时，属于资历最浅的，就坐在靠门边资料员的位子上（常常是晚上开会政治学习，资料员不参加）。如果开教研室会议，主任游国恩先生便坐在会议桌顶头主席的位子上，如果开工会小组会议，小组长萧雷南先生便坐在主席的位子上。会议桌边那些长辈和学长如褚斌杰、裴家麟（裴斐）、傅璇琮、沈玉成等谈笑风生，跟老师们互相递烟敬茶，恍如神仙。吴先生和王瑶先生都叼着烟斗，吴先生常常从衣服口袋里掏出事先搓好的纸捻，不断地捅他的烟斗，以清理烟油，一面不断轻轻地咳两声清清嗓子。那位资料员年纪不小了，是京戏票友，他的办公桌玻璃板下边压着自己的几张剧照，是扮武生的。我一边听人发言，一边欣赏那资料员的剧照。会上说话最多的是吴组缃先生和王瑶先生，只要他们两位到会就不怕冷场了。他们的交往多，消息也多，而且吴先生擅长比喻和形容，王先生擅长抓住要点加以渲染，听他们发言不但觉得趣味盎然，而且增长许多社会知识。在这里稍做一点补充，上文提到的四位老师，1957年都被错划为"右派"，调离了北大。否则北大文学史教研室该是多么兴旺。在教研室讨论"右派"处分时，游国恩先生感叹地说："何昔日之芳草兮，今直为此萧艾也。"这本是《离骚》里的两句，我想游先生并不认为他们是"萧艾"，只是表示惋惜和无奈而已。

1958年夏农村推广深翻土地，把底层的生土翻上来，表层的熟土翻下去，深翻的尺寸是一尺五寸，据说可以提高产量，忘记是哪里的经验，报上一宣传便忙着推广。北大师生响应号召，到北京郊区原平谷县参加这项劳动，吴先生也跟我们一起去了。我们去的村子，一天两顿饭，没有早饭，所以头一天晚上得多吃一些。劳动时两人一组，一人翻第一锹，另一人在翻过的地方接着翻第二锹，两锹刚好是一尺五寸，劳动量相当大。我不记得吴先生跟谁一组了，只记得休息时，吴先生从衣袋里掏出一个小瓶，将其中的维生素丸分给身边的同事，以补充营养。我也曾接受过他的馈赠，未见得体力就好些，但他的细心和好意却令人感动。如果写小说，这个细节很能表现知识分子下乡劳动的喜剧性。

吴先生爱说话，因言获罪的次数不少，不知他说了些什么，反右运动中被取消了党员预备期。1958年"大跃进"期间，学校鼓励年轻教师上讲坛，吴先生说年轻教师都很可爱，但学问还不够，好比"糖不甜"。又批评有的老师上课是"四两染料开染房"，缺乏足够的积累。他的话正道出我的缺陷，我心服口服。他也批评自己，说过去在兵荒马乱中没有机会多读一些书，现在正补课。他还在私下说"大跃进"不过是"一篷风"，意思是很快就会过去，这话被揭发出来后受到批判。"文革"中吴先生进了牛棚，不过听说星期六晚上看管他的红卫兵常放他回家，让他星期一带几本小说来给他们看。"文革"后期他仍然喜欢说些直率的话，例如听说"文革"七八年就要搞一次，他便在会上说听到这话"毛骨悚然"，为此又挨了一通批，其实这是说自己跟不上形势，并没有其他意思。

"文革"后期吴先生被安排给工农兵学员讲一次课，课中说到写小说切忌笼统，他举例说："比如写我吴组缃吧，说吴组缃是知识分子当然是对的，但不具体。要说吴组缃是资产阶级知识分子，但还不够。要说吴组缃是没有改造好的资产阶级知识分子，这才确切。"这几句话吴先生是当真说的，不过语带幽默，颇耐人寻味。他有时会有一些出乎意料的幽默，大概是1980年，我和他一起参加北京市作协代表大会（我不是作家，不知道为何请我出席），闭幕式由吴先生主持，各项议程进行完毕之后，吴先生忽然说："现在报告一个诸位都不愿意听的消息。"大家都愣了，他停顿了一会儿，接着说："现在散会！"大家笑得前仰后合。

更难忘的是1979年我跟他一起去昆明参加第一届中国古代文论研讨会。会前他听说我也收到邀请函十分高兴，我便将自己的论文带到他家读给他听，中间他几次拍着大腿说好。我受宠若惊，他竟如此毫不吝惜地鼓励后辈！我曾听他说过，老舍有时也将自己的小说读给他听，读到得意之处便拍着大腿说："这一笔，除了我老舍谁写得出来！"原来他们老一辈的作家有这样交往的习惯，他们不会隐藏自己的看法，天真得可爱啊。

1988 年 4 月他八十华诞，我们在临湖轩为他开了一次小型的祝寿会，他在会上读了自己的两首诗。第一首题为《八十抒怀乞正》：

> 竟解百年恨，蹭蹬望庆云。
> 燃藜嗔笔俭，忝座觉书贫。
> 日月不相假，经纬幸可寻。
> 老柏有新绿，桑榆同此春。

第二首题为《八十敬谢诸友》：

> 四竖三山除，神州振以苏。
> 此心随绿水，好梦到平芜。
> 花发频来燕，萍开富有鱼。
> 莲池何烂漫，满目是玑珠。

祝寿会上臧克家、陈贻焮、程毅中、赵齐平诸位都有诗祝贺。我也写了贺诗：

> 天为斯文寿我师，老松生就傲霜枝。
> 世间风浪凭吹帽，笔底烟霞自玮奇。
> 肝胆照人光德布，齿牙吐慧雨露滋。
> 群贤济济添遐寿，正是桃花斗艳时。

1992 年北大成立中国传统文化研究中心，任命我做主任。次年，我鼓动他写一部《吴批红楼》，收入中心所编的《国学研究丛刊》中出版。他很高兴地同意了，也认真做了一些准备，可惜没做多少便一病不起。我们教研室的年轻教师轮班到北医三院看护，轮到我去的时候他已经切开气管，不能说话了，只见他用手势索要纸笔，我将纸笔呈上之后，他颤颤巍巍地写了两个字，我反复辨认，才认出来是"抢救"。他或许还惦记着那本书呢！我只好安慰他，医生一定会尽最大的力量挽救他的生命。但医生已无力回天，几天后他就遽归道山了。

吴先生不以书法名家，但是他的书法结体严谨，精神内敛，实在是上乘的。他说有一段时间，他用毛笔写日记，书法很有长进。他曾写有《颂蒲绝句二十四首：蒲松龄诞生百四十三年纪念》，用毛笔小楷写在稿纸上送我，诗好，字也好。例如其四：

> 绘声绘影绘精神，狐鬼物妖皆可亲。
>
> 纸上栩栩欲跃出，多情多义孰非人。

我写的挽联，上联是说吴先生是曹雪芹的知己，曹雪芹在九泉之下见到他应该感到高兴。"香山"是曹雪芹晚年居住的地方。下联的"小院"指北大五院，中文系之所在，夏初开遍了紫藤。中文系的师生无不为他的逝世感到悲痛，一位敢说真话的人离开我们，怎能不伤心呢！

同事方锡德教授在吴先生晚年为他编辑了《说稗集》《宿草集》《拾荒集》《苑外集》，使我们得以较完整地了解他的成就，我很感谢的。

（三）挽王瑶先生

> 率真旷达上追六朝人物
>
> 渊综卓荦下启一代学风

王先生是著名的现代文学专家，他的《中国新文学史稿》是现代文学的奠基之作。不过他也是中古文学的专家，20世纪50年代初，他的《中古文学思想》《中古文人生活》《中古文学风貌》出版不久我就拜读了，十分佩服他搜集资料、处理资料和提炼观点的能力。而且从我与他接触的过程中感到他颇有六朝人物的潇洒，我为他拟的挽联所谓"率真""旷达"就是讲他这个特点。他不善于掩饰自己的观点，不管说出来对自己好不好，想说就说。

王瑶先生

大概是1987年夏，江西九江师范专科学校召开陶渊明研讨会，王先生和我都在被邀之列。我们结伴先到武汉，好像是王先生受邀在武汉大学演讲，停留一宿，再乘船沿江而下抵达九江市。会议期间游览了庐山，在东林寺随喜，并参观了陶渊明的纪念馆和墓地，不过所谓墓地是清代陶氏所修的，我们兴趣都不大。

王先生对李白也有研究，他写的《诗人李白》跟冯至先生的《杜甫传》有异曲同工之妙。1985年安徽马鞍山市召开第一届中日学者李白研讨会，我和他一起参加了会议，并住在同一个房间。那年他刚过七十岁，仍然十分健谈。晚上我们对床夜话，古今中外，十分畅快，有一天谈到凌晨，东方既白，王先生谈兴不减，我说："王先生，咱们睡吧！"才睡了一会儿。原来熬夜对他来说是家常便饭，但那天睡得太少，白天开会他竟打起盹来。最愉快的是会议组织坐船游览天门山、采石矶、太白楼，还到当涂县参拜了李白的衣冠冢。王先生兴致勃勃，毫无倦容。

1988年我担任了一年系副主任，负责研究生工作。我曾请吴组缃、王瑶、朱德熙三位先生跟全系研究生座谈，王瑶先生讲学问的层次：第一等是定论，第二等是一家之言，第三等是自圆其说，第四等是人云亦云。他说大量的论文不过是自圆其说，这就不错了，千万不能人云亦云。这段话是他多年做学问的深刻体会，对我本人也是一个警示。

关于他的逝世，许多文章提到过，我在这里就不赘叙了。他是1989年冬在苏州参加现代文学年会时得了肺炎，到上海某家医院医治无效，撒手人寰的。我所拟的挽联，出自我本人对王先生的认识。上联讲他的为人，他是一位"率真旷达"的学者，堪比魏晋人物。下联说他在现代文学方面的成就，他开启了一代学风。如今现代文学已成为一门显学，他的弟子都是这方面的中坚力量。他的弟子们对他在现代文学方面的贡献讲述很多，我只想补充他在古代文学研究方面的一些情况，他没有指导过古代文学的研究生，此文权作一点补充吧。

（四）挽冯钟芸先生

华星乍陨举目尚余几元老

霁月高悬伤心最是老门生

冯钟芸先生是北大中文系的女教授，此所谓先生，是北大对老师的惯称，无论男女，只要是老师就称先生。冯钟芸先生是哲学家冯友兰和文学家冯沅君的侄女，地质学家冯景兰的女儿，哲学家和古典文献学家任继愈的夫人。我于1953年考入北大时，她是我们的班主任，同时担任写作实习这门课，那时候写作实习由三位老师共同教，林焘先生教语法修辞，叶蠖耕先生教写作理论，冯钟芸先生教作品选读，我们的作文由他们三位分别批改。这一年我们共写了九篇作文，我的文章分到林焘先生那里，他用毛笔沾着红墨水涂涂改改，遇到好句子便在旁边画圈圈，出现一个错别字罚我重写五遍，一年下来我的作文大有长进，我猜想冯先生也是这样做的。那一年中，冯先生常常在晚饭后到文史楼前的梧桐树下辅导我们，带着她的女儿任远和儿子任重，他们大概只有三五岁。她毫无教授架子，我们对她有一种格外的亲切感。一年后她借调到人民教育出版社编辑高中语文教科书，就是将汉语和文学分成两本的那一套，1955级和随后的一两届学生便是学这部教科书长大的，他们的语文程度很好，无疑是得力于这套教科书。

冯钟芸与任继愈先生

　　等冯先生再回到北大时，我已经留校任助教了。1958年她为中文系本科生开讲隋唐五代文学史，我当辅导老师，对象是1955级的学生，冯先生以其亲切和蔼的台风、简明朴实的语言赢得了他们的赞扬。那时候流行到学生宿舍去辅导，我经常利用晚餐后的时间去敲一间间宿舍的门，了解他们的学习情况，解答他们的问题。有的学生在读《杜工部集》，遇到难懂的词语便问我，有时我觉得并不是我在辅导学生，而是学生在考我。每逢问题回答得不完善，便事后请教了冯先生再转告学生。

　　就在这年五一劳动节后的第二天，冯先生忽然一早就到集体宿舍敲我的门，告诉我叶兢耕先生失踪了，似乎留有遗书，恐怕是自杀了，让我到学校附近一些荒野之处寻找。我先到蔚秀园、承泽园，那时这两座园子还没盖楼房，有大片池塘、土坡，树木葱茏，找遍这里没有任何发现，又跑到白石桥，沿着河道找了半天，还是毫无结果。中午赶回学校，听说警察已经找到他的尸体，确实是自杀了。那时叶先生也就四十岁出头，好好的，为什么忽然自杀呢，至今仍然是一个谜。他自杀后叶师母的经济拮据，便将家里的书籍送到系里出售，他的藏书不多，其中有一部同文书局石印的《全唐诗》，标价五十元，冯先生力劝我买下来，但我一个月的薪水不过四十六元，还要接济我的姐姐，实在买不起，只好作罢。另外，如果真买了这部书，便会常常想起叶先生，心里也不是滋味。我之所以说这件事，一来因为现在已经没有人提叶先生了，他身后太寂寞，二来从这件事可以看出冯先生是一个热心肠的人。她表面上对人不是很热情，似乎总是跟人保持一点距离，但相处久了就知道她的心是热的。冯先生当时似乎并没有担任行政职务，她对叶先生的关心，完全出自一片友谊。叶先生跟她本是清华大学的同事，1952年院系调整时一起来到北大，他们又是同住在中关村宿舍的邻居，她出面张罗此事，可见她的热心肠。

她的热心肠还表现在对学生的态度上，她在清华任教时有个学生是马来西亚归国求学的华侨，后来跟她一起转到北大。新中国成立初期东南亚爱国华侨送子弟回国求学的很多，香港的《大公报》和《文汇报》还刊登祝贺广告，亲朋好友为华侨子弟归国求学表示祝贺，当然这多是有钱人家的举动。有些华侨学生的经济状况较好，从国外带回一辆英国产凤头牌自行车，骑在上面颇为气派。但这位学生家境不佳，不但没有凤头牌自行车，连生活也难以维持，为人却十分忠厚老实。冯先生便常常接济他，他视冯先生如同自己的母亲，他和冯家的关系一直维持着，每年总要亲自做些丰盛的菜送到她家，直到冯先生和任继愈先生逝去。我也受过冯先生恩惠，1958年我姐姐患病，没有钱医治，我想把她接到北京来却没办成。正为此着急时，冯先生主动拿出三百元借给我，让我马上寄去以解燃眉之急。因为我姐夫随国民党去了台湾，之后杳无音信，而我姐姐带着一个幼小的儿子没有工作，身边还有上小学的弟弟，她不肯改嫁，生活没有着落。我念本科时在北大职工业余学校兼课，每月将兼课费十二元全部寄给她，当助教后每月从薪水里省出三十元给她，自己只留十六元。这窘状冯先生是看在眼里的，所以没等我开口（我从未开口向人借过钱），便将钱送来了。那时她的月薪也不过二百多一点，一下子拿出这么大一笔现款并不容易。但她将钱递给我时表情很平淡，既没有多余的话也没有一丝怜悯，好像是一件平常不过的小事。这使我更加感动。当我1964年得到《历代诗歌选》（林庚先生主编，我负责初盛唐部分注释）的稿费后，立刻如数将这笔钱奉还了冯先生，她依然淡淡的，没说什么，这更增加了我对她的感情。

1958年秋我跟中文系二年级学生到京西煤矿半工半读，两个月后又转到密云县钢铁公社劳动，在密云的同伴主要是中文系的教师，吴小如先生也在其中，不过他没过多久就因为编《先秦文学史参考资料》而返校了。还有一位从北欧留学回来的先生，曾辅导我们学习汉语方言学的。再就是跟我辈分差不多的年轻教师。另外还有东语系、俄语系的几位年轻教师。奇怪的是还有一名技术物理系的实验员小伙子，一名后勤的工人。我不明白这支杂牌军是按什么标准挑选组成的。我们去的地方名曰公社，但是见不到农民，也见不到工人，这怎么向工农学习呢？大概在1959年春，学校领导派东语系主任季羡林先生和中文系冯钟芸先生前来看望我们，也许还有一位俄语系的领导，但我记不清了。季先生和冯先生并没有讲什么大道理，也没有给我们鼓劲儿，只是默默地跟我们一起干活儿。不知道他们向校领导汇报了什么，这年夏天钢铁公社还没解散，我们就被接回学校来了。我敬佩他们的这种作风，在盛行浮夸风的时候，像他们这样的领导越发显得可贵。

此后，我又到西郊白虎头大队劳动，八个月后才回校。而冯先生受邀赴保加利亚索菲亚大学执教，前后两年，我们见面的机会不多。等冯先生回国，我又赴湖北江陵县农村参加"四清"运动，1965年夏才回校，那时北大已轰轰烈烈开展社教运动，接着是"文革"。时光荏苒，1969年我们都去了南昌鲤鱼洲"五七干校"。在那集体化的生活中，难得有个人之间的交往。1970年鲤鱼洲作为北大分校招收了第一届工农兵学员，冯先生和我都被选为"五同"教师，跟学生同吃、同住、同劳动、同学习、同训练。次年春我们前往井冈山修铁路，在鄱阳湖大堤上翻了车，我和几名受了轻伤的学生留下来养伤，冯先生则随大队先到了永新县工地，等学生伤好后再赶往那里。在离工地大约十里的路口，冯先生跟陈贻焮大师兄迎接我们，抢着背我们的行李，那时她已经是五十多岁的人了，步履仍旧很年轻，她走在前面的样子我至今记忆犹新。

"文革"以后，冯先生全家搬到南沙沟的宿舍，我们见面的机会少了。教研室开会她是必到的，但很少说话。在2004年林庚先生九十五岁华诞的祝寿会上，她和任继愈先生一起出席。只见她的双眼添了一圈晕，两颊也陷了下来，显得苍老了许多，但没听说患有什么重病。没想到第二年她就溘然长逝了。我在第一时间赶到她家，听任先生说，她是晨练后觉得有点累便躺下休息，竟然没醒过来。救护车赶到后抢救未能成功，就直接送往医院太平间了。

她走得很平静，没受太多折磨，这是她一辈子做好事修来的福气。从南沙沟回家后，我随即拟了这副挽联，将最想讲的话写了下来。

冯先生在西南联大毕业后就留校任教，当然属于北大的元老了，她去世那年，西南联大中文系的元老如游国恩、浦江清、王瑶、朱德熙、季镇淮等诸位先生均已逝世，冯先生一去，几无其他元老在世了，所以说"举目尚余几元老"。她走得那么突然，所以说"华星乍陨"。但她的善良、她的从容、她的娴雅仍然留在我们心中，特别是像我这样的老学生更是伤心不已。所以下联说"霁月高悬伤心最是老门生"。

感谢张世林兄趁冯先生健在时，为她编了一部自选集，名《芸叶集》，收在名家心语丛书中，由新世界出版社在 2002 年 1 月出版，为她的老门生们留下一份永久的纪念。

（五）挽启功先生

学为人师一代名师成正果
行为世范千年型范仰人宗

大凡享有盛名的人总会有一两件事或一两句话给人留下深刻的印象，在众人口中不断传颂。启先生早在 1992 年，就将在香港举行书画义展所得的一百七十万元人民币，加上平时的稿酬共两百万元捐给北师大，设立了奖学金。但不用他自己的姓名，而是用他老师陈垣先生的书斋名"励耘书屋"，称"励耘奖学金"，此事一直传为美谈。他为北师大所题的八个字"学为人师，行为世范"，不仅成为北师大校训，而且广泛流传于教育界，成为一切教师努力的目标。此外还流传着许多隽语，赵仁珪和张景怀两位先生编了一本《启功隽语》，收录了不少，其中多有警世之言。

我不善交际，虽然早已知道启先生的道德学问和书画的成就，很想聆听他的教诲，但一直不敢打搅他。我的堂兄袁行云跟他交往较多，"文革"后一天傍晚，他带我到小乘巷启先生的住处，我才第一次见到他，觉得他很慈善也很随和。小乘巷在西直门内，房屋很简陋，真所谓负郭穷巷。启先生住在一座小院的南房，卧室兼做书房。当时他正在用晚餐，不过一碗片儿汤而已。餐后他将饭碗一推，桌上留出一小片空隙，随即为我挥毫，须臾间一根孤竹便从石隙中生长出来，风神俊朗。后来听说他搬到北师大小红楼宿舍，去拜访的人很多，学校在他门上贴了谢绝来访的布告，我便没敢打搅他。只是在全国政协常委会上见到他，偶尔还会分到同一个小组开会，但没有机会深谈。这期间还应启先生之命，主持过他指导的博士生张廷银的学位论文答辩。此外便没有过多的交往了。

直到1999年2月，中央文史研究馆馆长萧乾先生逝世，中央统战部的领导希望我到中央文史研究馆兼职，帮助启先生做些工作，我当然很愿意。这年10月他和我分别被聘为正副馆长，在钓鱼台的一座小楼里，当时的国务院秘书长、统战部部长和有关领导特地宴请我们。启先生虽有些苍老，但精神健旺，谈笑自若。启先生任馆长后的第一次会上，孙天牧老先生说："启老任馆长众望所归。"启先生说："我何德何能，获此殊荣！"他说出我同样的心情。

在担任副馆长期间，我常常打电话或到启先生府上请示汇报工作，未敢稍有怠慢。有一次闲聊，他忽然说我们是世交，我没深究，只是说："当初我考大学时报了北大和北师大，如果被北师大录取，我就可能成为您的入室弟子了。"前面说到我的堂兄袁行云，他以中学语文教师的身份直接考取中国社会科学院历史研究所副研究员，得到张政烺先生赏识。这是中国社科院唯一的"举逸才"举措。在社会科学院堂兄袁行云写了三大本《清人诗集叙录》，白天跑图书馆读书写笔记，晚上在灯下用毛笔文言写叙录，不幸积劳成疾，六十岁就患癌症去世了。启先生得知他生病的消息后，主动托香港的朋友买来最新的药物送他，这份情谊我是忘不掉的。

在文史馆我协助启先生修订了《中央文史研究馆馆员传略》，编了馆员的书画选《砚海连珠》，馆员们的诗选《缀英集》。为编《缀英集》，各位编委到一些图书馆搜集资料，有未出版的诗集，便向家属搜集。编委分别做了初选工作，选目在编委会上逐篇讨论。这几部书出版后反响良好，而我在和启先生的合作中获益匪浅。

启先生八十五岁以后身体逐渐衰弱下来，他被多种疾病缠身，仍然坚持做研究，参加各种活动。国务院分给他一处宿舍，他作为书房，称之为"第三窟"，在那里写了两篇论文。2001年秋他由赵仁珪先生陪同到寒舍来聊天，那年我女儿刚从新加坡国立大学获得硕士学位回国，她知道启爷爷喜欢毛绒玩具，特地买回一只小猫，叼着小鱼的，准备送他，我说启爷爷是属鼠的，送他猫恐怕不合适，就拦住没送，但还是把我女儿介绍给启爷爷。我女儿把自己的心意告诉了他，并且聊了几句，可以看出来他很高兴，说道："你女儿真可爱！"北师大为他召开九十岁华诞祝寿会，场面之隆重热烈超出我的想象。他在讲话中回忆了自己的家庭和经历，虽然很简单，但描绘了将近一个世纪的沧桑，却少了平时的幽默，我感到有点凄凉的意味。2005年以后，他的身体日益衰老，不断出入于北大医院。后来进了加护病房，且已不省人事。我去医院探望，握着他的手跟他说话，似乎他还有一点反应。但医生无力回天，一代著名学者、书画家、智者、忠厚的长者、总是给人带来欢乐的大好人，就这样与世长辞了。

我为启先生拟的挽联，将他给北师大写的校训嵌了进去，上半补充一句"一代名师成正果"，我之所以用"正果"二字，是因为启先生三岁时家里让他到雍和宫按严格的仪式接受了灌顶礼，成了寄名的小喇嘛。多年来每年正月初一他都要到雍和宫拜佛，至今雍和宫还有他写的一副匾额"大福德相"，一副长联"超二十七重天以上，度百千万亿劫之中"。挽联的下联补充一句"千年型范仰人宗"。在他之后中央文史研究馆还能否聘到像他这样的人担任馆长，恐怕难说了。

（六）挽任继愈先生

哲人萎矣更留有千株桃李

魂气何之应化为万朵莲花

1952 年院系调整，北大、清华、燕大三校的文科和理科合并，成立新的北大文、理科。这样一来教师和职工的人数忽然增加许多，于是北大购买了附近原中官村的土地，匆匆建起一片红砖红瓦的平房，样式一律，房前各有一小片庭院，面积有一百平方米、七十五平方米和五十平方米三种。所谓中官者，宦官也，因这里还有些宦官的坟墓，以此作为北大宿舍名实在欠雅，据说校务会上讨论后决定改为中关村，中关村的名称一直保留到现在，而且是出了名的高新科技区。北大许多著名教授例如王瑶教授、周祖谟教授、季镇淮教授、林焘教授都住在这里，中关村也是学生们常去拜访请教老师的地方，每逢元旦我们还要挨家拜年，老师以糖果招待，其乐融融。阴历除夕有的老师还请我和我妻子到他们家过年，则更是特殊的荣誉了。

所以，我对中关园相当熟悉。任继愈先生的夫人，也就是我的班主任冯钟芸也住在这里，因此我去冯先生家时有机会见到任先生。其实我跟任先生接触并不多，只是读过他的著作《汉唐佛教思想论集》《老子今译》，以及他主编的四卷本《中国哲学史》。他努力用历史唯物主义和辩证唯物主义分析中国古典哲学，1964 年被毛主席接见，受命组建世界宗教研究所。即使如此，他在"文革"中还是被红卫兵揪斗，一天我经过北大四十四楼，远远看到他在楼前的空地上挨斗，没敢靠近，为何要斗他，我简直莫名其妙。"文革"中他家的住房大概被别人占了一部分，所以有时任先生只好坐着小板凳，在床上写作。一直到改革开放以后他才搬到南沙沟去，那里有政府为社会科学院等单位的专家建的宿舍，俞平伯先生、顾颉刚先生都搬到了那里。

他搬走以后我跟他见面的机会更少了，只知道他受古籍整理出版规划小组的委托，负责整理《中华大藏经》，1987 年他出任国家图书馆馆长，我很为国图得人而高兴，但我对佛教完全外行，没有机会接受他的教导。一直到 20 世纪 90 年代初，北大成立中国传统文化研究中心，即国学研究院的前身，我邀请他参加我们召开的学术会议，才得以聆听他的高见。大概在同一时期政府设立国家图书奖，我被聘为评委，分配到季羡林先生领导的文学组，任先生领导古籍组，每次评奖都要集中开会好几天，这才有了跟他来往的机会。他后来辞去评委，由我接替古籍组组长的职务，这是我们的一点工作因缘。

任先生话不多，但说出来的话显得深邃、幽默，也带着哲学味儿。他给我总的印象是朴实，或者说是一个"厚"字，厚朴、厚道、厚重。我到他家拜访时，不记得怎么说起繁体字和简化字的争论，他提出应当"识繁写简"，我认为这是最佳方案。长期以来，古籍整理出版仍然得用繁体字，古籍影印当然也只能是繁体字，目前政府提倡弘扬传统文化，认识繁体字只有好处，没有坏处。就连《现代汉语词典》，在每个简体字后面不是也用括号标出繁体来吗？随着教育的普及，人民素质的提高，社会上文化水平的整体上升，认识繁体字的需求会越来越大。至于写字，可以提倡写简体，报刊和一般的书籍用简体也应该。但不要把繁体当错字，有一段时间，动员中学生上街，把王府井百货大楼大字招牌中的繁体字换成简体，西单百货大楼的招牌也同样做了修改，这是不必要的。另有一次，王林之类所谓"气功大师"红得发紫时，任先生说："不但要脱贫，还要脱愚。"意思是希望加强民众的文化素养和科学素养，也是很有见地的。

2009年1月，任继愈先生接受国务院总理的聘任，成为中央文史研究馆馆员，可惜这时他已经身患癌症正在放疗，未能亲自出席聘任仪式，事后由我将聘书送到任先生府上。他因身体的关系一直没有参加文史馆的活动，这是我深为遗憾的事。这年夏天他病重住院，我曾到医院看望，那天他挺精神，也颇健谈，可惜不久就辞世了，享年九十三岁。

国家图书馆为他设立了灵堂，我前往吊唁。几天后在八宝山举行遗体告别仪式，我特地推迟外出行程，参加了告别。国图将仪式组织得十分庄严，前来告别的各界人士很多，国图的年轻人一律穿着黑色的服装，排成整齐的队列站在台阶下面，以大幅标语向他致敬。这是我参加过的告别仪式里最为隆重的一次。

我拟的挽联，上联赞美他身为教授，桃李满天下；下联赞美他为佛教研究作出杰出贡献，身后将化为万朵莲花，莲花自然让人想到佛教。佛祖一出世，便站在莲花上，他的座位也是莲花座，我自以为用这副挽联概括他的一生是恰如其分的。写到这里应当补充一句，任先生去世前已聘请詹福瑞先生接替他任馆长，从他生病到辞世，詹馆长倾注了大量心血。

（七）挽林庚先生

金色的网织成太阳，那太阳照亮了人的心智
银色的网织成月亮，那月亮抚慰着人的灵魂

女儿问我："林爷爷最喜欢谁？是你吗？"我回答说："不是我，是商伟。"商伟是中文系1978级的学生，十六岁入学，是班上年龄最小的。我当年入学是十七岁，也是班上最小的，但比商伟还大一岁。他聪明过人，性格也开朗，很受班上大哥哥大姐姐们喜爱。他的才华是林先生先发现的，一次我到林先生家，见他正在看学生的"楚辞研究"课作业，他高兴地抽出一份给我看，同时说这个学生的最好，我一看是商伟的，字写得整整齐齐，内容也颇有创见，随即有了鼓励他读研究生的意思，不久他果然提出要跟我读硕士，我立即答应。硕士毕业后留校当助教，同时做林先生的学术助手。这期间他跟林先生相处十分融洽，不久就由林先生口述他笔录，完成了一部《西游记漫话》，从此他的研究领域竟由唐诗转向小说。他在哈佛大学取得博士学位后，在哥伦比亚大学任教，现在已经是那里的讲座教授了。如果当初没有林先生的慧眼，这位才俊少年的路或许不会走得如此顺利。以上这段话，固然是赞扬商伟，更主要的是赞美林先生之知人。

林先生喜欢年轻人，即他称之为"少年"的。他一生提倡"少年精神"，他所谓"少年"跟今天所说"少年儿童"之"少年"并不完全相同。而是曹植《白马篇》、王维《少年行》中的少年，是李贺《蝴蝶飞》中"白骑少年今日归"、梁启超《少年中国说》中所谓的少年，应该包括青年在内的。他所谓"少年精神"是指充满创造力的、勇往直前的、乐观进取的、生机勃勃的精神。他在诗里反复地歌颂少年，歌颂青春，例如《乡土》中的这几句：

年青的朋友拍着窗口

说是他们要明天就走

世界是属于少年人的

如同从来的最新消息

　　又如"青春应是一首诗""青春是一座美的工程""美与力／青春旋律之标记"。他的气质，他的思维，是年轻人的，看不到老气横秋的模样，即使在他八十以后，九十以后，仍然保持着少年的心。他家里没有多余的摆设，但卧室床头的墙上，别人家常常挂结婚照的位置，竟挂着一个大风筝，也许让他惦记着春，惦记着蓝天，惦记着少年的游戏。跟他在一起，总是轻松而快乐的，如果谈到不愉快的话题，他便说："换个话题吧，不谈这些了。"他活到九十六岁，无疾而终，跟这种心态有很大关系。

　　林先生是属于少年的，属于诗的，属于天真无邪之梦境的，属于被李白呼作白玉盘的月亮的。我跟随他选注初盛唐诗歌，他告诉我李白的《独漉篇》好，一定要选，这诗里有四句曰："罗帏舒卷，似有人开。明月直入，无心可猜。"是啊，林先生就是一位无心可猜的、透明的人。在他九十五岁的祝寿会上，任继愈先生说：跟他在一起不用担心什么，他不会像有的人那样，把别人的话记在小本子上去告状。任先生的话很真实地刻画了林先生的人格。"文革"期间林先生没受迫害，但心情一直很抑郁，说话很少，也很少参加活动。即使他注释的庾信《枯树赋》得到毛主席称赞，他也没有张扬，连我都没听他提起过。这是我后来从别人那儿听说的，至于称赞的原话我至今也不详。大概这事引起了江青的注意，江青送他花，他处之泰然，江青的亲信到他家问花放在哪儿，他回答"扔了"。这倒是他亲口告诉我的。我知道他不是那种跟风的人，他生活在诗的世界里，一片纯真。

　　林师母和林先生同岁，是清华大学的同学，后来在北京农业大学任教授。师母是林先生诗歌的知音，每当他有新诗草就，首先读给她听，她还为林先生早年的诗集设计过封面。他们相濡以沫，携手度过数十年的岁月。师母晚年多病，林先生提醒她服药，照顾她生活，感情弥笃。林先生是 1910 年 2 月 22 日的生日，八十华诞前，我们已筹备了祝寿活动，不幸师母竟在前一天撒手人寰了。祝寿活动只好停止，几个月后林先生的几名老学生在他家的客厅里，跟林先生聚首，各献上寿联和寿诗，极其简单而亲切地为他补过了一次生日。最精彩的莫过白化文先生所拟的一副寿联：

> 海国高名，盛唐气象；
> 儒林上寿，少年精神。

这副寿联由十八位同学共同署名。程毅中学长另送一首寿诗，是七律，其中的颔联最为人称道："板书飘逸公孙舞，讲义巍峨夫子墙。"这一句以公孙大娘舞剑器，比喻林先生的板书，巧思妙语，非常人所及也。林先生的板书是中文系的一绝，带给学生的惊叹与赞美，不亚于他讲课的内容。当年在水泥墙上用墨涂出一块长方形，横着的，便是黑板了。老师手执粉笔在黑板上写字，颇能展示书法的功力，如果气候潮湿，粉笔不太干，用粗的一头写字，可以正着用也可以稍微侧一点，那笔画便有了粗细的变化，配合着落笔的轻重，能写出毛笔的效果。如果学期之初，刚刚刷过墨的黑板，有点毛糙，写出字来竟像一副拓片，更显神采。林先生有点手抖，写字很用力，似乎要穿透墙壁的样子，那才叫绝呢！程大师兄用公孙大娘舞剑器比喻他的板书，可谓参透了林先生的板书艺术。现在用玻璃黑板和油笔，太滑，写不出那效果。更常用的是 PPT，老师站在黑影里，学生看不见老师的表情，便少了一种感染学生的氛围。当然，现在学生在 PPT 前，有一目了然的效果，写笔记也省力了，特别是理工科的课程还可以展示图片，其优点是明显的，我并不反对。有时我上课也要用到这些先进的手段，并不主张一律恢复过去那一套，但还是怀念原先的黑板，这只是个人的爱好，不能改变大趋势的。那次聚会，我也献上一首祝寿诗，不过写得很平淡，所以不提了。

林先生原来是学物理的，那时爱因斯坦的相对论轰动世界，林先生也在考虑宇宙、时间、空间等问题。但一年之后，他因对文学怀有强烈的爱好，便转到中文系。可是他探索时空的热情并没有消逝，他在 1980 年写过一首《光之歌》，第一段说：

> 飞翔啊飞翔划破边缘
>
> 在烈火之中生出翅膀
>
> 从那幽暗的物质深渊
>
> 甩掉残余的一身灰烬
>
> 奔驰在宇宙广漠之乡
>
> 多么陌生啊多么寂静
>
> 倾听生命界一切音响

他以光代表精神，以及人类之所以成为人的标志。他说"物质深渊"，又说甩掉"一身灰烬"，说"划破边缘"，他的确是轻视物质的追求，而更看重精神的力量。这首诗可以看作他九十高龄以后所写的《空间的驰想》的前奏。《空间的驰想》是用他的手书影印的，他赠给我的那部，签名下署 2000 年元月。他在这本诗集里写下这样的警句：

> 人不仅寻求快乐
>
> 而且寻求超越
>
> 思维乃人的天然王国
>
> 人类以其文明走出
>
> 动物的巢穴

他平时的生活很简单，他上课时穿的是普通的中山装或学生装，手提一个草篮子，家庭妇女用来买菜的那种，用来装讲稿。但是他提着便别有一种名士的派头。他不懂得治理生计，只会把薪水攒起来，1985 年通货膨胀，他存的钱贬值不少，从未听他抱怨过，他依旧沉迷在诗的世界里，吟咏他理想的精神。家具大概是抗战胜利后，他从厦门大学转到燕京大学时置办的，一直用了七十年。但他喜欢那间东南西三面朝阳的屋子，是卧室兼做书房的，八十岁后他便经常独自坐在这里沉思。在《空间的驰想》最后，他写出这样的诗句：

> 蓝天为路，阳光满屋。
> 青青自然，划破边缘。

《空间的驰想》在林先生九十五岁华诞前出版，那年的祝寿会上，他说"我没有偷懒"，指的就是写这部诗集的事。这部诗集是平时一首首积累下来的，草稿写在一份台历的背面，写一张撕下一张，放在书桌的抽屉里。我到他家时他常常取出来读给我听。他所思考的是关于宇宙、自然、人生的大问题，在他看来，空间乃是广袤无垠的宇宙，这里充满光与力，也充满诗。

林先生是新诗人，但他的旧诗很有功力，例如《佩弦新诗诗选班上得麻字成一绝》：

> 人影乱如麻，
> 青山逐路斜。
> 迷津欲有问，
> 咫尺便天涯。

将这首诗置诸唐人诗中也是佳构，以至太老师宰平先生看后问道："这是你写的吗？"又如《九一八周年书怀，时读书清华园》：

> 铁马金戈漫古今，
> 关河尘断恨何深。

方回枕上千重梦，

欲写平生一片心。

　　林先生的旧诗写得虽然好，但他并不满足于步古人之后尘，他追求的是用当代活泼的语言，建立新的诗行，创建新的格律，开辟新的意境。他追求的是在继承传统的基础上创新，是为诗歌发展的大计努力探路，所以他晚年把自己这方面的文集命名为《问路集》。

　　"文革"后有一段时间我向林先生学作诗，旧体新体一起上。他每有新作辄读给我听，我有时还大胆和他一首。他从未称赞过我，倒是说过一句话："你真该写新诗。"这是对我新诗的肯定吗？抑或是对我旧诗的否定呢？我不敢问下去，只是自己反复琢磨。我觉得旧诗好写，有固定的格律，有前人创造的美妙意象，有数不清的典故，只要熟悉那套路，把自己的意思装进去，别出格，好歹也算一首诗了。不过，好的旧诗实在不容易，闻一多先生说好诗都被唐人写尽了，意思是很难翻出新的花样。跟旧诗相比，新诗更难写，写不好只能算分行的散文。季羡林先生在《漫谈散文》中回顾"五四"以来的文学成就时说："至于新诗，我则认为是一个失败。至今人们对诗也没能找到一个形式。既然叫诗，则必有诗的形式，否则可另立专名，何必叫诗？"我想，新诗总得让人读得懂，觉得美才好。所以我写新诗总是觉得难以下笔，要么就是晦涩，要么就是白开水。中国是一个诗国，诗歌创作的出路何在？如何建立新的形式？这是林先生深感困惑的问题，也是摆在所有爱好诗歌的人面前值得探索的问题。林先生虽然鼓励我写新诗，但那只是鼓励我探索，并不是认为我的新诗好。我很清醒，所以轻易不敢动笔。

　　有人认为林先生的诗是晚唐体，这是误解。林先生何尝迷恋晚唐？他要的是盛唐，是盛唐气象，或者上追建安，欣赏的是建安风骨。他不是多愁善感的人，不是甘心被狭小的庭院锁住心灵的人，不是为个人的遭际而忧心忡忡的人。他永远是年轻的、乐观的、向上的，"颓唐"二字跟他搭不上界。他跟我说过："我们都是盛唐派。"真是这样。我最喜欢他1961年五十一岁时写的

308

《新秋之歌》：

> 我多么爱那澄蓝的天
> 那是浸透着阳光的海
> 年轻的一代需要飞翔
> 把一切时光变成现在
> 我仿佛听见原野的风
> 吹起了一支新的乐章
> 红色的果实已经发亮
> 是的风将要变成翅膀
> 让一根芦苇也有力量
> 啊世界变了多少模样
> 　金色的网织成太阳
> 　银色的网织成月亮
> 　谁织成那蓝色的天
> 　落在我那幼年心上
> 　谁织成那蓝色的网
> 　从摇篮就与人作伴
> 　让生活的大海洋上
> 　一滴露水也来歌唱

　　这首诗才脱笔砚，林先生就读给我听，在三年困难时期，这是多么乐观的声音啊！

　　因为林先生是新诗人，我给他拟的挽联也用白话，而且将这首诗中最精彩的句子嵌在其中。不知道林先生九泉之下对此作何感想。

（八）挽孟二冬

春风细柳此日护君归后土
明窗朗月谁人伴我话唐诗

　　孟二冬三进北大，第一次是在1983年，从宿州师专来跟我进修；第二次
是1985年考取我的硕士生，取得硕士学位后到新成立的烟台大学任教；第三
次是1991年考取我的博士生，这次我没放他走，争取将他留校了。

　　他本来对古代文论有兴趣，曾在《文学遗产》发表过一篇论文，据他说是
读了我关于古代文论的几篇文章后，决定来进修的。他的性格内向，话很少，
我常说他"沉默是金"。他读书十分刻苦，当进修教师临行前交来一份作业，
搜集了不少关于文气的资料，但对资料缺少提炼，论点也不鲜明，我告诉他可
以在此基础上加以删节，以何谓文气为主线，写出历代对文气的理解，并讲出
自己的看法。如果他愿意，我们两人可以合作，参考顾颉刚和杨向奎两位先生
合作的《三皇考》，合写一篇论文，对这个问题给予一个明确的答案。他同意
我的意见，回宿州不久，便寄来初稿。初稿资料不少，但结论还是不明确。我
在他的基础上做了增删，提出所谓文气，是作家创作前和创作中的心理状态和
精神面貌在文字中的表现。这个结论完全取决于孟二冬所搜集的资料，我只是
提出了解决问题的思路，并归纳出一个说法而已。这篇文章共约四万字，当时
没有刊物可以容纳，我便寄给人民文学出版社，刊登在他们出版的《古典文学
研究集刊》第四辑中。

　　他第二次进北大当硕士研究生的三年是非常愉快的，和他同时进校的还有
三位青年才俊，他们现在都成了重点大学的教授。我们一起上课，一起讨论学
问，孟二冬的兴趣转移到唐诗方面。最难忘的是我们一起去敦煌做学术考察，
这是趁我的老同学孙克恒教授邀请我到西北师大讲学的机会，带着他们一起去
的。先到兰州，再穿过河西走廊到嘉峪关，最后到达敦煌。一路上我们五人说
说笑笑无话不谈，当然也包括我们的专业古代文学。这时的孟二冬话很多，而
且说了一些俏皮话为大家解除疲劳。他沿途还写了一些旧诗，但没有给我们

看，前几年他的夫人耿琴整理他的遗稿才发现的。他的硕士论文题为《韩孟诗派研究》，毕业不久就在《中国社会科学》杂志发表了。

孟二冬在烟台大学任教很受欢迎，但做研究的条件不好。1991年他在我的劝说下第三次来北大攻读博士学位。1992年我应邀到新加坡国立大学任客座教授，同时我的妻子应邀到韩国外国语大学任客座教授，女儿跟我一起去了新加坡，家里没人，就请孟二冬搬来为我看家。等我回国后注意到家里的气压式暖瓶里积了厚厚的水碱。他整天读书，连冲洗暖瓶都忽略了。但他拿出了一篇十分扎实而又独具新意的博士论文，在他交了初稿到答辩之间的这段时间里，我们不断地琢磨讨论，有时头一天我出个主意，第二天又改了，天不亮就给他打电话让他修改。1994年他终于通过答辩获得博士学位并留校任教。他的博士论文经过修改出版，这就是《中唐诗歌之开拓与新变》，我至今仍然认为这是对中唐诗歌最有价值的研究著作之一。从此，他参与了我的好几项工作，如编写《中国文学史》《中华文明史》，编辑大型学术集刊《国学研究》等，他成为我得力的助手。此外，他还以顽强的毅力到图书馆查阅资料，校补清人徐松的《登科记考》，他有一个宏大的计划，即研究科举考试与唐诗的关系，关于《登科记考》的研究只是初步的资料准备。在学术风气浮躁的当今，这样扎扎实实做研究的人不多见了。书稿完成后，他接受我的建议将书名改为《登科记考补正》出版，获得一致好评。

2004年3月，他从东京大学讲学归来不久，便到石河子大学支教，病中坚持讲课，倒在讲台上。急忙送回北京，诊断为食道癌，转移肺癌。气管里的肿瘤几乎将气管完全堵住，只剩下一条很细的缝，使他呼吸十分困难。北大医院普通外科主任刘玉村召集大夫会诊，我和他的夫人也在场。如果不手术，眼看着他就会憋过去；如果手术，往气管下麻药很可能刺破肿瘤大出血，导致不堪设想的结果。刘大夫提出用儿童专用的最细的管子注入麻药。这样虽然仍有危险，但这是唯一的办法了。决定了手术方案后，立即将孟二冬推出病房，我在病房门口握着他的手，四目相对，竟无语凝咽。生死只隔一条缝隙，这可能是我们的最后一面了。我们等在手术室外，眼盯着手术室的门，也不知过了多久，一位大夫从手术室出来告诉我们手术成功了，孟二冬得救了，我们才放心。

311

孟二冬的生命力很顽强,术后很快就恢复了。他学会了开车,参加了学校教职工的跳高比赛,每天练习书法,他有足够的勇气面对厄运,也以极其乐观的态度面对未来。但病魔还是不肯放过他,癌细胞几经转移,2006 年 4 月 22 日,他的生命结束了,这年他才四十九岁。这正是做学问出成果的时候,太可惜了!我们国家失去一位好教师,我个人失去一位好帮手、好朋友,失去一位接班人。我想念他!

孟二冬去世几天后,在八宝山举行遗体告别仪式,我实在不忍心看到他盖着白布躺在台子上的样子,这不是我心目中的他,我不敢参加这个仪式。他的父母也没有参加,或许是同样的心情吧。他应该是教室里神采飞扬深受学生爱戴的师长,应该是田径场上面对跳高横杆一跃而起的冠军,应该是为我排忧解难的知己。他应当飞得更高更远,应当活到八十、九十,甚至寿登期颐。可惜天不遂人意,"忍剪凌云一寸心",把这么好的一个人带走了。或许是天将另有大任交给他!我常常这样安慰自己。

孟二冬所指导的硕士现在都已成材,去世时正在就读的博士生徐晓峰转到我的名下,他继承孟老师的遗愿,研究唐诗与唐代科举制度,写了一篇内容十分扎实的学位论文。另一名硕士曾祥波在孟二冬病中考我的博士生,孟二冬竟没有给我打声招呼要我给予关照,面试时我觉得他的举止像孟老师,随口说了一句,他才说自己是孟老师的学生。这两名博士现在都已成果累累,再过几年必将成为学术界的中坚力量。

为他拟的挽联没有什么可说的了,只是上联的"后土"二字是大地的意思,如误以为是故土,那意味就减弱了几分。

季羡林的眼泪

张军 [1]

2009 年 7 月 11 日上午 8 点 50 分，季羡林先生与世长辞。北京的天空整天阴沉沉的，闷热让人窒息。深夜，西北部空中的一道电光将天幕劈成两半，随着一声罕见的炸雷，忍耐了一天的雨水倾泻而下——那似乎是苍天为季先生而流的泪水！我与季先生交往数十载，曾经两次目睹季先生的泪水。在先生去世十周年之日，特撰此文为祭。

2001 年初春，中国文化书院筹划为季羡林先生过九十大寿——季先生时任院务委员会主席。

一天闲聊，季先生表示想回山东临清老家给母亲扫墓。耄耋老人出行，显然必须慎重，此事经层层上报，级级审批，在确保完善的安全保障之后，最终得到批准。我作为书院的秘书长，全程陪同。

---

[1]　张军，1959 年生于北京，1980 年进入北京大学图书馆工作，2000 年任中国文化书院秘书长。

季先生此次临清之行，坊间多有报道，此不赘述。本文单讲季老给母亲上坟那天发生的事情。

季老母亲的坟冢坐落村边一个小土坡上，扫墓那天，整个小村庄沸腾了，毕竟季老是当今中国社会最具影响力的文化名人，乡亲们都想近距离一睹他的丰采，场面之热闹可想而知。

季先生在老家

大约上午十点，季老被搀扶着来到村边小丘的一块平地，眼前有一座凸起来的土堆，这就是老人家母亲的坟墓了。

凭我跟季老多年的交往，他老人家绝对是从容淡定，处事不惊。然而那天，当季老被搀扶着走到离母亲的坟墓还有十几米的地方，他忽然紧走几步，到得墓前便"扑通"跪下，行了标准的"三叩首"，久久长跪不起。人们把老人家扶起来，他依然浑身颤抖抽搐，我清楚看见他的额头上粘着灰土，面颊全是泪水。在我帮他擦拭泥土时，听到他喃喃自语："对不起……对不起……"

那一刻，没人知道老先生嘴里说的"对不起"的真正含义，是为自己刚才的行为失控，还是对九泉之下的母亲？总之，他连说了几句"对不起"。

场面令人震撼。从子女对母亲的感情而言，谁都能理解季老的眼泪。但我心里却泛起一丝疑问，一位阅尽人间冷暖的耄耋老人，面临众多乡亲的围视，为何竟如此失控？这不是季老的风格。我无法做任何分析，因为无人能真正理

季先生下跪祭母

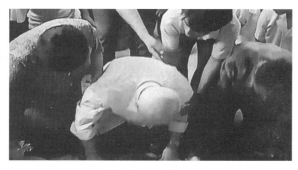

季先生三叩首祭母

解老人的这份母子之情。

这是我与季先生交往几十年中，第一次目睹他的眼泪。令我意想不到的是，这并非唯一一次。

接下来的几天，季老继续应付着各种活动，没有人再去触及扫墓那天的场景，季老看似恢复了往日平静似水的状态。

回京后，中国文化书院有关人士继续为季老九十大寿一事磋商。一天，院长王守常以及李中华、李林、钱文忠和我一起商量活动的创意。李林提出一个大胆的设想：说服季先生出马拍摄一部公益广告。一方面，考虑到教师节、国庆节快到了，如果一位全国瞩目的文化大师能为其做公益广告，意义可谓重大；另一方面，也算是季老送给自己寿辰的一份大礼，同样意义巨大。

人们常常会被自己某些稀奇古怪的想法感动，创意一经提出，在场者立刻就沉浸在"亢奋"之中，大家七嘴八舌，最终确定了两个方案。

亢奋之余，却发现我们完全忽略了一个关键点：季先生能答应吗？虽然是着眼公益，毕竟也是广告，这样一个著名的文化学者愿意参与这种事情吗？大家都觉得心里没有底。还是年轻气盛的钱文忠打破了沉默，他说："不管老爷子是否答应，我们直接拿着创意找他商量，大不了就是个不同意，还能怎么样？"

于是，我们先向汤一介先生汇报，并得到认可。考虑到拍摄，特意邀请了北京电影学院副院长张会军加入创意团队。然后，去找季先生"摊牌"。

那天，汤先生亲自陪同大家前往。我们设想了很多季先生拒绝的理由，并为此作了几套应对的预案。

时下各种武打片经常会出现这样的镜头：双方摆开架势决斗，功夫肤浅的一方，为了掩盖自己的真实本领，上来就会拍打自己的胸脯，摆出各种姿势，嘴里发出怪声，企图先声夺人，震慑对方；而武功高深的一方，则是站在原地，纹丝不动，静候对方的进攻。稍后，双方甫交手，仅一两个回合，后者就四两拨千斤，一击奠定胜利。

无疑，我们几个便是前者，季先生是后者。面对我们几个精心设计的"套路"，还没等王守常院长说完，季先生就"出招"了，爽快地说："好呀，你们准备怎么拍呀？"一句话，瞬间破解了我们事先准备的所有招数。脚本彻底被打乱，一切来得太容易，我们全有些蒙。还是张会军反应快，毕竟是电影学院的院长，各种"大腕"见多了。他调侃说："只要您老能答应，至于如何拍摄，您就别操心了，一切行动听指挥就是了。"听罢，季先生老顽童似的微笑起来，频频点头说："对，对，拍摄方面你是专业，必须听你的。"大家也都笑起来了。

我们把两个创意分别讲给季先生听，这两个创意主题词分别是"尊师重道，薪火相传"和"爱母亲，爱祖国"。季先生没做任何修改，全然答应下来。

于是，那一年的初夏，张会军在短时间内调集了北京电影学院最优秀的一批创作人员，并配备了最先进的设备，拍摄很快就开始了。

说一句题外话：心眼最多的当数张院长。整个片子拍完那一天，他请求季先生题写了"尊师重道，薪火相传"八个大字。今天，这八个大字早已被刻在一块花岗岩石头上，伫立在北京电影学院四季厅前，成为北京电影学院的校训。

主题为"尊师重道，薪火相传"的短片，很快拍摄完毕，一切顺利，谁也没想到，在拍摄"爱母亲，爱祖国"时，却发生了意外。

拍摄现场一

拍摄现场二

那天，拍摄场地选在北大图书馆一间宽大的阅览室，由于是用电影胶片拍摄，因此，机器设备、灯光设备、拍摄高台、升降车等设备占了大半间屋子。

准备就绪，我把季先生接到拍摄现场，面对满屋子的设备，季先生没有丝毫的紧张，反而趁张院长和他"说戏"的时机调侃起来："电视台拍我很多次，我怎么没见过这么多复杂的设备呀？"张院长显得很得意的样子说："那当然了，拍电视和拍电影胶片能相比吗，要是往大了说，咱这就是在拍电影呀！"季老似乎也要满足一下张院长的得意，回道："难怪电影比电视好看。"就这样，一切都在轻松的气氛下正常进行。

几组适应性镜头拍摄完毕，准备拍摄季先生有台词的重头画面了。台词虽然不多，毕竟是九十岁的老人，大家都做好了因他忘词而反复拍摄的心理准备。

季先生要说的台词是这样的："那一年我六岁，便离开了老家前往济南求学，从此，我就再也没有见过我的母亲，这便成为我一生中永久的悔。几十年来，海外求学，国内任教，游历过世界各地，但无论何时何地我时常梦见我的母亲。爱我们的母亲，爱我们的祖国。"

张院长坐到主机位的高台上，随着陈泡导演的声音："各部门注意，预备，开始！"升降车缓缓下降，季先生平静地坐在书桌前，放下手中的书，慢慢抬起头，对着镜头说："那一年我六岁，便离开老家前往济南求学，从此，我就再也没见过……"

季先生突然停顿了，大约有五六秒的时间，他双眼直直地看着镜头，全场鸦雀无声。正当所有人都以为季先生忘词的时候，只见他摇了摇手，说："对不起，对不起！"说罢，双肘支在桌上，用手遮住了眼睛，泪水穿过手指流了下来。这时大家才反应过来，老人并不是忘词了，而是他正要念到"……我就再也没见过母亲"这句台词时，激动得不能自控了。

面对一位耄耋老人的突然掩泣，在场的人都不知如何是好。我赶紧走到先生身边，低声安慰，同时把面巾纸递到他手中。季老边擦面颊边轻声说："对不起，耽误大家时间了，耽误了，对不起！"张会军也凑过来俯身耳语："没关系，拍得特别好，特别好！"

现场非常安静，虽然对话声音很小，但在场的所有人都听得十分真切。

事后我们才知道，面对这个突然"事故"，所有摄影师都下意识地关闭了机器，只有北京电视台韩斗斗控制的一台摄像机始终开着，真实地记录了那触及人们心底的感人一幕。

考虑到季先生年事已高，我们都不忍再去触动老人心灵脆弱的角落，经过紧急磋商，决定调整创意，取消原来拍摄计划，放弃补拍。

2001年教师节、国庆节前夕，全国人民看到了中央电视台一套黄金时间播出了两条公益广告，引起巨大反响，各类媒体纷纷报道，其中最显著一则报道标题为："著名国学大师季羡林出镜公益广告，泪洒衣襟感动社会"。

全国观众最后看到播出的公益广告是这样的内容：

清晨，季先生在朗润园湖边散步……

几组镜头切换后季先生在一大排书架的背景下伏案读书……

镜头切换至季先生脸部特写，季先生缓缓抬起头面对镜头说："那一年我六岁，便离开了老家前往济南求学，从此，我就再也没有见过……"

画面定格。

画外音（配空镜头画面）：当老人说到这里时，他的声音哽咽了，接下来要说的是："我就再也没有见过我的母亲，这便成为我一生中永久的悔……爱我们的母亲，爱我们的祖国。"

定格字幕"爱我们的母亲，爱我们的祖国"。

整个片长六十秒。

……

2001 年，短短时间内，我两次零距离地目睹九十高龄季先生的眼泪，老人两次落泪的地点不同，但都有一个共同之处，首先都与他的母亲有关，其次，都是在大庭广众、众目睽睽之下。

季先生已经有八十年的时间没有母亲的相伴了，难道经过八十年沧海桑田、风雨冰霜磨砺后的心灵还依旧脆弱到无法自控的地步吗？难道八十年的时光都无法阻止一个耄耋老人在众目睽睽之下控制住自己已经并不丰沛的眼泪的外泄吗？

我想，唯一能寻找到答案的办法，就是去窥视老人内心的深处。于是，我把季先生所有与母亲相关的文章再次认真捧读，在字里行间中寻觅答案。

我发现，季先生在母亲的问题上，毫无疑问是位巨大的悲剧人物。这种悲剧程度给他带来的内心创伤，恐怕外人很难理解，甚至是根本就无法理解。

在季先生的所有文章里，凡是笔墨涉及他与母亲的描写，都会规律性地出现一种模式：首先，几乎没有季先生与母亲接触的具体描写；其次，对自己渴望得到母爱的心境往往给予浓重的笔墨；最后，也是最主要的一点，凡是对母亲的描述，均出现在遐想臆造的空间——字里行间几乎找不到对母亲面容的具象描写。换句话说，在季先生的脑海中始终就没有一个清晰的母亲的面影，"母亲"对季先生而言仅仅是一个词语，"母亲"没有一个具体的附着体，没有面容，没有体态，没有任何可以参照的实体。这便是季先生心中母亲的形象，那是一个虚无模糊的母亲。

不管母亲在季先生心中如何模糊与虚无,但一个铁的事实是无法回避的,母亲是给了季先生生命的人,再虚无的母亲却也是实实在在、真真切切的母亲。季先生一生都注定要面对这种"有"与"无"母亲的心境之中,这种"虚"与"实"的交替与挣扎,也许才是季先生内心世界唯一最悲情的一件事情了。这也就不难理解即使是时间这个万能器物在面对季先生内心的伤痕时也显得如此苍白无力。

每每读季先生对母亲所描写的文字,我的心都会随之紧紧地扭皱在一起,那褶皱仿佛要把人窒息:

夜里梦到母亲,我哭着醒来。醒来再想捉住这梦的时候,梦却早不知道飞到什么地方去了……但当我想到把这些梦的碎片捉起来凑成一个整个的时候,连碎片也不知道飞到什么地方去了。眼前剩下的就只有母亲依稀的面影……天哪!连一个清清楚楚的梦都不给我吗?我怅望灰天,在泪光里,幻出母亲的面影。(摘自季先生散文《寻梦》)

现在我回忆起来,连母亲的面影都是迷离模糊的,没有一个清晰的轮廓。特别有一点,让我难解而又易解:我无论如何也回忆不起母亲的笑容来,她好像是一辈子都没有笑过……(摘自季先生散文《赋得永久的悔》)

在季先生的文章里还有很多很多类似的描述。

对于作为儿子的季先生而言,万分热爱母亲,万分渴望享受母爱,但他却始终连自己母亲的清晰面容都没有存留在脑海里。毫无疑问这是一个悲剧,如果季先生不耗尽毕生的思念去苦苦寻找本应属于他的"面影"时,这似乎还属于一个正常范畴的悲剧而已。但他恰恰相反:"直到耄耋之年,我仍然频频梦到面目不清的母亲。(摘自《赋得永久的悔》)"这就不得不说是季先生生命中最大的悲哀了。

我想对一个耄耋老人而言,面对自己一生都将"赋得永久的悔"的时候,也许唯一能帮他解脱的最好方法,就是用他那任意宣泄的泪水去洗刷他"永久的悔"，既然老人无法摆脱"永久的悔"，那就让泪水永远相伴着他，永远肆意流淌吧，但愿微微咸淡的泪水能腐蚀掉他心中的"悔"！

但愿季先生在天堂里能辨清"面影模糊的母亲"！

我在北大的数学启蒙

——怀念钱敏、吴光磊先生

郑斯宁 [1]

　　我 1965 年考入北大数学力学系（简称数力系），1970 年春离校，至辽北农村昌图县东嘎公社中学工作到 1976 年。虽然 1980 年补发了毕业文凭，但只有第一个学期的成绩单，严格说是拿了北大的"假文凭"。我的数学生涯其实是从 1978 年考取吉林大学数学系研究生，师从王柔怀、伍卓群、林龙威教授，以非线性偏微分方程研究作为本行，才算正式开始的，时年 32 岁。除了在农村教书的那几年不死心，间或自学（后来成为考研敲门砖）的一点数学，我的数学专业知识（或饭碗）主要是通过研究生阶段学习，以及 20 世纪 80 年代和 90 年代在美国密歇根大学和加州理工学院进修，分别访问知名数学家

---

[1]　郑斯宁，1946 年 11 月生于重庆。1965 年由东北师大附中考入北京大学数学力学系。在吉林大学数学系获硕士、博士学位。1981 年起在大连理工大学任教，教授、博导。2017 年退休。

J. Smoller 和 T. Hou（侯一钊），尤其是在大连理工大学 40 年教师生涯的教学相长中积累的。后 20 年，通过指导 27 名博士生，合作 4 名博士后，又得到极大补益。尽管如此，思前想后，还是难以忘怀在北大暂短求学期间的几位老师。感恩他们对我的数学启蒙。

北大数力系有重基础课教学的传统。1965 年 9 月入学，立刻感受到超豪华教师阵容。数力系 1965 级 180 余人，分 3 个专业，5 个班。数学专业两个班，计算数学专业一个班，力学专业两个班。我在力学一班。主讲我们力学班数学分析的是钱敏，主讲解析几何与高等代数的是吴光磊。两位助课教师分别是潘文杰和尤承业。

钱敏当时还只是讲师，远不及另两位主讲教师闵嗣鹤和冷生明有名，特别是闵嗣鹤作为当年协助华罗庚组织北京市中学生数学竞赛的关键人物，其大名早已被中学数学爱好者所熟知。后来听说，陈景润的论文就是闵审阅的。关于钱敏老师，入学不久，就听说他是北大的传奇人物，以博学著称，特别是对物理学有很高造诣。传说数学的课他几乎上了个遍，却又从不上重复课。理由为：上课好似磨刀，而且上重复课也会失去新鲜感和激情。这些道理，后来在我自己几十年的教学实践中，也深有体会。给一年级新生上数学分析课——这门数学人最重要的基础课，对他来说还是头一遭。后来通过他的自述，终于印证了这个说法："我的经历说明教课的过程也是自己学习进取的过程，所以各种各类的课我都乐于并有兴趣去教，尤其是有课缺人去教的，那更好，我挑个担子，却不必因为自己不是专家而抱歉。"他还说："我的授业老师是关肇直先生和段学复先生，他们教会了我数学分析和高等代数，让我领会了基础数学的精神实质；做到这一点的原因并不

钱敏（1927—2019）

是因为他们是专家，而是他们对所教的课总是津津乐道，充满热爱和憧憬，而且在一无所知的一群大孩子们面前，不厌其烦地讲述做学问的道理和境界。除了这两门课，其他的一切数学，我都是通过教书，教学生而进入的。"

钱老师那时还不到 40 岁，中等身材，比较重的胡须刮得很干净。带一点江浙口音。我们入学时已是秋季，天渐凉。他常常穿一件短大衣，戴一副白色棉线手套。数力系的学生都是带着高分，特别是数学、物理高分数进北大的。钱敏老师在自己的点名册用心标记了每位学生的数学、物理两科的高考成绩，多次赞叹我们的基础好。

北大数学力学系的模式是拷贝莫斯科大学数学力学系的。数学与力学两个专业一起念基础课。由于后续课程差别大，学制逐渐演变成力学六年制，数学五年制。1964 年毛主席春节讲话后，教育改革成为大趋势。到我们 1965 级，在教改大潮流下，力学学制也要压成五年。为压缩学制，打破了建系以来的传统，从基础课开始，力学专业即与数学专业有所区别。力学专业的数学分析课单独编了讲义，数学味道相对淡了一些，更加注重物理背景和物理应用。这恰好是钱老师的强项。后来我才知道，钱老师 1949 年毕业于清华大学数学系，但从 1944 年到 1948 年的四年，他在成都金陵大学和北京清华大学念的是物理系，到最后一年才转入数学系，1949 年从清华数学系毕业。我们的数学分析课，除了与中学截然不同的数学逻辑推理训练，钱老师还特别强调每个数学概念的物理背景和物理意义，注重数学建模和数学理论的应用。记得那年他的期末考试试卷，就包含有两三道具有明确物理意义的考题，并配了图，印象深刻，因为这在数学分析课考试中是不多见的。此外，由于他熟悉并亲自教过许多后续课程，会经常拿后续课程学生常犯的毛病（例如关于复合函数求导的链式法则），提醒我们该如何避免这些错误。后来读到钱老师的自述，更进一步了解到他的观点："关于教课，我的标准是总要让学生体会到逻辑之外的余音，因此自己先要反复回味，上课讲时才能说出来。逻辑是上课的铺排，本质的东西只能出现在重点和要害中，不会处处都是，但是数学是用逻辑编写出来的，正如文学作品是由文字组合而写成的一般。没有随心驾驭文字的能力，其人绝写不出好文章来；但这种能力的培育和取得必须通过个人自身的长期辛劳努力和写作练习才能完成，因此苦思苦练是对学生（尤其是研究生）不可少的要求，但这不可能在课上完成。"

回想起来，钱老师的教学风范潜移默化中对我的影响非常大，甚至直接影响到我后来研究方向的选择。事实上，我在 1978 年报考研究生时，选择的就是与物理世界关系最密切的非线性偏微分方程。而且，在后来几十年关于非线性偏微分方程的科研中，对数学模型的建立以及数学结果的物理或生物意义的理解，一直有很大的兴趣，也被认为是我的相对强项，并且通过我几十年的教学生涯，影响了我的学生们，包括数以千计的本科生，数以百计的硕士研究生，特别是我培养的 27 名博士生。2014 年，一位后来又在著名德国数学家 M. Winkler 那里取得第二个博士学位，现已在相关领域崭露头角，学术成果水平超我的学生，在其博士论文的"致谢"中说："感谢我的导师郑斯宁教授。大学期间，在常微分方程和数学物理方程课上，郑老师深入浅出的教学让我对微分方程这一领域产生了浓厚的兴趣。尤其是数学物理方程课，我至今仍然记得郑老师教我们如何从物理现象推导方程，并且通过研究方程解的性质，解释一些物理现象。这给一直对物理有兴趣的我打开了一片新天地。"寥寥数语，依稀折射出钱老师当年潜移默化影响我的影子。也许，这就是传承吧？

钱老师的传奇故事很多。《有话可说——丁石孙访谈录》一书曾详细记录了 1979 年钱与丁竞争破格评教授的一段往事。当时数学系只有一个指标（1978 年数力系分为数学系和力学系），但教授们推荐了丁、钱两个人。丁回忆说："就提教授之事，钱敏有一天来找我，说我做的研究工作比较少，应该让他先提。我答应了他。"后来学校那次还是提了丁石孙。丁说："这次钱敏只提了副教授，很有意见，当场就把提为副教授的聘书扯了。"

在关于钱敏老师的诸多传奇中，人人皆知的最大一则，大概要算是他所经营的那个始于"文革"前并延续了几十年的"家庭讨论班"，讨论班成员包括钱老师的夫人张锦炎，妹妹钱敏平和妹夫龚光鲁，兴趣广泛，包括马尔科夫过程所涉及的概率论问题。张锦炎的研究方向是常微分方程与动力系统，改革

钱敏、张锦炎夫妇（摄于 20 世纪 80 年代）

开放初期就出过一本很有名的书《常微分方程的几何理论与分支问题》，曾被广泛采用作为研究生教材。该书后来出的第二版新增的合作作者冯贝叶，也是我们数力系 1965 级的同学。钱老师的研究方向是数学物理，但知识面极广。概率论、泛函分析、动力系统等，都是他的强项。他们夫妇还有许多学术合作，1987 年有关约瑟夫森结与锁相回路动力系统的合作论文，收入美国 Dekker 出版社的《纯粹与应用数学讲稿》第 109 卷。其后，又有两篇关于约瑟夫森结耦合组动力学行为的合作论文发表在微分方程领域顶级期刊 *Journal of Differential Equations* 上。

龚光鲁是北大数力系 1954 级的，与王选同班。钱敏平则是 1956 级的，与杨乐、张广厚同届。龚光鲁和钱敏平都是学概率的，在讨论班相识，结为夫妻，以携手五十余载学术研究共度人生。不久前从网上看到北大关于他们参加集体金婚纪念典礼的相关报道，深受感动。

钱敏平的父亲钱宝钧是中国著名化学纤维专家，曾任华东纺织学院院长。据说，钱宝钧先生给孩子起名字的时候，决定名字中姓氏"钱"后的第一个字用敏，第二个字则按照《大学》中的"诚意、正心、修身、齐家、治国、平天下"的顺序，分别取"诚、正、修、齐、治、平"。按此规矩，应该从长子"钱敏诚"起，到幼女"钱敏平"止。但后来又生了第七个孩子，于是将长子钱敏诚的名字分一半给幼

钱敏平、龚光鲁夫妇（摄于 20 世纪 60 年代）

子。长子改名"钱敏",幼子得以取名"钱诚"。有趣的是,钱敏、钱敏平、钱诚兄妹三人都曾同在北大数学系,并且三人于1981—1984年间还曾有过关于马尔科夫链环流的系列合作论文(三篇),发表在中国顶级科学期刊《中国科学》,堪称佳话。

钱敏与钱敏平的合作就太多了。仅据美国数学会数据库MathSciNet记录,兄妹合作的论文就有14篇,从1979年到2004年,时间跨度长达25年。

钱敏的传奇又延续到他的儿子钱纮身上。这是惊人的子承父业,研究兴趣也相似。同样也是先念物理,1982年毕业于北大天体物理学专业,1989年在华盛顿大学(圣路易斯)获生物化学博士。再跨到数学,任美国华盛顿大学(西雅图)应用数学系讲座教授。主要研究兴趣涵盖生命系统的随机动力学、系统生物学和数学生物学等,是国际上不多见的既懂实验,又懂数学,善于运用数学语言描述物理、化学、生物学规律的人,曾多次应邀回国到北大及多所高校讲学。他们父子也合作有多篇论文,涉及数学物理与数学生物学,时间跨度从2000年到2014年。

钱敏的传奇还包括他在培养人才方面所展现的神奇。他先后培养出多名国家杰出青年科学基金获得者、长江学者级别的数学家,特别是在退休后,竟"连中三元":连续三名弟子(张雪娟博士、章复熹博士和葛颢博士)的论文入选全国百篇优秀博士论文,堪称中国数学界的吉尼斯纪录。之前还有弟子蒋达权博士被提名"百优",并获得钟家庆数学奖。所有这些精彩的后续故事,分明就是他从操办家庭讨论班开始,毕生耕耘与经营所收获的累累硕果。

钱敏于2013年荣获第十一届华罗庚数学奖。华罗庚数学奖和陈省身数学奖同为中国数学界最有影响力的奖项,两者的关系类似于沃尔夫奖和菲尔兹奖。华罗庚数学奖更侧重于对数学家终生成就的肯定。与其他年度的颁奖情形有所不同,两年一届的华罗庚奖自1992年设立以来,迄今为止的所有各届每次颁奖都是两人共同分享,只有钱敏先生这届是颁给一个人,而且其他获奖者多为单纯做数学的数学家,而钱敏的贡献主要在数学物理,后期工作还渗透到理论化学以及数学生物学中。钱敏最有代表性的工作——马尔科夫过程的环流理论与熵产生概念，是他与钱敏平教授、龚光鲁教授以及随后的弟子们历经四十年发展出来的。这个理论漂亮地阐释了非平衡态统计物理中的一些关键性问题。类似于微分几何和广义相对论的关系，为非平衡态统计物理学提供了坚实的数学理论框架。此类奠基性工作，在中国数学界不多见。据葛颢博士介绍："钱敏先生等以随机过程和动力系统为基本模型，提出并发展了一整套有关遍历论、熵、时间可逆性、熵产生、非平衡定态等数学物理核心问题的数学理论，这些理论数学上自成体系，数学思想和数学方法上具有相当的深度和广度，同时，这些数学理论反过来又对于我们更深刻地认识物理现象和物理规律大有裨益，已经得到了物理学界的普遍认可，并开始应用于研究和解释最新的化学和生物实验现象，发现其中的数学物理规律。钱敏先生的研究涉及多个数学和物理的领域，而且其工作十分系统、全面和深入。钱敏先生的工作不论是从数学还是物理的角度来看，都是十分严格和深刻的，对于数学物理方向有着深远的影响，也得到国际数学和物理两个领域专家的充分肯定。"

北大数学系 1984 级学生、美国加州大学河滨分校算子代数专家徐峰教授，也是钱敏老师培养的研究生之一，2013—2016 年曾受聘我校，算是我的同事。我们曾多次一起谈论我们共同的钱敏老师。他还明确说过，打算邀请钱敏老师来我们大连理工大学访问一次。可惜这个愿望最终没能实现。

2019 年 4 月 26 日，钱敏老师在北京安然离世，讣告简单地说："根据本人遗愿，遗体捐献于医学研究，丧事从简。"这使我不由得回想起，直到"文革"结束，钱老师似乎一直都是白专典型和批判对象，"文革"中还两次被囚禁审查。最后，大概任何人都不得不承认，他原本是最纯洁、高尚的人！他一生的学术成就和对科学的贡献，以及对教育特别是拔尖人才培养的奉献，完全经得起历史检验，自己却一无所求，连遗体都毫无保留地献给了科学！

说来也巧，教我们"解析几何与高等代数"的中国几何学科泰斗级人物吴光磊，长钱敏六岁，正好是钱老师在清华最后一年的毕业论文指导教师。钱老师在自述中说："吴先生让我打开了视野，增加了见识，知道了相对论及量子力学和基础数学的深刻联系；因此在后来我选择数学物理作为研究方向时，并

吴光磊（1921—1991）

没有一般人的迷惑和犹豫。"

吴先生讲课条理特别清晰，语言干净利索，没有一句废话。严格的数学推理和形象的几何直观，被他在课堂上演绎得淋漓尽致。教科书就是由他本人主持编写的一本很有名的教材《解析几何》，高等教育出版社出版。与钱老师的江浙口音不同，吴老师形容曲线"曲里拐弯"，使我马上就品出了熟悉的东北口音，非常亲切。我虽生于重庆，但其实是在东北和东北语音环境中长大的。后来知道，吴光磊1921年生于黑龙江省宾县，其父吴宗涵早年毕业于北大数学系。在抗战时期的艰难岁月，师从世界级微分几何学大师陈省身，1943年从西南联大毕业留校任教。1946年后归到清华数学系。1952年院系调整来北大。1963年成为北大最年轻的教授之一。几十年后看到丁石孙在吴光磊八十诞辰纪念会上对吴先生讲课的极高评价："吴光磊先生讲课讲得非常好，可以这么说，他在数学系课讲得好是数一数二的。我1949年选吴先生的课，至今还记得他讲射影几何，如何从几条简单的公理，推出域的概念。那时我就发现吴光磊先生讲课有一个很大的特点，就是非常简练，思路非常清楚，学生很容易接受，也很容易记，而且记得很牢。1960年学校组织批判所谓学术权威，经领导研究，批判的对象是吴光磊先生。一开始大家还不理解，为什么要批判他。当时有一个奇怪的逻辑，说吴光磊课讲得太好了，太好了就必须批判，批判了才能使他知道怎么再进一步更好。"

吴光磊是中国为数不多的直接受到陈省身大师栽培的人，一直瞄准陈省身先生开创的整体微分几何这一国际微分几何主流方向，特别是关于其中的联络论问题，开展研究工作。陈省身先生在《忆光磊》一文回忆说："吴光磊是西南联大的学生，曾选修我的微分几何课。1941年我发现他不止是一个普通的好学生。他有自动选读材料的习惯和能力。我们的接触就增多了。我相信他会是一个数学家。"

中华人民共和国成立后，在资料极其缺乏的情况下，吴光磊在北大还系统地开设了与整体微分几何相关的微分流形、李群初步、黎曼几何、微分纤维丛和联络论等内容的课程。他把陈省身关于 Gauss-Bonnet 定理的内在证明提高到一个新的高度去认识，并且获得了关于陈示性类的新结果，在20世纪60年代至70年代属于国际先进水平，极为可贵。20世纪80年代围绕子流形在欧氏空间嵌入的基本问题，又有新的重要成果。离别30年后，陈省身先生回国看到吴光磊的工作，曾给予极高评价。不仅在微分几何界，而且在那个时代的整个中国数学界，吴光磊的眼光和成就，都是超乎寻常的。吴文俊院士评价吴光磊"一直是北大现代微分几何的掌门人。虽一生经历艰难困苦，所幸在他的指导下，北大的微分几何队伍已茁壮成长。他自己在大范围微分几何方面的一些开创性的研究工作，也已得到国内外学术界的肯定和追认"。他1963年能够成为北大最年轻的正教授之一，绝非偶然，也当之无愧。

1973年陈省身教授第二次回国访问，在中科院数学所系统介绍国际上微分几何的进展后，国内面临着重建数学研究队伍的迫切问题。为此，吴光磊与吴文俊、张素诚一起，于1974年主持讨论班，讲授拓扑学和现代微分几何学，为中国数学的复兴以及数学人才的培养贡献很大。据吴文俊院士本人回忆："1973年时，陈省身先生回国访问，提倡双微（即微分几何与微分方程）方面的研究方向。为了建立微分几何方面的研究队伍，当时的中科院数学所开办了一个微分几何的讨论班，由吴光磊、张素诚和我三人主讲。三人中，其实只有吴光磊先生一个人，才是真正既熟悉经典微分几何大师 E. Cartan，又了解大范围微分几何的专家。我有幸成为他的一个听众，亲自领略了他严谨、细致而又生动的学术讲授。"

1953级的姜伯驹院士特别推崇吴光磊先生的教学。他回忆说："他的证明力求概念化，尽量避免烦琐的计算，我觉得思想性非常强，体现了几何学的与数学分析很不一样的美。他的课使我对数学的理解有了很大变化。由于本身内容的吸引力，我笔记记得比较全，每次课后还作整理。经过这些年的沧桑，它

1986年前后吴光磊摄于颐和园

是我珍藏的唯一的一本学生时代的笔记。"

关于几何学的重要性，吴光磊先生有句精辟名言"不能得意忘形"，北大数学元老江泽涵院士在"文革"前出版书的序言里就曾经提到过。姜伯驹特别回忆说："关于几何课程的问题，他有一系列的见解。数学界当时有一股风，要砍几何课，几何课程的学时不断缩减。吴先生批评他们'得意忘形'。一语双关，不只是通常的那个成语，另外一层意思是你借助几何直观学懂了，得到这个'意'之后，又想抹杀这个'形'的作用。"

关于吴光磊先生的讲课风格，1954级的张恭庆院士也有切身体会。他回忆说："他讲课注重透过数学的形式语言揭示其几何内容，讲解时用词精练，准确，入木三分；分析概念，如竹笋剥皮层层深入，直到透彻抓住实质，对于重要定理的证明，只要紧紧跟随他的诱导，轮廓就逐步清晰，再到关键处，经他点拨，一下子就呼之欲出了。"

吴光磊的1978级研究生，四川大学李安民院士也回忆说："他指导学生非常认真，常常选取一些基本而重要的素材给我们讲解，言简意赅，富有很强的启发性和指导性，听吴老师的课是一种享受。"

我这才意识到，由吴光磊先生这样的几何学泰斗教我们的解析几何与高等代数课，尽管只有"文革"前短短几个月时间，也实在是太幸运了。

帮吴光磊先生助课的尤承业老师，与吴先生交往密切。他回忆说："我参加工作后，有好几次担任的教学工作直接或间接地和吴先生有联系。1965年秋他给力学专业新同学讲解析几何与代数，我给他们辅导和上习题课。"说的就是给我们上习题课。"文革"以后，尤老师又在吴先生帮助下，多次主讲这门课。据他回忆："'文革'以后解析几何这门课每年都换教员。1981年系里让我上这门课，这是我第一次上解析几何。"关于这门课的"射影几何"部分，他感觉不大有底，就想起向吴先生请教："我去了他家不止一次，每次他都放下工作，热心而详细地回答了我的问题，一讲就是半天。"吴先生高屋建瓴的风格对他影响很大，他接着说："虽然他谈话中所涉及的具体内容对我并不算新鲜，但是此前我在备课时注重的只是每部分内容的细节，没有像他那样从课程的全局上来认识解析几何，因此他的分析对我的启发很大，并且让我懂得教员应该怎样来准备要讲的课。"

尤承业老师是北大数力系 1957 级的，曾经做过江泽涵老先生的学术助手，还曾与姜伯驹院士合作获得原国家教委科技进步一等奖，对中国拓扑学发展有很大贡献。他编写的《基础拓扑学讲义》是中国流传最广、影响最大的拓扑学教科书之一，凡中国数学人，无人不晓。尤老师还是我的班主任，朝夕相处，感情深厚。2010 年 5 月我们 1965 级毕业 40 周年聚会邀请尤老师参加，见面时，我问他是否还记得 1966 年春我们最后一次高等代数课讲到什么地方。在各自经历了四五十年人世沧桑后，我们师生二人关于最后一课的记忆竟完全重合："向量组的线性相关与无关性"，这使我感慨不已。

给钱敏先生助课的是一位女老师潘文杰，跟龚光鲁一样，也是北大数力系 1954 级学生，还是"文革"前程民德先生培养的函数论方向研究生。1966年春天开始的第二学期，因潘老师怀孕，后几次习题课由尤承业老师代讲。当我历尽艰辛，终于吃上数学这碗饭后才知道，潘老师的丈夫陈家鼎同为北大数力系 1954 级学生，是著名的概率统计学家，曾任中国概率统计学会理事长。潘文杰老师数学功底很好。她的《傅里叶分析及其应用》一书至今仍被用作北大数学高年级傅里叶分析教材。

2010 年 5 月尤承业老师参加 1965 级力学一班活动（前排右五尤承业，右六为我）

由于"文革"的原因，钱、吴两位数学大家的课只上了不到一年，但这些与中学完全不同风格的课，贯穿始终的严格逻辑推理，鲜明的物理与几何直观特色，是对我实实在在的启蒙，给我打下极为深刻的烙印，也成为我毕业后继续自学，最终走上数学研究之路的宝贵起点。

无尽的思念

——忆恩师吴小如先生

诸天寅 [1]

　　吴小如先生于 2014 年 5 月 11 日，在北京中关园寓所溘然长逝，享年
九十三岁。他的逝世，在教育界、学术界引起了强烈反响，人们纷纷表示沉痛
的哀悼。吴小如先生又名吴同宝，生前是北京大学中文系、历史学系教授。先
生 1922 年 9 月 8 日生于哈尔滨，原籍安徽泾县。小如先生是当代著名学者、
诗人、古典文学专家、教育家，也是戏曲评论家、书法家，他在这几个方面都
取得了卓越的成就。

---

[1]　诸天寅，北京大学中文系 1956 级学生，退休前在北京联合大学师范学院任教授，
　　　退休后在该校国际交流学院教外国留学生十年。

（一）古典文学研究

古典文学是先生倾注心血最多的学术领域，他先后出版古典诗文、戏剧与小说研究著作近二十种，在北京大学执古典文学教席长达四十年。他牢记恩师游国恩先生的教诲，一定要写传世之作，不写应世之作。吴先生治学，始终以价值的传世为毕生追求，不苟且，不虚骄，于博观沉潜中探索学问的真知。先生研究古典文学，以考据为本，兼顾义理和辞章；精通文字、音韵、训诂，曾协助游国恩先生编选先秦和两汉文学史参考资料，承担了前者的全部注释和后者大部分注释工作。这两部书选材适当，注释精准，至今仍是中文专业师生重要参考书。吴组缃先生曾盛赞说："鉴赏古典诗文，天下无出小如之右者。"他的挚友邵燕祥先生也说："吴先生是我们那一代治古典文学的顶尖学者。"先生的研究视野极为宽阔，他在古典文学研究方面可谓著作等身，如《古典诗文述略》《诗词札丛》《中国小说讲话及其它》《古典小说漫稿》等；他的《关于〈红楼梦〉的后四十回》《关于曹雪芹生卒年问题的札记》《闹红一舸录》等三篇文章，则是红学研究的重要收获。这些著作全都反映出他的学养、功力和眼光，经受住时间和历史的考验，至今仍成为红学研究者的重要参考资料。

吴先生希望中文专业的学生能够懂繁体字，懂草书，懂古体字，他认为研究古典文学宜略通《小学》（文字学），为阅读古籍提供方便。不仅如此，他还强调要过一道门槛，即要读完"诗四观"。所谓"诗"是指《唐诗三百首》，"四"是指"四书"，"观"则指《古文观止》，这几部书被吴先生看成是研究古典文学的入门读物。吴先生认为把"诗四观"从头到尾都看过，打好古典文学的底子，在此基础上根据自己的兴趣爱好再选择其他读物，就可以领略更广博的古典文学知识了。

（二）戏曲研究

吴小如先生热爱戏曲，在戏曲评论方面也取得了卓越的成就。他和戏曲结缘，源自家庭的熏陶与幼时对戏曲的接触。吴先生出生在一个戏迷家庭，无论是祖父吴彝年、外祖父傅文锦，还是父母抑或是叔父、姑丈、舅父等前辈，都是京剧的忠实观众，因此吴先生和他的弟弟吴同宾在幼年时就有机会随同长辈去观赏京剧。

先生的另一优越条件是家中存放的京剧老唱片，幼年时先生得以反复放听，因而逐渐喜欢上了谭鑫培、刘鸿昇、龚云甫、路三宝、朱素云等京剧名角的唱段，他一生收藏的唱片不下千张。在收藏唱片的过程中先生通过横向与纵向的比较、探索，开拓出了京剧唱片的版本学、目录学和校勘学，并撰文立说。发表了《京剧唱片知见录》等重要文章，把京剧唱片的收藏推向了理性研究的学术高度。

吴先生看戏听戏不是单纯欣赏，还要发表观感，早在十四岁，他便在亲戚名家影响下学着撰写剧评和随笔，并曾在报上发表。

1995 年 5 月，吴先生应北京大学出版社之约，把他陆续发表的有关戏曲的文章汇集编成《吴小如戏曲文录》，共七十一万字，书中几乎囊括了 1951 年至 1990 年间撰写的有关戏曲类的所有文章。这本书在普及京剧、加深和提高京剧知识储备量等方面具有独特的积极意义，1996 年被北京大学评为优秀文化著作。

在吴先生的戏曲著作中，最具代表性和学术价值的是《京剧老生流派综说》，这本十九万五千字的著作探讨了京剧老生流派艺术的发展演变，开辟了京剧史研究的新路。

1986 年 5 月，中华书局出版了《京剧老生流派综说》的单行本，十八年后，中华书局又于 2004 年 6 月再版五千册，2007 年，再次加印八千册。这部问世于 20 世纪 80 年代的著作，在其刊行后的近三十年间始终受到读者欢迎，证明了此书所具有的不易过时的学术价值与现实意义。

吴先生亲历了京剧史上"杨（小楼）、梅（兰芳）、余（叔岩）"的全盛时代，观赏过为数众多的名角儿，又跟许多名师学过戏、取过真经，有过实授，有这样一些条件，才使得作为"台下人"的吴先生真正懂戏，而且对京剧老生行当的历史、流派与发展了如指掌，如数家珍，也使他的谈戏文章言之有物、切中肯綮，游刃有余地行走于老生行当的宏观与微观之间。他笔下的文字在具有微观视角和立体形象感的同时，更具有强大的感召力，最终达到"行外人说行里话"（贯大元之子贯涌所说）的水准。

1984年，我和北京师范大学一分校的同事孙逸忠老师从旧报刊上发现了两篇郁达夫先生论京剧的佚文，由于我们不熟悉京剧掌故，便恳请吴先生给这两篇佚文做些说明，他十分爽快地答应下来。他翻检了不少相关资料，为这两篇佚文作了笺注，并在篇末写了几条跋语。后来以《郁达夫论京剧佚文二篇的笺注和跋》为题，发表在《中华戏曲》1986年第二辑上。这份珍贵资料深受世人重视，对京剧史研究和郁达夫研究都是一件非常有意义的事。

吴先生还曾登台演出过京剧。第一次登台彩唱，是1951年底参加燕京大学京剧社为抗美援朝捐款举行义演，他也经常到高校去做关于京剧的讲座。如他曾到北京联合大学师范学院去讲过怎样欣赏京剧，受到广大师生欢迎。2014年6月16日，中国人民大学国剧研究中心召开了"衷曲知音——吴小如剧学成就研讨会"，借此来追思缅怀吴小如先生。

（三）书法艺术

吴先生的父亲玉如公是20世纪著名的书法家，与沈尹默先生并称"南沈北吴"。张伯驹先生称其为"晋唐之风，当代巨擘"，启功先生誉其为"三百年来无此大手笔"。追随者甚众，有"吴门书风"之称。吴先生从小在父亲的熏沐指点下学习书法，牢记父亲教导的"要学写字应先学做人""写字必先读书""宁可不会写字，也不要做一个俗不可耐的写字匠"。熟悉先生的人都知道，先生年逾四十时仍发愤坚持练字。每天不管多忙，几十年来从未间断。他利用家中优越的收藏条件阅读了大量碑帖，临摹过的不下二三百件。有些著名的碑帖，如《兰亭序》《砖塔铭》等，他曾临写过几十遍。"操千曲而后晓声，观千剑而后识器"，长年临帖，大大增强了他书法中的内涵，他在《临〈兰亭序〉跋》中说："仆摹《兰亭序》传世诸本，以不知凡几通，虽略有悟，终似未窥堂奥。所幸能从中渐知学书之正轨，知羲献用笔精神气骨皆在点画之外。古人作字首重书卷气，然后天才与功力副之。庶几有望于追踪前贤，一存名利之心，便难进步。"

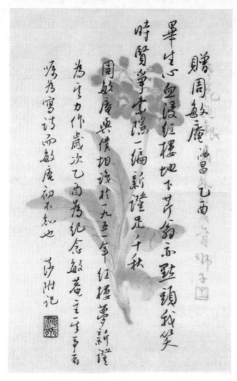

吴小如先生的书法作品

吴先生书法名声日隆，经过几十年的积淀，七十岁以后的吴先生思虑通审已臻化境，先生在书法方面的造诣，得到越来越多师友的欣赏和肯定。林庚先生专门委托他整理其父宰平先生的遗著《帖考》；俞平伯先生生前特地嘱托，自己百年后与夫人的合葬墓碑要请他书写；启功先生的《启功联语墨迹》请他担任顾问并作序；周绍良先生破例两次邀请他为与自己相关的书题签。在一片赞扬声中，他始终保持着置身尘外的高标与平和超然的心态。正如他的诗所说，"愿具平常心，寡过一身轻"，"岁晚从吾好，聊程秉烛工"。

（四）旧体诗词及楹联创作

吴先生讲他的三个业余爱好是看戏、写字和写旧体诗词。吴先生幼时虽没有入过私塾，但在父亲的要求下，私塾的启蒙读物像"三百千"（《三字经》《百家姓》《千字文》）以及《神童诗》《千家诗》等都是要熟读成诵的，这些启蒙读物大都是用韵语写成，有的本身就是诗歌，熟读的过程实际上就是学习写诗的第一步。继而又学习《训蒙骈句》（〔明〕司守谦撰）、《声律启蒙》（〔清〕车万育编）、《笠翁韵对》（〔清〕李渔撰），这几本书是从前人学习写作旧体诗词，用来熟悉对仗、协韵、平仄、组织词语的入门必读书。学习了这几本书为写作旧体诗词打下了基础。广泛阅读古代名家诗作，又为他写诗树立了典范。吴先生旧体诗词的创作思想基本上是受到儒家诗教的影响，认为诗可以兴观群怨、赋诗言志、诗以达意，诗既要抒发内心世界的真情实感，也要有讽喻的社会功能。纵观吴先生一生创作的诗词作品既多又好，内容广泛，涉及赠家人亲友、咏物写景、感慨时事、评论戏剧书法以及针砭社会不良风气的讽喻诗。北大校友王大鹏等编纂大型回忆文集《梦萦未名湖》，向吴先生求稿，吴先生交了一首《八十初度友人见贺律诗二首，乃以打油诗体答之，次章步原韵（选一）》："青春有志传薪火，白首终成塑料花。饾饤文章谁豹尾，铿锵刀剪尽王麻。弥天大谎堪酬世，扫地斯文是作家。沧海桑田都一梦，凝眸静伫夕阳斜。"这首诗写于2001年，是吴先生八十岁生日时，友人写了两首律诗表示祝贺，吴先生以打油诗体答谢。打油诗是一种不拘平仄韵律，词句诙谐通俗的诗歌体裁，是只讲通顺上口，一般认为不能登大雅之堂的民间诗作。这种诗体从唐宋以来一直在民间流传，改革开放以后，类似打油诗的流行语、顺口溜更是兴盛不衰，用来表示对社会热点问题的看法，讥讽不正之风和贪腐现象，为人民群众所喜闻乐见。1994年至2000年吴先生曾任中国俗文学学会会长，所以他带头尝试一下打油诗这种俗文学诗体，那就是理所当然的事了。再有就是当下有些写旧体诗词的人，根本不懂诗词格律，却还要冠以律诗、绝句的名义，先生很反对这样做，认为不如干脆就以打油诗的名义写作为好。基于以上原因，吴先生破例以打油诗的形式作了这首答谢和诗，意义即在于此。

2013 年作家出版社出版了吴先生的诗词选集《莎斋诗剩》。"莎斋"是吴先生的书斋名称，"诗剩"是自谦之词，意思是剩下的不怎么样的诗。这本选集是中国艺术研究院陈斐同志协助整理而成的，共收诗词一百五十余首，诗作以编年为序，始于 1939 年，止于 2009 年，时间跨度正好七十年。内容以赠答师友居多，也有少数写给亲人，如赠夫人、外孙女的作品。吴先生的夫人杨玉珍女士是他教中学时的学生，后来因情投意合结为连理。初婚不久，吴先生赴京求学，和夫人暌离京津两地。夫妻之间相互牵挂思念之情从现存数首"寄内"诗可略为感知一二。如《燕园寄内》《鹧鸪天·丁亥燕南园作》写春日相思之情，十分真切。2008 年，他的夫人不慎跌伤入院，一度呈现痴呆，谁也不认识。年近九十的吴先生握住老伴的手，让她反复摸自己的鼻子和脸颊，夫人竟然认出了他，开口唤出"小如"二字。夫妻情深意笃、相濡以沫，堪称楷模。

吴小如先生的诗作

先生的诗词写得好，是因为他是一位腹笥渊如海、学养深厚的学者。正像北大中文系教授卢永璘诗《吴小如教授九秩华诞庆典感言·其一》所云："文史诗书集一身，菊坛说部数家珍。先生腹笥渊如海，并世通才有几人？"他的学养体现在诗词中，主要指他走的是一条研究和创作相辅相成的"艺舟双楫"道路。

再谈一下吴先生的楹联创作。楹联，又称对联、对子，系中华传统文化中的艺术瑰宝。吴先生精通楹联艺术，曾任中国楹联学会顾问，多次担任全国性大型征联活动的评委，为当代楹联事业的发展作出了重要贡献。他的联作构思巧妙、内容新颖。1985年题长城二联，均反"春风不度玉门关"之意而用之：其一，"春风逾绝塞，紫气映雄关"；其二，"春风已度居庸关，淑气先临碣石山"。吴先生又为浙江湖州赵孟頫故居题一联，极赞这位元代书法家的艺术成就："毓秀钟灵，竟传雪苕；赵书管画，如鼓琴瑟"。1985年3月，位于北京东城区交道口南大街后圆恩寺胡同13号的茅盾故居纪念馆正式开放，吴先生应邀写了一副对联："一代文章辉子夜，毕生心血化春蚕。"巧嵌茅盾的两部代表作《子夜》和《春蚕》入联。北京中山公园内有个著名餐馆"来今雨轩"，1991年扩建后，据《红楼梦》菜谱推出"红楼宴"，吴先生应邀拟嵌字联一副："迎四海嘉宾，欣来今雨；陈八珍美馔，雅宴红楼"。此联刻于餐厅红漆柱上，受到食客的一致好评。天津著名琴师郭仲霖1986年病逝，吴先生挽以短联，妙在工稳贴切绝伦："风雅谁绍？人琴俱亡"。吴先生的好友、著名文史学者刘叶秋先生1988年6月在京病逝，吴先生敬挽一联："徒有文章能寿世，何惧心血未传薪"。吴先生擅作集句联。曾用苏轼、杜甫诗自题联："晚觉文章真小技，春来花鸟抹身愁"。又集杜甫、于谦诗自题一联："岂有文章惊海内，要留清白在人间"。2001年清华大学九十周年校庆时，北大特派校办主任登门，恳请吴先生作一贺联。北大方面认为，吴先生对楹联研究深、文采好，他在清华、北大都曾上过学，是最合适的不二人选。吴先生义不容辞、慨然允诺，写下一副代表北大庆贺清华九十周年校庆的贺联："水木清晖荷馨永播，九旬华诞棣萼同欢"。此联从清华荷塘与北大朗润园荷花着笔，写出两校棣萼般的兄弟情谊，更巧妙嵌入"清华"二字，工整又大气。北大校方满意，清华校方也十分宝爱。

综上所述，可以看出吴先生多方面的艺术才华。他为数众多的著作，是留给后人的宝贵精神财富，值得认真学习、继承和弘扬，这也是对他最好的纪念和缅怀。

　　吴先生不仅学业精深，在道德情操方面也堪称楷模。按照季羡林先生的说法，传统美德的精髓可分四个方面：一爱国，二孝亲，三尊师，四重友。

　　一爱国。作为一个从旧社会过来的知识分子，通过新旧社会的对比，吴先生由衷地热爱中国共产党、热爱中国特色社会主义、热爱新中国。爱国不是一句空话，体现在他拥护党的领导，敬业爱岗，愿意用自己的知识为社会主义教育事业服务。先生是一名教师，他常说他最爱教师这个职业。他曾深情地说："如果说我有什么嗜好，我唯一的嗜好就是讲课。""得天下英才而教育之，实在是人生的最大的快乐。"为了把课讲好，他投入大量时间和精力认真备课。他对我说，备课是教师教学活动的一个重要组成部分，也是上好一堂课的前提和保证。他说教师备课需要用心、用情、用力和重思。用心，是指在备课时要动脑子，要投入自己的影子，把自己的切身体会融入对教材的理解之中，形成自己的看法和观点。最忌把教学参考资料原封不动地照搬，照本宣科，这样绝不会引起学生的兴趣。用情，是指备课时能融入自己的真情实感，只有这样才能激发学生的情感，实现以情感人的目的。用力，是指备课时一定要广泛查阅相关资料，深研细读，深入浅出，让学生获得较扎实的基本知识。重思，孔子说："学而不思则罔，思而不学则殆。"思，除了思考之外，还包含着反思、质疑精神。要设想学生可能会提出什么问题，还要鼓励学生多提问题。教师对学生提的问题一时答不出来也不要紧，可以在课下查资料后再回答也可以。先生由于备课的充分和周到，讲课游刃有余、精彩纷呈，成为当时北大最受欢迎的教师之一。由于有独到见解，先生常常能发前人之所未发，让人听后如醍醐灌顶、茅塞顿开，感到很过瘾，这就是他的课受欢迎的一个重要原因。吴先生讲课声音洪亮，语言生动，表达严密，再加上板书漂亮，非常引人注目，给人留下深刻难忘的印象。一次，他讲《左传僖公三十二年·蹇叔哭师》，这篇文章是说秦穆公准备攻打郑国，征求大夫蹇叔的意见，蹇叔认为不应该出兵，秦穆公不听。当发兵出师的那天，蹇叔痛哭流涕送行，说："吾见师之出，而不见其入也。"意思是说我看见军队出征，看不见他们回来了。秦穆公很不高兴，派人对蹇叔说："尔何知，中寿，尔墓之木拱矣。"中寿，中年；双手合抱曰拱。这句话是秦穆公诋毁蹇叔年老糊涂，谴责的意思很明显。吴先生在讲这句话时，译成："你懂个屁，你如果早点死了，你坟头旁的树早已长成合抱了。"这样讲极为生动，通俗易懂，感情色彩十分鲜明，起到让你听了终生难忘的效果。

吴先生不仅兢兢业业教书，他还时时关注社会上学术不端和文化不良现象，故有学术文化警察之称。步入晚年之后，他怀着强烈的责任感和使命感，将目光从书斋转向社会，撰写了大量颇露锋芒的随笔杂文，直击当下社会各种问题。小到词语的讹读、滥用和误用，中到图书编辑出版、社会文化、教育界和学术界的各种不良现象和风气，大到国家的政治、经济、外交等大事，他都秉笔直书，一而再再而三地大声疾呼，不怕得罪人、冒犯人、遭打击、遭报复，为民族文化的健康发展和人民幸福建言献策，受到知识界和社会公众的赞赏和尊敬。吴先生具有扎实的文字学功底，对自己、对学生要求不写错别字。然而在报刊、书籍、影视剧、标语、广告上，缺乏语文基本知识或文史修养的讹读、滥用、误用等现象层出不穷。更令人痛心的是，这些不良现象常常发生在一些大红大紫的文化名人、影视明星或重要传媒上面。为了祖国语言文字的纯洁和健康，他看到就写，毫不留情面地撰文进行批评。比如他批评电视剧《武则天》中，刘晓庆扮演的武则天把"婕妤（yú）"读为"婕舒"，"仆射（yè）"读为"仆设"；《宰相刘罗锅》中，满腹经纶的乾隆帝（张国立饰）竟把"衮衮诸公"之"衮衮"读为"哀哀"。再如，号称文化达人的余秋雨竟将"宁馨"用作"宁静馨香"，把"致仕"讲成"到达仕途"。有人提出批评，著名文史学者章培恒撰文为其开脱，认为这样讲没有什么不可以。吴先生认为，"宁馨"是魏晋时的一个拟声词、联绵词，意思是这么，用来称赞孩子叫"宁馨儿"。这一词语在古汉语中已经定型，其本义既无宁静意，也无芳香意，不能随意改作别解。至于"致仕"，不能凭余秋雨一句话就改变两千多年的用法，这不符合约定俗成的通例。如果都这样随心所欲地解释古代词语，则不学无术者可以凭主观臆断任意解读古书，使后来者无所适从，从而使文化滑坡不知伊于胡底。

吴先生一生手不释卷，笔耕不辍，与书报结下了不解之缘。他的随笔中有不少反映书报编辑出版问题。他以自己著作被编辑随意妄改的经历现身说法，呼吁出版社要尊重作者；他批评选注、标点、翻译古书错误泛滥成灾，指出当事者须有深厚的文化素养，要依据可靠版本谨慎从事，编辑也要负起责任；他指责某些译著错误甚多，草率出书，恳请出版社聘请有关专家审读把关；他为报刊、书籍版面、字数无限制扩展而内容反倒单薄、稀释的现象感到深深忧虑；他痛心"名人""神童""美女"等纷纷赶时髦出书，使大批劣质书籍充斥市场；他呼吁有价值"今籍"的整理、发掘、抢救、出版应该提上日程；他感慨稿费过低而书价过高……凡此种种，都反映了嗜书如命的吴先生对文化传承的焦虑与守望。

针对文艺创作和社会文化中的一些弊病，吴先生也直言不讳地提出了自己的看法。1986年底，他的精彩杂文《汤显祖与迪斯科》在《华声报》头版的《客座论坛》专栏上发表，尖锐批评"编本最大的失败之处乃在于把一部杰出的古典名剧改成了不中不西、不洋不古、完全丧失了民族和地方特色的所谓赣剧。……希望中国古典戏剧不要抛弃优良传统而沿着这条自取灭亡的所谓创新的道路走下去"。他感慨社会上重理轻文的现象越来越严重，人人都想不劳而获、赚大钱、发大财，假冒伪劣充斥市场，脏话粗话流行，文化垃圾过剩……总之，世风浮躁、人欲横流，上下交相争利，长此以往可能会造成文化断层、精神文明成果付诸东流的危险境地。

吴先生一生从事教育事业，以教书育人为乐。面对种种教育问题，他大声疾呼教育子女应先教育父母；对大中小学的德育问题必须予以足够的重视，德育应摆在教育工作的首位，立德树人，德育主要是讲如何做人的问题。一个学生学习再好，身体再棒，如果思想品德不好，也不能成为合格的接班人。针对号称"人类精神文化最后堡垒"的学府日益严重的行政化和教师队伍操守道德、业务水平严重滑坡等现象，他忧心忡忡，一再强调外行不能领导内行，一定要让懂教育的专家当高校领导，切实体现教授治校的特点，在办学上千万不能搞什么形象工程或政绩工程，而应当以教学和科研为主。

吴先生对社会现实的关注不仅局限于文化、教育、学术等领域，对政治、经济、外交等方面的问题，他也从"天下兴亡，匹夫有责"的立场出发进行评论，他对社会上的种种不良现象的批评指摘，反映出他的使命感和责任感。他说："要我说，现在不是学术警察太多，而是太少。我就觉得，电视、电台、报纸都是反映文化的窗口，人家看你国家的文化好坏都看这些个窗口，结果这窗口漏洞百出，好些是乱七八糟，我看不过去，就写文章，别人认为我是多管闲事。"他还引用《孟子》中的话："余岂好吹毛求疵哉，余不得已也。"作为一个正直善良、学识渊博的老知识分子，他深深地热爱着我国传统民族文化艺术，希望人民过上幸福美满的生活，国家不断走向繁荣富强。捧读他的文章，无不在犀利的词锋背后感受到那颗纯洁诚挚的赤子之心。

二孝亲。孝道在我国传统文化中占有重要的地位，吴先生作为一名自幼饱读儒家经典的知识分子，一生践行孝道的美德。他敬爱父母，始终不忘父母的养育之恩。他顺从父亲的教导，以父亲为榜样，不务虚名，不贪金钱，直言敢谏，嫉恶如仇。他说过："我这人，一向就是主张表里如一，而且我做的事情都是光明磊落的，我对名利看得很淡。名利对我来说根本是身外之物。"1977年，他的父亲玉如老八十寿辰，吴先生当时还在学习班里，他特地请假到父亲借住的亲戚家里，拿出五块钱让父亲自己买点喜欢吃的东西，算作给父亲祝寿。1982年，玉如老病逝，吴先生和玉如老的学生一起在天津和北京为父亲开了几年书法展览，书展上吴先生提供了不少玉如老的墨迹，最珍贵的是玉如老的绝笔大幅行草"炎黄子孙盼统一"，后来这幅字被制成了邮票，在海内外广泛发行。

三尊师。在我国曾经把老师放在至高无上的地位，天地君亲师，老师仅次于君主和双亲。因此，尊师便成为天经地义的传统。吴先生从小就受到这方面的教育，后来他本人成为一名教师，以身作则同时也成为尊师的模范。抗战胜利后，吴先生先后考入了燕京大学、清华大学和北京大学三所大学，最后才确定到北京大学中文系学习。在负笈三校期间，吴先生先后亲炙于朱自清、俞平伯、沈从文、废名、游国恩、周祖谟、吴晓铃等名师，并得到林宰平、章士钊、陈寅恪、梁漱溟、魏建功、顾随等著名学者的赏识和器重，其中对吴先生影响最大的是俞平伯和游国恩二位先生。一次，他请教俞平伯先生如何把一首作品的典故出处注释确切，讲解清楚。俞老告诉他，首先要熟读作品，比如注唐诗，最好把唐以前的书熟读，但这显然不可能。那么，至少必须把要注的作品读熟，以后遇到相关材料就会"一触即发"，久之自然得心应手。吴先生对俞老一直是恭敬有加，每当节假日必趋府问候。当俞老因《红楼梦研究》受到不公正批判时，吴先生前去慰问，劝慰俞老想开，相信历史是会作出公正评价的。1986年，中国社会科学院召开大会庆贺俞老从事学术活动六十五周年，纠正了当年"左"的偏差，充分肯定了俞老的学术成就。吴先生感到由衷高兴，深情地赋诗曰："绛帐依依四十年，几番风雨复尧天。蛾眉自古轻谣诼，屈宋文章奕世传。"表现出对俞老的崇敬和获得平反后的喜悦心情。俞老晚年曾对家人说，只有吴小如还算得上是他的学生。他认为吴小如的字写得很好，所以生前自己的墓碑碑文就请吴先生写好，逝世后再刻到墓碑上去。

吴先生曾上过游国恩老师的讲解《楚辞》的课，后来又协助游老选编先秦两汉文学史参考资料。他将游老的治学方法归纳为：首先尽可能全面搜集材料，"述而不作"。其次对材料加以抉择鉴别，对前人成果进行衡量取舍，"以述为作"。这些方法和经验，从某种意义上说也是吴先生治学的夫子自道。游老很关心和照顾吴先生，在业务上，手把手教吴先生怎样注释古籍。在生活上，游老知道吴先生子女多，家庭负担重，所以在分稿费时尽量多分一点给吴先生。吴先生心存感激，铭记在心，在三年困难时期，有一年春节吴先生用五张肉票（那时每人每月二两肉票）买了一斤猪肝给游老送去，游老很受感动，说："你给我买了，你家里吃什么？"吴先生说："我家人口多，肉票多，拿出几张不算什么。只要您吃好了，我们就高兴了。"此后每年春节，吴先生都去游老家拜年，执弟子礼甚恭。

四重友。重视友情也是我国传统文化中的一个组成部分，孔子主张友直、友谅、友多闻。俗话说多一个朋友多一条道，千金难买是朋友，这些对吴先生都有一定影响。吴先生一生交了很多益友、净友。他最早结交的一位好朋友是邵燕祥，二人相交于 1948 年，其时吴先生二十六岁，邵燕祥只有十五岁。那一年，吴先生受沈从文先生之托，代编一家报纸的文艺副刊，从来稿中发现了邵燕祥的写作才华，不仅经常采用他的稿件，还不断为他推荐，写信予以鼓励并登门拜访，从此二人成为终身的莫逆之交。1957 年邵燕祥被错划为"右派"，他的爱人谢女士非要离婚不可。在此危难时刻，吴先生夫妇出面对谢女士耐心地做说服工作，劝她眼光要放长远一些，即使邵燕祥真犯了错误，也要给他一个改正的机会。在吴先生夫妇的劝说下，谢女士终于回心转意，放弃了离婚的念头。正是在吴先生夫妇的努力下，保全了这个濒于破裂的家庭。

吴先生去世后，邵燕祥为失掉这样一位相知多年的好友感到十分悲痛，他说："对于大家的真正纪念，莫过于读其书，识其人，从他们学问和知识、为人与为文的精神层面加深对他们的理解。"这确实是由衷之论。

吴先生和著名经济学家厉以宁在"文革"中曾是患难与共的诗友。厉以宁小吴先生八岁，初不相识。1967 年二人都被驱入北大监改大院。有一次监改人员让他们自报身份，厉以宁报了"漏网右派"，吴先生则报了"反动文人"。当时监改大院位于北大西门以内，东贴民主楼，北濒红湖，旦夕与民主楼窗相对。牛棚设于民主楼旁，真是莫大的讽刺。然而唯涸辙之枯鱼，始可相濡以沫而相忘于江湖，吴先生同厉以宁正是在那个暗无天日的年代里成为谈诗论词的朋友。吴先生曾向厉以宁口诵过一首旧作七律："欲罢轻阴问柳丝，远山冥默送青迟。关情南陌将雏燕，遣兴中庭曳尾龟。旅食一身牛马走，著书千卷死生期。蓬门昼永思佳客，珍重春风啜茗时。"厉脱口而评曰："你是学宋诗的。"从此二人便私下"串联"，真的"相忘于江湖"了。

京剧表演艺术家王金璐是吴先生晚年的一位挚友。早在 1934 年，吴先生侍奉先母住东四本司胡同（一年后又迁东四四条），他在北京育英中学读书的两年中，由于学校距离东安市场内的吉祥剧院很近，所以常常在下午下课后不回家，夹着书包直奔吉祥剧院，那时他最爱看中华戏曲专科学校学生王金璐表演的戏。王金璐，1919 年 11 月 22 日生于北京，1931 年考入中华戏曲专科学校，排在"和"字班，工武生。王金璐演杨派武生戏，他一出场，使观众眼前一亮，演来堪称有声有色、允文允武。后来他被观众以最高票数选为童伶冠军，真正大红大紫起来。"文革"期间，经吴晓铃先生介绍，吴先生与王金璐老师相识。二人一见如故，说来也巧他俩长得还很像，简直就如同兄弟一般。虽然一位是大学教授，一位是京剧泰斗，但他们对京剧的改革和前途有着共同的看法。2006年叶金援为其师王金璐编印艺术画集《王金璐舞台人生》，特请"当代戏曲评论泰斗"吴小如先生作序。吴先生盛赞王老师是一位大武生，气魄大、台风美、格调高、神韵足、功底深、根底厚。1992年吴先生生日那天，吴先生夫妇在海淀"一洞天"饭庄设宴庆贺，只邀请了五位客人，除吴先生胞弟同宾先生和夫人外，其他三人之中，有一位就是王金璐老师。

此外，吴先生与书法家启功、欧阳中石，戏曲评论家朱家溍、刘曾复都是至交好友。经常在一起或切磋书艺，或评论戏剧，亲密无间。还有一位韩嘉祥先生，与吴先生也有密切来往。韩嘉祥，1948年生，1982年毕业于天津师大中文系。他自幼师从吴玉如老先生，为吴派书法艺术传人。玉如老去世后，嘉祥则师事小如，二人合作选注《韩愈散文选集》，1997年由天津百花出版社出版。吴先生去世后，他深感悲痛，深致哀悼。在《莎斋诗剩》中，有三首吴先生写给韩嘉祥的诗，均构思曲折，情真意切，堪称佳作。

吴先生对学生、求教者和仰慕者，都热情地予以奖掖、鼓励，可谓有求必应，无私相助，对此我有深刻体会。自1956年听课受业，一直到先生逝世前，我始终追随左右，获益良多，难以尽言。我在《学者吴小如》一书中，写过一篇《我的恩师吴小如》，里面写到吴先生教我备课、教我从事科研工作、教我做人。确实，

吴小如（右）和京剧名家王金璐（左）

我的每一点进步都与吴先生的帮助分不开。凡我年级同学也几乎没有不受到他的恩泽的，或帮助修改稿件，或写职称评语，或推荐参加学术会议，以及帮助调换工作，从不嫌烦，更不图回报。吴先生对学生的关爱有口皆碑，没有不念及他的好处的。另外我年级聚会，吴先生也凡请必到。1991 年是我年级毕业三十年纪念。吴先生不仅出席联谊会，还特意题诗一首并写成条幅，诗云："天上露从今夜白，人间月是故乡明。卅年重聚谈何易，砥柱中流仰众擎。辛未白露小诗题赠北京大学中文系 1956 级同学毕业三十年，吴小如并书。"

2014 年 5 月 3 日，北大建校一百一十六周年前夕，我和一位我在北京外国语学校教书时的老学生王立恭一起到中关村寓所去看望吴先生，一起谈了近一个小时，不想这次谈话竟成为永诀。我们进入他的卧室，他正坐在藤椅上看书，我们落座在他对面凳子上，向他介绍了我的学生王立恭，接着便向他祝贺荣获《诗刊》2013 年度"子曰诗人奖"。他谦虚地说他不是诗人，只是一个诗歌爱好者。他写的都是旧体诗词，内容主要是反映一个老知识分子的心路历程，有一点可以肯定的是在格律上是严格符合规范的。他还说自己也没有想到晚年会获得这一大奖，奖金三十万元人民币，扣除所得税，拿到手的有二十四万元。他准备用这笔钱给母亲修一下坟，再自费出一本他的书法集，他说现在每月的退休金不够生活费，因为他每月光支付保姆费就要五千元，还要买一些自费药。现在有了这笔奖金，正好可以补贴一些生活费。2009 年先生的长女和长子相继去世，2010 年老伴久病不治也离开了他，一家六口，走了一半，先生内心很是悲痛。之后他两次脑梗，行动不便，视力和听力急遽减退，已经不看电视，不听京剧老唱片了，但仍每天坚持看书看报，说是作为消遣还可以训练思维、推理，使头脑不致僵化。

先生对生死问题十分旷达，他说非常欣赏陶渊明的《神释》，尤其诗中几句很有名："纵浪大化中，不喜亦不惧。应尽便须尽，无复独多虑。"说明诗人不以死生祸福动其心，泰然委顺，养神之道也。他认为自己的一生，虽然很坎坷，但晚年有众多学生的帮助，过得还算踏实，他也就心满意足了。

他的床边放着一本《学者吴小如》，提起编辑这本书时，正值他九十岁，几位北大校友原想给他祝寿，被他婉言谢绝，后来大家商议决定为先生编写一本书。吴先生对这本书很满意，他说一般都是人死了以后再出纪念集，现在提前在他还活着的时候，让他看看我们是怎样评价他的，说谢谢我们的推崇，他很感动，不过他更希望我们写写他的缺点，更想听到批评的声音。

他说现在都讲中国梦，他也有中国梦。他虽然年老体衰，疾病缠身，但还想写两本书，这就是他的中国梦。一本是《吴小如讲〈文心雕龙〉》，他说《文心雕龙》这本书太重要了，它是我国古代最有系统的文学批评著作，融史、论、评为一体，内容丰富，体制宏阔，结构严密，每个喜爱文学的人都应好好读一读。他说还想编一本《古代小品文选萃》，他对小品文，尤其是明清小品文情有独钟，认为尤其在当今物欲横流、世风浮躁之际，读一点古代小品，无疑是心灵的净化剂。

没想到的是离开先生家仅数日，就传来了先生离世的噩耗。2014 年 5 月 13 日我到吴寓去吊唁，在布置简单的灵堂里，向吴先生的遗像行三鞠躬礼，并敬献一副挽联：

> 诗苑大奖荣获晚霞生辉
> 教坛巨星陨落学子同悲

横批：遗爱满人间。

5 月 14 日，几位中央领导同志派人送来了花篮，并打电话表示沉痛悼念。随后北大党委、校长、历史学系和中文系也都送来了花篮。5 月 15 日上午在遗体告别仪式上，吴先生的次子吴煜发表了《父亲，安息吧》的悼词（这篇悼词后来发表在《文史知识》2014 年第 8 期中）。悼词中说：父亲同上一代老知识分子一样，一生经历许多坎坷，但总的来说，父亲还是非常幸运的，一方面是他得到许多老学生的关心和照顾；另一方面他的幸运还在于遇到一批学界长者、老一辈师长们对他的培养、提携、帮助、信任。历经努力，才有他今天的成就，父亲对他的师长一生心存敬畏，心存感激！

先生的去世给我留下了无尽的哀思和永远的怀念！

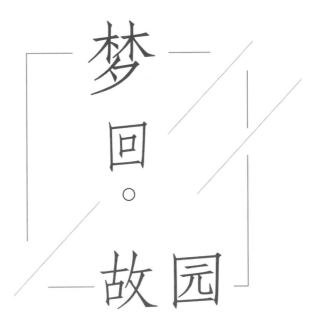

梦回。故园

繁星璀璨　人文荟萃

——中关园人物群像

陈选[1]

　　经过 1952 年大规模的院系调整，北大从沙滩红楼搬到西郊原燕大旧址。为了适应人员的增加，在燕园外东南隅，建设了一个新的教工宿舍区——中关园，占地面积不过二十五万平方米，有二百七十多户不同户型的平房，还有四幢楼房，可入住二百余户。按每户五人计算，总共居住两千多人。然而就是这样一块弹丸之地，却藏龙卧虎，留下了众多现代中国一流知识分子日常生活的痕迹。

---

[1]　陈选，北大原东语系教授陈玉龙次子。中国社会科学院日本所＆日本北海道大学法学部法学硕士，后服务于日本三井物产株式会社，现已退休，定居日本。

（一）名闻天下的一代精英

在中关园半个多世纪的历史中，在此生活过的国内外知名学者、学界泰斗不胜枚举。如文学家兼学者钱钟书、杨绛夫妇，历史学家邵循正，哲学家任继愈、张岱年、任华、汪子嵩、齐良骥，法学家龚祥瑞，英语文学家吴兴华，日语学家陈信德，敦煌考古学家阎文儒，图书馆学家陈鸿舜、梁思庄，法学家罗豪才，化学家傅鹰、张青莲，物理学家黄昆、沈克琦、叶企孙，数学家闵嗣鹤、吴文达，数理逻辑学家胡世华……还有许多社会名流，作为北大教职工家属也曾是这块土地上的居民，比如中国"试管婴儿之母"张丽珠教授是化学家唐有祺先生的夫人，中国著名画家李宗津先生是西语系周珊凤的先生，著名清史专家王钟翰先生是校医院涂阴松大夫的先生，著名的音乐家霍希扬先生是北大俄语系教员孙静云的先生。而经国务院学位委员会认定的、在此居住过的博士生导师，更有一份长长的名单，令人目不暇接。

（1）数理化专业领域：数学家程民德、庄圻泰、丁石孙，物理学家王竹溪、胡宁、虞福春，化学家徐光宪、唐有祺、张滂、高小霞、苏勉曾，生物学家张龙翔、曹宗巽、陈阅增、王平、陈德明。

（2）文史哲专业领域：哲学家洪谦、汤一介、黄枬森、张世英，经济学家赵靖、厉以宁、闵庆全，法学家王铁崖、张国华，国际政治学家赵宝煦、张汉清，外国语言文学家季羡林、杨周翰、刘振瀛，汉语言文学家林焘、朱德熙、王瑶，历史及考古学家宿白、田余庆、张芝联、许大龄、罗荣渠，等等。

对于在此生长的我们这些二代中关园人来说，这些学者不仅是如雷贯耳的著名学者，也是我们发小的父母亲，或近或远，都给予了我们一个近距离观察这些文化科学巨匠的最佳机会。他们在学识、人品、道德、爱国情操等方面，都对我们的成长产生了潜移默化的多重影响，使我们受益终身。

我是中关园的二代，尽管与这些学界泰斗鲜有直接接触的机会，但是通过发小和同学们，认识了他们的父辈。在此，想花费一些笔墨介绍几位德高望重的大师，他们的共同点是：其一，都是驰名国内外的科学家；其二，他们都有满腔的爱国热忱，新中国一成立，立即就想方设法地突破各种障碍，回来建设自己的国家；其三，他们都是低调做人、朴实无华、寡言少语、平易近人，有着高尚的道德情操和人格魅力的人。他们在学术上的丰功伟业，本文不涉及，只介绍他们普通生活中的一些片断。

黄昆先生是中国半导体物理学和固体物理学的主要奠基人之一，也是世界著名的半导体物理学家。黄先生长子庆六和次子小弟是我们幼时一起玩耍的伙伴，交往甚密。20世纪60年代初，北京举办第二十六届世界乒乓球锦标赛，中央电视台进行转播。当时，国内有电视的家庭十分有限，所以我们这些小伙伴们都聚集在黄家的客厅里观看比赛直播，连地板上都坐满了人。比赛期间，天天如此，但黄昆先生及他具有英国血统的夫人一直非常热情地欢迎大家，毫无厌烦之意。而黄昆夫妇生活朴素，为人友善，也被传为佳话。

程民德先生从事数学与应用数学的教学和研究，是中国多元调和分析研究的先驱，专长调和分析、函数逼近论、华尔希分析和信息处理。程先生有两个儿子，长子为法因幼时疾病造成了小脑损伤，行动有所不便，但他一直勤勤恳恳地打扫环境，心地善良；次子为平为人友善，朋友很多，我哥哥陈其与他同年，因此我们也经常去他们家串门。程先生不苟言笑，比较严肃，我们每次去程家时，总是看见程先生伏案工作，而程夫人则和蔼可亲，热情待客。

唐有祺先生是中国晶体化学和结构化学的主要奠基人、分子工程学的开拓者和化学生物学的倡导者。唐先生的长子张昭达是附小乒乓球校队的主力，与我从小关系就很近，后来又是附中的同班，之后又一起去了黑龙江生产建设兵团。唐先生从小对我就特别关照，记得小学时曾经带我和张昭达去友谊宾馆内的科学会堂打乒乓球。还有一次，我从黑龙江回京省亲时专门去拜访唐先生，唐先生很热情地接待了我，之后又把当年张昭达骑用的自行车借给我使用了一个多月。

杨寅、杨选的父亲杨周翰先生是中国首屈一指的莎士比亚研究专家，也是很低调的大学者。杨先生一口纯正的伦敦口音，让地道的英国人也不得不折服。杨先生行人做事低调，不苟言笑。

任兆瑞和任兆麟的父亲任华先生是中国著名的西方哲学研究专家。任先生可以熟练使用七八种外文，但老年视力不好，几乎失明。任先生家也是很多中关园发小为了看电视，经常去打扰的地方，任先生从来没有表现过不耐烦。

阎文儒先生是敦煌研究专家，为人热情开朗。我在 20 世纪 70 年代初从黑龙江转到河南开封插队，在那段孤单的艰难岁月里，阎文儒先生把我介绍给他的老友孙作云教授。孙教授夫妇待我如自己的亲生子女一样，给予了我巨大的精神安慰和物质支援，这一段往事终生难忘。不但要感谢孙先生，也要感谢阎先生。

哲学家任继愈先生是名闻天下的大学者，但为人低调谦和，任夫人语言学家冯钟芸先生则总是笑脸盈盈的。他们的女儿任远和我姐姐是附小同窗，至今仍保持着密切交往。他们的公子任重比我小一点儿，虽然不是同窗，但关系不错，目前仍然经常通过微信联系。

走在中关园的小路上，随时有可能与住在中关园的知识界巨人们擦肩而过。哲学家洪谦先生戴着一副金丝边眼镜，说话时总是笑嘻嘻的；哲学家张岱年身材很高，走路却不急不缓；化学家傅鹰先生个子不高，走起路来风风火火；化学家张青莲先生打起太极拳来有板有眼；文学家王瑶先生手中的烟斗和那一顶贝雷帽是标配；从日语学家陈信德先生家中经常传出悠扬的钢琴声；英语学者、文学家吴兴华先生夫妇均为燕大出身，气质高雅，一对标准的绅士淑女；法国史学者张芝联教授也是谦谦君子，一举手一投足，都是那么有教养。

（二）富有国际色彩的中关园

住在中关园的这些知名教授，不论文理科，很多都毕业于欧美日一流大学。中关园中还有不少有外国血统的中国人，这种情况也许在全国的高校园区中比较特殊。黄昆先生夫人李爱扶女士原来是英国人，陈信德先生夫人林美惠女士和黄启助夫人李智美女士均是日本人。中国化工冶金学科的开拓者和奠基人叶渚沛夫妇也在中关园住过一段时间，夫人叶文茜是美国血统，曾在北大西语系任教。

还有一位传奇人物许淑文先生，她有一半中国血统，20 世纪 20 年代，随丈夫周学章先生回国，中华人民共和国成立后在北大体育教研室任教。20 世纪五六十年代，周先生大女儿周懿娴曾先后任国家女篮队长和教练，她的弟弟周乃扬是国家冰球队队员和教练。

中关园也曾经有不少归国华侨学者居住，他们大多是从东亚和东南亚归来的，像东语系的小语种，基本上靠他们撑台面。中关园还有不少混血儿童，金发碧眼，男童英俊，女孩靓丽，十分可爱。这些因素使得中关园在深厚的中国文化底蕴中，折射出国际化的光谱。

（三）孩童时代的恩师们

中关园中也居住着不少北大附中、北大附小和中关园幼儿园的老师们，她们多是北大的教员家属。其中有几位老师令我终生难忘。

郝素梅老师是历史学系荣天琳先生的夫人，长期担任北大附小的校长。她虽然没有教过我，但因我几次淘气犯了错误，被叫到校长办公室接受训斥。郝校长虽然比较严厉，但深切地感受到她内心深处对孩子们的热爱。她家的五个孩子，三女二男，个个学习出色，其中有两个分别考上了清华、北大，其余三个在 1977 年后也都考上了不错的大学。

傅琰老师是另一位值得尊敬的老师，是哲学家齐良骥先生的夫人。她虽然也没有教过我，但对我们姊弟三人一直格外关心，前些年我姐姐从香港回京省亲时，专门去拜望了这一位德高望重的老人，她对我们的过去记忆犹新。傅老师是旗人，操着一口抑扬顿挫的北京官话，和声细语，和蔼可亲。傅老师三女儿齐小中曾经提供了傅老师晚年的一页日记，"……听轻风吹林，观行云越月，感人生之匆匆，叹流年之流逝。但喜在其中，乐在其中矣。无俗干扰即是乐，无忧干扰即是喜。一为万化之一，当与万物冥合。生时脱俗、脱忧将无所谓死。悠哉！不知所往，不知所逝者，是也。"文字如行云流水，一气呵成，表现了傅老师开朗豁达的生死观。她还写得一手清秀隽永的小楷，亦会诵咏旧体诗词，是一位极富教养的教授夫人。傅老师的三位女儿也十分出众，学习、人格和气质均属上乘。

还不能忘记中关园一位幼儿园的刘老师，大家都习惯亲昵地称她为"刘阿姨"。她是西语系吴柱存先生的夫人，次子廼西是我附小的同班同学。2016年，我在去北美旅行时，曾专门借道西雅图拜访了老人家。她将近九十了，但依然精神矍铄，对六七十年前自己曾经教过的孩子们依旧记忆犹新，视同己出。

体育教研室管玉珊先生的夫人李志英老师是江苏扬州人，因此与我们家较熟，她曾经是我小学低年级时的班主任。李老师个子较高，虽长得慈眉善目，但着实厉害，手里经常拿着一个小板尺，随时"惩罚"淘气的孩子。

（四）中关园二代中的翘楚

在这一块人文荟萃之地诞生的中关园二代，从小就在这样的文化环境中生活成长，耳濡目染，潜移默化的熏陶使很多人后来都成为有益于国家和社会的栋梁之材，广泛地活跃于国内外的教育界、商界、科学界……不乏教授、作家、跨国企业高管和科学家。

前述西语系叶文茜先生的女儿叶凯蒂，在哈佛大学攻读博士，现在是西方著名的汉学家；西语系吴兴华先生的女儿吴同现在是霍普金斯大学的教授，专门教美国人学英语；东语系杨通方先生的公子杨英锐是美国数理逻辑终身教授，曾任美国认知科学学会的主席；物理系沈克琦教授的公子沈正康、生物学系王平教授的女儿李建、化学系陈月团先生的公子方鹏等都就职于美国的名校……这几位当年都是北大附小同年级的同学。

另外，还有几位著名的美术家和音乐家值得一提。

徐冰，中国著名的先锋派艺术家，现任中央美术学院副院长。他1955年出生，1977年考入中央美术学院版画系，1981年毕业后留校任教，1990年作为访问学者，前往美国。20世纪80年代末创作的成名作《天书》系列中，他亲自设计刻印数千个"新汉字"，以图像性、符号性等议题深刻探讨中国文化的本质和思维方式，成为中国当代艺术史上的经典。鉴于在当代艺术领域的杰出贡献，1999 年他荣膺美国文化界最高奖"麦克·阿瑟天才奖"；2004 年以"9·11"废墟尘埃为材料所做的作品《尘埃》，在英国获得世界视觉艺术最大奖项——首届"Artes Mundi 国际当代艺术奖"，2007 年荣获美国版画艺术终身成就奖。他的作品被中国美术馆、伦敦大英博物馆、美国纽约艾维姆美术馆及北达克达美术馆、日本埼玉县立现代美术馆、澳大利亚国家画廊等各大机构收藏。他是中国为数不多的几位享誉全球的艺术家之一。

徐冰的父亲是北大历史学系党总支书记徐华民先生。徐先生夫妇是浙江人，口音很重。徐先生经常来我家与我的父母闲聊。徐家姊弟五人，徐冰是老三，比我小一年，小时候少言寡语，中关园浓重的历史文化氛围熏陶了他。

高尔棣，一级作曲家，父亲是北大中文系著名古文字专家高明先生，母亲是北大附小刘婉然老师。高尔棣出生于 1955 年，1985 年毕业于中国音乐学院作曲系，曾任东方歌舞团的要职，并出任中央电视台及国家重大艺术晚会的艺术总监。他的作品涉猎广泛，包括交响乐、室内乐、影视音乐、歌舞音乐、轻音乐以及大量不同风格的通俗音乐和歌曲，1992 年就被评为"全国最受群众喜爱的十大作曲家"之一，1996 年又荣获"中国流行歌坛十年成就奖"，成绩卓著。近年来，又涉足影视行业，成为著名的制片人之一。

赵大陆，北大附小的同级生。因父母调往中央党校任职，较早就搬离了中关园。他于 1977 年考入北京电影学院美术系，后在首都师范大学美术系任教授。凭借扎实的古典写实功力，在艺术领域获得了不少赞誉，作品曾参加国内外重要画展。2001 年 6 月他作为亚太地区画家的唯一代表应邀参加联合国粮农组织在总部罗马举办的"人与土地"文化艺术展，荣获联合国粮农组织银质奖章。自 2011 年在中国美术馆举办油画个展《阅读记忆》之后，他开始将艺术创作的视角转向了中国画。他的作品被中国美术馆、何香凝美术馆、澳大利亚国家肖像博物馆、澳大利亚昆士兰州美术馆以及中国航海博物馆等收藏。进入 21 世纪，他回到国内，在朝阳区芳草地开设了自己的工作室和画廊，曾经有不少发小前去参观。此外，中央乐团、中国歌剧舞剧院、中央芭蕾舞团中均有中关园二代的身影。

除了艺术界之外，说到中关园二代中的出类拔萃之辈，还有一位体育界名人洪元硕必须一提。洪元硕是哲学系著名教授洪谦先生之子，就读于北大附中高中时被选拔到北京市足球队，是北京队"小、快、灵"战术风格的创始人。后来又入选国家队，任主力前锋。进入中超联赛时代后，曾临危受命担任北京国安队主教练，并率队夺得 2009 年中超冠军。

结　语

七十年过去了，当年桃红柳绿、百花争艳的中关园已经时过境迁，当年飒爽英姿的一代宗师们都已驾鹤西行，化为天空中颗颗耀眼的星星，而我们也都是进入暮年的老人了，但中关园赋予我们生命的重要意义不言而喻，没有当年的中关园，就没有我们的今天。岁月流逝，往事如烟，过去已经渐行渐远，但我们会抚今追昔，一直追随着对中关园的回忆直到人生的最后篇章。

朗润园的回忆

段大亮 [1]

北京大学的东北角有一座圆明园附属园林，原名春和园（亦称庆王府）。咸丰二年（1852 年）前后，慈禧太后将春和园转赐给恭亲王奕䜣居住，始改名为朗润园。慈禧太后在颐和园垂帘听政时，由于与朗润园相去不远，曾被定期作为内阁军机处和奏事诸大臣的会议之所。1860 年英法联军火烧圆明园的时候，朗润园近在咫尺，却幸免于难。燕大建校不久，载涛将朗润园租给学校作为教师住宅，1952 年院系调整后，租约到期，北大将该园买下。但自奕䜣以后，一直到 1949 年，朗润园基本上未经修缮和增建。

虽几经更迭，但朗润园并没有遭到实质性的破坏，其均为南向的中、东、西三所建筑群和殿宇四周环河的格局，基本保存下来了。1957 年至 1960 年之

---

[1] 段大亮，1956 年生，曾就学于北大附小和北大附中，1975 年至 1978 年参军。1982 年毕业于北大计算机科学技术系，1987 年在法国计算机软件工程专业做博士后研究，从事软件开发应用工作，现居住在法国巴黎。父亲段学复，曾任北京大学数学力学系教授、系主任。

间，为解决校园住房困难，校方在校园东围墙内建了 8 至 13 号公寓和一座专家招待所楼，季羡林、金克木、邓广铭、张中行、王重民等老先生曾入住公寓楼。还在主岛内外，先后修建了平房二百多间。尽管新建房屋风格与古园林不尽协调，但在增建过程中并未损坏朗润园旧日的主体建筑、湖泊水系和土山岗阜。只是那里远离学校中心地带，很长的时间内也没有什么教学、科研或行政单位，所以除了当地的居住人家，一般人走不到那里去。很多北大的学生在校四年，到毕业时都没去过。因此，作为清代万园之园圆明园的附属皇家园林而言，朗润园恐怕是目前保存最完整的园林之一了。

为保护朗润园这一文化遗产，并缓解北大办公用房的紧张状况。1995 年 10 月至 1997 年 5 月，中国经济研究中心筹资对朗润园进行了全面的修缮和增建，设计面积总计千余平方米，使得朗润园的主体建筑得到了有效的保护和利用。修成以后，朗润园的主体建筑便作为经济研究中心的办公用地（原服务社旧址）。北大特意立碑以纪其事，由侯仁之先生与考古学系张辛教授合撰《重修朗润园记》。2001 年，北京大学又对朗润园主岛的土山岗阜进行了整修。同年，在中国台湾同胞万众先生的资助下，在朗润园主体建筑以东修建了"万众苑"，以万众楼为中心形成了一个相对独立的庭院。苑内全部采用中国古典庭院式宝顶建筑，整个院落以恢复朗润园古建园林为主要风格，所有建筑游廊连接，环境优美，为燕园又增添了一处美景。事后，中国经济研究中心主任、著名经济学家林毅夫欣然命笔，撰写《万众苑记》一文以记其事，并将全文铭刻于碑，立于万众楼前。

因年久失修，加之北京缺水，朗润湖曾干涸过很长一段时间。枯枝烂叶淤泥垃圾充溢，一片衰败荒凉景象。前几年，北大将原有居民的平房全部搬迁，复建成四合院，这批古建筑的修建，为北京市多年来最大的一次古建筑修建。经过这一系列的整修和增建工作，朗润园的整体面貌得到了很大的改观，所谓"材石坚致，丹刻富丽，有加于昔"。整修后，充新水、固堤岸、补草木、修屋宇，竟也恢复了大半旧颜。2018 年 5 月母校一百二十年校庆之时，我与同学前去探访，的确旧貌换了新颜。楼台亭阁，绿树花草，小桥流水，荷塘曲径，土山岗阜，完美和谐地结合在一起，成为燕园中一处"可居可游"、幽雅秀美的园林区，是"荷花垂柳映照，石径水路通幽；昼闻蝉声鸟语，晚听蛙叫虫鸣"的好去处。

朗润园景色

1952 年院系调整，清华数学系并入北大数学系。家父调任北大数学系主任，举家从清华园胜因院 5 号搬进朗润园 158 号。1965 年因房屋后墙倾斜濒于倒塌而搬到燕东园 32 号，故在朗润园 158 号居住了十三年。我在那里出生，也是在那里，我们兄弟姐妹度过了无忧无虑、幸福成长的童年和青少年阶段。

朗润园 158 号有三家人居住，是典型的一进四合院布局。从东南角（"巽"位）大门跨尺余高门槛而入。一方小院子，面对一簇郁郁葱葱的竹子，而左转穿过一个圆拱月亮门，便是庭院了。田字砖石甬道连通北房五间正房两耳房、东西厢房各两间和南房（倒座房）三间，还有北房后面和东边的两块空地。庭院中有一架葡萄，还有丁香树和几株梅花。我家搬走后，又迁入了几户人家，改建加盖了一些房屋。20 世纪 90 年代我曾去探访，除了正房建筑依稀可辨旧时模样，整个院落成了名副其实的大杂院，庭院和空地全无。2015 年 4 月，经过几年的修建，北京大学中国画法研究院迁入重建的 158 号，门前立有范曾题词的石碑"天岸走霞"。2010 年成立的北京大学中国诗歌研究院在采薇阁举行开院仪式。采薇阁通往外面甬道口的月亮门，则是原 158 号的外墙。2016 年故地重游，遇上开会，我们没能进去看，但从最近好容易得到的一张院内照片看，其北房格局如旧，但现建筑群外观已与原建筑有较大的不同，不是儿时的模样了。

朗润园 158 号，现为中国画法研究院，月亮门通往中国诗歌研究院采薇阁

最难忘的是朗润园的秀丽风景和小桥流水。从春到秋，园子内桃树杏树枣树李子树，花开花落；榆树桑树柳树洋槐树，郁郁葱葱；各种灌木和植物花卉，争奇斗艳。特别夏季，湖面满眼碧绿的荷叶、浮萍和白里带粉的荷花，娴静的景色犹如仙境。到了秋天，更有饱食琼浆野果的欢乐。比如桑葚，有紫桑葚和白桑葚两种。紫桑葚多且好吃，但吃完嘴唇上痕迹明显，一下子也洗不干净，回家后少不了挨一顿说，所以有时就不得不委屈自己，只吃白桑葚了。院子里有一棵硕大的榆树，开春时节满树的榆钱儿，还有后院和旁院自种的玉米和窝瓜，在 20 世纪 60 年代初经济困难时期，就成了饭桌上母亲说的"瓜菜半年粮"。那时在院子里还养过鸡，有一次居然还被黄鼠狼叼走几只。

那时，朗润湖的水一年四季都是满满的。有一年夏天北京大雨导致大水，湖水居然漫上湖堤，一直淹到了大门口，出入全要蹚水而行。到了冬天，结了厚实的冰，出门便是冰场，没有未名湖冰场那么多人，滑冰车是孩子们最快乐的事了。

水里的鱼、泥鳅和莲蓬，也是野生野长，没人打理，年年却是丰收。记得家人一次从湖里摸出一盆螺蛳，煮熟之后用针挑出来蘸了酱油吃，那个美味一辈子都难忘，后来再也没有品尝过如此"佳肴"了。

　　除了青砖乌瓦的房子和四合院外，朗润园还有很多挖湖时堆砌的假山和中国园林特有的亭台，那是我们孩子嬉戏和游玩的天堂。少儿多顽皮，有次上学途中过一小石平桥，不行正路，偏翻到石桥护栏外面走边沿。一个跟跄，失足落水，竟大呼"救命"。被大人拎出水赶回家，换了衣履再去学校。忽一日有人问道：不曾教汝呼救，如何学到如此求生之术？啧啧无言以对。在朗润园，更有过一次少儿的冒险。1965年，不记得为什么了，居然和附小另外四个都不到十岁的小伙伴商量了自己徒步去香山玩！跟家里编排了学校春游的故事，准备好食品和水壶，一大早便兴冲冲地出发了。那时过了颐和园，就是农田野郊，人迹和车辆均少。虽然只有十几公里，但中途还去卧佛寺转了一圈，等到了香山就已经不那么兴奋了。毕竟年纪太小，回家的路是越走越长，天也渐渐地暗了。几个家里的大人们可是急坏了，学校也不知是怎么回事儿，反正是找遍了能想到的地方，都不见踪影。我们回到北大西门时，天已黑了。有大人觉得这几个孩子实在"形迹可疑"，才把我们看住并打了电话，通知了家里。事后没少挨骂，但颇为自己的"壮举"自豪了一些日子呢。

　　从158号往西，过一座石平桥，原有个建在土坡上的一个大院子，里面住着"美国人"罗伯特·温德先生（Robert Winter, 1887—1987）[1]。这位1923年就来到中国，之后再也没有离开过的美国人，不仅是闻一多、吴宓、费正清、李约瑟的挚友，还是中国整整一代英语文学及语言大师们（季羡林、李赋宁、杨绛、钱钟书、何兆武、王佐良及许国璋）的老师。从东南大学、清华、联大，复又清华，直到1952年转至北大，三十五年后，以百岁高龄而终。我们这些孩子，对一位住在咫尺、会在路上擦肩而过的高鼻子凹眼睛洋人，总是充满好奇和些许的害怕。偶尔当时还少见的小汽车从温德先生家开进开出，更多了一些神秘的色彩。而他专门雇花匠打理的花园，长满好看的花草，也成朗润园一景。

　　朗润园158号的北面159号（现为中国诗歌研究院的采薇阁），是邓稼先先生的父亲邓以蛰的寓所。邓稼先回家时，一定要经过158号西屋外的一条小

---

[1]　关于罗伯特·温德的事迹可参阅伯特·斯特恩（Bert Stern）：《温德先生——亲历中国六十年的传奇教授》，北京大学出版社2016年版。

朗润园的牌坊、小桥与假山

路。若与父母相遇，也会相互问候，我那时尚小，自然有眼不识泰山。对面的157 号为北向水座三间（现已无），开后窗即可赏荷钓鱼。在原西所南边的游廊处，现建有利荣森楼（北京大学斯坦福中心）。而现中国经济研究中心的位置，曾居住过北大哲学系心理学教授沈廼璋。沈夫人胡睿思是北大附中也是我高中（1973—1975）的英语老师。胡老师虽历经磨难，遭遇丧夫丧子，但每每站在三尺讲台，永远是那样的温情高雅，纯正的英语、娴静的语音和端庄的气度，让一群懵懵懂懂的孩子，在那个年代多少明白了一些文明和知识，英语课也成了我们最喜爱的课程之一。

往事如烟，朗润园故土，源远流长；朗润园故人，灵魂安详。

在燕东园度过的日子

冯宋彻^[1]

我家是在 1957 年底住进北大燕东园的，近一年后于 1958 年 11 月中搬到燕南园，住的时间不长，但令人难以忘怀。

父亲冯定（1902—1983）是浙江慈溪人，是从事马克思主义大众化传播的老一辈马克思主义学者，1926 年入党，1927 年在莫斯科中山大学学习，1930 年回国。次年发生九一八事变，他积极投身抗日救国文化运动。1938 年他到达新四军军部，负责党的宣传教育和干部培养工作，是新四军中唯一的马克思主义哲学家。石仲泉在《人民日报》2015 年 8 月 13 日第十六版刊载的文章《冯定：大力宣传普及马克思主义哲学》一文中，对冯定宣传马克思主义理论贡献的评价是：（1）马克思主义通俗哲学的开拓者之一。在我们党内的著名

---

[1] 冯宋彻，1947 年生，籍贯浙江宁波，毕业于青海师范学院物理系，获北京市教育委员会颁发的硕士课程结业证书。长期从事以马克思主义理论为主的教学、科研工作，退休前为中国传媒大学教授、党委宣传部副部长、政治与法律学院副院长兼政治系主任。

哲学家中，从事马克思主义哲学中国化、大众化、时代化者，主要有三位重要人物：艾思奇、胡绳和冯定。他们的哲学研究都起步于抗日战争前期，其通俗哲学著述推出较早且成就卓著，影响了一代乃至几代青年人。（2）中国马克思主义伦理哲学的主要创建者。冯定抗战时期哲学著述的一个重要内容是反复给青年讲道德修养，以德立人。他在 1937 年撰写的第一部著作是《青年应当怎样修养》。这本六万多字的小册子很受青年欢迎，一版再版，被誉为中国马克

冯定先生

思主义伦理哲学的开山著作之一。（3）不可多得的教育人才。冯定之所以不可多得，就在于他干工作非常认真踏实，善于思考问题，将哲学理论贯彻到自己的工作中去。冯定说过，我们是在行军打仗中一步一步认识马克思主义和中国实践的。

冯定曾担任北京大学党委副书记、北京大学副校长，兼任北京大学哲学系主任，首批中国科学院学部委员，一级教授，历任全国政协第二、三、四届委员，第五届常务委员会委员，还担任过《哲学研究》编委，全国伦理学会名誉会长，全国马克思主义哲学史研究会顾问，全国辩证唯物主义研究会顾问，北京市哲学学会会长等职。中华人民共和国成立后，思想战线上所发生的一些重大争论，如"过渡时期工人阶级和资产阶级矛盾性质"的争论、关于"百家争鸣"问题的讨论、哲学战线上的几次论战——综合经济基础论、思维与存在的同一性、"主观能动性"讨论、关于"一分为二"与"合二而一"的争论等，他都经历过，并在这期间充分展现他坚持真理，传播马克思主义的非凡追求和不唯上、不唯书、只唯实、讲真话的风骨。

父亲怎么到北大工作和住进燕东园的，这要从他的一本书《平凡的真理》和一篇文章《学习毛泽东思想来掌握资产阶级的性格并和资产阶级的思想进行斗争——读〈毛泽东选集〉的一个体会》说起。

1947年3月，父亲任华东局宣传部副部长，去胶东区检查和帮助文教工作，但不久又犯胃病，于6月被送至大连治疗，胃的大约二分之一被切除。术后父亲在疗养中写作多篇普及哲学的短文，总的标题是《平凡的真理》，在每篇具体标题前冠以之一、之二、之三……连载于《大连日报》。1948年父亲将连载于《大连日报》的多篇短文结集成《平凡的真理》一书，由光华书店出版。该书是父亲的主要代表作，被誉为20世纪五六十年代流传最广、进步青年最为喜爱的一部马克思主义哲学读物。

1949年5月，当解放军进入上海市区的第二天，父母也进入了上海。1949年秋，华东军政委员会成立，父亲兼任华东军政委员会文教委员会副主任，继续任中共华东局宣传部副部长。

上海解放后，市长陈毅同志不但为上海的经济恢复和建设问题而操劳，而且对如何进行马克思主义和党的政策宣传教育工作给予极大的关注。1952年，在上海的"三反""五反"运动中，父亲以读书笔记的形式写成一篇论文:《学习毛泽东思想来掌握资产阶级的性格并和资产阶级的思想进行斗争——读〈毛泽东选集〉的一个体会》，对当时理论界普遍存在的对民族资产阶级"左"的看法及实际工作中的"左"的政策提出了不同意见并加以理论说明。该文送给华东局常委审阅，得到华东局领导的重视，认为对当前运动是有指导意义的，指示党报发表。上海《解放日报》于1952年3月24日登载。文章发表后很快受到党中央、毛泽东主席的肯定，中央发文件要求全党中高级干部学习。文章经毛主席审阅和亲自修改，指示当时中央理论刊物《学习》杂志转载，刊登在《学习》1952年第四期上，1952年4月10日《人民日报》也转载了此文，人民出版社1952年4月出版单行本，发行全国。1952年在中共中央华东局，父亲的工资级别定为行政六级。

1952年冬，中共中央调父亲到北京，担任中共中央马列学院一分院副院长，主持全院工作。一分院是培养东南亚、澳大利亚等国外共产党干部的，院址即现在的玉泉路中国科学院研究生院所在地，归中联部领导。中共中央马列学院二分院是培养国内党内高级干部的，即现在的中共中央高级党校的前身。

母亲袁方随父亲从上海人民广播电台调到北京，任中央人民广播电台文教组组长。1959 年 9 月母亲参与筹建我国第一所培养广播电视人才的高等学校——北京广播学院。她带领中央人民广播电台文教科学部理论组的原班人马，组建起马列主义理论教研室，任教研室主任，同时担任北京广播学院党委委员、党委宣传部部长，后成立学校党委常委，母亲为常委委员。

1955 年 10 月父亲重写的《平凡的真理》一书，由中国青年出版社出版发行，光华与三联两书店的两版不计，单是中国青年出版社到 1980 年的三版共十一次印刷，销量就达五十多万册，被看作具有中国特色的《共产主义 ABC》。这本书曾得当时任团中央书记的胡耀邦同志的高度评价。

1955 年 6 月 3 日，周恩来总理签署公布国务院 5 月 31 日第十次会议批准的，包括父亲在内的首批中国科学院二百三十三名学部委员名单，学部委员即今天的院士。1956 年父亲被选为第二届中国人民政治协商会议全国委员会委员，由此父亲历任全国政协第二、三、四届委员，第五届常务委员会委员。

1956 年 2 月 3 日，在第二届全国政协第一次会议期间，下午会后，父亲至怀仁堂赴国宴。宴前，父亲先会晤了陈云同志，陈云还记得 1926 年间在上海宝山路商务印书馆和父亲开过党支部干事会的事，见到父亲时说："宝山路。"后毛泽东主席来，和宾客一一握手。据父亲日记，毛泽东握着父亲的手，问现在在哪里工作，刘少奇同志说父亲是他的老朋友，周恩来同志说他读过父亲的文章，这些都使父亲铭感不忘！1956 年 6 月 14 日参加中国科学院拟制全国长期科学规划工作会议期间，下午四时在怀仁堂，毛泽东、朱德、周恩来等中央领导同志与科学工作者合影。父亲被预先告知站在毛主席背后左侧。毛泽东在就座前与父亲及其他二三人握了手。

1956 年 5 月，中共中央已决定撤销马列一分院，中央对父亲的工作安排有多种考虑，但都没有定下来，毛主席另有考虑。1957 年 1 月由毛主席提名调父亲到北京大学哲学系，不担任任何领导职务，专任教授。中宣部负责人打电话告诉父亲中央的这一决定，据北大哲学系陈志尚老师回忆，他听我母亲讲，当时父亲也坐在旁边，说是中宣部常务副部长张际春传达的据说是毛主席的话："有的人议政于朝，有的人论道于市，你冯定不要去搞什么行政职务、当官，你的任务就是去研究现在的马克思主义。"当时毛主席认为，唯物主义和唯心主义可以争鸣，冯友兰可以讲唯心主义，冯定讲唯物主义，同冯友兰唱对台戏。陈薇主编《毛泽东与文化界名流》第37页记载，1968年10月，中共八届十二中全会召开，毛主席在全会的讲话

1957年冯定教授率团访问苏联，在莫斯科大学演讲

中提出对"资产阶级学术权威"也要给予出路，而"不给出路的政策不是无产阶级的政策"，并且以翦伯赞、冯友兰为例，他说："北京大学有一个冯友兰，是讲唯心主义哲学的，我们只懂得唯物主义，不懂得唯心主义，如果要想知道一点唯心主义，还得去找他。翦伯赞是讲帝王将相的，我们要想知道一点帝王将相的事，也得去找他。这些人都是有用的，对于知识分子，要尊重他们的人格。"当时北大校园流传一种多少有点调侃意味的说法，学唯物主义找冯定，学唯心主义找冯友兰，学帝王将相找翦伯赞。1957年1月29日父亲去北大报到，与校长马寅初先生、党委书记江隆基同志见面。1月31日即率中国科学院社科代表团访问苏联，同行的有任继愈、贺麟、张镛等，3月14日返回北京，安排在北大临湖轩暂时居住。

临湖轩坐落在未名湖南的小山坡上，离钟亭不远，那时还有敲钟人按时定点敲钟，经常听到晚钟钟声在未名湖畔回响。临湖轩格局是坐北朝南的四合院形式，院北墙沿山坡下去就是未名湖畔半露在水面的石雕鲤鱼处，往南是有竹林草坪向下的缓坡，对着五院北墙，东南方向就是图书馆，当时北大附小所在地。我们住西厢房，有三居室。在东侧沿山体往下还有房间，供阿姨和警卫员住，还有厨房。北厢房当时住着马寅初，父亲讲马老每天淋浴，先用热水再用冷水，从不感冒。我很惊讶，也很佩服。见着马老满面红光，声音洪亮，身体果然健康，想必就是他这个独特方法锻炼出来的。

1957年4月1日北京大学哲学系系务委员会一致通过，批准父亲为一级教授，马寅初校长签名颁发聘书，父亲开始在北大做教授工作。教马列的被评为一级教授，在北大首届一指，父亲被称为红色教授。父亲自觉主动地带头挑起马克思主义哲学学科建设的重担，他积极参与制定了哲学系以马克思主义哲学为"一体"、以中外哲学史和自然辩证法为"两翼"的办系方针，而且以病弱之躯，承担起繁重的教书育人和统战交友的任务。父亲教学和科研工作量是很大的。1959年父亲到北大后第一次正式开课，为入学新生讲授马克思主义哲学原理课。来听课的不限于新生，高年级的学生及青年教师也来听课，坐在前排的还有老专家学者。校外解放军军事学院、政治学院有着少将、中将军衔的学员也来听课，北大学生照顾他们，在课堂给他们留出座位。来晚的没座位的学生就坐在讲台上，甚至在教室外的走廊上听课，可谓盛况空前。每次讲三小时，当中休息一次，由于父亲因胃溃疡，胃被切除二分之一以上，要少吃多餐，课间休息时吃几块饼干。讲课时就拿着几张字条，娓娓道来，深入浅出。新生初次听课，没有比较，分辨不出好与不好，问高年级的同学，回答"好极了"。父亲还讲授毛泽东思想专题课、社会主义原理课、马列原著课等。作为形势政策课老师，父亲经常向全校师生作形势政策报告等。至于参加全国性的学术活动，到外地外校包括军事院校去讲学的次数，更是无法全部计算。

北京大学马克思主义学院教授、博士生导师李少军的文章是这么评价父亲的贡献的，摘录如下：

马克思主义在北京大学已有近百年历史，在北大近百年的马克思主义理论教育史上有三座里程碑，他们是李大钊、冯定和黄枏森。

……

冯定的贡献在于：首先是他的《平凡的真理》，这是继艾思奇《大众哲学》（1935年出版）之后，又一部马克思主义哲学大众化的杰作……是中国上世纪五六十年代最流行的马克思主义哲学读本。其次，对个体生命的意义和价值从马克思主义哲学高度做了深入研究。1937年他出版《青年应当怎样修养》，1956 年出版《共产主义人生观》，1964 年出版《人生漫谈》。在三十年时间里，冯定一次次研究和阐述个体生命意义和价值并取得突出成果，这在马克思主义发展史上具有重要理论意义，西方马克思主义批评马克思主义存在一个人学空场，实际上指的就是马克思主义对个体生命意义和价值没有形成自己理论，冯定的这一工作，从理论和实践上对西方马克思主义的指责做出一定程度的回答。对此冯定开辟了一条道路，树立了榜样。第三是冯定为北大哲学系制定了"一体两翼"办系方针（马克思主义哲学为体，西方哲学和中国哲学为两翼）。这一方针为哲学系健康发展奠定坚实思想基础，改革开放后，黄枬森任系主任，这一思想得到发扬光大。第四是作为校领导，冯定使马克思主义理论教育在北大走向学术化、正规化和普及化。作为中国学者，冯定培养了新中国第一批马克思主义哲学硕士研究生。由于"文革"冲击，冯定在北大未能展其才，但是这动摇不了他成为北京大学马克思主义理论教育的第二座里程碑。

北京大学哲学系王东教授完成的 2011 年度教育部哲学社会科学研究重大委托项目《哲学创新的北大学派》，把李大钊、冯定、张岱年、黄枬森作为北大哲学创新学派的代表人物。今天在北大东操场北面哲学系与历史学系院内，朝南门厅两侧墙上挂着北大哲学系历史上十位大师的照片，父亲在其中，是唯一的马克思主义哲学家。

时任北京市委彭真同志和北京大学党委认为，父亲这样资格老、级别高的党的高级干部，在北大级别最高，不担任领导职务不合适。于是北京大学校党委会议全体通过增补父亲为校党委委员，并报上级批准。尽管父亲在党内只担任党委委员、常委职务，却经常让他参加党委书记的碰头会，这种情况一直持续到 1958 年。陆平就任北京大学党委书记后，在 1958 年 4 月提名父亲为党委副书记，并报上级批准。这以后父亲一直担任这一职务到"文革"初北大党委被撤销为止。

尽管在临湖轩住了不到一年，父亲的事务众多，人来人往频繁，随便列上几条，可见一斑。1957 年 5 月 5 日邓小平陪同苏联最高苏维埃主席伏罗希洛夫参观北大，父亲与其他校领导在北大西门迎接并随同参观及听演讲。同年10月16日这一天，上午，有任继愈带其所写文章来征求意见，又有中国青年报社的曹冰峰同志来，谈了很久。下午有父亲的本家堂弟，世界知识杂志社社长主编冯宾符，我们管他叫胖叔叔，陪同赵朴初来看望父亲，谈得很久。晚饭后，当时刚从铁道部调来的新任副校长陆平同志来谈。父亲日记中写道："这里本来需

父亲冯定和我们三兄弟小时候的合影，左起冯贝叶、冯方回、冯定、冯宋彻

要更多的行政领导人，但我已被确定在学术岗位上工作，于是就又另调人来了，他也临时住在临湖轩，正好对门。"11月20日，康生来北大，父亲陪其在办公楼、哲学楼、化学楼和文史楼看大字报，还在临湖轩家中谈了一会。

在临湖轩居住时，陈毅一次路过北大来看望父亲，见到临湖轩前草坪上长着郁郁葱葱茂密的竹林，便笑说父亲像贾宝玉住进了潇湘馆，粟裕等新四军将领来时也都讲过类似的话。

由于毛主席让父亲来北大与冯友兰唱对台戏，最初北大教授们见到父亲便比较紧张，心存疑虑。父亲来后经常抽空拜访教授们。到校不久，父亲在哲学系副主任、党的负责人汪子嵩先生陪同下，一个一个地拜访老专家，认真做调查研究，广泛地和哲学系及校内的教授们结交朋友，听取他们的想法。汪子嵩回忆，陪父亲访问过平常很少见面的教授，如刚从四川回到北大的张颐老先生。陪父亲访问邓以蛰先生时，很快便谈论起书画来了，邓先生是有名的收藏家，遇到好友便将他珍藏的字画一幅幅打开来共同欣赏，汪子嵩在旁也大饱眼福。父亲与教授们从切磋学术到关心生活，聊历史文化，并向他们宣传党的"双百"方针，谈得融洽默契，十分亲切，打消了教授们心中的疑虑，建立了良好的关系和友情。此后父亲给中宣部陆定一部长送去一份报告，讲团结老知识分子的问题。父亲和这些教授们成了好朋友，他们经常是家中的座上客。哲

学系主任郑昕在我们搬到燕南园居住时，夫妇俩周末常来与父母打桥牌，母亲热心地招待咖啡、点心，关系非常融洽。黄子通老先生一次来临湖轩家中谈得十分高兴，竟然回到朗润园他居室中，拿了三幅古画折返回来，非要父亲选一幅，父亲苦辞不得。1957 年搞"鸣放"时，父亲听到东语系教授马坚先生的意见，说一次与周培源和父亲坐同一车进城，马坚先生问父亲贵姓，答曰"姓冯"，未再说话，马坚先生想是不是瞧不起人。父亲听到反映后于 11 月一个冬日夜晚，约八点从临湖轩走到燕东园马先生住处，解说一下，马先生释然，又谈了一些阿拉伯文的问题，父亲颇获教益，与马先生成为朋友。"文革"后马先生也搬到燕南园住，不久病逝，凌晨校办电话通知父亲，父亲立即在我弟弟冯方回陪同下代表党委前往吊唁并安慰家人，父亲到时已抑制不住悲伤，痛哭失声。

我们兄弟在玉泉路马列一分院住时，上的是位于五棵松的中央直属干部子弟育英小学，校园是原傅作义部队一座兵营改造的，校园中还有碉堡，在上面盖了一座亭子美化。我们住校，周六下午学生们基本由父母单位的车接回家。1957 年我们家搬到北大，弟弟身体较弱，先行转到北大附小学习，我和哥哥冯贝叶到来年初放寒假时才转学到北大附小。在没转学期间，周末回家就坐公共汽车了。记得我们哥俩常在周六吃过午饭后徒步走回北大，省下车钱买零嘴吃，走到家赶上吃晚饭。转到北大附小时我是小学四年级下半学期，班主任邓老师让班上时任少先队大队长的马志学帮助我尽快熟悉适应北大附小的学习生活，巧得很，马志学是马坚先生的二儿子，是我到北大附小结识的第一个朋友。父子两代友情相承。

在父亲到燕东园夜访马坚教授不久，1957 年 12 月 17 日我们家也搬到了燕东园，住在 31 号。31 号是带有花园的独栋两层小楼，周围用松墙隔开，燕东园及我家后来搬到的燕南园建筑及园中布局基本都是一样的风格。小楼隔成两半，我们住东边，一楼有客厅、餐厅、厨房，还有杂物间。另有保姆及警卫员住的房间，客厅朝南连着玻璃花房。楼上有三个房间，是父母和我们兄弟三人的卧室及父亲的书房。

1958年初父母合影，摄于燕东园31号寓所花架下

　　燕东园跟我们小时在上海居住的康平路政府大院及来北京住的马列一分院氛围不一样了，弥漫着书香气息。燕东园和燕南园住着大都是知名学者教授，有学界泰斗、业内翘楚。我们贴邻，住在31号西半边的，据父亲讲是著名美学家蔡仪先生。实际上1953年蔡仪已经调到中科院文学所工作。不过那时调到中科院哲学社会科学学部工作的北大学者还住北大宿舍的不鲜见，因为学部就在科学院，离北大并不远，有的还两面兼着事。搬到燕东园父亲先拜访的自然是蔡仪先生，不料竟数次不遇，一次一天两次去蔡先生处都不得遇，任继愈陪着访问一次也未遇，结果就一起拜访贺麟和洪谦先生了。由于一次访问蔡仪先生不遇，其夫人在卧室未出来见，但肯定告知了先生，不几日蔡仪夫妇登门拜访，不巧有哲学系几人正在家中开会，父亲只与蔡先生握了手，蔡先生夫妇便告别走了。住在贴邻，父亲与蔡先生要想稍做晤谈，竟至如此不易，乃是意料之外的事情。

　　那时家中常高朋满座，有学者教授、社会名流、父母战友同事、青年教师学生等。父亲有时偕母亲也常拜访园中教授们，关系融洽。我们家庭生活也很民主，一般每周日上午开一次家庭例会，就是批评与自我批评，主要是父母对我们的学习和操行提出意见、建议、希望，有时对我们的过失会提出严厉的批评，父母主要关心我们的是学业和品德。开会是严肃的，每到开会前我都会有些紧张，惴惴不安，但会后感到无比轻松。我们也以平等的姿态向父母提意见，当然小孩子提的都很幼稚可笑，但也有使父亲面红不高兴的。住到燕南园时，记得一次例会我说过父亲打牌不守规矩，当时他就不高兴，觉得被冤枉了，甚至觉得人格受到侮辱。那是一次打牌，我把主牌调光了，父亲也出了副牌，可后来他又打出主牌，我说他牌出错了，他说我记错了，最后牌打不下去了。一次普通的扑克游戏为什么对父亲触动这么大呢，因为诚实守信是他为人的原则，也是教导我们这么去做的，现在说他打牌不守规矩，等于突破了他的做人底线，否定了他对我们行为要求的原则，所以引起他比较大的反应。今天看来，无论是父亲误出错了牌，还是我自己记错了，都是细微小事，我坚定地相信父亲主观上绝对不会打牌作假，他一辈子无论大事或生活细节都贯彻着诚实守信、讲真话的品德。

父亲有时血糖低，他柜子里放一些苏打饼干以备应急用。一次我嘴馋悄悄吃了几片，被父亲发现饼干少了，便问是谁吃的，我说是我。父亲不但没批评我，反而加以表扬，说勇于承认自己做错事的是好孩子，下次想吃饼干说一声，不要偷偷地拿。母亲是极富生活情趣的人，逢年过节会把客厅摆上些小物件，壁炉上方挂起一串彩灯，透着浓浓的节日气息。有时搞灯谜晚会，每人提供一些谜语，可以是现成的，也可以是自己创作的，如是自创的父母还会加以点评，猜中了就会有巧克力等奖品。记得一次我抽了一条谜语，谜面是"黑格尔开汽车"，母亲说这条谜语不是给我们猜的，专门让爸爸猜的。最后父亲给出什么答案不记得了，给出答案恐怕我们也不懂，所以没印象了，但谜面我印象深刻，一直记着，也可能就是那一刻触发了我的哲学兴趣。后来才知道黑格尔是唯心主义哲学家，开汽车就是司机，所以合起来就是苏联当时的外交部长的名字维辛斯基。

北大教授的子女们个个都是英俊少年、书家才女，多才多艺，有着浓浓的书卷气。吟诵古代诗词，阅读中外文学名著，欣赏古典音乐，弹钢琴、拉小提琴等在这样的家庭习以为常。记得有一次哲学系青年教师来家中，见我正看《说岳全传》，再看我们书架上的文化历史名著，还有父亲送我的《纲鉴易知录》，是清朝人写的中国历史通俗读物，小学四年级学生就看这些使他颇感吃惊。西邻的是32号，住着中文系教授高名凯先生，我知道他大名是因为家中藏书有他翻译的巴尔扎克的《人间喜剧》。他有两个闺女高苏和高熹姊妹，大家闺秀，气质不凡，但由于是女孩比较矜持，又不在小学同届同班，那时风气，男孩女孩很少在一起，虽是邻居却无交往。知道她们家中书多，很想去看书借书，但始终没有机会。哥哥冯贝叶有几个北大附小同届同班女同学，如36号生物学系赵以炳教授的女儿赵明申、40号中国计算机界的元老徐献瑜教授的女儿徐泓等。我比哥哥低一届，这一届的燕东园孩子大都是男生，常在一起玩耍。除最早认识的马志学外，还有化学系邢其毅教授的小儿子邢祖建，中文系杨晦教授的儿子杨镰，他哥哥杨锄跟贝叶差不多大小，我们家隔小路东侧的法律系陈守一教授的儿子陈一怔，比我们小一届的哲学系洪谦教授的小儿子洪元硕，历史学系周一良教授的小儿子周启锐，还有图书馆学系邓衍林教授的儿子邓少林。另有一位个子较高的张志清，我们管他叫"马扎儿"，据说每到北大东操场放映露天电影时，张志清先到操场的中心摆好马扎儿，给家人和朋友占好位子。于是有了"马扎儿"的绰号。他是游戏场上打排球、做游戏的主力。

另有徐喆文兄妹，在"文革"中才接触较多。徐喆文应该是和贝叶、杨锄他们一样为"文革"中的"老五届"大学生，"文革"中他和住中关园的北大化学系严仁荫教授的儿子，也在北大上学的严文凯常找贝叶玩，在我们家里抽所谓的中华、熊猫特供烟，还有听装的，就是抽着玩。那时徐喆文跟我们这些"老三届"中学生也玩在一起，他妹妹徐美平跟周培源的小女儿周如苹比较好，中学上体院预科学体操，还曾经到北大附中表演过，记得表演的是平衡木项目，她扎着当时并不多见的马尾辫，透着一股青春活力。"文革"中我报名到了青海地质队，1977年恢复高考上了当地的青海师院，其姐姐徐美云恰好是师院图书馆的老师，通过她我借阅书很便利，有时还到她家蹭饭。我们搬到燕东园时，原住 41 号的何其芳一家没多久就搬走了，他调到学部文学研究所任所长，家搬到东单西裱褙胡同。哥哥冯贝叶与何其芳的女儿何三雅是小学同学，在何家借过书。弟弟冯方回与何三雅的妹妹何京颉是同届同学。"文革"中我才与何家的何京颉、何辛卯姐弟俩来往多起来，他们姐姐何三雅和我哥哥在北大又是同一届同学，我哥哥上了数力系，何三雅上了西语系学法语。在北大附小时，每逢六一儿童节，邓老师常让我参加活动，如在中山公园晚上的联欢，苏联宾馆（现为友谊宾馆）与苏联小学的联欢，在西苑机关的庆祝活动，等等，这些活动也常有马志学参加。

这里还要提一下父亲的警卫员乔正旺，他是父亲离开马列一分院到北大时组织上配备的，北京海淀区西北旺人。给首长配备警卫员是沿袭战争时期的做法。新中国成立初期政府部门部级以上干部都配有警卫员。北大只有父亲和陆平校长有警卫员，陆校长是从铁道部副部长位置上调过来的。我们管乔正旺叫乔叔叔，他最突出的就是着装齐整，总穿着一身笔挺的黑呢子制服，平常穿一双黑色敞口布鞋，只要随父亲到政协礼堂、人大会堂等参加外事、国务活动，必然穿着一双擦得黑亮的皮鞋，手戴白手套，身材魁梧，看着就是警卫的样子。跟陆校长的警卫员，我们叫他小史叔叔。

与学校其他保卫人员相比，乔叔叔就比较突出。加之我父母考虑他工作需要，买了一辆 28 永久牌自行车送他，他就更神气了，平时自行车擦得锃光瓦亮，倍加爱护，常捎上我们兄弟，有时我们哥仨都捎上，前面坐一个，后面抱紧了坐两人，在校园里兜风，或送我们去东操场、大膳厅、办公楼看电影。他平时跟我们小孩也能玩到一起，有时在我们跟前擦拭他的配枪小手枪，让我们见识一下。在燕东园时，一次下午我们哥仨在家中院子里玩耍，我提一根长棍，把持不住，从上下落砸到弟弟方回的眼上，把我吓得不知如何是好，幸好乔叔叔在家，立刻抱上方回，骑上自行车风驰电掣般奔到校医院就医，还好是皮外伤，没有伤到眼球。

还有一次我们已搬到燕南园，北大附小也迁到燕东园外王家花园旧址，有一天晚上父亲要到人民大会堂参加国宴，而晚上母亲要带我们去天桥剧场看上海歌舞剧院新排演的舞剧《小刀会》，安排好下午父母先去政协礼堂活动打台球，等我们放学后坐车到政协礼堂接上父亲去人民大会堂，我们随母亲到天桥剧场看戏。乔叔叔一再叮嘱我们放学赶紧回家。没想到那天下课后邓老师把大家留下开班会，我老实胆小，没敢请假，也不知以什么理由请假，如坐针毡，好不容易熬到班会结束，一路小跑

我读高小时与班主任邓老师摄于王家花园北大附小校园内

回家，乔叔叔与贝叶、方回都焦急地等着，见我回来二话不说，立马上车赶往政协礼堂，父母已在政协礼堂外的马路边上心急火燎地等候，知道原委后，父亲不轻不重地在我胸口擂了一拳，我们哥仨下车，乔叔叔随父亲上车，司机尽可能快地赶往人民大会堂，还好没误事。事后乔叔叔告诉我们，当时不管不顾了，结果车刚上人民大会堂东门的斜坡，后面毛主席的座车就到了，当时父亲非常紧张。第二天到学校，邓老师还埋怨我，说家里有事为什么不跟她说，估计是乔叔叔告诉她的。

在燕东园住了将近一年后，我们于 1958 年 11 月 14 日搬到燕南园 55 号住。尽管在燕东园居住时间不长，但燕东园的环境氛围和老先生们的熏陶及交往的伙伴对我的影响，却给我的人生打下了深深的烙印。

情系朗润园

郭珠[1]

题记：有些地方，往往直到离开，在回忆里，才知道自己爱它有多深！

我曾住过许多地方，其中有个地方一直深藏在我心里，却告别在生活里。它，就是朗润园。

对我来说，朗润园就是那迷人的梦幻，是一抹难于舍去的情感，更是我魂牵梦绕的思念。

正是由于深爱此园，一切回忆才是那么刻骨铭心，一切往事才是那么动人心弦。

1952年，全国高等院校院系调整，家父郭麟阁教授奉命调到北大西语系任教，因此，全家从城里搬到了北大朗润园173号。我时年六岁，在附小读一年级。直至1967年，我们才被迫搬离朗润园。算一下，我家在朗润园住了十

---

[1] 作者简介见《回忆父亲郭麟阁教授》一文。

多年。

记忆中的朗润园原来是一个有着悠久历史的皇家园林。

家母是教历史的，听她说朗润园是清代八大御园之一，原名"春和园"，因乾隆把此园赠给了十七子永璘，永璘被封为庆王，所以它又俗称为"庆王园"。咸丰年间，皇帝又把它转赐给恭亲王奕䜣，始名朗润园。宣统年间，隆裕太后把此园赐给贝勒载涛。朗润园名字的由来很有意思，它是承袭了唐代李世民的"松风水月，未足比其清华；仙露明珠，讵能方其朗润"古词风骨而得名。

虽经几代更迭，但朗润园未遭到实质性破坏。作为清代圆明园附属园林，目前它恐怕是保存最完整的皇家园林了。朗润园的主体是一个方形的小岛屿，四周环绕着曲曲折折的小河和湖泊，再外面还环绕着一座座小土山。据史料记载：园子分中、西、东三所，早期共有大小房屋一百五十多间，游廊七十七间，足见斯园当日之辉煌。物换星移，风雨百年，东所有些房屋与方亭早已荡然无存。留下来的一座座小院，由于年久失修，房屋大门上的红漆、绿漆有些剥落，但大体风貌依旧。

记忆中的朗润园是美丽的，整个园子就像一幅淡淡的朦胧的水墨画，美得甚至可以把你的心一起融化了似的。

园子里有山有水，有树有花，有竹有林，有亭台有楼阁，有水榭有荷塘……风光各异，美不胜收，特别是那些亭台楼阁、花草树木、小桥流水、荷塘曲径又能完美和谐地结合在一起，这才使朗润园更像一座幽雅秀丽的皇家园林。虽说经过多年的风雨剥蚀，景物、建筑有些破败、老旧，但依然遮不住她那迷人的风姿。听家父说20世纪50年代的朗润园与晚清时候的样子差不多。从小生活在这样一个幽美的环境中，我们是多么的幸福！

对故园的记忆斑斑驳驳，但对故居的小院却印象深刻。

我家住的173号院，原来是清代东所里的一个坐北朝南的大宅院。幽静的庭院深深，一进一进，高高木槛，砖雕门楼，很有气派。从红色大门进去，首先会看到外院。院里种着许多向日葵。再进绿色的二门，便来到中院。院子里那很大的空地是孩子们做游戏的地方。沿着砖铺的甬道走十几米再向左一拐，就来到了后院。后院长满各种花草树木，就像一座大花园。大门、二门红绿相间，错落有致，三院一体，层次分明。

故居共有两排房屋十六间，中间由一条回廊连接。客厅、书房、父母卧室及卫生间、厨房、饭厅在后排；孩子们的卧室及带有浴缸的洗澡间在前排。靠后院东墙根还有几个放杂物的储藏间。房屋布局合理，功能齐全，非常实用。房间内装饰是典型的西洋风格：地面铺设的都是实木地板，墙上贴着漂亮的壁纸。这在 20 世纪 50 年代普通人家是很少见的。客厅里有烧木炭的大壁炉，冬天可以取暖。卧室用的是高大绿色的取暖器。厨房有锅炉和烤箱，生活既方便又舒适。

家母爱花，记得几个小院除了以前住户留有的桃树、丁香树、珍珠梅、榆叶梅、蜡梅、葡萄外，家母又种了许多矮小花科植物，有玉春棒、黄花菜、芍药、玫瑰、菊花、含羞草、死不了、指甲草、蝴蝶花等。一年四季，院里总是鲜花簇簇，芬芳四溢。记得 20 世纪 60 年代三年困难时期，家母还在后院东墙下开辟出一小块菜地，种了一些西红柿、小辣椒等。到了秋天，南瓜、丝瓜，枝枝蔓蔓，花朵、瓜果越墙悬挂，既可观赏，又可解馋。家母还搭了一个鸡窝，养了一些鸡。母鸡一下蛋，我们就会抢着去捡鸡蛋。家母就是靠这些鸡蛋给我们孩子增加营养。

我爱我家的院子，它给我童年生活带来了无穷的乐趣！

春天，我们可以坐在走廊上赏花，听燕子喃喃细语。

夏天，我们在树上粘知了，捉蜻蜓；晚上我们在墙根下捉蛐蛐、逮萤火虫、数星星。

秋天，我们坐在葡萄架下边摘葡萄吃，边赏月，边听妈妈讲那过去的事情。

冬天，院子里到处都是缟素的白雪，我们打雪仗、堆雪人。有时，我会隔着窗户看哥哥用笼子捕小鸟。笼子下面撒些小米，再用一根树枝撑起笼子并系根线，远远地牵着，等小鸟来吃小米时，用力一拉，那小鸟便被扣住了……

我家的小院堪比鲁迅笔下的"百草园",甚至比它更美!

故居大门前有一块很大的空地,这是我们和邻居孩子的游乐场。每天晚饭过后,孩子们便会一起做游戏:踢皮球、捉迷藏、跳皮筋、逮萤火虫……

在那魂牵萦绕的岁月,那如醉如痴的扣人心弦的往事,勾勒出无尽美好的回忆。

我家厨房的后门,直通外面的小小的湖泊和一座座小土山。早春时,种植在小湖四周的迎春花先行绽开,而后次序是花季短暂的樱花和玉兰花……各种花朵五颜六色:姹紫、嫣红、焦黄、青绿、粉白,景色多姿多彩,美不胜收,煞是迷人。坐在樱花树下休闲,欣赏着湖对岸绽放的樱花倒影,实在是一大乐事。再看到湖中鸭群戏水悠然自得的场面,自己会产生一种生活在仙境之感。每到夏天,湖里就会盈盈浮起绿色的荷叶,开满粉色的荷花,有时那种罕见的迷你的鹅黄莲花也会露出那娇美的脸庞。只要打开我家厨房的后窗,立刻就能听见蛙鸣,闻到荷香,再看看天上挂着的那一轮明月,让人情不自禁地就会想起朱自清的《荷塘月色》。清晨沿着湖边行走,只见秋天树叶的颜色全变了,湖景趋于枫红。冬天的时候,湖水结了冰,哥哥会带我们去滑冰车。一旦冰雪融化,我们会在春水里捞小蝌蚪和小虾……

一座座小土山上种着许多果树,有桑葚树、梨树、苹果树、柿子树、海棠树、杏树等。我们一放学就会爬到树上摘桑葚吃,嘴都吃紫了,却甜在心里。

昔日的趣事和情感如沙漏一般,已经慢慢地沉淀在我的心底,堆积成的多彩思念永驻心间。

从我家大门出来向南走,穿过一座小石桥,再走几十米,就会看到绿水汪汪,灵动脱俗的未名湖。未名湖像是一幅美丽的画,一首优美的诗,一支迷人的曲,一杯醉人的酒。

只要一踏进未名湖,就犹如走进了它温暖的怀抱,它的美丽容颜就会立刻出现在我的眼眸里。

未名湖虽不大,但是景色很美。湖水不亚于桂林的水:静、清、绿。最美是她的神韵,如诗如画:湖水潋滟,泛出碧波涟漪,那迷人的绿意,温润而朦胧……湖岸四周，柳树依依，枝叶轻轻地亲吻着湖水。附近的古柏洋槐、如茵绿草把未名湖装点得更加妩媚。

未名湖东南角矗立着一个十三层的水塔，名叫博雅塔。水塔倒映湖中，呈现出一幅有着湖光塔影和苍松翠柏的美丽画面。湖西岸有一个石舫，它是仿颐和园石舫而建，只是它的上面没有楼阁而已。离石舫中心不远有一尊翻尾石鱼，有趣的是，石鱼的嘴正好含着博雅塔的倒影。如今，"石鱼含塔影"已经成为北大未名湖胜景之一。说来也怪，只要我围着未名湖走上一圈，就能立刻找到"我见青山多妩媚，青山见我亦如是"的灵犀。

未名湖是我们住在朗润园的孩子们上学的必经之地，也是我们每天光顾的儿童乐园。

每天放学，我们总会在未名湖畔流连：在小山上捡松子，在草坪上做游戏，在石舫上跳皮筋，在钟亭上捉迷藏……这里，曾给了我太多的爱；这里，有我儿时那么多快乐好时光！

常听人说："未名湖虽美，但朗润园比它更美！"对这种说法，我很认同。因为朗润园不仅景美，而且人更美。

这里住着一群善良、心眼儿实诚的北大教职员工，他们有一种古道热肠的风范，经常是一家有难，大家相帮。

这里还住着一些以古稀之年去追求事业，以至诚之心去实践道德，以无私无畏为至高理想的许多全国著名的老教授。

在我有限的生命里，遇到的人不计其数，但是能让我念念不忘的终究会是少数，更何况还是名人呢！我记得与我家比邻而居的 172 号住着北大教务长崔雄昆，他是一个很有风度、令人肃然起敬的校领导。另外，小提琴家马思聪的弟弟马思宏教授，闻一多的弟弟法语教授闻家驷，等等，也住在我家附近。印象中的知名大教授：中文系的王力，经济学家陈岱孙，西语系的陈占元、田德望，数学系的段学复，外国专家温德，还有著名的东语系的季羡林也都住在朗润园。

从我接触的这些老教授的身上，看不到他们有桑榆晚景的落寞，美人迟暮的哀伤和英雄老矣的悲叹，看到的是他们如同我父亲一样，一辈子不图名，不逐利，老老实实做学问，清清白白做人。"文革"前的教授，也真有教授的样子：博闻、谦逊、正直、慈祥和善良。也正因如此，他们的社会地位普遍都很高，而且受到所有人的尊重。

此时，我忽然想起"人杰地灵"这个成语。意思说，如果人们道德高尚了，那大地真的会变得有灵气。反之，大地真的很有灵气，那人们生活在朗润园如此美景中，自然也会变得美好和高尚。虽然这句话有一定的局限性，可是也在一定程度上说明了道理：环境和人是可以互相影响的。小桥、流水、人家，如诗如画般的美景，润泽了此方人们的身心，从而才能孕育出具有坦诚、善良和纯真品格的朗润园人，才能造就出大批的国宝级的栋梁之材。他们是朗润园的骄傲，我为能与他们为邻而感到自豪。虽然现在他们都已驾鹤西去，但他们的治学精神及高尚品德却永驻人间。

岁月如风，轻轻地飘过记忆的海洋，又勾起我那潮水般的回忆。

记得 1963 年夏天发大水，朗润园内许多房屋被淹了，我家也未能幸免。一天晨起，才发现屋内积水居然有半尺深，院内雨水没过大腿。陆平校长亲自到我家慰问，家父非常感动。因房屋要修缮，于是我家搬到了小河对岸的九公寓。

后来，173 号大院经修缮后一下子变成了八户人家的栖息之地，拥挤程度是可想而知的。我一个朋友也住其中两间。听她说那时院子内又搭建了许多小厨房，173 号真正成了名副其实的大杂院，昔日的风采早已荡然无存。

时光飞逝，岁月如流。离开故园已经五十年了，但我始终情系朗润园。即使现在，身有千万事羁绊，心有千千结缠绕，但我仍会抽时间回故居看看。因为这里的一草一木、一石一瓦都雕刻着我美好的回忆。只要一踏进朗润园，我立马就会想起儿时快乐的幸福生活！

前几年，我们姐儿几个故地重游，发现整个院落被修葺一新，与其他几个院子连成一体，成了一组明清建筑，是典型的皇家园林风格。读了《重修朗润园记》，才知道现在的"万众苑"就是我家故居所在地。只见它与"致福轩"

回廊曲径相通，"假山错落，花木扶疏，小桥映带，湖水怀抱，亭台楼阁，绿树掩映，既有江南园林之古韵，又富皇家殿宇之神采"。感谢北大还原了朗润园历史风貌，保护了古建筑，让它们重现了昔日的风采。

现在我家故居"万众苑"，和旁边的"致福轩"已成了北大中国经济研究中心的教学基地。这里是经济学家们云集的地方，他们在此地办讲座，召开学术会议。听说这里曾接待过美国前总统卡特、法国前总统德斯坦、澳大利亚前总理霍克这样的贵客，我们感到非常欣慰和自豪！

悠悠童年往事尚依稀可辨，可我的人生却已跨入了古稀之年。我想：无论走多远，无论身在何处，几度芳草绿，几度夕阳红，昔日的朗润园仍然还会出现在我的梦中。

朗润园是我的根，这里是我成长的地方，这里有我童年的梦；这里的一切一切，流淌着我的思念；这里的湖光山色，曾留下了我少年成长的足迹。

当那些美好的记忆飘落在风里，当曾经泪染的思念，转眼又泛滥成满目的红花绿地，斗转星移。啊，朗润园，你是我永远扯不断的纠缠与眷恋，是我今生牵挂的唯一！

青葱岁月的读书和文体活动

胡济群[1]

北大岁月，我的青葱岁月，十八岁进校，二十三岁毕业。

1952年院系调整后北大没有了法律系。时隔两年，又重新组建并于1954年开始招生，我们1956级是恢复法律系后的第三届。1958年，北大、清华等重点院校学制改革，文科五年，理科六年。我们毕业于1961年。

法律系1956级招生九十二名，管理上分为三个行政班，每班三十余人，授课全是合班进行。

老一辈教师多来自革命干部，如系主任陈守一，副主任肖永清、马振明等。也有一批从旧时代走过来的法学家，如王铁崖、芮沐、龚祥瑞、赵理海、沈宗灵等。青年教师有来自中国人民大学的毕业生，如由嵘等老师。留苏归国的青年教师则有张宏生、陈宝音等。

法律系是当时北大十四个系里边的小老弟之一，排行十三，所以我的学号

---

[1] 胡济群，北大1956级法律系毕业生，曾任江西大学法律系主任、南昌大学法学院教授（已退休）。

为 5613085。我们入学时，全系三个年级，总共三百来号学生。进校之初曾被告知，毕业时授予学士学位。但 1957 年后学位制度取消，所以我们没有获得学士学位。

在法制不彰的大背景下，当时法学教育的窘况可概括为：中国的没有，外国的不学。那时的司法审判主要依据政策，成文法寥寥无几，除了宪法（1954年），只有镇压反革命条例、惩治贪污条例和婚姻法等少数几部。课程中涉及外国的，只是综合性地讲了点儿"苏东法"（苏联东欧法律制度）。平日的课堂学习，除了政治理论课（哲学、政治经济学、马列主义基础）、外语课（俄语）、体育课等公共必修的通识课程外，法律系受上述条件制约，专业基础课和专业课都是不多的，印象深点的有国家与法的理论、中国法制史、外国法制史、国家法、国际法等。我们几乎就没有系统学过本应重点修习的民法、刑法和诉讼法的印象。原因很简单，就是上文说到的，中国的没有，外国的不学。教材只有《国家与法的理论》《中国法制史》《外国法制史》《国际法》等少数几本，其中有的是苏联的译本。因此，听课时记笔记成了学习中的重要手段。应该说，我们进的虽然是顶级名校，但在专业上不免感觉失落。因而我的想法是，专业失落，那就移情图书吧！于是，图书馆之于我，就成了寄情之所。

图书馆丰富的藏书是北大的优势之一。一馆是学校的总图书馆（现为校档案馆），学子们习惯以"大图"称之，坐落在西校门内办公楼南面，宫阙式大屋顶建筑，两层，外观颇具庄严静穆的气概。二馆设在文史楼的楼上，其馆藏主要是文史和社科类图书，有一个大型阅览室。三馆为一处巨大的报刊阅览室，馆藏均为报纸杂志，平房，紧挨东南校门。四馆则集中了小说类的图书，坐落在三馆以南，紧挨"棉花地"运动场（现名五四运动场），也是平房。图书馆藏书多，发给学生的借书卡也多，借书卡多意味着可同时借阅的图书多。每人的借书证内都附有十张借书卡，可以同时借阅十册图书，其中一张小说专用卡，一张期刊专用卡。较长的一段时间里，我几乎把读小说当成了主业，一本接着一本地读。

人的行为，必定受到时代的影响，我的小说阅读，就有着明显的时代印记。中学时读了一些解放区小说和一些苏联小说，如《吕梁英雄传》《铁道游击队》《暴风骤雨》和赵树理的短篇小说等。苏联的则有《卓娅和舒拉的故事》，高尔基的《我的大学》《在人间》《母亲》，法捷耶夫的《铁流》等。大学里的小说阅读，也是因了时代潮流的影响而迷上了俄罗斯古典作家。逮住一个作家，巴不得把能找到的他的作品读个穷尽。如屠格涅夫，我读了他的全部六个长篇：《烟》《父与子》《罗亭》《贵族之家》《前夜》《处女地》，此外还有《猎人笔记》和中篇小说《木木》等。托尔斯泰三大长篇《战争与和平》《安娜·卡列尼娜》《复活》也读了，还有普希金的《叶甫庚尼·奥涅金》《上尉的女儿》《茨冈》以及其他诗歌，莱蒙托夫的诗歌。再就是果戈里的《死魂灵》，契诃夫的剧本《樱桃园》和一些中短篇小说，陀思妥耶夫斯基的《白夜》和《白痴》。还读了一些别林斯基的文学评论，苏联作家肖洛霍夫的《静静的顿河》也是这个时期读的。

读西欧古典作品相对要少一些，主要有狄更斯的《大卫·科波菲尔》《匹克威克外传》《双城记》等。莎士比亚的剧本，则是在一段时间里集中读了许多，主要是朱生豪的译本，少数是曹未风译的，其中有《仲夏夜之梦》《哈姆雷特》《李尔王》《奥赛罗》《罗密欧与朱丽叶》《亨利四世》《威尼斯商人》《第十二夜》等，还有一本有着浪漫译名的《温莎的风流娘们儿》。巴尔扎克的人间喜剧系列则读了《高老头》《邦斯舅舅》《贝姨》《欧也妮·葛朗台》等多部，莫泊桑的也读了一点，此外还读了一些希腊悲剧。

国内作家主要读了鲁迅的《狂人日记》和《阿Q正传》等小说，以及《呐喊》《彷徨》《朝花夕拾》《且介亭杂文集》等作品，深深折服于他的良知和勇气。郭沫若的则读了历史剧《棠棣之花》《虎符》等和考据专著《青铜时代》以及《沫若文集》中的一些篇章。只是初时对他的敬佩，在经历了"文革"前后一段特殊的历史时期之后，不得不有所修正。中国古典名著《红楼梦》是进大学后读的。其他古典名篇，如《水浒》《三国演义》《东周列国志》《西游记》《封神演义》《说唐》，则早在高小以至初中阶段就在半懂半不懂的状态读了。巴金的"激流三部曲"（《家》《春》《秋》）也是大学期间读的。

在文艺类之外，也读了一些其他书籍，如哲学类书籍、介绍非洲的书籍、国际政治方面的书籍等。不务正业，大量阅读小说，虽说有专业失落的客观一面，但就阅读本身而言，也有着根本性的失落，那就是纯粹的好奇消遣性，无目的性，体现了我性格中懒散无为的一面。从投入和产出之比的角度看，效益几近于零，回头反思起来，结论只能是"很不划算"！当然，如果可以"话又说回来"，那就是我在回顾少年时代阅读中国章回小说时所言，这种阅读也并非全无益处，在知识积累、文化修养、文字素养、情操陶冶、性格养成等方面，应该说还是得益的。要不，老祖宗怎么会留下"开卷有益"的话呢？要不然，日后的中教和高教生涯又何以为继？

只是，就专业而言，先天不足已是无可移易的事实。毕业二十年后来到高校从事法学教育，我每每向朋友甚至学生坦言：我是半路出家的，我在大学没有你们学得多。

进校初期，校园文化生活还是比较活跃的。其中舞会就值得一说。这么说吧，每周的星期六晚上必定有学生舞会，地点就在紧挨着著名的大饭厅（现今的大讲堂）的小饭厅。要说特色，可以指出这么几点。一是舞伴以同性居多，这是当时高校学生舞会的一大特色。之所以舞伴不作异性搭配，大约是年纪小、脸皮嫩、面子抹不开的缘故。舞艺也太蹩脚，邀舞的男生怕在女生跟前栽了，应该也是一大因素。直到踏入社会后才知，社会上的舞会几乎约定俗成必须异性伴舞的。同性伴舞反而扎眼，显得另类。二是有学生自己的乐队伴奏，这点也不同于日后经历的唱片伴奏和磁带伴奏。好处是节奏明显，"三步""四步"容易辨别，大有利于初学者。三是舞会活动的稳定性和持续性，每周必舞，雷打不动。有事为证。1957年春季，北京地区流感大流行，北大的学生舞会被迫停了三周（仅仅三周！）。第四周恢复时，可以看见戴着口罩跳舞的怪异景象。说明流感的威胁并没有彻底解除，然而人们宁冒风险也要跳舞，可谓迷之甚深也。遇有大的节日，舞之者众，舞会场所就不限于小饭厅，而要扩展到紧相邻接的大饭厅。关于学生舞会，"跳舞四部曲"作为笑谈在同学当中广为流传："看不惯，旁边站，试试看，死了算！"说的是新生对于交谊舞，从排拒到入迷的渐进过程。用个"死"字极言其迷劲儿，当然只是为了"搞笑"而用的夸张修辞。

舞者的舞技有高下之分，舞姿也有美丑之别。记得北大著名人物 T 的舞步如过操，身体也太过前倾，舞姿就相当丑，或者说不雅。曾和我共舞的我的一位中学学长 D（北大数力系学生）的舞姿也和 T 差不多，不好看。学生中会跳的与不会跳的也有规律可循。以我所在的年级为例，中学升上来的清一色不会，调干生会的居多。我就是跟着调干的老学长们学跳舞的。我与他们跳得最多的，要数同寝室的魏振瀛学长和刘侃学长。可叹两位学长已经仙逝，愿他们安息！老刘"文革"前在青海省的工作岗位上去世，逝世时只三十多岁，还是老魏在信中告诉我的。同学中也有不食人间烟火的，同班同室的陶景侃就是其一。舞会时间，十之八九他是在读他喜好的哲学方面的书籍，古典翻译小说也是他的爱好。

至于唱歌，识简谱的能力，我就是在大学期间获得的。这得归功于肖志明同学。他为人热情率直，属于外向型。大一期间，他就主动当起了义务教歌人。他将歌曲的词谱写在黑板上或大张白纸上教大家唱。记忆中最清晰的曲目是云南民歌《小河淌水》。记忆中最清晰的唱歌地点，就是我们大一时居住的六斋一层靠南的大房间。第二年秋季开学我们就搬进了新建成的三十二斋，这幢宿舍楼在当时是最新式的，设备也较现代，乳白的门扇，门锁是匈牙利进口的，香蕉形的手柄线条流畅，十分好看。得益于肖的帮助掌握了简谱知识，唱歌的兴趣也就随着浓了起来。我买了一册风靡一时的《外国名歌200首》，便自己识谱咿咿呀呀学唱起来，竟也就此学到了不少，稍后出版的《外国名歌200首续编》也买了。当年哼唱较多，印象较深，如今能报出曲名的，如《喀秋莎》《山楂树》《三套车》《蓝色多瑙河》《我的太阳》《托赛里》《友谊地久天长》《夏日里最后一朵玫瑰》《费加罗咏叹调》《鳟鱼》《卡门》《深深的海洋》《波兰圆舞曲》《杜鹃圆舞曲》《鸽子》《多瑙河之波》《骊歌》《梭罗河》《星星索》《哎呀妈妈》《樱花》《拉兹之歌》等。其涵盖的地域，有苏联，有欧美，有东方，其中相当一部分今天还能哼唱，中国的民乐和广东音乐也是我之所爱。

1959 年暑期我在学校听了不少广东音乐曲目，如《步步高》《彩云追月》《旱天雷》《雨打芭蕉》《饿马摇铃》《小桃红》《春郊试马》等，尤其是《春郊试马》，特别地欢快轻松，一时间竟让我着了迷似的，百听不厌。当然，这只是形容喜爱的程度，当时并没有"百听"的条件。其他喜欢的民乐曲目还有《满江红》《苏武牧羊》《良宵》《光明行》《二泉映月》《春江花月夜》《平湖秋月》《荷花舞》《马兰花开》等。还有一些民歌是从高中时喜欢上的，如《五哥放羊》（山西）、《美丽的姑娘》（新疆）、《敖包相会》（内蒙古）、《十个姑娘采山茶》（云南）等。和音乐有关的学生社团组织常会借用阶梯教室举办各种各样的音乐欣赏会。当然了，条件有限，只是听唱片。某年春季，就有过一次以春天为主题的唱片欣赏会，曲目中包括与春天有关的中外名曲，如《春江花月夜》《蓝色多瑙河》《春之声圆舞曲》等。在春天的季节里，聆听描写春天的音乐，窗外的春天气息与室内的春之乐音，汇流一处，相互映衬，妙不可言，记得这次活动的地点是在哲学楼阶梯教室。

时至今日，哼唱歌曲仍是我的家常便饭，而为炊之米，则全在上述曲目当中。每日里，起床前的揉腹，便是在音乐陪伴中怡然施行。再说校内学生电影。以学生为主要观众的电影放映每周都有。除了盛夏季节在东操场（紧邻东校门）之外，平常都在大饭厅看电影。自带坐凳是进校时发给的。办理入学手续时每人发给一只新的大方凳，供平时在寝室等场合使用，须交押金，毕业时返还。有次在大饭厅看电影，旁边坐一黑人留学生，我用英语问他："你来自哪里？"他回答说："喀麦隆。"我则回应："啊，西非。"以教师为对象的电影放映则在办公楼礼堂，学生也可去，但我只在这里看过一两回电影。这是一个可容纳 1000 人的礼堂，在办公楼的二楼，多用于学校的重要活动。如后来克林顿、福田康夫等外国政要在北大的演讲活动，就在这里举行。该礼堂有时也用于重要的演出活动。

电影以国产片为主。印象深刻的有《柳堡的故事》《青春之歌》和 1949 年后拍的《家》《春》《秋》等。正片之前常有"加片"，主要为新闻纪录片，内容多是中央领导人的外事活动和工农业生产的重要新闻，相当于现在的电视新闻。《武训传》作为批判的靶子，也在学校放映过。译制片以苏联的为主，如《静静的顿河》等，也有东欧的。西欧的看过《匹克威克外传》（英国）、《郁金香芳芳》（法国）等。校内还常会有一些高档次的文艺演出活动，如中央民族歌舞团的演出，在大饭厅举行。著名歌唱家楼乾贵和郑星丽合演的《蝴蝶夫人》（意大利普契尼歌剧），在办公楼礼堂演出。1957年春节期间，邀请了"四大名旦"之一的程砚秋来校演出《锁麟囊》，地点也是办公楼礼堂。这些演出，我都到现场观看。

记得高中起我就坚持了体育锻炼。进大学不久，就赶上了一项富有集体精神的体育活动：北京—开罗象征性长跑。活动的缘起则是政治性的：声援埃及人民抗击英、法、以（色列）侵略。体育老师在校园内规划出若干条长跑路线，如1500米、3000米、5000米和10000米等。学生以寝室为单位，早晨跑步后回来做记录，记录表格就贴在寝室墙壁上。我一般一次跑3000米，路线要经过未名湖畔，跑下来的感觉是能胜任很愉快。

平时我自定的锻炼项目是跑步和双杠。同寝室中我往往第一个起床，到邻近的"棉花地"运动场（现名五四运动场）跑步。至今脑子里还留有下雪天穿套鞋跑步的记忆。下午课外活动时间，到第一体育馆练双杠，少数时间也会到运动场边上的器械场练双杠或举重。夏季，在一体练罢双杠，出一身汗，则会就近到一体地下室浴室淋浴。1958年，为准备系运动会，我练了一阵三级跳远。结果在系运动会上跳出了12米的好成绩，第一名。然而，代表系里参加校运动会时，成绩却跌落到10.4米。终究没有受过专门训练，成绩难得稳定。这年夏天还在天坛附近的跳伞塔练了一段时间跳伞。过程中，更多的时间用在了地面基础训练上，反复练习落地动作，从塔上跳伞的训练并不多。初时许诺的飞机跳伞也没有兑现。这些体育活动，恰逢人生长身体的时间段，为我的健康体魄打下了好基础。1959年初夏，从"政法战线先代会"附属展览馆（临时性抽调工作）回来后，我从6月1日开始冷水浴锻炼。我们宿舍所在的32斋没有浴室，每天早晨要到附近的27斋浴室淋冷水浴。即使夏天，北京的地下水也是冰冷彻骨。就这样一直坚持到冬天，每天早晨冷水淋浴后来到户外，

393

头发和毛巾见风就结冰。后来因为感冒而停顿，这时大约到了 12 月。

在体育和健身方面，北方特色的溜冰值得一说。那比南方的溜旱冰可好玩多了！冬季，北大未名湖天然冰场就是个溜冰的好去处，起初看见人家在冰面上或自由回旋，或疾驰如飞，真是羡慕死了，心想什么时候我也能够这样才好呢！

普通的冰上运动大约有三项：花样滑冰、速度滑冰（简称速滑）和冰球。以我看来，非专业人士，一般玩的都是花样滑冰，三种冰上运动所用冰鞋和冰刀各不相同。未名湖溜冰场的位置紧挨未名湖东岸，冰面上有由暗红色宽线条画就的圆形跑道。这条红线所围成的圆形场地就是花样滑冰的场所，红线以外是速滑跑道。这个场地以南几十米还有个冰球场。由于设施完备，曾有北京市和高校的冰上运动赛事在这里举行。在这些场地之外的冰面上，工人师傅砸开若干方形大洞（约 2 尺见方），用于每日冰上运动结束之后，通过洞口汲取湖水将冰场的冰面浇铸平整，弥补冰刀对于冰面的破坏，第二天迎接人们的又是完好如初的冰面。学校置备了大量冰鞋供学生借用。冰鞋库房就设在未名湖东岸的第一体育馆底层。学生凭学生证或借书证即可借用冰鞋，相当方便。

虽说北大有着良好的冰上运动设施，我的第一次上冰却是在清华大学。和我同窗六年的中学同学 S，在清华大学机械系学习。在我跃跃欲试却将试未试之际，他邀我到清华滑冰。两校相距只有咫尺之遥，出北大东门进清华西门也就五分钟路程。也是因了这位同学的关系，让我见识了清华西式大环境中的中式庭园"水木清华"，见识了他的宿舍楼"诚斋"，也见识了建于清华初创期，镌有"清华园"三个大字的"二校门"。这座极具文物价值的精美的汉白玉牌坊，后被红卫兵野蛮摧毁。"文革"后我重游北京时，见证了牌坊原址上扎眼的空虚。数年后再访清华时又乐见重建的"清华园"校门，但已经是假古董了，其价值岂能与原物相比？真是令人感慨系之！与清华的缘分还不止此，我还在它那标志性的西式大礼堂看过一场话剧《骆驼祥子》的演出，由电影话剧双栖的大牌明星舒绣文饰虎妞，著名话剧表演艺术家李翔饰祥子。再就是和同学们一起，被组织到清华的大操场，聆听过一场印度尼西亚开国总统苏加诺的演讲。再回到滑冰的话题上来。第一次滑冰，那个狼狈劲儿就甭提了，穿上花样滑冰鞋站在冰面上，脚下的感觉是一点儿摩擦力也没有，摔倒，爬起，再摔倒，再爬起，循环往复，简直就没个完，甚至会怀疑自己到底能不能在冰上站立。屁股肉厚倒没什么，可苦了手掌。摔倒时必然用手掌支撑，虽然戴着手套，也不免感觉疼痛。冰场上每年都有不少来自南方的生手，他们在摔倒时发出的"哎哟"声简直不绝于耳。当然喽，这是初时必经的磨难，往后就渐趋好转，直到能够比较娴熟地滑行。也是生性保守，速滑和冰球我从没涉足。

春节一过，就会发现冰面不似原先坚硬，冰面与陆岸的结合部已经微微解冻，心中不免生出对于行将结束的滑冰季节的留恋。有时还会冒险踏上冰面，则不免有上岸时失足于湖水的风险。

说到与未名湖的瓜葛还不止于此，我进校不久，就有两次与未名湖有关的活动。北大的迎新晚会真是别开生面，活动场所沿着未名湖岸布置，湖畔灯彩处处，与夜幕相匹配，让人感觉恍若置身童话世界。活动内容更是丰富多彩，各种游艺节目、各种表演节目和舞会一应俱全。北方特有的皮影戏（记得是布置在南岸偏东的花神庙附近）尤其让南方学生大感新鲜有趣。

进校后第一个中秋之夜是在未名湖畔度过的。趁着新进大学的喜悦，我们年级的同学雅兴勃发，围坐在湖的东北岸边。大家先是吃月饼，做游戏，接着就是跳交谊舞，在皎洁的明月下玩了个尽欢而散。

入校后的第一个元旦和春节，也给我留下了永久的记忆。

1956 年的除夕之夜，大小饭厅全部用作跳舞晚会场地。凌晨过后，厨房的师傅们在小饭厅摆放了多个大粥桶，里边盛满甜美的白糖粥。跳得连累带饿的男女学生们美美地享用着这美味的夜宵，人们玩到凌晨三点才尽兴而散。

当时的学生，寒假期间路远的一般不回家。调干生因有较多的调干助学金，回家的盘缠不成问题，尤其是结了婚的（只是少数），都会回家。总之，在校过春节的学生是很多的。春节期间，伙食方面和娱乐活动，都有较好的安排，像前文说到的 1957 年春节期间邀请程砚秋来校演出即是一项。

难忘的蔚秀园 109 号院

吕景波 [1]

（一）

人生有很多种情怀，但有一种情怀是最珍贵也是最让人难忘的，那就是童年。凡是在蔚秀园 109 号院曾经生活过的孩子们都会有这样的感触。我们院的孩子们与北大其他家属院的孩子们有着天然不同，这是因为我们既受到北大这所高等院校文化氛围的影响，同时又生活在蔚秀园这样一座自然开放型的皇家园林里，这里的一草一木，一砖一瓦，一山一水都给我们的童年带来了最美好的记忆和快乐。外界很多人对蔚秀园知之甚少，而其中的 109 号院，那就更少

---

[1] 吕景波，1957 年 11 月出生，1977 年 1 月前生活在北大蔚秀园。父亲吕文炳，北大出版社退休职工，母亲郑鸿镁，原北大夜校教师。1976 年 12 月 31 日应征入伍，1981 年复员。1982 年至 1985 年参加北京广播电视大学"工业会计"专业学习。1996 年北京经济学院会计系研究生毕业，1998 年中国人民大学经济学院博士研究生毕业。1996 年任中国包装新技术实业总公司副总经理兼总会计师；1999 年至 2005 年在北京北大资源集团任副总裁兼总会计师。

有人知晓。

蔚秀园的自然景观要说起来应比周边的承泽园、畅春园和吴家花园及达园等园林更加自然优美。但是因为承泽园曾经是张伯驹、袁克定先生的故居，吴家花园是民国著名实业家、官僚吴鼎昌的宅子，达园曾经是北洋将军王怀庆的私家花园，后来又成了西哈努克的官邸，而蔚秀园则一直是北大最普通的教职工宿舍，所以不被人们所关注。其实它的历史渊源是很深的，蔚秀园原名"含芳园"，它的主人载铨于咸丰四年（1854年）去世后，蔚秀园便收归内务府。咸丰八年（1858年）含芳园转赐给醇亲王奕譞，就在赐园的当年冬天，咸丰皇帝将含芳园赐名为"蔚秀园"，并亲笔题写这三个字的名匾赐予奕譞，从此才有"蔚秀园"之名。当时奕譞为了去颐和园给老佛爷请安怕迟到才居住在此，北洋时期曾被少帅张学良将军拥有过，直到燕京大学成立，为解决学校教职工宿舍，而归属于燕大，而后又在1952年院系调整时，理所当然地成了北大的家属宿舍。

当年奕譞的官邸现已永远地被埋没在几座高楼矗立的楼区下，随同它一起被埋入地下成了古董的，还有假山内的一块石碑"煮泉延客"和后山的一块石碑"招鹤磴"。现在唯一的地标就是那株侥幸存活的、具有四百多年历史的大白果树。109号院应是奕譞当年的居所，两排高大的平房外加东西耳房及东西厢房围绕组成了一个大院，即后来被北大命名的109号院。为了多住人，已将其隔成一排五户人家居住，那时院里有一部公用电话放在东厢房，所以我们就称之为电话房。可不知为什么那些教授都住在学校里面的园林，可能是嫌蔚秀园太自然太开放太土气的原因吧，所以北大便将这么美丽的院落分给了我们这些普通教职工家庭居住。院的西南角还有一处四方的戏台，将四周封死也成了宿舍，这是当年奕譞看演出的大戏台，我们习惯地称为"方亭子"。再有就是院西面也有一排平房，可能是佣人房。

109号院正门对着的是我们习惯称之为"山口"的一座人工挖湖堆成的小山，山口一侧有一个石碑"出门见喜"，另一侧还有一个石碑"云根"，落款是满文。院的东面也有一座假山，内有石碑"煮泉延客"。此外东面还有我们经常钓鱼游泳的东湖（我们却习惯地称其为后湖），边上也是挖湖堆成的小山，上有一个天然的石桌和四块天然的石座；据考证有块石碑"招鹤磴"也在山顶这个小石群里，"招鹤磴"三个大字，实际上是定亲王亲笔所题。据老人们口述："'招鹤磴'原在蔚秀园东湖边上的小山顶上，其实它并不是一块孤立的石碑，而是一个包括有如上所说的石桌，外加几副石磴及石碑的石群建筑，供人们聊天下棋之用，传说因为经常有喜鹊在此落脚，所以严格讲应该是'招鹊磴'，但'鹊'和'雀'同音，令人生厌，所以定亲王便题为'招鹤磴'了。"

院的后面才是真正的后湖，可是我们却习惯地称之为芦苇塘，在后湖的边上是后山，站在山上可以遥望圆明园、福缘门、达园，有时听到救火车的警笛声我们就飞奔山头观看救火车飞驰的表演，当然后山也是我们白天打仗晚上捉迷藏的最好场所。西边是一条小河一直通向鸭场，水源是从圆明园通过东北角的一条小河流入蔚秀园的，并与西边鸭场的名为"老忠实泉"的泉眼汇合，再从西边流出蔚秀园。冬季所有的水域结冰，如赶上下雪，雪花似天使，山湖银装素裹，也是我们童年时环游园内进行马拉松冰车大赛的最好时节。园里水系原是贯通的，东湖有码头，清代大概可划船到南边正门，动物和鱼类及植物品种繁多，特别是各色的鸟儿经常来园中栖息，各色的鱼类也举不胜举，其中彩虹般绚丽的屎嘎片鱼，学名好像是鳑鲏。

春、夏、秋季更不用说了，但有一点还想提及，就是109号院后面的芦苇塘，芦苇叶可用来包粽子做凉席等等。特别是前湖的荷花更具特色，我曾经说过，如果朱自清先生见过我们园的荷花，那就不会有清华园的"荷塘月色"了，因为蔚秀园的荷花那绝对是"月色荷塘"，比清华园的更美。

109号院的房子非常高大，如中间隔开也不觉得低矮，它的砖瓦结构与现代的房子截然不同，我记得窗户并不大，但采光特别好，最让人不可思议的是冬暖夏凉，一点不干燥，冬天即使炉子灭了屋里也不冷，夏天没有电扇，蔚秀园通风系统是纯粹的自然风。我曾经考证过，这是特殊砖瓦材料所致，它们是由经过灌入粉碎的糯米专门特别烧制的，奇怪的是我们从后山上还能挖出这样的砖，因为屋后有芦苇塘，夏天会潮湿，我们就到后山上挖砖，垫在房后的地基上。这样的砖在大英博物馆和美国纽约博物馆里可见到,与北京城墙砖一样,只可惜当年109号院被夷为平地时没有留下几块当作古董。

让人不可思议的是当年咸丰帝所题"蔚秀园"门匾不知为什么没有悬挂在蔚秀园大门口,而是悬挂我们109号院的前院正中。我想是否因为蔚秀园的正门原来在南面,正如上所述,可以乘船入园,后来不知为什么南门没有了,正门为东门即与北大西门隔路相望,但东门原来也不是现在的造型,而是一个古装的木头门楼,看守大门的是一位常奶奶。这个门楼也是在20世纪70年代填湖盖楼时一同拆了。所以咸丰帝题"蔚秀园"门匾才会被悬挂在我们109号院的正门上。

"文革"时,红卫兵们本要将咸丰帝题写的"蔚秀园"门匾砸掉,但门匾不翼而飞,红卫兵们也不知怎么回事,这时想起了"老右(右派)"刘叔叔(刘师衡),他们用红纸毛笔逼迫刘叔叔写"向阳院"三个字贴在原挂门匾的地方,这是因当时的西门"北京大学"门匾也被改成了"新北大"门匾的缘故。刘叔叔太有才了,还做了一副对联——"春风又绿蔚秀园,红日高照向阳院",也一同贴在柱子两边。而咸丰帝所题的"蔚秀园"门匾则被刘叔叔藏在了我们院东厢房即电话房的一个角落里。那时的人不懂也不敢沾"封资修"的赃物,这个门匾一直藏在电话房,没有任何人打它的主意。最后被刘叔叔用毛巾擦干净收了起来,我记得当时刘叔叔一边擦一边说:"不能用湿布擦,一定要用干抹布擦。"没过多久,"北京大学"的门匾又被恢复了,所以才又想起问咸丰帝题的"蔚秀园"门匾哪去了,此时刘叔叔则从

蔚秀园门匾(咸丰帝题写)

门匾上咸丰御印(放大)

电话房一个隐蔽的角落里把它取出来交还给了北大。但是当时在蔚秀园大门（东门）上已有了新的假门匾，也就是今天我们看到的这个仿制品，几十年后我们才发现，古董的真门匾已安放在了圆明园博物馆当典藏了。

<h2 style="text-align:center">（二）</h2>

有人说："蔚秀园里真是藏龙卧虎。"这话说得不无道理，谁都知道北大校园内名人辈出，其实我们109号院里也隐藏了"神人"加名人。

第一位"神人"就是刘师衡叔叔，我小时候一直误认为他是一个装卸工，因为他身材魁梧，肌肉发达，特别是在我们后湖里游泳摸鱼，那真是一绝。后来才知他会五国外语，并能听说读写，就连北大翻译家李赋宁教授都说他的翻译水平已达到炉火纯青的地步，可谁也不知当年他是一位教数学的讲师。他也是电影"牧马人"的化身，因为他的父亲和伯父当年都是国民党将官，当年父母让他从南京一起赴台，但他出于爱国之心没走，1957年在门头沟劳改几年后，又被分配到北京玻璃厂当装卸工，因为表现好被提前解除劳改分配在车间里当工人，1976年特制的水晶棺技术资料就有他翻译的部分。1978年他被平反，后曾多次去台湾讲学，曾被台湾多所大学竭力挽留，可都被他婉言谢绝了。即使在北大会五国外语并能听说读写的教授也不多见，更何况他无师自通，在玻璃厂所有的车铣刨磨钳的工种样样拿得起来，他的技术绝对超过那时的八级工，从他偷偷给我家打制的铁煤铲和铁簸箕就能看出他的钳工手艺绝非一般，这人真是太神了，工人们特别地敬重他，还亲切地称他为"老右"。要说他最神的就是"足不出屋万事通"。文史哲他也样样精通，他从来没去过国外，可这个地球好像就装在他的脑子里，就像百度、谷歌一样。即使现在有了百度、谷歌，我要查一些特殊的事项也爱给他打电话询问，他总是非常热情地答复我。因为百度、谷歌只能看不能听，可他却能给我讲解很多栩栩如生的小故事，如地中海东西方向的两个小国马耳他和塞浦路斯是怎么形成的。我在菲律宾期间给他打电话，告诉他我在类似承德的避暑山庄碧瑶度假，他能说出我这里的山水、地貌、风土人情，真是神了，这个世界好像没有他不知道的，这样"能文能武"的教授可真少有。

住在我们西厢房小院的是原燕京大学哲学系吴天敏先生，她终身未婚，当年与冰心是同学，是研究学前儿童心理的专家，所以对我们小孩特别好，我们见到的第一台电子管电视就是在她家。

还有我们亲切地称为余奶奶的老太太，多年后我才知她姓杨，我们称她余奶奶是因为她老伴姓余，余老先生是燕京大学图书馆的老馆员，人非常和蔼可亲，小时候我做梦，梦见我们孩子们在山口玩，突然有人喊："狼来了！"此时所有的孩子们都在往家跑，我也不例外，正当我跑得飞快的时候，突然发现余爷爷在大白果树下正慢慢地往家走，我马上停下脚步，跑过去搀扶着他一起往家走。这个梦我一生都记着，可能因为我家是 7 号，余爷爷住 8 号，我们是最近邻居。听我父亲讲，三年困难时期，我和他老人家每日订一磅牛奶，但是他每次都要多分给我一点，这梦也许就是心灵感应吧。余奶奶也是我们 109 号院未经选举的名誉院长，她住在院里对着正门的大中宝殿（中间最好的房子，门前还有清代的大青砖铺地），如果谁家大人开会回来晚了，都会通过东厢房的那部公用电话告诉她帮助打火（指打开蜂窝煤炉子下面的火门），这样大人回来炉子就已上来火可以直接做饭。如果有大人真回不来了，孩子们可以到她家吃饭。因为我们院有余奶奶，如果谁去上班了，家中的收音机忘了关，门忘了锁，绝对没关系。

余奶奶还爱养小动物，特别爱养鸟，有一只受伤的燕子落在了门廊前，她把小燕子收养起来。小燕子伤养好后被放生时，落在大白果树上叫了半天还是不走。余奶奶向它招呼两声招招手，它又飞回我们的门廊里，余奶奶再次轻轻抚摸它一会，然后再次放飞，燕子围着我们 109 号院上空，一边转一边叫表示谢意就飞走了。来年开春一只燕子落在大白果树上叫了好长时间，不巧余奶奶去买菜不在家，我们告诉余奶奶时，可惜燕子已飞走了。她老人家对我们六个同龄的男孩管教甚严，谁不听话，她就可以拿鸡毛掸子揍我们，我们这些淘气的男孩子们还真怕她。

"文革"时我们院又来了两位"不速之客",一位是大名鼎鼎的冯定先生,另一位是哲学系的教授沈迺璋先生。冯先生住在前排,沈先生一家在吴天敏先生的西厢房小院里腾出一间小房居住。其实109号院也有点像《七十二家房客》中的那样,除了名人外,还有一些燕京大学的老职工,院外西边的那排平房住着一个酒鬼,他每天借酒消愁,还住着一位燕大图书馆的老职员老张,当时在一家印刷厂工作,他戴着一副黑边深度近视眼镜,每天提包进出院内郁郁寡欢,早出晚归,从不与人说话。我现在特别理解他们当时的心情,因为他们亲眼见证过燕大的治学精神,他们非常希望新的"北大"能比燕大更好,在他们心中一定有杆秤,他们是会比较的。还有一位金融家贾老,我1988年在一家跨国企业工作,正巧他退休后也是这家企业的高级顾问。他也是我们院唯一的民主党派民盟成员,曾是交通银行天津分行的襄理,中华人民共和国成立后他一直在金融系统工作,后来在建设银行退休。他经常给我讲过去老钱庄的经营,那时人们还不知道什么是股票、债券、通货膨胀等,但贾老已提前讲给我听了。

上面提到的生物学系试验场即鸭场,这里面有位神秘人物,叫袁家政,是袁世凯的嫡孙,他是20世纪50年代参加新中国建设的香港有志青年,他与上面提到的刘叔叔很像,只不过刘叔叔的父母是让他往外跑,而袁家政的父母是不让他往里跑。当时全家人都不同意他回内地,可是他也是爱国心切,父母说服不了他,他回来后考入北大生物学系,刚上大二就被发配到鸭场,饲养那些做实验用的实验动物。这些实验动物比整他的人还通人性,他走后好多狗都闹绝食不吃东西,真是情义无价。我们那时也不知袁世凯是谁,仅知道袁家政是我们的头,所以孩子们都叫他袁叔叔,有一天我们又去鸭场玩,突然见到他情绪低落地拿起衣服让我们看,这时我们看见他的衣服背后贴着一张四方的白纸,上面写着"右派"两字,那会我们还小也不懂什么叫右派,没过几天,就看见他在鸭场的劳改人群里拔草,此后就见不到他了,多年后得知他被发配到西北去了。

通过与他们的接触,我才闹明白什么叫爱国,像胡叔叔、刘叔叔及袁家政这些特殊人物，还有酒鬼、老张和贾老这些普通人，他们信仰可能不同，但爱国情缘是一样的，他们的境界我们无法理解，可他们的共同点就是一个字"真"，他们的本愿都是希望国家好。

最后一位"神人"就是梁漱溟先生了，他一生在为真理、为正义、为人民，藐视强权，敢于抗争，因此他为许多人所敬重。他虽住在城里（那时我们郊外人称二环以内为城里），可经常来我们院看望他的儿子梁叔叔一家人，我记得他的老式伏尔加或华沙牌小轿车从蔚秀园正门进来，绕过湖边小路，经过山口停在假山边上一块空地，因为那时找一块空地停车还真不容易，109号院到处都是碎瓦和挖湖堆砌成的小山。我们小孩们哪见过这么好玩的轿车，大家都要伸手去摸摸，但司机不让，梁老总是轻声地对司机说，不要阻拦孩子们。后来，梁老没车了，自己乘坐公交车来109号院。梁老那时工资每月四百元，可他生活简朴，一生茹素，那时他就资助贫困家庭，一生都在为农民打抱不平。我曾多次见过梁老，可那时仅知道他是发小钦元的爷爷，后来才知梁老的名望。退休后我一直在看梁老的书，并写了几篇读书体会，梁老的书改变了我的余生，我还要继续看下去，为的是要做一名有脑有身的明白人。

我们院虽说是奕谟的大宅子，但不知当时这些皇亲国戚怎么用水和上厕所，因为所有屋里都没有洗手间，如需用水必须去西边的露天自来水和东边的水房打水，所以各家都用水缸储水。最麻烦的是上厕所，除了吴天敏先生的西厢房小院有独立的洗手间外，其他所有的人上厕所都要去东西两个茅房，所以住在109号院的人不可能老死不相往来，每天必须要在水房或茅房低头不见抬头见。记得冯定先生每天都要自觉打扫茅厕，而刘叔叔总是说："冯先生，我来吧！"也可能是两人同命相怜吧。

（三）

小时候与我一起野玩的小伙伴有小名、大鸣、钟灵、海帆、钦元。虽然我们不是同日生，可都是1957年同月生，并都在一家医院同一个产房出生，即厂桥北大医院，还都是男孩。其实我们在蔚秀园共同度过了12年的时光，1969年大家就随父母各奔东西，去了各自父母单位的"五七干校"，1971年我们又陆续从"五七干校"回到了北京。

1974年我们第一次聚会有唯一的一张合影，两个人蹲在前面，四个人站在后面，这张合影是我们从"五七干校"回来聚会时大家一起在八大处照的，那个年月大家都没钱，出去玩都是自己带饭，我们六人买了一瓶啤酒在山上野餐，为的是大家凑钱照这张珍贵的合影。最近我们说好了，等小名从美国回来我们一起再相聚，而且要在109号院的那株大白果树下集合，还按原来的排列顺序再照一张合影，然后在109号院的山口"出门见喜"处的小山上，拿一箱全世界最好的德国啤酒再野餐一顿。然后去我们小时候只能站在后山上可望而不可即的达园聚餐喝茶。

我们院的孩子们都是学校的好学生，大家学习都很好，记得1965年上小学时，我数学考了100分，语文98分，回来很高兴地告诉他们，而他们却异口同声地回答我："我们都是双百。"其实他们都比我聪明，我唯一与他们不同的是从不按规矩出牌，而且个子比他们高半头。记得小时候我爸让我做几道数学题，但我都做错了，我爸说我太笨了，然后我拿出一张幼儿园画的马给父母看，他们高兴地说我画画还是很棒的，其实那张画是钟灵画的。院里唯一当兵的孩子就是我，虽然我从小没好好学习，但是在这些好孩子们的影响下，我骨子里还是懂得学习是至高无上的，所以我一直在坚持学习，这是因为有109号院的北大情怀。有人问我来北大是否后悔，因为我当时还有别的选择，可就是因为对109号院情怀太深了，所以还是选择了回北大。人生不在长短，关键是活的质量，我能回北大相当于是在人生旅途中的潇洒走一回，我经常偷着乐，我觉得知足者常乐也不如偷着乐开心。

109号院的孩子们见面，与其他家属院不同的是，大家一定不会问你有多少钱，你做多大官，你的学历有多高，因为我们经历了从童年到老年的风雨历程，今天又回到了原点——美好的童年居所。虽然今天的蔚秀园已变得面目全非，但我们一定不会忘记那株幸存的大白果树（小时候我们不知它叫银杏树），我们一定会问："你还记得冬季我们自己发明制作的冰车吗？还记得给那些大学生们的精彩冰上表演吗？"而别的院的孩子们的冰车是与我们截然不同的。"你还记得一起光着屁股在后湖游泳吗？"蔚秀园的孩子们从不去游泳池，因为蔚秀园的水系完全与圆明园的水系融为一体，它的水系是北大周边园林最好的，所以我们没有不会游泳的。"你还记得鸭场边上的那口'老忠实泉'吗？"在那里我们不仅渴了要用手捧饮几口甘泉，还要下到鸭场西湖里游泳抓鱼，那里的水可都是"老忠实泉"流入的泉水啊！你一定还记得湖里的各类植物，还有凶猛的蚂蟥和水蛇；你们也一定记得前湖里浑身五彩斑斓的小铁鱼，这是蔚秀园特有的鱼种，可惜今天绝种了，还有夏日芦苇里的蛙鸣，以及树上各类鸟儿的啼鸣；你还记得半夜鸡叫一定是黄鼠狼来了，还有山上那可爱的小刺猬；你还记得那看似遥远，实则又近在咫尺的一切吗？相信 109 号院的孩子们都不会忘记那段金色的童年。

☑ 燕 园 历 史
☑ 燕 园 印 记
☑ 燕 园 名 流
☑ 燕 园 同 学 录

扫码获取

北大燕东园（桥东）住户一瞥
（1952—1966）

马志学 [1]

　　燕东园，我一生的最爱，这里曾经是花团锦簇、谈笑有鸿儒的世外桃源，也曾是受风暴冲击最大的地方之一。笔者 1952 年秋搬入燕东园 25 号，1976 年搬离，见证了燕东园的潮起潮落，个中滋味绝非局外之人所能体会，那真是五味杂陈。今日付诸文字，百感交集，真不知从何说起。

　　园内的住宅格局，从 21 号开始，到 42 号甲截止，再加上孔家大院，总共二十四座建筑物。21 号至 42 号都是西洋式建筑，42 号甲则类似中式四合院，孔家大院的高墙内似乎是一个中西合璧的平房。

　　燕东园分桥东和桥西两部分，起头的 21 号地处桥东，话题自然也就从桥东说起。

---

[1]　作者简介见《追忆父亲马坚》一文。

（一）21 号住宅

林启武夫妇

我刚到燕东园的时候，21 号仅住林启武教授一家，林先生是老燕大人，院系调整之前是燕京大学体育教授，之后转入北京大学继续担任体育教授。林是中国羽毛球运动的泰斗级人物，新中国成立初曾经担任国家羽毛球队的首任主教练。我刚来燕东园时才五岁半，其后曾经一度是林先生公子林林的"跟屁虫"，林林应该比我大八九岁，外号"林猴"。林家两位千金当年都是北大未名湖冰场花样滑冰界的风云人物，一本摄影手册上就有林盈展现其冰上英姿的一张玉照。大约在 1954 年，哲学家金岳霖从桥西的 34 号楼上搬到桥东 21 号的西侧部分，与林启武合住这栋小楼。

金岳霖教授在燕东园居住的六年多里，我从未与他接触过。印象中的金教授外出时总是戴着一顶遮阳帽和一副墨镜，手拿一根拐杖，但又并不像有明显腿疾而依赖这根拐杖，而西服革履和长袍这两种不同的风格样式都在他身上见到过，用"中西合璧"一词概括不知是否恰当？我见到他最多的地方是在桥东游戏场西边的水泥甬道，那是他每次外出的必经之路：从 21 号院的松墙口拐出来，沿着这条水泥甬道再转向小桥方向而去。

他走路的特点是不紧不慢，时不时还抬起头看看前面的路。孩提时期的我每次见到他，总会有一种神秘感和敬畏心理油然而生。不过我和他的厨师老汪的儿子却一度来往密切，此人比我可能大上十岁左右，他让我称呼他"老豆"。他的厨师手艺应该不错，否则也不会时不时顶他父亲的班。据他讲，金教授好吃西餐，他有时从厨房的烤箱里拿出烤好的面包让我吃，味

林启武教授与北大女排队员在一起

道确实不错，我吃起来觉得和外面买的面包差不多。

1959年春天，金教授搬家，桥东游乐场沙坑附近临时堆放了金家的一些杂物，我这才知道这位神秘的哲学家原来有和我一样的爱好——养蛐蛐，我惊奇地看到一堆上好的蛐蛐罐（俗称澄浆罐）摆放在地上，怎么"老豆"从来也没有和我提起过金岳霖的这等嗜好，这也是金岳霖临走时最后留给我的一点印象，记忆至今。

金教授走后不久，21号搬来了俄语系的龚人放教授，他的一个儿子龚田夫也在1959年秋季开学后成了我的同班同学，直到第二年夏天我们一同从北大附小毕业。龚人放在北大俄语系教授中的地位也许要排在曹靖华、田宝齐、李毓珍等人之后，但他在俄语界的名气也不可小觑。新中国成立之初，一片俄语热，学俄语固然可以上俄文夜校，但多数人还是跟着电台的俄语教学节目学习更为便当。那时候，口语极好的龚人放在中央人民广播电台对着全国听众主讲俄语，你说他的名气大不大？龚的夫人曹贺，打扮洋气，据说之前一直在苏联驻华大使馆工作，她与北大中文系主任杨晦的夫人姚冬是20世纪三四十年代西北大学的同学。

（二）22号住宅

西语系教授冯至　　　　　哲学系教授贺麟

　　1952 年院系调整后，最开始，22 号住着的只有北大西语系主任冯至和哲学系教授贺麟。冯家有二女，但我只认识小女儿冯姚明，姐姐冯姚平年龄比我大不少，后来只听说她被选送去苏联留学，很少见到。妹妹冯姚明好像比我大两岁，我刚上北大附小时，中午放学必须按照居住地排队回家，我们燕东园的孩子每天都要一起走回燕东园，记得走过燕东园的桥时，我常和她打闹。还有一回，我下午上学走过 22 号院子前，悄悄摘了贺麟家的几颗葡萄，冯姚明看见了，就到附小彭主任那里告我的"黑状"，彭主任罚我在办公室站了好几分钟，从此我再也不理冯姚明了。后来只知道她上了一个中专，在燕东园里也很少能再见到她。

　　值得一提的还有贺麟教授的夫人刘自芳，20 世纪 50 年代前期，她以家庭妇女的身份当选为海淀区人大代表，一时间在北大也算是个响当当的人物。带着浓厚四川乡音的刘夫人在北大大饭厅对北大选区的选民讲话，在讲到旧社会的时候，以"嫁给姓张的叫张氏，嫁给姓王的叫王氏"的社会现象作为那个时候妇女地位低下的证明。我们燕东园很多小孩子那晚也在场，后来一度都爱模仿她的口音重复这句话。可惜不久她就因病去世，享年仅五十多一点。之后贺教授再婚，有一天他携新婚妻子到我家，算是礼节性的拜访，在我的记忆里，父亲和贺教授平素并无什么来往，他们夫妇在我家只待了一小会儿。当父亲送客的时候，母亲在客厅悄悄对着我耳朵说："这位阿姨是新娘子。"

　　贺麟教授搬到王府井大街附近的干面胡同之后，燕东园 22 号东侧相继搬来两家新住户，一位是图书馆学系的邓衍林及家人，一位是西语系的严宝瑜及家人。邓家是 20 世纪 50 年代才从美国回来的，其子邓少林初到北大附小时，"旧习难改"，上课时中途离席外出上厕所，这在美国学校可能是司空见惯的事情，但在北大附小的同学眼里却是一个令人瞠目的怪异行为。

　　严宝瑜 20 世纪 50 年代曾经"公派留学"到当时的民主德国，回国后任西语系副主任和党总支成员，这在当时蒋南翔领导的清华大学就会被称为"双肩挑干部"。严宝瑜酷爱欧洲古典音乐，20 世纪 80 年代以后，严宝瑜在北大的校园音乐生活中十分活跃，俨然是燕园的欧洲古典音乐权威诠释者。附带说一句，严宝瑜的一位叔伯兄弟就是中央乐团大名鼎鼎的合唱指挥严良堃，1959年中华人民共和国十周年大庆，在新落成的首都人民大会堂，他曾经指挥中央乐团首次将贝多芬的《第九交响曲》（合唱）搬上中国舞台。

（三）23号住宅

从1952年院系调整直至1966年"文革"开始，23号楼下一直住的是地球物理系的李宪之教授，他原来是清华大学气象系教授，当年在该系与赵九章比肩而立。院系调整后他来到北大，住进燕东园23号，赵九章则到中国科学院大气物理所任所长，后不幸遇难；李宪之虽然也受到巨大冲击，但好歹顶了下来，直至21世纪初才去世，享年九十七岁，可以说是终老于燕东园，老先生也算得是一个有福之人也！

李宪之教授和赵九章一样，早年留学德国。据说，地球物理系的谢义炳是他的学生，谢于20世纪80年代荣登院士。

我家兄弟二人小时候几乎每天都要去23号李家阳台闲坐，和他们一家大小极熟。李先生的夫人是老派风格的家庭主妇，好像还裹小脚。她的妹妹在相邻的清华大学担任售货员，工作认真负责，任劳任怨，20世纪50年代一直是清华大学的先进模范人物，常上清华大学的校刊。

地球物理系教授李宪之

李家老四李曾同还曾经在清华大学校刊上写文记述这位小姨的模范事迹。她一直单身，周末常到燕东园姐姐家，我们兄弟二人和她也很熟。体弱多病的李夫人去世若干年之后，李先生续弦小姨子，且得到了子女的一致支持，这顺理成章的姻缘也该算得上是一段燕园佳话吧。

中文系教授游国恩

半导体专家黄敞夫妇

23 号楼上先是住的中文系游国恩 [1] 教授，大概在 1959 年春搬到桥西 34 号楼下，自此一直住到 20 世纪 70 年代。游国恩家有一个侄子游宝贤，比我大许多岁，他和 21 号林启武的儿子林林关系极好。游家搬走后，搬来了一家新近从美国回来的年轻夫妇，先生叫黄敞，从事半导体研究，夫妇二人各骑一辆英国蓝翎牌自行车，我父亲一提起黄敞，总是称其"美国小博士"。他们有一个男孩，叫黄迪徽，"文革"开始那年也就五六岁，一群北大学生去"抄家"，将黄家的放大机、照相机等抄走，我那天骑车经过燕东园大门，只见小迪徽一个人坐在路旁生闷气，他眼看着那些蛮不讲理的人将爸爸心爱的东西席卷而去，既愤怒又不解。

黄迪徽和 24 号李汝祺的孙子李炬常在一起玩耍，"文革"开始那年李炬才三岁。我那时很喜欢这两个小家伙，有一张 1967 年拍的照片，就是我、洪元硕和他俩在一起的合影，地点是燕东园 25 号院内的甬道。我不知道他们家是什么时候搬走的，也不清楚搬到何处。将近五十年过去了，我很想知道，黄迪徽你在哪里？

---

[1] 游国恩 (1899—1978)，字泽承，江西临川人。著名楚辞研究专家、文学史家、北京大学一级教授。毕生从事教学和学术研究，对中国古代文学，特别是对《楚辞》的研究作出了重大贡献，成为享誉中外的著名文学史家、楚辞学专家。

（四）24 号住宅

历史学系教授周一良和西语系教授邓懿夫妇住在 24 号北部，关于他们，大多数北大人比较了解，不太了解的读者，可以参阅周先生晚年所著《毕竟是书生》一书。

周一良夫妇摄于燕东园 24 号

生物学系教授李汝祺

24 号南部，住的是生物学系教授李汝祺教授一家。

李汝祺教授 1895 年 3 月 2 日出生于天津。早年就学于清华学校，1919 年至 1923 年在美国普渡大学就读，毕业后进入美国哥伦比亚大学动物学系研究院，师从遗传学大师摩尔根教授，1926 年以优异的成绩获得博士学位。当年回国任教。

李教授回国后历任上海复旦大学副教授、燕京大学生物学系教授、中国大学生物学系教授兼系主任、北京大学医学院教授、北京大学动物学系主任兼医预科主任。

李教授 1953 年加入民盟，历任民盟北京市委员会常委，民盟中央委员会委员，民盟中央顾问委员会顾问和北京市政协常委，还曾先后担任北京博物学会会长，中国动物学会理事长，中国遗传协会理事长兼《遗传学报》主编。李汝祺教授是第一位把细胞遗传学介绍到中国的学者，在教学和科研中他培养了一大批后来我国遗传学界的骨干人才，为我国遗传学事业的发展奠定了坚实的基础。我家刚刚搬来燕东园后不久，就赶上李家大喜的日子——长孙李焰出生。有一天我们几个小孩在李家楼前的草地上玩耍，身穿白大褂的李汝祺夫人江先群从一楼阳台门出来，要我们离开，好像说是她的宝贝孙子正在睡觉。听说她给司徒雷登校长当过管家，与同为"老燕京"的著名女作家冰心关系亲密，有一件事可以证明：我听他家孙子辈李焰讲，冰心是他的"干奶奶"，我也亲眼见过冰心从李家告辞出来。

（五）26 号住宅

哲学系洪谦[1]教授住楼下，西语系吴达元[2]教授住楼上。吴达元夫妇有子女二人，老大是女儿，叫吴庆宝，老二叫吴庆安。吴庆宝 20 世纪 50 年代中期入读北大数力系，毕业后被分配到北太平庄的解放军测绘学院，我第一次看到她戴着近视眼镜穿一身军服出进 26 号，还觉得挺新鲜；吴庆安与洪家大儿子洪元颐同年，20 世纪 50 年代在北京师范学院上学，洪元颐则在北京矿业学院，二人好像不怎么来往。吴庆安少年时学过小提琴，因为我那时看见他携带琴盒出入 26 号，但我又从未听过楼上拉小提琴的声音，不知何故。洪家小儿子洪元硕，与我是一起玩大的发小。他后来成了名人——2009 年他作为主教练，率领北京国安俱乐部足球队夺得中超冠军，好不风光！

---

[1]　洪谦（1909.10.21—1992.2.27），又名洪潜，号瘦石，谱名宝瑜，祖籍安徽歙县。当代中国著名哲学家，是维也纳学派唯一的中国成员。1909 年出生于福建省，早在东南大学求学时，受到康有为的赏识，被推荐为梁启超的学生。后远渡日、德留学，在德留学时师从石里克。1934 年获奥地利维也纳大学哲学博士学位。回国后曾任清华大学哲学系讲师，西南联大哲学系教授，英国牛津新学院研究员，武汉大学哲学系教授兼系主任，北京大学哲学系教授、外国哲学史教研室主任及外国哲学研究所所长，英国牛津大学客座研究员，日本东京大学客座教授，中国社会科学院哲学研究所研究员和学术委员，中国现代外国哲学研究会名誉理事长，中英暑期哲学学院名誉院长。1984 年被奥地利维也纳大学授予荣誉博士学位。

[2]　吴达元（1905.10.31—1976.3.24），原籍广东中山，生于上海。早年就读于清华大学外文系。1930 年赴法国留学。1934 年回国后，在清华大学、西南联大任教。1952 年任北京大学西语系教授兼系副主任。著有《法国文学史》《法语语法》，译有《博马舍戏剧二种》，主编《欧洲文学史》等。传略编入《广东省当代名人录》。

哲学系教授洪谦

西语系教授吴达元

吴达元是法语教授，1962 年左右，他翻译的《费加罗的婚礼》曾由中国青年艺术剧院搬上舞台，听洪元硕讲，吴家给他们家送了几张戏票，当时真让我羡慕不已。

（六）27 号住宅

刚来燕东园时，此楼住的是一户蒙古族人家和生物学系教授陈桢一家。蒙古族人家的主人是何人，是否为北大东语系教师，我一直没搞清楚。只记得他们家有两个小孩，哥哥叫巴祖高，弟弟叫巴豆。巴祖高比我年龄大，我刚到燕东园时常和他们兄弟一起玩耍。

不久之后，蒙古族一家很快就搬走了，原来住在桥西的历史学系杨人楩教授夫妇搬来这里，一直住到 20 世纪 70 年代。

陈桢教授原是清华大学生物学系主任，院系调整后来北大，他与李汝祺一样，也是搞生物遗传学的，而且也是留学美国，师从摩尔根教授。我清楚地记得，陈家有一辆很惹眼的摩托车，那个年代，有私人摩托车的人家也称得上是"凤毛麟角"吧！车的男主人想来应该是陈先生家人中的晚辈，那时我还小，不知此人到底是陈家何人。陈家有一个小姑娘，好像姓张，在北大附小与洪元硕同班，因为有一次放学，两个人手拉手一起走过燕东园的那座桥回家，为此我们小孩还曾经瞎起哄过。可惜天不假年，1957年1月，刚刚六十出头的陈桢教授就与世长辞。之后不久，陈家搬走了，朱光潜随之搬来27号。

回过头来先说一说历史学系的杨人楩教授。杨教授专攻世界史，且重在非洲史方向。我在北大亚非所工作时，一度担任所长的陆庭恩教授是杨教授在20世纪50年代后期的弟子，之后留校，一直坚守在非洲史这个研究领域，矢志不渝。他曾经和我聊起杨教授，对后者的学问功底赞赏不已。杨教授的夫人张容初，20世纪80年代也被评为历史学系的教授。杨教授于20世纪70年代前期病故，张容初后来移居校内的燕南园，大概在20世纪90年代辞世，他们夫妇没有子女。杨家当年有一个做饭的保姆，人称郝大妈，杨家院子里有三株杏树，每年夏初时节，它们总是我们这些淘气的男孩"重点关注"的对象——因为它们所结的果实又大又甜，十分诱人。记得有一年杨镰（中文系杨晦教授之子）干脆硬着头皮找上门，求郝大妈摘点杏给我们小孩吃，最终如愿以偿。

美学家、英语教育家朱光潜在20世纪三四十年代时名气就很大，当年他的《给青年的十二封信》在青年中有一定的社会影响力，1949年之后朱教授因为曾经担任过国民党中央委员而一度被"打入另册"。

（七）28号住宅

从1952年直到1966年，这栋楼的主人始终是北大历史学系主任翦伯赞教授。1952年院系调整之后，燕东园的每栋二层楼都是两家合住，但唯独翦伯赞教授的28号是个例外。翦伯赞教授于1968年岁末在燕南园64号不幸离世，此时他离开燕东园已经有两年以上了。

（八）29号住宅

1952年院系调整后，直至"文革"开始，这里楼上楼下住了两家，一家是经济学系的赵乃抟[1]教授，另一家是周炳琳[2]教授。

周炳琳夫人魏璧，早在20世纪20年代，就是中国近代史值得大书一笔的新民学会的重要成员。新民学会是由一批愿意为救国救民贡献力量的知识青年组成，会员大都是长沙中等学校的青年学生。

经济学系教授赵乃抟　　　经济学系教授周炳琳　　　　周炳琳夫妇

新民学会中有女会员十九人，占会员的四分之一。在长期的封建桎梏下，妇女能冲破樊笼，投身政治活动，在当时需要极大的勇气。率先入会的女会员是长沙"周南三杰"魏璧、周敦祥、劳君展（启荣）和她们的女教师陶毅（斯咏），以后陆续入会的还有向警予、蔡畅等人。尽管她们在以后漫长的岁月中，各自选择了自己的生活道路，但是在新民学会里仍然绘出了灿烂的一页，留下了不可抹杀的历史印记。1935年底周炳琳、魏璧夫妇听说红军已胜利到达陕

[1]　赵乃抟（1897—1986），浙江杭州人，曾任北京大学经济学系教授，著有《欧美经济思想史》等，为著名经济学家和教育家。其学生有钱学森、邓力群、厉以宁、范长江等。

[2]　周炳琳（1892—1963），字枚荪，浙江台州人，有《周炳琳文集》。1931年起长期担任北京大学经济学系教授兼法学院院长，抗战时期担任西南联合大学经济学系教授，并一度兼任西南联大法学院院长，还曾于1945年间一度担任西南联大常务委员会代理主席。新中国成立前曾任河北省教育厅厅长、南京国民政府教育部常务次长、国民参政员等职。新中国成立后曾任政治协商会议全国委员、民革中央委员、第二和第三届全国政协委员等职。1963年10月24日逝世，享年七十一岁。

北，特地和许德珩、劳君展夫妇一起在北京东安市场购买三十多双布鞋、十二只怀表和十多条火腿，委托中共北京地下党徐冰等人辗转送到陕北，对红军表示慰问。20 世纪 50 年代魏夫人在北京师大女附中任数学教师，曾经有多本中学课外数学参考书问世，有一定社会知名度。周炳琳教授逝世后魏璧继续住在燕东园，于 1969 年不幸去世。

（九）30 号住宅

住 30 号楼下的是俞大纲、曾昭抡夫妇。俞大纲[1] 与曾昭抡[2] 是民国时期的知名学者，20 世纪 40 年代末两人滞留香港，蒋介石欲劝说他们去台湾，被他们拒绝。俞大纲教授的一个亲戚说，因为她和丈夫是表兄妹近亲结婚，他们怕生孩子会有遗传问题，所以一直没有要孩子。

俞教授的哥哥叫俞大维，在台湾国民党政府中任高职。20 世纪 50 年代，她曾经受命向台湾喊话，对她哥哥做"统战工作"。当时还在燕东园的草坪上照了她家人的照片，说要送到台湾去。姐姐俞大缜是英语翻译家。

俞教授对英国语言文学有很高的素养和深入的研究。在 1931 年曾研究过约翰·曼斯菲尔的作品，1943 年又研究英国当代诗歌倾向。俞教授从事英国语言文学教学近三十年，曾开设过英语选读、英国小说等课程，主要从事高年级英语教学。她晚年集中精力编写教材，培养青年教师，为青年教师开课，进行个别辅导、耐心指导、严格要求，认真批改作业，使青年教师专业水平得到

---

[1] 俞大纲,1905 年生于浙江山阴,幼年在长沙、上海生活。1927 年与后来的著名化学家、中国科学院院士曾昭抡结婚。1931 年毕业于沪江大学，1934 年留学英国牛津大学，1936 年毕业，获文学硕士学位。1936 年至 1937 年，在巴黎大学进修。全面抗战爆发后回国，任教于重庆大学。1946 年赴哈佛大学进修。1948 年回国，先后在中央大学、中山大学和香港任教。1950 年，任教于燕京大学，1952 年院系调整，改任北京大学西语系教授。曾任第四届全国政协委员。于 1966 年 8 月 25 日含冤辞世。

[2] 曾昭抡，曾国藩侄重孙，曾获得美国麻省理工学院化学博士学位，回国后任教授，1944 年加入民盟，反对国民党政府，1949 年 5 月由中共军事管制委员会任命为北京大学教务长，后来任教育部副部长，1957 年被分配到武汉大学。1967 年 12 月 9 日在武汉逝世，终年六十八岁。

很大的提高。俞教授是中国最好最流行的一套英语
教材《英语》的作者之一，那套教科书常常被人们
称为"许国璋英语"。那套教科书的一、二年级部
分是许国璋先生写的，三年级部分是俞教授和吴柱
存教授写的。吴柱存教授曾是她的学生，后来成为
她在北大的同事。

曾昭抡俞大纲夫妇1966
年初春摄于燕东园30号

30号楼上住的是罗大冈、齐香夫妇。罗先生
是中国研究法国罗曼·罗兰的专家，20世纪50年
代从北大西语系调往学部文学所，后归属外国文学
所。齐香教授一直在北大西语系法语专业任教。多
年后我才知道，齐香是齐如山的女儿，后者曾经是京剧大师梅兰芳多年的京剧
挚友，1949年去了台湾。

1966年初春，那是一个值得记住的岁月，我每天在燕东园桥东草地活动锻
炼一下，都会看到如下情景：曾昭抡、俞大纲夫妇绕着草地散步，罗大冈则坚
持多年养成的晨跑习惯，绕着草地慢跑，他的跑姿别具一格：两臂像火车头车
轮上的连杆一样，前后摆动，头戴一顶法国贝雷帽。住在27号的朱光潜先生，
照例从一楼大门跑着出来，沿着草地的南侧跑向桥西。朱先生的跑步很奇特，
两脚擦着地面，发出"嚓嚓"的声音，更有意思的是，每次和罗先生迎面时，
罗先生总是朝向朱先生高举右臂算是打招呼了，而朱先生则举右手还礼，天天
如此。

令人万万想不到的是，这成了我对这些老先生的最后印象。

2006年，我和北大校史馆的一位朋友因著书需要，到燕东园实地转了一
圈。很久没到燕东园了，那次旧地重游的感觉可以概括为八个字——惨不忍
睹，欲哭无泪。这个曾经犹如世外桃源的北大教授住宅小区，如今满目疮痍，
一片破败景象。25号住宅的玻璃书房外，家父多年精心养护的那片青翠幽深
的竹林，曾经是燕东园桥东一景，如今已荡然无存。看着物是人非的燕东园，
我只有无言的伤感。

百感交集忆北大暨中文系

钱理群[1] 口述　姚丹[2] 整理

（一）一切从那时开始——打下人生的"底子"

我是 1956 年从南京师范大学附属中学考上北大的。当时我报考北大，选择北大中文系新闻专业，原因是我从小就有一个梦，想当一个儿童文学家。一进来以后，就立刻发现我这个选择不对。我这个人不适合搞文学创作，我的抽象思维能力太强，任何事到我这儿都概括出来了，细节全部记不住。而文学创

---

[1]　钱理群，1939 年生于重庆，1956 年考入北京大学中文系新闻专业，1978 年考入北京大学中文系现代文学研究生班。1981 年留校任教于北京大学中文系。主要从事中国现代文学史研究，鲁迅、周作人研究与现代知识分子精神史研究。著有《心灵的探寻》《周作人传》《丰富的痛苦——堂吉诃德和哈姆雷特的东移》《1948：天地玄黄》《中国现代文学编年史——以文学广告为中心》《语文教育门外谈》等九十余部专著。编纂《新语文读本》《王瑶文集》等近六十部（套）著作或资料。

[2]　姚丹，1968 年生，1986 年考入北大中文系，2000 年于北京大学获文学博士学位。现为中国人民大学文学院教授、博士生导师。主要研究领域为中国现代知识分子与现代文学、中国现代教育与现代文学、当代文学制度的生成与演变。

作最关键是细节，所以我当时就判断自己是不能够当一个作家的，我应该当一个学者。另外我发现自己的性格不适合当记者。我最喜欢的是什么呢？就是在家里读书写作，然后跟别人聊天，一直到今天都是这样的。做记者，要跟各种各样的人打交道，而且政治性太强，要善于在现实里头打滚，这个我做不到，所以我就发现我选择错了，自己不适合做作家，也不适合做记者，应该当一个学者。当时费孝通有一句话，对我有终生影响。他说知识分子追求的，就是"一间房，两本书"。我一看，这就是我终身的追求。其实现在也就是这样的。现在我就是有一间房，然后就不只是两本书了，实际上是一个终身的学者生涯。

所以我当时要求转到文学专业，原来的专业不读了。我们那一届，1956年到校，1957年就搞反右，1958年就搞"大跃进"，所以我只在北大认真读了一年的书，我老觉得自己根基不深厚，实际上指的就是这一点。但现在回想起来，这一年对我一辈子影响太大了。这一年，我发疯似的进图书馆看书。首先是学鲁迅，1956年正好出《鲁迅全集》，我就买了《鲁迅全集》，当时是很贵的。我不惜代价地买来并认真地读了，而且基本上我考虑的就是研究鲁迅。当时现代作家的作品里除了鲁迅的（最喜欢鲁迅的小说、鲁迅的散文），还喜欢艾青的诗歌，再就是喜欢曹禺的戏剧。我非常喜欢曹禺，而且到了北京就成了人艺（北京人民艺术剧院）最忠实的观众。我们当年进城去看人艺演出，演完以后，公共汽车只通到西直门，我们就从西直门走到北大东门，然后翻墙跳进北大。所以我对曹禺的感情非常深，后来研究曹禺不是偶然的。我也非常喜欢艾青的那句诗"为什么我的眼里常含泪水？因为我对这土地爱得深沉"，后来我对20世纪40年代文学有兴趣，都是以这句诗作底的。后来我又研究地方文化，提出"认识脚下的土地"这一命题，它的根源来自抗战时期知识分子与土地的那种关系。这是现代文学方面。

然后是古代文学方面。那个时候因为时间很短，我们主要学先秦文学。有两位大师，我印象非常深刻，一个是屈原，一个是司马迁。外国的东西呢，也很奇怪，一个是喜欢普罗米修斯，一个是喜欢但丁，另外就是俄国文学。我讲这个是很有意思的，樊骏曾经写过一篇文章，讲王瑶那一代——现代文学的第一代学者——他们的精神谱系。他有一个概括，认为王瑶先生那一代学者的精神谱系，国内是从屈原到鲁迅，国外是从普罗米修斯到但丁，到浮士德，到马克思。我实际上是继承了这个精神谱系的。国内就是屈原、司马迁、鲁迅，国外的话，普罗米修斯、但丁对我都有影响，跟我后来写作也有关系。我喜欢莎士比亚，喜欢塞万提斯，迷恋《哈姆莱特》和《堂吉诃德》，也喜欢《海燕》，又喜欢屠格涅夫，然后对俄国那几个作家，像别林斯基、车尔尼雪夫斯基等，都很喜欢。所以我的精神谱系继承了这条脉络。所以要研究我们这一代学者，或者各代学者，必须研究他们的精神谱系学。而樊骏写王瑶先生的那篇文章，就特别提到了这个东西。

（二）"离去"又"归来"——人生曲折路

1958年我到了贵州。一到贵州，省人事处就对我们说，进了贵州大山，这一辈子就别想出去了。我的心都凉了。最后从省里下到地区，分配到安顺卫生学校去教语文。那是所中专学校，学生根本不重视语文。一进课堂，讲台上就放了一个骷髅头标本，把我吓了一跳，这个老师怎么当啊？我就跟领导说，要考研究生。领导说："看看你档案里的材料，你还是老老实实地在这里接受改造吧。"这样，我一走出校门，就遇到了一个人生困境：既然走不了，那又怎样待下去？我突然想到一个成语"狡兔三窟"。我可不可以为自己的人生设计"两窟"呢？"一窟"是想做，但现实条件不具备，需要长期准备和等待，就算是一个理想吧。但只有理想，没有现实目标，是很难坚持的。或许我更需要的，是一个现实条件已经具备，只要努力就能够达到的目标。于是，我冷静分析自己的处境。虽然糟得不能再糟，连班主任都不让当，北大毕业的身份也让人不放心，后来"文革"一开始我就被打成"反动学术权威"，但毕竟还允许我上课，讲台还是属于我的。这样我就有了一个出路：做这个学校最受学生欢迎的教师。学生虽然学医，但班上总有一两个学生会喜欢文学，我就为这一两个学生讲课，并从中获得"成功感"。我下定了决心，就搬到学生宿舍，和他们同吃、同住、同劳动、同学习。这在当时是非常少见的，学生开心得不得了，我一下子真的就成为学校里最受欢迎的一个老师了。但是我也清楚，过于满足现实的成功，没有更高的目标，就可能被现实所淹没。于是，我又给自己制定了一个长远的奋斗目标：研究鲁迅，而且总有一天要回到北大讲鲁迅！在那个大饥荒的年代，在那么边远的地区，居然有这么一个小伙子，要到北大讲台去讲鲁迅，这真是"白日做梦"。那时候北大就是我心中的一块"精神的圣地"，它照亮了我从大饥荒到"文革"这段人生最艰难的岁月。

我就是心怀这样的理想、抱负，从1962年第一个清晨，开始我的"鲁迅研究"，即使在"文革"最动荡的日子，也没有中断。前前后后写了几十万字。一直到1978年恢复招收研究生。当时把考生年龄限制定在四十岁，我已经三十九岁，这是最后一次机会。而且当我知道可以考的时候，只有一个月的准备时间，我连基本教材都没有，到贵州师范大学去借，只借到半本刘绶松写的《中国新文学史初稿》。

但我又遇到了一个更大的考验，这是我后来才知道的。当时北大现当代文学准备招六名研究生（最后扩大到八名），报考的却有八百人，是真正的百里挑一。系领导就跟王瑶先生说，你要出一个非常难的题目，才能把考生的分数拉开。王先生就出了一个题目："鲁迅说过，五四时期的散文成就高于小说、戏剧和诗歌，你同不同意鲁迅的判断？同意、不同意都说出理由来。"我一看就懵了：五四的散文家，我就知道鲁迅。周作人、冰心等都只知其名，却没有读过他们的作品。但我的直觉告诉我，能不能回答好这个考题，就决定自己能不能被录取。情急中突然灵机一动：能不能做反向思考，五四时期的小说、诗歌、戏剧的弱点，大概就是散文的优点。五四时期的诗歌是新诗，是外来的；五四时期的戏剧，也是外来的；中国的小说，也从来处在边缘位置。那么，很可能五四散文的优势就在它跟中国传统的关系比较密切。我就按这样的思路作答，然后大量引述我最熟悉的鲁迅的《朝花夕拾》作例，最后说一句：鲁迅之外，还有周作人、冰心等等，就不多说了。就这样蒙混过关了。后来，我进北大后才听参加阅卷的老师说，果然大多数考生都回答不出，得了零分。据说是凌宇答上了一个边，大家都很高兴。王先生说，再等等，说不定还有更好的。等到看到我的答卷，就都放心了。我，就这样考了个"第一名"。听说我是老北大新闻专业的学生，王先生就到处打听，恰好遇到我们班的团支部书记，说了我的一些好话。我自己也把在贵州写的鲁迅研究文章寄给了两位导师，王先生大概没有仔细看，严家炎先生却认真读了，心里也有了底。

（三）那里有一方"精神的圣土"——心灵深处的辉煌记忆

回到北大，还是要首先感谢王瑶先生。关于王先生我写过很多文章，但是这次准备采访的时候，我还是总结了一下他对我的影响，主要在四个方面。第一方面，就是怎么做一个独立的知识分子。王先生有一句名言，他说：什么叫知识分子？首先是知识，他必须有知识，但同时他是"分子"，就是说，他必须有独立的人格。在某种意义上独立人格比知识更重要。他这句名言对我影响太大了。第二个方面，他强调，不仅要做独立的知识分子，还要做独立的学者。他说关键是在学术上，你要找到你自己特有的研究对象、特有的研究方法和特有的领域。做到这些，你在这个学科里才是独立的角色。我就在他的引导下做了选择。我觉得我这一生之所以有一定成就，跟我的对象和方法的选择有关。选择了鲁迅、周作人，一下子就把线索拎起来了，把这两个作家搞透的话，整个现代文学一切就都迎刃而解了，这对我以后的学术发展太关键了。所以我后来主张年轻人还是要研究"大家"，因为你的成就跟你的研究对象是有关系的，研究对象很差，你顶多写两篇文章就完了。第三个方面，就是学术方法上，他提倡典型现象研究。这个你们都很熟悉了，这对我影响太大了。他不仅给了我方向，又给了我具体的研究方法。第四个方面就是他指引我们如何做出人生选择。我后来的一些选择都跟他有关系。

而在学术传统方面，我之前在李浴洋博士论文答辩的时候就发言说，北大中文系现代文学专业有一个特点，也是特殊优势：它有一个学术的脉络，从朱自清到王瑶，再到乐黛云、严家炎、孙玉石，再到我们，一直到吴晓东他们，形成了一个北京大学中文系现代文学专业的传统，这可以一直继续影响到后面的人。这个传统我总结大致有几个方面：第一方面，就是极其重视史料，而且要独立的史料准备，因此就非常强调要看原始期刊。我们非常重视两个基础，一个是原始资料，看原始期刊，再一个就是坚持文本细读。

第二个方面，王瑶先生有一句话，他说你的重要文章和重要著作，必须在你写完之后成为一个不可绕过去的存在。别人肯定要超过你，但是他要超过你之前必须先看你的东西。你的水平是体现在这儿——你的课题在具体领域里，要成为一个绕不过去的存在，这是很高的要求。要做到这一点，必须提前准备。你必须了解在你之前做这个题目的学者已经达到什么水平，然后你再考虑怎么去超过他们，怎么提出自己新的东西，这个学术目标是很高的。实际上用我们今天通俗的话来说，就是要创新，必须有新的创造，而且是不可替代的新的创造。

另外一个方面呢，就是王瑶先生强调，研究历史，是为了从历史看到未来。也就是说现代文学研究，它研究历史，要处理历史和现实的关系，也不能脱离现实。但是怎么不脱离呢？因此，后来我总结，它是这样一个基本思路：研究的课题与问题的意识来自现实，而这个现实是很广阔的，不是很狭窄的现实。但是在进入学术研究领域的时候，研究课题要和现实拉开距离，它会对现实产生积极的影响。我觉得这大概就是从朱自清先生开始的、王瑶先生所奠定的、北大中文系现代文学专业最大的财富。

而在北大中文系，我也不只受到了王瑶先生的影响。这次做总结的时候，我概括北大中文系有"三巨头，六大将"。哪"三巨头"呢？王瑶、吴组缃和林庚。所以实际上影响我的不只是王瑶，其实我更多是接近吴组缃和林庚的。吴组缃先生有一句名言，说："你要提出一个命题，提出'吴组缃是人'，没有意义。你提出'吴组缃是狗'，就有意义了。"他非常强调学术的创造性、启发性。这个对我影响极大。我一定要提出一些有价值的东西，这就是研究的独立性和强烈的创新愿望。那么林庚先生呢，我称为"天鹅的绝唱"。严家炎老师当系主任的时候，他当时安排我做一个工作，请这些退休的老教授来跟年轻学生做演讲。我就请了王瑶先生，也请了林庚先生。林庚先生非常认真，换了很多题目。那天上课真是"天鹅的绝唱"。首先他的打扮极其讲究，穿一双黄色的皮鞋，往讲台上一站，就把所有人给镇住了。然后他就缓缓说来：搞学术、写诗，最关键要用儿童的眼睛去重新观看、发现、描写这个世界。讲完我送他回家，他就病倒了。所以他是"天鹅的绝唱"，把他整个生命投入学术中。"用婴儿的眼睛去看世界"，这个对我影响太大了。研究方法上王瑶先生强调客观，林庚先生强调主观投入，其实我的研究是更接近林庚先生的。

那么除了这三巨头之外，还有六君子，严家炎、谢冕、洪子诚、孙玉石、乐黛云、陈平原。这六个人是北大独特的优势，六个人的学术个性都极其鲜明，而且都非常强大，都有自己的一套，成就也非常高。这是其他学校找不到的。但更可贵的是，他们之间——当然不是没矛盾，因为学术中有各种分歧，学术观点不一定完全一致，也会有一些矛盾冲突——总体来说互相欣赏，这是极其难得的。这样就使得北京大学中文系，特别是现代文学专业的那种学术氛围是独一无二的。

（四）北大内外

我认为，在大学教书第一件事就是做好教学。所以我在北大特别重视对青年的教育。我和青年一代最主要的一个连接点是鲁迅，我非常骄傲。从给1981级学生开始讲鲁迅，然后就跟1984级，然后跟1986级讲，一直讲到我退休的2002年。在北大讲了二十多年的鲁迅，这是我一生最高成就。

我在北大讲鲁迅的课，有四个阶段。第一阶段是20世纪80年代初，1984级、1986级这一代。在那时，课堂是一种生命的相融，鲁迅的生命、我的生命和学生的生命是相融的。那是永远都不会再有的感受了，到1986级之后就没有了。这是第一阶段，最辉煌。

我最近在整理书信的时候发现，从1990年开始，到了贺桂梅这一代，我给她们班上课，就不一样了。她们班就引起激烈争论："我们和鲁迅的关系是什么？"因为在上一代，鲁迅、我和学生的生命是连在一起的，到她们那儿，就变成了两派。因为听我的课，大家都很敬佩鲁迅，但一派就认为，鲁迅活得太累，我们不必活这么累，我们可以活得"轻"一点，因此希望鲁迅成为博物馆式的一个对象：我们崇敬他、尊敬他，但是他和我们没什么关系。另一派就是贺桂梅这些人，强调我们现在的生命恰好太"轻"了，要追求生命之"重"，这样就不能够离开鲁迅。学生们对鲁迅的心态就发生了一个分歧，这是第二阶段。

第三阶段是比较特殊的一个时间，就是北大一百周年校庆的时候。北大学生开始重新形成一个"寻找北大传统"的热潮。在那样一个背景下，我开了"周氏兄弟研究"这门课，其实是有意识的。那不是一般的学术研究，而是讲它的现实意义，这跟北大传统直接相连。我一开始讲这个，就在全校轰动，那次是一个高潮，好像有点回到 20 世纪 80 年代，但是很短暂，后来就过去了，但那个也是让我终生难忘的。

第四阶段就是最后这个阶段的听课，发生了很微妙的变化。我觉得有问题，我的名气越来越大，很多人是奔名人来的，就奔着听钱老师的课："他快退休了，我赶紧听，以后我可以写我听过钱老师的课。"但很多人不是一种精神共鸣。我心里很不舒服，所以后来我也不愿意再去讲了，我觉得没意思。但是后来毕业的时候有一个学生给我写了一封信，我非常感动。他说："钱老师，我很喜欢你的课，什么原因呢？你的课显示了另外一种生命的存在方式，让我知道人还可以这么活着，尽管我不会按你那样去活，因为你是另外一代人了，但我知道还有另外一种'活着'，我也知道这种过程可能是更有价值的。"我觉得这是对我的最高奖励。其实说到底，教师最根本的就是要显示你自己生命的存在，尤其是在社会混乱、动荡的时代，你就是要守住自己的底线。你不一定是要学生都按你这么去做，不可能。老师不再具体引导学生怎么去做人，那是他们的事，但是你要显示出一种独立的存在，学生生命中有没有这样的存在是大不一样的。

在我的上课和师生关系上，还有一个重要方面：我是把自己的教学和学术研究有机统一起来，并吸引学生参与其中。我的研究和教学方式和习惯是：先是在研究构思过程中，与研究生不断交流、碰撞；酝酿得差不多，写出初稿或提纲就拿到课堂上去讲；课后整理成书稿时，又最大限度地把学生课堂讨论或作业中的创造性意见吸收进来。有的有心人就注意到，我的学术著作中最喜欢引述不知名的年轻人（学生）的见解，这确实是我保证自己的学术与生命拥有活力的一个重要方式。

我自认为有三次课堂比较成功，这背后都有经验。第一次就是培养吴晓东这一代。我们刚才说北大传统是提倡读原始资料。但我们做沦陷区文学研究的时候，那可不是原始资料的问题，是根本没有资料的问题，是开创性的，就带着学生去开垦生荒地，而且要求他们去发现作家。我觉得吴晓东有一点很成功，就是吴兴华在一定程度上是被他发现的；范智红在此基础上成书的那本《世变缘常——四十年代小说论》，至今我觉得没有能超过她的；再有朱伟华，她对上海沦陷区戏剧的研究，也至今没有人超过。第二次课比较成功的，就是孔庆东、解志熙他们那批博士研究生的细读课。那么第三次就是"对话与漫游"这个课。这个课有个特点，选取20世纪40年代不太有名的作家，主要从形式、美学（方面）对作品细读。我是自觉的，也是弥补我自己学术研究的一些缺陷。课堂上王风第一次处理汪曾祺同一个作品不同时期写了两次的现象，这是很有创造性的，很有新意。这大概也是三次尝试的一个贯穿性的努力目标，就是着眼于"创新型人才"的培养，这自然是与我在学术研究上的追求相一致的，这也是北大中文系学术与教育的一大特点和传统吧。现在都成了美好的回忆了。

差不多到1997年，我开始有一个走出体制的冲动和要求，主要是想用一个什么方式使学术研究和社会实践产生一定的关系。这其实在现代文学也有一个传统，也是到现在没有完全解决的问题。我自己参与这些活动是有前提的，前提是以我的学术做资源，不离开我的学术。对我来说主要是鲁迅的资源，想把鲁迅资源转化为社会实践。所以我就是有意识地选择了几个东西，可以说是三个方面吧。其一，自觉地卷入大学的教育课程和大学生教育改革，当然从北大开始。其二，参与中小学的教育改革，主要是语文教育改革，这都是我的专业。其三，支持青年志愿者，特别是支持这些志愿者到农村去，这样就一定程度地参与了乡村建设。

北大的教育改革，我是从北大一百周年校庆开始参与的。北大一百周年校庆的时候，我做了几件事，其中就有你提到的《蔡元培》这个话剧。一百周年校庆其实是一个官方行为，我们是唯一在民间纪念蔡元培，而且真正产生了巨大影响的团体。从此就开始了我对于北大历史的研究和对北大现实的思考。在这一过程中，我第一次明确提出我所理解的"北大精神"，这两个想法，我至今仍然坚持。第一个，北大的传统就是鲁迅说的，是改革的一个先锋，就是独立、自由、批判和创造，这是北大的基本精神。第二个，关于北大应该办成什么样的学校。因为蔡元培说，北大不是办具体技术人员和具体操作人员的学校，我就觉得北大的培养目标，要着重思想的创造，所以它要培养思想家型的学者。北大要真培养人才，就是开创性的，有独立思想、对学科发展有独立思考的这样一些人才。

我在北大形成了特别的大学观，到现在还坚持这样一个大学观。我觉得大学它也有两面，它有保守的一面，还有革命的、革新的一面。它的保守是支撑，它有一个知识的传递，它要把知识变成学术，而且要一定程度地把学术体制化，知识、学术才能一代一代传下去。所以在这意义上，我觉得，强调学术的体制很有它的合理性。我们不能简单地否定学术，它强调知识、学术的传承，更重要的是精神传承。它的保守面是传承，传承一种精神、一种学术、一种知识，它有知识、学术、精神的传承。因此我认为，北大不必那么先进，不必赶潮流，有时候需要保守一点。它必须和现实保持一定的距离，没必要和现实保持一致。整个社会是闹的，北大必须静。整个社会是热的，这儿必须冷。北大必须保持一种清醒，要守住一些东西。在两个时期这种精神困惑很多，一个就是发生民族危机的时候，西南联大就起这样一个作用。再就是整个国家失范的时候，大学就应该起稳定剂、起冷静剂的作用，不能"与时俱进"。它有保守性一面，这是一个特点。另一个功能是革命性功能，它是创新功能，必须有创新的领域，是给社会提供新思想的地方。"五四"运动为什么对北大有这么大的影响，原因就是在一个历史转折关键点，它给整个国家提出一种新的思考、新的思路、新的方向，不仅是学术层面的。所以我就觉得，真正的大学应该和现有的体制、现有的秩序、现有的所有观念都保持距离，不可能完全跟着现有的，否则怎么创新？

（五）走出北大，在更高层面上相遇——不是"结束"的结尾

我在北大最后一次讲演中，谈了我的三个人生座右铭。一个是"路漫漫其修远兮，吾将上下而求索"，再一个是"永远进击"，第三个就是"在命运面前，即使碰得头破血流，也绝不回头"。我跟学生还留下了一个，也算我的座右铭："我存在着，我努力着，我们又彼此搀扶着，这就够了。"三个座右铭，你们可以看出我的精神谱系——屈原、鲁迅、毛泽东。我一生坚持三十多年，永远在探索，永远采取一种积极进取的态度，从不消极，从不回避，永远进击，永远采取积极态度。

而我的根本问题和基本弱点，就是我一再说的：不懂外文，对古代文学研究不足，再有就是没有文人趣味。所以我说我是一个"不懂文化的学者，没有趣味的文人"，这个造成极大的伤害。一个损害，就是我无法真正进入鲁迅、周作人的内心。因为他们两个人是典型的中国文人，不仅仅是一个文学趣味的问题，是整个的一种生命存在形态。我和鲁迅、周作人归根结底是"隔"的，这是一个很大的问题。还有我没有趣味，我的人生有个最大的问题，我是一个精神性的存在。包括你们来，我们全谈精神问题，不谈世俗问题，这是非常关键的一个问题。我虽然天天讲农村，天天讲贵州的父老乡亲，我其实和贵州父老乡亲是"隔"的，因为我不关心他们的日常生活；我天天跟你们讲青年，但是我跟青年是"隔"的，因为青年讲日常生活。我是一种脱离了生活的精神存在，所以我这个人生就是一个悲喜剧。

那么我的价值是什么呢？我最满意的，也是北大学生给我的评价，北大学生曾把我选为那一年的"最受欢迎的老师"，而且是排在第一位。然后学生

给我写一封信，他说："老师，我们最喜欢听你的笑声，能够像你这样笑的人，是一个非常可爱的人。"我很欣赏这句话，我就是一个可爱的人，但可爱的人有另一面，可爱的人意味着是一个可笑的人。我自己觉得我是一个可爱的人，又是一个可笑的人。而且我现在给你说，如果我死后有坟，你们给我题词：这是一个可爱的人。这对我这一生是一个最好的评价。要做一个可爱的人是极难的，别以为"可爱"是一个随便说说的词，但可爱之人必有可笑之处，可爱与可笑其实是互为补充的，单纯是可爱，也有问题。可爱又可笑，这才是真实的人生。我追求的实际上就是真实的人生。

我最后讲我和王瑶先生的关系，我觉得是具有普遍性的，当然王先生对我有很大的影响，但是后来影响越大，我也自觉意识到，我必须反叛他。实际上我们提出"二十世纪中国文学"这个口号，一定程度是为了试图摆脱王瑶先生的《新文学史稿》所奠定的现代文学研究的总格局。我今天讲这个主要是说什么呢，是说老师和学生的关系，也包括我和你们的关系，我觉得比较理想的老师和学生的关系，应该是"三部曲"。第一部就是学老师，把老师的所有优点全部学来，这是必须做的。所以作为老师，当你还是我的学生的时候，我对你有基本要求，这是你必须做的。但是我觉得，第二部，尤其是特别强大的老师，你必须反叛他，你必须要走出他的阴影，不然你毫无前途。第三部，在反叛之后走向更高层面。更高层面上，继承的就不是他自己的学术主张或具体的做法，而是一种基本精神，像我今天讲的王瑶先生对我们的影响，那就是在更高层次上回到他的传统，所以我觉得理想状态应该是继承，甚至模仿，然后反叛，再到更高层面上的继承。所以我现在对你们的要求，我想你们也知道，我希望你们反叛我，如果不反叛我，毫无前途，反叛才有希望。如果永远在我们的阴影之下，你就一点出息也没有。我希望还是这样一个关系，学习，反叛，而且一定程度地反叛，有分寸地反叛，然后在更高层次上和老师相融，把这样的学术传统，一代一代传下去。

（采访时间：2020 年 10 月 5 日）

燕南园

——我儿时的乐园

邵瑜[1]

1952 年，我随父母从清华搬到北大，住在燕南园 52 号，那年我 4 岁。这个楼分为东西两部分，我家住西侧，东侧住的是黄子卿[2]伯伯一家。西边是另一栋楼，隔着院子住着饶毓泰[3]伯伯和他的夫人吴素萱姑姑。我父亲有很多书，燕南园是老房子，有老鼠。有一次父亲发现老鼠咬了他的书，急了，跟母

---

[1] 邵瑜，女，生于 1948 年，中国人民大学附中高中毕业，曾任初中教师，1979 年至 1981 年任北大历史学系资料员期间，考上北大图书馆学系函授大学。1981 年至 1983 年随丈夫到美国罗德岛大学陪读，学习英语，旁听计算机及数学课，后在南卡罗来纳州和加州某大学进修、工作，1992 年起在布瓦罗郡任公务员。著有《心恒先生轶事》一书。父亲邵循正曾任北京大学历史学系教授。

[2] 黄子卿，著名化学家，中科院院士，曾任北大化学系一级教授。

[3] 饶毓泰，著名物理学家，曾任北大物理系一级教授。

亲说得想办法捉老鼠，母亲四处托人找猫。俄籍教授葛邦福[1]是父亲上大学时的俄文老师，他的夫人也是母亲的朋友。听说母亲急寻猫，一天晚上她用一个有盖子的篮子送来一只半大猫。她说这是她的一个俄国朋友的猫，那朋友一家移民澳大利亚，无法把这只猫带走。朋友原住房的新主人愿收留这只猫，但他们自己的老猫不干，只要这小猫一进门，老猫就把它赶出来。这个小猫又认家，不肯离开，睡在门外，自己逮老鼠和鸟吃。听说母亲想要猫，葛伯母赶紧把这只小猫送来。篮子一打开，窜出一只灰色的半大猫。它紧张地四处看了一下，果断地钻到桌布底下，任我千呼万唤始终不出来。母亲说它大概饿了，让我到厨房拿个搪瓷碗弄半碗牛肉汤泡馒头来给它吃。我把吃的拿来，掀开桌布给它闻。它舔舔嘴，往后退，不敢过来吃。我把碗放在沙发腿边，自己退到一边。一会儿桌布下钻出一个猫头来，警惕地看看四周，吃一口馒头，再看看四周。见没人打它，钻出桌布，伏在碗边，狼吞虎咽地大吃起来。它大概知道是我给它端来的吃的，把碗舔干净后就走过来，坐在我脚边，细细地舔爪子洗脸。因为是灰猫，我们就给它取名阿灰。我是独生女，没有兄弟姐妹，从此阿灰就成了"我弟弟"。我吃什么都分它一份，我走到哪儿，它跟到哪儿，我玩儿什么它都要参与。等我上小学后，我做作业它都来"帮忙"——捉我的笔，往我的作业上盖它的"梅花印"。不过家里的老鼠顷刻就无影无踪了，父母都说阿灰是好猫，连父亲都不忘把鱼尾、鸡骨头丢到猫碗里给它吃。不过阿灰最喜欢吃的还是老鼠，常常会自己从外边叼一只回来，放到它的猫碗里慢慢享用。

有一天我在后院玩儿，忽然看见阿灰尾巴竖得高高的，得意洋洋，东倒西歪，叼着一条黄花鱼跑回来。我对着楼上大叫："妈妈，阿灰叼回来一条鱼！"母亲从楼上冲下来，一把夺过阿灰口中的鱼说："这不是黄伯母家的就是吴姑姑家的，咱们得还给人家。"母亲举着一条鱼在前面走，阿灰围着她上蹿下跳，嗷嗷叫着，试图抢回"它的鱼"，我一溜小跑跟在后头，我们先到黄伯母家。

---

[1] 葛邦福，俄籍，曾任北大俄语系教授。

在院子里就看见她家厨房窗户大开，连纱窗都没有，屋里台子上放了一盘跟母亲手里一样的小黄鱼。黄伯母开门迎出来，母亲说："阿灰偷了你一条鱼。"黄伯母说："没有啊，这不是我的……"可是阿灰已经驾轻就熟地跳上台子，预备"再拿一条"。母亲一巴掌把它打下来。黄伯母一边急急忙忙地说："别打它，别打它。"一边接过母亲手里的鱼，一刀剁下鱼头扔给阿灰。阿灰叼起鱼头回头就跑，我跟在后头，耳朵里还听见黄伯母说："可别打它呀！自从阿灰来我们家串门，我们就再也没看见耗子啦……"啊，怪不得隔些时就见你叼个耗子回来吃，原来黄伯母家的耗子也都归你啦。哼，我都还没自己到黄伯母家串门呢，你倒先串起门来了，还打算吃人家的鱼。

我们家和吴姑姑家的后院隔着一道花墙，我家这边靠墙有一棵大桑树。桑葚成熟的时候，只要父母不在家，我就会爬上花墙坐在墙头吃桑葚。第一回吃完后，我把手洗得干干净净。母亲回来第一句话就是："你是不是爬到墙上吃桑葚了？"我伸开两手给母亲看，说："没有啊。"母亲把我拉到镜子前，指着我的脸说："还敢说没吃？"我光洗了手，没洗脸，嘴边一圈都是紫的，连牙都是紫色，没话说了。以后就知道了，不但要洗手，还要洗脸，刷牙。

一天，我正坐在墙上吃桑葚，"我弟弟"坐在我旁边看树上的鸟，忽然听见身后有人轻轻地喊"小瑜，小瑜"。回头一看是吴姑姑，她手里拿了一个包，像是刚下班的样子。我叫了一声吴姑姑，她对我说："来，你下来，到我这儿来。"我转身往墙的另一面爬下去。吴姑姑把我抱下来，牵着我的手带我到她家去。她先给我把手和脸都洗干净，然后带我到她的书房，和我对坐在书桌两边。给我喝水，吃饼干，她说："那个墙很高，摔下来会很疼很疼的，还会跌破头，流血。以后不要爬墙了，好吗？"我嘴里塞满了饼干，一句话也说不出来，只好拼命点头。她又拿出四个小玻璃瓶给我，那是我从没见过的玻璃瓶。一个是绿色的，翠绿翠绿，晶莹剔透。一个像螺丝，螺丝尖上是一个细长的瓶嘴。还有一个是方的，完全没有颜色，玻璃透明得几乎看不见瓶子。最后一个是个普通瓶子，可是瓶嘴不在正中，而是沿着瓶壁歪在一边。每个瓶子上都有个标签，写着我没见过的外国字。吴姑姑告诉我那些都是罗马尼亚装酒的样品，他们实验室用那些酒做实验。实验已经做完了，空瓶没有用，可以给我玩儿。她又跟我聊天，微笑着听我胡说八道，满脸慈祥。一直到母亲在我家后院叫"小瑜，回家吃饭了"，吴姑姑才牵着我的手把我送下楼，看着我一手提着裙子，裙子里兜着那四个小瓶子跑回家。

我给母亲看那些小瓶子，她也没见过，说很好看，让我收好。我有时采到二月兰、榆叶梅什么的，就插在那些瓶子里放点儿水摆在我的钢琴上。一直到"文革"时，不知是抄家还是搬家，再也找不到那些瓶子了。现在我合上眼就能看见吴姑姑微笑着看着我的样子，可真记不得我都胡说了些什么。

给我们猫的葛伯母也住在燕南园，和侯仁之伯伯共住一栋楼。他们有个女儿叫葛维达，在清华时我们住胜因院 6 号，他们住 8 号。母亲常常带我去葛伯伯家，她和葛伯母讲话，葛姐姐就带我玩儿。葛姐姐非常漂亮，那时她正在辅仁大学上学，她家养了泰国猫。有一次她带我看猫，两只猫趴在窗台上，她把我抱到窗前的桌子上坐着。阳光斜照在她的脸上，她棕色的头发被照得发亮。她叫我看猫，可是她太好看了，所以我选择了看她，不看猫。搬到北大后我好像就没再看见她了，听说她和一个东欧留学生谈恋爱，被那个国家的使馆发现，把那留学生送回国去了。葛姐姐非常悲伤，葛伯伯联系到他在澳大利亚的朋友，给葛姐姐办了移民手续，后来她到澳大利亚去了。

葛伯母中文不太好，她和我母亲是用中文和英文混合着说话的。葛姐姐没走时，有重要的事她可以给葛伯母翻译，她走后有时葛伯母就需要我母亲给她翻译。有一次母亲带我到葛伯母家去，有一个警察在那儿。母亲让我自己玩儿，她和葛伯母跟那个警察说话，警察还用笔在一个本子上不停地写字。等我长大后才知道，那次是给外国人登记。葛伯母怕自己听不懂说不清，要母亲给她翻译，所以有个警察在那儿。据葛伯母说：葛邦福先生是俄国贵族，他是沙俄最后的堪察加总督（但我相信他从没到堪察加半岛去过）。上大学时他有个最好的朋友，他们两个人同时爱上了一位姑娘。但那姑娘是平民，贵族不能与平民结婚。他的朋友不是贵族，所以那姑娘嫁给了他的朋友。二月革命爆发，所有的贵族适龄男子都要上战场去替沙皇打仗，葛邦福先生也上了战场。他的朋友虽然不是贵族，但也上战场打仗。葛邦福先生是学历史的一介书生，上了战场十分紧张，在战壕里一夜之间头发全白了。所以中国人看到的葛先生，即使是年轻时代也是一头白发。后来沙皇的军队打败了，一路边打边撤往东逃去。葛先生撤退时接了他朋友的新婚妻子和她的母亲一起逃，但我不清楚他的朋友是否也和他们一起。他们从俄国的欧洲部分打打停停退到西西伯利亚，中西伯利亚，东西伯利亚，再往后就是太平洋，无路可退了，便跨过黑龙江来到中国。那时他朋友的妻子已怀孕，但他的朋友却战死了。在哈尔滨，他朋友的妻子生下一个女孩，取名维达。沙俄已经垮台，无所谓贵族平民了，葛邦福先生和他朋友的遗孀结了婚。那小女孩的中文名字随他的姓叫葛维达，她的母亲就是葛伯母。有一次葛伯母来我家，我听见她对母亲说："我们是白俄，不是苏联人，没有苏联国籍，我们没有苏联护照，不要去苏联。"我当时还小不懂什么是国籍，但我知道护照就是一个小本子，里头有照片，我父亲就有一本护照，我看见过。我还想葛伯母没有那个小本子，所以她不是苏联人，他们是白俄，那是白俄罗斯吗？长大后我才明白，原来白俄不是白俄罗斯。她说这话时正是中国政府要把在中国的白俄送回苏联的时候，后来他们夫妇去了澳大利亚，葛伯母还和母亲通信，年节时寄来贺卡。

大约从1946年起，我父亲虽然是清华的教授，但一直在北大兼课，用兼课的收入供两个叔叔上大学。他和北大的同事很熟，但母亲却没见过他们。搬到燕南园父亲带我们去拜访邻居，第一家就是向达[1]伯伯。我父母和向伯伯、向伯母谈话时，我就坐在那儿看苏联画报。向伯母看我不吵不闹，乖乖看画报，以为我爱看苏联画报。以后隔些时我路过她家，她就会出来叫我："小瑜，到我家来看画报吧，新的苏联画报来了。"我就随她去看画报。每次向伯母都会拿出糖果请我吃，跟我聊天。我觉得她很闷，向伯伯上班很忙，两位向哥哥，一个在天津上大学，另一个抗美援朝参军了。向伯母一个人在家，我去了她很高兴，听我胡说八道。我要求参观他们家，她牵着我的手，楼上楼下地带

---

[1] 向达，著名历史学家，曾任北大历史学系教授。

我把犄角旮旯都看了，连壁柜和阁楼都带我进去看了。她也常来找我母亲，母亲还给她做了一件布拉吉（连衣裙）。她很喜欢，可是向伯伯不许她穿，她便来我家向母亲诉苦。

跟我一起玩儿得最多的就是我的发小兼闺蜜周如苹（周培源[1]的小女儿）。前几天我去看她，我们俩都不记得我们是什么时候认识的，因为我们认识的时候还都不记事。在清华我们上同一个幼儿园，搬到北大来，我们还是上同一个幼儿园。放学时常常一起回家，尤其是下午放学后，我们一起趴在燕南园的北墙上，隔着马路看球场上的学生打篮球。我们欢呼，我们叫好，我们鼓掌，进了球我们像自己进球一样兴奋，没进球我们像自己没投进去一样失望。最妙的是一场球赛完了，我们不知道谁赢谁输。北大那么多系，那么多年级，那么多球队，我们哪知道是谁和谁赛球呀？又没有大屏幕，又没有广播器，裁判拿个小黑板涂涂抹抹地写个几比几，那么老远谁看得见哪。但这并不妨碍我们兴致勃勃地看到广播器里开始播送一首固定的乐曲，我们知道食堂开饭了，于是我们也各自回家吃饭。

有一天中午，我们俩在向伯母家旁边为如苹的二姐周如雁的"雁"字是一个单立人还是双立人吵起来。如苹急了，一巴掌打过来抓到我脸上。我"啊"一声张开嘴，一个东西滑进我嘴里，我赶紧闭嘴一咬。这回轮到她大叫一声，抽回手去，我才知道滑进我嘴里的是她的手指头。我的脸破了，她的手破了，两个人面对面哇哇大哭。正好向伯母出来倒垃圾，看见我们在哭，一眼就看见我脸上流血，赶紧跑回家拿来紫药水给我上药。可是她一向血压高，手抖，颤颤巍巍的，该抹的地方没抹上，不该抹的地方抹上了。等她抹好了，我就变成一个紫药水抹成的大花脸。她直起腰来问如苹为什么哭，如苹举起一个被我咬破的手指头。向伯母吓一跳，又急急忙忙跑回去拿纱布和胶布来，给如苹包扎起来。然后对我们说："不哭了，回家吧。"我们俩乖乖地擦干眼泪，并肩回家。

---

[1] 周培源，著名物理学家，中科院院士，曾任北大副校长、校长，中国科学院副院长，中国科协主席。

我母亲看见我那大花脸着实吓了一跳，细看不过破了一小块，也就放心了。她要到海淀去买东西，家里没人能看我，只好带我这个大花脸出去。还没走出院子，就见周伯母急急忙忙地走来，老远就说："听说如苹把小瑜的脸抓破了，哎呀，女孩子要是破了相可怎么好呀？"母亲说："没关系，不过破了一小块，也不深。这是向太太手抖，给抹太大了。"周伯母捧着我的脸细细看了看，说："这两个孩子，一个抓，一个咬，一个猫，一个狗。"我恍然大悟，原来我们俩都属宠物类。

第二天两人一起上幼儿园，去得早，老师还没来，我们俩就头顶头，脸对脸地一起蹲在沙坑里玩儿沙子。刘阿姨来上班，看见我就吓一跳，问我脸怎么了。我立刻站起来大哭，说："周如苹抓的。"如苹也立刻站起来大哭，举着一个包着纱布的手指说："邵瑜咬的。"刘阿姨莫名其妙，不明白我们俩是怎么回事，只好安慰我们几句，叫我们不要哭。我们俩听话地擦干眼泪，又头顶头，脸对脸地蹲下一起玩儿沙子，放学后手拉手一起回家。

一天我和如苹在我家后面的小路上玩儿，看见沈靖头顶半个西瓜皮从他家出来。走到垃圾箱边头一低，一甩，西瓜皮就落入垃圾箱里。我佩服得五体投地，没想到他还有这一手。沈靖的舅舅沈同[1]先生和夫人是我的干爹、干妈。我母亲生我是剖腹产，我生下时不到5斤（真没想到现在能长这么大个儿）。我父亲看到护士从产房里推出昏迷不醒的母亲和弱小的我时，急得当场昏过去。沈干妈在那个医院工作，听说了就来看我们，帮助照顾我和母亲。当时母亲很虚弱，她怕自己活不了，就给我认了沈干爹和沈干妈。

沈家是个大家庭，有沈琨、沈靖、沈还、沈逾，还有个不会走路的小不点儿。沈琨带着弟弟妹妹玩儿，我去了，就连我也带上。我们在房间里跑来跑去，除了沈干爹的书房兼卧室外，哪间房我都跑到了。沈干爹和沈干妈都上班，干妈在城里上班，不能每天回来，家里全靠好婆料理，管孩子。我看见好婆永远是围着一条长长的围裙，忙里忙外，从没见她停下来休息。即使坐

---

[1]　沈同，曾任北大生物学系教授，生物化学家。

下来，不是在剥豆子就是在择菜，那么大一个家被她管理得井井有条。有一次沈干妈回来得比较早，她先给每个孩子发了一管外面包着巧克力的糖豆，连我也有一份。然后她给好婆一瓶白松糖浆，因为好婆咳嗽。她拿个勺子细细地教好婆一天吃几次，一次吃多少，大概担心她上班后好婆不知道怎么吃药。我回家告诉我母亲，母亲说："沈干妈人真好，不但孝顺婆婆，对外甥也好。不像有的人，不是亲生的孩子就想法赶走，不能赶走就虐待。"我们这一群孩子经常到燕南园中心的空场去玩儿，那里有个游戏场，有秋千和压板。经常一起玩儿还有侯方兴（父亲侯仁之）和郑斐度、郑林楠、郑降生姐弟三人（父亲郑昕[1]）。

有一年十一，大人都去天安门了，我们这一群孩子全放了假，大家在游戏场玩儿。侯方兴爬到一棵大枫树上，坐在树杈上，指着东南方对我们说："那里就是天安门，今天上午有游行，咱们坐在高处，等游行开始了，就可以看游行。"我们全都抢着往树上爬，一眨眼，那棵树上就爬满了孩子，大家都伸着脖子往东南方看。等了半天也没看见游行，我们纷纷垂头丧气地爬下来，只有侯方兴仍坚持在树上。我们荡秋千，压压板，逮着玩儿。忽然听见"哗啦"一声，侯方兴大叫："来啦！来啦！"于是所有的孩子从四面八方冲到树下，争先恐后往树上爬。从树上往东南方向看，只有柏树的围墙和几栋房子。等了半天也没有什么游行，大家失望地爬下来。可是侯方兴仍然端坐树上，面向东南，直到他奶奶站到他家外面的小路上喊："方兴！回家吃饭啦！"他才一溜烟从树上滑下来。现在想想侯方兴的方向感是正确的，那个方向确实是天安门的方向。但他的距离感差了一点儿，坐在燕南园的树上是无论如何也看不到天安门的。至于那"哗啦"一声，大概是褚圣麟[2]伯伯家的保姆朝他家后院里泼了一盆水吧。

郑家姐弟三个都有病，大姐郑斐度手脚有残疾但仍担负着管理妹妹和弟弟的责任。我们经常在游戏场玩儿，她和我说话，打秋千，玩儿压板。她的妹妹

[1] 郑昕，曾任北大哲学系教授、系主任。
[2] 褚圣麟，曾任北大物理系教授、系主任。

郑琳楠乱跑，有时插嘴说几句没头没脑的话。她的弟弟郑降生是我今生见过的最老实的孩子，总是乖乖地站在郑斐度身后，一声不响，看我们玩儿，听我们说话。可我很怀疑他听懂了没有。

有一天傍晚，郑伯母骑着自行车绕着燕南园叫"二妞，二妞"，听说郑琳楠丢了。邻居们也很替她着急，有人骑车到北大里面各处帮她找。天黑了还没找到，郑伯母到海淀派出所去报警，警察立刻就帮她找到了。原来郑琳楠最爱看猴子，她自己坐32路车到动物园去了。可是她没钱买门票，就在动物园门口站了一下午。动物园关门时，售票员看见她还不走，就把她送到动物园派出所去了。警察问她话，她说不清自己家在哪儿，动物园派出所就给各派出所发了通知。所以郑伯母一报案，警察就联系了动物园派出所，确定就是郑琳楠后，郑伯母去把她领了回来。

"文革"中我陪我父亲去校医院看病，看见郑伯母在过道里追着一个担架床跑，担架上躺着个昏迷不醒的人。后来听说那就是郑琳楠，但是那次没抢救过来。后来我和我母亲在海淀遇到郑伯母，她和母亲说话，突然回过头大叫："小弟！小弟！"一个高大的胡子拉碴的男人走过来，一声不响地站在郑伯母面前。细看，像郑降生，还是不爱说话。郑伯母一把抓住他的手，一直握着，走的时候也是牵着他走。我母亲说："还是你奶奶说得对，回门亲做不得。"回门亲就是娶姑姑的女儿，郑伯母就是郑伯伯姑姑的女儿。

上二年级的时候，北大在中关园盖了三公寓，父亲觉得燕南园热水和暖气都要自己烧，母亲太累，我们就搬到三公寓去了，但我欢乐的童年永远留在了燕南园。

1952年沙滩—燕园搬迁记

宋文坚[1]

（一）押车

1952年院系调整，北大从沙滩迁往西郊燕京大学原址，搬运物资和清理燕大的校舍任务巨大。北大和燕大都动员了大批学生参与工作，我是报名者之一，为此暑假提前返校，时间是九月初。我们最先的工作是腾空沙滩三院学生宿舍，把双人床、单人床、桌椅等搬到各楼间空地上，学生的东西都按班级集中堆放，这是放暑假前就做了的。那时我们已经得到通知，学校要迁往燕大。

学校有工人来指导装车，煞缆绳。我们跟着押运，实际也是到那里卸车。我们押运是几个人坐在卡车上，和家具在一起。运床的任务很轻松，尤其是双人床，我们就坐在下铺上，空间很大，可以聊天打扑克。但押运桌椅板凳就没

---

[1] 宋文坚，1928年出生，籍贯山东，1954年毕业于北京大学哲学系，留校任教，曾任逻辑教研室主任、教授，著有《西方形式逻辑史》《逻辑学的传入与研究》等。2020年3月去世，享年92岁。

那么舒服。车厢里塞得满满的，叠床架屋，横七竖八，杂乱无序。得在前后厢留点空间，人站在那里。一路还得提心吊胆，要随时提防家具在晃动颠簸中移位，伤着或挤着自己。

我们的车都是从西直门出城的。当时，北京从西直门到颐和园有一趟公交车，即现在的332路，那时叫32路。我们运家具的车以及后来从北大运大批学生及行李的车都是沿这条线路行驶。这一路，都是一色的农田。唯一可远远望见的是农业科学院那座橙黄色的像条军舰的小楼。它的三层楼一端竖出一个高两三层的立楼，像军舰的舰塔。这座楼孑然矗守，好多年它都是西直门外唯一的一座高层建筑，因而也成了西直门外好长时间的地标性建筑。

32路在黄庄一带往西北斜下去进了海淀镇，经过南大街、西大街，在如今海淀桥一带往北一直行到燕大西门。我们运家具的车就这样进了西门。

燕京大学校园只有两个校门，西门和东门。西门是燕大正门，是燕大兴建燕园新校舍时所建。东门，即博雅塔东的那个门，是燕大教职工进出用的。出东门是成府一带，往东直走不到四百米就是燕大教授级的教师宿舍，别墅小楼，三十多幢。成府一带则多是民宅私房，有相当多的燕京大学教职工住在这里。

大致对燕京大学的校园、教学建筑及住地用房做些介绍吧，这和今日的北大校园既有关联又有很多不同，建筑名称更是有别。燕大校园有校本部及蔚秀园、朗润园、镜春园。它东至东操场，有燕东园这块飞地，南面到今天的综合体育馆及西面的五四运动场，当时五四运动场以西不属燕大，包括燕南园到西边的原校医院以至西墙、燕南园以南及西南一带都属校外。燕大校园是一个很不规则的地形。北京大学迁来燕园后，不断扩大面积，增加了约有两倍，同时不断建盖新楼，使北大日新月异。它还将原有建筑名称一律改换。保留的只有"未名湖""燕园""博雅塔""临湖轩"。此外蔚秀园、镜春园、朗润园也名称依旧。

从西门算起，当然，首先是摘下了蔡元培书写的"燕京大学"这块门匾，改挂毛主席写的"北京大学"字样的门匾。往东走，燕大的穆楼改叫外文楼，

441

它南面的睿楼改叫化学北楼，再南面的化学楼改叫化学南楼。现在的档案馆燕大时叫硕瑞楼，后来很长时间是北大的图书馆。现在的办公楼燕大时叫贝公楼。现在的民主楼过去是宗教楼。往东，现在的才斋、德斋、均斋、备斋或红一、红二、红三、红四楼，燕大时叫楚斋、蔚斋、优斋、乾斋。现在的健斋过去叫牛津楼。那个石舫边上的小岛过去叫思义岛。往南，现在的北阁、南阁燕大时称麦风阁、甘德阁，现在的俄文楼过去叫适楼。北面的体育馆即一体燕大时叫华氏体育馆，南面的二体燕大时叫鲍氏体育馆。博雅塔东面那个方楼记得叫精工楼，那是燕大的汽车处。方楼南北的一些建筑，在燕大时是机械厂和锻铸车间及木工厂。我们刚来时北大的校医院设在未名湖南边小山坡下的一个小楼里，那地方燕大时是慕氏疗养院，现在叫亨利楼。在如今二院三院以及西面的一溜小楼和东面的四院五院，都是燕大的女生宿舍及学习的地方。此外还有些燕大的建筑因又旧又小，后来拆掉改建了。在哲学楼那地方曾有燕大的幼儿园。在今天一教那地方，燕大时有个花洞子养花。此外那里还有个小学，我们来后好久小学那一溜平房还在。燕大的中学则设在蔚秀园的东墙附近。在燕南园以东，包括今日的大讲堂，它东面电教、农园餐厅以及五四操场一带，我们1952年来时称它为棉花地，地里还残留不少棉枝棉桃，还有野兔，那是燕京大学的农事试验场。北大就利用这地方开辟了一个学生宿舍区和建了五四运动场。

东门外的成府也值得一说。这里地势较低，河沟纵横交错，有三条河沟及漫滩最后汇到一处，在东门外流向北面的万泉河，即清华西路南侧的河。出燕大东门，是一条南北向的河沟，宽有两米，石砌沟边。沟的西岸是燕大的东墙，墙沟之间是一条路，北通圆明园，南通北大后来新开的东南门。成府水多沟多桥也多，都是又长又宽又厚的大石桥。东门出去的沟上就有一条石桥。桥东沿沟岸的路旁建了一溜民房，都是平房。成府一带除燕东园外没一座楼房。北大东门北面的一溜叫北沟沿，南边的叫南沟沿。所有这一带的平房鳞次栉比，没有间隔，但家家后面都有些院落。出东门往东直走的一条路，叫蒋家胡同，它东面直抵燕东园。蒋家胡同北面的一条路叫成府街，它西头是一座大石桥，东面直抵燕东园的北墙根。这是成府一带唯一的长路。此外从燕大东门往东走不到一百米处，有一条西北、东南向的沟，叫斜沟，是从如今物理大楼西边向西北流的沟。斜沟在蒋家胡同那儿也有一座大石桥。这沟的两边都有一些小胡同，互不相接，各有自己的名称。斜沟沿西面的胡同，自北往南有五条，分别叫薛家胡同、喜羊胡同、后罗锅胡同、前罗锅胡同、杨树胡同。斜沟沿东面的胡同也是自北往南有吉永庄、槐树街、枣树院。这些胡同南面有块空地，是养牛场，产牛奶。北面，在蒋家胡同和成府街之间，也有一些胡同，有前吉祥胡同、后吉祥胡同、红葫芦、沙土窝。这样可见，燕大东门外这叫做成府的地带简直是河沟交错，胡同纵横，房屋鳞次栉比，院落星罗棋布。

成府一带住着不少燕大的教职工，这些住处有的是他们的私人房产，有的是他们租住或燕大租来供他们居住的。有多少是燕大职工私有和租住，已无法统计了。北大迁来后，继承了燕大这笔遗产。有的房舍已完全被北大独占了。蒋家胡同、槐树街各有四五处高房大院，门庭高大，门外有大门垛和台阶，很可能是过去什么王孙的府邸。内里宽大，是几进的四合院，都满满住着北大职工。值得一提的是，20 世纪 80 年代以前，北沟沿还住过一位据说是蒙古族的公主。五十多岁，衣衫不整，房子破败，养了四五十只猫。房上、屋里、地上、床上都是猫。成府一带不仅和北大教职工有关，也为我们学生所用。我班有个同学，已结婚，夫人跟在身边，在沙滩时他就在外面租房子住。来燕园后，他在南沟沿租了一间民房，不住我们宿舍。我班还有位女生，也已结婚，来时临盆，不久生了一个男孩，我们帮她在吉永庄一处住户找了位大嫂给她照看孩子。如今成府一带已完全并入北大，那里已建满了各色漂亮大楼，如光华二号楼、政府管理大楼、北大校医院等，旧日成府已荡然无存。

除了西门和东门，北大在搬家前还在燕京大学原址的南面扩建了教学楼、教师宿舍和学生宿舍，为此又设了一个东南门，位于新建的文史楼和地学楼以东不远处。这个门后来不断东移，今日成了北大出入人流量最大的正东门。这新设的东南门南接新建的二教北面一个大院，里面是电工、基建等班，北接东门连接过来的东墙。东南门门里门外都很宽敞。外面路北不远，有一家小饭馆，卖的叉烧肉炒饭很好吃。

20世纪50年代中期以后毛主席下令消灭麻雀，我们借机借冯友兰先生的猎枪来打鸽子和六郎庄一带树上的旱雁，打了就到这个饭馆给做叉烧鸽子。这东南门虽宽敞，但不能通大型车辆。它东面走不远就是一条流水清清的小沟，不宽，一跨而过。这沟水往北流向东门外的那个沟，两沟却并不相连。在进东门外的沟之前，有段地没有沟了，是一处乱石碎砾杂陈的浅滩，水漫滩而过。后来东南门外那条路在沟处埋上管子，走路不须跨沟了，但仍然不能通大车，因为这沟以东就是一个南高北低的斜岗，去中关园的路乃是从岗上开出来的一条坡路，不仅南高北低，而且还东高西低，更是路面不宽。过了这个岗子就到了如今物理大楼那一带。有一条从中关村斜过来的路在物理大楼前面向东拐通到清华园、五道口。这条路或许能通汽车，但没有公交，来往车辆也不多。这条路西的岗子上有一个桃园。

除了这三个门外，北大那时再无其他门了。当时已开建了大饭厅南面的教师宿舍楼，可能也有了开设南门的计划。但当时不会有南门，因为北大南面没有路。如今的海淀路是北大搬来以后1953年才开通的。在棉花地还有一片小树林，是北大伙房的宰猪场。在棉花地南面拉起了一道铁丝网，是燕大或北大在海淀的南界。铁丝网外面是老乡的麦田，我们来了个把月，麦田已绿油油一片。我们运家具的车进西门后，燕大能通行汽车的路主要有两条。一条是进西门往南拐，沿燕园西墙南行，在如今的西侧门里向东拐，走如今的求知路到如今的五四路，要经过哲学楼东面的一座木桥。这木桥用料粗厚，宽大结实，可能是北大迁燕园运建材所用。下面是从燕园一带通往海淀的一条夹道。从桥上看去，下面像是一条沟，能通马车，走人不多。这座木桥后来很长时间未拆，是我们学生从宿舍到教室的主要通道。运家具车过了桥，在如今老化学楼南有片空场，记得还有一个棚房，我们把床桌等什么就卸在那个空场里。燕园另一条可走汽车的路是从西门过校友桥，沿外文楼走如今的未名北路到第一体育馆再南下经地学楼东直接进入学生宿舍区。我印象里那条沟在这里似已填平，上面可以通车。关于这条沟，我觉得是个谜。它的确是从燕东园一带开始的。燕东园有一堵又高又长的北墙，它外面是一片洼地。沿北墙往东约百米就进入一条向南拐的沟。这里就是那条穿过北大的沟路的北口。这条沟路从燕东园穿过。当年"深挖洞，广积粮"，还把燕东园的这条沟盖上了大的水泥板，铺上土，当成了一个防空洞。至于这沟在成府一带怎么走，怎样避开网络纵横的成府水道，到了燕南园南边又怎么走，怎样通向海淀，我当年没去理会。最近想了解它了，却问谁谁不知。前几天去找一个过去在燕大赶大马车的鸟友。不想，他四年前已经去世。这沟怕成了千古之谜。

有工人指导我们卸车，卸完就回北大再装第二车，再沿原路来回。这样运了三两天，我们有些人便把自己的行李物件随车搬来燕园，成了第一批搬进新北大的学生。我们住在未名湖边的备斋即红四楼，它那时叫乾斋。部分人不再押运家具，而是留在这里清理燕园的房宇屋舍。这红四楼以及后来称作红一、红二、红三、红五、红六的楼，原是燕大的男生宿舍。红五楼和红六楼的楼上是燕大的食堂。我们进来时，燕大学生的个人物品已经清空。这些楼要改做新北大单身教师、职工的宿舍，我们要来布置这些宿舍。首先是把房间里的双人铁床搬出去，然后换上从北大运来的单人木床，每屋放两张三张不等。原屋里供两人相向使用的四屉桌和椅子不动。燕京大学那时被称为贵族学校，来这里的学生家境都是很富裕的，大多是富商、买办、政府官员家庭出来的。燕大的学费高出其他大学七八倍，1935 年出版的马芷庠编写的《北平旅行指南》记载，北平大学即老北大，学生每年费用二十元，体育费两元，清华学费二十元，再无其他费用。燕大每年学费一百一十元，床位费四十元，体育费十二元。当然所享待遇也不同。宿舍两人一屋，用的床都是上下两层的双人钢丝床，一个大厚床垫子。在这种床上一躺，上下颤悠，有如腾云驾雾。当晚我们在备斋就睡在这张床上，故意不时颤悠几下，美滋滋。还有一部分学生是把北大运来的上下铺木床搬进学生宿舍的 1 至 14 楼。这些两层的小楼是北大搬海淀后新建的，造型特别，但都是一个模样。

我们哲学系男生安排住的是 10 号楼。它有两个进出的门。每门通楼上楼下四个大房间。进门是一个夹道一个楼梯，夹道顶头是盥洗室和卫生间，可以淋浴。这是一个从楼后面凸出的区间。夹道两旁各是一个大间，中间又用矮短墙隔成三个小间。每小间放四张双人床。屋里没有暖气，冬天不生火炉。房子的北墙是砌成的火墙，像乡村的火炕。烧火灶口设在墙外。冬天严寒，火墙烧热，屋里暖烘烘。每屋只摆床、小桌。学生用的凳子是开学后个人从家具组那里领的。每人一个长方凳，每个凳子上都钉有一个带号码的小红铁条。领凳时要签名登记上这号码，丢了离校时要赔偿。所以每个人都得护好自己的凳子。不过这些长方凳都一模一样。看电影、开大会带凳子时常常会拿混。自己的丢了，也混拿别人的，谁也不会用心去理会那些登记号。这样，凳子后来变成一笔烂账，最后毕业时学校也没提凳子的事。

（二）一本日记

我们在清理未名湖边几座男生宿舍时，常有一些原住学生遗留的物品，如衣帽、脸盆、书籍。我们每天把它们集中起来送到办公楼一层西侧的一个大房间里，即后来的房产科办公室。办公室就两个人，有个女的叫于惠。屋里地下散落地堆着不少从各屋捡来的东西。有天我发现有个脸盆里放着一本黑色硬皮笔记本。我随手捡起来翻看，竟是一本用了约一半的日记本。一日一页，字有多有少。还多有间隔。时间距离约为半年。我翻了几页，发现十分凑巧，竟是我们青岛一个高三男学生的日记。内里记叙了他和一个女孩子近似恋情的种种。我很好奇，便拿回红四楼，有时间便加以细读，反复看了几遍，挑看了多处重点的地方并做了些琢磨。我怕日记主人回来找，几天后就送回房产科放在一个显眼的地方，是想让原主人来找时容易发现。我不知道这本日记以后的下落。是否已回到原主手中，或是又被另一位发现者拿去看又或是留下或是送回？也许谁也再没理会它，被当作垃圾扔掉了。

六十年过去了，想一想我更觉得这是一本很珍贵的日记，里面有一段很有点感人的那个年代青年男女的恋情。很后悔没把这本日记留下，并想办法把它送到原主手里并问问后来他们怎样了，也很遗憾没能把日记中描述的一些情意浓浓的文字记忆下来。我已完全记不起日记的描述和叙事了，但只要想到这本日记，想到主人公对一个女孩的深深思恋的心态，以及他们相见时的种种情意表露，某种情绪便会油然地涌上心头。日记主人是青岛崇德中学一个高三学生。女孩是和崇德相挨的文德女中的一个学生。日记只有月日而无年份，因而无从考证主人公是燕大哪个年级的学生。那女生更无所查考，里面根本没有提及她的身份、年龄和级别。

日记中记叙的只是两个人相遇和相识的一些温情事。写的只是相互间或日日或间隔的相见、相识和对笑，以及在上学和放学或人群众多场合对对方的寻觅和等待，是一种青春男女间刚刚萌发的纯真恋情。那情景极像是汉武帝刘彻所写《李夫人歌》描述的"是邪，非邪？立而望之，偏何姗姗其来迟"，又有如辛弃疾词"众里寻他千百度，蓦然回首，那人却在灯火阑珊处"。

从日记看出，两人已心心相印，关系在不断发展。而就在此时，日记戛然而止，留下半本空白。后面的事情怎样了，留给人无限遐想，更让人有心碎的怅然。

从日记本保存完好的情况看，燕大这位男学生对这段时日是很珍惜的。可他又为什么独独把日记本扔下了呢？是不愿回首，还是想忘掉那段岁月？

六十年过去了。这本日记中的男女主人公还在吗？如果还在，他和她当已是和我一样耄耋衰暮、老态龙钟了。但它留在我心里的，却始终是两个人脉脉动心的情意和他们美好的花样岁月。

（三）走回燕园

搬来燕园之后，到10月下旬我们才开始上课。这段时间里，我们许多同学都只好闲逛。未名湖和它北面的镜春、朗润诸园我们逛够了，便坐车去颐和园。要坐公交和买门票，钱并不多，两项相加不到三毛钱。以后就逛学校周边，最近处就是海淀。其他东西南北都是一片大田，要不就是荒野，枯草败柳。就人文环境说，这里远不如沙滩，沙滩有街景市容，熙熙攘攘，使你目不暇接。

我们发现了一条去海淀的捷径。在燕南园东墙南端和新盖成的 16 楼、17 楼等楼之间，学校拉起一道铁丝网，是学校西南方的边界。我们去海淀就撩起铁丝网钻出去。外面都是砖瓦平房，有几条小胡同，记得有羊圈胡同、北羊圈、南羊圈和军机处胡同等。军机处胡同是一条南北向的胡同，它的位置在北大曾有过的西南门和门里的 38 楼及学一食堂一带。这胡同北端是海淀的北冰窖。海淀当时有两个冰窖，北冰窖和南冰窖。南冰窖在今天海龙大厦一带。20 世纪 60 年代某一年春节燃放鞭炮，点燃了冰窖的草顶篷，大火熊熊冲天，把南冰窖烧了个精光。北冰窖冬天从未名湖切凿出方方正正的厚大冰块，运到那里储存以备夏日之需。我们来燕园后好多年，学校还照样在未名湖取冰储于北冰窖。北冰窖的地址我觉得就在如今学一食堂北面的家园餐厅一带。北冰窖当初足供海淀一带大户和官吏人家所用。军机处胡同的南端到海淀镇的老虎洞街，东西向，是海淀镇最早发达起来的一条街，有许多商户。出老虎洞西口，就是海淀西大街。由于我们只逛街，不能深入到海淀的居民堂所，所以我们感到这海淀镇甚为荒凉。记得有一家酒坊，临街也卖酒。坐公交从那里经过时，烧酒白干的香味会浓浓地迎面扑来。我每年放假回家坐车从这里路过，都会产生一个念头，回到家后首先就是美美地喝上一口白干。除这家酒坊外，大街上还有一家绸缎布庄，一家理发馆，几家杂货铺和小饭馆，别的都是一片片民房私宅。有几所高大瓦房，像是官宦或商贾大户。路西是一个高地台，也盖满了房子。海淀镇看来像是一个农村的乡镇，或乡间的一个大村落，可是在清代却是极其重要和辉煌，不仅商贸发达，它还是政治中心。清朝康熙起，许多重大事件都在这里发生。康熙二十九年（1690 年），在今日北大蔚秀园南面一带建起一个畅春园，这是康熙在城外的行宫，每年他有多半时间在这里持政。因此许多王公大臣为了免却城里城外奔波疲劳，便纷纷在海淀一带置地建舍，修筑园林。此外康熙也在此地给他的子侄重臣们赐园。电视剧《雍正王朝》里的许多大臣如隆科多、明珠、索额图等均有被赐园，如自怡园等。海淀八一中学，校园很大很美，原是清礼亲王府邸——礼亲王花园。八一中学不断拆旧盖新，礼亲王花园已无几存。也有一些商贾大户来海淀建园。各色宗教也跟随而来，建起了不少庙宇殿堂。著名学者震钧所著《天咫偶闻》说，"海淀，大镇也，自康熙以后，御驾岁岁幸园，而此地益富，王公大臣亦均有园。……朱门碧瓦，累栋连甍，与城中无异"。更主要的是，因为康熙在海淀，办理政务的军机处也在海淀设一值房，名曰"外值庐"，久之便变成正式的军机处。许多大臣为接近军机处也纷纷来海淀近处置房购屋。由此形成一条胡同，一条有不少高档建筑的胡同，有许多雕梁画栋的四合院。后来这里也住过一些名人。在燕大时期，埃德加·斯诺住在这里，他的紧邻住过侯仁之先生。

在军机处胡同西面，有一座火神庙。是当初海淀镇这些大户为祈求免却火灾而建。火神庙在今北大校园最西南角，如今修缮得很漂亮，被大明眼镜店租用。海淀镇旧颜今已荡荡泯然，唯这个火神庙尚在，相貌依旧。

由于我们当年对海淀这儿的历史及它的古迹了解不多，所以也不能对海淀镇有什么探索的兴趣。逛了几次，就甚觉无味。开始觉得搬来燕园，除景致优美、风光漂亮、校舍典雅外，不好的地方实在太多。而最不好和不方便的就是没有书店、书摊可逛。我辈学子虽然手头不裕，但逛书店、书摊不买书只翻看也是极大的乐趣。或去王府井东安市场，或去西单商场。那里有好多新书旧书都卖的书店、书摊。住在城里时，我是那里的常客。不管买不买，在那里待上几个小时，看看书名，翻翻目录，都是莫大的精神享受。来燕园没多久，我便起意要去西单逛逛。不想头一次进城，我就尝到了苦头，那天我坐 32 路进了城，又从西直门坐上有轨电车到了西单。在西单商场的几个书店里、书摊前流连忘返。楼上翻翻，楼下看看，逛了一个够。记得买了一本书，又在一个小摊位上买了几个烧饼夹肉。吃饱了肚子，高高兴兴上了去西直门的铛铛车。上车后买票，一摸兜，钱包没了！我满衣兜里搜，没了。钱包不知是在商场还是上车的当儿丢了，叫人偷去了。里面还有十几元钱，这可是一个大数目！我们一二年级的伙食费每月才十二元钱。我脑袋嗡地大起来。更要紧的是我没钱买车票了！票钱也就一毛多，可我这时是身无分文，只好向售票员实说我是北大学生，进城买书。我把买的书给他看看，又实说，钱包真的丢了。售票员还真通融，说："那你就到站下吧！"这一关过去了。到了西直门，得换乘 32 路。在站上有票房卖票，上车时出示车票。我心里打鼓，万一人家不信你怎么办？这西直门站还有卖五香花生米及别的什么的小吃摊，我也嘴馋。但无奈囊袋空空。时至下午，太阳西斜。怎么办？我倔劲上来了，不求人，大爷我走回去！顾了脸皮顾不了那双腿脚，便从西直门出城。一路行人不多，一个人闷头傻走，越走越累。也曾想，实在走不动了，也可再上车求情。几次在沿路的站上停下来，但许久车又不来，体力稍复，便起意再走。一直走了两个多小时，太阳西落，我才从学校西南那些小胡同插进燕园，回到宿舍便一头瘫倒在床上。

（四）我们的宿舍

我们班是陆陆续续住进 10 号楼一层最西一间的。前面说过，这是一个大间隔成三个小间。每小间放四张双人木床，中间摆八张两两相对的小桌。两个坐在隔邻相挨上铺的人像是坐在一条板凳上。

我们班 1950 年入学时是二十人，十九位男生一位女生。1951 年退学两人，参军两人，转系三人，剩下十二位男生。当年辅仁大学哲学系并入北大，我们班又来了六位男生和三位女生。1952 年院系调整又并入九男一女。此外又插入两个上年级转入的人，共有男生二十九人。有四个患肺病的男生住在德斋的肺健会，有一人租住东门外北沟沿，所以这间大屋正好容纳了我们班余下的男生。

我们似乎又回到了 1950 年刚入学住北大三院礼堂那个情景。有人在屋里说什么别人都听得清清楚楚。谁咳嗽，打呵欠，打喷嚏，放屁，大家都能声声入耳，尤其晚上睡觉，呼噜四起，夜夜演出鼾声大合奏。这屋白天也不安静。谁在吵闹，谁在哼哼，谁在唱小调，大家都得听、得忍。广东中山大学来了两位广东人，爱说话。这两个人只要凑在一起，就粤语连篇，我们根本听不懂他们在说什么，只觉得他们在哇啦哇啦叫。不过这屋子也有唯一的好处，就是开班会、课堂讨论，不用去借教室，在我们屋就行，宽宽裕裕。学校从苏联学来一套学习方法，就是课堂讨论，叫"习明纳尔"，是俄语的译音。不只我们班这样，别的班也如此，"习明纳尔"都在自己宿舍中进行。那时，不住这里的学生都来了，上铺下铺地坐。这种"习明纳尔"还是很锻炼人讲话和思索问题的能力的。

除这个好处外，我们宿舍白天实在不好利用。所以多数人到图书馆去。和后来北大的情况一样，图书馆座位有限，得早早去抢座位，还得帮别的同学占座位。图书馆在办公楼南边的那个楼，二层上面还有个小三层，中间高两边低的一个通仓，两边还有一排小窗，是书库。图书馆门朝东，进门是一个大通间，摆满大长案和大扶手椅，是从北大搬来的，坐着很舒服。

我们住的 10 号楼东西长，门朝南。南面是一片空场地，南边六十多米处，有一个小山坡，上面长满了树和草，郁郁葱葱，有十多米高。山顶平坦。我们休息时，常上山逛逛，山上有座破败的小庙，断壁残垣，没门没窗，空空洞洞。这小山可以四面观景，可以拿个凳子在那看书，或在那谈心聊天。10 号楼西面是 9 号楼，9 号楼是南北长的楼。门朝东，是中文系的宿舍。10 号楼进门的过道里安装了一部电话，是供我们学生使用的。来了电话，都是 10 号楼的学生去接，然后各楼去传唤叫人。哲学系一年级来了个新生叫宋文淦，住在 10 号楼东面那个门。要是有他的或是我的电话，有人就在我们楼前大喊"宋文什么的电话"。常常是我们两人同时出来接，接后才搞清是找谁。宋文淦后来考了逻辑的研究生，毕业后分在北京师范大学。许多逻辑界的同事也常把我们俩搞混。把他写的东西当成我写的，把我翻译的东西当成他译的。也有人常问我："你们俩是什么关系。"我就说，那是我老弟。其实老淦是安徽人，我们俩八竿子打不着。

1952 年新学年，我们学生不用交伙食费了，国家供给。我们在新建的大饭厅吃饭。偌大的大厅里放着排排桌子，没有凳子。开饭时，菜已经摆在桌上，八人一桌，然后分到各人碗里，只能站着吃，或把饭端到宿舍去吃。我们班有位回民，他在回民食堂吃饭，就跟我们说回民食堂怎么好，有座位，伙食也好。我受他鼓动，第二个月就转到回民食堂去了，条件确实要好得多。我在那里吃了好几个月。回民食堂在二院西面，和二院挨墙。二层小楼，门朝西开。那里有一溜房子，听说是燕大时女生的一个什么书院。这些小楼都是一色的燕大式建筑。高脊斜檐，红漆门窗，古典，雅致。在回民食堂西面不远，有一处院落群，叫佟府，曾是康熙皇帝的皇后佟佳氏的父亲佟维国的宅院。佟维国的一个儿子，就是在电视剧《雍正王朝》中帮雍正登上皇位最后又被雍正赐死的那个隆科多。

（五）开学

我们搬来时，哲学楼还没修缮好。学校在外文楼给了哲学系一个办公室。在外文楼一楼进门东侧，一间不大的房子。教师们在那里聚集，商讨事情，找学生谈话，等等。我最早接触新北大哲学系的老师也是在这房子里。新的哲学系设两个专业，哲学专业和心理学专业。哲学专业分三个专门化。这也是从苏联学来的一套。有辩证唯物主义专门化、历史唯物主义专门化、逻辑专门化。三个专门化的学生有共同的课程，也有各专门化要单学的一些课程。我们班三十四个人要分为三个专门化组。逻辑专门化要动员十个学生。可能系里对分学生已有方案名单，就按这个名单来动员人。我被划进逻辑专门化。执行动员的是清华来的朱伯良老师。他把我们十个人一个一个叫到外文楼这间屋子谈话，动员我们学逻辑。我对逻辑不感兴趣，死活不愿去。朱老师也不松口，非让我去不可。到第三天就剩我一个人了，我也真的撑不住，答应下来，朱先生也完成了他的任务。因为二教、哲学楼、生物楼、化学楼都还没完缮，刚开学时，能使用的教室只有文史楼、地学楼、一教、外文楼、俄文楼和南北化学楼。我们逻辑专门化的课除王宪钧先生的数理逻辑在一教上课以外，其余几门课都在外文楼南面的化学北楼上。从我们住的10号楼到化学北楼要走好远，因此下课后我们一般就到近处的图书馆看书。大约在10月底，院系调整后其他大学的哲学系老师和学生都集齐了，1952年所招的新生也到了，系里在外文楼一楼西端的阶梯教室开了一个哲学系全体师生的见面会。我不记得那会叫什么名了，实际上就是全国哲学系的教师和在校学生聚在一起会面。那会场是从中间的台阶过道分，所有老师坐在左边前几排，所有学生坐在右边和左边的最后几排。我记得还有几位较老的先生，有汤用彤、金岳霖、唐钺、黄子通等先生，还有谁不记得了，坐在靠墙讲台两旁的几张椅子上，面对着我们，像今天的开会坐主席台。会是由北大哲学系副主任汪子嵩先生主持。记得他挨个介绍了哲学系的教师，还说，今天是哲学系的大盛会，是全国七十多位哲学系的教授、教师和全国一百七十多个学生的大聚会。会上不记得还有没有人讲话。有谁，讲了什么，都印象不深了。

最后记得的是，由于这年上课很晚，所以各门课程结束和考试也很晚。我是 1953 年 2 月 13 日农历大年三十那天早晨提着回青岛的小提包去外文楼考最后一门课的。考什么科目，忘了。口试。答完题，老师告诉考试分数后，就急急忙忙提着小提包去西门上了 32 路，又转车到前门火车站。去青岛的火车晚上才开，行车十九个小时。我坐的这趟车人极少，各个车厢都空空荡荡，我这个车厢里就我一人。我这躺躺，那坐坐，听车声，看月亮，除夕和正月初一就是在火车上度过的。

只记得初一那天还有日蚀。

燕南园童年往事

汤双 [1]

（一）燕南园

位于北京大学中心的燕南园，是我出生和成长的地方。在那里，我度过了幸福的童年时光，留下了许许多多美好的记忆。也是在那里，我初尝了人生的苦涩，开始体会到世态的炎凉。我下面讲的，都是在燕南园亲身经历的一些小事，不免琐碎，但却真实。

燕南园不大，一共有二十几栋建筑，既有中西合璧的独家小院，也有二层的小洋楼。每户都有很大的院子，各种各样的花草树木应有尽有。不高的围墙使燕南园成为一座园中之园，一部分墙上还有铁丝网，多多少少让它带上了一

[1] 汤双，先后毕业于北大附中和中国科技大学近代物理系，后在美国纽约州立大学石溪分校理论物理研究所学习，获物理学博士学位，在马里兰大学、俄勒冈州立大学做博士后研究，美国某公司软件工程部主任。祖父为北京大学原副校长，著名佛学家汤用彤，父亲为北大哲学系教授汤一介，母亲为北大中文系教授乐黛云。

摄于燕南园后院的全家福（后排左一叔叔汤一玄，右一乐黛云之弟，后排左三奶奶，右三爷爷汤用彤，前排右一汤一玄女友）

点神秘色彩。两个公共出入口，一个朝西，在第二体育馆侧后，被我们称为大下坡；一个朝北，对着哲学楼，被称作小下坡。水泥小路连通着各家各户，小汽车勉强可以通行。在冯友兰先生家（57号）大门的北面有一小块空地，接人的小汽车通常都等在那里。当时北大一共也没有几辆小汽车，真正能开的好像只有三辆，每次来接我爷爷的，都是一辆呆头呆脑的黑色吉斯。而我们认为最漂亮的，是那辆经常来接周培源先生的白色伏尔加，可惜我从来没坐过。

那块小空地也是磨剪子磨刀或锔锅锔碗的人最常待的地方。我们小时候对这两种工作特有兴趣，每次他们来，都会跑去看。对付菜刀，磨刀人会先用一个不知名的工具把靠近刀刃附近的钢刮下几层。

沿着大下坡走进燕南园，很快就会看到一对驮着石碑的石龟，也不知道是不是古迹。石碑的顶端刻着"万古流芳"，碑文挺长，我们从来没仔细读过。只记得小时候常常会骑到石龟的脖子上去。由于经常有人爬上爬下，石龟的脖子被磨得光溜溜的，爬上去，还真得有点儿冒险精神。

燕南园中央有一块小小的林间空地，被我们称为"小操场"。这里四周环绕着矮矮的松墙，里面有秋千、跷跷板、攀登架以及一个供儿童用的小小游泳池（可能是为了安全起见，只有早先几年池中有水，后来一直是干的）。我们常常和伙伴们一起在小操场里玩"攻城""打梭""木头人""大本营"，在没有水的游泳池里玩摸瞎子……那时，和我们年龄相近的孩子在燕南园里不是很多，最常在一起玩的有周培源先生的两个外孙，王力先生的小儿子，侯仁之先生的小儿子，王宪钧先生的小儿子，冯定先生的小儿子和陆平校长的小女儿。另外住在冰窖（燕南园外的一排平房，不知为什么叫这么个名字）的姓何的两兄弟也常来玩儿。属于这个年龄层的，还有沈同先生的几个孩子以及王宪钧先生的大儿子，但他们都是少先队里挂三道杠臂章（大队干部）的好学生，平时没功夫跟我们一起瞎玩。只有一项活动他们有时参加，那就是踢足球。小操场就是足球场，两端各有两棵大树，正好形成天然的球门。美中不足的是，操场中间偏西有一棵大柳树，非常碍事。那时球踢得最好的，是王缉宪（王力先生的小儿子），他曾是北大附小足球队的守门员兼队长。

小操场很自然地被我们这帮孩子视为不可侵犯的势力范围。有一次，一群大学生跑到小操场里来排练文艺节目，为了争夺"地盘"，和我们相持不下。我们当然无法把那些比我们高出一头有余的大学生"驱逐出境"。最后，还是汤丹灵机一动，声称要把陆平校长请来，径直跑到 54 号陆家去搬救兵（其实陆校长并不在家），终于把那群大学生吓跑了。

在小操场的北侧有一个小土丘，象征性地围着铁丝网，个儿大的孩子可以蹦过去，个儿小的则可以钻过去。在小土丘的上面有一口井，井台有半米高，上面盖着一块大石板，大家曾想尽办法，试图把石板移开，但以我们那时的力气，这是无论如何办不到的。越是打不开，这口井就越具有吸引力，使我们对它充满了各种各样的好奇，总希望有朝一日能一窥究竟。直到那段动荡的日子，可能是红卫兵想看看里面是否藏有变天账一类的东西，石板终于被搬开了，也算了却我们的心愿。可惜令人大失所望，那只是一口一眼就能看到底的枯井，既没有妖魔鬼怪，也没有金银财宝。

（二）我们家

自从北大由沙滩迁入燕园，我们家就住在燕南园东南角的 58 号。我们的西邻是冯友兰先生家，北面对着周培源先生家，东北角则是冯定先生家的院子。

我们家是那种中西合璧的房子。前后有两个很大的院子，大门朝北。两扇大门上各镶着一个铁环。大门是黑框红底，因为年代久远，颜色有些暗淡，古色古香。一边书"园林无俗韵"，另一边书"山水有清音"，字体工整，苍劲，不知是否出自名家之手。门口有两个石礅儿和一道挺高的门槛儿。门上面是灰色圆瓦铺成的飞檐。大门东边有一棵紫藤萝。开花时节，空气中弥漫着淡淡的甜香，一串串紫色的藤萝花儿挂在飞檐上，非常好看。汤丹小时候常常坐在一根离地不高的藤条上，手里拿着一本小人儿书荡来荡去。藤萝的另一头沿着门边的十字形空花墙（我们称之为空空墙）一直伸展到墙外的大树上。花墙大概有两米高吧，中间有十字形的墙洞，很容易便可攀上墙头。坐在墙头上，晃着两条腿，吃着伸手可得的藤萝花芯儿，优哉游哉。

走进大门的右手边是一个月亮门儿。月亮门儿里是一个小跨院儿。院儿里有两棵大柏树。北边是保姆们用的厕所和煤屋。东边则是一间储藏室。由于我们家有自己的暖气锅炉和大灶，要用很多煤，两棵大柏树就像长在煤堆里。煤屋里堆满木柴和废弃的家具，是捉迷藏的好去处。储藏室里有两口大缸，奶奶每年都用它们腌雪里蕻。腌好的雪里蕻放上点肉末儿和辣椒一炒，是爷爷最爱吃的一道菜。

腌雪里蕻是我们家的一个大工程。季节一到，奶奶总是让做饭的保姆去订购，再由合作社用车送来一大堆。家里的全部"闲人"，奶奶，姑奶奶，几个保姆和工友齐上阵，择掉黄叶子，清洗干净，再挂在一条绳子上沥水，然后一

58 号的月亮门

层层放到缸里，撒上大盐粒儿，再用大石头一压，便大功告成啦！奶奶会时常看看腌的雪里蕻会不会起醭（长一层白沫），汤丹时常也装模作样地跑去看。由于缸很高，踮着脚尖都看不到里面，每次都要用力一撑，撑在缸沿儿上观察，做饭的保姆就吓唬说谁家的孩子掉进缸里淹死了云云，汤丹当然不信。终于有一天一头栽进缸里，把脑门儿磕了一个大青包。

小跨院儿南边是进厨房的门。厨房门前是一个挺大的水泥台子，有两尺来高吧。春天的时候，奶奶会把藏了一冬的豆子拿出来晾，红红绿绿地铺了一地。夏天是晒箱子，秋天是雪里蕻，冬天则是冬储大白菜，一年四季都不闲着。快入冬的时候，做饭的保姆会到"河那边"去买白薯（未名湖北面有一个粮食站，不知道为什么家里人都称它为"河那边"）。买回来就堆在水泥台的一角，从那时候起，厨房的烤箱里时常会散发出烤白薯的香味儿，而我们对烤白薯的热爱也是从那个时候培养起来的。

过了月亮门儿小院儿往南一点儿是锅炉房，我们称之为地窖子。从地面到锅炉间要下十几级台阶儿，里面黑乎乎的，一个不太亮的灯泡悬在头顶，由于光线不好，那个灯泡就像悬在半空中一样，颇有点儿神秘之感。一旦我们在家里为非作歹，"关地窖子"便是最严重的警告。地窖子是烧锅炉的刘大爷的地盘儿。刘大爷长得黑黑瘦瘦，掌管着燕南园很多家的锅炉。每当我们在地窖子门口儿探头探脑的时候，刘大爷总是不客气地大喊："去去去，这不是小孩儿玩儿的地方！"20世纪60年代后期，各家的锅炉都停烧了，刘大爷无事可干，只好回乡。临走前，也许是为了弄一笔养老费吧，他挨家挨户去算"剥削"账。可能他知道我们家不是特别富，说了几句，就放了我们一马，也没真的拿钱。那是我们最后一次见到他。

地窖子对我们有着特殊的吸引力，趁刘大爷不在，我们会偷偷溜进去，搬出一堆瓶瓶罐罐和大包小包的化学药品（这些东西都是叔叔汤一玄玩儿剩下的），开始"科学实验"。那时最常和我们一起进行这种冒险活动的，是周培源先生的两个外孙。我们当然搞不清那些白的、黄的粉末和晶体是什么东西，但是发现如果把白色的粉末加水再和蓝色的晶体混合，瓶子里就会发出阵阵恶臭，冒出缕缕青烟，要是再能从飘荡的青烟中钻出一个巨人，满足我们的三个愿望，那该多好啊！所幸那些化学药品都不会爆炸，不然还不知道会是哪一家的公子眇一目呢。

地窖子侧面是一间保姆房和一间洗衣房。洗衣房里有两个大水池，足有一米高，通常用来洗衣服，但我们却用来大

1956年春节，右一为父亲汤一介，右二爷爷汤用彤，右三姐姐汤丹，右四奶奶，奶奶后面是妈妈乐黛云，奶奶左侧是叔叔汤一玄

战三百回合，一人占领一个水池，打得不亦乐乎，搞得满地都是水。

每逢春节，奶奶总是要做很多水磨年糕。开始时用一个大盆泡江米，然后用一个小磨磨江米面。小磨上有一个眼儿，一勺一勺喂进去，转动小磨，带水的江米面便沿着小磨边的槽流进一个布袋里。洗衣房的水池里便渐渐地堆起这样的布袋，一袋压一袋，上面再压上小磨盘，过年的时候就可以吃上各式年糕了。那个时候没有塑料袋，洗衣房的另一个水池里是用布袋装的炸萝卜丝丸子。那种炸萝卜丝丸子凉了非常好吃，后来我们曾经试着做过好几次，但再也找不到那个味道了。记得有一次奶奶让做饭的林阿姨拿一袋萝卜丝丸子送给隔壁家的冯奶奶，汤丹便等在厨房里看林阿姨是否会从冯奶奶家带回什么好吃的，结果冯奶奶回赠的居然也是萝卜丝丸子，真是令人大失所望！

保姆房一度住着小高叔叔。他是我们家另一个保姆道兰阿姨的丈夫。小高叔叔是与燕南园一墙之隔的小理发店的理发师，常到家里来给爷爷理发，还会变戏法儿。听说小高叔叔的技术特别好，后来进了中南海，专门为大首长们理发，还曾经给朱德将军理过发。虽然小高叔叔和道兰阿姨在1966年之前就离开了我们家，但是在我们最困难的日子里，他们还常来看望奶奶。

在我们家被赶出燕南园之前，汤丹是这间保姆房的最后一个居民。由于那间放书的储藏室后来也被收走了，那些书就连同汤丹一起搬进了这间保姆房。

这间房比储藏室小很多，由于书太多没地方放，只好全部放进一个个木制的书箱里，摞在地上好几层，上面搭一块床板，汤丹便高卧在一大堆"毒草"上。为了看书，常常得倒腾那些书箱，似乎变得力大无穷。后来汤丹认识了一些北大的大学生（也都是红卫兵），他们有时会到这儿坐坐，借几本"毒草"回去"批判"，他们开玩笑地称这块地盘儿是"资产阶级窝儿"。

　　大门的左手边，是一大片草坪和一个花坛。早先的花匠是洪大爷，他的样子看起来有点吓人，驼背，还瞎了一只眼睛，说起话来声音沙哑。除了我们家，他还兼管冯友兰先生家和褚圣麟先生家的花园。洪大爷好像很偏爱芍药，沿着墙根种了许多。天暖和的时候，他常常拖着一根胶皮管浇花、浇草地，我们就跟在他周围玩水，尤其是我，对那根胶皮管情有独钟，常用一个手指堵住管子头，把水滋得到处都是。洪大爷不像烧锅炉的刘大爷，他虽然沉默寡言，但从来不因为我们在那儿调皮捣蛋而轰我们走。秋天，他会把落叶扫到一起，堆成一大堆烧掉。每到这个时候，我们总会围着火堆打转，火实在是太好玩儿了，如果捡一些松枝扔进火堆，火就会突然变大，洪大爷就赶紧用他的大扫帚把四处乱飞的火星扑灭。我们也经常捡一大堆瓜子碴塞到火堆下面烤，烤熟的瓜子碴吃起来很香，不过不能吃太多。我就曾经因为吃了太多的瓜子碴而中毒上医院。洪大爷离去得很突然，谁都不知道他是为什么走的。接替他的是贾大爷，但我们都不喜欢他。他不但不让我们玩水、玩火，草地和花也管得不如洪大爷。那个花坛就是在贾大爷的时代消失的。

　　我们家的院子以房子为界，分成前院和后院。前院里有一棵很大的白果（银杏）树，树下有一把长椅。天气好的时候，奶奶、姑奶奶和保姆

前左一汤双、左二汤丹和爷爷汤用彤摄于燕南园后院

们会坐在树下晒太阳，织点毛活儿、聊聊天儿，别家的保姆时常也会参加进来。有时候我们也跟着在那儿晒太阳，由此也听了一耳朵的张长李短，诸如某家的阿姨曾经是失足妇女、某家的太太如何抠门之类。每到白果收获的季节，成熟了的白果会掉满一地。随着白果皮的腐烂，周围会变得恶臭难当。我们时常想，《西游记》里的"稀柿衕"大概也不过如此。去掉腐皮清洗干净之后的白果可一点也不臭，白白胖胖的，拿到大灶上用个盒子一扣，等听见"咚"的一响，就可以吃了。

比白果更有吸引力的，是毛桃。后院里有两棵毛桃树，每年能结很多果。毛桃虽然不好吃，但却是我们的生财之道。因为毛桃核可以入药，海淀土产收购站便收购毛桃核。毛桃成熟后，会裂开一道小口，使点劲儿就能掰开，花不了太多功夫就能收获一小袋毛桃核。冰棍钱、酸枣面钱就全有啦。毛桃树胶更是个好东西，搞一小团粘在竹竿上，什么样的蜻蜓、知了（鸣蝉）都能拿下。毛桃树胶只有在树的天然裂缝里才有一点，物以稀为贵，所以还能用它同别的小孩换我们想要的其他小零碎。

前院里还有一棵龙爪槐，夏天会有很多"吊死鬼"（一种浅绿色的肉虫）拖着丝挂在树梢上。我们常常把它们摘下来，捏着上面的一根丝，拿去吓唬人。"吊死鬼"的另一个用处是可以喂鸡，拿一个玻璃瓶，把"吊死鬼"一只只装到里面，拿去给家里的几只老母鸡吃，也算没白吃它们下的蛋。我从小就不怕虫子，这一定是得自妈妈的遗传基因（爸爸对虫子怕得要命）。她小时候就曾经将一只用水彩画得花里胡哨的大肉虫放在铅笔盒里，把老师吓得吱哇乱叫。我也干过类似的事，带了大批的蚂蚱、蛐蛐去幼儿园，为的是让用积木搭成的"动物园"里能有些活的"动物"。结果被罚放学不许回家，坐在那里反省，直到家里大人来领，才被释放。

房子正门前的马尾松是现在58号院里剩下的唯一老树，它还活着，但下端的枝丫全被砍掉了，像大病后被截了肢的老人，一副风烛残年的样子。四十多年前它是院子里最茂盛的树，低处的树枝几乎触到地面，我们可以沿着树枝一直爬到树梢。汤丹还敢坐在顶端的一根树枝上，上下忽悠着玩，吓得管她的保姆杨大大直叫"小姑奶奶，快下来……"汤丹从小就喜欢登高爬低，以冒险为乐事。爬树、上房、在墙头上奔跑，都是家常便饭。最刺激的一幕，发生在1964年我们去青岛度假的时候，那是北大组织的暑期活动。刚到旅馆，大家都在一间屋子里等着分房间。汤丹上完厕所要出来时，厕所的门却怎么也打不开了。大家正在外面想方设法试图打开那个门，汤丹却等得不耐烦，居然从厕所的窗户钻了出去，试图沿着不到半尺宽的水泥边沿走过来。当时把在场的人都吓坏了，也没人敢出声阻止，生怕她一分心反而掉将下去。那可是在六层楼上！一旦掉下去，肯定是没命了。大家就这样提心吊胆地看她演"杂技"，还好，总算有惊无险地走过来，从我们这边的窗户钻了进去。这惊心动魄的十几秒，现在想起来还让人心有余悸。

说起青岛之行，还有一件趣事。在去青岛的火车上，我们正好和著名物理学家黄昆先生一家坐在一起。那时我还在上幼儿园，觉得世界上很多现象难以理解，现有大教授坐在对面，正好可以请教。于是向黄先生提了一个问题：人站在地球上，而地球是在转的，如果说白天人是头朝上的，那么到了晚上，地球转了半圈，人岂不是头朝下了吗？由于这个问题牵扯到相对参照系，大物理学家着实费了一番唇舌来解释，还在纸上画图认认真真地讲解。后来，黄先生又问我长大了想做什么，我说想像他那样，当个科学家。不料黄先生却十分严肃地把我教训了一顿，说这种想法是不对的，应该从小立志当工人或者农民，搞得我非常不好意思。也是在那次旅行中我认识了黄先生的两位儿子。由于黄夫人来自英国，他们的两个孩子长得完全一副洋人模样，黄头发、蓝眼睛，在学校

前右一为作者，其他二人为黄昆的两个儿子（摄于青岛）

的外号就是"大黄毛"和"小黄毛"。我后来也到他们家里去玩过，再后来还和"小黄毛"成了冬天在未名湖冰场打冰球的伙伴。他们住在北大的一栋公寓楼里，室内陈设极为简朴，很难想象这里住的是从英国归来的大教授，尤其与燕南园中的那些教授之家相比，更有天壤之别。曾经有人传说黄先生把工资的三分之二都交了党费，我相信这多半是真的。

接着说我们的庭院。在前院和后院之间有一条小路，小路的一侧有两棵巨大的海棠树，春天开花的时候几乎可以用遮天蔽日来形容了，但结的果却又小又涩。小路的另一侧有一棵枣树和一棵白果树，和前院的那棵白果树不同，它从来不结白果，据保姆杨大大说，是因为这棵树是棵"男树"。

后院里有两棵白丁香和一棵紫丁香，每到春天满院都是浓郁的花香。院里还有枫树、梨树、李子树、毛桃树、桑树、樱桃树和一大架葡萄。另外还有一棵小树，我和汤丹一个记得是花椒树，一个认为是山楂树。总之，它从来没结过任何果实，那时就说不清它是什么，现在就更无从考证了。

说来奇怪，我们家的果树大部分都不结果子。记得有一年，梨树上结了一个梨，全家人都跑出来看，可惜好景不长，不久它就掉到地上，最终没能成熟。倒是樱桃树每年都能结些樱桃，这种樱桃和现在市面上卖的不太一样，个子比较小，鲜红鲜红、亮晶晶的，又酸又甜非常好吃。那时候也不怎么讲究卫生，经常把樱桃从树上摘下来，洗都不洗就往嘴里放。夏天，樱桃树还会招来一种叫"红辣椒"的小蜻蜓，身体是鲜红色的，翅膀略带一点金色，几十只落在树上，很是壮观。这种蜻蜓比较傻，甚至不用桃胶，只要小心翼翼走过去，用手快速捏住翅膀，就可以捉到一只。现在也搞不清为什么小时候对捉蜻蜓有那么大兴趣，不光我们，园里别的小孩也常来和我们一起捉。

大桑树是我们家另一棵每年都能结果的树。桑树下端的树干光溜溜的，很难攀上去，好在它离房子很近，就在爷爷卧室的窗户边上，汤丹就先登上爷爷的书桌，然后从窗户钻出去爬到树枝上坐下来大嚼桑葚，每次都要吃到满嘴黑紫方肯罢休。不过，上去容易下来难，要从树枝上下到窗台相当困难，好几次都是靠爷爷的秘书林叔叔用梯子把汤丹弄下来的。这时候奶奶就会笑话她"小耗子上灯台，偷油吃下不来，吱啦吱啦叫奶奶"。后来汤丹发现从房顶上可以轻易地爬到桑树上去，而且高处的桑葚更大更好，于是就采取了新的路线。当然，上房顶也并不是那么容易的，需要先上花墙，翻过一个保姆用的小厕所的屋顶，再从我们家和冯友兰先生家的隔墙上面走过去，最后翻上正房的顶。而且房顶的坡度很大，在上面行走得有相当的本事。在登高爬低方面，我们俩的天赋差别很大，汤丹从小就能"飞檐走壁"，我对这类事总是敬而远之。结果是汤丹能吃到很多大桑葚，我则只能望桑葚兴叹，后来干脆采取阿Q精神，宣布根本就不爱吃桑葚。

爷爷的房间的窗下有很多丛被称为"七仙女"的粉色蔷薇，开起来，十分繁茂艳丽。窗外是很大一片空地，空地上种着一大片草莓。黄昏时分，妈妈常带着我们，用长胶皮管给草莓和葡萄浇水。这是我最爱干的活儿，经常拿起胶皮管四处乱滋，尤其喜欢用四处飞溅的水吓得堂妹又哭又喊。有一次，真把她的裙子全淋湿了。她的尖叫把我婶婶和奶奶都惊动了，全跑了出来！妈妈气得打了我一巴掌。回想起来，这是平生唯一的一次挨打。

除了西边有月亮门的那堵墙外，天井的北面是一间很大的客厅，爷爷将它隔为两间，里间较小，用作餐室，外间较大，是爷爷的书房和客厅。这里四壁都是装满古书的玻璃橱柜。爷爷常在这里读书和接待一些来访的客人。天井的南侧是两间向阳的大屋子，一间是爷爷和奶奶的卧室，另一间是叔叔一个人的房间，堆满了冰球杆、手风琴、录音机、电唱机等时髦玩意儿。后来有了我们，这间大屋子就让给了我们和保姆，叔叔则搬到天井东侧的一间屋子。

冬天的时候，在天井中捉麻雀也是一件十分有趣的活动，不过得有耐心。拿一节劈柴支住煤筛子的一边，劈柴上拴一根绳子拉到屋里，在筛子下面和外面都撒上一些米，就可以坐等麻雀来自投罗网了。麻雀吃了筛子外面的米，尝到甜头，就会去吃筛子下面的米，这时候把绳子猛地一拉，麻雀就被扣在筛子里面了。最难的是怎么把麻雀弄出来，通常得请叔叔汤一玄出马。他会用一根筷子伸进筛子眼，先将麻雀压住，再掀开筛子把麻雀拿出来，绝对属于高难度动作。

曾经有一段时间，汤丹还在天井里面养了一对荷兰猪（一种鼬鼠）和两只大白兔。有一年冬天，隔壁冯家在他们的天井里晒大白菜（我们两家的天井只有一墙之隔），两只兔子可能是闻到了白菜味，居然在地上掏了一个洞，钻到墙那边，把冯家的白菜吃了个乱七八糟，弄得我们家非常狼狈，不知如何是好。

汤丹小时候做事经常心不在焉。有一次黄昏时分她嘴里含着块糖在天井里玩儿，不小心嘴里的糖掉了出去，她随手在地上一摸，捡起糖又塞回嘴里。后来保姆喊她进屋吃饭，她还自言自语道"吃饭了，糖就不要了吧"，随口把糖吐到地上。岂料吐出来的竟是一颗黑乎乎的东西，原来她塞回嘴里的不是糖而是一粒兔子屎！很长一段时间这事儿一直在家里传为笑谈。

到了三年困难时期，兔子们的末日也来临了，由于实在没有东西给它们吃，家里做了一个现在看来十分残忍而在当时却非常自然的决定：把它们杀了吃肉！决定虽然做了，可没有人真能下手杀兔子。最后找来妈妈的一个朋友，叫施于力，这是个什么都敢干的人，他两下就摔死了兔子，然后剥皮，送到厨房里去做红烧兔肉。为这事，汤丹很长一段时间对他都耿耿于怀。

（三）我们的大家庭

在燕南园住的时候，我们是一个大家庭。有爷爷、奶奶、姑奶奶（爷爷的亲姐姐）、爸爸、妈妈、叔叔、姐姐，后来还有婶婶和两个堂妹。爷爷当然是一家之主，不过他对家里的大小杂事概不过问，基本上是个甩手掌柜。奶奶就成了家里的大总管，像一日三餐、打扫卫生、雇保姆、请帮工以及逢年过节的大宴、小宴、请客送礼统统由她打理。奶奶也算是出身名门，她父亲是晚清进士，但她没受过什么系统的教育，虽然能读小说，文化水平却并不很高。

爷爷很爱我们，在我们出生之前，他就为我们取好了名字。一共五个（似乎他已经预见到这一代应该有五个）：丹，与单谐音，就是一；双，是二；珊（如是男孩儿，则用山），与三谐音；方，四方为四；正，一共五画，字形也像

爷爷（前中）、奶奶（前左）、姑奶奶（前右一）、爸爸（后中）、妈妈（后右）、叔叔（后左）、姐姐（前右二）和我（奶奶抱着）在燕南园58号前院

五。所以我们就是一，二，三，四，五。丹、双是我们姐弟，珊、方是我的两个堂妹。可惜汤正只存在了短短的几个月，正好赶上"文革"，被人工流产，没能降生到人间。

自从1954年爷爷患脑溢血后，他身体一直不好。所以在他的房间里装有一只通到厨房里的电铃，如果有紧急情况，可以向厨房里的人呼救。有一年春节，大家都在厨房里忙活，爷爷在他房里看书，我正好在隔壁的厕所里大便，那时我还小，不会自己善后。完事之后，在厕所里大声叫人。由于别人都在厨房里，只有爷爷听到了，可他老先生却不知如何处理，无奈之下，只好摁响了电铃。厨房里的人们听到铃声，还以为他的心脏病犯了，大家匆忙赶来，却是一场虚惊。这恐怕也是那只电铃派上的唯一一次用场。爷爷常坐着轮椅在燕南园的水泥小径上散步，有时也在家里的草地上晒太阳。这时候我喜欢骑着小三轮车在爷爷身边转来转去。爷爷常摸着我的头，说一些我当时并不太明白的话。爸爸后来给我解释说，爷爷说我是"大智若愚"，就是聪明而不外露的意思。

1963年五一节我们全家还曾随爷爷上天安门城楼观看了一次五一节晚会。我对歌舞表演毫无兴趣，印象最深的是上城楼的电梯是透明的，可以看到一些铁架子。另外就是一心想在放礼花时抢到一个礼花中弹出来的小降落伞，因为我叔叔跟我说过每个降落伞下面都吊着两块特别好吃的糖。我们刚上到城楼上的时候，正好碰到周恩来总理，他对身旁的毛主席介绍说"这是汤用彤先生"，

毛主席停下和我爷爷聊了几句（可能说的是关于他的一些文章）。趁此机会我们都和毛主席握了一下手。能和领袖握手在那时可不是一件小事，汤丹在北大附小的同学听说后，都纷纷来和她握手，好像这样也能分享一些幸运似的。

每年奶奶最忙碌的日子就是春节前后。每逢春节家里都特别热闹，在奶奶的主持下，各项准备工作提前一星期就会陆续开始。首先是"打阳尘"，把家中里里外外清扫一遍。再就是预备什锦果盒，那是一个盖上有贝雕的黑漆大木盒，里面分成十个格子，每个格子里放上花生、瓜子、冬瓜条等食物，专为招待客人之用。重中之重当然是准备大餐。除了前面提到的水磨年糕和萝卜丝丸子，还有许许多多好吃的东西，印象最深的是红烧大肘子和湖北粉蒸肉，这两道菜做起来都是很费工夫的，尤其是用来做粉蒸肉的米粉，需要先把大米炒熟，再用小磨磨成粉，而且还不能磨得太细。我们最喜欢参与的，则是做鸡蛋饺。用一只大铁勺，在煤球炉上烧热，拿块肥肉在里面抹一圈，倒进一勺打好的蛋汁，迅速转动大铁勺就可以做成一个圆圆的蛋皮，在一侧放点肉馅，再用筷子夹住另一边往肉馅上一盖，蛋饺即大功告成。不过我们更感兴趣的是那些没做圆的蛋皮，因为它们立刻就可以成为我们口中的佳肴。

从大年三十开始，就会有很多客人来吃饭。到了那时，我们这些小字辈儿的就没资格上桌了。通常以表哥衷克定和汤丹为首，给所有的小孩儿单开一桌。虽然所有的菜我们都有一份，但总还是盼着有朝一日能升格坐到大桌上去，因为那里总是更热闹，谈论的话题也更有意思。偶尔大桌上有空位，则依序由衷克定、汤丹升入，我是从来没轮到过的。

说起表哥衷克定，

爷爷和奶奶

467

他应该算是我们家的半个成员。他虽然住在城里（那年月，进了西直门才算城里），但周末经常来玩，放暑假的时候还会在燕南园住上一段。他比汤丹大几个月，也是个能玩的家伙。他和我还有一层特殊关系——师徒关系，那可是在后院的草地上磕过头、行过拜师礼的。汤丹当时看到我们在草地上爬来爬去，又作揖又磕头的，觉得十分可笑，不知这两人在捣什么鬼。我也确实从师傅处学了不少的东西，例如组装矿石收音机和半导体收音机，以及许多至今还能倒背如流的有关泼皮、无赖的故事。师徒俩也经常在一起看小说，有一次正在读张天翼的《大林和小林》（那时张天翼已经被批判），被爸爸见到了，就要求两人读完之后必须写一篇批判文章，以免被毒害。这下可把师傅和我给难住了，怎么看这本书好像也没什么问题。最后，还是师傅的本事比较大，胡乱写了几句"张天翼丑化劳动人民"之类的东西交差了事。后来再看"坏"书时，就尽量躲着大人，以免又得写批判文章，特别是有些书当时属于真正的"禁书"，像《醒世恒言》等，更不能让大人发现了。

小时候是很容易轻信大人的话的，只要是大人们讲的，我们常常信以为真。在燕南园，我就曾相信过三件后来看起来十分可笑的事儿。有一阵子，我老喜欢在葡萄架下钻来钻去，奶奶就讲了一个故事：说是从前有个人在葡萄架下洗澡，不料被一只蝎勒虎子（壁虎）往澡盆里撒了一泡尿，过了不久，别人来找他，就只看见一盆血水。把我吓得再也不敢到葡萄架下面去了。另一件是，在我们家前院和后院之间靠近房基的地上，插着一截有点像拐棍的管子和一只宝剑柄样的锈迹斑斑的东西，叔叔告诉我那是魔鬼的拐棍和宝剑，弄得我对那两件东西既充满好奇又敬而远之。直到运动开始，可能是在造反精神的鼓舞下，我鼓足勇气拔出了"宝剑"，挖出了"拐棍"，原来只是一柄木锉和一截下水道的管子。再一件是，有一次大家在一起吃西瓜，舅舅讲了一个故事，大意是一个种瓜的老头杀了人，把尸体埋在瓜田里，后来就长出了红瓤的人肉西瓜，害得我直到上中学都不肯吃红瓤西瓜。

（四）周培源先生家

周培源先生家是我们最常去玩的地方。他的两个外孙跟他住在一起，大的叫梁建，和汤丹同岁，在北大附小同级不同班，小的叫周亦东，正好和我差不多大。他们是我们在燕南园最玩得来的朋友，不是他们到我们家来，就是我们到他们家去。谁家要是有什么新鲜事或好玩的东西，也总不忘了招呼对方来凑热闹。

周先生家的院子是用松墙围起来的。房子前面有几株樱桃树，结的樱桃又多又大，比我们家的强多了。还有一棵香椿树，他们经常把叶子摘下来炒鸡蛋吃。周奶奶喜欢种花。比较暖和的季节，几乎天天看见她在那里浇水、侍弄花草。他们家的花圃是燕南园里数一数二的，里面有不少我们叫不出名字的好看的花。

周家最与众不同的是家里的电压，别人家都是 220 伏，只有他们家是 110 伏。为了买个灯泡也得跑一趟海淀的五金店，燕南园墙外的合作社是没有 110 伏的灯泡的。他们家之所以要用 110 伏的电，是因为有不少周先生从美国带回来的"好东西"（美国的电器是 110 伏的）。其中最让人羡慕的是一台白色的电冰箱，和我们家那个每天得塞进去一块冰的老冰柜比起来，简直不可同日而语。那年头，燕南园里每户的收入应该都是相当高的，可有电冰箱的人家还是屈指可数。我们的爷爷虽然也是留美回来的，可家里除了很多洋书之外，好像没多少洋货。有一台巨大无比的录音机（一个人是绝对搬不动的），算是个新鲜玩意儿，这还是苏联文化部长来访时送的礼物。另外一件我们当时觉得很稀罕的东西，是陆平校长家里的台式电风扇，那也是在别人家里没见过的。

有一段时间，梁建不知为什么住到昆明去了，从那儿回来后，教给了我们一首云南腔的歌谣："王子和的兵是毛毛兵，王子和的将是豆瓣将，精着屁股去打仗，一枪打在屁股上。"（王子和应该是云南某军阀，这三字可能有误，我们只知其音，不知其字）我们学会之后，在家里也念念有词，结果被大人训斥，说这东西不文明，不许念。

在燕南园，和我年龄相仿的，除了周亦东，只有陆平校长的小女儿陆小星。周亦东和陆小星都在六一幼儿园上全托，每星期回家住两天。我则在正对着大下坡的五院幼儿园上日托，每天都回家。有一次，三个人在周家玩，放了满满一澡盆的水，在里面玩小纸船，陆小星本来坐在澡盆的边上，不知怎么搞的，一下翻落到了盆里，那时我们年纪都小，真是不知所措，还以为陆小星要被淹死了呢。她最后是怎么被弄出来的我已经记不清了，只记得当时真被吓得够呛。

也许我从小就显得有点学究气，少年老成，一开始是梁建开玩笑，称我为"汤先生"，后来周家别的人也都这么跟着叫，最后连周培源先生见到我去玩儿，也会开玩笑说一句"汤先生来啦"。有趣的是，我还真当过一次周先生的"先生"。"文革"时周先生"靠边站"之后，只好待在家里。正好有一天我去玩儿，就教周先生玩"排心思"。那是一种一个人玩的扑克牌游戏，需要一定的逻辑思维，每挪动一张牌得考虑下面很多步。我是从爸爸那里学来的。周先生学会"排心思"之后，曾经有一段时间，时常可以看到他一个人坐在桌前玩。大概在那时候，像他们那样的知识分子，都有不少"心思"需要排遣吧。也是在那段时间，我还陪周先生玩过几次桥牌。通常是梁建和我搭档，而周先生则和他夫人或女儿搭档。印象最深的，是那副周先生从美国带回来的扑克牌，是当时极少见的塑料牌，背面是英国女皇的头像，两副牌装在一只精致的盒子里。

我们在周家最喜欢玩的，是"房子游戏"。那是在梁建指导下，自己动手制作的。实际上，制作过程本身就能让大家非常开心。首先要做很多面值不等的纸钱，而最具挑战性，也是最好玩的，是做"号票"。在游戏过程中，如果谁走进了特定的格子，就得领一张"号票"。如果运气好，"号票"上会说你一堆好话，并且奖励一笔大钱。如果运气不好，则会被讽刺挖苦一番，再罚上一笔银子。"号票"上的话都是我们自己编的，每个人都是挖空心思，一心想做到"语不惊人死不休"。我们当时都很佩服梁建，觉得他能发明出这么好玩的一个游戏，挺了不起的。直到后来出国留学，才恍然大悟，原来"房子游戏"就是在美国十分流行的 Monopoly，有好几十年的历史。国内现在也有卖的，叫"大富豪"。

一天晚上，梁建兴冲冲跑来邀我们去他家等着看昙花开。我们都听说过"昙花一现"，当然不能错过这个机会。从晚上八九点开始，我们就在那儿一边玩"拱猪"（一种纸牌游戏），一边耐心等待。那个过程还真挺考验人的耐心的，几个小时过去，那昙花似乎一点进展都没有，还是个花骨朵。到了夜里一两点，我们已经开始丧失信心了，它却突然开了。其实那花儿好像也没什么特别，就是一朵白花，不过确实非常香，当时真的是满室芳香。这五六个小时的等待，还是挺值得的，到目前为止，那还是我们唯一一次看到昙花开放的全过程。

（五）最常出没的几个地方

在天气好的时候，如果能凑到比较多的人，大家最喜欢玩的游戏是"口令"。口令属于"军事游戏"，把参加的人分成两组，每组各有一个"家"，哪一方先把对方的人全部消灭或"抄"了对方的"家"，就算赢了。分组的时候，由两个"大个儿的"（也就是本事最大的）各为一组的首领，然后轮流挑选"喽啰"。这两个首领通常是梁建和王缉宪。梁建的本事其实更大一点，但由于他对"喽啰"们比较凶，所以大家反而比较愿意跟着王缉宪。通常，两个"家"分别是我们家的一棵白果树和66号院子里的一棵大榆树，这种选择有一个优点，就是这两处正好是在燕南园的两个对角，中间有很多地方可以打埋伏，也更便于声东击西。另外，这两棵树都背靠围墙，无后顾之忧，人还可以站在墙上，居高临下，易守难攻。不过我们知道一条暗道，可以奇袭作为"家"的白果树，那就是设法溜进冯友兰先生家的地窖子，穿过一扇破门就可以进到我们家的地窖子里，而从我们家的地窖子出来，距那棵白果树就只有几步之遥了。

小时候，除了贪玩儿，我们还很馋。如果能搞到好吃的果子，也是一件非常开心的事。在燕南园里，各种各样的果树不少，但大部分是观赏性的，真正结果子的不多。像我们家的枣树、梨树和山楂树都是从来不结果的。51号饶毓泰先生家的枣树则是个大大的例外，一到秋天，满树的大枣，让人馋涎欲滴，自然成为我们"关注"的对象。不过，那棵枣树是在饶先生家后院的花墙里面，想偷到枣，十分不易，需要很好的配合。梁建曾经率领我和周亦东成功偷过几次。每次行动，由一人持竹竿，一人拿脸盆，潜入饶家后院之后，持竹竿者向枣树上一竿打去，大枣纷纷落下，另外两人飞速把落地的枣捡进盆里，然后拔腿就跑。这一连串的动作必须在很短的时间内完成，因为很快就会有一位操南方口音的老太太出来捉拿小贼。有时候，已经跑出一段距离了，还能听见她用浙江话在叫"完了，完了，没得一个枣了"。其实每次弄走的，顶多十之一二，绝对不会"没得一个枣了"。

冯友兰先生家的后院里有一棵杏树和两棵很大的核桃树。到了秋天，它们也经常是果实累累。不过，我们从来没偷过他们家的果子，算是"兔子不吃窝边草"吧。我们家的后院和冯家的后院之间是没有墙的，我们能随便溜达过去，如果地上正好有掉下来的杏或核桃，那是可以捡的，不算偷。汤丹从小就喜欢吃酸东西，所以总盼着杏树上的杏能多掉下来几个。如果捡到核桃，得在阳台的水泥地上把外面的一层绿皮磨掉，然后才能砸开吃。干这件事的时候，往往会把手染上一层黄绿色，很久都洗不掉。

63号是马寅初先生的家，后来他因故再没住在那里。整栋房子都是空的，只住着一对看门的老夫妇，大门也很少打开。63号的院子极大，由于常年没人住，里面盛产各种各样的好东西，例如大个儿的蛐蛐、土鳖、蜈蚣等等。另外还有两棵杏树，结的大白杏比冯友兰先生家的杏又要高出一个档次。不过要想进入院子可不容易，因为那里总是关门闭户的，而院墙又特高，很难爬上去。一直到1966年，63号成了"二组"（聂元梓的保卫组）办公的地方，开始有人进进出出，我们才捞到机会溜进去玩儿。

66号是一座两层的小楼，一直没有固定的主人。曾经有一位朝鲜专家在里面住过一段时间，他的女儿很快就和汤丹成了朋友。在他们回朝鲜后，两人还保持了一段时间的通信联系。

朗润园 159 号的一些人和事

汪安[1]

在北大校园内，除了未名湖之外，北部还有一些小湖，朗润园的中心就是一块四面被小湖围起来的地域，如果按照通常的概念，四面环水为岛，则这一地域就是一个湖心岛。本文所说的朗润园 159 号（以下简称 159 号）则是位于湖心岛西北角的一处住宅建筑。

1952 年高等学校院系调整以后，159 号的主人是来自清华大学的哲学系教授、美学家邓以蛰先生。从 1952 年起直至 20 世纪 70 年代邓先生病故，他没有再搬过家。在邓先生去世后不久，校方即以漏雨为由将 159 号主体建筑拆除了。换句话说，自 1952 年起，159 号从未更换主人。对于北大的老住户而言，此种情况是很少见的。这引起了我产生写写 159 号的念头。尽管我要写的东西可能零乱琐碎，但或许还有些趣味，毕竟其中有些内容是鲜为人知的。

---

[1] 汪安，男，1955 年 2 月生于北京。1975 年参加工作。北京大学化学系 1977 级本科生，1981 级研究生。1984 年研究生毕业后留校工作至 2015 年退休。

在上中学以前，我对邓先生毫无印象。上中学后，结识了邓先生的孙子邓志平和外孙邓李捷。我常在放学后和他们一同打篮球，偶尔也会去邓家看电视，这样就逐渐知道了邓先生。当时由于家里的原因，我有较强的自卑感，不太敢进别人家，即便是少有的几次进入邓家，

图 1　邓以蛰、王淑蠲夫妇与子女在 159 号住宅西侧的合影（左起：邓茂先、王淑蠲、邓稼先、邓以蛰、邓仲先，摄于 1960 年前后）

也从不敢直视邓先生，而是尽可能地躲避，主要是担心被问及自己的家庭情况。后来才知道这种担心是没有必要的，因为邓先生不会主动与我们这些小毛孩子说话。通过邓先生两个孙儿平日的言行，可以感到邓家有良好的家教。实际上，邓先生主要是通过自己在日常生活中的言谈举止，潜移默化地教后代如何做人，而不是简单地用言语说教。《清华名师风采（文科卷）》中记载了这样一个故事。"七七事变"后，日军占领了北平，邓先生因故滞留北平，但绝不与日方合作。一次，一位过去的老友来访，对邓先生炫耀其在伪政府取得的职位。邓先生为此勃然大怒，将其赶出了家门。此事给邓先生的子女留下了终生难忘的印象。我以为这才是对后代最好的教育方式。与当前社会常见的说一套做一套的人相比，无论是教育方式还是人格，都有天壤之别。

邓先生是一位非常严肃、不苟言笑的威严长者，无论何时，只要是在外人面前，都会穿戴得整整齐齐，就像正要外出公干一样。对于不熟悉的人来说，往往会感到他有一种非常严肃、不怒自威的气质。即使在最动荡的年月，有时会有附近的孩子来 159 号院捣乱，但只要邓先生出面，总能起到震慑作用，使捣乱者落荒而逃。

虽然邓先生有许多朋友，但他很少外出走亲访友，基本都是朋友来家里做客。这是邓先生年轻时罹患肺病（肺结核）后养成的习惯。常来邓家做客的人有金岳霖、任华、王宪钧、张奚若、张颐、周培源、宗白华等先生，其中多数是邓先生在清华大学任教时的同事。此外，一些爱好美学的中青年教师和学生也会不时登门拜访，向邓先生请教有关学术方面的问题。

邓先生喜好香茗美酒，但很少吸烟。即便偶尔吸上两口，每天也不会超过一两支。在读书看报时，常会以一杯清茶为伴。印象中不少老先生都有这种边读书边品茗的习惯，可同时获取精神和物质的双重享受。邓先生有时会喝点儿酒，但从不过量。特别是晚年，他常在下午闲暇时喝一小盅，早先主要是茅台、五粮液一类的美酒，后来有时也用泡过橘子皮的二锅头酒代之。可能是受了邓先生影响，他的儿子也喜欢好酒，常会在周末带一瓶好酒回家与邓先生对饮。

邓先生通晓多国文字，如英、日、德、法等国的文字，其中最为精通的是英文与日文，这应该是他曾先后在日本与美国留学的缘故。邓先生家中并不备有《英汉词典》《德汉词典》《法汉词典》之类基于中文的工具书，如果在阅读时需要，总是到与之相应的基于英文的词典（如德英词典、法英词典等）中去查看释文。

邓先生是著名的老一代美学家，早年与另一位美学家宗白华先生被合称为"南宗北邓"，在国内美学界享有很高的学术地位。由于自己才疏学浅，我对于邓先生从事的美学专业真是一窍不通，不敢在专业方面妄言。关于邓先生在美学方面的造诣，或可借用宗白华先生在《邓以蛰全集》的序中的一段话以概之："邓先生对中国艺术传统有深入研究……他写的文章，把西洋的科学精神和中国的艺术传统结合起来，分析问题很细致。因为他精于中国书画的鉴赏，所以他的那些论道中国书法、绘画的文章，深得中国艺术的真谛。"宗先生也是美学大家，同时又是邓先生的至交好友，他对于邓先生学术成就的评价，应该是把握得很精准的。

作为清代大书法家邓石如（完白山人）的五世孙，邓先生还是一位文物收

475

藏家。1962年，先生曾将珍藏的大量邓石如书法篆刻作品捐献给故宫博物院。在1963年故宫博物院举办的"邓石如先生诞生220周年纪念展览"中，展出了邓先生捐献的珍品。由于这里提到了邓石如，顺便捎上两句。邓先生家中总是悬挂着一些字画，这些字画经常会更替挂出，但其中的一幅完白山人的画像却从不更换。这应该是邓先生对先祖的一种纪念方式。画像中的完白山人一副渔樵耕读的隐士形象，颇具仙风道骨，很容易使人联想到姜太公或陶渊明。

邓先生不仅收藏文物，也是文物鉴定专家，曾长期被故宫博物院外聘为专门委员。他的不少友人常会把收藏的文物拿给邓先生鉴定观赏。例如北大的老校长周培源先生，就因有收藏方面的同好而经常去邓家做客，与邓先生探讨有关文物的话题；又如20世纪五六十年代在北大尽人皆知的洋教授温特，其住宅与159号仅一水之隔，直线距离不足百米。不知是自己收藏还是受人之托，温特教授也时常带一些字画到159号请邓先生鉴定。

20世纪80年代中期，报纸上刊登了对两弹元勋邓稼先的报道，同时也刊发了一些他的照片。这些报道和照片引发了我对于往事的一段回忆。上中学时的某一个傍晚，我和三两个同学在北大校园里骑车回家。由于精神不够集中，险些撞上一位颇有风度的中年人。虽然是我们不小心差点儿撞上他，但他并没有生气，只是告诉我们以后骑车要小心。当我们继续骑车前行时，符其英同学说这人是小平（我们平时称邓先生的孙子邓志平为小平）的父亲。在我们的同学中，符其英是出入邓家最多的，所以他的这一说法应该比较可信，我当时也感觉到那人与小平的相貌很有些相似。后来在北大校园中又曾见过这位中年人，还看到他去往的正好是159号所在的方向。此后又过了十多年，我才知道小平的父亲就是对国防建设立有大功的两弹元勋邓稼先，同时也在报纸上见到了邓稼先的照片。我虽然一向认为自己有些脸盲，很难记住他人的相貌，还曾因此闹出笑话，但由于在北大校园内不止一次见过此人，特别是第一次的邂逅给我留下了很深的印象，所以竟然大致记住了其相貌。根据我的记忆与报纸上的照片进行对比，我认为符其英同学当年的话是对的。后来我曾与邓李捷谈及此事，据邓李捷说，我们遇到的那位中年人有很大可能是邓稼先。在那段时间，邓稼先的夫人许鹿希女士去了"五七干校"，所以邓稼先常在周末到父亲家居住。由此看来，朗润园159号不仅是邓以蛰先生的住所，将其视为邓稼先在北大的故居也未尝不可。只可惜这所住宅早已被拆除了。

邓先生一家人都喜欢京剧。在20世纪60年代初，只要收音机中播放京剧，在不影响工作和休息的情况下，邓家总会传出京剧的优美唱腔和对白。仅有的特殊情况是周末，每到周末晚饭之后，他们一家人总会坐在一起听留声机播放的交响曲，这成了邓家的一个固定节目。由于家庭的影响，邓稼先也是个京剧迷，他常会从晚报的广告中查看各剧场的信息，然后在下班后去剧场门外等候退票。据邓李捷说，邓稼先购买退票的成功率很高，似乎从未有过进不了剧场的情况。

图2　159号院内西侧（站立者为邓以蛰教授外孙邓李捷）

还有一件有关邓稼先的趣事，也在这里一并说说。我不会玩空竹，小时候看见别人抖空竹总是很羡慕，认为是一项技术含量很高的娱乐活动。后来听邓李捷说他很小就会抖空竹，而且是得自邓稼先的亲传。邓稼先抖空竹的技术很高，能用空竹玩出很多花样。有趣的是，据邓李捷说，早先邓家的茶壶和茶杯几乎都没有盖，那些壶盖和杯盖都让童年的邓稼先当空竹用了。尽管他的技术很高，但也难免会失手将那些替代的"空竹"摔落地面而损毁。邓稼先指导邓李捷抖空竹应该是20世纪60年代的事了。

图3　159号东南侧（站立者为邓以蛰教授外孙女、北京大学原教务长郑华炽教授之女郑慧远）

由此可知，像邓稼先这样的科学家并不是不食人间烟火、只会埋头搞科研的人。他们与常人一样有自己的喜怒哀乐和爱好。

关于159号的人就先讲这些，接下来说说159号的一些事。

如前所述，159号位于朗润园湖心岛的西北角，根据古旧程度，可以推论建筑于清代，故可算是一处古建筑。房屋的东西北三面都有围廊，正面（南面）门前有一个很大的敞厅，特别适宜在夏季乘凉赏雨，想来住在里面应该是很舒适的。在1952年院系调整时，邓以蛰先生的家由清华大学迁移到燕园。在搬家之前，邓先生与他的小女儿一起来燕园挑选了这处傍湖的住宅。邓先生本人是美学大家，女儿则是白石老人的弟子，专习绘画艺术。以他们的眼光挑选住房，周边环境显然是一个重要因素，燕园中的湖边建筑正好为他们提供了选择的机会。159号住宅的西面和北面都是傍山的水域，南面不远处则有小山，可谓依山傍水，不仅适合居住，且出门就有景可观。实际上，甚至不用出门，在窗前就已能看到外面的湖光山色了。此外，住宅周边的鸟语花香、蝉嘶蛙鸣等，都能使人感到浓厚的田园气息。由于这所住宅位于朗润园湖心岛的西北角，只有一条沿湖傍山的专用小路直达家门，故而不会有外人路过，相对比较宁静，很适合颐养天年。美中不足的是，当时校方对于环境的维护不够，使原本能让人心旷神怡的环境失色不少。更令人扼腕叹息的是，由于漏雨等缘故，该建筑在邓先生去世后不久竟然被拆除了。而且不知道是什么人的主意，在拆除这一建筑后，还曾在其原址搭建过一个不伦不类的简易厕所。那一段时间，每当我从对岸走过，看到这个厕所，总会不由自主地想到一个成语"佛头着粪"。不过这个厕所也"好"景不长，没过几年就被拆掉了，使159号故址变成了平地。至于后来校方在朗润园修建的一些主要用于文科院系办公的仿古建筑，尽管其中也占用了原159号故址，但彼此已经是毫不相干了。

说完了159号住宅主体，接下来再说说159号的院子以及早些年散落在院中的一些文物。其实，这里所谓的院子只是159号住宅周边的一片相对比较开阔的空地。这片空地早年确实是个院子，西面和北面是水，东面和南面有墙。在我的记忆中，第一次到这个院子时似乎南面的院墙就已经不存在了。即便如此，我认为称其为院子仍无不妥，毕竟这里早先是有院墙的。关于院墙很想在这里说几句题外的话，院墙的最大作用应该就是保护院落了。在 20 世纪 60 年代中期以前，治安状况远非今日可比，那时小学生上学放学都不会有家长接送，即使夜不闭户也无须担心有梁上君子造访，所以那时的院子是否有墙并不重要。至于 20 世纪 60 年代中期以后的一段时间，由于众所周知的原因，各方面的情况发生了极大的变化。对于 159 号而言，不仅仅是南面的院墙被拆除了，同时还由校方在原来院内南部的空地上盖了三排平房以供缺房户居住。其实，即使还有院墙存在，在那时也已经难以起到安全保护的作用了。在那特殊的年代，即使家有铜墙铁壁，也拦不住一些人以造反的名义破门而入。

对 159 号院特别值得一提的是，在当年古朴的主体建筑旁边还无规则地堆放了一些石雕。记得在小时候，我与朋友在校园内游玩时曾到过此处，看到了在杂草丛生的地上堆放着一些个头不小的石雕（其中有一些是浮雕）。年幼无知的我出于好奇，曾经围着它们转，甚至还曾站立在某个石雕上模仿从宣传画看到的人物造型。由于小时候喜欢看《三国演义》等古装连环画，所以朦胧地记得一些浮雕上雕刻的图案与连环画中的兵器以及盔甲有些相似。再后来到了中学时期，虽然有时也去那个院子，但主要是为了找朋友打篮球，所以并没有对院内散乱堆放的石雕给予更多的注意。直到后来，在这些石雕被搬走后我才听说，159 号院内堆放的那些石雕乃是清代皇家园林圆明园的遗物。然而，浮雕上面所雕刻的并不是我曾经以为的中国古代的兵器和盔甲，而是西洋的甲胄、刀剑和枪炮。

目前，在圆明园大水法南面的观水法安放着的几个石屏风和两座汉白玉方塔，就是我小时候在 159 号院子里见到的石雕了。在图 1 左侧的树前面，可以清楚地看到一块很大的石头，透过人物的间隙，还能看见另一块石头，这些都是现今安放在观水法五个石屏风中的一部分；图 2 的照片于 1959 年前后摄于159 号住宅西侧，从中可以看到几个石屏风和一座石塔；图 3 的照片是 1957年前后在 159 号住宅南面拍摄的，既可以从正面看到房屋的东侧，还可以清楚地看到房屋前面的石塔，在照片左侧的房屋立柱上有个矩形的小标牌，可

图 4　曾堆放在 159 号院内、现已回归圆明园的石雕（2016 年摄于圆明园观水法）

以依稀看出 159 字样。关于这些文物当初经历了怎样的辗转过程来到朗润园，有一些不同的说法，相关信息很容易在互联网查到，在此就不多言了。后来，在 20 世纪 70 年代修建圆明园遗址公园时，这些具有重要文物价值的石雕则被运回圆明园并安放于其本来位置，供世人凭吊和观赏（图 4）。非常值得庆幸的是，虽然这些文物曾多年被堆放在 159 号院内无人问津，但却没有被损毁和偷窃。考虑到 159 号存在的最后二十多年都是邓先生家的住宅，因此可以说，对于这批文物的安好无损，邓先生及其家人起到了重要的作用。

关于朗润园 159 号的一些人和事原本写到这里就该结束了，但又想到了家里有一些与邓以蛰先生有关的情况，也在这里顺便提一下。

三十多年前，一次，在与岳母聊天时，她偶然谈到了邓先生与我妻子的外祖父（张子高先生）是很好的朋友，邓先生是我岳父岳母的证婚人。岳母还说她与邓先生的小女儿是好友，感情很好，二人以姐妹互称，岳母称她为三姐。她比岳母大了好几岁，有一段时间，常带岳母外出游玩。实际上，岳母的这位三姐，就是我在前面多次提到的朋友邓李捷的母亲，她是一位画家，白石老人的弟子。记得以前在邓李捷家中长期悬挂着一幅白石老人所作的画，是白石老人赠送给这位女弟子的。非常不幸的是，邓先生的小女儿殁于 1968 年，年仅五十一岁。这件事成了邓先生一家永远的痛，邓稼先也为自己在家人有难时无力施以援手感到悲哀。由于"文革"期间人们之间的相互交流甚少，信息渠道很不通畅，岳母是过了一段时间才得知此事的。乍闻噩耗，岳母悲愤不已，一时竟至面部痉挛，许久才得以平复。对于邓先生与我妻子的外祖父张子高先生是好友一事，我本来觉得有些奇怪，因为两位老人虽然早年在清华大学是同事，但一位是文科教授，一位是理科教授，仅就专业而言，我以为他们的交集应该不会太多。后来我才知道，两位老人都非常爱好书法，并都写得一笔好字。邓以蛰先生家学渊源，书法好自不必提，真草隶篆无一不能（图5）。至于张子高先生的书法，在清华大学老一代学人中也是众人皆知的。譬如1948年清华大学为梅贻琦校长六十寿诞的祝寿文字，就是由多位清华教授推举张子高先生书写，表明了清华的老先生们对张子高先生的为人以及书法的认可。我以为，两位老人都喜好书法碑帖，这很有可能是他们成为好友的契机之一。

我的朋友邓李捷为此文提供了大量素材和照片，并在成文后核实了文中的内容。谨在此对邓李捷致以衷心谢意。

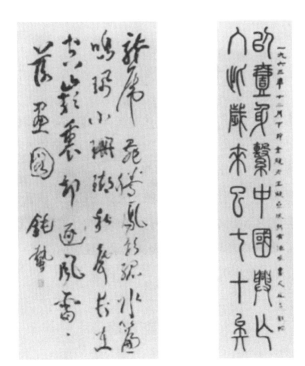

图5　邓以蛰先生手迹（引自《邓以蛰全集》）

北京大学几处校园文化景观

王希祜 [1]

校园文化景观是学校精神教育的无声课堂，北京大学所特有的山峦河湖环境、古园林历史文化、革命传统文物设施、优美的绿化自然风貌和具有极高环境艺术价值、格局完整、造型精美的原燕京大学仿古建筑群，成就了北京大学独特的校园文化景观，万千学子在北大这风光灵秀的圣地，感受到爱国主义革命传统教育和丰富的历史文化底蕴熏陶，潜移默化，受教于无形之中。20 世纪 70 年代以来，我有幸参与了多项校园文化景观设施的建设，现就主要项目，回忆成文与校友和读者共享。

（一）斯诺墓

1972 年 2 月斯诺在瑞士去世时，留下遗嘱，希望将一部分骨灰安葬在北

---

[1] 王希祜,1928年生,1947年进入沙滩北大,1952年迁入燕园,历任北大总务处副处长、基建处处长、副总务长,参与北京大学和北京市高校的校园建设工作多年。

大未名湖畔，中国政府同意这位"一生为增进中美两国人民之间的相互了解和友谊，进行了不懈努力，作出重要贡献的中国人民的美国朋友"的要求，在北大校园选择墓地妥为安葬。埃德加·斯诺，1906 年生于美国，1928 年来华，1934 年应聘为燕京大学新闻系讲师来到燕园。1937 年到延安并撰写《红星照耀中国》，在全世界产生极为深刻的影响。中华人民共和国成立后他三次访问中国，1970 年国庆时还受邀到天安门城楼观礼，《人民日报》发表了他与毛主席站在城楼的照片，向美国人民传达友好信息。1973 年夏末，斯诺夫人亲来北大选择墓地，当时学校和有关方面提供了三个方案：一是在未名湖北岸四扇石屏风前；二是在岛亭上有两百多年树龄的老油松树下；三是在未名湖南岸原淑春园慈济寺的遗址正殿废墟上。斯诺夫人选中第三个方案，主要原因是斯诺最后一次来北大时，曾在此处看到很多学生在湖岸读书，并有许多学生与他交谈，她又看到了很多北大附小的学生，沿着湖岸小路去上学。斯诺夫人说"斯诺最喜欢和青年在一起"。当时北京建筑设计院为墓碑设计了十多个方案，有中国传统形式的，也有美国风格的。斯诺夫人按照斯诺的性格，选择在一块天然花岗岩上，稍做修饰为底座，一块简朴汉白玉为碑身的方案，骨灰安放在碑座之下。周恩来总理亲拟碑文，并拟亲自题写，由于健康原因未能按时书写，仪式之后由叶剑英同志书写后补刻。由于仪式是在露天举行，周总理考虑到北京冬天寒冷，参加安葬仪式有许多老同志，安葬时间不宜太晚，拟定在 10 月 19 日举行。这样工期紧张，总共不到一个月，虽然墓碑制作安装和墓园环境施工困难不大，但从西校门通向基地的石桥、道路状况极差，西校门内的小石桥只能走人不能通车、校内道路多年失修，到处翻浆，坎坷不平，校领导决定动员各方面力量重修道路，加固石桥，一定要确保工程质量，按期完成任务，保证安葬仪式如期举行。在短短的二十多天里，修路的市政一公司、运渣土材料的运输三厂和数百名配合劳动的北大师生热火朝天昼夜奋战，旧路深挖了数米，彻底翻修了一段翻浆道路，桥面加铺了钢筋混凝土。安葬仪式前一天下午，斯诺夫人的妹妹送来骨灰盒安放到墓碑之下，她见到道路工程还在收尾，现场一片紧张繁忙，怀疑明天能否如期举行仪式，当第二天她来到北大走进西校门看到刚刚完工整齐的道路，沿途摆满的鲜花，她惊叹万分，深深感到中国人真是了不起，1973年10月19日下午3点，在斯诺墓园举行斯诺骨灰安葬仪式，周恩来总理抱病亲自前来参加，邓颖超主持仪式，廖承志和斯诺夫人分别讲话，李富春、郭沫若等三百余位中外贵宾出席仪式。

位于未名湖畔的斯诺墓

（二）葛利普墓

1982年8月13日，张龙翔校长主持将美国地质学家葛利普教授墓迁入校园。葛利普（1870—1946），美国著名地质学家，1920年来华任北京大学生物学教授和农商部地质调查研究所古生物室主任，为中国地质学会创立者之一，1934年任北京大学地质系主任，1946年在北平逝世。遵照他的遗嘱，在沙滩北大地质馆楼前草坪里，一块不足一平方米的平卧汉白玉墓碑下，埋葬着他的骨灰。1952年院系调整，北京大学迁往燕园，地质馆使用单位几经更迭，墓碑早已不复存在。在中国地质学会成立六十周年之际，为了纪念这位美籍地质学家对中国地质学和对北大地质系发展所作的卓越贡献，中国地质学会倡议将

葛利普教授墓碑

葛利普教授墓及墓碑迁回北大校园，在中国科协的支持下，经过北大有关同志的努力，迁墓工作顺利完成。墓园坐落在西校门内迤南重楼飞檐的古建和荷花池之间的草坪里，墓园由本校基建设计室孟祥莲建筑师设计，基建处施工队施工，重新制作安装了墓碑，并从朗润园民房院里移来一块古雅太湖石，丰富了墓园景色，小巧的

墓园供人们瞻仰和凭吊。在墓园的西侧立有北京大学 1952 届毕业生献给母校的旗杆底座，旗杆座原立于大膳厅东对面现电教楼位置上，建设电教楼时移建于此地。

（三）塞万提斯铜像

1986 年 10 月 3 日上午，北京大学举行塞万提斯铜像揭幕仪式，西班牙驻华大使、马德里市长、北京市市长和北京大学丁石孙校长以及《堂吉诃德》译者杨绛女士等三百余人参加了铜像落成揭幕仪式。米格尔·德·塞万提斯·萨维德拉（1547—1616）是文艺复兴时期西班牙伟大的文学家，1835 年西班牙政府在马德里市西班牙广场为他建立纪念碑，碑顶端矗立着塞万提斯雕像，1986 年西班牙马德里市政府为庆祝北京市和马德里市结为友好城市一周年，复制了塞万提斯铜像，赠送给北京市人民，北京市政府决定将铜像安放在北京大学校园。铜像高 2.35 米，塞万提斯身着西班牙披风，右手持书，腰挎宝剑，目视前方，风度威武而潇洒。铜像背靠飞檐斗拱的燕园古建筑群，左依青翠起伏的山峦，右靠荷香满湖的小桥池塘，前面是开阔的大草坪，成为无数北大学子和塞万提斯人文主义精神交流的圣地。铜像园区由北京市园林绿化设计院进行规划设计，基建处配合铜像安装和园区土建施工。塞万提斯铜像所在草坪上，原立有"振兴中华"石碑，为建立塞万提斯铜像，将该碑迁到师生人流更为集中的一教侧楼前。说起"振兴中华"碑的来历，

塞万提斯铜像揭幕仪式，右三为校长丁石孙，右六为作家杨绛

485

那是源于 1981 年 3 月 20 日晚在日本东京举行的一场国际排球比赛，中国男队和韩国男队比赛时，先输两局，而后奋起直追，连胜三局，取得最后胜利，夺得冠军，激发了北大学生们的爱国热情，当晚校内学生游行庆祝喊出了"团结起来振兴中华"的口号，1980 级毕业班全体同学即捐资助建了"振兴中华"石碑，让更多的人记住那激情岁月，此后"振兴中华"成了北大师生前进的座右铭。

（四）北京大学革命烈士纪念碑

1993 年 5 月 4 日，在校庆九十五周年大会过后举行了"北京大学革命烈士纪念碑"落成仪式。李岚清、李其炎、袁宝华以及吴树青为烈士纪念碑揭幕，学生会、研究生会主席代表全校师生员工向纪念碑敬献花圈，党委书记汪家鏐讲话，要求全校党员和师生员工继承烈士遗愿，发扬北大的光荣革命传统，以优异成绩迎接建校一百周年。碑上镌刻着 1919 年五四运动到新民主主义革命取得胜利期间，北京大学（含西南联大、燕京大学）师生和校友中八十三位烈士英名，到 2005 年为止，已核实北大（包括西南联大和燕大）在历次革命时期牺牲的烈士共有九十五人，其中共产党员七十九人。

1991 年建党七十周年时，北大党委做出敬立北京大学革命烈士纪念碑的决定，经过党委对纪念碑碑址和纪念碑设计方案多次讨论研究，决定将其建在静园北部五棵古老而又枝繁叶茂的苍松之间，体现着肃穆庄严的凛然正气。纪念碑由中央美术学院秦璞设计，基建处张宝忠师傅负责组织建造，筑碑石材要求用最坚

北京大学革命烈士纪念碑

硬的红色花岗岩，在山东大学基建处的协助下，找到泰山名石"柳布红"红色花岗岩。它象征烈士坚如岩石的意志和甘洒热血的牺牲精神。纪念碑由五块大小不一、高度不同近似锥状帆形的岩石组成，主碑最高离地四米，以示"五四"精神代代相传，鹅卵石铺地和碑身大斜面指向青天，象征后人踏着先烈们抛头颅洒热血铺平的革命道路，乘风破浪勇往向前。

纪念碑原定请邓小平同志题写碑名，后因小平同志健康原因"封笔"，改由老一辈无产阶级革命家陈云同志题写。纪念碑所在地静园在北大校园内一至六院之间，南有二体，北至俄文楼、南北阁，是一处别有景致的园林，苍松翠柏、藤蔓爬架、假山小道、绿草如茵，是师生们休憩、吟读、散步的好去处，"文革"期间当权者将树型较好的几十棵白皮松、油松挖走，将花园变成桃园，发展生产。改革开放后拨乱反正，北大师生上书学校要求恢复园林原貌，学校采纳民意，恢复园林景色并命名为静园。在纪念碑北侧俄文楼前有革命先烈李大钊烈士的铜像，师生们经常来此缅怀革命先烈。纪念碑东西两角各有一座石碑，墓碑主人是杭爱，称杭爱碑。杭爱是满族人，他的父亲叫古尔嘉珲，顺治初年任国子监祭酒，相当于今天的大学校长和最高教育行政长官，杭爱一生为官"劳绩甚者"，四川都江堰至今还有他的功德铭，死后皇帝立碑嘉奖。据考证杭爱墓地是在现俄文楼与六院之间，燕京大学建校时，将墓碑移至现在的地方，北大革命烈士纪念碑与革命先烈和前朝先贤为邻，更进一步激发师生的革命情怀。

（五）鸣鹤园

1993 年 5 月 27 日，北京大学赛克勒考古与艺术博物馆（简称考古博物馆）举行隆重开馆典礼，中外贵宾、校内外专家学者数百人参加盛典，在参观新落成的博物馆大楼的同时，鸣鹤古园也重新进入了北大校园的校舆之中。鸣鹤园全盛时期，为京西五大名园之一，毁于 1860 年英法联军之手，仅存一座翼然亭（校景亭），之后从现西校门内沿围墙向北，变成一片荒废园林，很长一段时间里学校迫于人力、财力难于集资修整，恢复原貌。

鸣鹤园整治完工，左一为笔者

1992 年末，博物馆土建工程已近完工。周围环境的整治提上议程，在与赛克勒基金会代表卡特先生讨论收尾工程时，卡特提出赛克勒夫人想以个人名义为博物馆再做点事情，经多次商讨基金会同意再增加一些捐赠在博物馆后厅西门外修建一处小型赛克勒夫人花园，基金会将从美国运送来一些文物，放置其中，同时修整从西校门内往北直到博物馆后厅迤北的荒废园地，恢复鸣鹤园部分园貌。

在与侯仁之先生商量后，确定了修整鸣鹤园的方案，修园首先从治湖开始，将引进来的万泉河水进口，安装了从镜春园找来的鸣鹤园遗物汉白玉龙首出水口，配合古建风格修建了两座古雅的小桥，湖东侧增建一座水榭，使新建的古建形式的考古博物馆与复建的鸣鹤园，满湖荷香，环境更为协调。在园区南部新建园界石墙，湖东岸树立起由书法家启功题写的鸣鹤园名石碑，这块奇石是王希祜、陈璋源（美方建筑师）、徐醒华（博物馆工程项目负责人）三人亲到原房山县石窝村的汉白玉石矿中寻到的，整修后的鸣鹤园以石墙为园界，曲径交错，绿草如茵，荷香满湖，水榭典雅，为学校增添了一处古朴静雅的休闲好去处，使考古博物馆的环境更加古朴，优美宜人。

（六）日晷与太湖石

北京大学校内有两座日晷，一座为早年燕京大学毕业生捐赠给母校留念的，立于西校门内水池东北角、外文楼前西侧的草坪里，已损坏多年，仅留有底座。另一座为 1992 年考古博物馆竣工后，立于该楼前的原城内北京大学理学院荷花池内的日晷，它设计高雅、做工精美，与博物馆的内涵和仿古建筑环境形成古朴典雅的书院氛围。北京城内景山东街原北大理学院是1898年清政府决定成立京师大学堂时，仓促将已荒废的和嘉公主府略加修整应急作开学使用。

以公主府正厅改造的大讲堂前是校园中心，但那里原是宫廷内院，根本不利于教学活动，1923年李四光任二院（理学院）庶务主任时，对大讲堂前不适宜教学活动的校园进行了规划改造，庭院中新建小荷花池，池中树立起他精心设计的日晷，日晷底座高度和水面适应，以荷花池为中心，几条碎石小路通向大讲堂、教室、大门，大片草坪绿地配以座椅成了师生交流、休闲的好去处，旧王府改变成新校园，荷花池中的日晷成为校园改造"画龙点睛"的一笔。

20世纪80年代，原理学院的使用单位进行基建，拆除了荷花池和日晷，学校将拆散的日晷构件拉回放置在民主楼后，考古博物馆竣工后，将其重新组装立于馆前。日晷是古代的计时仪器，晷盘上的晷针，指向十二个时辰，即每个昼夜的24小时。日晷高三米，以汉白玉石材精心雕刻，四周刻有四句富有哲理的铭文，"近取诸物，远取诸身，仰以观于天下，俯以察于地理"。日晷底座比例稍高，是由于原置于荷花池水中要同水面协调。现今日晷的计时功能已无须利用，但它内含古代气息，作为精美的艺术作品屹立在鸣鹤古园和考古博物馆之间，为这里古色古香的环境增添了古雅气氛。

1992年末，考古博物馆土建工程已全部竣工，四周封闭的展厅内院，从治贝子园（农园）"飞进来"一块玲珑剔透底座精美的太湖石，这块太湖石据侯仁之先生考证为明代勺园的遗物。1860年英法联军烧毁圆明园后，勺园

20世纪90年代笔者摄于考古博物馆的日晷前

也遭到野蛮的抢劫和焚烧，之后太湖石流落到治贝子园，在该园正厅后落地。太湖石两侧配种四棵白皮松，经过几十年的风雨，白皮松成长为树形高大茂盛的大树，形成治贝子园一景。20世纪60年代，治贝子园扩建为运动场，其正厅改为食堂，厨房泔水侵蚀松树，致使三棵松树枯死，形象大不如前。1992年法学楼建成，与农园正厅隔路相邻近在咫尺，凋零的树木奇石与法学新楼极不协调，考古博物馆建成后，为太湖石找到一处极佳的"新居"，飞檐斗拱的古建庭院，配以精美奇石十分协调，为考古博物馆的环境增添了典雅景色。

扫码获取

☑ 燕 园 历 史
☑ 燕 园 印 记
☑ 燕 园 名 流
☑ 燕 园 同 学 录

怀念成府

——燕园学人曾经聚集的地方

张从 [1]

燕园和清华园之间，曾经有过一片村落，有几十个胡同，居住着上千户居民，还有小学、幼儿园、百货商店、杂货店、饭馆、理发店、医疗站以及煤场等一应俱全的设施，这就是被称为成府的一片建筑。我小时候家住在清华，上大学在北大，经常路过成府，或在那里购物，或与住在那里的同学玩耍，对那里十分熟悉，也怀有一份特殊的感情。可惜，2001年，北大建科技园，北京市修建道路，把整个成府都拆除了。这片建筑虽然消失了，但是许多曾经在这里居住和与这里有千丝万缕联系的人，他们对成府的记忆并没有消失，经常怀念它。

---

[1] 张从，1945年6月生，1963年考入北京大学技术物理系，1969年毕业后在陕西劳动、工作，1978年考上研究生，1981年获硕士学位。曾在科研部门和高校工作，退休前为中国农业大学教授。退休后致力文化历史研究。

（一）成府的历史

成府位于今海淀区中关村北大街中部，东起清华南路，西至北京大学东墙，北临清华西路，南至成府路。作为村落的成府已消失，现在仅存地名，如成府路、成府公馆、成府宾馆等。成府历史悠久，考古专家曾在这里发现过史前的石器，战国的瓮棺，汉代的灰坑，明代的寺庙。在明代成府就已是一个村落，清代由于圆明园的建成，成府成为很繁华的集镇，因曾有乾隆十一子成亲王的园邸，故称成府。除民房外附近有许多园林、兵营等建筑。20世纪上半叶，燕京大学迁至成府之西，1952年院系调整，许多燕园的学者教授，都曾经在成府居住。

成府的胡同小巷颇多，主要有书铺胡同、赵家胡同、蒋家胡同、刘家胡同、新胡同、薛家胡同、闻家胡同、牛子胡同、喜洋胡同、杨树胡同、北河沿、侍卫营、成府街、大成坊、沙土窝、前吉祥、后吉祥、红葫芦、太平庵、沟沿、槐树街、枣树院、吉永庄、桑树园、前罗锅、后罗锅以及柳树井等。庙亦不少，有关帝庙、佑慈宫、太平庵、兴隆寺、正觉寺和广惠宫等。

在北京大学博雅塔东面的原校门处，是原成府村的蒋家胡同，这是成府中最大的也是建筑质量最好的一个胡同，北侧中间曾有三座四合院，自东向西门牌号依次为2号、3号和4号，即安家宅院。三院门前有古槐、古柳数株，炎炎夏日，绿荫满街，助人清凉。这几个大院都是典型的四合院，入门有影壁，前后两个南北跨院，东西厢房，雕梁画栋，走廊的彩画类似颐和园长廊。安家原籍河北东安县（今河北省廊坊市安次区），安氏性好习武，祖上曾中武举人，子孙繁衍众多，曾经营天利木厂。同治年间，重修圆明园九洲清晏时，他家的安鹏为工头。安家还承包修缮颐和园佛香阁，并将此项工程中的木材、砖、石等盗运回家，兴建了蒋家胡同的三座宅院。胡同南偏西为安家马圈。

（二）成府居住过的燕园学人

1. 在蒋家胡同居住的燕园学人

2 号院曾经住过多位学人。最早在这里居住的是燕京大学政治系教授吕复，吕复 1879 年出生于河北涿鹿，1903 年考中举人，1905 年赴日留学，参加孙中山领导的同盟会，后曾任孙中山军政府参议兼秘书，1921 年经李大钊介绍在中国大学从事教育工作，1927 年至 1936 年在燕京大学任教授，"七七事变"后转广州、重庆任教，抗战胜利后任中国大学校长，新中国成立后历任全国政协委员，察哈尔、河北省政府副主席，第一届宪法起草委员会顾问，1955 年逝世。吕复离开蒋家胡同 2 号后，著名图书馆学家、版本目录专家顾廷龙来此居住，他原住 3 号院，后搬到 2 号院。顾廷龙生于 1904 年，苏州人，1933 年燕京大学研究院国文系毕业，曾任燕京大学图书馆采访部主任，上海合众图书馆总干事，上海市图书馆馆长，兼任华东师大教授，著作甚多。他的儿子顾诵芬是著名飞机设计师，两院院士，曾主持设计了歼 8 系列飞机，被称为"歼 8 之父"，获得 2020 年国家最高科技奖，习近平主席亲自为他颁奖。

著名历史学家邓之诚在成府住了近三十年，1931 年至 1933 年住在槐树街 12 号，1933 年至 1945 年住桑树园 4 号，1945 年至 1960 年住蒋家胡同 2 号，在此期间著有《骨董琐记》《中华二千年史》《桑园读书记》《东京梦华录注》等。邓先生多年习惯记日记，《邓之诚日记》已经出版，内容十分丰富，是历史研究者重要的参考资料。他的两个儿子也子承父业，邓珂毕业于燕京大学历史系，曾在北京一零一中学任历史教师，后到北京市社会科学院历史研究所任研究员；另一子邓瑞毕业于北京大学

1998 年 5 月顾廷龙（右）和顾诵芬（左）在蒋家胡同 3 号前留念

历史学系，后为南京大学历史学系教授。

邓先生的学生，著名清史专家，燕京大学、中央民族大学教授王仲翰，1948年曾暂住2号院南房，宋史专家、燕京大学历史系教授聂崇岐曾住过该院南房和西厢房，书斋取名"澹宁堂"，聂教授在此点校过《宋史》《资治通鉴》。

在2号院住过的还有西语系吴兴华及潘洪等学人。

3号院是著名历史学家、燕京大学历史系教授顾颉刚的故居，他于1929年9月至1935年在此居住。顾教授很喜欢这里的环境，他在《辛未访古日记》前言中写道："郊居静谧，容我读书。"并在此撰写了大量著作，如《〈尧典〉著作时代考》《汉代学术史略》《三皇考》，以及《古史辨》第二、三、五册；顾先生与当时还是燕京大学研究院学生的谭其骧创办了《禹贡》半月刊，并成立禹贡学会，自任理事长，会员四百余人，成为我国近代史学界有影响的学术机构，被称为"禹贡学派"，其中有侯仁之、周一良、史念海等人，后来都成为著名的历史或地理学家。顾颉刚的女儿顾潮，1965年考入北京农业机械化学院，改革开放后调入中国社科院历史研究所，整理研究其父的遗著、日记等，有《我的父亲顾颉刚》等书出版。

4号院住过古典文学、文学批评史教授郭绍虞，郭教授1927年至1941年任燕大国文系教授、系主任和研究院导师，主要著作有《中国文学批评史》《沧浪诗话校释》《宋史话考》《语文通论》《汉语语法修辞新探》。另一位住在这里的是中国古典诗词曲研究家郑骞先生，1931年毕业于燕大国文系，1938年回母校讲授国文课，开有"唐宋诗"选修课，直到1941年离开燕大。他的书斋名为"桐阴清昼堂"，著有《清昼堂诗集》《永嘉室杂文》。燕大昆曲社就在这个院子举行活动。

10号院住过化学家曹敬盘，曾在燕大化学系任教，退休前是钢铁研究院高工，其子曹天钦（生物化学家）和儿媳谢希德（物理学家，曾任复旦大学校长）都是中国科学院院士。10号院还住过著名数学家徐献瑜（我国计算数学的开拓者，曾任燕京大学数学系主任、北京大学数学系教授）和心理学家沈廼璋（曾任清华大学和北京大学心理学教授），他们在太平洋战争爆发后居住于此，经常受到特务宪兵的监视、威逼和利诱，但拒绝为敌伪工作，过着清贫的生活。

2. 在槐树街居住的燕园学人

槐树街是成府另一条较大的胡同，是原燕京大学校长陆志韦的故居所在地。陆志韦是教育家、心理学家、语言学家，著译有《教育心理学概论》《古音说略》《诗韵谱》。1941 年 12 月太平洋战争爆发后，日寇占领了燕大，随即逮捕了陆校长和一批进步师生，他们在监狱饱受摧残，但始终坚贞不屈，拒绝与敌人合作。1952 年院系调整后，陆志韦调到中科院语言研究所。

陆志韦住在槐树街 4 号，与他住对门的是李荣芳教授，圣经和古希伯来语专家，著有《旧约导论》等，日伪多次逼迫他担任华北基督教会会长，被他拒绝，一时靠典当为生，甘贫守节。

槐树街 10 号居住的是幼儿教育专家曾绣香，曾在美国留学，回国后担任燕京大学讲师。

3 号居住的是农学家于振周，任教燕大，培育引进水果、奶牛良种，还有社会学家张鸿钧，曾任燕大教授和联合国社会司研究主任和中东发展办事处主任。

此外，槐树街还住过历史学家瞿同祖，其祖父为清末重臣瞿鸿禨，瞿同祖是燕大社会学系毕业生，老师吴文藻，同学费孝通，后赴美留学，成为社会史学家，著有《中国法律与中国社会》（1947 年商务印书馆出版），在国内外影响很大。1965 年回国后长期隐姓埋名，被称为"中国社会学史上的失踪者"。

另一位历史学家、教育家翁独健，也住过槐树街，他早年专攻蒙元史，成就突出，曾任燕京大学代理校长、北京市教育局局长、中央民族学院历史系主任，瞿翁两家来往密切。

3. 其他在成府居住的学人

比较著名的有燕大哲学系主任张东荪教授，曾居住于成府大成坊。他是社会主义思潮在中国最早的宣传者之一，曾受邀参与中共上海发起组织。在抗日

495

战争和解放战争期间做了许多工作，特别是在和平解放北平中奔走于解放军和傅作义之间，有特殊的贡献，因而在新中国成立后，担任过第一届政协主席团成员和中央人民政府委员会委员。他的儿子张宗炳、张宗燧，女儿张宗烨，也都是著名学者、大学教授。他的孙子张鹤慈、张凯慈，曾是北京一零一中的学生，现在墨尔本居住。

哲学教授蓝公武，曾居住在红葫芦胡同，是著名爱国民主人士，积极支持中共的秘密工作，宣传抗日救国，1940 年被日本宪兵司令部逮捕，经营救获释。1945 年进入晋察冀解放区，1948 年任华北人民政府副主席兼民政部部长，新中国成立后任最高人民检察署副检察长兼政务院政法委员会委员，1957 年病故。

著名文物专家、民俗学家、收藏家王世襄，曾在吉永庄居住，其母金章，满族人，在此修建金家花园，小巧玲珑，花木浓密，高雅脱俗，为当地居民所称道。

在成府居住过的还有著名数学家郑之蕃（1887—1963），号桐荪，江苏吴江人，1910 年毕业于康奈尔大学，1920 年入清华大学任教，1927 年任算学系主任、教授，曾破格提拔华罗庚为清华数学系助教，1934 年至 1935 年任教务长，1937 年后赴长沙联合大学、昆明西南联合大学任教，1946 年再返清华大学任教。1952 年院系调整，郑之蕃调到北京大学，住成府书铺胡同 2 号西房，与闵嗣鹤同住一院，由于独身一人，生活起居由闵家照顾。据闵嗣鹤之子闵惠泉说："郑先生晚年长须飘飘，衣着马褂或中山装，鼻上架着眼镜，平时上身喜穿一件黑色坎肩，气度不凡，很有当年民国名士的风范。"郑之蕃的妹夫是著名诗人柳亚子，女婿是著名数学家陈省身，侄女婿是心理学家、北大教授周先庚。郑之蕃治学范畴广博，除数学专业外，兼及地理和建筑，而尤长于诗词，于词章学造诣极深，深得柳亚子称道，二人时有唱和，有诗词数百篇，惜多已散失。晚年著有《禹贡地理新释》《元明两代京城之南面城墙》等地理历史著作。

闵嗣鹤，数学家，北大数学系教授，曾住书铺胡同 2 号，从事解析数论研究，曾在清华、北大任教，华罗庚和陈省身对他的评价很高，他讲课深入浅出，受到学生欢迎。闵嗣鹤对陈景润的研究曾给予很多关心指导，陈景润的论文发表后，曾在刊物的目录上写道："敬爱的闵老师，非常感谢您对学生的长期指导，特别是对本文的详细指导。"1973 年 10 月 10 日，闵嗣鹤因劳累过度心脏病猝发不幸逝世，享年六十岁。

此外，居住过成府的还有崔友林、董璠、王西澂、杜连耀以及郑瑞璋等燕园学人。

（三）我与成府

我从小住在清华大学，出了西门就是成府，所以经常和小伙伴们到成府玩耍，有时也去成府的商店里买点铅笔或作业本等文具。成府的商店货物比较齐全，且价格相对便宜，清华的教师和家属也经常到这里购物。我母亲有时会到成府商店买块布头，给我家兄弟姐妹做衣服，能省一些钱和布票。由于成府居住的大都是收入较低的百姓，妇女大都没有职业，所以很多妇女在北大、清华的教职员家庭做保姆，20 世纪 50 年代被称为"家庭助理"。我家由于父母都上班，孩子又多，也在成府找了一位姓刘的中年妇女做"家庭助理"，这位刘妈勤劳朴实，对我弟弟特别好，后来我弟弟认了她为干妈，两家时常来往，一直到前几年，两家老人都已去世，这位刘妈的小儿子（小名华子，曾在北大荒劳动，后返京）还找到我家看我。

1957 年我入读北京一零一中学初中，我们班里就有几位家住成府的同学，如刘宝成，曾经住在刘家胡同和牛子胡同，他父亲曾经当过段祺瑞和司徒雷登的厨师。他的学习成绩很好，高中毕业后考上了哈尔滨军事工程学院，毕业后在长春工作，退休后回到北京。前些年他去了深圳。我 2019 年去深圳，他把我们夫妇请到他家，给我们做了几道菜，味道十分不错，不愧是大厨师的后代。还有王智奎，以前在海淀居住，后来搬到成府的柳树井，父亲是位牙科大夫。他高中毕业后考上了北京医学院，毕业后分配在内蒙古，后调回北京。我们现在还时常来往，经常一起回忆童年和青少年时代的往事。此外还有高中同班的刘振强，父亲在北大图书馆工作，家住在成府喜洋胡同，后来考上了唐山铁道学院，毕业后在沈阳工作，退休后回到北京和女儿一起生活。北京一零一中学的老师，也有一些居住在成府，例如教过我们历史的邓珂，就是邓之诚的儿子，教过我们物理的李玉淑、李宝林，政治课的陈司寇（北大国际政治系主任赵宝煦的夫人），都曾经在成府居住过。

1963年我考上北大，就是背着行李从清华穿过成府，走到北大去报到的，入学以后住在41斋，每个周末从宿舍走到北大东门，再穿过成府进入清华回家。成府的胡同小路，我走过不知多少回。毕业后分配到外地，回北京探亲时也有时到成府去购物或探望老同学。1994年我调回北京，此时成府依然存在。2001年，随着北京市交通改造和北大科技园的建设，成府被整体拆除，现在已是高楼林立，大路贯通。

（四）探访蒋家胡同四合院

今年5月，我看到中文系原办公室主任张兴根的一篇文章，他写道：

2001年11月1日，我途经蒋家胡同，当时拆迁工程已近尾声，昔日密集的院落民房已被夷为平地，碎砖烂瓦及各类杂物堆积如山。拆迁工地上仅有蒋家胡同路北3号院及斜对面的一处民居（钉子户）孤零零地矗立在废墟之上。3号院门口停着三辆马车，车上装着大概是从相邻的5号院拆下的梁柱门窗等建筑构件。三位中年工人师傅站在3号院门外，正在用钢卷尺测量院门口石雕门墩的尺寸并准备装车运走。3号院这对箱型卧狮门墩雕刻十分精美，历经"文革"还能保全，实属不易。我立即劝阻并耐心说服他们停手，告知他们这对门墩有近百年的历史，具有一定的文物价值。三位师傅十分憨厚，听从了我的建议，没有装车，我还请他们将已经装车的建筑构件也卸下来，暂存于3号院，以便日后复建（依旧修旧、还原风貌）时使用。三位师傅非常配合，卸完

498

作者摄于蒋家胡同 3 号院大门（2021 年 5 月）

了全部建筑构件后离开。

当日下午，就"保护蒋家胡同 3 号四合院"一事，我向北大校办及有关部门反映情况，但接待我的都是年轻干部，他们对文物古建的保护意识比较淡薄，我提出的保护建议未能引起他们重视。情急之下，我想起了"忘年交"——北大历史地理学教授侯仁之先生。当天晚饭后，我特意去燕南园拜访侯老，向他介绍了成府拆迁的情况，告诉他最后剩下的蒋家胡同 3 号院恐怕也保不住了。侯先生认为，蒋家胡同 3 号院是北京西郊难得一见的精巧民居院落，具有建筑艺术与人文历史的双重价值，应该得到妥善保护。11 月 2 日上午，我到燕园街道办事处向张书仁主任反映情况，他对文物古建保护工作很重视，认真看了我提交的"关于保护蒋家胡同 3 号院"书面材料后，随即指派工作人员转送海淀区文保部门。11 月 6 日，海淀区政府下发了《关于确定我区文物暂保单位的通知》，文件发至北京大学后，相关部门即刻对蒋家胡同 3 号院采取了保护措施。

此后蒋家胡同 3 号院得到了最佳的保护——整体原址保护性修缮，并将蒋家胡同 4 号院"一正两厢"复建于 3 号院北面，使得整

海淀区文物保护单位说明

个庭院更加完整美观。而今，这个在现代化楼宇掩映下的小院成为成府街最后的文化地标。

现存的蒋家胡同 3 号院内

我这才知道原来成府的建筑物并未全部消失，还留下了一座四合院。5 月 28 日，在现任北大党委统战部办公室主任谢宁老师的陪同下，我来到位于博雅塔东部的北大成府科技园区，在法学院和政府管理学院之间，找到了这座四合院。该院坐北朝南，门前安放着两个雕工完美的狮子门墩（也称门枕石），狮子是趴在石头底座上的，栩栩如生，底座也有雕刻；右侧地面竖立着海淀区文物保护单位的石碑，碑后有文字说明。大门檐下，还有十分精致的砖雕花饰。我们进到大门内，被保安拦住，我们说是北大老校友，

现存的蒋家胡同 3 号院内西厢房

想进去观看一下，保安才放行。这里现在是北大法学院法治与发展研究院和宪法与行政法研究中心的办公地点，南房是北大法学院展览室，东西厢房皆为办公室，里面有一些年轻的教师在工作，厢房的走廊都有彩画，类似于颐和园的长廊。院子很大，出了前院，还有后院，应是原 4 号院的一正两厢的复建，面积也不小，两个院子里都种植了一些树木。我们参观了一会，照了几张照片，就出来了。我和谢老师议论，这个院子的确具有文物价值，保留下来给了我们些许安慰。

成府，这个曾经是藏龙卧虎、燕园学子聚集的地方，随着时代的发展，已

经从人们的视野中消失了，但它的历史，特别是它与燕京大学、北京大学的关系，依然值得回味和研究，那些曾经在成府居住过的燕京大学、北京大学的教授学者，也值得我们深深怀念。

（致谢：本文撰写得到我的中学同学——曾长期居住过成府的刘宝成先生和北大图书馆退休副研究馆员林明先生的帮助，谨致以真诚的感谢。）

中关村 23 楼和 25 楼

——被燕园遗忘的角落

周晖 [1]

　　在海淀这块上风上水的地方，20 世纪 50 年代盖起了不少酷似苏联建筑的灰色楼房，十几个大专院校围绕在北大清华的周围拔地而起，中科院也在中关村破壳诞生，与北大隔街相望，从此海淀区以其文教氛围闻名遐迩。

　　1957 年，我家搬到中关村，那里盖起了一大片三层的灰色楼房，这是中科院的宿舍区。20 世纪 50 年代北大向科学院"借"了两栋半楼，即中关村的 23 楼、25 楼和 26 楼的一半，来安置北大部分教职员工。这是北大在中关村地盘的一块"飞地"。我家住的 23 号楼，坐落在中关村北区的西边，北边毗邻住着大科学家的 13 楼和 14 楼，这两座楼里住着的多是从欧美归来的大学者，他

_____

[1]　周晖，北大历史学系教授罗荣渠之女，1951 年出生。1968 年到内蒙古突泉县插队，1978 年返京。2007 年从团结出版社退休。

们撑起了中国科学化、现代化的那片天空。南边挨着 25 楼，住的也是北大的教职员工。

住进 23 楼里的大多是成家了的三四十岁的中青年教师，像我家是父女两代，还有祖孙三代的，天南海北，哪儿的人都有，南方人占的比重大一些。23 楼面朝西，有三个门洞，每个门洞有六个单元，一层两个。每个单元里有三间住房，一间厨房，一间厕所。因为住房紧张，很少有一家独住一个单元的，我家就是只住了其中的两间房。对门是从美国回来的张景哲伯伯和徐先伟阿姨，还有两个满口英语的男孩子张启营、张启疆和他们从老家接来的外婆，我们喊她徐奶奶。那时北大对毅然从大洋彼岸"弃暗投明"的知识分子还是有些照顾的，所以他家除了独住一个单元以外，还住了我家这个单元的一间。张伯伯是北大地质地理系的教授，在美国先后获得克拉克大学地理系硕士学位、马里兰大学地理系博士学位。开的课是世界地理，一门深受同学们欢迎的专业课。作为地理与环境研究的一门新学科，城市地理学在中国是一个全新的领域。张伯伯是中国城市地理学的开拓者之一。徐先伟阿姨在美国马里兰大学获得社会学硕士学位，回国后才知道社会学被取消了，徐阿姨只好先暂时到北大图书馆工作一段时间，后来去教英文。"文革"之后，北大开了社会学课，特地聘徐阿姨去讲课。

张家的确把美国的生活方式带回来了：屋里有冰箱、收音机、电唱机，好多古典音乐和摇滚乐唱片，两辆带变速器的自行车，还有圣诞节的装饰彩灯，等等，让我这个对门的邻居长了见识，最新奇的是小哥儿俩的各种美国玩具和身上的花格衣服牛仔裤。

张家还把窗前的空地用竹篱笆围了起来，种了一些花草，成了一个小小的私家花园。记得有一年号召少先队员植树，张启营在小花园的一个角落种下了一棵杏树。傍晚时，经常看到徐先伟阿姨举着一根从厨房水龙头上接出的胶皮管子给那些花花草草浇水，那胶皮管子头上装着一个金属的开关，可以随意调节水流的强弱和姿势，忽而呈扇面，忽而如同一条水棍直捣远处。我们看着稀奇、喜欢，后来有人问出这个神奇的开关原来是美国汽车上的一个零件。

我的父亲罗荣渠先生1956年调到北大历史学系，20世纪60年代初他受命开设了拉丁美洲史，拉丁美洲史作为世界史的一个分支学科第一次列入中国高校历史学科发展规划。父亲后来亦成为当代中国现代化理论与比较现代化进程研究的主要开创者。我的母亲周颖如在商务印书馆做编辑工作。"文革"期间她参与获得诺贝尔文学奖的丘吉尔著《第二次世界大战回忆录》的中文版的组织出版，还担任了

1957年我和妹妹罗晓摄于23楼前，身后是张家小花园

1978年起陆续出版的"影响一代人甚至几代人的书"——《光荣与梦想》中译本的责编。

安顿下来后，最先熟悉起来的是我们这些孩子。在孩子的阵营里，年龄最大的是对门的张启营，张启疆和我一般大，老三（小不点）张启东是搬来后才出生的。

1958年张启营、张启疆抱着张启东在23楼前，背后是23楼前面的空地

张景哲伯伯全家在楼前合影，身后是在菜地上盖起的科学院的幼儿园

北门洞二楼的王兰是我的小学同班同学，她的哥哥王炳元是国际政治系的老师，虽然很年轻，课讲得很棒。唐师曾在《我钻进了金字塔》里曾说起在北

大上学时的情景:"在国际政治系,我始终算不上专心致志的学生,各种火炮的口径、射速和发射方式远比种种拗口谲诈的政治词汇更令我神往。历史学系罗荣渠老师、国政系王炳元老师的战争史令我最感兴趣,偶尔还跑到红山口的军事学院去偷听。"

住在二楼的还有被称为北大两个最好校长之一的丁石孙伯伯,那时候丁伯伯是数力系的老师,课也教得很棒。他的妻子桂琳琳阿姨在化学系教书,他的大儿子丁诵青(毛毛)瘦瘦的,文文弱弱,像个豆芽菜。

刘超的姥姥和丁家同住一个单元里,她是北大幼儿园的老师,她家挺讲究的,家里摆放的老物件透着她过去生活的品位,她女儿一家都在唐山,只有外孙女刘超被姥姥留在身边。

住在三楼的陆家兄妹俩,哥哥陆怀东比谁都淘气,是楼里的孩子王,外号鸭梨头。妹妹陆望比谁都老实,总是蔫蔫地笑一笑,外号木玩儿。他们的爷爷是前燕京大学校长陆志韦先生,父亲陆卓明在地理系教"世界经济地理"。陆伯伯不大修边幅,眼镜的度数很深,烟瘾很大。上课时背一个大书包,装满了讲义和地图。站在讲台后,神定气闲,一派从容。陆伯伯的世界经济地理大课总是座无虚席。他的学生回忆起陆老师讲课跟当时大多数老师讲课不同,形式上不那么严谨、认真,显得随意、轻松,不时说点掌故,开个玩笑。陆怀东的妈妈韩维纯阿姨是北大附中的老师,能教几门课呢。

住在三楼的还有化学系老师李福绵叔叔,他后来成为高分子化学家,化学系教授、博士生导师。李福绵叔叔的女儿李莹、儿子李直那时候都很小。

北大哲学系的邓艾民教授曾住过我家楼上,后来搬到朗润园,他的大儿子邓卓与我小学同班,淘气的段位数一数二。小儿子邓华一点都不像他哥哥,是个乖孩子。

在中门洞一楼住的是在生物学系教书的高信曾伯伯和张新英阿姨,他们有两个孩子,长女高英是个挺厉害的女孩子,不像她爸爸总带着老北京人和气生财的范儿。小儿子高弟(外号和尚),那时年龄很小,不在我的朋友圈里。不知道高英的厉害是不是和她家大嗓门的保姆张奶奶有关系,张奶奶把农村护犊

505

子的劲儿带来了，像老母鸡一样罩着高家的两个孩子。

高信曾伯伯家是公认的全楼最有钱的"阔家主"，也是 23 楼唯一的老北京人。高伯伯家里有 23 楼有史以来第一台电视机，如果听说哪个周末电视里放电影了，我们就会在晚饭后带着小板凳冲到高家去，有着老北京人风度的高伯伯很和气地让大家都挤进去看电视，一点不烦。

住在中门洞二楼的有在化学系教书的杨文治叔叔，他的女儿杨凤琴是 1964 年才从上海转学过来的文静的小姑娘，和我妹妹罗晓差不多大，我们是好朋友。杨凤琴的弟弟杨人和（小弟）带着被娇惯的温文。我和妹妹都喜欢去杨凤琴家玩，看到她的妈妈刘阿姨经常坐在桌前刻钢板，刻的是从红旗誉写社接的活儿，刘阿姨刻写在蜡纸上的字像她一样娟秀。

几十年后，我看到陆怀东收藏的烟标，才听说杨文治叔叔是收藏烟标的大咖，在国内收藏烟标界也有名气。杨文治叔叔从上小学起就收藏烟标，到了晚年，他把所有收藏的烟标全部无偿地送给一位爱好收藏烟标的晚辈。杨叔叔只为爱好而收藏，不想让烟标沾一点铜臭。

在校刊编辑部工作的苏志中叔叔和北大附中的老师曾庆珍阿姨也住在中门洞的二楼，"文革"后，苏志中叔叔升任北大出版社总编。他们家的男孩苏为民（小明）挺淘气的，是那种明目张胆的淘气。经常和他在一块儿玩的是一般大的杨飞桥，就住在对门。杨飞桥的爸爸杨彦君叔叔是研究马列的，后调到中央编译局工作，妈妈姜鸿霄阿姨是俄语系的老师，杨飞桥的姥姥也与他们住在一起。杨飞桥也是淘气包，比起苏为民的声势小一点，但两个搭伙淘气，那肯定是 1+1>2。

苏为民家楼上住的是在北大地理系教工业地理的魏心镇叔叔，他的女儿魏岑是个白净、腼腆的女孩，让人有我见犹怜的感觉。

中门洞住着一家朝鲜人，是在东语系教韩语的马老师一家，他有两个孩子，马英和马雄。

南边的那个门洞的住户，我熟悉的是秦小树，秦小树不算很淘气的孩子，父亲秦珪叔叔是人大新闻系的老师，后来成为人大新闻学院副院长。母亲张树华阿姨是图书馆学系的老师。秦小树长大了就成了秦大树。大树已然成材，现在是北大的教授、博导。

南门洞的钱尚武叔叔是北大物理系的老师，桥牌打得极好，他的夫人小姚阿姨年轻漂亮，也许是当时钱叔叔家里没有孩子，他对楼里的孩子很和气，他家后来也买了电视机，这对我们有了吸引力。

南门洞二楼住着 23 楼当时行政级别最高的北大副教务长兼自然科学处处长、生理学教授陈守良先生一家。

到了 1966 年以后，23 楼的小住户有点像雨后春笋，苏为民的妹妹苏为群、杨飞桥的妹妹杨志奇、秦大树的妹妹秦小玉、魏岑的弟弟魏岩、丁诵青的弟弟丁干陆续出生在"文革"岁月里。

那时的功课远没有现在多，想想真是幸福的童年呀。放学回家的主要任务就是玩，女孩子是踢包，跳皮筋，跳格子，过家家。男孩子是爬树，滚铁环，攻城，抖空竹，打梭，粘知了，或者从二楼楼道的窗台往下跳。

孩子们都是没心没肺的，互相串门从不带敲门的，拉开门一边嚷嚷着一边就进来了，搭上尽是两家住一个单元的，白天家里有人，门就不锁。像我家住在一楼，有孩子们在窗前一喊，就心痒痒地做不了作业了。由于从小就赶上共产主义教育和学习雷锋，只要是玩就特别愿意把自家的玩具和可以玩的东西都拿出来和大家分享，玩完了拍拍屁股就回家，为了这丢三落四没少挨骂。有时孩子们会集中到一家去玩，吵吵闹闹的，这些学富五车的家长们都很开明，不去干涉。只有在看小人书时，除了抽鼻涕和翻篇儿的声音，才没有其他的动静。到了吃饭的时候，家长在楼前院子找不到孩子，就对着楼上的窗户亮开嗓子喊，那听起来可真是南腔北调，抑扬顿挫，也是一道风景。

楼里孩子到北大附小或者北大红旗幼儿园都要穿过中关园，还要再横穿一条马路才到北大附小。而教书匠们没有天天接送孩子的概念，大一点孩子带着小一点的孩子上学下学是很平常的事，毫无血缘关系的孩子们，互相照应着，牵着手走过幼儿园和小学，慢慢地一起长大。

那时候，楼周围的公共卫生要居民们自己搞，每个星期天的早上各家掌门都出来打扫卫生。我们也非常踊跃地拿着小笤帚、小簸箕凑热闹。大人们干完了活，还要站在楼前聊一会儿天，就是这会儿人齐。在那个小小银球扬我国威的时候，小孩们都着魔似的挥舞着球拍，对着墙狂练庄式抽球。楼里的大人们聊出一个决定：在楼前为孩子们搭一个乒乓球台。没有多久一个砖头和水泥构成的乒乓球台就落成了，和陆怀东家同住一个单元的是木匠师傅李振东，我们叫他李大爷，叫他老婆李奶奶，我到农村插队以后才明白辈分整岔了。李大爷家五口人住一间房子，他的两个女儿李秀芬和李秀清和我差不多大，还有个小孙子李亚臣。李大爷的木工手艺好，他用木板做了个泥抹子，用来为乒乓球台的水泥台面最后找平，他的手艺无疑使我们楼前的乒乓球台上了一个层次。这个乒乓球台也成了楼里孩子们的活动中心——打球、拍三角、聊天，写作业……

在三年困难时期，家家的粮食都紧张，大人们勒紧裤腰带，想让孩子们多吃一口。张景哲伯伯家的三个男孩子，有两个都在少年，正是能吃的时候，可是每天早上也只有一人一片白薯干。人们开始浮肿，肝炎也在蔓延。楼前的空地被开垦出来，种上白薯和其他容易存活的可以吃的东西。记得我有时跟着妈妈到我家的那块"自留地"里浇水，除草，还认识了一种块茎植物——鬼子姜，又叫洋姜。饥饿使人萌发自力更生的勇气，不知谁出了个主意，大家联合起来养猪，这个馊主意迅速得到一致的赞同，凑齐了钱，买来了一头猪崽，就养在我家住的那个门洞里。那是一只黑色的小猪，天天在门洞里哼哼唧唧，吃喝拉撒睡，很快门洞里臭气熏天，外面的人一进来，先吓一跳，再呛一个跟头。过了几天，小猪不能适应住楼房的待遇，越发地瘦下去了，于是当机立断，由李大爷在我家厨房的水池执行宰杀。那是三年困难时期，唯一的一次吃到了计划外供应的猪肉。

高信曾伯伯有一辆 Java 牌的摩托车，当他骑上摩托车冒着烟，嘟——嘟——嘟地疾驰而去时，真是十二分的神气。一天，摩托车停在楼前，杨飞桥围着摩托车转悠着，用他的小手把除了两个轱辘以外的地方都擦了一遍。最后他发现了车座里面的海绵，于是杨飞桥和苏为民这两个小淘气一会儿工夫就把

508

车座里的海绵撕没了。高伯伯出来看到车座悲惨的样子，半天缓不过神来。而那两个淘气包还意犹未尽地站在旁边，脸上明明白白写着"是我干的"。当一顿暴打即将拉开序幕时，高伯伯很大度地拦住了气急败坏的监护人，这件事让小哥俩到了五十岁想起来还感激涕零。

陆怀东聪明，而且动手能力很强。20世纪60年代初期楼前还是一片菜地，他欢喜在地头挖土刨坑玩，干得有模有样的。楼里一位学者看出孺子可教，就指点他如何用这些沙土修造一座小小的水利工程。响鼓不用重槌，以后再下雨时，雨水全部排到菜地里去了，楼前不再积水，愤怒的菜农毁掉了鸭梨头的作品，但这一点不妨碍他马上想出新的花样来玩。

陆卓明伯伯除了是个老烟民，积攒烟标历史也很悠久，张启营慕名爬上三楼找到陆怀东要看烟标，被一口回绝："我爸不让看。"张启营死皮赖脸地缠着："看看怎么啦？看看怎么啦？"最后陆怀东还是友情为重，趁陆伯伯不在家的时候，搬出保存在大本册里的烟标，据说那些大本册里的烟标无论从年代、规模和品种来看都非寻常可比，真是叫张启营开了眼界，可惜"文革"时被抄走，没了下落。

男孩子玩弹球是以张启营为首的。因为他的玻璃球最好看，还特别新，一点麻坑都没有，输了就得给人家。张启营的空竹抖得最好。

女孩子们欢喜跳皮筋儿，谁要是有一根由好多好多皮筋编成的皮筋绳，那可是很神气很让人羡慕的事，会有好多女孩子来找她跳皮筋儿玩。可是这皮筋主要靠自己攒，直接去合作社买是很奢侈的，除了有时靠卖牙膏皮能挣个冰棍钱外，像我们这样的没有任何支付能力的孩子只能是四下踅摸。还真就发现了一个稳定的来源，就是偷偷地扒走牛奶瓶上的猴皮筋。楼里有几家订牛奶的，每天有人送到楼里，牛奶装在玻璃瓶里，用皮筋将包住瓶口的纸扎牢，这样订牛奶的人家每天都会有一根皮筋的进项。于是我和王兰每天早上竖起耳朵捕捉送奶人的动静，只要听到有玻璃瓶的撞击声，我们就出动了，迅速地把门洞里所有奶瓶上的皮筋扒下来。攒起来的皮筋越来越长，在楼前经常响起我们欢快的皮筋歌："小皮球，香蕉梨，马兰开花二十一，二五六，二五七。二八二九……"

与中关村紧挨着的是中关园，那是北大宿舍区，中科院和北大虽然都是高大上的学府，男孩子们照样打群架。张启疆回忆小时候打架的事："虽然中关园和中关村一字之差，就好像是两个世界，处处透着不一样：中关村是灰砖楼房和参天的白杨树。而中关园是红砖平房和高大的垂杨柳。中关园住的全部是北京大学教职员工的子女。中关村基本上都是中国科学院各个研究所员工的子女。由于北大综合性大学里有文史哲专业，中关园的孩子们似乎就多了一份文化涵养和思辨的气质。而科学院拥有当时中国顶级的科学家，那里的孩子似乎就多一份严谨和傲慢。加上后来抗美援朝战争下来的一批复转军人和干部，这些孩子好像就又添了一份张扬和狂气。"

中关园的小孩儿管中关村的叫"科登儿"。而中关村的小孩儿管中关园的叫"北丫听"，都有贬低的味道。

在"飞地"住的孩子去北大附小的路比较远，而且得穿过科学院地界。刚从美国回来不久的张启营在路上常受到"科登儿"的欺负，他的班主任李老师派住在中关园的同班同学李宗伦、王汝烨、赵晨三人每天护送他回家，除了保护他，还可以帮助他做作业。他们四人后来成了中关园颇有名气的"四大金刚"，结成终生不渝的友谊。20世纪50年代有不少从国外带着小孩回来的科学家，北大附小的老师对这些刚回国中文不太好的孩子，都会让班上的好学生去帮助他们过语言关和学习关，效果非常好。

1966年，23楼平静的生活被打破，管理23楼的重任落在李奶奶身上，她是23楼的居委会主任，每天操着唐山口音，在楼前高声大气地说话，没人敢顶撞。

1968年8月，一队敲锣打鼓的人给我送来了被批准去内蒙古农区插队的喜报，9月20日，我第一个从23楼出发去内蒙古插队，接着王兰去山西插队，张家哥俩去陕西插队，陆怀东去了内蒙古生产建设兵团。再以后大人们陆续被发配到江西鲤鱼洲的"五七干校"，不够插队年龄的孩子随着父母离开了北京，家里的窗户用木条从里面钉上，门锁好，23楼一片寂静……

再聊聊也是"飞地"的 25 楼。

25 楼和 23 楼互为犄角，是南北朝向的，南边是中关村林荫大道，现在是面朝北四环。

虽然与 25 楼是近邻，来往却并不多，只能说说几个听说过的名人吧。

住在 25 楼的虞福春先生和夫人田曰灵阿姨都是美国俄亥俄大学博士，1951 年夫妇带着两岁的儿子虞和曾回到祖国。1955 年，胡

1969 年，父母、妹妹在去"五七干校"前摄于 23 楼前

济民、虞福春和朱光亚三位教授筹建起北京大学物理研究室，建立中国核教育的第一个基地。物理研究室于 1955 年 7 月正式成立，教育部任命胡济民为主任，虞福春为副主任，后来改称技术物理系。虞福春先生是北京大学技术物理系、北京大学重离子物理研究所的主要创始人之一。

虞先生带回了很多西洋古典唱片，其中有十几张贝多芬第五交响曲《命运交响曲》，他闭着眼睛就能听出是谁指挥的哪个交响乐团演奏的《命运交响曲》。"文革"期间，他的所有唱片都被砸毁。1977 年学校宣布恢复他的名誉，其子虞和曾想了一个极妙的方式来庆祝。他从张启营那里借来《命运交响曲》的唱片，要给父亲一个意外惊喜。张启营提出一个条件，就是必须让虞先生听出这张唱片是谁指挥的哪个交响乐团。几天后，虞和曾还唱片的时候高兴地说，老爷子耳朵还行，听得真清楚，是托斯卡尼尼指挥的美国国家交响乐团。虞家有两个孩子：虞和曾和妹妹虞英曾。

与虞福春先生共同筹建技术物理系的胡济民先生，同住在 25 楼。胡济民先生早年赴英国留学，获哲学博士，1955 年调入北大任研究室主任，开展核聚变和等离子物理的研究，后任技术物理系的系主任，是中国的核结构研究的领军人物之一。其夫人钟云霄也是技术物理系的老师。胡先生的大儿子胡少林

是罗晓的小学同班同学，女儿叫胡少文。

著名的植物解剖学家李正理先生也住在 25 楼，他 1953 年获伊利诺伊大学哲学博士学位，后任耶鲁大学植物系副研究员。1956 年与夫人沈淑瑾（医学博士）带着幼小的儿子李思文回到祖国，任北京大学生物学系教授、植物形态学教研室主任。李正理先生是我国近代植物解剖学研究的开拓者，为我国植物解剖学事业的发展作出杰出的贡献。

"文革"时，已年过半百的李正理先生也得去江西鲤鱼洲"五七干校"，他和中青年老师一起在水田里人力拉犁，被誉为生物学系五大金刚之首。

1971 年 5 月，美国伊利诺伊大学教授高尔斯顿作为中华人民共和国成立后第一位访华的外国科学家，要求会见当年的同事李正理，而且要求去他家访问。可这时李正理先生还在江西鲤鱼洲干校拉犁呢，周恩来"火速回京"的电函将他召回。李先生家原来是一套四间房的公寓，已被逼让出两间房，住进了两家人。国务院连夜将这两家人挪到别的地方，将室内重新粉刷布置了一番，请来北京饭店厨师掌勺，等候客人的到来。会见顺利进行，客人满意而归。厨师收拾锅碗瓢盆离去，地毯、窗帘、花瓶等装饰物留在原地没动。那两家人兴奋地搬回"新居"。李正理先生因为"出色和圆满地完成了接待任务，从而受到周总理的表扬"。李先生被允许留在北京，住在"新居"——自己的半个家里，而妻子沈淑瑾还留在干校。以上是张启营听李思文的笑谈，事情真实无误，细节没有考证过。李家有两个孩子，李思文和弟弟李思进。

李正理先生也是西洋古典音乐的爱好者，从美国带回来的唱片放满了两个书柜的下面，足有几百张，可以和燕东园的董铁宝教授一比高下。李先生治家严谨，家里收藏的小人书都不肯让人随便看。只有他在家的时候，还要洗了手以后，才可以看书架最下面一层的。小人书都如此，唱片就更别提了。这让喜爱古典音乐的张启营心里痒痒，机会还是来了，李先生家有一个自动落片唱机，坏了。张启营问李先生，能不能让他看看，因为他修好了自己家的自动落片唱机（管子烧了，在菜市口旧货店买到同一型号）。张启营最终把李先生家的唱机也修好了，李先生这才答应可以在他家听唱片，借走是绝不可能的。

"文革"时，李正理先生家里的保姆走了，但保姆的儿子带着老家的红卫兵到李家来要钱。钱，李先生如数交出。保姆的儿子不懂革李先生的命不是要钱而是要唱片，革命没革在点上。

住在 25 楼的还有参与创建了北大技术物理系、担任核电子学教研室主任的张至善先生，他为培养核电子学人才、建立我国高能物理电子学的研究机构作出突出的成绩。

张至善先生有三个孩子，张燕龙，张燕兵，张燕青。

我的朋友兰珮也住在 25 楼，她的妈妈马瑞阿姨是技术物理系的，"文革"时调到北大图书馆。马瑞阿姨有三个女儿，兰琼、兰珮、兰璠，"文革"时一个不落都"上山下乡"了。

地球物理系主任苏士文先生一家就住在胡济民先生家对面，1960 年夏，在北大副校长周培源教授和自然科学处处长陈守良教授的支持下，苏士文先生在成立不到半年的地球物理系积极筹建天体物理专业，希望把全系的研究对象从地球深处一直延伸到广阔的宇宙空间。苏士文先生的女儿苏和与我小学同班，儿子苏平与胡济民先生的儿子胡少林从小就玩在一起。

一对亚特兰大副教授夫妇——向仁生先生和曹宗巽先生于 1951 年回国，住在 25 楼。向仁生先生在中科大任教，曹宗巽先生在北大生物学系搞植物有性生殖过程中的生物化学方面的研究，他们有三个孩子：女儿向晞燕，儿子向旭伍和向青三。别看曹宗巽先生搞的专业名词让人一听都晕，她可是个极豁达的人，大嗓门，记忆力特别好。她家三个孩子都有妈妈起的昵称：大女儿是"燕姑娘"，老二是"虎子"，老三是"三先生"。连保姆也不例外，保姆姓张，昵称张呀呀（音：雅呀）。因为她太邋遢了，炒出的一盘菜里能捡出好几个瓶盖来。"文革"时，保姆把自己当"造反派"了，还搬弄语录教训向晞燕等孩子，驴唇不对马嘴的。他们家总是洋溢着和睦、欢乐、风趣的氛围，让人羡慕。

罗晓说她在北大附中高中时的语文老师杨贺松和她的丈夫北大中文系袁行霈先生曾住在 25 楼最西边的门洞一楼。他们 20 世纪 50 年代先后从北大中文系毕业，比起上面的那些老海归们，他们是小一辈了，在25楼一间小屋里蜗居了二十多年。一天，细心的杨老师发现罗晓和另外一个女生都没来上学，立刻警觉起来，乘中午回25楼吃饭的空当跑到23楼我家来询问，原来两个女孩子住到一家去了，晚上炉子没有封好都漏了煤气，好在已经去医院了。罗晓说杨老师在附中教了二十年语文屈才了，她的学生可都受益匪浅，"文革"后她调回了北大。袁行霈先生毕业后被林庚先生留做助教，"文革"前年轻的助教不是带着学生到北京煤矿半工半读，就是到密云钢铁公社接着炼钢，下放到农村劳动也是躲不过的。现在的袁行霈先生早已著作等身，成为著名的中国古代文学的大师。

在"飞地"窄窄的空间里，星光璀璨！

中关村里的这块"飞地"承载着我们的童年、少年和青年，是我们梦魂萦绕的地方。"飞地"上的家属楼有自己独特的文化，与中关园的"散养文化"还是有一些不同，我们的集结是以楼为单位的，这种立体的，甚至同住一个单元的邻里关系在每个人的成长中刻进深深的痕迹。

2007年夏天，已是全家卷土重去美国的张启营回国公干，在陆怀东的召集下，我们八个23楼的发小聚集在23楼，当年的老住户只有陆怀东的妈妈还住在三楼的老房子里。

当年的小屁孩早已是风华正茂，还有八位在国外定居。

我们"贪婪"地看着童年和少年生活的地方，张启营居然看见了他四十多年前在楼门口上边写的粉笔字——23楼。

苏为民告诉我，他一直记着1968年我接到批准去内蒙古插队喜报时说的话："我没报名。"杨飞桥说他的孩子是由杨凤琴接到人间的，现在英国，杨人和是监护人。杨凤琴说那些年我从农村回来探亲，给她们讲插队的故事，她们都听傻了。秦大树已是个考古学者，经常在电视上看到他侃侃而谈，张家老大却还记着他小时候总爱两个手臂往上甩，拍打肩膀的样子。

我们还跑到小时候最向往的地方——中关村茶点部，那里的西式点心曾经闻名北京。在那个砸烂一切资产阶级生活方式的年代，它是北京仅存的一家西点铺子。有咖喱角、苹果派、蝴蝶酥，那是我们童年生病时的良药。我们嬉笑着在中关村生活过的地方寻找回忆，拍照。

左起：张启营、周晖、陆怀东、杨凤琴、陆望、苏为民、杨飞桥、秦大树

从1957年走到2021年，23楼、25楼都已经很老、很旧了，在它南边的那条著名的、幽静的中关村林荫大道已经变成了车水马龙的北四环路，也许用不了多久，这片灰色的老楼也会消失在北四环路的北侧，只有童年和少年的记忆会和"飞地"一起跟随我们一生。

2007年，我们最小的已有50岁，最大的58岁

燕京大学时期的未名湖

周懿芬 [1]

家人合照，摄于 1938 年前后

---

[1] 周懿芬，女，出生于 1930 年 8 月，1949 年考进燕京大学，1953 年毕业于北京大学生物学系人体及动物生理专业。1954 年开始在北京体育学院工作，曾担任生理教研室讲师、副教授，运动生理教研室副主任。1985 年创办了北京体育学院第一个科学实验中心并担任主任。1987 年移民美国并在马里兰大学医学院担任研究员。父亲周学章曾担任燕大的文学院院长、教育系主任。母亲许淑文曾为燕大体育系教授。

我出生在燕京大学并在朗润园 10 号和燕南园 64 号长大，我对燕京大学的感情深厚，记忆深刻。未名湖更是我一生中难忘的地方。

未名湖坐落在燕京大学校园中心，它的北侧是镜春园和朗润园。朗润园是我童年住的地方。我们每天上学都要经过未名湖。湖的西北面有一座白色的罗锅儿桥。东面是男校体育馆，东南角耸立着灰色的燕京水塔，这也是燕京大学的标志之一。还记得小的时候经常唱着歌谣："燕京塔，塔燕京，燕京水塔十三层。"水塔的倒影投射到未名湖的水面上，塔和影子遥遥相对，真是美极了！湖的南面环绕着小山，红色的"小庙儿"在湖边的中央，我们小时候就经常在这里"打水漂"，扔出去的小瓦片在水面上轻轻划过，我们数着"1、2、3、4……"一次可以打到二十几跳！

1931 年前后的未名湖和博雅塔

未名湖西南山上的钟亭

湖的西南面山上就是校长住宅和钟亭。每年复活节司徒雷登校长就在这里请我们小朋友去捡彩色鸡蛋。

钟亭内有一个报时的黑色大铜钟。它每小时报一次时。燕京人一切行动都受着它的指挥。我们就是跟着这钟声长大起来的。虽然我已经八十多岁了，那钟声还不断地在我的耳边回响。

湖西面就是燕京大学的心脏"贝公楼"，这是学校的办公楼，也是父亲周学章担任燕大文学院院长时办公室所在地。另外，有一座小桥可通向男生宿舍一、二、三、四、五、六楼。

湖的中央是岛亭（思义亭），它陪伴着白色的石船，岛亭周围环绕着绿色的树丛，显得格外幽静。它又隐蔽又漂亮，是燕大男女学生谈情说爱的好地方。

春天来临，未名湖周边小山上的迎春花首先开放，青绿色的草地配着二月兰花放出清香。我们一家常常骑着自行车排成长龙你追我赶，围绕着未名湖呼吸着初春大自然的空气，真是太棒了！夏天的时候，垂柳倒映在湖里，蜻蜓在浮萍边轻轻点水，还伴着季鸟的鸣叫声。当你漫步在湖边，茂盛的树木和绿叶使湖边的小庙儿、岛亭、体育馆和男生宿舍时隐时现，从眼眶里滑过，真是难得的电影镜头啊！

我还记得暑假我用表哥王元孟的高级鱼竿去岛亭钓鱼。那天很走运，一会儿就钓到了一条一尺长的草鱼和一只王八。元孟把它们装进盒子里坐飞机带回上海了，他说要美餐一顿。

秋天的未名湖更加美丽。湖边山上的枫树叶由绿变黄又变红。深绿色的湖水和蓝蓝的天形成对照，湖边的空气更是新鲜，真是秋高气爽。阴历八月十五，我们忘不了一对对、一群群的人们唱着歌在未名湖旁"弯儿"赏月。天上的月亮照到湖里那是多么美的一幅图画呀！

我的独照，摄于 1938 年前后

一次，我和小弟周乃扬偷着去未名湖，爬上了打捞水草用的木筏，我们用大竹竿杵着湖底使船向前走，乃扬因年纪小、体重轻，被扎在泥里的竹竿带下了水。记得他一边游一边叫："二姐姐！"我用我的竹竿把他拉上来，连忙上了岸。那时已是深秋，天够冷的，把他冻得直打哆嗦。当时我们住在南大地（燕南园）64 号，我用自行车把弟弟带回家。我们怕妈妈知道，便偷偷从厨房后门进去，赶快帮他放水洗澡，终于逃过了挨骂。这一切好像就发生在眼前，永远也忘不了。

冬天到了，那时北京可比现在冷多了，茫茫的白雪覆盖着大地和未名湖，又是一番景色。严寒挡不住我们跑到冰雪上打雪仗滑冰。我们拉着雪车爬到湖边的小山上，从山上坐着雪车往下滑，穿过湖边的小路，一直滑到未名湖的冰面上。速度之快真是惊人！有时衣服都被树枝划破了，爸爸妈妈要是知道了，真是要紧张死了。不过我们总有不叫爸爸妈妈知道的本领。

在未名湖上滑冰也是我们年年冬天来临时的最喜欢的一项运动。每天放学回家吃饱了面包或饼干，

周乃扬与我摄于 1941 年前后

拿着冰鞋就去未名湖滑冰，不到天黑不回家。在男体育馆前面的湖边上，有一个临时的草席棚可以换冰鞋。再通过一个木板做的台阶，下到湖面滑冰。未名湖滑冰场四周有用电线杆柱子做成的长板凳，供人休息。晚上的冰场装有电灯，还有一个用木板围起来的冰球场。

从小妈妈许淑文就带我们去滑冰，我们从来不怕在冰上摔跟头，因为妈妈的五个孩子的滑冰技术都棒极了，还培养出了一个北京冰球队的后卫运动员和国际冰球裁判（小弟周乃扬）。

我们滑冰的名堂也很多。冰场有为初学滑冰的人准备椅子，可以供人扶着练习，我们就用它飞奔推人，还使椅子在冰上旋转。没有冰球杆我们就用弯的树枝打冰球、拉龙等。拉龙就是很多人手拉手拉成一排，大家一起加速滑跑。第一个人突然急停，其他人就借着离心力甩出去，然后再把人拉回来。最后一个人从第一个和第二个人中间穿过去。那时我们虽然很小但仍然能和大家在一起做这个游戏。

有时我们晚上也来帮助体育馆工友一起泼冰场，开始先把冰扫干净，然后从冰窟窿里舀起水来放在大桶里，再用柳条编成的掏子把水泼在冰上，以备第二天又有光滑的冰面供滑冰人使用。有时手套都湿了，手都冻红了，脚都冻僵了，脸也冻木了，鼻涕都流出来了，说话也不利落了，也没有一个人半途回

家，我们可一点都不娇气！

记得当年，我大姐（周懿贞）每天骑着车带着我上学都要经过湖边的罗锅桥。罗锅桥当年坡度比现在陡得多，上桥下桥难度可不小。下桥时的速度飞快还要来两个急转弯，如不碰到山上的石头就得冲到未名湖里面去

20 世纪 30 年代燕京大学未名湖的冬景

了。那时我们骑车技术之好，我看不比现在的杂技团差，真可以说是万无一失！其实有一点小擦碰也就咬着牙，上点儿红药水也就行了，绝对不会告诉爸爸妈妈。

未名湖啊，未名湖，你给我们的童年带来了多少欢乐，也给我们老年带来了美好的回忆。我们现在老了，但你仍然静静地坐落在那里。希望你流芳万年，更加美丽。

我的独照，摄于 1945 年前后

跋：一座深厚的历史文化富矿

张从

　　燕园是北京大学校园的别称，坐落在北京市西郊，北邻圆明园，东接清华园和中关村，南连海淀镇，西望颐和园。这里原为明清皇家园林，近百年来先后成为燕京大学和北京大学的校园。现在的燕园包括淑春园（含未名湖和石舫）、勺园、镜春园、鸣鹤园、朗润园、蔚秀园、畅春园、承泽园等明清园林和民国时期修建的一院到六院（现称静园）、贝公楼、南阁、北阁、博雅塔、燕南园、燕东园，1952年后新建的中关园教师宿舍区、四十几座学生宿舍楼和几十座教学楼、办公楼、图书馆、体育馆、实验楼和2001年拆迁东部成府后新建的科技园等建筑。这里，山水环抱，湖泊相连，堤岛穿插，湖光塔影，古树参天，既有北方园林的恢弘气度，又有江南园林的秀丽风韵。因此，燕园不仅是莘莘学子读书求知的圣土，也是首都的一处风景名胜。

　　燕园不仅有令人陶醉的优美景色，更有深厚的历史文化积淀。100年来，作为燕京大学和北京大学的学府所在，这里经历了多少风风雨雨，培育出多少著名的大师、学者和科学家、教育家、艺术家，上演过多少令人难忘的历史大剧，更深藏着多少悲喜交加的故事。

本书的作者，有的是耄耋之年的北大老教授、老干部，有的是曾经在北大学习生活过的校友，有的是长期居住在燕园里的老先生的子女，他们对燕园的一草一木、一砖一瓦、一水一石都如数家珍，对燕园里经历过的历史风雨和出现过的历史人物，都非常熟悉。他们从不同的视角，或怀念自己的父母亲人，或回忆自己的老师同学，或记述自己的亲身经历和曾经生活过的地方，笔下流出来的文字都对燕园充满了深厚的感情，也是对燕园历史文化的深度挖掘。无论是燕京大学的创办人司徒雷登，还是北大的老校长、老书记马寅初、江隆基、周培源、丁石孙，以及著名的学术大师汤用彤、王力、季羡林、陈岱孙、唐钺、侯仁之、冯定、马坚、吴组缃等人，他们的道德风范、深厚学养和对中国教育、科学、文化的贡献，都将永垂青史，铭记在历代燕园人的心中。不同时期的校友，他们在燕园的工作和生活经历，无论是成功还是挫折，是幸福还是苦难，是快乐还是悲伤，也都是人生的宝贵财富，会给后代留下有益的经验。

有人说：燕园是一座历史文化的富矿，诚如斯言，燕园留给后世的历史文化宝藏，是取之不尽，用之不竭的。本书选取的文章，只是沧海一粟。希望有更多的学者和校友，继续挖掘这座富矿，并把矿石提炼成精品，让燕园的民主科学精神和文化学术硕果，代代流传。

感谢袁行霈、谢冕、李行健、王义遒、郝斌、吴泰昌、钱理群、诸天寅、宋文坚、胡济群、姚学吾、王希祜等年逾八旬乃至九旬的老先生为本书赐稿，感谢广东人民出版社对本书的大力支持。

敬请读者对本书的不足之处给予指正。

2021 年 12 月 25 日